樂 府

心里滿了，就从口中溢出

聊斋汉子

上

董均伦
江源 整理

北京联合出版公司
Beijing United Publishing Co.,Ltd.

前言

行万里路，找千人谈

八仙之一的张果老，常常被说成倒骑着驴。蓬莱阁上画的八仙过海，其中的张果老，白胡子当胸，怀抱着唱道情用的简板，也是倒骑着驴。当地还流传着这样的话："问了多少人，不如这老汉，不是倒骑驴，万事回头看。"这当然是传说，谁也没见过张果老，更不用说看到他倒骑驴了。可是，人民群众却借着神话传说中的张果老的形景儿，一句话指出了个寓意深刻的道理。就是说，既要往前走，又要朝后看。向后看也是为了更好地往前走，眼前的路都接连着过去的路。在《聊斋汉子续集》（1987年版本）搞出之后，回头看看这段走过的路，一些经过和感受还那样叫人难以忘记。此时写出来，想想倒也合适。

民间故事是蕴藏在群众中间的精神财富，是取之不尽的宝库。在这些年的搜集整理工作中，跑的地方越多，越觉得这话千真万确。我们的祖国是世界上伟大的文明古国，历史悠久，地大物博。就拿山东来说，从曹州牡丹之乡，到东海蓬莱阁，也有几千里路远，光齐鲁大地，就有多少的山山水水、多少的村村庄庄。在漫长的历史岁月里，劳动人民以自己家乡的景物、风俗人情、英雄豪杰，创造了大量的口头文学，多如天上的繁星。

为了搜集蒲松龄的故事，俺曾先后三次到淄博，两次去蒲家庄，第三次是到蒲松龄当年教学的西铺(庄)，共搜集了十七个传说故事。这些故事生动地反映了蒲松龄刚直敢言、不阿权贵、关心群众疾苦的崇高人品和优美情操。他在淄川一带很有威望，便是现在，只要提起蒲松龄，老老少少，言里语里，还是充满着对他的崇敬和怀念。他尽管博学多才，但功名不成，一辈子生活道路艰难，家里过着像庄户人一样的生活，所以和下层的劳动人民有着密切的联系，也饱含深厚的感情。由于他在当过尚书的毕家坐馆多年，又到江苏做过幕宾，有着极为丰富的社会阅历。蒲松龄对百姓不只是同情，还敢于为他们说话；他不仅对横行霸道的人有无限的憎恨，而且敢于和地主豪绅、贪官污吏斗争。以上这些在关于他的故事传说中都有反映。由此可见，蒲松龄把《聊斋志异》称作"孤愤之书"并不是偶然的，他笔下的狐仙、花妖、精灵、鬼魂，看来虽不食人间烟火，实质仍然是人，写的也是人的生活，有着他对社会生活的体验和感受在其中。

很值得惋惜的是，在俺第一次到蒲家庄去的时候，蒲松龄纪念馆的同志就说:"恁来晚了,会说蒲松龄故事的几个老人都已经去世了。"相隔半年,俺又去,想不到上次在场说故事的一位老大爷,竟然也离世了。真不知有多少宝贵的口头文学,随着年月的流去,失传了。第三次,俺去西铺的时候,那是又一年的六月里,天旱地干,麦子已快上场了。西铺离王村只一里多路,王村是个镇子,有家小旅店,当俺赶到的时候天也黑啦,小旅店里已经客满,于是到一个停车场去宿,这里的房间又矮又小,连个窗户也没有,还正碰上刮干热风,只得把门敞着。门外的场子里,成宿都有汽车进进出出,加上蚊子嗡嗡的,别说困不着觉,连歇歇也不得安稳,我便去值班的一位老人那里闲谈。他说,早年间蒲松龄在西铺教书的工夫,常到王村来赶集,听人家讲故事。他还介绍了一些毕家后代的情况,扯了不少毕家尚书府几辈子的逸事趣闻。第二天,西铺的村干部,就召集了两个座谈会,到会的大部分是毕家的后代。蒲松龄在西铺的传说,就是根据大家所谈的故事整理出来的。虽然一宿没睡,但停车场老人的夜话,对俺整理蒲松龄的传说有着很大的帮助。使我们联想到,只要在生活里肯下功夫,就会左右逢源。

几百年来,《聊斋志异》为社会各阶层所喜爱,可以说是家喻户晓,连偏僻的山沟也不例外,在层层岭、重重山的沂山一带村庄,把神话、传说一类的故事,都叫作"聊斋汉子"。"你说个聊斋汉子听听!"就是说:"你讲个故事听听。"可见"聊斋"在群众中间有着多么深远的影响。自然,各地对故事还有不同的叫法,昌邑把说故事叫"拉呱"，潍县叫"说古今"，大鱼岛也许因为渔民常在织网时说故事，叫"桄线"，就说："你桄个线听听。"从这里也可以看出，民间故事是怎么遍及全省各地的。

山东有名山大川，有闻名中外的名胜古迹，有千波万浪的大海大河。广大的劳动人民出于对乡土的热爱和美好生活的向往，常常把各种山川景物赋予神奇色彩。这些故事，大都充满了奇异的想象，富有地方特色。也真是，故事，故事，讲天说地，天上飞的，地下跑的，山里长的，水里游的，没有故事不包括的。它们一辈一辈流传下来，歌颂了劳动人民勤劳、智慧、善良、坚毅的崇高美德和美好的思想感情。特别是有些爱情故事，大都带有浪漫色彩，而又情节曲折，富有情趣。

回想起多年采录民间故事的经过，真好像从一个故事的世界走过来一样。这里面有苦有甜，又艰难，又顺荏，俺常被搜集到的故事所陶醉，所鼓舞。

说起来，俺俩真正着手搜集、整理民间故事，是从一九五三年开始的，那是因为当时的环境和群众喜欢民间故事促成的。那阵，为了体验农业合作化的生活，俺俩下到了昌南县(现划归昌邑)的牟家庄，住在一家老贫农的小厢屋里，因为是乍办社，许多事情得经过社员讨论，每晚上都开会到深更半夜。白天俺和社员一起劳动，晚上就参加他们的会。

农村中没有定准的吃饭时间，早到的和晚到的常相差一两个钟头。先来的便聚在一起拉呱，有时因为论究某种事情而引出了个故事来，比如说人不要贪心，便会扯到贪心的故事上。那工夫，流传着许多长工跟地主斗争的故事，这与当时的时代背景是分不开的。土改才刚过去不久，大家对地主的剥削和压迫都很熟悉，有的还有着亲身的体会，这样的故事很容易引起感情上的共鸣，因而说的人津津乐道，听的人也大为开心。俺在牟家庄前后住了八年，待的时间越长，越觉得民间传说故事具有广泛的群众性，它反映的虽然是历史各阶段的社会生活，但由于表达了劳动人民的思想和意志，跟现实的社会生活仍然有着密切联系，尽管时代不同了，它却仍然伴随着历史前进。辈辈说，辈辈新。五几年那阵，农村中的文化娱乐生活，并没有像现在这样的方便条件，不用说没有电视，连电影也很少看到。农民翻身做了主人，生活得到了改善，就有文化娱乐上的要求，在那种情况下，口头文学确有它的优越性，连炕头上、饲养棚里，都能听到有人讲故事。作为一个文艺工作者，有责任把这些既有思想性，又有艺术性的传说故事记录下来，使它不会因为年久而失传，于是俺便着手搜集它。

　　随便听听是一回事，要把它当着口头文学去搞，就有所不同了。首先，这就需要多听多记，从中加以选择。房东大嫂家成天有街坊邻居串门，熟了后，让她们说故事，你听吧，荤的素的都有，说一阵笑一阵，这自然是搜集故事的好时机。另外，在俺住处不远，有一个老大娘，人家都叫她牟他妈妈，家里很清静，她常一个人坐在炕上纳鞋底或是纺棉花。她很会说故事，说完以后，还赘上一句："让我再想想。"就这样，几年的工夫里，她想起一个就讲一个，有时，只想起半截，就说半截，像《二小的故事》《枣核》就是她讲的。牟家庄是个大庄，又是区委所在地，人来人往，房东家常给介绍说："老董老江就愿意听呱，恁快说个给他俩听吧。"这样，虽然待在一个庄，可搜集的面却是一大片。有一年，春节期间，俺到区上炊事员老黄家搜集故事，正月里是农村的耍日子，人进进出出，特别是到了晚上，屋里人更是满满当当，炕上地下坐着的，站着的，抽着烟，喝着茶水，说故事的人越说越来劲，有些人本来是准备光听的，有时也忍不住讲了起来。成半宿价烟雾腾腾，热闹极了。听得越多，选择的余地就越大，《匠人的奇遇》等篇，就是在那几天里听到的。

有些故事是在沂蒙山区的临朐县搜集的。我们在那里总共待了三年，先是在沂山林场，后到接家河、宋王庄，在这两个村里，俺也都是住在农户的家里。可说，那是搜集故事最好的年代，因为那时，不光是从旧社会过来的许多老人都还健在，连一些三四十岁、四五十岁的人，也都会讲故事，下面的一段经历，更说明了这一点。一九五六年的秋天，俺曾专程去崂山里搜集故事，在王格庄住了一个多月，记了很厚的一本，打算以《崂山古语》做书名，搞一本故事集。后来因为别的事情，只写了其中的几篇就放下了。"四人帮"横行那阵，抄家时没把笔记本抄走，恐怕他们二次再来，万一被发现了,又是一个罪名,便把它烧了。粉碎"四人帮"文艺得解放,特别是三中全会以后,民间文学的园地也呈现出了生机勃发的景象,回头看看,那条在心目中似乎早已荒芜了的道路,又清楚地伸到了脚下,我们便重又着手搜集整理民间故事。十分后悔不该烧掉那个笔记本,便二次又去了崂山里,跑了好几个地方,因为相隔二十多年,有的老人已经没了,有的多年不讲,也就忘了,就是想着的也半边子拉块。所以除听说了一点于七的传说外,什么也没搜集着。记得在俺头一趟搜集的故事里,有一个爱情的故事,说崂山上两个精灵相爱,硬是被华严寺的和尚给拆散了,故事很是曲折优美,可是俺只想着一个梗概,所以就不能整理了。看来,俺在崂山早年所搜集的那些故事,大都失传了。

因此俺联想到记录的重要,联想到口头文学的特殊性和复杂性。要想搜集、整理好民间传说故事,光有满心的愿望不行,头一桩就必须先在记录上下功夫。民间传说故事虽说是蕴藏在人民中间的宝贵矿藏,但这些精神产品,是储存在人民头脑中的"活文学",因而也就不像刻在经版上那样一成不变。这个"活"字,有时是无止境的,比如《秃尾巴老李》这个故事,在山东流传面很广,昌乐有昌乐的说法,高密有高密的说法,尤其是胶东,各县都有自己的说法,又都大同小异。听得越多,各种说法的"秃尾巴老李"故事摆在跟前,比较之下俺选择其中思想性和艺术性好的加以整理,在忠于故事本身的前提下,剔除糟粕,留其精华,尽量保留富有感染力的情节，使整理出的故事，在各方面都较为完美。但这只是相对地说，在俺整理出《秃尾巴老李》故事后，又听到一个情节，说："那年山东老乡坐船过黑龙江，天道挺好，没风没浪，有个人说道：'李大哥！咱都是一乡一土的，你能不能出来跟大家见见面。'话刚落音，只听到'啪'一声响，一条小鲤鱼落到了船板上，金翅金鳞，只有一拃长短，船上的人看了，心里很不满足：'怎么，就这么一点吗？'大家只这么一想，小鲤鱼很快又蹦回水去。江里立时浪滚翻天，霹雳一声，从水里伸出一只大龙爪，直插半天云里。大伙又惊又喜，都说'李大哥，请回去吧！'那爪子马上缩进了水里，立刻便云散天开，风平浪静。"寻思起来，老农民所说的枝叶，是指情节里的艺术性，而"筋骨"却含有思想性的意思。不管怎么说，思想性和艺术性，都是客观存在的。同一个故事，由两个不同的人说，会产生不同的效果，有的人说得有枝有叶，很是生动，有的人说起来，就会使你觉得枯燥无味。一方面要会说，一方面还得心绪好。有一年夏天，临朐有一位村干部到县里开会，晚上上俺那里玩儿，说了个《煎饼换金箔》的故事，因为是在院子里，当时没有记。后来，俺觉得这个故事还不错，想整理出来，有些话忘掉了，便再去听一遍。他家离县城七十多里路，没寻思他摊上了事，情绪很不好，原来说的那个故事里的情节，有的也忘了，语言也没有上次生动。可见，情绪好说的是一个样，情绪不好又是一个样。

常言道:"人有十不同,花有十样红。"搜集故事遇到的情况也是各式各样的。农村中一些会说故事的人,他们不光口才好,记忆力也好得惊人,有的老汉尽管不识字,却能说《三国》《水浒》,有的人就是几十年前听的故事,也能记得清清楚楚。前年俺到大鱼岛去搜集故事,因为以前曾在那里深入生活住了半年,跟一些老渔民熟悉。这次去了,讲故事的人也不把俺当外人看待。其中有两个老渔民,他们记得的故事都是年轻时听说的,听他俩讲故事,真可说是艺术上的享受,尽管是幻想的花仙妖魔,可枝枝叶叶的情节里,却充满着现实的生活气息,富有人情味,好像故事中说的都是实有其事,如同发生在你身边。俺在那里住了将近一个月,搜集了十几个故事。但也有另外的情况,俺到长岛时,听说有位老木匠很会说故事,不过,很不容易让他开口。俺去了,果然是那样,他怎么也不肯说,老是说自己不会,于是俺说给他听,整整说了大半头午,他才答应让俺下午再去。《苏东坡的传说》就是他讲的。他说自己年轻时跑船,有一次遇上了风浪天,回不了长岛,船停在丹崖山下的海湾里,自己就去蓬莱阁上听老道说故事,当年老道讲这故事的时候,已经七十多岁了。木匠老大爷如今也七十多岁了,如果他不讲,这个故事也就失传了。不能不提,十年浩劫,留给群众的精神创伤,还没有完全消除。前年在即墨去听一个老大娘讲故事,文化站的同志先去跟她说好,才又领俺去,到了那里,却见门锁着,老大娘躲出去啦。晌午去了几趟,才找着她,也是以故

9

事引故事，她才开口说了。末后她告诉我：前几年要说这个，就是大罪过。她是担心以后落是非。也有的不在乎这个，一点不用动员。俺去曹州牡丹园，那天打谱听一上午故事，有个老大爷刚说了个头，俺一听是从前听过的，就请他另说个别的。一般的情况下，打断了他，便不大愿意再讲，可他立刻又说了第二个。搜集故事，说容易也容易，说难也难，只要有恒心，到群众中间去，就会应了那句话：人到花园，方知花多。

　　这些年俺体会最深的，是民间文学离不开群众的口头语言，像青树离不开泥土，彩云离不开朝霞一样。都说文学是语言的艺术，那么，民间传说故事更应该是口语化的艺术，真个，有多么丰富多彩的口头文学，就有多么丰富多彩的口头语言。在潍县杨家埠，俺听了个关于年画的故事，说杨家埠当初怎么有的年画，其中有这个情节：本来应该先下甘罗细，后下粗风暴，龙王不甘心认输，第二天午时，先下了粗风暴，后下了甘罗细。"甘罗细"和"粗风暴"，只是很简练的六个字，却形象、生动地把两种不同的下雨情景描述了出来，有它独特的色香韵味和乡土气息，一个"甘"字，活画出了农民对和风细雨的感情。这里面还有个生活常识问题，如果先下小雨，地淋湿了，来了风，种子也刮不出来，要是先来暴风雨，种子就会被刮出来，或冲出来。可见许多群众生动的语言，是与对生活的深刻认识分不开的。也是在这篇年画故事中，有句话，形容年画当时是怎样为群众所喜闻乐见的，"有钱没钱，买画过年"。这话把家家户户买画过年的踊跃情景透彻地表达出了。而且说来上口,听来入耳,通俗,朴实。群众生动的口语,来自生活,是从生活中提炼出来的,和当地的风俗人情、生活习惯,都是密切相连的。

　　搜集故事需要深入生活,学习群众口语中的精华,也需要到生活里去。俺学习群众语言,常常感到,群众是了不起的,有大量精彩的语言,表现力强,鲜明生动,如:"雀掉拉尾巴我就知道它往哪里飞!""泰山不是垒的,聪明不是借的。""有烂了的粮食,哪有烂了的话?""手按着葫芦抠籽还不行吗?"有的不仅是有余味,还形象好记。俺曾几次去崂山,崂山不光又高又大,还有许多庙宇。古今中外,有许多关于崂山的描写,可是给俺留下印象最深的,还是崂山里一个老汉的话。他说:"从前崂山到处是梨树,有个人到江南去卖梨,人家都问崂山有多大?卖梨的告诉他:'崂山可大啦!''到底有多大?''九宫八观七十二座庵,庵庵隔三千!'听的人吃惊地说:'哎呀!崂山这么大,有多高呢?'卖梨的说:'嗬!崂山那个高呀,更是没法说了,上到崂山顶就能摸着天。'听的人说:'那么容易就摸着天啦?'卖梨的说:'反正摸不着天也差不离。''那到底差多少?''晚上踏着崂山顶,使巴棍敲敲天嘣嘣的。'"这短短的一段对话,却把崂山的大、崂山的高,既夸张,又真实,既生动活泼,又幽默风趣地表达了出来。生活是多种多样的,群众语言的艺术也是多种多样的,但经过群众口头千遍万遍洗练过的语言，都具有表现力强、通俗顺口、朴实自然的特点。口头语言出现在书面上，要怎样不失其本来面貌，也就是，从口述到写出，还是个复杂而细致的过程。沂山里有个民办教师，口头说故事会说，俺鼓励他整理出来，可是写出来后，却完全不像他口头说的那样，通篇都是文绉绉的学生腔，苍白无力，完全失去了民间故事通俗、朴实、口语化的特色。可见说和写还不完全相同。有人说，民间故事的光彩在语言上，这是有道理的。

民间文学，是历代劳动人民的口头创作，它反映了劳动人民的意志和愿望，表达了广大群众的思想、道德和风貌，从整体来说，它的内容是健康的，立场是人民的，为人民所有，为人民所利用的。但因为它是口头创作，世代相传，不可避免地会受到旧社会统治阶级思想的影响，带有小生产者的历史局限性，因此有不少传说故事，是粗糙的，还有的是迷信、淫秽、低级庸俗或荒诞恐怖的。如农村中流行的关于吊死鬼、淹死鬼找替身的故事，尼姑怎么把孩子扔掉，后来孩子又如何中了状元，等等。这部分故事，不管从哪方面说，都是毫无价值的。在长岛听到一个这样的故事，说有一个老汉，在门上面挂了个匾，写着"忍让"二字。老汉娶儿妇这天，去了个老和尚，进门二话没说，捧了些土，扔进了水缸里，把水弄浑了。老汉不但没发火，还把老和尚请到了屋里，摆了素席给他吃。吃完了饭，天就快黑啦。老和尚说："我今黑夜要到新媳妇炕上宿。"老汉把他领进了新房里，老和尚真个在新媳妇的炕上躺下了。第二天早晨，老和尚临走时，说道："我睡的那个地方腌腌臢臢的，恁打扫打扫。"一打扫，打扫出若干金子来。这类故事，貌似民间文学，但骨子里却不是人民的立场，而是起着麻痹劳动人民精神的作用，逆来顺受的忍让，只会对旧社会的统治阶级有利。这类故事是不可取的。还有的故事，听起来也算有趣，说有一个人闯关东回来，两口子好几年没见面啦，都想亲热亲热，但有个八岁的孩子在跟前，转转悠悠不肯离开，两口子就想出了个法，对孩子说："给你几文钱，快出去买个江米人耍。"把孩子支了出去，两口子关上了屋门。老婆说："看你撅撅那个胡！"男人说："看你抿抿那个嘴。"孩子趴在窗户外面，从窗棂洞里，把什么都看得明明白白。过了一会儿，开开门，孩子进来了，娘问他说："你买的那个江米人哪？"孩子说："我没买，一个撅撅胡，一个抿抿嘴。"这样的故事，虽然有一定的趣味性，却不是高尚的，俺觉得整理出来也没有意义。

  一辈又一辈，民间传说故事，不仅在广大群众中间起着调剂生活的娱乐作用，也是人民自我教育的工具。孩子时候听到的故事，往往几十年也忘不了，可见故事的影响是长远的。好的传说故事，对人是优美的、有益的，是叫人积极向上的，反过来，便会得到相反的效果。因此，俺总想自己应该用沙里淘金的精神，挑那些思想性、艺术性都好的故事，加以整理。这本《聊斋汉子续集》就是从许多传说故事中选择出来的，从群众中来，再回到群众中去，如果它能像青枝绿叶的花草树木一样，重新扎根在群众中间，为社会主义精神文明建设，起到一点作用，这就是俺衷心的愿望。

董均伦　江　源

一九八六年三月十五日于济南

目 录

二小的故事 1
画上的媳妇 8
苍子花 14
三个儿子 22
虎口屋 27
大冬瓜 33
牙牙葫芦 44
枣核 53
银娘娘 56
房子的故事 63
玉石鹿 69
巧女庄 75
金香瓜 81
长鼻子 85

石巴狗 90
黄河的故事 97
神牛 103
荞麦姑娘 109
奇怪林 117
狐狸媳妇 128
牙门开 138
药草山 148
青山里面的宝槽 157

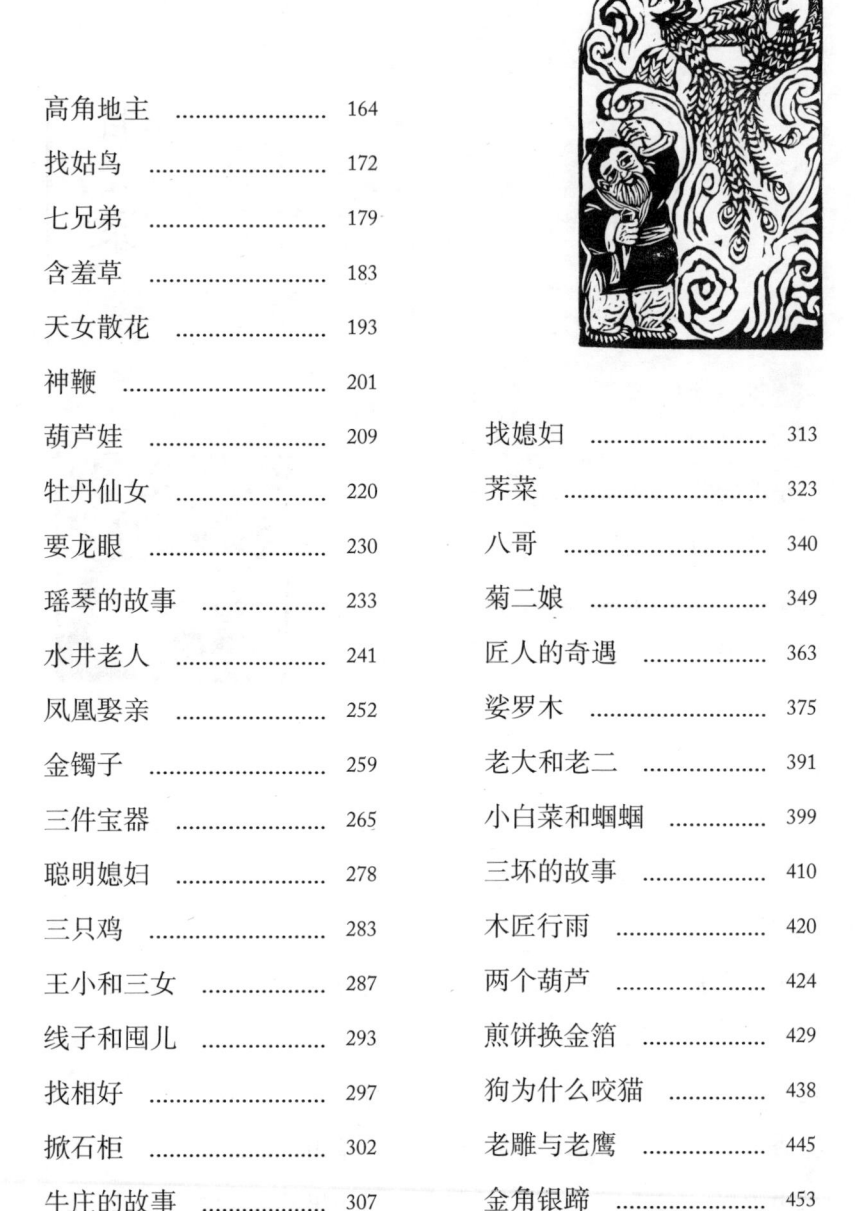

高角地主 ……………	164
找姑鸟 ……………	172
七兄弟 ……………	179
含羞草 ……………	183
天女散花 ……………	193
神鞭 ……………	201
葫芦娃 ……………	209
牡丹仙女 ……………	220
要龙眼 ……………	230
瑶琴的故事 ……………	233
水井老人 ……………	241
凤凰娶亲 ……………	252
金镯子 ……………	259
三件宝器 ……………	265
聪明媳妇 ……………	278
三只鸡 ……………	283
王小和三女 ……………	287
线子和囤儿 ……………	293
找相好 ……………	297
掀石柜 ……………	302
牛庄的故事 ……………	307
找媳妇 ……………	313
荠菜 ……………	323
八哥 ……………	340
菊二娘 ……………	349
匠人的奇遇 ……………	363
娑罗木 ……………	375
老大和老二 ……………	391
小白菜和蝈蝈 ……………	399
三坏的故事 ……………	410
木匠行雨 ……………	420
两个葫芦 ……………	424
煎饼换金箔 ……………	429
狗为什么咬猫 ……………	438
老雕与老鹰 ……………	445
金角银蹄 ……………	453

二小的故事

早年,在一个山边的庄子里,有一家人家。这家人家有一个老汉、两个儿子和一个儿媳。小儿子是个老来子[1],老汉亲切地叫他"二小"。二小是个又聪明又勤快的好孩子,任谁也喜欢。

二小十三岁那年,他爹得病死了。二小跟着哥哥嫂嫂过日子。他哥哥是个懒汉,他嫂子心眼很坏。他家有头老黄牛,二小整天放牛,牛长得又肥又胖。有一天,坏嫂子对懒哥哥说:"把二小药死吧!省得分去家业!"

---

[1] 胶东一带,人到了四五十岁上有了孩子,就叫"老来子"。

懒哥哥正在炕上打盹，糊里糊涂应道："好哇！"

坏嫂子包了两样饺子，把白面饺子里放上毒药，预备给二小吃；黑面饺子里没放，自己好吃。

二小在河边放牛，正午的时候，老黄牛吃得肚儿饱凸凸的，二小也割了满满的一筐草。

二小说："天晌了，日头火毒啦，老黄牛，回家吧！"

老黄牛站着不动，眼里泪汪汪的。

二小奇怪地问："老黄牛，你没吃饱吗？老黄牛，你渴了吧？"

忽然，老黄牛嘴一张，开口说话咧："勤快的孩子，你回家要吃黑面饺子，别吃白面饺子。"

二小心里明白了个七八。他回到家里，坏嫂子满脸是笑地说道："兄弟，你放牛割草的，累啦！我特为给你包了些白面饺子，煮好了，你快吃吧！"

二小说："嫂子！把白面饺子留给你和俺哥吃吧，我吃黑面的就行了。"说完，坐下端起黑面饺子便吃。他嫂子站在一边白瞪着眼。等二小走了，她把白面饺子扔了，又生出坏主意来了：好！你吃黑面的，我就把黑面饺子里放上毒药。第二天，她把黑面饺子里放上了毒药，预备给二小吃；白面饺子里没放，自己好吃。

二小在山坡上放牛，中午的时候，老黄牛吃得肚儿饱凸凸的，二小割了满满的一筐草。

二小说:"天晌了,日头火毒啦,老黄牛,咱们回家吧!"

老黄牛站着不动,眼里泪汪汪的。

二小奇怪地问:"老黄牛,你没吃饱吗?老黄牛,你渴了吧?"

老黄牛嘴一张,又开口说话咧:"勤快的孩子,你回家要吃白面饺子,别吃黑面饺子!"

二小心里一下子明白了。回到了家,坏嫂子满脸是笑地说道:"兄弟,你放牛割草的累了!你说你爱吃黑面饺子,我特为给你包了黑面饺子,快去吃吧!"

二小不慌不忙地说:"嫂子,从爹死了以后,都是你和哥哥吃白面饺子,今天我来尝尝吧!"说完,便吃起白面饺子来了。坏嫂子站在一边心里干生气。两回要害二小都没有害死,她又想出了个坏主意,对懒哥哥说:"快到冬天啦,下了雪不能出去放牛,不能白叫二小吃这一冬饭,和他分家吧!给他那个场院屋[1],给他二亩薄山地;牛能耕地不给他,给他那只大黄狗;母鸡能下蛋不给他,给他那只大公鸡;好犁好套不给他,给他那副破犁套。"

懒哥哥打着呵欠说道:"好哇!"

不管二小愿意不愿意,就这样分了家。

---

[1] 指庄稼收割以后,用来晒庄稼打庄稼的空地叫"场院"。为了遮风防雨,有时又在场院里简单地盖几间小屋,割庄稼时用它暂时放权耙、扫帚和粮食等,这屋就叫"场院屋"。

冬天，二小上山拾草打柴，大公鸡帮着二小捡粮粒，大黄狗帮着二小捡柴火。二小把公鸡和黄狗喂得胖胖的。懒哥哥和坏嫂子到晚上牛栏的门也不关，草也不添，老黄牛又冻又饿，瘦得像干柴一样，二小心里很难过。

春天来了，要耕地啦，二小心里犯了难。

大黄狗看出了小主人的心思，便叫着说："汪汪汪，套上我耕地一样行！汪汪汪，套上我耕地一样行！"

大公鸡也看出了小主人的心思，也叫着说："咕咕咕，套上我耕地也能成！咕咕咕，套上我耕地也能成！"

二小便把大黄狗、大公鸡套上了去耕地。大公鸡扑拉着翅膀用劲拉，大黄狗摇摆着尾巴用劲拉，二小专心地扶着犁。湿润润的泥土在犁刀两旁翻滚着。二小顺顺当当地把地耕完了。坏嫂子听说了，又出了个坏主意，对懒哥哥说："咱那个老黄牛拉不动车子，你去借二小的大黄狗和大公鸡来使使吧！"

懒哥哥一想，老黄牛拉车子，自己还得费力往前推，借了大黄狗、大公鸡来，便可以省力气啦。他连忙晃晃荡荡地去了。一见二小便开了口："二小，我的老牛拉不动车子啦！把你的大黄狗和大公鸡借给我使使吧！"

二小不理他，也不作声。

懒哥哥伸了一下懒腰又说："你不借给我，我回去就要把老黄牛使死了。"

二小心疼老黄牛，便把大黄狗、大公鸡借给了哥哥。

懒哥哥套上了大公鸡、大黄狗，装上了满满的一车子粪，鞭子一甩说："给我使劲拉！"他自己顶名是个推车子的，身子可往后打坠，恨不能叫大公鸡、大黄狗拉着他。没多时，大公鸡和大黄狗累得浑身是汗，走得慢了，鞭子便打在身上。大黄狗和大公鸡气得不走了，懒哥哥就一个劲儿地打起来，末了把大黄狗和大公鸡都打死了。懒哥哥觉得累极了，回到家，爬上炕就睡觉去了。

二小从坡里剜苗子回来，顾不得回家吃饭，便上了他哥哥家。坏嫂子站在院子里，二小问道："嫂子，我的大黄狗和大公鸡呢？我引回去喂喂！"

坏嫂子把手一摆说："别提你的大黄狗和大公鸡啦，叫你哥哥在道上打死了。"

二小听了，心里一沉，马上朝大道跑去。只见大黄狗、大公鸡都直挺挺地躺在道上，二小的心里又生气又难过，看着看着，便掉下泪来了。他哭了一阵，抱起大黄狗和大公鸡回到家里，把它们埋在屋前的场院里。二小上坡回来，总要上那里去看看。过了几天，从坟堆上长出了一棵榆树来，嫩嫩的黄绿色的叶子像宝石样地放亮。二小天天来浇水，一年的工夫，榆树长得比二小都高了，树头团团的好像一把绿伞。到了春天，柔软的榆树枝上，长出了一堆堆花朵样的榆钱。二小欢喜地仰着脸看，手不觉碰到了榆树干。忽然，沙沙地一阵响，榆钱像下雨般地落了下来。二小低头一看，不觉吃了一惊,地下不是榆钱,是一些闪闪发亮的金钱和银钱。二小把钱拾了起来,买了一头大黄牛,这以后二小更加勤快了。这件事情又叫坏嫂子知道了。有一天二小上了坡,坏嫂子翻过了院墙,抓着榆树干拼命地摇起来。哗啦啦,哗啦啦,榆钱好像下雨般落了下来,打得坏嫂子的头嘭嘭地响。她两手抱着头,"哎哟哟"地叫了起来。低头一看,哪里是什么金钱、银钱,尽是一地石头蛋子。摸摸头上,起了一个个的大包。她生气了,找了一把斧头,"吭!吭!"地把小榆树砍倒了。正巧,二小从坡里回来看见了,又气又疼,便问坏嫂子:"你为什么砍倒我的榆树?"

坏嫂子把眼一翻,怪声怪气地说:"你别提你的榆树啦,把我头上打了这么些包!"说完了,一甩手走了。

二小很伤心地摸着他的榆树,末了找了一把小刀来,把榆树的枝条割了下来,编了一个小篮子。他把小篮子挂在屋檐下。南来的鸟,北来的鸟,南来的燕,北来的燕,都上里面去下蛋,一天的工夫,篮子就满了。

这件事情又叫坏嫂子知道了。她对懒哥哥说:"你不是爱吃蛋吗?看二小家里有那么多鸟蛋!"

懒哥哥一听到吃,眼睛就瞪了起来:"我去跟他要一些!"

坏嫂子却说:"你别去跟他要蛋,去把他的小篮子借来吧!咱叫燕和鸟给咱下蛋,下得屋子里盛不了,院子里堆不了!"

懒哥哥便上二小家去了。他怕二小不借给他,一进门就哭丧着脸说:"二小!我快要饿死了,你把小篮借给我用用吧!以后我一定好好地干活。"

二小心地很好,听哥哥这么一说,便把小篮子借给了他。坏嫂子看见了,喜得咧开了嘴。她学二小那样也把小篮挂在屋檐下,自己坐在门口喊道:"东来的鸟,西来的鸟,快到我篮里来下蛋!南来的燕,北来的燕,快到我篮里来下蛋!"

南来的鸟飞到小篮里,屙了屎飞了出来;北来的鸟飞到小篮里,屙了屎飞了出来。南来的燕,北来的燕,也都飞到篮里,屙泡屎飞了出来。把坏嫂子气得抓起棍子就打。

小鸟吱吱地叫着说:"坏嫂子,坏心肝,啄去你眼叫你看不见!"燕子也叫着说:"坏嫂子,坏心肝,啄去你眼叫你看不见!"小鸟、燕子一齐向坏嫂子的脸上扑去,坏嫂子痛得直打转,又叫又喊,懒哥哥在炕上蒙蒙眬眬地说道:"你嚷什么,吵得我睡不好觉!"说着,眼睛没睁一睁,又打开了鼾声。

坏嫂子的眼睛叫燕子和小鸟啄瞎了,没几天的工夫她便气死了。懒哥哥也饿死了,只有勤快的二小,过着幸福的生活。

画上的媳妇

很早很早以前,不知道是在哪一朝哪一代啦,有一个叫"柱子"的小伙子。人长得棒实实的,也很精明,二十多岁了还没有个媳妇,嘴里不说,心里不大痛快。娘看出儿子的心事,劝他说:"孩子,咱过这号穷日子!二亩薄山地,交上皇粮官银,咱娘儿俩嘴也顾不了,谁家闺女会到咱家里!"

离开娘说这话,有三个多月就过年了。

柱子娘想,平时吃糠咽菜,大年黑夜,怎么的也得吃顿饺子,没有白面,使高粱面,买不起白菜,买点萝卜包包!柱子听了娘的盼咐,便拿了仅有的十个小钱去赶年集,还没到菜市,就看见一个老汉拿着一些画在那里卖,其中一张画着一个媳妇。

媳妇画得那个俊相,说都说不上来,柱子越看越爱,把十个小钱都给了老汉才买了来。拿着画就回了家。

娘看了叹了一口气,也没说什么,柱子把画挂在自己屋里。到了晚上,他回到自己房里,把灯才点上,就听着那张画哗啦啦地响了两声。屋里又没有风,怎么会有响声?柱子奇怪地抬起头来看时,只见画上的那个媳妇,一动一动地变成个活人凸了下来。柱子又惊又喜,媳妇笑嘻嘻地坐下和柱子说话。两个人越说越亲热,柱子也不觉得害怕了。

鸡一叫,媳妇又上了画,晚上又走了下来。这么样过了有个把月,有一天晚上,媳妇走了下来,低着头不作声。

老一歇,她才叹了口气说:"你是个勤快人,我实在不忍看你受穷挨饿,我有心露一手,又怕引了祸来家。"

柱子说:"咱俩在一起,我心里就高兴!"

媳妇说:"咱的日子不能老叫它这样苦,我给你二十个小钱,明天你到集上买一点丝线来吧。谁问你,千万不要对别人说起我来。"

柱子欢喜地答应了。第二天便把丝线买了来。

到了晚上,媳妇照样又从画上凸下来。她接过丝线说道:"你睡觉吧,我做点活儿再来。"

鸡叫啦,天明了,柱子睁眼一看,满屋里都是闪光的绸和缎,这花样那花样，看花了眼。

娘跑来一看，简直地愣了。柱子根本来由地对娘说了，娘听了又惊又喜又害怕。

柱子把绸缎拿到集上卖了很多的钱，从这以后，娘儿俩过着富足的日子。

有一天，柱子下地干活儿去了。半头午的时候，来了一个化缘的老道士，一见柱子娘就惊叫道："你脸上有妖气呀！"柱子娘一听很害怕，老道士紧接着又说："你赶快把那个织绸缎的媳妇交给我吧，不的话，你就要家破人亡啦！"柱子娘越想越害怕，急忙到儿子屋里揭下画来，卷了卷，拿着就往外走。

画里那媳妇叹了一口气，说："柱子要是想我，你叫他到西酉去找我。"柱子娘听到说话，更吓慌了，三步两步走到门口，把画交给老道士，老道士拿上就走了。

柱子从地里回来，听娘一说，急得直跺脚，从这以后，他就病倒了。娘给他请医吃药也不见效，眼看快要死了。娘守着他哭道："柱子呀！我就你一个儿子，娘从来没错待了你，你要怎么的，就怎么的吧！"

柱子掉了一滴眼泪说："娘！我实不瞒你，只要我能再见她一面，我的病就好了。"

娘说："唉！柱子，娘也后悔了。那时，我临拿着画往外走时，她说，叫你到西酉去找她。也不知西酉在哪里，等你病好了去找她吧,娘不阻拦。"

柱子一听心里有了盼头,从此病就慢慢地好了。娘把卖绸缎的钱给他收拾了一布袋,柱子牵着一匹马,驮着钱就向西走去。

走了不知道多少日子,吃饭宿店的,一布袋银子也花光了,还是不到西酉。马也卖了,还是不到西酉。柱子只好一路给人家做短工,挣几个钱做盘费,一路往前走。

这样又不知过了多少日子,走着,走着,村庄就稀了,他常常走到晚上也找不到个地方宿。柱子挨着饿、忍着渴还是往前走。这一天,走了一整天也没看见个庄,一整天汤水没进口。第二天半头午的时候,他老远就望到了一条小沟,很欢喜地赶快跑过去,一看,沟里水干了。他顺着沟走去,终于找到了一个小水湾,蹲下正要去喝水,看到一条黑色的小鱼,他又停住了,心里怪为难的,自念自语的:"小鱼呀!我要是喝了这点水,就把你干死了;我要是不喝这点水,我就渴死了。"他想了想又说:"我就是不喝这口水,再过一天水也就干了,你还是要死呀!"他站在那里停了老一阵,才想出了一个办法,把自己的手巾放到水湾里淹了淹,把鱼包了进去,才把剩下的水喝了,又往西走。

不知又走了多少里,天半过午了,只见一条南北大河挡住了路,河水滚滚地看不见底,柱子愁得在河边坐下。他一下想起鱼来,看了看还没有干死,便说:"我自己怎么的还不知道,别忘了把你放进水里去!"

小鱼被放到河里，打了个照影就不见了。柱子东看看西望望，大河好似通着天上样的没有个头，又没有船怎么能过去呢？

正在发愁，听到后面有人喊道："柱子！"

他回头一看，没有人。心想：荒山坡地，怎么会有人叫？才掉回头，又听到有人喊他。他又回头一看，一个大黑汉子站在跟前问他道："你要过河吗？"

柱子说："怎么能过去呢？"

黑汉子说："搭个桥吧！"说着弯腰折下一根柳条，向河里扔去，柳条变成了一条独木桥。柱子也不怕掉进河里，大踏步地从桥上跑了过去。刚上了岸，回头一看，桥也没有了，黑汉子也不见了。只见那条小鱼快乐地在河里游着，小嘴向他一张一合的。

他又朝前走，爬过一个岭，见到一个村庄，道北面有一座大门楼，门口站着一个老道士。看看日头已快没了，柱子上前求他留个宿。老道士皱了皱眉头，答应了，把他领到三间厢屋里去。屋子是纸糊的墙壁，只有一张床，一张空桌子。老道士把他安排好，临出去时说："你在这里不要随便翻弄。"

老道士走了以后，柱子躺在床上，猜想起来："屋里什么也没有，我能翻弄什么？"心里怪纳闷的，睡也睡不着，手不觉地揭着墙上的纸。揭着揭着，心里一震，这哪里是墙壁，原来是一个小半门子，从门缝里射进一丝月光来。他开开小门一看，后面是一个花园，花园里有一座小楼，楼上还点着灯。不多一歇，有一个女人从楼上走了下来,他正想离开半门子,不觉又惊又喜地喊道:"你在这里呀?"

月明地里,柱子看得明明白白的,从楼上走下来那个女人,正是他所要找的画上凸下来的媳妇。

媳妇摇手不让他喊,走到他跟前悄悄地说:"这就是西西,我偷了老道士的宝剑来啦,咱们快逃吧!"说完,割下了一块衣裳襟,叫柱子站了上去,衣裳襟变成了云彩,飘飘摇摇地飞到半空中。柱子觉着好像坐轿一样,还挺自在的。媳妇这阵掐指一算说:"老道士赶了来啦!"她把宝剑抽了出来,后面响起了雷声、风声、雨声。

媳妇说道:"他赶上来了,你不用害怕,闭上眼吧!"

柱子听到震天震地的,也分不出是什么响声来。

老大一阵工夫,才不响了。他听到媳妇叫他睁开眼。一看,不知什么时候已经落到地上了,眼前躺着一个斩下头来的妖怪。

苍子花[1]

沙河庄庄西靠河沿那一片果树行子，是有名的苍子洼，这时候去看看，又是苹果树，又是梨树。早年间，那里净是一片青青的苍子呀！苍子也能开花啊，开得奇大奇俊，从前这个庄就有一个闺女看到过。

这个闺女叫彩娥，只和她娘两个过日子，地没有一指，小矮屋两间，日子过得奇苦寒。她娘已经是五六十岁了，眼也花了，背也

---

[1] 苍子：是一种一年生的草本植物，它的茎高低不一，最高的有三尺左右，叶掌状，叶子上有两个、三个或四个深浅不一的裂口。多半生在河边，或水沟旁。

弯啦，全凭彩娥挣饭吃。彩娥绣的那手花，远的近的没人能比。都是自己出样子，绣出个花，那就不像使线做在布上的，简直像活生生的长在上头一样。那些来雇她绣花的可多啦，要出嫁的闺女找她绣嫁衣，要娶媳妇的找她绣喜帐，自然都是一些有钱的财主咧。彩娥没白没黑的，哪一天也是从日头出，忙到四更尽。娘看不过眼，一遍又一遍地说："彩娥，睡吧。"

彩娥只是笑笑说："娘，我不累呀！你看，这朵花快绣好了。"娘听了，悄悄地叹气，她也做过花来，那真是个累营生，没白没黑地坐在撑子前面，腰痛膀酸的。尽管彩娥这样卖力，娘儿两个也只能好歹的顾着嘴没饿煞，哪里还有钱去置办穿的！彩娥只有身粗布衣，也都打着补丁了。她穿的虽是破的旧的，却还是一个水灵灵的俊俏姑娘，小伙子们的眼都看上了，媒人是这个进去那个出来。彩娥自己选好了一个小伙子，她说："找的是个知情知意对心思，穷富我是不讲究的。"那小伙子是本村地主的一个佃户，人长得很魁梧，也很漂亮。两家说定了春天成亲。

娘成天价为闺女出嫁犯愁，怎么的也得做件衣裳在喜日子里好穿呀！彩娥在娘跟前时，只这样说："娘，不用犯愁，穿着旧衣裳，也是一样呀！"背着娘时她的心里也难受，要知道，人在十八九，哪有不爱俊的。

有一天，彩娥到沙河边上去洗衣裳，衣裳已经穿乏了，在石头上一搓，更破得不成样子了。她看着看着，叹了一口气说道："绫罗绸缎，什么衣裳也绣过，可是我连一身好衣裳也穿不上。"

刚刚说完，身后面苍子叶沙沙地响了起来，她还以为是风刮的呢。她回头一看，却是个十分美丽的媳妇站在跟前，彩娥不觉惊奇起来。那媳妇不同寻常人一样，脸上放着亮光，手里提着一套花衣裳，看去并不十分新鲜，但很好看。

她笑嘻嘻地说道："好闺女，你拿去穿吧！"

彩娥感激地望着她，站了起来，摇了一下头说："你自己留着穿吧！"

媳妇亲自把衣裳给她披上说："好闺女，你有了这套衣裳，再不用犯愁了，几时脏了，放在火里烧烧就新鲜了。"说着帮彩娥穿好了衣裳。彩娥低头看看衣裳，不长不短、不宽不窄，正合身。抬起头来，要跟媳妇道谢，她却连影子也不见了。四面看看，眼前河水哗哗地流，背后苍子一望无边。苍子叶又沙沙地响了，好像有一个细小清楚的声音说道："好闺女，你尽管穿吧，这是你应该得的。"

彩娥揉了揉眼再看，还是什么也没有看见！她只得坐下再去洗衣裳。

穿上了一件像样的衣裳，彩娥显得更俊俏了。年节到了，她在屋里生上了大火盆，脱下了那套衣裳，扔进了火里。娘慌忙伸手去抢，衣裳已经着火了。娘又疼又急地说道："彩娥呀！你痴了吗！"

彩娥只是笑笑:"娘,你等着看吧。"

衣裳烧过了,彩娥轻轻地从火里提了出来。

娘不觉叫道:"这是什么样的好衣裳呀!"

真是绸缎也没有那么光滑那么亮呀!只要轻轻地一摆动,绣在上面的花朵,就变换着颜色,闪着红色,闪着紫色,花朵边上双双的蝴蝶更是闪耀着五颜六色的光彩。

娘看看衣裳,又看看闺女,欢喜地说道:"彩娥呀,你穿上这件衣裳,天仙也不如你好看啊!"

到了年初一,按风俗不准在这一天做活儿,彩娥也歇工了。她和女伴们走在街上,小伙子们简直是没法把眼离开她了,谁也分不清到底是衣裳俊秀,还是她的模样俊秀。谁知道祸事就从这里引起来了。

这庄里有一个大地主,外号叫"财迷鬼"。财迷鬼有一个闺女、一个儿。闺女就要出嫁了,儿子长得猴头猴脑的,因为这个,背后里人家都叫他"假猴子"。假猴子看到了彩娥,好像苍蝇见了蜂蜜,一下子就跟上了,赶也赶不走,一直跟到彩娥的家门口。

彩娥娘说道:"俺彩娥有了人家啦。"

彩娥也气呼呼地说:"你别青天白日做大梦啦。"

假猴子见得不到手,狠狠地说道:"看你能逃过我的手去!"他往家走着,心里想:"只要把她弄到自己家里,就好行事了。"回到家里,见到财迷鬼,忽然想出一个主意来。他眨了眨眼,上前说道:"爹,俺妹妹就要出嫁了,给她找人绣嫁衣吧!"

财迷鬼瞪起眼问道:"要多少钱才绣一件呀?"

假猴子忙说:"我早想好了,这庄里有个叫彩娥的闺女,绣花绣得可是好,把她叫到咱家里,管她吃的就行了。"

财迷鬼听了儿子的话,一想也合算,却又说道:"可不能给她好的吃呀!"

财迷鬼和县官两个称兄道弟的,彩娥不肯去,但也由不得自己,被硬逼着去了。

嫁衣绣好了一件又一件,总是不放彩娥出去。假猴子一天到晚断不了去缠扰。可是他一靠近彩娥,彩娥衣裳上的亮光就耀得他眼花头昏。

正月过去了,二月也完了,院子里的杏花开了,彩娥和小伙子喜日已经过了。

入了这高墙大门,好似掉进大海一样。彩娥心想,怎么和小伙子见见面?怎么跳出假猴子的手?

给财迷鬼家做活儿的人,每晚上都要做到深更半夜才能睡。别人都睡下以后,彩娥偷偷地找了一幅缎子,在上面绣了起来。针把指头扎破了,眼泪把丝线滴湿了,听着鸡叫了,她忙把它藏起来,再去给财迷鬼的闺女绣嫁衣。

这样又过了有个把月,一幅画绣好了。黑天上,亮着星星,飘着白云,青青的苍子洼里,站着一个俊俏的闺女,那闺女不是别人，正是彩娥自己，她用手指着遥远的天边。

彩娥对着绣好的画，心想：他见了这画，一定知道我的心思吧。他能到苍子洼里等着我吧？只要能出了这个深宅大院，我们就一块儿向天边逃去。可是找谁捎给他呢？

彩娥正在想着，背后的门哗啦地开了。假猴子领着几个人走了进来，可是他的两眼被那绣好的画引了去。他提了起来，缎子一动，绣在上面的星星在眨眼，白云在飘，苍子叶在动，那俊俏的闺女也好似凸了下来一样，看着看着，真像到了神仙境地了。和假猴子一块儿进来的那些家伙，一齐说道："这是宝物呀！"

假猴子忙拿了这绣好的画，送给财迷鬼。

财迷鬼看了又看，说道："好是好，可惜上面的苍子没有开花，去把她叫来！"

财迷鬼见了彩娥，狠声地说："谁叫你偷着绣画？我对你开恩，也不追究啦，你再给我绣一幅，上面的苍子要开着花。"

彩娥心想："苍子还有开花的吗？这不是明明要治人！"财迷鬼生了气，大声喝道："你听见了没有？怎么不作声！"

彩娥想了想说道："老爷，你要绣有苍子开花的画，我能绣，可是得叫我见见那个物件呀。我听说苍子洼那里，半夜三更常开苍子花呀！"其实彩娥的心里盘算好了，只要叫我出去，就和小伙子一块儿逃走。

这个事又用不着花钱，财迷鬼应承了。假猴子却说道："爹！

找个人跟着她,别叫她偷着跑了。"

财迷鬼对彩娥说道:"你不用逃跑,只要你能绣出苍子开花那幅画来,我就放你回去。"他这样说着,第二天夜里还是派了一个狗腿子跟着彩娥。

往苍子洼走着,彩娥心里盼望:不能万一碰到他吗?到了那里,却只有月亮照在苍子叶上,凉风吹着,彩娥掉下泪来。

突然,从苍子洼升起了一串串的火球。彩娥一点也不害怕,她一下子想起了那个送她衣裳的媳妇,就是在这苍子洼不见了,连谢她一声也没有,能再见她一面多好。彩娥想到这里,忽然间,扑拉一下子,整个的苍子洼,比太阳出来还亮堂得多,苍子也变得又高又大,开满了铜盆那么大的花朵,金金粼粼地闪光。那媳妇笑嘻嘻地站在那里,彩娥刚要向她跑去,只听"啊呀"一声,什么也不见了。原来是那狗腿子吓得叫了起来。狗腿子两手揉着眼,他是什么也没看到,只觉得耀得眼痛。

周围还是老样子,凉风吹着,月亮照在苍子叶上,狗腿子一急二急催着彩娥回去……

不多日子,彩娥把苍子花的画绣好了。财迷鬼却还是不放她回去。财迷鬼听说看到苍子开花的人是会得着福气的,便要彩娥去摘一枝真的苍子花来。

彩娥说道:"上一次我正要去摘,可是叫跟着的人冲了,只要放我自己去就能摘得回来。"

假猴子又出来阻挡，财迷鬼却想得枝神花作为传家宝，只得放彩娥一个人去了。

彩娥那天晚上去了以后，便再没有回来。有人说，她跟着管苍子花的百花仙女去了。那苍子洼底下，另有一层天地。也有人说，她和那小伙子一块儿逃走了。真的，从那天晚上起，小伙子也不知上了哪里去啦。财迷鬼派人四处去捉，连个踪影也没有找着。

三个儿子

许多年以前，咱这地方挺荒凉的，缺了水，就什么也不长了。那阵，站在咱这大北山顶上望望，土坷坷的[1]，看不见棵树。一刮风暴土漫天，庄稼旱得老是长不好，十家有九家受穷挨饿，有的实在没法过就搬走了。

有一个很精明的老汉，他有三个儿子。有一天他到大北山上去打柴，那是夏天，多日也没下雨了，庄稼都旱死啦！在山脚下，有一块光溜溜的青石，青石边上长着一棵谷子，叶子绿旺旺的，谷穗

---

[1] 指铺满尘土的样子。

子有一尺多长，叫谁看了都欢喜。老汉站住了，左看右看，心里就寻思：这块青石底下，一准有个什么缘故，不的话，这棵谷子不能长得这么好。自己活了这么大年纪，还没见过这样的一棵好谷呀！老汉在青石上坐下看了老半天，舍不得走开。他想：满坡里都长这样的谷，那就好了。

第二天，他带上了锤和凿子，去凿那块青石去了。青石比钢还硬，一凿一冒火星，没几天把凿子都凿光了，可是连拳头大那么点青石也没凿去。他回到家，到处收铁收钢，收了岗尖的一大堆。他支起炉子升起火，打凿打锤，打了也不知多少年，只知道他短短的胡子长得老长了，黑黑的胡子变得雪白了。打的凿使铁页子[1]捆了三大捆，打的锤使铁页子捆了两大捆。他把三个儿子都叫到跟前说："我这么大年纪啦，说不定什么时候就要死了。我一辈子别的没有给你们留下，这三捆凿、两捆锤，都是宝器。唉！可是就怕你们没有这么大的福气。"

三个儿子都说："爹呀！我们弟兄三个就没有一个有福气的？"

老汉看了三个儿子一会儿，说："这样吧，你们抬着这三捆凿两捆锤，围着大北山，右转三圈，左转三圈，把捆凿捆锤的铁页子磨断了算完。"

三个儿子问道："这样做，我们就有福了吗？"

---

[1] 指捆东西用的一二指宽或三四指宽的长铁片。

老汉摇了一下头说："不，这只是试一试。在山脚下有一块光滑滑的青石，我琢磨好了，把这些凿锤磨光了，青石也就凿完了，你们就有好日子过了，说不定咱这地方的人都能好过了。"

三个儿子都说："爹！我们能办到！"

老汉似信不信地点了点头。过了些日子，老汉死了。

三个儿子想着爹的话，抬起了三捆凿、两捆锤，往大山那里走去，都是些铁器，那个沉劲，压得肩膀生痛。他们围着山，才转了两圈，大儿子对他两个兄弟说道："也没有咱那么个糊涂爹，这得把人累死了，你两个愿意抬，去抬吧，我不抬了。"说完就走了。

二儿和三儿抬着还往前走，衣裳磨破了，肩膀也压肿了，汗一溜溜地顺脸往下淌。右转完了三圈，左转了才两圈半，铁页子砰砰叭叭地断了，凿锤正好落在光滑滑的青石旁边。

两个儿子拿起锤和凿来凿石头，一凿一冒火星，震得手生痛。二儿子对兄弟说道："也没有咱那个糊涂爹，这要什么时候才能凿完呢？你愿意凿，就凿吧，我不凿了。"二儿子说完就走了。

三儿子和他爹一样的性情，什么事也难不倒他。他留在那里，不顾风吹日晒，不顾雨淋雪打，无冬无夏的，都听到他叮叮当当凿石头的响声。手磨破了，又起了茧，他还是凿啊凿啊！不知道凿了多少日子，只知道他光溜溜的嘴巴长出了胡子，短短的胡子长长了，黑黑的胡子变白了。

三儿子也有三个儿子，有一天他把三个儿子叫到跟前说："我这么大的年纪啦,说不定什么时候就要死了。我凿了一辈子青石,你爷爷说:"这青石底下是有宝器的。唉!可是就怕你们没有这么大的福气。"

三个儿子都说:"爹呀!我们弟兄三个就没有一个有福气的?"爹看了三个儿子一会儿,说:"三捆凿子我磨完了两捆啦,两捆锤子我磨净了一捆多了,青石我也凿完一大半了,你们把剩下的凿完了,你们就有好日子过了,说不定咱这地方的人都要好过了。"

三个儿子都说:"爹!我们办得到!"

爹似信不信地点了点头。过了些日子,爹死了。

三个儿子想着爹的话,到大山脚下去凿青石去了。一凿一冒火星,大儿子对两个兄弟说:"也没有咱那么个糊涂爹,这要什么时候才凿完呢?你俩愿意凿,凿吧,我不凿了。"说完把锤一扔就走了。

凿了半天,二儿子对兄弟说道:"也没有咱那么个糊涂爹,累得我腰也酸了,胳膊也痛了,你要凿你凿吧,我不凿了。"说完也把锤一扔就走了。

三儿子可和他爹一样的性情,什么事也难不倒他。他留在那里,冷天热天,从早到晚,都听到他叮叮当当凿石头的响声。手上的血泡变成茧了,他还是凿啊凿啊,不知道凿了多少日子,只知道他光溜溜的嘴巴长出了胡子,短胡子又变长了。终于这一天来了，凿子、锤子磨净了，青石也快凿完了，只剩下一点点了。他用手使劲一掀，青石被掀起来啦，扑拉一声，青石底下飞出两只凤凰，五光十色，耀得三儿子眼都花了。凤凰冲上了蓝天，并排向东南飞去。三儿子望着，只见飞过去的地方，起来了两道高高的大堤，大堤的两面，一色的青苍苍的树林，各色各样的鸟儿从四面八方飞来了。

凤凰越飞越远。三儿子又弯腰去挖，净是些软绵绵的细土，挖着挖着，下面又是硬硬的石板。石板上有两个溜圆的眼子，他抓住眼子提起来，才走出没有几步，听着哗哗地响，回头一看，清清的水，卷着白浪向凤凰飞过的两道大堤当中涌去了。

从这以后，咱这地方变样了，大伙儿引这河里的水浇地，谷穗子真的有一尺长，树也长起来了，刮风也没那么些暴土了，天也不那么干旱了，也能看见水鸟在上面飞，也能听到各式各样的鸟叫了。

虎口屋

从前有一个庄里住着娘儿两个,靠租地种过日子,拿去租子就剩不下几颗粮食了。

揭不开锅那是常事啦。有一天吃早饭,娘儿两个只守着一个糠窝窝头,娘说:"大拴呀!你吃了好上坡去做活!"大拴说:"娘!你这么大的年纪啦,你吃了吧!"你推我让的谁也不舍得吃。正在这时,有一个讨饭的老妈妈到了门上,瘦得皮包着骨头,好几天没有吃饭了。

娘儿两个把那个糠窝窝给她吃了。老妈妈又说她离这里还有七十多里路,自己怎么的也走不到家啦。

娘儿两个听了她的话，都替她着急，大拴很乐意把老妈妈亲自送回家去。

上了路，老妈妈就走不动了，大拴背着她。走了一里又一里，从早晨走到天晌，从天晌走到日头偏西。真是一饥难忍，大拴肚子里没有饭，累得筋疲力尽，他还是一句怨言没有，背着老妈妈往前走。

又走了一阵，看日头快要落山，也走了有七十来里路了，前面还是望不见村庄，挡着路的却是一片明光光的大湾[1]。老妈妈叫大拴放下她说："好心的小伙子。你把我送到家啦，待会儿从湾里出来个什么，你就拿着。那是我送给你的。"话刚说完，老妈妈向湾里一跳，没到水里去了。

大拴一惊，这不是淹死了吗？不去救她还等什么！他什么也不顾就想往下跳。这时只见老妈妈从水里露出了半截身子，双手捧着一只花母鸡说："好心的小伙子，你不用为我担心了。我送你这只花母鸡，它愿意和你一块儿过日子！"

说完，老妈妈把花母鸡放到岸上，又没到水里不见了。

花母鸡溜溜地跑到了大拴身边，他抱起它来回了家。

娘儿两个商议了一下，打扫净了窗外面的鸡窝，把花母鸡放了进去。睡下的时候，半夜多了。

---

[1] 大湾，积水的洼地，胶东一带都叫它"湾"。大的叫大湾，小的叫小湾。

天明的时候,花母鸡在鸡窝里咕咕地叫了两声。大拴的娘醒了过来,听了听儿子还打鼾声,她叹了一口气,自言自语地说:"大拴这孩子上坡去做活儿,能有个米面饼子吃多好!可今天早晨连糠窝窝也没有。"

明了天,大拴上坡去了。娘也起来,没有别的下锅,还有一筐笞地瓜叶,打算煮煮,娘儿两个好吃。

掀开锅盖,简直欢喜愣了:锅里黄黄的米面饼子,还蒸的有咸菜,都大冒热气的。

真是怪了!大清早上谁也没来,什么人给弄的饭?

左思右想,也寻思不开,她把饭拾掇到篮子里,罐子里舀上开水,挑着去送给儿子吃。

到了坡里,便把这回事对大拴说了,大拴听了也觉得奇怪。

做晌饭的时候,大拴娘又坐到炕上,偷偷地听着。别的什么动静也没有,只听得地下"咕咕"两声,接着冒了一阵烟。大拴娘连忙下地,只见花母鸡慌忙忙地向院子里跑去。掀开锅一看,又是米面饼子,油蒸的咸菜。

晚饭还是这样,娘儿两个从此有了饭吃,不再受饿。

过了些日子,大拴和人家换工,从圈里往外抬粪。

做晌饭的时候,大拴娘坐在炕上自言自语地说:"抬粪这个营生可累,光大拴好说,还有外人,要是有个白面饼吃多好!"话刚说完，就听到花母鸡"咕咕"了两声，大拴娘从灯窝[1]里偷偷地往外看，只见花母鸡跳进门口里，翅子一扑拉，变成一个很俊的媳妇，灶门口冒了一阵烟，媳妇又成了花母鸡跑出去了。

晌饭，大拴他们吃的白面饼、好菜。

大拴娘把见到的都对儿子说了。

第二天早晨，大拴和一些小伙子掰合[2]一块锄地，大拴说要留在家里挑饭，他偷偷地避在屋门后面。

娘在炕上自言自语地说："今早上锄地，要好有个饽饽吃吗？"话刚说完，花母鸡"咕咕"了两声，跳进屋门口里，翅子一扑拉，变成了一个很俊的媳妇。大拴猛地从门后跑出来抱住了她。

媳妇羞红了脸，低着头说："咱两个可得说定了，碰到什么事也不能有三心二意。"

做好了饭，大拴对媳妇说："你跟我到坡里去吧，等俺吃完饭，你把家什挑回来，我就不用回来送了。"

媳妇答应了。大拴走在前面，媳妇跟在后面，满坡里锄地的人，忘了做活啦，都瞪着眼看。

饭送到地里，小伙子们哪里还顾得吃饭！都光顾看了，因为谁

---

[1] 胶东一带，常常把一栋房子用薄壁隔成好多间。为了节省灯油，在薄壁上留下个一块砖那么大的长方形的小孔。把灯放在里面，这样，点一盏油灯，就能照两间屋子。这个长方形的小孔，就叫"灯窝"。
[2] 是凑合在一起互相帮助的意思。

也没看到过这么俊的媳妇。

大拴有了个好媳妇,一传十,十传百,传到这庄里老尊长的耳朵里了。

老尊长把大拴娘叫了去,骂了一顿,说她家伤风败俗,媳妇不是明媒正娶的,不能留在这一姓里。逼着大拴娘回去把媳妇撵走,要是不撵走,过两天就要把她儿子和媳妇活埋了。

大拴娘回到了家,看看儿子那么欢喜,看看媳妇那么好,怎么也不愿意说出那样的话来。她心里又难受又焦急,就得了急病,半天的工夫就不行了。临死的时候,嘱咐儿子、媳妇说:"这里不能待了,你们两个赶快去逃难吧!"

大拴和媳妇埋了娘,近处不敢落脚,商议了商议,便向远远的大山里奔去了。

路上吃尽了千辛万苦,这天来到了大山的半腰里,迎面起了一阵大旋风,旋风中一条青龙,张牙舞爪地向他俩扑来。大拴吓得浑身直抖,媳妇用身子挡住他,拾起了一块石头扔过去,不偏不倚正打在龙眼上。龙逃了,旋风也煞住了。

大拴想起刚才的情景来,不觉说道:"唉!从来也没受过这样的惊吓!"

媳妇脸色忽然变了,她望着大拴看了一会儿,冷冷地说道:"你也不用后悔!我走了,你愿意回去就回去吧!从今以后我再不带累你了。"

大拴要解说，她却如飞一样地走了。他赶着赶着便看不到她的身影了。

大拴爬上了高山，翻过了大沟，棘针挂破了衣裳，石头磨破了脚，还没找到媳妇，他还是往前走。

一直找了三年，在一个山涧里碰着一只老虎，大拴忘了害怕，连忙问道："老虎！你看到我媳妇了吗？"

老虎张开口，只见媳妇在虎口里坐着。大拴想也没想，扳着虎牙就跳了进去。

从这以后，那老虎张着口，大拴夫妻两个把虎口当屋过起日子来了。

虎口慢慢变成石头的了。大拴和媳妇的孩子生了孩子，孩子又生了孩子，到现在已经是一个大庄了，那个庄名就叫"虎口屋"。

大冬瓜

　　人和人不一样，有一种人心眼好，劳动好，又喜欢帮助别人，希望别人也好。有一种人心眼坏，净想着享福，不愿意干活，哪怕别人都受苦，他自己好就行了。这种人，不顾朋友、兄弟，翻脸就不认人。下面讲的就是这样一个故事。

　　有一个庄里，一家子，弟兄两个过日子。哥哥一肚子心眼，可就是没有一个好心眼。弟弟心眼也很多，可是尽是些好心眼，人人都愿意和他交往。弟弟和一个很俊的姑娘结了婚，快快活活地过日子。

　　他哥哥可就不和他相同了：没有人愿意跟他来往，也没有姑娘愿意嫁给他。他懒得从来不做营生，一天价喝酒，要好的吃，就这样心里还觉着不舒服，嚷着要分家。哥哥要分家，弟弟也没法，找了几个中间人，便分开了。

统共只有三亩地，哥哥要了长枝地[1]二亩去，余下的平分了，弟弟只分了半亩。

哥哥心里很得意："我一个人二亩半地，你两个人才有半亩地，两个人还不得挨饿难看！"春天好耕地了，他喝完酒，躺在炕头上睡大觉。人家苗子出来老高了，他懒得才把种子扬在地浮上[2]。真是逢懒必馋，他吃喝完了，睡够了觉，鼻子也哼，嘴里也唱，摇头摆脑的，眼巴巴等着看弟弟家挨饿。

弟弟分了这半亩地，心里犯了打算，和媳妇商议说："我看不如把咱这半亩地，栽上甜瓜，只要多出点力气，多下点功夫，出产的还多。"媳妇说："我看那样不好，咱还能不种庄稼啦！再说要是碰上瓜贱，长得好也没有用呢！"弟弟说："这不要紧，咱地两头种上些南瓜、冬瓜，到时候这些东西都能顶饭吃。"媳妇说："这么样行啊！"

开春以后，弟弟就把那半亩地种上了瓜。他真是好像拴在地里一样，没白没黑地留在瓜地里。旱了便浇，该打头的打头，该压

---

[1] 长枝地，旧社会里，弟兄分家另过时，当大哥（长兄）的要的那一份地常常多些，叫"长枝地"。
[2] 地浮上，地皮儿上的意思。

蔓[1]的压蔓。力气没有白费的,从地头看看那个好劲,绿汪汪的叶子中间,开满了金黄的花,引得那些蜜蜂、蝴蝶一群群地飞来。弟弟一个人在地里,一点也不觉着闷得慌,他看看那片好瓜地,心里光欢喜去了,也不觉得累,越干越有劲。一立了夏,瓜叶子底下,横仰竖躺的一层瓜,眼看瓜快熟了,白天黑夜更离不开人了。他想,怎么办呢?要想盖个看瓜屋子,家里连点木棍、麦秸也没有,怎么能盖呢!他只好白天日头晒,晚上露水打,下雨就淋着,这些都难不住他,他还是没白没黑地守在瓜地里,修理着瓜。在地头上,有一棵冬瓜秧,结了个冬瓜。这冬瓜越长越大,后来长得跟间小屋一样大,比人还高。

有一天晚上,媳妇正站在门前等着男人回去吃饭。这时看着从西北上来了些黑云彩,没一霎,雷声火闪地涌来了。又是风,又是雨,屋外面就立不住个人。媳妇回到了屋里,心却像一把抓了去,她在屋里坐不住,瓜地又没个棚子,这么大的雨,怎么存身?越等心里越急,豁上命也要去找他。

她一步迈出门去,雨淋得她睁不开眼,风好几次把她吹倒,她还是往前走。风看了不忍心再刮了;大雨看了,不好意思再下了。月亮钻出了云彩,在前面给她照着路。

---

[1] 打头,压蔓,是修理瓜类植物时要做的事情,瓜长了三四个叶以后就把头掐去,这样它才能放权和结瓜。蔓子长长了以后,为了不叫风吹乱,要把瓜蔓用土压住。

媳妇到了瓜地里，瓜叶子上一层水珠，亮晶晶的。甜瓜散着香气，香瓜放着甜味，可是瓜地里，人影也没有一个。他哪儿去了呢？大风刮去了，大水冲去了吗？她再也憋不住，坐在地边上，大声地哭了起来。

听见地头上有人喊道："你哭什么？"

媳妇听出是男人的声音，抬起头来却不见人。

媳妇问道："你在哪里？你在哪里？"

又听男人哈哈地笑道："我在这里，你快来吧！"

媳妇欢喜地说："我怎么看不见你？"

他又回答说："过来就看见了。"

她顺着声音找去，见他从大冬瓜里伸出了头来。

媳妇看见了，笑着说："你怎么上那里面去啦！"

他也笑着说："下雨的时候，没处躲，我就把一边挖了个小门，当了个看瓜屋子。你看，我把挖下来的这块再堵上，风也刮不着我，雨也淋不着我。"

他堵上了那块冬瓜，媳妇一看，果然和个囫囵冬瓜一样。冬瓜长在那瓜蔓上，绿净净的一层白"霜"。两口子喜了一阵，媳妇说："你快回去吃点饭吧，我在家熬好了南瓜汤啦！"他摇了一下头说："我还要在这里看瓜呀！别叫什么给咱糟蹋了。"媳妇见他不回去，只得一个人回去了。

他把那块冬瓜堵上，在里面睡起觉来了。

半夜的时候，瓜地里忽然什么动静也有，把他闹醒了。

他摸起了身边那条铁索鞭子，紧紧地拿在手里，从缝里往外一看，嗬，豺狼虎豹的都来了，满了瓜地啦。老虎说："拣大的摘！拣大的摘！"

狼也说："拣大的摘！拣大的摘！"

听见自己头上，猴子踏在冬瓜上喊："这个大啊，这个大啊！"猴子一喊，豺狼虎豹的都蹿了过来，冬瓜立时摇晃起来了。

老虎吩咐说："抬着走！抬着走！"

弟弟在里面想：怎么弄呢，这时候跳出去吗？不！还是在里面悄悄的别动，看它们能把我抬到哪里去！

他坐在里面，摇摇晃晃地那么一大阵，听见老虎说："放下吧！"在里面觉着往下一落，动弹了一下子，再就不摇晃了，这是到了什么地方啦？从瓜缝里往外一看，那些豺狼虎豹的眼亮得跟灯笼一样，照得通亮通亮的，是一座大庙呀！

豺狼虎豹的都说："咱怎么吃这个瓜呢？"

猴子说："最好是把咱那个宝器拿出来，要些柴烧着吃！"

老虎说："那不行，能少用一回就少用一回。使唤得多了，破了咱怎么办。我在家里看着瓜，你们都去打柴！这么大的瓜，可得多打些柴！"

狼、狮子、狐狸、猴子……呼呼隆隆地都跑出去了。庙里就安静了。

等了很长的时候,老虎大约是等烦了,自言自语地说:"天到这么时候,打柴的还不回来!"

过了一会儿又说:"天到这么时候,打柴的还不回来!"

又过了一霎,又说:"我还不如去看看哪!"

听着老虎走了,弟弟拿下堵着的那块冬瓜来,提着铁索鞭子。从冬瓜里出来,悄悄地上了那个泥胎子后面蹲下。心想,它们说的宝器,是个什么东西呢?过了一阵,老虎、狼、狮子、狐狸、猴子……都拿着柴回来了。架起柴,抬上冬瓜,点了火烧了起来。

烧了一会儿,把冬瓜烧热了,弟弟在泥胎子后面,闻着那个熟冬瓜的香味真想吃。跳出去吧?不!还是悄悄的别动,看它们怎么吃这个大瓜!

老虎、狼、狮子、狐狸、猴子……都围着那个大瓜,狐狸说:"这么好的瓜,咱们怎么个吃法?"猴子说:"这回可得把咱那个宝器拿了来,要个饽饽,就着吃。"狮子呀,狼呀,狐狸呀……都说好。老虎也答应了。猴子跑出门拿去了。

没一阵,拿了一个小铜锣进来,敲着说:"铜锣!铜锣!饽饽快来!"

眨眼的工夫,地下摞着一大堆饽饽。老虎忙说:"够了,够了,敲碎了就了不得啦!"

它们把冬瓜弄碎了,一齐吃了起来。猴子也把那小铜锣放下啦。

弟弟在泥胎子后面看得明明白白,他一步跳出,抡起了铁索鞭子就打。豺狼虎豹一惊,不知是什么事,一齐往外蹿了。弟弟把那个小铜锣掖到腰里。饽饽、冬瓜吃饱了才往外走。这时候,天已明了。他出了庙门一看,是在个大山涧里。他怕媳妇挂记他,撒腿就往家跑。

天晌午才跑到了家,一进门看见媳妇坐在地下哭,他拉起她来说:"你哭什么?"

媳妇见他回来,欢喜啦,也就不哭了,擦了擦泪说:"你还问,我惦记着你没吃晚上饭,天一明就把早晨饭做好了。左等你,也不回来,右等你,也不回来,我就到瓜地去找你,也没找到,光看见些豺狼虎豹的蹄印,我想你准是叫那些野兽吃了,我还能不哭!你上哪儿去啦?这时候才回来!"

"我叫那些豺狼虎豹抬了去,你看,我得了一个宝器!"男人说着就把那个小铜锣从腰里拿出来给媳妇看。

媳妇以为男人跟她闹着玩:"这是个什么宝器!我还不认得是个铜锣?我又不是个孩子要这个做什么?也没见你这号人,成了个瓜迷啦!两顿饭没吃也不嫌饿得慌,快吃饭吧!"

小两口上炕吃完了饭,光喝的南瓜汤,也喝不饱。他笑嘻嘻地问媳妇说:"你想吃点什么?"媳妇叹了口气说:"你问这个做什么!想吃也没有啊!"他笑着说:"你不用犯愁,想有就有呢!"媳妇说:"亏你有心说这些趣话,家里一无面,二无钱,你也不是不知道,尽说有,我想吃个饺子,你拿了来吧!"

"你等着吧。"他说着下了炕,媳妇在炕上听着敲了三下子铜锣,接着就听到她男人叫她吃饭,她走下来一看,热气腾腾的一锅饺子,她这才真信了。两口子欢欢喜喜地端上炕去,吃得饱饱的。

哥哥成天价吃喝玩乐,庄稼也不锄,也不浇,从扬上了种子再没到坡里去看一回。到了该收庄稼时,他也去收。看了看满地里零零星星的有几棵庄稼,小叶干黄,秆细得就像根香,也没长个粒。又过了些日子,分家分的东西都卖光了,他听说弟弟家过着有吃有穿的好日子,想去赖些东西来,就上他弟弟家去了。到了那里什么话也不说只顾瞪着个眼四下里看,粮也没有,草也没有,哼,我在这里等着,看他怎么个吃饭法。他就在那里坐着不走了,一直到天快晌,他弟弟叫着他说:"哥哥!天也晌了,你在炕上坐着,我下去做饭给你吃吧!"也没听见烧火,也没见弟弟和面,他跑到正间地下一看,热腾腾的一锅面条。哼!这里面一准是有个道!

他把眼一翻拉,嘴一张说:"你怎么想药死我!"

弟弟表白说:"哥哥,我好心好意地弄饭给你吃,怎么会药死你?"

哥哥逼问说:"你不想着药死我,怎么没动烟火就出来面条啦?看着是些面条,还不知是些什么东西呢!"

弟弟说:"哥哥,你别急,我慢慢地对你说,我是得了个宝器。"他把怎么种瓜,怎么躲在大冬瓜里,豺狼虎豹怎么偷了去,怎么在大庙里得了宝器，原原本本地都跟哥哥说了。哥哥还是不吃面条，他心眼坏也疑惑别人心眼坏，说："弟弟，你先吃！"弟弟说："好！我先吃！"他见弟弟吃了，他才吃。吃着那个面条，溜滑的丝丝的，再好吃没有了。

吃完了饭，往回走，他低着头想，要好我也有那么个宝器么！可是又得去种瓜，那要费多少力气，还不如把他那个宝器骗了来。走着，走着，他又想出坏主意来啦，他想把弟弟灌醉了，骗了宝器来。

第二天，他打了一斤烧酒，找着弟弟甜言蜜语地说："咱弟兄俩从分开家也没在一块儿喝壶。今天我打了酒来，你把你的宝器也拿着，到我家里好好地吃喝一顿。"

弟弟说："哥哥！你看天一点儿也不冷，咱们俩到山里去打柴吧！"

哥哥惊奇地说："你怎么有了宝器还去打柴？"

弟弟说："有吃的，有穿的，更该干活咧！那宝器，好是好，敲的回数多就碎了。"

哥哥把嘴一撇说："要是我可不那么傻！"掉回头来，没精打采地回了家。可是他还不死心，又想出了一个坏主意来：骗不来我偷了他的来。便断不了到弟弟家里去，却没见弟弟拿出宝器来，也没见放在什么地方。

春天，好种地啦，媳妇说道："年年使镢刨地，今年咱不如跟宝器要头黄牛耕地啦！"

弟弟听了媳妇的话，觉得也对，从箱子底下找出宝器来，敲了三下说道："铜锣，铜锣，黄牛牵来！"

眨眼的工夫，一头大牛，站在跟前。弟弟喜得顺手把宝器放在风箱上，拍拍大牛的脊梁，摸摸大牛油亮的黄毛。这时哥哥在门外面瞅见了，猛地一咋呼[1]，黄牛受了惊，竖起尾巴蹿出去了。

弟弟和媳妇什么也不顾得，跟着跑去赶牛去了。

哥哥从风箱上把宝器拿起来，揣在怀里就往家跑。跑到了家把门插上，从怀里拿出那个宝器来，鼻子里哼了一声："我可不要那些东西。"他用劲地敲着说：

"铜锣，铜锣，金子来！金子来！"

正间地上立时堆上了一堆金子。

"铜锣，铜锣，银子来！银子来！"

正间地上立时又堆上了一堆银子。

哥哥望着黄澄澄的金子，白花花的银子，更急了，停不下来地敲："金子来，银子来，金子来，银子来，金子来，银子来，金子来，银子来……"

金子、银子眼看埋到了腰，他还是敲，嘭一声，小锣敲碎了。敲碎的地方变成了一个乌黑的大洞，"飕"地从洞口冒出了一阵旋

---

[1] 咋呼是大惊小怪、吆吆喝喝的意思。

风来，旋出了大的、小的石头。石头打在了哥哥的身上，他又痛又害怕，瞪着眼，咧着嘴，手挓挲着，想要往外逃，金银埋得他怎么的也动不了身子。

弟弟和媳妇把牛赶了回来，只见哥哥的屋变成了一座大山，哥哥和宝器都不见了。

弟弟使那头大牛去耕地，耕出的地种上庄稼，两口子还是靠着劳动过日子。

牙牙葫芦[1]

　　有一个庄里，住着娘儿两个，别的没有，指着打柴过日子。儿子和本村里一个叫秋莲的闺女很要好，秋莲娘却嫌他家里穷，不让闺女嫁给他。

　　清明节的那天，庄里竖上了转秋千、摆秋千，娘对儿子说："小五呀！今天不去砍柴啦，耍一天吧。"

　　小五说："娘！我不，我还是去。"

---

[1] 牙牙葫芦，这种葫芦的样子好像大小两个球连在一起，因为中间有个"亚腰"，"亚腰葫芦"叫白了，就成"牙牙葫芦"了。

小五上山去砍柴，他爬上了一棵高高的松树，斧子磨得铮亮，砍着砍着，忽然刮过来一阵大风，刮得树枝子都砰砰叭叭地断了。风过去，一只九头老雕飞来了，爪子和挂钩子一样，抓着了一个闺女。小五一看，正是秋莲。他什么也不顾啦，把斧子朝着九头老雕中间那个头就扔过去了。九头老雕扑拉了一扑拉，又向前飞走了。

小五跳下树来，拾起斧子跟着赶去，见它飞过的地方，有落下的血。九头老雕飞得看不见了，他又跟着血迹往前赶。赶着赶着，到了一个庄头的大崖坡底下，那里有个看不见底的大洞，血一直滴到这个洞前。他猜想九头老雕一定是钻进这洞里去了。

可是怎么下去，洞壁立陡立陡的。他围着洞口转了好几圈，也没个法下去，他就往庄里去了。在庄里碰到了一个老汉，小五问道："老大爷！我问问你，有什么办法能下到崖坡底下那个大洞里去？"

老汉听了，吃惊地睁大了眼："啊呀！你这个小伙子，不想要命啦！"

小五连想也没想地说道："它就是十八头老雕，我也不怕，也要下去。我实不瞒你，九头老雕今天叼去了一个人，必得把她救上来。"

老大爷看了小五一阵，摆了摆头说："依我说，你还是不要下去送命。唉！看样子你是个能干的小伙子，我把实话告诉你吧！

这个洞有九九八十一丈深,只有俺庄财主家有这么长的一根铁索链子,有一只牢固的大抬筐,就怕你借不出来,那是有名的老长手[1],沾着他,就得叫他粘层皮去。"

小五没有法,只得去找财主去了。财主一乍不肯[2],末了听说洞里有个大闺女,才把铁索链子、大抬筐拿出来了。

光铁索链子拉了一大车去。

铁索链子下头拴上抬筐,上头拴上一个铃铛,小五坐进了抬筐,荡游了半天才到了底。下面乌黑,他握紧了斧子往前走。走了有半天,望着前面有点亮,又往前走,看清了是一个黑色的大门,门边上挂着一个灯笼。

小五悄悄地进了大门,一眼看到秋莲在锅台前站着。秋莲也看见了他,摆手不让他作声。小五走到跟前,她小声地说道:"九头老雕叫我烧水给它洗头上的伤口。我给它洗好了,它准能睡觉。我一使眼色,你就拿斧子砍,不要砍它别处,就砍中间那个头!"刚说完,九头老雕叫了,她端着盆进里间去啦。小五偷偷地避在房门外看。

洗着洗着,九头老雕打哈欠了。洗着洗着,九头老雕眯起眼来了。洗着洗着,九头老雕打起鼾声来了。秋莲朝小五使了个眼色,

---

[1] 老长手,有一种人,贪心不足,见到别人的东西,总想千方百计地弄到手。在胶东,有的地方用"老长手"来形容这号人。
[2] 一乍不肯,说一个人对一件事,起头不愿意做,后来才愿意的。

他一个箭步跳了进去，一斧子砍下去，中间的那个头滚了下来。血也不出，九头老雕抖了一抖，砍去头的地方，又冒出了一个头来。铃铛眼，挂钩爪子朝着他就伸出来了。小五又是一斧子，头又掉下来了。九头老雕就地一滚，又长出一个头来，张开了大口。小五一步也不退，和它斗了五十多次，一个头滚了下来，随着冒出了血来，九头老雕倒地死了。

两个人走了出来，到了抬筐跟前，秋莲叫小五先上，小五叫秋莲先上，让了一阵子，还是秋莲坐了进去。拉了拉铁索链子，上面听到了铃铛响，拔上来一看，是个那么俊的闺女，老长手起了邪心，立刻叫人把她送到了自己家里，用大石头把洞口一盖，铁索链子也拉走了。

小五在下面一等也不见续下抬筐来，二等也不见续下抬筐来，知道事不好了，肚子也饿啦，又回到九头老雕屋里去找点吃食。

满屋里找遍了，一点好吃的东西也没有。在最里头那间房里，墙上钉着一条小龙，见了他又摇头，又摆尾，眼泪也扑拉扑拉地掉了下来。

小五说："你怎么哭了，我把你放下来。"

他拔下了钉子，小龙一摆尾，变成了一个小伙子说："哥哥，我也是九头老雕叼来的，咱现在上不去，得等着二月二那一天才能上去。"

小五问道："二月二怎么能上去？"

小伙子说道:"你不用担心,我有办法。你不是饿了吗?我和你两个去找吃的。"

在九头老雕炕头上找着了一块光滑滑的小石头蛋,小伙子说:"你把它含到嘴里吧!"

小五把石头蛋含到嘴里,只觉得又香又甜,也不饿了。

说快也快,到了二月二那天,小伙子说:"你搂着我的腰,闭上眼!"

小五搂着他的腰,才闭上眼,呼啦一声,身子不知道在哪里了。

过了一阵,小伙子说:"睁眼吧!"小五睁眼一看,绿汪汪的一片大海。

小伙子说:"哥哥,你在这里等等,我去叫俺爹来接你。"说完跳进海去不见了,不多工夫,海水哗哗地分成两半,显出一片耀眼的水晶宫,朱红的宫门开着,一个白胡子老汉和小伙子走了出来。

老汉说道:"快进屋里来吧!"

小五走了进去,屋里水晶铺地,白玉做墙,四个角上还吊着夜明珠,通亮通亮的。

在那里住了一天,小五想着秋莲和娘,对小伙子说道:"兄弟,我要回去!"

小伙子惊奇地说道:"在这里吧,你看多好。"

小五说:"不,我怎么的也得回去。"

小伙子看他真住不下了,说道:"咱俩在一起这么些日子,我猜透你的心事咧。我对你说,俺爹给你什么也别要,你要他那只大黑猫,再要他窗上面挂着的那个牙牙葫芦。"

他又去对老汉说小五要家去,老汉看也留不住他,说道:"东厢房有金子,西厢房有银子,南屋里有珠子宝石,你愿意拿多少就拿多少。"

小五说:"我什么也不要,我就要窗上面挂着的那个牙牙葫芦和那只大黑猫,别的什么我也不要了。"

老汉为难地说:"那怎么行呢?"

小伙子说:"爹,给他吧。"

老汉看着小五说:"给你就给你吧。"

小五提着牙牙葫芦,小伙子给他抱着猫,把他送到了海岸上。

他把猫递给他,说道:"哥哥,你有什么难事,对葫芦说就行了!"说完,转眼便不见啦。

走了一会儿,小五急着快些到家,对着牙牙葫芦说道:"葫芦,葫芦,无事不叫你,我要一匹千里马。"

话刚说完,一匹枣红马跑到跟前站着咧。

小五上了马,不到一天的工夫就回了家。

娘见儿子回来了,欢喜得了不得。

小五把什么都跟娘说了,又对着葫芦叫道:"葫芦,葫芦,无事不叫你，让秋莲回到家来。"

话刚说完，从葫芦里吹出了一阵风来，不多一霎，秋莲从半空里落下来了。小五喜得不知说什么好咧。

秋莲又欢喜又恼，不觉掉下泪来了，哭着说道："老长手弄了我去，逼着我给他做老婆，说什么我也不答应，就把我关在他后花园的楼上，我正在那儿难过，一阵风过来，我就迷迷糊糊地回到这里来了。"

小五说道："不要哭了，以后咱就好过了。"

小五和秋莲要做喜事了，叫了丈人和丈母娘来。秋莲爹娘心里不愿意，又嫌屋旧了，又嫌屋破了。

小五一气，把葫芦拿了出来，就对葫芦叫道："葫芦葫芦，无事不叫你，让我们住进瓦房去。"

话刚说完，抬头一看，石灰泥墙，高高的瓦房。秋莲的爹娘羞得走了。

从这以后，别人都知道小五有个葫芦宝器了。

老长手见没有了秋莲，四下里打听，以后知道回小五家去了。也知道小五家有个葫芦宝器，便千方百计想着弄到手，连觉都睡不着了。他把小五庄里一个小财主叫了去，吩咐他一些话，叫小财主照着他的话回去行事。

小财主回庄以后，断不了到小五家耍，小五开头疑惑，去长了就觉着没事了。有时候，小五也留他吃饭。过了些日子，小财主来对小五说道:"我成天价来麻烦你,你也到我家去吃个便饭。"说完,两人拉着就走了。

小财主家桌上摆满鱼肉酒菜,小财主提起酒壶,甜言蜜语地劝小五喝酒,小五一乍不肯,见他直让也就喝开了。

喝得半醉了,小财主说道:"咱交往一场,你的宝器,叫我也见识见识。"

小五说道:"看看还不容易。"说完,起身便家去拿。秋莲劝他不要拿出去,他也不听。拿着便走了。

大黑猫着了急,跟在后面跑去了。

小财主拿着葫芦左看右看,往桌子上一放说:"看见这样的宝器,还不再喝两杯等什么!"又给小五倒上了。

大黑猫更着了急,它东间找,西间找,抓着了一只老鼠。

老鼠哀求道:"黑猫先生,你放了我吧,你叫我做什么,我就做什么!"

黑猫说道:"你把桌子上那个牙牙葫芦拉到洞里去,再送到小五家去,我就放了你。"

老鼠答应了,黑猫就把它放了。

小五叫财主灌醉了,不觉趴在桌子上睡着了。

小财主寻思等他再睡沉一点,就把牙牙葫芦藏起来。

忽然一只老鼠跳到了桌上,两爪一蹬,牙牙葫芦一下子滚到老鼠洞里去了。

小财主要去赶也来不及了。

小五醒了，把宝器丢了，垂头丧气地回了家。

秋莲埋怨说："不叫你拿去，你偏要拿，别难过了，那不是在墙上挂着。亏着咱那只黑猫呀！"

小五又欢喜地说："再也不和那号人来往了。"

小财主见小五走了，从里间房里叫出老长手来。两个人抢着挖起老鼠洞，怎么挖也不见影。狠心不舍，连地基也挖出来了，还是挖，不知挖了多少时候，大小财主累得哼哼直喘，屋墙底下也抠空了，只听哗啦一声，屋倒塌了，把老长手和小财主都压死了。

枣核

早年间,在山脚下的一个庄里,有一家人家,只是两口子过日子,成天价盼个小孩。两口子都说:"俺哪怕有枣核那么大个孩子也好啊!"说了这个话,过了不少日子,真生了一个小孩,正好像枣核那么点儿。两口子欢喜得了不得,给孩子起了个名字叫枣核。

一年又一年,枣核一点也不见长,还是像枣核那么点儿。爹说:"枣核呀!白叫我欢喜了一场,养活你这样的孩子能做什么!"娘说:"枣核呀!你一点不见长,我也真为你愁得慌!"枣核说:"爹、娘,都不用愁,别看我人小,一样能做事情。"

枣核很勤快,天天干活,不但身体练得结实,还学了很多的本领。他能扶犁，也能赶驴，打柴比别人打得都多，因为别人上不去的地方他也能上去，他一蹦就能蹦屋脊那么高。邻舍百家都夸奖起枣核来，有的埋怨自己的孩子说："人家枣核那么点儿，也能做活儿，你不会做活儿，还不羞！"枣核的爹娘也高兴了起来。

枣核不光勤快，也很精明。

有一年旱天，满坡里的庄稼一粒也没收，庄户人都没有吃的。城里的衙门里还是下来要官粮。庄户人纳不上粮，县官就吩咐衙役把牛、驴都牵了去。

牵去了牛、驴，没有了种庄稼的本儿啦，大伙儿都愁得了不得，枣核对大伙儿说："都不用愁，我有办法！"有的人却不相信，说："我才不信咧，你别小人说大话啦！"枣核也不争辩，只是说："不信，你们就看看。"

到了晚上，枣核跑到县官拴牛、驴的院子外面，一蹦蹦进墙去。等衙役都睡着了，解开缰绳，又一蹦蹦到驴耳朵里，"哦喝！哦喝！"大声吆喝着赶驴。衙役们从梦里跳了起来，惊慌地喊着："进来牵驴的啦！进来牵驴的啦！"明刀长枪的，到处搜人。

闹腾了一阵，什么也没搜着。刚刚躺下，听到"哦喝！哦喝！"又都跳了起来，还是哪里也没搜到人。才躺下，却又吆喝起来。到了过半夜，衙役们都瞌睡得了不得，有一个衙役头说："不用管它，不知是个什么东西作怪，咱们睡咱们的觉吧。"衙役们困慌了，倒下睡得和泥块一样，什么动静也听不见了。枣核从驴耳朵里跳了出来，把门开开，赶着牲口回了庄。

牵走了牲口，县官是不肯罢休的，天一亮，就带着衙役下去捉拿庄户人。枣核蹦出来说："牲口是我牵的，你要怎样！"

县官叫着说："快绑起来！快绑起来！"

衙役拿出铁锁来，去绑枣核。"噗"的一声，枣核打铁锁链子缝里蹦了出来，站在那里哈哈地笑。

衙役们都急得直转，不知怎么拿好，还是县官主意多，说："把他使钱褡[1]装着背到大堂去吧！"

县官坐了大堂，把惊堂木一拍说："给我打！"

打这面，枣核蹦到那面去，打那面，枣核蹦到这面来，怎么的也打不着。县官气得脸通红，嚷道："多加几个人，多加几条棍！"

枣核这次不往别处蹦，一蹦蹦到了县官的胡子上，抓着胡子荡秋千。县官慌张了，直喊："快打！快打！"一棍打下去，没打着枣核，却打着县官的下巴骨啦，把县官的牙都打下来了。满堂的人都慌了，一齐去照顾县官，枣核便大摇大摆地走了。

---

[1] 钱褡，装钱物的口袋。

银娘娘

　　李老汉给地主扛了一辈子长活儿，死的时候才五十多岁，可是成年累月地过那份苦日子，劳碌得背也驼了，腰也弓啦，真像一个老汉了。他死后别的没留下，只留下了在庄外的三间破房子。李老汉活着那阵，他不舍得穿，不舍得吃，积攒下的几个钱，四十岁那年娶媳妇都花净了；可是李老汉很高兴，第二年他就得了儿子啦。穷家养娇子，他给孩子起名叫"长生"。

　　长生长得挺好，大眼睛，高鼻梁，一句话说了是很俊俏，当着他爹的面，有些人就夸奖说："这孩子将来找个媳妇是用不着费劲的。"老汉喜得乐呵呵地说："山老鸦，脖子长，娶了媳妇忘了娘。"他只是这样说着玩的,可是长生长大了以后,娶了媳妇后真的忘了本啦,这些当然是以后的事情了。

　　长生爹死了不久,他娘也死了,长生那时是一个十多岁的孩子。爹娘在世的时候,常叫他刨点草来家烧,爹娘死了以后,他也不会做别的,刨些草来家,东邻西舍的换点什么吃。饥一顿、饱一顿的,好歹地混着没饿死。

　　他家的门前就是这里有名的银娘娘湾,水清得真跟青草上的露水珠一样,深得却看不见底,天怎么旱它也不干。长生常听别人说,这湾底下,全是白花花的银子铺地,里面住着位银娘娘。

　　这银娘娘白裙子,白衣裳,头顶上戴着一枝大红花。她能叫穷人变富,也能叫富人变穷。她手指着哪里,你尽管刨就行了,一准能刨到银子,不过是十年碰不着个闰腊月,见不着她就是了。

　　长生自从爹娘死后,在屋里闷得慌,常孤零零一个人坐在湾边。有时不得意了,遇着愁事上,也常在湾边上哭涕抹泪的。

　　有一次,他在坡里刨草,地主家和他一般大的一个小家伙,到坡里去玩,看见长生,把眼一瞪、腰一叉喝道:"快滚,别在这里刨!"

　　长生不服地说:"这是在道边上呀!"

　　小家伙又骂开咧:"你这穷种,半指地也没有,还敢嘴硬!"

　　长生很生气,明明是情理,却不能讲,他草也不刨了,赌气回了家。

家里，三间屋空空的，一点吃的也没有。没法，还得再背起筐子，往外走。走了两步，觉得一点劲也没有，便在湾边坐下了。越想越难受，又掉下泪来了。

哭了一阵，听到湾中间，噗隆噗隆地响。抬头一看，从湾底涌出一连串的水泡。那水泡红的白的，白的红的，好像珍珠一样。长生看了，惊奇地想道："许是银娘娘弄的景吧？"看了一会儿，觉得肚子饿了，心想："什么银娘娘不银娘娘的，地主家那么多的地，那么多的钱，我连一指地、一文钱也没有，银娘娘，她怎么不管？"

刚刚转了这个念头，水皮上一阵银光耀眼。

"啊！那不是银娘娘吗？"她穿着雪白的裙子，雪白的衣裳，头顶那朵花，跟五月的石榴花一样的红。长生又怕，又想看。银娘娘向他笑了笑，提起了裙子，飘飘地向湾边的草地上走去。

长生这阵也忘了害怕，虽说他年纪还小，也想多看看她。银娘娘那个俊俏劲简直没比啦。

银娘娘却一扬手，向身边一指，便不见了。

长生愣了老一会儿，才想起那句话来："她手指到哪里，你尽管刨就行了，一准能刨出银子。"

他跑了过去，在银娘娘手指过的地方，刚刚刨去了地皮，一块雪白的银子滚了出来，他赶紧地把银子抬到筐子里去，越刨越深越多，把筐子盛了个满，他才回了家。

长生得了这么多的银子，不光买了很多的地，把旧房也翻盖成瓦屋厅房了。那些给他说媳妇的，真是挤破了门。一直挑了三年，也没有选中一个。要知道他是见过银娘娘的，老是想找个和银娘娘一样俊俏的媳妇。

这一年，长生已经是十九岁了。有一天，一个媒人又来了，是给他说合东庄一个地主家的闺女，听媒人夸说的真是像天仙一样的人物，长生提出来要亲自看看，地主家也答应了。从前地主家的闺女，都是大门不出二门不迈的。两家约定了日期，长生就到她家去了。在大厅上坐下，吃了饭，喝完了茶，奶妈、丫鬟拥着小姐打厅前走了过去。长生看了，虽不及银娘娘一半，却也娇娇的十分好看，当下就应承了。

不多日子，吹手喇叭的用花轿娶了来。那真是太太样的啦，洗脸梳头，都要丫鬟动手，有一点不随心，连骂带打。起先几次长生还看不惯，以后就不拿着当回事了。

有一次，长生从坡里回来，她把嘴一噘说："别进屋来，那一身泥土气，放着福不享，为什么不把存下的银子多置些地？"

长生朝着她瞪了一下眼，心里想："也是，我有的是银子嘛，坐吃賸穿也尽够啦。"

他真的又去置了许多地，买上了使唤人，学起地主的派头来了。性情也变得越来越凶，末了打骂手下人也成了家常便饭啦。

在这期间，他也有了孩子咧，大孩子七八岁了。

这天,大孩子在湾边上耍,忽然不见了。一连三天,又撒帖子,又派人找,闹了个翻天覆地,音信也没打听着。

那晚上,孩子忽然欢欢喜喜地跑家来了。

一进门就对长生和家里的人说开了,他说他在湾边怎样耍着,从湾里出来了一个穿白衣裳的媳妇,把他领了进去。他说着把头一偏,十分得意地对长生道:"爹,湾底下一点水没有呀,地也是白的,房子也是白的。那个媳妇真好哇,领着我玩,给我吃的,她叫我对爹说'不要忘了本啊!'。"

长生这阵过惯了那个作威作福、袖手不动的日子,早已不愿和从前一样地劳动了。弄起事来,也想着压量人[1],不这个样,就觉得不舒服。他把银娘娘的话当成了耳旁风。

过了不几天,孩子又不见了,这次回来说:"爹!银娘娘对你生了气啦。"

长生听了,心里害了怕,惹得银娘娘生了气,那可不是玩的,他知道银娘娘能使穷人变富,也能使富人变穷。

他老婆却把指头指着他脑门子说:"你心眼就笨啦,去买上几百车石灰,倒进湾里去,一下子就把她烧死了,也犯不上这样提心吊胆的。"

长生真的听了老婆的话,买了很多的石灰,亲自在湾边上看

---

[1] 就是压迫人的意思。

着，吩咐人把石灰一齐向水里倒去。

石灰着了水，咕咕嘟嘟地翻起白泡，眼见得湾水变浑了。忽然哗啦一声，从湾当中升起了一股白烟，向西南飘去了。

长生吓得脸皮蜡黄，可是从那以后，湾里什么动静也没有了。长生的胆子越来越大，他用上千两的银子，给自己买了一个功名，戴了顶子帽晃了起来。这遍方的人，躲他跟躲蝎子一样了。这样过了些日子，巡抚大人要打这儿路过，凡有点功名的，都要进城去迎接，长生也坐上轿子去了。

长生为了巴结巡抚，当然先送上一份厚礼去，又请巡抚到自己家来吃喝。总算赏脸，巡抚打道开路的来了。

长生接进了大厅，摆起酒席，喝得半醉的时候，突然从外面走进一个女人来！穿着雪白的衣裳，雪白的裙子，头顶上戴着一枝大红花。她走过巡抚身边，轻飘飘地出了厅房后门，向后院里走去了。

女人走得不见影了，巡抚还直愣愣地瞪着眼望。长生以为巡抚累了，忙说："请大老爷休息吧！"

巡抚才如梦初醒地问道："刚才过去的那个穿白衣裳、戴红花的闺女，是你的什么人呀？"

长生惊得心好像提到半空里一样，因为他并没有见着她呀。

巡抚却以为他假装不回答他，拍着桌子，发了火。

长生知道只要拿出银子，巡抚就不会生气了。他连忙到后面银柜里去取，开开一看，里面却是空空的，急得他围着银柜直打转转。前面人忽然嚷了起来，原来大厅着了火啦，风也刮起来了，怎么扑也扑不灭，一直把前前后后的房子都烧净了。

巡抚好歹地从火里逃了出来，他是不能罢手的，叫人把长生一条小绳牵了去，判了个有意伤害上司的罪名，下到牢里去了。土地也卖了个一干二净才把他赎了出来。

那样的老婆是不会和他一块儿受穷的，长生又变成穷光棍了。

银娘娘也不见住在那湾里了，据说住到山里面去啦。也有人见过她，得过她的银子，却都是些真正勤劳的实心人。

房子的故事

也不知在哪一朝代啦，有一个单身汉叫向山，家里很穷，两间破屋子露着天。他却打得一手好枪，靠上山打野味过活。山上有一棵高高的松树。每当他从松树底下经过时，一只黄莺就会对着他叫起来，叫的声音真是好听。

有一天早晨，他上了山，那只黄莺老是跟着他飞。他向东走，它跟着他向东飞；他向西走，那只黄莺跟他向西飞，一头午他连一点野味也没打着。

他对着黄莺说道："黄莺，你在山顶住，就往山顶飞去吧；你在泉边住，就往泉边飞去吧，总跟着我做什么？"

这一说，黄莺飞到他的肩头上了，他欢喜地说："黄莺啊，你要我把你带回家去吗？"黄莺点了点头。"你不嫌我家的房子破吗？"黄莺又点了点头。"那么你跟着我去吧。"他在下面走，黄莺在上面飞，他进了破屋，黄莺也进了破屋。向山说："你不嫌，就住这里吧。"

第二天一早，向山又去打野味，晌天回来才要去掀锅做饭，锅里一碗菜、两个饽饽，还大冒热气。他猜思不出这是谁给放进去的。他吃了又上了山。晚上回来一看，还是这样的饭。第二天早晨，他走出来把屋门掩好，站在外面打门缝里看，黄莺变成了一个奇好的媳妇。他推开门跳了进去，把掉在地上的黄毛扔到火里去了。

媳妇说："你还用急什么，我就是来和你过日子的嘛。"

到了晚上，媳妇问他道："咱这房子都露着天啦，再没有比这好的房子？"

向山说道："哪里还有，有好房子我还住在这破房子里？"

媳妇说道："咱不能盖上栋？"

向山说道："你说得容易，有钱盖房子就不挨饿了。"

媳妇追问道："就连个闲地场也没有？"

向山说道："庄西头有咱一片荒地，什么也不长。"

媳妇听了没有作声，等向山睡着了，她悄悄地上了庄西头，拔下头上的金钗，在那片荒地上画了起来。画上前厅，画上后楼，画上亭子，又画上瓦房，一大片荒地都画满了，天也就快亮了。她又悄悄地回来睡下，向山也不知道。

天亮了，起来拾粪的看见荒地那里盖起一片楼台瓦屋，就跑去对向山说："你荒地那里怎么盖起了一片房子？"

向山说："别瞎诌了，我哪里盖什么房子咧。"

拾粪的说："我亲眼看见的嘛！"

向山还是不相信地说："我没有盖呀！"说话工夫，又有人来说："你那片荒地上盖起了房子，你什么时候盖的？"

向山还是不信，又有好几个人跑来说："向山！你那片荒地一宿盖起房子来啦，快去看看吧！"

媳妇也催他说："人家都这么说，挡不住是个真事，快去看看吧。"

向山到了那里一看，又惊又喜，真是片好房子。大门楼前面一对玉石狮子，两边的柱子上盘着大龙，都张口瞪眼、活灵活现的。进到里面去看看，那就更好了，雕龙刻凤，金煌煌的，好得没法说了。

向山回家欢欢喜喜地对媳妇说道："这回咱可有了好房子住啦！"

媳妇说道："好房子是好房子，咱自己去住，住不成。"

向山问道："那怎么办？"

媳妇说道："要全庄的人都搬进去住才成。"

向山拍手说道："这容易，谁也愿意住好房子。"

媳妇说道："这样吧，我给你钱，你明天到集上去置办些鲜鱼鲜菜来,把全庄的老老少少都请了来,问一问。"

向山照着办了。做了几十桌菜,这一天就把全庄的老老少少请了去,又喝酒,又吃菜的。大伙儿都不知道有什么事,问向山,他只说:"吃完了饭再说吧。"

酒喝足了,饭吃完了,大伙儿又问:"向山,你有什么话尽管说。"向山说道:"大伙儿都看见我这片房子啦,我自己也住不了,我想叫大伙儿都搬进来,不知老老少少乐意不乐意?"

大伙儿一齐说乐意。

这样全庄的人都搬进去啦。议议和和地辫合得可好[1]。

住了不多日子,有一天,县官打这里路过,看见了这片房子,心里气火了。他一声吩咐,煞住轿子,追问这是谁的房子,差人把向山抓了去。

县官问道:"是你的房子吗?"

向山应道:"是!"

县官喝道:"你是什么人,敢住这样的房子!皇帝的金銮殿,龙才是开着口啦,谁叫你住这样的房子?限你们明天都搬出去,后天把房子拆掉。"

向山说道:"实不瞒你,要拆房子,我自己做不了主,我还得回家去问问俺媳妇。"

---

[1] 就是凑合在一起和和气气过得很好的意思。

县官放向山回了家。

媳妇说道:"县官要怎么的都答应他,叫拆房子却万不能!"

向山又回去对县官说道:"你要怎么的都答应你,要拆房子却万不能。"

县官说道:"我要怎么的,你都能答应吗?你听我说吧,在你这个大门楼前五十步的地方,要有十棵松树,这松树要离得一样远,要一般高,要一般粗,不得有分毫差别。每棵松树上要拴着一头叫驴,叫驴也要一个颜色,一般大,一般胖的。我来到的时候,在百步以外,它们要一齐叫唤,另外还要两麻袋虱子,三麻袋跳蚤,我后天就到这里来,这些东西都得齐备。"

向山答应了,县官才起轿走了。

他回到家里,大伙儿也都跟去了。向山埋怨媳妇说:"你说县官要怎么的,都叫我答应下来,我看你怎么办?"

一个老汉说道:"走到哪步说哪步,你也不要埋怨她了,有福同享,有难同当嘛!"

媳妇问道:"他都要些什么?"

向山把县官要的,一样一样都对她说了。

媳妇听完了笑道:"我当要些什么呢,这还不是容易办的。咱这么些人,明天分头去籴两麻袋芝麻、三麻袋黍子,我就有了办法啦。"

第二天,芝麻、黍子如数籴回来了。到了晚上,媳妇拿出绿纸

67

来,一剪子剪了十棵松树,又拿出黑纸来,一剪子剪了十头叫驴。月亮底下,人们在大门楼前五十步的地方,量好了,把松树摆得一样距离。媳妇在松树上吹了一口气,纸松树变成真松树了。又把叫驴吹一口气,纸叫驴变成真叫驴了。松树隔得是一样远,长得一般高,一般粗,松树上拴着的叫驴,也是一样颜色,一般胖,一般大。

天明了,望见东北面暴土扬天,县官领着衙役骑马坐轿的来了。这时两麻袋芝麻、三麻袋黍子也都摆在大门楼前面,五个大汉捽着口袋口。媳妇在口袋上吹了一口气说:"我什么时候叫放,你们就放!"

县官到了百步以外,十头叫驴一齐叫了起来。

县官愣了一愣,催着人马到了跟前一看,和自己要的分毫不差。他直眉瞪眼地看了老一阵,实在挑不出一点错来,就暴跳如雷地喊道:"要的那五口袋虱子呢?跳蚤呢?"

媳妇不急不慢地说:"给大老爷放出虱子和跳蚤来。"五个大汉一齐松了手,芝麻已变成了虱子,黍子则变成了跳蚤,跳的跳,爬的爬,县官和衙役的脸上、身上、耳朵里、眼睛里,一霎工夫,都爬满虱子、跳蚤了,咬得谁也顾不得谁。

越扑打越多,眼睛都毗满了,谁也看不见谁,你碰我,我撞你的,人仰马翻,喊着逃命。

媳妇从头上拔下金钗来,只一划,一条大河挡在县官他们的眼前,县官和衙役都掉进河里淹死了。

玉石鹿

俺庄西南面那座山，叫鹿山。

山底下那眼泉水，天怎么旱也不干，都叫它"仙女泉"。那鹿山里面，有头玉石鹿。有人从坡里回来，还听到它跑得"嘚嘚"响，可是看不见它。听说，谁要是看见它现出原形，只要心地好，就能得到好处。

从前这庄里有个地主，叫李千金，因为他对人歹毒，都叫他"李抽筋"。

给他种地的那些佃户，不光油挤净了，连筋也叫他抽去了。打一石他得要九斗九，佃户们叫他剐擦[1]得整年得吃糠菜。有个给他种地的小伙子叫成柱，比他再勤快的人找不出第二个。他成天从早到晚地忙，还是顾不过嘴来，常常晚饭也不吃，天一黑，便带上点干粮，到鹿山上去割草。早晚的也要割起一大担草来，才坐下把干粮吃了，然后挑着草回来。这样吃累，日子过得也是不宽裕，有一顿没一顿的。

有一次，他割草回来，路过鹿山下面那泉子边上，望见湾沿上有个东西闪闪发亮。拾起一看，是女人头上戴的一只金簪。他心里话：这一定是谁掉了的，应该还给人家。可是四下里看看，什么人也没有，已经快半夜了！也没处去找丢簪人，他只好把它装进衣裳袋里，回家去了。

成柱老觉着是块事。第二天，日头还没落，他就到湾边上去等着。他寻思，谁掉了会来找的。可一直等到月亮出来了，也没来个人。

他看天到这时候，不会有人来，便上山割草去了。

割了一阵，月亮就更明了，他想把割下的草抱回大堆去。刚一直腰，看见在离他不远的石头上，站着一个闺女。真的，连听说也没听说过有那么俊的人。粉红绸子衣裳，好像云彩一样轻飘。

"你见过我的金簪吗？"闺女说话的声音比鹦哥叫还好听。

---

[1] 就是剥削人、算计人占人便宜的意思。

成柱慌忙从衣裳袋里摸出金簪，送过去。

闺女笑眯眯地看着成柱。接过金簪，谢了谢，飘飘摇摇，一点响声没有地走了。

成柱的心里并没有起什么外意，可是他总忘记不了那个闺女。他盼望能再见着她，哪怕是一回也好。他每到山上割草的时候，都留心地四下里看看，却连踪影也没见着。一天一天地下去，成柱就有点闷闷不乐了。

有一天，发生了一桩奇怪的事情。那天晚上，成柱割完了草，照常坐下要去吃干粮。谁知伸手去拿，只有一个空包袱。他想也许是叫野兽吃了，只得挨着饿挑起草回家了。

第二天晚上，干粮又一点没有了，包袱却在石头上好好的。一连没有了好几次，成柱心里又生气，又奇怪，到底是叫什么东西偷去吃啦？有一天晚上，他想：豁上今晚不割草了，也要看个明白。他就爬到了一棵松树上去。这天晚上也有月亮，四下里的东西，老远也能看清楚。

等了不多一阵，只见山顶上有一团亮光滚了下来，越来越近，赶到了跟前，眼睛都叫它耀得睁不开。"这是个什么东西呀？"成柱睁开眼再仔细地看时，树下面站着一只八角的鹿。毛皮光得跟玉石一样，闪闪放亮。

它用闪光的蹄子一扒，又要去吃干粮。

"哦，是你吃了我的。"成柱从树上"噗"地跳了下来，上去就把它抱住了，对它说道："你呀，吃我一次，吃我两次，怎么你光吃我的，我要是个有的，那不要紧，可是你吃了我的，我就得饿肚子。"玉石鹿开口说话咧："小伙子，我不白吃你的，我能叫你得着一个好媳妇。"

成柱听了，松开了手，喘了一口粗气说："玉石鹿，要白费你的好心了，我自己都没有什么吃，哪能养活个媳妇！"

玉石鹿说道："这是一个能干的媳妇，你不用为她的吃穿犯愁。后天晚上，月亮上来的时候，九天仙女要到鹿山下面的仙女泉子里去洗澡，你看着哪个好，抱起她的衣裳就跑。"它说到这里，一溜明光地向山顶去了。

成柱听了玉石鹿的话，又想起找金簪的闺女，心想或许那就是九天仙女吧，怎么的也得去看看。

到了第三天晚上，成柱躲在泉边上，悄悄地等着。

月亮上来了，那比一亩地还大的湾水，跟镜子一样的平静。忽然红光四射，一个奇俊的闺女站在湾边上，大红衣裳，新鲜得好似五月的石榴花；接着又是一阵金光，湾边上又来了一个闺女，衣裳金晃晃的；才看清楚，又闪出了别的颜色，又一个闺女来了！一连八次，湾边上红红绿绿，闪闪耀耀，八个闺女都俊得出奇。成柱的心里却很失望，这里面并没有上次还她金簪的那个闺女。正在焦急，好像飘来了一朵粉红的彩云，仔细一看，正是她，粉红色的绸衣裳还是那样轻飘。她们一齐到湾里洗澡去了。

成柱欢喜得了不得，跳出来，拣起湾边上放着的那套粉红绸衣裳，转身就跑。跑了一阵，听到后面好像有人在招呼。他回头一看，那个闺女真的赶了上来，脚步一点动静也没有。成柱刚站住，闺女已经到了跟前，笑嘻嘻地说道："成柱！你为什么跑呢，我又不是不知道你。我知道你是最勤快、最忠厚的小伙子，我愿意和你一块儿过日子，你乐意吗？"

成柱说道："别的话不必说了，咱俩一块儿回家去吧。"

闺女一点不嫌成柱家穷，她从早到晚坐在织布机旁，织出的绸、绢和彩云一样的轻软、好看。当然，成柱家的日子也过好了。地主李抽筋心里自然又馋又生气，表面上却不露出来。他找着成柱，问他从哪里得来的媳妇。成柱把怎么上山割草，玉石鹿怎么去偷干粮吃，他怎么抓住了玉石鹿，玉石鹿怎么对他说九天仙女在湾里洗澡，一五一十地都告诉了他。地主听了心里很高兴："我有的是粮食，他带的是粗干粮，我带上白面饼。"连第二天也等不及，当天晚上，他就拿上白面饼，装扮着去割草。

上了山，把扁担、干粮一放，便爬到树上去等着。这样过了几晚上，玉石鹿也去吃他的干粮，他也"噗"地从树上跳下来抱住玉石鹿。

他也对玉石鹿说道："你呀，吃我一次，吃我两次，怎么你光吃我的。我要是有，那不要紧，可是你吃了我的，我就得饿肚子了。"

玉石鹿开口说话咧:"我不白吃你的,我能叫你得着个好媳妇。"

李抽筋一听,欢喜地咧着大嘴说道:"玉石鹿,你快说吧,我家里有万贯家财,仙女一定愿意跟我去。"

玉石鹿说道:"你赶快跑到山脚下的泉子那里去吧,天上的仙女要来洗澡,你看着哪个好,抱起她的衣裳就跑。"

玉石鹿话还没落音,李抽筋就向泉子那里跑去了。

果不然,八个仙女都来了,湾边上红红绿绿,闪闪耀耀,她们又一齐下湾洗澡去了。

李抽筋想道:"八个都俊,我叫她们都给我做媳妇。"

他跳了出来,把湾边上的衣裳划拉划拉,一起抱起来,转身就跑。

跑了不多远,八个仙女就赶上了,一块儿把他围住,一齐动手打起他来!李抽筋这么招架,那么招架,怎么也招架不过来。到了亮天时,他家里人才把他找着,他已经两手抱着头死了。

巧女庄

咱这里"巧女庄"从前并不叫这个名，现在没有人记得它从前的庄名了。

为什么叫成了这个庄名？那是有个故事的。老人们说，那个庄里有这么一家子人家，只有一个闺女和她后娘两个过日子。这个闺女是七月七日生的，所以叫巧儿。也有人说，是因为她手巧，才都叫她巧儿。巧儿绣的花，放在院子里，能把蜜蜂也引了来。

这闺女不光手巧，模样也好，性情也好，又勤快，又能干，家里、坡里，没一样营生不会做的。就这样她后娘还想折腾死她。

巧儿的后娘是一个又懒又狠毒的坏婆娘，天天吃了耍，耍了吃，真是横草不沾，竖草不拿，家里、坡里的营生全是巧儿做。

谷子熟了，巧儿到坡里去割谷，割了一天，割了两天，后娘一点也不动手。巧儿虽然累得慌，但是看到一尺多长的谷穗，心里高兴，越割越有劲。割着割着，听到一个声音：

"巧儿姑娘，巧儿姑娘，你要我们帮你什么忙？"

声音好像是从地里发出来的。巧儿低头一看，一个蚂蚁王动着长须在跟她说话。

巧儿感激地说："好心的蚂蚁，我自己能做，不用你们帮忙。"

蚂蚁王跑走啦。

转过年的春天，果树开满了各色各样的花。巧儿从早到晚在果园里松土浇水，后娘一点也不帮她的忙。巧儿想到秋天满树上都是果子，虽然累得慌，心里也高兴，越干越有劲。忙着忙着，听到一个声音：

"巧儿姑娘，巧儿姑娘，你要我们帮你什么忙？"

声音好像是从天上传来的，巧儿抬头一看，一个蜂王动着翅膀在对她说话。

巧儿感激地说："好心的蜜蜂，我自己能做，不用你们帮忙。"

蜂王飞走了。

可是后娘总想折磨死巧儿。

这一天，后娘想出一个坏门道，她把厢屋里一大堆谷，搅上一大堆沙子，把巧儿叫了去，狠狠地说道："今黑夜，不许点灯,你给我把这些谷子里的沙,拣得一粒没有,不的话,我就要你的命!"

后娘说完,一扭身子走了出来,回头把厢屋门"呼啦"关上,"嘎吱"锁上了一把锁。

巧儿被关在屋里,看看那么一大堆谷,少说也有一千多斤,天又快黑了,就是有十双手也拣不完呀!她第一次低着头犯了愁。

蚂蚁王忽然又出现在她跟前,把两根长须动了几动,说道:"巧儿姑娘,巧儿姑娘,你要我们帮你什么忙?"

巧儿又惊又喜,把后娘怎么想治死她,怎么把谷里搅上沙子叫她拣,根根梢梢都对蚂蚁王说了。

蚂蚁王听了说道:"好姑娘,不用犯愁,放心睡觉吧!"说完就不见了。

不多一会儿,成群结队的蚂蚁跑进屋里来了。

它们把谷子都拉到一边去了。

明了天,后娘心里的话:"她就是有天大的本领,也拣不净谷里的沙子。"便找了一根大棍子拿着,想去打她,可是开开门一看,她就直瞪了眼啦!谷子和沙子分得一清二白,做两堆儿放在那里,巧儿躺在谷堆旁边,安安稳稳地睡着了。

后娘找不着引子打她,气得转身跑了出去,站在院子里嚷道:

"还不快点起来!"

巧儿醒了,连忙跑了出去。后娘使棍子指着一口大缸说:"你有本事，就在今天一头午，给我把那缸里的水，弄得和糖那么甜。"

后娘说完，一扭身子走了出去，回头把街门"呼啦"关上，又是"嘎吱"锁上了一把锁。

巧儿走到缸边，看看那满满的一缸水，自己一点糖也没有，这一大缸水，怎么能弄甜了呢？

巧儿愁得没法，就拿出了没有绣完的花，做了起来。

嗡嗡嗡，嗡嗡嗡，那个蜂王飞了来落在花瓣上，它把两条前腿动了几下说道："巧儿姑娘，巧儿姑娘，你要我们帮你什么忙？"

巧儿又惊又喜，说道："蜜蜂呀！俺后娘叫我把这满缸的水，弄得和糖一样甜，我怎么能弄甜呀？"

蜂王听了说道："好姑娘，不用犯愁，放心绣花吧！"

它说完，嗡嗡地飞走了。不多一会儿，成群结队的蜜蜂飞来了。它们都把用前腿抱来的蜂蜜抖落到缸里。

晌天了，后娘心里的话："巧手做不出无米的粥来，这次非把她打死不行。"

她开开门一看，巧儿还坐在院子里绣花。她气汹汹地走到缸边，舀起一点水尝了尝，比蜜还甜。她又干生了一顿气。

这两次没有难住巧儿，后娘便买了一只大倒筲[1]，天还没亮，

---

[1] 倒筲，是辘轳上用的一种"筲"，为了下到井里以后，容易往里灌水，头很大，底很尖。

就叫巧儿到园子里去挽水浇菜,黑了天也不叫回来。

筲又大,井又深,巧儿的汗珠子滴在井台上。过了些日子,从井台上的石头缝里,长出了一棵红艳艳的草来,霞光晶亮的,看去比花还俊。自从有了这棵草,一只金嘴小鸟天天飞了来,落在井台旁边,叫唤得真好听。

园里的菜长得绿旺旺的,后娘挑不出巧儿的错处来,却不让她回家吃饭了。

一天,两天,到了第三天的头上,把巧儿饿得头昏眼花,浇水也没有力气了。

金嘴小鸟把翅膀拍了几拍,对着巧儿叫道:

"巧儿姑娘,要想不饿,吃点井台上的灵芝草……巧儿姑娘,要想不饿,吃点井台上的灵芝草。"

一连叫了好几遍,巧儿听得一清二楚的,她真的蹲下把那棵净亮的草,掐了一点点吃了,只觉得立时不饿了。她直起腰来,比先前还有劲儿浇水了。

后娘寻思不几天就会把巧儿饿死了。过了一天,又过了一天,过了半个多月,巧儿不但没饿死,比以前还胖了。后娘猜想一准是她有了相好的给她送饭。"哼!抓着那个人再说。"她便偷偷地走去瞅。

井沿上的金嘴小鸟,把翅膀拍了几拍,对着巧儿叫道:"后娘来瞅,后娘来瞅。"

79

后娘跳了出来，把金嘴小鸟赶着打死了。

巧儿把金嘴小鸟埋在井台下边。过了几天，从那里发出了一个芽子，不多的日子，长成了一棵小树，好像把伞样罩在井台上面，遮着日头晒不着。

后娘见到这样，找了一把斧子把树砍倒了。

巧儿把树干修理成一个棒槌，用它去捶衣裳。

"噗塌塌，噗塌塌，一捶一枝大莲花。噗塌塌，噗塌塌，一捶一枝大莲花。"旧衣裳捶得也成了新衣裳。

后娘见了也去使它捶衣裳。

"噗塌塌，噗塌塌，一捶一个大窟窿。噗塌塌，噗塌塌，一捶一个大窟窿。"新衣裳也捶成破衣裳了。

后娘气得把棒槌填进锅底下去烧，棒槌着得"叭叭"响。她刚把脸对着灶门口往里望，"嘎巴嘎巴"两声，火炭一齐迸进后娘的眼里，两个眼都烧瞎了。

从这以后，狠毒的后娘看不见了，也没法折磨巧儿了。巧儿干起活儿来更有了劲啦。样样长得那个好法，不必提了，只说果园里的果树，一棵树上结五样果子。

这一方里，谁也知道有这么个好姑娘。天长日久，连那个庄名也不叫了，都叫它"巧女庄"，直到如今也还是叫它"巧女庄"。

金香瓜

有个村子里，住着一个老汉，老汉有三个闺女。

有一次，老汉在山上看到一个金香瓜种，他不舍得丢了，拾了起来。回到家他对大闺女说道："大女，你把这个瓜种种上吧！"大女说道："爹呀！俺不去种，一个瓜种，出一棵秧，一棵秧结不了几个瓜，不好做什么！"老汉又对二闺女说道："二女，你去种上吧！"二女说道："爹呀！我不去种，我懒得动！种上一棵瓜，又要浇水，又要拔草，将来还得去收，多麻烦！"老汉又对三闺女说道："三女！你去种上吧！"三女欢欢喜喜地接过了瓜种，说："爹呀！大姐二姐都不去种，我去种上它！"

三女把瓜种种在了山坡向阳处，天天去浇，天天去修理。过了几天，三女对老汉说道："爹呀！我那棵瓜出来了，山前扎根，山后发芽！"老汉道："怎么还能山前扎根，山后发芽？"三女说："爹，不信，你去看看吧！"老汉到了那里看了看，挖了挖，那个根扎在了山前，出来的芽却弯弯地钻到山里面去了。到了山后一看，又从山后面冒出来了。

三女还是天天去浇水，天天去修理。过了些日子，她又对老汉说道："爹呀！我的那棵瓜开花了，山后发芽，山西开花。"老汉说："怎么还能山后发芽，山西开花？"三女说："爹，不信，你去看看。"老汉到了山后一看，瓜蔓爬着爬着又钻到山里去了，从山西面冒了出来，开了一大片黄花。

三女还是天天去浇水，天天去修理。又过了些日子，她又对老汉说道："爹！我的那棵瓜结瓜了。山西开花，山东结瓜。"老汉半信半疑地说："好啊！我去看看。"他到了山东面一看，见瓜蔓从石头缝里钻了出来，结了一个鲜绿的金香瓜。

三女还是天天去浇水，去修理。又过了些日子，三女又对老汉说道："爹！金香瓜熟了。"老汉走去一看，瓜黄黄的，熟了，真喜人呀！到家里三女又对老汉说："爹，瓜熟了，你摘了吃吧！"老汉见三女天天去浇水，天天去修理，好容易结了这么个瓜，便说道："三女，我老了，咬不动瓜啦！你自己吃了吧！"

大女听爹这么说，马上说道："妹妹，咱爹咬不动，摘了来家,咱姐妹三个分分吃吧!"二女也说:"摘了来家,咱姐妹三个分分吃吧!"三女摇摇头说:"我那个瓜,不能随便吃了呀!"

第二天,老汉出去拾粪去了,三女又去浇瓜、修理瓜去了。大女和二女商议好了,等三女回来再问她,这次她让不让的咱也去摘,摘了来家再说。

三女回来了,大女说道:"妹妹!我去把那个瓜摘了来家,咱姐妹三个分分吃了吧!"说完就往外走。她山前山后山东山西地找了个遍,什么也没见着,只在山东面看到了一权长的一截瓜蔓子,上面结着豆粒那么大小的一个瓜,一眨眼又不见了。她回来问三女道:"妹妹,你种的那个瓜在哪里,我怎么找不着?"三女也不作声。

二女不服气,说:"我不信,我去找。"她山前山后又找了个遍,连豆粒大小的那么个瓜也没找着。回来也不急着问妹妹,等爹回来说道:"你成天价说,三女种的瓜结了多么大啦,连个瓜影也没有。"老汉嚷道:"看你说的,我刚才拾粪拾到那里,还看了看,和咱场上的石碌子那么大。"

过午的时候,老汉又出去拾粪,不多时候,慌慌张张地跑了回来,一进门就喊:"坏啦,县官领着官兵,到咱这埝[1]来放抢啦!"大女和二女都吓黄了脸,三女说道:"爹,咱两个去看看咱

---

[1] 埝,胶东土语,"地方"的意思。

的瓜吧！"老汉心想快去摘了来吧，别叫官兵抢去。他就跟三女去了。到了山东面，那瓜熟得黄黄的，真喜人呀！三女道："爹，你不吃我这个瓜，你闻闻吧！"老汉趴下一闻，可香啦！立起身来，变成了一个很年轻的小伙子。

这时县官领着官兵咋咋呼呼地已到了山下。三女把瓜抱起扯着瓜蔓一挣，山"哗"的一下子四分五裂炸开了，把县官和官兵都压在山底下了。

长鼻子

在离山很远的一个庄子里,住着一家子人家,就两口子过日子。这一年遇上荒年,地里连种子也没收,到了来年种地的时候,把个小伙子愁得了不得。老婆说道:"没有法子呀!你到地主家借他半斗高粱当种子吧!"

小伙子听老婆这么说,明知不是门,逼到这个地步也得去呀!叹了一口气就往地主家借粮去了。本没打算那么容易,地主问明了他的用处以后,满口答应道:"好!好!等明天你来拿吧!"

当天晚上地主对老婆说:"挖出半斗高粱。"地主老婆把嘴一噘:"不许你往外借粮。"地主伸过头去对他老婆说道:"你知道什么！今春借给他半斗高粱，秋天就要他那五亩地。"地主老婆说："你就想好事，秋天人家打下高粱，人家还你高粱，还能给你地？"地主小声地说："咱把高粱种放在锅里炒炒，叫他种上出不来，秋天他拿什么还咱！"

地主老婆也欢喜起来，连忙去炒高粱去了。

把高粱倒进锅去的时候，没留心一粒掉在了锅台上。等炒完了，往斗里盛的时候，没注意也扑拉了进去。

第二天，小伙子来拿，地主说道："咱两个先讲在明处，你借了我的粮去，秋天有粮你还我粮，没粮你给我地。你听明白啦？秋天你还不上我的粮，你那五亩地就归我了。"

小伙子心想：到秋天怎么的也能把他这半斗高粱还上，便答应了。

小伙子和他老婆，两口子辛辛苦苦地把地种上了。可是眼巴眼望地只出了一棵。上粪浇水，那棵高粱长得真好，高粱穗比斗还大。小伙子琢磨着这穗高粱能打出半斗去还地主。好不容易等高粱开花了，高粱晒米了，眼看高粱快熟了。他天天守在那里，睡觉都不肯离开。一天早上来了一个老雕，叼起高粱穗子就飞。他急了，跟着就去赶。老雕头前飞，他就后面赶，赶着赶着天黑了，老雕叼着高粱穗子钻进大山里面的洞里去了。

小伙子要往家走，黑灯瞎火的，路又不熟，这还不说，顶叫他着急的：高粱穗子叫老雕叼去了，拿什么去还地主的粮？左思右想,还是等天亮豁上命进洞去看看吧!

四周都没有人家,晚上到哪里去过夜呢?他圆旮旯看了看,在离洞不远的地方,有一棵松树,松树长得和把伞样,他就爬到上面去。不多时候,一只大狼跑了来,停了一歇,老虎来了,狮子来了,狗熊来了,猴子也来了……他听了,在树上也没有动,狼用鼻子四下里闻着道:"抽搭抽搭鼻子,生人味,见了生人活剥皮。"猴子也说:"抽搭抽搭鼻子,生人味,见了生人活剥皮。"狗熊说道:"哪里来的生人,是咱出去带了生土来啦!"老虎说道:"今天出去谁没有吃饱?"狮子说:"我今天没吃饱!"狼说:"我咬了一个猪吃饱了。"狗熊说:"我吃了个半饱。"猴子说:"我还想吃点。"

老虎从松树根上一扒扒出一个铮亮的宝器,还竖着个铮亮的把。老虎拿着敲了两敲,念道:"金头金把,敲两敲,酒菜饽饽一齐来。"

转眼间,通红的食盒[1]来了,里面盛的有酒,有菜,也有饽饽。老虎、狮子、狗熊、猴子吃完了,又把宝器埋在松树根上。鸡"咕咕"地叫了一声,老虎走了,狮子走了,狼和狗熊、猴子都走了。

小伙子在树上看得明明白白,心想,只要得着这个宝器,还愁

---

[1] 食盒,胶东一带用来盛食品礼物的木制盒子。有四尺高,通常是用四个盒子摆在一起,顶上有盖,食盒的提梁是方形的,可以抬着。

什么！地主的粮也能还上。他轻轻地爬下树来，从松树根上挖出宝器，回家来了。

到了家里，和老婆说了说，拿出宝器敲了两敲，喊道："金头金把，敲两敲，半斗高粱快快来。"

说话工夫，半斗高粱就在眼前了。他叫老婆把宝器藏起来，拿上高粱就往地主家去了。

地主一见他来还粮就变了脸，问他道："你的高粱种上没出，怎么有粮还我！"

小伙子从来不会说谎，就原原本本地告诉了他，地主想了想这才把粮收下。

第二年，他也叫觅汉[1]在地里种上了一棵高粱，地主守在旁边，叫觅汉浇水上粪，高粱长得也很好。眼看快熟了，地主天天盼老雕。这一天老雕飞来了，真的把高粱穗子叼去了。地主也跟在后面追，黑天的时候，也追到那座山那里，老雕又钻进洞里去了。地主周围看了看，也望见了那棵长得好像一把伞样的松树。地主心想，这一定是那个小伙子趴在上面的那棵树，他也爬了上去。不多一会儿，狼来了，老虎来了，狮子来了，狗熊来了，猴子也来了。狼四下闻了闻说："抽搭抽搭鼻子，生人味，见了生人活剥皮。"狮子也说："抽搭抽搭鼻子，生人味，见了生人活剥皮。"狗熊说

---

[1] 觅汉，旧时地主家雇用的农业长工。

道:"哪里来的生人,是咱出去带回生土来啦!"老虎说:"还是找找吧,上次咱的宝器就叫人偷去了。"

猴子一下跳上树,见地主蹲在树杈上,便拧着鼻子把他揪了下来。狼过去拧着他鼻子转几圈,老虎过去拧着他鼻子转几圈,猴子也过去拧着他鼻子转几圈,把地主的鼻子拧了三丈长,才把他放了。

地主得了命,肩上扛着鼻子,腰里缠着鼻子,胳肢窝里夹着鼻子,往家就跑,拿不了的一截鼻子,在地上拖着。

地主老婆觉也不睡,点着灯等着。一听见地主叫门,赶紧就下来开。地主听见老婆开门,连忙喊道:"小心别碰了我的鼻子。"老婆问道:"得了个鼻子宝器吗?"

地主着急地说:"你闪闪我进去,到家再说吧!"

他生怕觅汉看见他,慌慌张张地往屋里跑。到了水缸边,一不小心叫脚底下的鼻子绊了一下,一跟头,栽到水缸里淹死了。

石巴狗[1]

　　从前有一个地主，称自己是个"善人"，人家却都叫他假善人。

　　假善人很出名，百十里没有不知道的。百十里路内都是他的佃户，都穷得吃不上、喝不上。假善人养着很多的家兵，还是不放心，叫佃户们围着他的庄院挖十丈深、八丈宽的一条大沟。沟挖了没有多深，天就下起大雨来了。佃户们哀告着歇工，假善人坐在大厅里，不紧不慢地说："歇什么工？这么热，不是我行善行的，天还能下雨给你们洗个澡吗？"

---

[1] 石巴狗，石头刻的狮子狗。

佃户们在大雨里挖着沟，四下里的水哗哗地往沟里淌，很快就没到腰上面了。佃户们要求歇工，假善人坐在大厅里，喝着茶水，不紧不慢地说："歇什么工？你们就不渴吗？不是我行善行的，天还能下雨，给你们喝水啦！"

雨越下越大，沟里的水又没到了胸脯，眼看要和脖子溜溜平了。大伙儿喊了一声，一齐往沟沿上上，假善人却吩咐家兵，连打带骂地朝下赶。佃户小王被推得扑进了水里，正在昏昏迷迷的，却觉得有什么东西把他顶上了水面。他清醒了，一下子站了起来，吐了几口水，抹了一下脸。四下一看，真怪，雨还在下，风还在刮，沟里的水怎么倒浅了起来，只到大腿根子啦。

在他身边不远的地方，往上直冒水泡，他忽然想到，刚才是什么把他顶上来的呢？他弯着腰，在起泡的地方一摸，硬硬的一个东西，抱起来一看，是个活灵活现的石巴狗。

石巴狗的脖子上还挂着两串青钱，一个银铃。他把青钱掖在腰里，抱着石巴狗，瞅了个空，跑走了。走了有三十多里路，这石巴狗很重，小王把它放到地上摸着它说："石巴狗，石巴狗，你能不能自己走？"

石巴狗的眼珠会动了，尾巴也会动了。它忽然张口说起话来："小王伙计，你最乐意要什么东西？"

小王想了一阵，拍手道："我什么也不要，只要叫假善人在大雨里挖沟洗个澡，在挖起的大沟里喝个饱。"

"你跟我走吧。"石巴狗吧嗒吧嗒地跑着,脖子上的铃铛哗啦哗啦地响,小王在后面紧跟着。

走了也不知有多少天,两串青钱快花完了。这一天走到了一个地方,家家都关着门。小王上前敲了敲一家子的门,一个老汉走了出来。

小王问道:"老大爷,天还不黑,怎么这里家家都关着门?"

老汉请小王进了屋,说:"听你这个口音,是从远处来的。你不知道,这不是望见那座山了吗,在东山里,出了一只老虎,谁也治不了它,不到黑天就出来伤人。"

小王看石巴狗那个样,还想着往前走,便对老汉说道:"老大爷,我要走了。"

老汉吃惊地说道:"你就是有天大的胆子也不敢再往前走咧,别去白白地送命啦。"

小王看看石巴狗,石巴狗对他摇摇尾巴,向外看看。小王就说:"不,我还得往前走,我有大事要去做。"

老汉叹了一口气说道:"客人,你真的要走,赤手空拳的怎么行!我有一把斧子送给你吧,到紧急的时候,你也有个东西招架招架。"小王谢了老汉,拿着斧子,和石巴狗一块儿向东山上走去。走了一阵,石巴狗眼珠动了动,尾巴摇了摇,忽然说道:"小王伙计,一阵旋风要刮来了,你朝着风头上,有多少劲,要使上多少劲,砍它一斧子。"

小王准备好了。走了不远，只见上挂天，下挂地，乌黑的一阵旋风扑了来，还没有到跟前，就像要冻死人那么冷。小王扬起了斧子，顶着风头，冲了上去，用力地一砍。旋风"呼"的一声钻进地里去了。眨眼的工夫，在跟前出现了一个黑乎乎的大洞，没影地深。石巴狗摇了一下尾巴，前腿一跷，跳了进去。小王也跟着往下跳去，觉得浮浮摇摇的好一阵，脚才落了地。下面也是乌黑乌黑的。小王跟着石巴狗的铃铛声向前走去，越走越觉得发亮，最后走进了一栋房子，里面点着灯，一个老妈妈坐在炕上糊一条纸龙。见他进去，笑着说道："从来还没有一个人对付过我的纸龙，你是一个勇敢的小伙子，在我的锅里有几样东西，送你吃了吧。"

小王掀开锅一看，里面放着九个面牛，两个面虎，热气腾腾的。小王都吃下去了，觉得浑身长了许多力气。

老妈妈说道："小伙子，我给了你九牛二虎的力气，我知道你只能做好事，不能做坏事的。"说完就不见了。

小王抬头一看，哪里是在洞里，是在一条大山沟里！日头压山了，他对石巴狗说道："石巴狗，石巴狗，咱两个去找那只老虎吧！"

石巴狗点了点头。

刚刚走出了大沟，山崩地裂的一声虎啸，一只老虎像是从半空中扑了过来。小王不慌不忙两手一伸，卡住了老虎的脖子。这一卡把老虎卡得直翻白眼珠子，四条腿乱蹬。他好像提着一只猫一样，把老虎向石头上摔去,摔了三摔,老虎忽然说话咧:"勇敢的小伙子,请你不要摔死我,你要我怎么的,我就怎么的。"

小王想了一想说道:"我要你变成一匹千里马!"

老虎在地上打了一个滚,变成了一匹枣红色的大马,头仰着"咴咴"地叫起来。

小王抱起石巴狗跳上马。嗬!真是千里马,跑起来四蹄生风。跑了整整的一天一夜,又到了一个地方,人们都愁眉苦脸的,小王问一个老汉说:"老大爷,你们这里是怎么回事,没有一个人有欢喜模样?"

老汉叹了口气说道:"你不知道,俺这个庄西面有个水晶洞,里面住着一条水晶蛇,每天要吃一个人,今天不知道又要吃谁啦?"

小王说道:"你们都不用犯愁,我有法治它。"

老汉摇了摇头说道:"客人,你别说大话了,你不知道那个水晶蛇多厉害,刀枪不入。"

"我去看看。"小王把马一打,马立刻向水晶洞那里跑去。人们都惊得张口瞪眼的。

小王在水晶洞前下了马,大踏步地向里走。里面冷森森的,水晶蛇满身雪白,瞪着血红的眼,吱吱地叫了两声,张开了嘴。小王一个箭步跳了过去,看准了蛇的脖子,使劲一卡,蛇尾巴抡了三抡,直挺挺地一动不动了。越缩越小,越缩越小,一霎工夫,变成了一把透明的宝剑。

一连得了这么两件宝物，石巴狗说道："现在可以满足你的愿望了。"

小王抱起石巴狗，又跳上了千里马，向家乡跑去，手里的水晶宝剑闪闪发亮。

不多几天，就跑到假善人庄外。十丈深、八丈宽的大沟已经挖成了，满满的一沟水。石巴狗跳下马，把嘴伸进沟去，咕咕地一阵把水喝干了。

小王在马上把宝剑一扬喝道："叫假善人出来答话。"

假善人在大厅里，吓得脸都青了，一连声地吩咐家兵出来抵挡。

小王见刀呀枪呀的，拥出那么一大群人来，冷笑了两声，把马一拍，伸手把那些人手里的家伙一遭划拉了过来，"砰砰叭叭"地折断了，一指头一个把他们点到大沟里去了。

假善人听了，更吓慌啦，派人去向小王说："你要多少银子？要多少钱？"

小王哈哈地笑道："我也不要银子，也不要钱，只要假善人出来挖一会儿沟就行了；要不，我可要把他的庄院砸个稀里哗啦。"

假善人只得走了出来，看了看沟里幸好没水，下去才挖了两下，就觉得喘不过气来啦。小王说道："石巴狗，天这么热，快喷水叫假善人洗个澡。"石巴狗把嘴一张，水一个劲地向假善人喷去，沟里的水哗哗地淌开了，淹到腰上了。

小王说道："石巴狗！喷得再急点，天这么热，也让假善人喝水喝个饱嘛！"

沟里的水，眼见满上来啦，假善人叫水灌饱啦，再然后就淹死啦。

黄河的故事

从前，有一个小伙子，叫黄河，长得身高八尺，宽胸膛，细腰身，骑得烈马，拉得硬弓，百步以内，指哪里，射哪里，分毫不差。黄河不只是能干，模样更是百里挑一，那对大眼睛，水汪汪的，和泉水一样的清，和星星一般的亮。可是黄河的家里很穷，什么家业也没有，全靠上山里去打野味度日。每天早晨，日头一冒红，黄河就骑马走了。每次他都要路过一家员外的花园，那白色的粉墙上，探出了各色各样的花枝。有一回，他从山上打猎回来，又路过那个花园，一阵风刮来一股香味，说不出有多么好闻。是什么花这么香呀？黄河不觉仰脸去看，他简直眼都花了。墙头上一个十八九岁的闺女,探出半截身,手扳着花枝向他笑眯眯地张望。那闺女俊得呀,比得桃花都不好看了。黄河不由得停住了马。

那闺女摆了一下手,脱下一只手镯,丢了下来,便缩到墙后去了。

黄河跳下马,拾起了手镯,忽然明白了,刚才看到的闺女,准是什么仙女吧,人是不会有那么俊俏的。他回到家里,心里怎么也丢不开。每次经过那个花园,他总要抬头向上张望,总想再见到她的面。可是墙头上只有摇摆的花枝,闺女影踪也不见了。

过了半个多月,这天黄河到远处去打猎,回来时,月亮已升上来了。快到花园那里,忽然从道旁闪出了一个人来。黄河一看,不是别人,正是那闺女。他欢喜得不知怎么才好,一下子跳下马来。那闺女轻轻地走到跟前,黄河定神一看,比初见时更俊俏了十分。

黄河不觉问道:"你对我说实话吧,你到底是什么仙女?"

闺女抿嘴笑道:"什么仙女也不是。"

黄河摇摇头不信。

闺女笑得更厉害了,笑完了,对黄河说道:"我实不瞒你,我就是潘员外的闺女。今日我背着俺爹,特意跑出来和你相见。"

黄河心里一下子凉了半截子,停了一停,拉马要走。

闺女满肚子冤屈,说道:"我盼黑盼明的,好歹地瞅空偷着跑出门。想不到你是这样寻思。"

黄河听了,说道:"我不为别的寻思,我是光身一人,什么家业也没有。"

闺女忙说道:"你不要说那些,金山银山我不爱。自从见你打猎从这里走过,我就上了心啦。"

黄河又说:"我家里可没有好吃、好穿的!"

闺女又说:"布衣粗食我也情愿,只要和你长久住在一块儿就成。"

两个人越说越亲热,半夜时才分了手,并且约定后天再见面。

到了约定日期,黄河和闺女果然又会了面。这样一直过了两个月的光景,黄河都是按约好的日期去和闺女会面。但最后一回,闺女却没有去。

一天两天,十天八天,黄河天天去等候那闺女,再也没见到闺女的影子。

黄河知道,这绝不是怪闺女变心,一准是遇到什么事情了,后来一打听,果然没错。潘员外知道了他们的事,把他的闺女关起来啦。黄河听说以后,怒气冲天,发誓说:"天翻地覆,也要把闺女救出来。"

这话传到潘员外耳朵里去了。他知道黄河是一个好汉,说得出做得到,越想越害怕。却又不愿意把闺女许给黄河,他是要把闺女嫁给有钱有势的人。可是言语说了千千万,闺女就是一句话:"天底下,地上头,除了黄河,谁也不嫁。"潘员外恨不能一下子把黄河害死,可又怕黄河的武艺。他知道黄河不是好惹的,万一害不了他，自己说不定就要吃亏，倒不如变变花样，使黄河断了这个念头。想着想着，一条计谋上了心来。他马上吩咐，在门前搭起台子，在离台子二百步远的地方，竖起了一个架子，那架子中间，吊上了一个铜钱，潘员外又叫人遍贴布告，谁能办得到他说出的事，就把闺女嫁给他。

这一天到了。带刀拿剑的，好多人前呼后拥地簇拥着潘员外上了台子，坐到椅台底下，人山人海，年轻小伙子都从四面八方赶了来，争着想得个俊俏媳妇。

到了时刻，潘员外传下话来，第一桩，要在百步距远，把箭不左不右地射进铜钱眼去。

穿绸的着缎的，什么人也有，却没有一个人能把箭射进钱眼里去。

黄河走了出来，不慌不忙，挽弓搭箭，只听"嗖"的一声，箭像流星似的飞了出去，不左不右正射在铜钱眼里。看热闹的一齐喊起好来。潘员外脸上变了颜色，又吩咐下来：第二支箭要把第一支箭从铜钱眼里射出来。只听又是"嗖"的一声，转眼工夫，第一支箭叫黄河射出的第二支箭顶到地上去了。

看热闹的都看得直了眼，黄河面不改色，回头望着潘员外。潘员外心里虽是吃惊，却想："你就是神箭，这第三桩，你也没法办得到。"他又吩咐道："离开百步，一箭射下铜钱，还要把铜钱接住，不许它落地。"

谁听了这个话，也目瞪口呆。潘员外明明在耍赖，铜钱落地是个快的，隔着百步，什么快腿也接不着。黄河听了，知道潘员外是有意为难他，不觉一把怒火烧心，一扭身子，"嗖"的一声，一支箭朝潘员外飞去。潘员外年轻时也练过武的，连忙把头一偏，箭擦耳朵根子过去了。潘员外惊得差点从椅子上翻下来，连声喊着："给我拿下！拿下！"台底下的人都替黄河不平，愤愤地喊了起来。

这时，黄河低着头从人缝里挤了出来，向山上走去。他并不是害怕潘员外派人拿住他，他从来是箭不虚发，这次却没有射中，他觉得老大的丢脸。

他坐在山头上，左思右想："闺女爱我的武艺，爱我的本领，在那么多人跟前，箭落了空，怎么有脸见她！看来，还是我没把武艺练到好处。"他站了起来，向深山里走去，他打定了主意，要把武艺练得更强，好救出闺女来。

在深山中又没个屋住，缺这少那的，风吹雨淋，不知吃了多少苦头。过了将近一年啦，黄河不光箭练得更准，别的武艺也更强了。他想：凭他潘员外怎么样，也能把闺女救出来。第二天，他就动身往回走，恨不能一下子见到闺女的面。他什么也不顾，直走了一上午。

到晌午的时候，觉得肚子饿了，周围却什么野兽也没有，不能打来解饿。抬头看看，一只鸟从东飞了过来，飞得那个高呀，细看才能看到。黄河一箭射去，那鸟"滴滴溜溜"地落了下来。他走到跟前一看，是一只大老雕。那老雕翅子扑拉了两扑拉，看样子能带箭飞走。黄河却弯腰把它按住了。

老雕忽然开口说起话来："好汉，你不要害我，你想知道什么事，我都能告诉你。"

黄河问道："潘员外把他闺女关在什么地方？"说着，就从老雕身上把箭拔了下来。

老雕说道："潘员外逼着他闺女跟一个财主成亲，她气得跳楼死了。临跳那阵，她大声叫着'黄河！黄河！黄河啊……'。"

黄河听了，好似半空里一声霹雳，心像大山崩裂一样，他"噗"的一下坐在地上，泪珠子像泉水一样涌了出来。

老雕飞到半空中，向下一看，黄河的眼泪流成了河水，汪洋一片，冲走树木，冲走沙石，大浪翻滚地向东流去。

黄河成了"黄河"啦，黄河的水，总是浪滚翻天的，想往岸上泛滥，人家说，那是黄河心里愤恨，那是黄河想靠近那个村庄，那是黄河想去找那个闺女。

神牛

　　王家庄到九九县城五十里路，庄前那条百尺河，就是从县城那面流过来的。发大水的时候，浪滚翻天的，哗哗的可惊人，不是庄前那神牛石挡住，大水就会冲了庄子啦。

　　唡，那块神牛石也真是古怪，又不连山，又不靠岭，却独独地凸出那么块黄澄澄的石头来，它多像一头牛的样呀，头、角、蹄、腿、身子，都能分得清楚。老远看看，威威武武地在那儿趴着。

　　说起来，是有个故事的。这也是古年间的事了，传到如今也不知多少辈子啦。先说为什么叫九九县城吧，那城的城墙只有九十九尺高，城外的百尺河呢，嘿，里面有条泥鳅精，那年也把浪头搅得百尺高。从前做官的,不管老百姓死活,借着这个多刮些钱是真的。

有一年,皇帝又派了一任官来,这个官到了任以后,先围着城墙看了看,老百姓寻思,这次可好了,也许能把城墙修高了。

唔,谁也没料想到,县官把衙门拆了,加高了地基,重新修盖了起来。自然他只是动动嘴,一切使费都是从老百姓那里刮来的。这样一来,大家伙更是苦上加苦。说起来,这个县的老百姓,除了纳官粮、官银以外,每年还得摊派许多修城墙的钱,这任县官更看上了这一份进项。一年一年地,银子堆起来也成垛了。城墙呢,还是九十九尺高,银子当然是进了县官的私库了。城里的人每年得遭一回灾。水火无情呀,遭上了那个水灾,连屋带东西全完了。

人到急啦,无路找路走啊,都上龙王庙里去烧香磕头,可是什么事也不顶,谁也愁得要命。

有一天,一个老汉来到了庙前,招呼起来:"大伙别信这个啦,要好,你们都把碎铜送到我那里,我有法子。"

有人认得这是本城铸铜像的老匠人。说起来,他的手艺是天下第一啦,不管铸起桩什么铜像,就跟活的一样,究竟他下了多少功夫,费了多少心血,谁也不知道。只听人家说,他的屋里常成宿地亮着灯。看不得他手艺好,挣来的钱,都纳了官项啦。你想想,吃穿都顾不上,是舍不得点着灯睡觉的,他就是成宿地做活儿呀。

越说就越成神话啦。都说,有一天黑夜,有人打老匠人窗外路过,听到屋里说话,一寻思,他又没有家口,半夜三更的和谁拉呱[1]?仔细一听,是跟他铸起的那些铜像说话呢。还有人说,半夜里常听到他铸的那匹千里马"哞哞"地叫唤。有人问起他来,他不说什么,只捋着胡子笑笑。大伙儿都知道他是个好心人,都信服他的话,也不问他要铜做什么,有的把洗脸的铜盆送去,讨饭的要个小铜钱也都送去。嚄!什么铜物都有,大闺女、小媳妇的铜手镯,小孙子、小外甥的百家锁,不几天就凑了那么一大堆。老匠人把门关起来,谁也不见,一直过了七七四十九天。那天半夜里,听到他的屋里,有一头牛"哞哞"地叫了起来,叫的声音好大啦,全城的人都能听得见。

第二天,他把门开开了,一只铸好的铜牛站在屋子当中央,金晃晃的把屋子都照亮了。去看的人人山人海,没一个不惊奇的,都说,活牛也不过这么精神,看那眼、那角、那蹄腿,哪点也活像就要跑的一头牛呀,那身皮毛,看去是那么柔软光滑,一摸,却是冰凉冰凉的。

出了这么一桩大事,衙役、狗腿子很快地报告了县官。县官一听,也盘算出这个东西有大用处,他想把铜牛送给皇帝,可能买得自己加官进禄,便一声吩咐,叫把铜牛抬去。

那些衙役、狗腿子一窝蜂地拥去了。进了屋里,把老匠人的东

---

[1] 拉呱,就是谈话的意思。

西先抢光了，才去抢铜牛。可是铜牛好似生根样地站在那里，抬也抬不起，掀也掀不动。老匠人站在一旁，气呼呼地看着不作声。

一个衙役又去报告了县官。

县官惊奇地说："还有这种事吗？"坐上了轿，吆吆喝喝地去了。

到底是县官坏主意多，他把老匠人叫到跟前，好言好语地说道："你能给我运走这铜牛，赏给你三百两银子。"

老匠人说道："县官老爷，实话对你说了吧。这是全城老百姓的铜牛，就是银子堆成山，我也不卖呀。"

县官一看用软的不行，马上变了脸喝道："你想造反吗？不运走铜牛，就把你带到衙门。"

到了大堂上，老匠人不下跪，也不说话，县官怎么问，他连腔也不搭。

县官把惊堂木一拍，动起刑来。老匠人不但没哀告，连哼一声也没哼。县官看看没法治他，就把他关进牢里去了。

什么法也用到了，铜牛还是搬不走。它好像生根一样地长在那儿！

这一年夏天，又下了好几天雨，百尺河里，滚滚的黑浪头，眼看就要漫进城墙，城里真是翻了天样，孩子哭，大人叫，找不着个地方躲。

"哞哞！"铜牛叫了，叫得全城都能听到。它再不是那个像在那里生了根的铜牛啦,毛皮闪亮闪亮的,两眼跟灯笼一样,尾巴一撅,一溜闪光地向城墙上冲去了。这阵,浪头已经要蹿进城墙了,泥鳅精在水里翻腾着乌黑的身子。

神牛冲上了城墙,嘴伸进水里,只一阵的工夫,就把水喝了下去。泥鳅精尾巴甩得再高,也搅不起那么高的浪头来了。

水下去了,铜牛又回到老匠人的屋里,它又是铜牛的样子,又是生根样地站在了那里。

这年,大水没有漫进城来,县官却还是照常要那份修城墙的钱,可是他怎么打呀、抓呀的,百姓也不往上缴,都在背后说:"咱们匠人老爷爷,给铸出神牛来,再不怕大水了。"这话也传到县官的耳朵里。他气得肚子都要鼓破了,咬牙瞪眼地叫把铸铜像的老匠人提上大堂,号令下来,斩首示众。

县官刚刚说完,只见地动屋摇,原来是铜牛叫了一声,真好像霹雳那么响。衙役、狗腿子都吓慌了,腿一软堆萎在地上。老匠人却好似一根高大的石柱样地立在那里。

县官也吓得脸成了土色,却还硬着嘴说:"把这妖人,推出去斩首。"

话还没说完,"哞!"山崩地裂地又是一声牛叫,震得县官的耳朵嗡嗡地响,身子也抖做一堆儿,好几个人才把他扶到后衙里去,他只得把老匠人再下到牢里。

县官终于搜寻出一个毒法子来,把麦穰掺上石灰,装了成千上万的麻袋包。

第二年的夏天，大水又眼看着蹿进城墙来了，铜牛又变成神牛冲上了城墙，把嘴伸进水里喝了起来。

衙役和狗腿子们也跟着赶了来，把装着麦穰和石灰的麻袋包扔下水去。

神牛"咕咕"地喝着水，喝着喝着叫麻袋包塞住了嗓子眼啦。泥鳅精趁空搅起黑浪，翻腾着进了城墙。衙役、狗腿子都向高高的衙门跑去，神牛仰着头，两只眼睛把水面都照明了，从后面追了去。

县官、衙役、狗腿子都躲进了衙门，神牛只三角两角就把衙门的屋全都撞翻，坏蛋们都被砸进水里去了。

它在水里来来往往的，终于救出了老匠人。那两只角好似两只手样的把老匠人托在水面上，随水漂了下去。石灰在它嗓子里烧了起来，它越来越没有力气，随水漂了五十里，它把最后的劲儿都用了出来，爬到了岸上。

慢慢地它化成石头了，老匠人痛心地流了一阵泪，他舍不得离开它，便在旁边盖了一座小屋住下。

小屋现在是没有了，不过在牛身边的一块石头上，还留着他的脚印。嘿，这遍方的人，谁也忘不了他。那神牛虽说化成石头啦，却还是那么黄澄澄的，威威武武趴在那里，角呀、身子呀，都能看得清楚。

荞麦姑娘

小板凳,
别歪歪,
坐上俺那好乖乖,
好吃懒做没人爱,
乖乖,千万要勤快!

唱完了这个小曲儿,要说故事啦。说故事要说得有枝有叶,有根有梢,那咱就打这里开头:

有一家子,两口子都死了,撇下了一个十三岁的小男孩,叫忙生。爹娘真是忙了一辈子,好歹地才给忙生留下了靠河沿的一块荒地。谁都说，那块荒地什么也不长。真的，河里涨水，水就把荒地淹了；刮起大风，沙就把荒地漫了。忙生长到十七岁了，别看年纪小，可是一个刚强的小伙子。他动手料理起那块荒地来了，别人说："忙生啊，你别枉费那工啦。"

忙生说："你等着看好了。"他不和人家分辩，只是鼓上劲儿做活儿。真是天下无难事，就怕功不到。

忙生把荒地上的沙铲出去，草根刨净了，靠河边垒上了高高的石崖子。

地整理好了，春天也过去了，忙生想："种谷种高粱都晚啦。"左想右想，还是种上些荞麦吧，都说荞麦不大费工夫。

忙生从种上那天起，就像用钉子钉在那里一样，一天价不离荞麦地，锄呀，上粪呀，这些不用说，忙生都做了。谁也不知道他还在地里想些什么门道，下什么功夫。只见他地里的荞麦，红秆绿叶，"嗖嗖"地长起来了，开花了。

溜腰深的荞麦上，好像下了一层雪花，蜜蜂一天到晚在花上嗡嗡采蜜，蝴蝶红的、黄的、花花的，百般百样，在上面翻翻闪闪地飞。

走到地边上的人，都夸忙生好样的，荞麦是不能长得比这再好了。忙生听了笑眯眯的，修理的劲头更大了，常常很晚很晚地才回来。有那号爱说趣话的人，跟忙生逗趣说："忙生！你叫荞麦迷住了，要和荞麦瓣两口子。"

忙生笑笑说："别胡说了。"

说实在的，忙生到了荞麦地里，真有些不舍得走开。

有一天晚上，月亮地里，那荞麦更加好看，好像是蒙上了一层薄薄的白纱一样，在风里轻轻地摆动。

忙生看一眼，想再看一眼；看一眼，想再看一眼，乐得出了神。忽然间，在荞麦地那头，有一个人影一晃。忙生还以为是自己眼花的缘故，揉揉眼睛再看，可真是有个人，那人越来越近，快到了跟前啦，月光底下，看得清清楚楚，是一个十八九岁的闺女，绿裤红袄，雪白的脸，十分好看。忙生惊奇地想：天这么晚了，她到这里做什么？也许是过来问路吧。还没等他作声，那闺女笑嘻嘻地说道："叫你那么上心地照看，心里真不过意。"

忙生听了，更觉着奇怪。对闺女说道："你是认错人了吧！"

闺女笑道："和你天天在一块儿，还不认识吗！我叫'荞麦'，你什么时候要找我，只要一叫'荞麦姑娘'，我就来了。今晚上月亮多好呀，你还想多看一会儿你的荞麦吗？"

忙生点了点头。那闺女把袖子一甩，忙生再看时，满地的荞麦都变得五光十色，那个好看呀，就是最好看的花朵也没有那么俊秀；那个香啊，桂花也没有那么好闻。那金色的蜜蜂在上面采蜜，飞着的蝴蝶，红的好似红宝石，绿的好像绿宝玉，都闪闪放亮。那荞麦姑娘低声细语和他亲亲热热地拉起呱来。

过半夜了，忙生才回到家里。刚刚躺下，听到外面呜呜地刮起大风来了。那个风可大呀，真是刮得地动屋摇。忙生躺不住了，他跳下炕，一把拉开门，他心里急得蹦蹦，什么也顾不得，直向荞麦地里跑去。

风几次地把他刮倒，飞沙打疼了他的脸，他一直跑到荞麦地里。

只见一条黑东西，滚滚地向西南下去了。

他差一点放声哭了——荞麦地里，没有了荞麦，已经变成高高的沙岭了。

大风住了，天又晴了，月亮也明了，忙生大声地叫道："荞麦姑娘，荞麦姑娘……"他一连叫了许多声，可是一点儿影子也没有。忙生伤心地落下泪来，心想："荞麦姑娘，也许叫那条黑东西抓走了。也许压到沙岭底下啦。要是叫黑东西抓去，我怎么的也要把她找回来；要是压在沙岭底下，我一定挖出她来。"

太阳出来了，照在那又高又大的沙岭上，忙生动手一锹一锹地挖了起来。

说故事容易，做起来可难。一天又一天，一月又一月，一年又一年，大沙岭铲低了，大沙岭铲小了，大沙岭终于铲平了。忙生欢喜得了不得，连忙大声地叫道："荞麦姑娘！"还没落音，只听"呼啦啦"的一声响，眼前的地裂开了，金光四射，飞出了一只金黄的小雀来。

金小雀飞到半空，闪着金光，和人一样地说起话来了。

"好小伙子,你救我出来,这满窑的金银,都送给你这个勤快人。"

忙生一低头,只见从裂开的地缝里,金子、银子,一个劲儿地滚了出来。

忙生惊奇地看着,过了一会儿,却流下了眼泪。金小雀一下子就看到了,它奇怪地问道:"金子、银子,尽你拣,你怎么还掉泪?"

忙生抬起头来问道:"好心的金小雀,你告诉我,那荞麦姑娘怎么不见了呢?"

金小雀听了,长长地叹了一口气,说道:"那荞麦姑娘,已叫秤钩子妖怪抓到摩天山黑石洞里去了。那妖怪会飞沙走石、吐绳缠人,要救出荞麦姑娘,得最有劲的人。"

忙生说:"好心的金小雀,我不要这些金和银,只要叫我变成天底下最有劲的人。"

金小雀听了,"扑拉"的一声,落在忙生的跟前,吐出了一粒金小米来。

忙生吃下了这金小米,金小雀在旁边拍拍翅膀说道:"只有最勤快的人,才能变成天底下最有劲的人。"

金小雀刚刚说完,忙生就变成最有劲的人了。他别了金小雀,脚脚西南地去找荞麦姑娘去了[1]。

这阵是个夏天,日头火毒火毒的,晒得脊梁痛,忙生看见道旁有一棵树,这棵树少说也有一搂粗,枝叶挺多的,他想,拿它遮阴凉多好呢!

他走过去,没费多少力气,就把它拔出来了。打了打根上的土,当把伞,擎着往前走。走了一阵,觉着擎着怪麻烦的,顺手插在腰里。这样走了不知有多少日子,离摩天山也就还有四百多里路。他一走进这四百里路以内,秤钩子妖怪就知道了。它从黑石洞里走了出来,把大口一张,立时呼呼地刮起大风来了。

忙生正走着,大风刮过来的那些沙子碎石好像下大雨一样地落了下来。忙生从沙里拔起脚来还是往前走。不多一阵,忙生眼前就是一眼望不到边的大沙滩了。秤钩子妖怪站在摩天山顶上哈哈地笑了起来。

"你要进我的宝地,生渴也能把你渴死。"

秤钩子妖怪说完,放心大胆地回洞睡觉去了。

忙生走着走着,觉得口渴了,四周围连一点儿水也没有。他提起拳头,一拳打下去,就打出了一口井。那个井跟个小湖一样大,周围少说也有二三里路。忙生喝得足足的,又向前走。一天不到黑,他就走了四百里路,天还不黑就到了摩天山下。抬头看看,山

---

[1] 脚脚西南地去找荞麦姑娘了,意思就是脚不停步地一直奔向西南去找荞麦姑娘去了。

高得好像插上了天,半山腰里,黑云飘飘。忙生把腰带紧紧,挽挽袖子,向上爬去。眼看快到黑石洞了,只听霹雳声:

"谁进我的宝地!"

忙生眨眼的工夫,秤钩子妖怪已经站在跟前。秤砣鼻子,铃铛眼,满身长着黄毛,手跟秤钩子一样,伸过来,想抓忙生。忙生一闪躲开了。

秤钩子妖怪见抓不住忙生,使劲向石头上吹了一口气,比磨盘大的一块石头就向忙生飞了过去。忙生冷笑了一声,伸出一只手就接住了,说:"妖怪,这吓不住我。"

他把那块石头一下子又向妖怪扔去,正打在妖怪的胸膛,"噗嗒"一声,那妖怪连哼也没哼。它见石头打不着忙生,血盆大口猛地一张,吐出了一根白绳,看看有锄棒粗,弯弯勾勾的像条长虫样地向忙生奔去。

忙生眼明手快,咔嚓一声,折了一棵大松树,少说也有两搂粗。左招架,右招架,白绳缠在松树上。眼看松树上快缠满了,那妖怪的绳也吐完了。忙生使力一挣,山崩地裂的一声响,一颗黑心滚了出来。妖怪跌倒在地上,越缩越小,变成一个蜘蛛死去了。

忙生想着荞麦姑娘,三步两步走进了黑石洞,见地下躺着荞麦姑娘,已经死去了。忙生看着荞麦姑娘,泪"扑啦扑啦"地滴了下来。

忽然金光闪亮,把个黑石洞照得明晃晃的。金小雀飞来了,把含着的一滴水,顺在荞麦姑娘嘴里,荞麦姑娘立时苏醒过来了。脸又是那么白,衣裳又是那么绿,把个忙生喜得不知怎么好。荞麦姑娘又欢喜又感激地说道:"你是天底下最勤快、最勇敢的小伙子,只要你把那地里再种上荞麦,咱俩就能照常见面。"

忙生回了家,在靠河沿的地里,又种上了荞麦,又长起了头等的好荞麦。蜜蜂又在那里采蜜,蝴蝶又在那里飞舞。月光底下,那荞麦姑娘又走了出来。

奇怪林

有一年春天，草芽发的时候，俺庄里一群八个小伙子夯合一起走了。过了六年，又一块儿回来了。那个叫虎子的小伙子，还领回一个媳妇来。说起那个媳妇来故事就多了，我是小时候听俺奶奶说的，俺奶奶说得有枝有叶的。她说：

那年春天，咱庄八个小伙子，一块儿到西岭上去拾草，那条岭上有条东西道，傍晌天的时候，他们都坐在道旁里歇息，看着从岭下走上一个人来。那个岭很高，走上来是挺费劲的。那人走到那里，跟小伙子借了一下火，抽着烟，也坐下歇息。小伙子问他从哪里来，他说，他从奇怪林边的黑河岸上来。

小伙子们从来没听说过有这么个地方，都追问起来。

那人说道："奇怪林就是奇怪林嘛，不信我耍个玩意儿给你们看看，他把烟袋插在腰里，在地下收起了一堆土来，从口袋里摸出一个瓜种埋上，浇上一点水，不一会儿瓜种发芽了，又一会儿长叶了，伸蔓了，眼见得开花了，结出一个绿皮的大西瓜来。小伙子们都惊喜地问道："你这是跟谁学来的？"

那人说："奇怪林里，住着这么一家子，我会的这点玩意儿，比比人家还不沾边啦。他家有一个闺女，本事高，长得俊，到如今还没有婆家，可是就没有那么一个有勇气的能干小伙子配得上她。"

小伙子们一听，都握拳捋袖的，这个说："我不信，就没那么点勇气？我去。"那个说："我去！"只有那叫虎子的一声不吭。别的小伙子都以为他是害怕，嗤笑他。虎子一点不生气，只说道："咱走着看吧。"

当时，他们八个真的往西走了，走了有三年的光景，走到一个地方，往前看看是一片大荒场。他们敲开了一家的门问道："老大爷，我们要往奇怪林去，打哪里走？"

那老汉连忙摇了摇头，说道："我活了七八十岁了，亲眼见着过去许多像你们这样的小伙子，都是有去无回，我劝你们还是回去吧。"

小伙子都你看我、我看你的。虎子说道："老大爷，我们还是要往前走。"

老汉叹了一口气说:"你们打这里还是往西走,碰着一条大河,那叫黑河,过了河就是。"

满地尽是些荒草,棘针棵,也没有个道儿。八个人走了整整一头午,才到了河边。八个人都拿不定主意咧,往下看,河水黑沉沉的看不到底;向前看看,只能影影绰绰地望到对岸。正在这时,只见从东北面刮来了一阵大风,虽还没到跟前,看着那里天乌地昏,那七个小伙子都吓慌了,要是刮到河里不是淹死了吗!喊着叫着地扭头往后跑了。

虎子心想:要去就得有那份勇气,有那股志气。

大风呜呜地一片响声刮了过来,虎子好似叫什么抓着一样,身不由己地起到半空中,只觉得飘飘摇摇的,老一会儿才着了地。风也煞了,定神看时,已经到了对岸。他就顺着一条小道向前走去,转过了一片树林,看见不远的地方有几栋屋,一个闺女挑着一对水桶迎面走来,长圆脸,高身材,十分俊俏。闺女在道旁的井边上,从井里往上打水。这时候日头已经偏西了,虎子肚子也饿,口也渴,心想:先要点水喝吧。他走过去,叫道:"大姐,我是过路人,借个光,喝点水。"

那闺女低着头,一声不吭。

虎子又说道:"借个光,喝点水。"

那闺女还是不作声。

虎子不由得生了气，小声咕哝道："喝点凉水，让不让也放声嘛，怎么不把桶掉下去！"

虎子刚刚说完，那桶真的掉下去了。虎子又后悔起来，她不让喝就算了，不该跟人家说这号话。

闺女笑了一笑，说道："毁了我一枝喇叭花！"说着，伸手在井台上摘下一枝紫红色的喇叭头花，吹了一口气在上面，眨眼的工夫，喇叭头花变成了一只紫红色的水桶了。打上水，挑着走了。

虎子简直看愣了。闺女走出老远，他才忽然想道：这一准就是那个闺女，怎么不问她一声呢？可惜当面错过了。他想着，往前紧走了几步，看那闺女时，正回头向这儿张望。虎子想，这时候赶上去还不晚呀！他小跑样地往前走去，可是他快走也罢，慢走也罢，总是离着那么远。闺女前头挑着那担水，忽闪忽闪的，走得那么轻快。到了一棵大树底下，闺女走进一个大门里去了。虎子想：怎么好冒冒失失地跟着进去呢？他只得在门口外面站住了。闺女一进门正碰着了她嫂子。

嫂子看看她，笑嘻嘻地问道："妹妹，今天怎么满脸喜色呢？"闺女脸上有点发红："嫂嫂，外面来了一个小伙子呢。"

嫂子笑了笑，走过去探身向门外一望，虎子正在门旁的槐树跟前站着。嫂子不由得想道："怪不得妹妹把他引了来呢。"又在心里埋怨道："我爹老是要把妹妹锁在这荒凉地方，不让她嫁出去，也不知安的什么心，看来这小伙子也能有点勇气，我就从中给他们成全了吧。"她返身回来，只见闺女正在那里想心事。她小声地问道："妹妹，咱把那个小伙子留下吧？"

闺女低头摆弄着手巾，笑眯眯地不作声。

嫂子知道妹妹已经有心了，便到公公的房里问道："外面有个小伙子，我看，咱就留下他，好帮着咱做营生。"

老头看去有五十多岁了，深眼睛，八字胡，刚刚睡觉醒来，打了个呵欠说道："留就留下吧，反正是有来的路，无回的路。"

嫂子又回到门前，朝着虎子问道："你是来做什么的呀？"虎子巴不得有人来问他一声，连忙说道："我想着找点活儿做做。"

嫂子点点头说："你跟着我来吧。"

从这以后，虎子就在闺女家住下了，虎子是一个精干勤快的小伙子。闺女很乐意跟他说话，天长日久的，两个越来越亲热。嫂子也看出了意思，问她道："妹妹，你存什么心思尽管对我说，你哥哥回来，也不要紧。爹那里也由我去说。"

闺女光笑不作声。嫂子便去对老头儿说道："俺妹妹岁数也不小了，虎子也是个好小伙子，我看就把妹妹许给他吧。"

老头把眼一瞪说："你妹妹怎么能嫁给一个穷汉！"

嫂子没敢作声。这天过午，闺女找着虎子，把一条黑线、一条红线、一条白线递给他说道："你把这线接起来，缠好，今晚上你把这线的黑头拴在你住的那间房子的门框上，把线球往外抛去，你有胆量，你就顺着那根线走，没那个胆量，咱只有作罢了。"

到了晚上，虎子顺着那根线走去，起头昏天黑地。伸手不见掌的，他还是往前走。走着走着，忽地眼前一亮，变得好像出来月亮一样，远远地望见三间小屋，点着灯，线球向那里滚去。线球滚进小屋，线也净了。虎子进屋一看，只见闺女正坐在炕上纺棉花，见了虎子忙停下手，欢喜地说："啊，你来了呀！"

闺女这时一点也不害羞了，叫虎子在炕沿上坐下，对他说道："从多久以前我就有心和你一起过日子了。"虎子听了心里自然是高兴啦。

过了几天，闺女对虎子说道："看样俺爹知道了，他要是叫你做什么活儿的话，你回来对我说说。"

果不其然，第二天，老头把虎子叫了去说道："家里缺柴烧了，你去把咱门东那棵大槐树砍倒吧。"说着，给了他一把长剑。

虎子去对闺女说了。闺女伸手从虎子那里拿过长剑来，生气地往地下丢去。那剑蹦了几蹦，虎子看时，哪里是剑，是一条长虫。闺女把手一摆，长虫溜走了。她望着虎子，老一歇才说道："我把我的斧子给你，你要三斧子砍倒那棵槐树，转身往后就跑。"

虎子看那把斧子，少说也有四十斤沉，亮晶晶的刃。虎子一只手提起它来，向外走去。到了槐树底下，他拉开架子，"咚咚咚"的就是三斧头，转身就跑，听到后面像山摇地动，"咔嚓"一声，听声是树倒了。虎子跑到闺女跟前，闺女欢喜地说道："从来还没有一个人能三斧子砍倒它，那不是什么槐树，那是俺爹的一个把门将军。这回咱往外走就方便了。"

虎子低头一看,只见满身溅得净是血水。

第二天,老头又把虎子叫去说道:"你在这里也这么几年了,今天,你到西面她舅舅那里去看看吧。"

虎子回来对闺女说了。

闺女叹了口气说道:"俺爹是真要想着把你害死呀,可你不用怕,你拿上这一百个鸡蛋,你去的时候,傍到了他家门口[1],你一步摆上一个,一步摆上一个。到了那里,他无论叫你吃什么,都不要吃他的。你看着他变了脸,就赶紧往外跑,一出来,你要一脚踢碎一个鸡蛋,他要还是赶了来,我给你一包粉,你就把粉向他撒去。他要是还赶上来,我给你一包胭脂,你再把胭脂向他抛去。"

虎子拿上这些东西走了,向西走了一会儿,就看到一栋房子。约莫离房子不远了,他一步放下一个鸡蛋,一步放下一个鸡蛋。一百个鸡蛋放完了,也到了门前啦。他敲了敲门,从里面走出一个矮粗粗的老汉来。一见虎子,就说:"你进来吧。"往里走着又问道:"你渴了吧,我烧水你喝。"虎子忙说:"我不渴。"过了一会儿他又问道:"你饿了吧,我做饭你吃。"虎子又说:"不用忙呀,我不饿啊。"坐了一阵儿,虎子说道:"东家叫我来看你,我回去跟东家说声,您老挺好的,叫他也好放心。"

---

[1] 傍到了他家门口,"傍到了"什么地方,就是"快要到了"什么地方的意思。

老汉忽然把脸一变,说道:"你把我外甥女引导坏了,你别想回去了。"

虎子想起闺女的话,扭转身往外就跑。跑出门外,回头一看,老汉变成了扁担那么长的一条大蝎子,朝上弯弯着个肚子赶了出来。虎子跑着,一步踢碎一个鸡蛋,一步踢碎一个鸡蛋。鸡蛋一破,就跳出一只大火红公鸡来,向蝎子冲去。虎子心想,这次可好啦,鸡是能吃蝎子的。一百步跑完了,一百个鸡蛋也踢碎了,虎子又回头看,那蝎子可凶咧,大公鸡斗它不过,又赶了上来啦。眼看就要赶上咧,虎子忙把那包粉向他撒去。粉一下子变成了一座高的雪岭,挡住了蝎子的路。虎子心想,这次蝎子可过不来啦,蝎子是怕冷的,到冬天是下蛰[1]的。可是一看,那蝎子却从雪里爬啊爬啊地钻出来了,又赶了上来。虎子又把那包胭脂向蝎子抛去。呼啦一下子,漫地里烧起了通红的大火,蝎子还是一个劲儿地在东爬西撞,翻腾了老一会儿,终于烧死了。

虎子跑了回来,见着闺女又一五一十地说了。

闺女说道:"这次惹下祸了,俺爹连我也不会饶了的。幸亏嫂子帮我把伞偷了来,不的话,咱俩就没命了。"说着抓起虎子的手,拉着他往外就跑。

虎子心里发愁,怎么过得河去呢!出门不远,闺女把伞撑了起

---

[1] 下蛰,天冷时,虫子藏了起来,不吃不动叫下蛰。

来,说道:"你赶快地扯着我的衣裳角吧!"话刚说完,已经起到半空里了。虎子觉得好像腾云驾雾一样,也不知飞了有多少时候,才落在一个庄子旁边。进了庄,虎子觉得肚子饿了,闺女说道:"走得急了,什么也没顾得拿,我布袋还装着有几个小钱,你到那个小铺里去买张纸来。"虎子去买了纸来,闺女借来一把剪子,三剪两剪的剪出一只猪来,吹了一口气在上面,一晃的工夫,变成了一只十成膘水的大肥猪了。还"哼哼"地叫着,把猪卖了,吃过饭,伞一撑,又腾空走了。这样飞了有两天的光景。到傍晚落在了一个集镇上,两口子宿了店。吃过饭,虎子上街去溜达,忽然有人拍了他一下肩膀子,虎子掉头一看,正是和他一块儿去的那七个小伙子。

虎子惊奇地问他们:"你们怎么还没有回家?"

七个异口同声地回答道:"俺叫那狂风吓回来以后,直走了两年多,才走到这里。"

虎子问他们吃了饭没有。

他们说没钱买饭。

虎子把他们领到店里,叫出自己媳妇和他们相见了。还叫了饭给他们吃了。找了另一间房送他们去住下。

七个人见虎子得了媳妇,口里不说,有的人心里这样想道:"那个俊媳妇让我得着吗!"有的人心里还那样想道:"八个人一块出来的,人家虎子那样,自己这样,回家去别人可笑话啦。还不如商议一下,把他害死。"

虎子在他们屋里坐了一会儿,回到媳妇屋里,见她正坐在炕上使剪子剪了些牛头马面。

虎子笑着问道:"你剪这个做什么?"

媳妇说道:"你才领来的这帮人,心地不好,你等他们睡下以后,一个脸上给他们贴上一样,我有办法。"

虎子一乍不肯,媳妇笑道:"只是叫他们明白明白。"

虎子照她说的做了。

第二天早晨,七个人睁开了眼,你看我、我看你的,都惊得瞪大了眼。

这个说:"你耷拉着两个猪耳朵,成了猪八戒啦!"

那个说:"你还有脸说我,你牛脸牛头的。"可不,伸手一摸,长出角来了。

店家听到吵嚷,走进门来,吓得倒退了两步,连声地喊:"哎呀!有了妖怪啦!"

这时七个人里,有一个忽然想起来说道:"虎子那个媳妇,一准是奇怪林里那个闺女,八成是她给摆弄的,咱们去求求她吧!"

七个人一齐去找虎子媳妇去了。

她指着他们说道:"赶紧收起你们那些坏念头吧,要知道,天底下的美事,没有那么容易来的。"

七个人都一齐应道:"俺知道错了。"她把手一拍,那些牛脸猪脸，又都变成纸的，掉了下来。

她叫他们到外间里去，不多时，从里屋里走出了一群肥身弯角的大绵羊来。她叫虎子卖了，给他们做盘费去。

虎子和媳妇不到一天的工夫，就到了家。两口子过了一辈子好日子。

狐狸媳妇

我得先说一句,省得你说:嘿,哪有这样的事。其实故事就是故事,得寻思寻思里面的意思。

古时候,有一个小伙子,叫大壮,娘儿两个住在山下的一座小屋里。无冬无夏,都是靠上山打柴吃饭。

别看家里穷,大壮长得肩宽身高,是个朴朴实实的好小伙子。早年那号封建社会,都是爹娘做主买卖婚姻,只这个也不知屈死了多少人,许多做爹娘的,不管儿女以后能不能情投意合,只要他家里有钱就行了。有钱的都是三房四妾,穷人有的一辈子打光棍……

看,我说着说着,又扯得远了。那大壮岁数也不小了,也是没娶上媳妇,他知道这不怨娘,从来不在娘跟前怨言怨语。寒来暑往,春去秋来,一年又一年,大壮虽不言语,却觉得过得没个盼头,没点滋味。

这一天,正是春暖花开的时候,遍山开着各色各样的鲜花,松树更绿,泉水更明,小河的水哗啦啦地响。春风吹着,日头照着,鸟儿叽叽喳喳地叫。半头午的时候,大壮正在一心一意地打柴,忽然间背后有人大笑了起来,笑得又响亮,又脆快。

他回头一看,惊奇得了不得,高大的石壁下面,两个年轻妇女,你推我抓,咯咯地直笑。

离得并不远,看得清清楚楚:那个穿绿衣裳的,鸭蛋脸,长眼细眉,十分秀丽。那个穿红衣裳的,圆脸大眼,两腮通红,笑时露出了雪白的牙齿。

石壁顶上,一棵千枝梅花,开得红艳艳的,只见那穿红衣裳的闺女,往上一跳,一下揪住了石壁缝里长出的松枝,打了个滴溜[1]就上去了。

转眼的工夫,就爬到石壁的半腰里,身子那个灵活轻巧呀,看着她上得一点不费劲,简直好像风把她刮上去一样,连大壮这个整天爬山的人也看愣了。闺女爬到石壁顶,弯腰折了满满的一抱梅花,直起腰来,见大壮看她,咯咯地笑着,把一枝梅花向他扔去,

---

[1] 滴溜,很快、很灵活的样子。

说也奇怪，那闺女扔的那个准法，不偏不后，梅花正打在大壮的头上。大壮一时不知怎么好，老大个汉子，羞得满脸通红。闺女笑得更厉害了。那穿绿衣裳的女子，也笑着说："二妮，别作孽了，回去吧，叫爹看见，可不是玩的。"

大壮望着两个闺女，转过石壁去不见了。

他心里猜疑，这是谁家两个闺女跑到这垴里来啦。又一想：管他谁家的呢，与我有什么相干。便又动手砍起柴来。

第二天，大壮还是照常上山去砍柴，砍着砍着，"扑拉拉"地一块石头落在跟前。大壮一歪头，只见松林里红衣裳一闪就不见了。接着便响起了一连串的咯咯的笑声。这一天，大壮的心怎么也安不下来。

隔了一天，那穿红衣裳的闺女自己抱着一抱柴，笑嘻嘻地朝大壮走了过来，看去眼睛更亮，两腮更红。

大壮说道："你……"可是往下又说不出来了。

闺女放下了柴，又咯咯地笑着跑走了。大壮很懊恨，怎么自己变得这么笨口笨舌的。这一天，大壮的心，老是想着那闺女。好容易，又过了一天，大壮看到那闺女在河边的草地上坐着，他鼓了鼓劲向她走去。

那闺女望着他，手掩着嘴，哧哧地笑。

笑得大壮又不好意思起来，又站住了。闺女点头叫他过去。

大壮走了过去，也不知要怎么称呼她，冒冒失失地问道："你是哪里的？"

闺女笑着说："你管我是哪里的做什么！来，我帮你砍柴，看谁砍得多。"

闺女一会儿树上，一会儿地下，手快身轻，打的柴虽跟不上大壮多，却也少不了多少。她又爬上了一棵枯树梢，"砰砰叭叭"地折了起来。

这阵，林子里有人喊道："二妮，你就脱不了那股孩子气，还不快来，爹来了呀！"

二妮从树上跳了下来，歪着头端详了一会儿打下的两堆柴，摇摇头说道："我打得不如你多，俺姐喊我，我走啦。"说完，转身向树林跑去，跑了几步，又回头向大壮笑了笑。

从这以后，这闺女经常突然从树林里跑出来，有说有笑地和大壮打柴。

她告诉大壮，她姓胡，叫"二妮"，住在大山后面，那个穿绿衣裳的是她的姐姐。

大壮觉得和二妮在一起，说不出的高兴，真是欢天喜地。鸟的叫声也听着格外的好听，风吹树响也像是在笑，花朵也更加好看，流水也叫人欢喜。

他常想，要是自己有这么个媳妇就好了。这桩心思，大壮从来没好意思在二妮跟前提起。

大壮娘见儿子起得更早，回来得更晚，打的柴也更多。儿子这样勤快，她心里自然欢喜。可是她觉得儿子这些日子，总有些两样，看他有时候很高兴，有时候想什么，想得又直愣愣的，她憋不住问道："大壮，你有些什么心事？"

大壮见娘问，便把在山里遇着二妮的事情，一五一十地对娘说了。

娘疑惑地说："深山野地里，哪来的女人？要是你再碰到她，领来家我看看。"

可巧，一大早二妮就在先前那块石壁顶上等着他了。她已插了满满的一头野花，也把野花给大壮往头上插，嘻嘻哈哈笑个不住。

大壮笑着说道："今天咱们不打柴了。"

二妮奇怪地问道："为什么？"

大壮道："娘想见见你。"

二妮听了，脸一下变了，怪他道："你呀！还要叫你娘给你相媳妇？"一甩胳臂，转身就走。

大壮急了，三步两步赶上去，吞吞吐吐地说："你要是不嫌我的话，咱俩就过一辈子。"

二妮也着急地说："跟你闹着玩。"说完，哧的一声笑了。

大壮擦着头上的汗也笑了。

这一天，二妮跟着大壮回了家，做了大壮的媳妇。

二妮很勤快，什么营生也做，一点也不嫌大壮家穷，成天价也说也笑，把个大壮娘乐得合不上嘴。过了些日子，大壮娘忽然愁眉不展起来。二妮问她,她说:"孩子,我实不瞒你,下一顿咱们就没有什么下锅了。"

二妮笑着说:"娘,你放心吧。"

二妮走出去,不多时候,端回了满满的一笸箩小米。

大壮娘又惊又喜,不安地问道:"孩子,你这是从哪里弄来的?"

二妮没作声,笑嘻嘻地做饭去了。

天长日久,大壮娘也不把这桩事放在心上了。

过了一年,二妮生了一个小孩,一家四口乐呵呵地过日子,不觉得光景,孩子已会跑了。有一天傍落日头,大壮从山里打柴回来,转过了山脚,一眼望见二妮和一个老汉说话,他正想走到跟前看看那老汉是谁,一眨眼的工夫,老汉不见了。只有二妮一个人直竖竖地站在那里。他一愣,连忙三步两步地走到跟前,看见二妮两眼里泪珠"扑拉扑拉"地直滚。大壮简直慌了,因为他从来没有看到二妮哭过。

还没等他开口,二妮说道:"大壮,咱俩今天就要离开了。"大壮瞪起了眼,这真做梦也没有想到,还以为是自己耳朵听差了呢。

二妮低声地说道:"俺爹找来啦,马上就要带我回去。"

大壮明白过来,十分伤心地问道:"你真的就走了吗?"

二妮说道:"不走,俺爹是不会依我的,你不要想我,权当咱两个没认识。咱俩是再不能见面了。"说到这里,二妮呜呜地哭,

133

大壮也掉着泪说："怎么的，咱俩也不能离开。"

二妮想了一下说道："回去，爹就搬家了，你要是实在想我的话，在这西南面，千里以外，有棵万年槐，万年槐的底下，有个百里洞，你到那里去找我。"

大壮点了点头，二妮一低头，从口里吐出了一个又亮又红的东西，用手捧着就往大壮手里塞去。二妮说："你要是没吃的，跟这珠子要，你说'珠子，珠子，给我拿来！'。"

大壮低头看时，这颗珠子只比豆粒大不了多少。可是抬头再看时，眼前哪里还有什么二妮，只有一只火红狐狸，蹲在他的脚底下，亮晶晶的眼里往下滴泪。大壮忙蹲下去说道："二妮，你把你的宝器拿去吧！我不能只为自己享福，叫你变成这样子。"

狐狸摇摇头，大壮正要抱起狐狸，背后有人生气地咳了起来。大壮回头一看，什么也没有，再掉头时狐狸也不见了。他疯了样的，四下里找，却影踪也没有，看看天又黑了，也只得回家去了。

大壮想着二妮，饭也吃不下去，孩子一天价也哭着找娘，婆婆想儿媳妇疼孙子也跟着哭，一个欢欢乐乐的人家弄成了个苦水湾了。

过了几天，大壮打定了主意，要去找二妮。

娘听儿子说了，情愿自己受穷挨饿，也叫把珠子带去给二妮。

她给大壮收拾上行李，做了一些干粮，那就不必细说啦。

大壮上了路，风霜雨露的，什么天气也有，走了不知多少日子，少说也有一年的光景，才找到那棵万年槐。那棵万年槐树至少也有十抱粗。槐树底下一个大洞，黑乎乎的，望不见底。大壮心里又喜又怕，不管怎么的，大壮还是下去了。

往里走是个斜坡，乌黑乌黑的，什么也看不见，他只得摸索着往前走去。

走了有一两天，走着走着，忽然亮了起来。又走了不多远，就望见一个高高的门楼，门楼底下一个黑漆大门。他走到跟前，敲了几下门环，有人走了出来，给他开开了门。大壮一看，不是别人，还是二妮叫她姐姐的那个穿绿衣裳的闺女。她一见大壮，惊讶得了不得，忙说："你怎么到这里来啦，俺爹一回来，就没你的命啦。"

大壮说道："怎么的我也要见见二妮。"

她叹了口气说："你跟我进来吧。"接着她随手把门关上。院子里很宽敞，一拉正屋，两面厢房，都是一色的砖墙瓦房。她领大壮进了东厢房，往炕上一指说："那就是二妮。"

大壮一见二妮还是狐狸的样子，心里更是难过，忙向布袋里去掏那珠子。狐狸见了大壮也扑了过来。张口像要说话的样子，却说不出来。大壮把珠子给狐狸放回口里，狐狸打了一个滚，又变成二妮了。

大壮先是一喜，见二妮瘦了老些，又伤心起来。

二妮拉着大壮的手，哧哧地笑个不住，笑着笑着，却滴下了泪，正在这阵，外面有人叫起门来。

姐姐惊慌地说道:"快藏起来,爹回来了。"

大壮怒目瞪眼,要往外走,姐姐一把把他推了回去,关上房门出去了。

二妮说道:"爹要是叫你去吃饭,你什么也不要吃他的。"

话还没说完,老狐狸走到院子里来了,鼻子抽搭抽搭地响,直说:"生人味,生人味!"

姐姐说道:"哪有生人味,是你出去,带进生土来啦。"

老狐狸说道:"不,抽搭抽搭鼻子生人气,抽搭抽搭鼻子生人气。"

姐姐说道:"哪有生人,是二妮的男人来了。"

大壮心里早拿定了主意,要是他不让二妮和自己一块儿回去,就和他拼了。

外面那老狐狸,哈哈地笑了一阵,说:"快叫他出来见我。"

姐姐开开了门,大壮出去一看,是一个白脸老汉,穿着缎子马褂。见了大壮,忙招呼说:"饿了吧,快上北屋去吃饭。"

大壮跟着他上了北屋。北屋地下,漆得晶亮的方桌上,已摆好了饭菜,十大盘,八大碗,鸡呀,鱼呀,冒出的那个气都喷鼻地香。大壮已经快一天没吃饭了,肚子饿得吱吱地叫,可是他想着二妮的话,白脸老汉怎么让他他也不吃。白脸老汉说:"你不吃菜,吃点面条吧。"

大壮还是不吃。白脸老汉又亲手给他递过一碗面条汤去,说:

"你不吃面条,喝点汤吧。"

大壮渴得心里出火,口里发干,他想:二妮只说别吃他的东西,喝点水许不要紧……他端起碗来,喝着喝着,觉着一根面条,随嘴下去了。大壮回到厢屋里,肚子就痛起来了。二妮问他:"你没有吃他的东西吗?"

大壮说:"没有,喝汤的时候,我觉得有根面条随嘴下去了。"

二妮埋怨他道:"你怎么喝他的汤呢,那不是面条,那是毒蛇!他是想害死你呀。"

大壮听了,懊恨起来。二妮说:"没有别的法子,只有他口里那颗白珠能解毒。我这里还有一坛酒,你提着,咱俩一块去吧。"

他俩到了北屋里,白脸老汉看样正要上炕睡觉,二妮说道:"爹,他远路来到这里,没有别的,带来了一坛桂花好酒,孝敬爹。"她说完揭开了坛子塞,那酒那个香劲,真是不用说了。白脸老汉一见酒,什么也不顾了,端起坛子就喝。

白脸老汉把那坛酒喝完了,醉得和泥块一样,二妮从他嘴里拿出了白珠,他变成了狐狸还不知道呢。她把白珠扔在水碗里,大壮喝下水去,肚子里咕隆咕隆响了一阵就不痛啦。

二妮把白珠含在口里,拉着大壮的手,大壮觉得脚不沾地地走了。

不多一阵就出了洞口,不到一天的工夫就到了家,四口人又欢欢乐乐地过起日子来了。

牙门开

早年间,在东海边上,有一个渔夫叫胡四,他从十岁多就出海打鱼,已经打了二十多年的鱼了。经他手打的鱼,堆起来真是比小山还高,可是,他的日子还是过得奇穷,不只是家里没有隔宿粮,就是连条小船、连张网也没有。他指着去租财主家的船和网用,一年到头,水上来,水上去,辛辛苦苦、冒着风险打来的鱼,都跟了船和网去了。他心里是又难过又生气。

有一天,胡四又到海里去打鱼,蓝光光的大海,风平浪静。他正在撒网,一只鸬鹚飞来了。黑油油的羽毛,绿光闪闪,只见它向下一落的工夫,就从海里叼上一条鱼来。

胡四说道:"鸬鹚,鸬鹚,你捕鱼还有那翅膀和弯嘴,我捕鱼没条渔船没张网。"

鸬鹚好像是懂得他的话,看样很可怜胡四,它扑扑翅膀,飞到了船上头,嘴一张,一条金粼粼的鱼落到了船舱里。

鱼尾巴拍得船板"咚咚"直响。

胡四走到跟前一看,鱼的眼里"扑拉扑拉"地往下掉泪。

胡四很可怜它,就把它放回海里去了。金色的鱼翻了一下身,尾巴一摆,掉转身,头朝着胡四一连点了三下,才浮浮摇摇地向海中间游去了。

胡四一连下了三次网,只打了很少的一些鱼,他心里十分着急,船主还催着要船租,老婆在家里还等着米下锅,胡四越寻思这个日子越是没法过,不由得愁得掉泪。他伸手擦泪的工夫,忽然听到身边上有谁说话:"好人呀,别哭了。"

胡四一抬头,只见眼前站着一个白胡子老汉,手里拄着一根青高粱秸。

老汉又说道:"亏你救了俺的孩子,你想着要什么,我就给你什么。"

胡四想了老一会儿才说道:"老人家,我要是能有一只好船和一张好网,我每天欢欢乐乐地到海里去打鱼,回到家里,我和俺老婆都不愁吃不愁穿就好了。"

白胡子老汉点了点头,看样子很赞成他的话。老汉说道:"在沂山有一个百丈崖,你和你老婆到那里面去过日子吧。"

胡四问道:"我怎么能进去呢?"

老汉说:"不用犯难,我有办法叫你进去。"说着把手里的那根青高粱秸递给了他。胡四接到手里,觉得沉甸甸的,凉森森的,看去青光照眼。

胡四心想,给我这个,有什么用呢?

老汉说道:"你用它指着那百丈崖,就这么说:'石门开,石门开,受苦的人要进来。'可是你千万记住,进去以后不要起坏意,什么时候也不要扔掉青高粱秸。"

胡四心里很惊奇,他还想再问一问,老汉却忽然不见了。胡四拿着老汉给他的那根青高粱秸回了家。老婆见了,生气地说道:"拿米拿面来,拿根青高粱秸来充不了饥,解不了渴,有什么用。"

胡四说道:"你先别急呀,你成天价盼着自己有条船,有块网,这回咱真的不愁吃,不愁穿了。"他就一五一十地把遇到的奇怪事情都对老婆说了。

老婆却埋怨他道:"你该跟他多要些好东西呀!"

胡四没有作声,他觉得自己只有她这么一个亲近人,万事都迁就她,这次也没有和她争论。

胡四把打来的鱼,收拾了两筐,一根扁担挑着,和他老婆两个人整整走了两天两夜,才走到沂山下面的一个庄里。那个庄最多也就有个十几家子人家。有一个老妈妈坐在一家门口,胡四走到她跟前问道:"借问一声,这里离沂山百丈崖还有多远?"

老妈妈向西一指说:"往正西出去五里路,就是百丈崖,那里又没有人家住,你把鱼挑去卖给谁呢?"

胡四一想老妈妈的话也对,就说道:"老大娘,我们到百丈崖去办一点事,先把这担鱼放在你这里。"

老妈妈的心地很好,她说道:"是呀,挑着它沉沉的,就放在这里吧,你们尽管放心,任凭放多久,也不能动你们一片鱼鳞。"

胡四就把鱼放在她那里,和老婆两个人向百丈崖去了。一出庄,走了不大工夫,就望见那百丈崖了。嘿,那真是顶天立地的高崖。他俩到了跟前,抬头一看,白云盖顶,野鸟在半腰里飞。

胡四用那青高粱秸,指着石门说道:

"石门开!石门开!受苦的人要进来。"

说时慢,那时快,胡四的话刚说完,山动地摇"哗啦"的一声响,百丈高崖好像两扇石门,向两边分开了。

胡四和他老婆又惊又奇,眨眼的工夫,从里面走出一个媳妇来,那媳妇,眉是月,眼是星,怎么看怎么俊,怎么相怎么好,真好像初出的日头一样的放彩光。

媳妇说道:"看样你是个勤快的好人,你要进来吗?"

胡四和他老婆忙说:"是呀!我们要进去呀!"

胡四和他老婆走了进去,媳妇用手一指,门"哗啦"的一声又闭上了。

媳妇问胡四道:"勤快的好人,你要什么呢?"

胡四说道:"我要是能有一只好船和一张好网,我每天欢欢乐乐地到海里去打鱼,回到家我和我老婆都不愁吃,不愁穿,就好了。"

媳妇听了,笑嘻嘻地说道:"勤快的好人,你是应该过那号日子的。"她说完,向东一指,果然在胡四的眼前出现了一个无边无际的大海,海水绿得像玉,平静得像镜子一样,眼看着从大海里升起了一个红光光的大日头,海面上立时红光闪亮。海岸上人来人往,媳妇指着一栋瓦房说:

"勤快的好人,这就是你的房子了。"

媳妇又指着一条新船、一张好网说道:"勤快的好人,这就是你的船,这就是你的网。"

胡四看看渔船和渔网,心里十分满意,胡四老婆还想再跟媳妇要些别的东西,媳妇却忽然不见了。

胡四和他老婆住在高高的瓦房里,里面不冷也不热。铺的盖的穿的用的,什么都有,只是没有多少吃的。胡四拿上好渔网,驾上新渔船,要出海去打鱼。西风刮了起来,渔船浮浮摇摇地漂到了海中间,风才煞了。

绿光光的海水,透明丝亮,水里的鱼是数也数不清有多少样,刀鱼像银带,鲤鱼闪红鳞,黄花鱼的肚皮黄,大鲅鱼脊梁青光光。胡四轻轻地撒下网去,一网一网的,打的那些鱼是没有数,舱满了,船也满载了。胡四想着回家去,东风又刮了起来,小船好像活了一样,溜溜地靠了岸。他拿这些鱼换了一些米面来。

胡四按时去打鱼,每次都是满载而归。就这样也不知过了多少日子,因为那里的日头是从来不落的,可是在胡四家院里的那棵老槐树,叶子却一会儿变黄,一会儿变绿,一会儿变黄,一会儿变绿。

胡四和他老婆,两口子真是不缺吃,也不少穿。可是胡四老婆却还是断不了咕咕哝哝,她说:"你去跟那媳妇要些金子银子给我。有吃有穿,我还要有放着的财宝。"

胡四老婆叫金银想红了眼,心也变狠了。有一次,她真想跟胡四吵架。胡四觉得老婆是最亲近的人,还是迁就她吧。便说道:"走吧,咱们一起去找那媳妇,你愿意跟她要什么就要什么。"

胡四拿着那根青高粱秸,他老婆拿着一条大布袋,两口子就出门找那媳妇去了。找了也不知多少日子,因为那里的日头是从来不落的,可是路旁的白杨树叶子,却一会儿变绿,一会儿变黄,一会儿变绿,一会儿变黄。到底胡四和他老婆在石门旁边找到了那个媳妇。

媳妇问胡四道:"勤快的好人,你要什么呢?"

胡四觉得实在地不能张口,他老婆却抢着说道:"要金子,要银子;要银子,要金子。"

媳妇听了,没有作声,她向西一指,立时满地闪亮,白的是银,黄的是金。眼看着那红光光的大日头,就要落进黄金里面了。

胡四老婆高兴得了不得,她手忙嘴也忙,催着胡四快快地拾金子,拾银子;拾银子,拾金子。

他们整整地拾了两大口袋金子银子,日头落下去了,天就黄昏了。胡四心里犯了愁,他对老婆说道:

"谁知道这日头落下去到什么时候才出来?黑乎乎的咱怎么找着咱那家和咱的渔船渔网呢?"

胡四老婆欢天喜地地说道:"找不着,也不用愁,我想,咱不在这里住了,这里面的人都有吃有穿,谁也不能听咱使唤。咱有这些金银,出去做个大财主,饭来张口,衣来伸手,你也不用再打鱼了。"胡四听着老婆的话,很不顺耳,又想那绿玉样的大海,又想那新渔船和新渔网。

胡四老婆在他耳朵旁催得火急,胡四觉得她是自己的老婆,还是依随她吧。

胡四和他老婆背着两大口袋金银,累得喘吁吁的,到了石门跟前,胡四用青高粱秸指着石门说道:

"石门开!石门开……"

他话还没说完,地动山摇的"哗啦"一声响,石门又向两边开开了。

胡四和他老婆刚刚走了出来,立时地动山摇的一声响,石门又闭煞,又变成了原来的百丈崖了。

胡四和他老婆看看日头,也不过是大半头午,两个人背着两大口袋金银,顺着来时的路向放鱼的那个庄里走去。

金子银子把他两个人压得通身淌汗,气喘喘的。胡四手里还拿着那青高粱秸,不知是什么缘故,那青高粱秸是越来越沉。胡四记着那白胡子老汉的话,还不肯把青高粱秸丢掉。他和老婆商议,想把金银丢掉一些。

老婆却说道:"咱有这么多金银,还要那青高粱秸做什么!"

这次胡四又依随了老婆,他把青高粱秸顺手一扔,只听霹雳一声响,青高粱秸变成了一条青龙,腾空飞走了。

胡四和他老婆背着金银还是往前走,方向还是那个方向,看看却不像以前的样子了。他俩还是往前走,约莫也走了五里路,也到了庄了,那庄却比从前那个大了不知多少倍,看去少说也有几百户人家。

他俩在街上看到一个人,就打听这是一个什么庄。

那个人说道:"这叫个酱鱼庄。"

胡四听了,又问道:"为什么叫个酱鱼庄?"

那个人又说道:"也不知是几辈子以前,那阵俺这个庄才十几家子人家,有那么两口子,放了一担鱼在这里,他两口子到百丈崖去了再也没回来。日子多了,鱼霉了,霉得都成了酱,从那以后,俺这个庄,才叫个'酱鱼庄'。"

胡四惊奇地看着老婆,老婆也惊奇地看着他,两个人都还是那么个年纪，却实实在在是过了几百年。

他们两个又走了不多远，碰到了一个饭铺，胡四老婆觉得腿痛，胳膊酸，又饥又渴。

胡四也说道："咱们住下来买点什么吃吧！"

胡四老婆放下大口袋，想拿出块银子来，可是摸出来一看，是一块白石头。她慌忙再摸出一块金子来，一看，是一块黄石头。摸出一块是块石头，摸出一块是块石头。胡四老婆脸变黄手发抖，她还指望口袋底下能是金子。她哗哗啦啦地都倒了出来，黄石头、白石头满地滚，胡四也哗哗啦啦地都倒了出来，还是不见那金子影，也不见那银子星。

胡四和他老婆白瞪着眼，挓挲了手，他俩还指望那石门能再开开，又跑回了百丈崖，可是已经没有那根青高粱秸了，胡四只得用手指着石崖说道："石门开！石门开！受苦的人要进来！"

胡四叫哑了嗓子，百丈崖还是不见动静。他一想到又要回去过那号穷苦日子，身子凉了半截。他长叹了一口气说道："都说吃过黄连才知苦，我怎么又想把黄连给人家吃！"

胡四越想越懊恨，越想越懊恨，一头向百丈崖碰去了。

胡四碰死了，胡四老婆放声大哭起来，不是自己起了那坏意，哪会到了这步田地。她懊恨加懊恨，懊恨加懊恨，也一头向百丈崖上碰死了。

第二天日头还是从东面出来了，胡四和他老婆在黑夜里已经变成了一对深灰色的小鸟，抖着翅儿，在百丈崖的周围，一面飞，一面叫：

"可懊恨死了！""可懊恨死了！"

一月又一月，一年又一年，不管是冷冬三九，不管是三伏六月，无冬无夏，总是那样叫着，"可懊恨死了！""可懊恨死了！"

天长日久地，当地的人给它起名叫"懊恨雀"。

直到如今，虽说酱鱼庄又叫成蒋峪，这懊恨雀还在沂山百丈崖周围叫着：

"可懊恨死了！""可懊恨死了！"

药草山

离俺这五十里的地方，有一座高山，因为那上面什么药草都有，大家都叫它"药草山"。靠近山下有一条大路，从前进京必须经过那里。这药草山，山连山，山叠山，其中有一个山头，没有人知道多么高，只有一个医生到过那个山顶。哈，那医生还是俺这庄里的人哪。说起来这也是很早以前的事了。听传说，那个医生小时候家里奇穷。穷人家生下个孩子是又欢喜又愁得慌。他爹说："孩子呀！孩子，你是来跟着受穷啊。"他娘说："这孩子高鼻梁、大眼睛，多么精明好看呀，也许他能给咱家带了福来，就叫他'带福'吧。"

添了一口人，带福的爹娘更是没白没黑地做活儿。他们一把汗、一把泪，糠一口、菜一口的，把带福拉扯到十五六岁啦。谁知道屋漏又遭上连阴雨，那地方发生了瘟病，带福的爹娘也得了病，眼看性命要不保了。带福眼含着泪到东庄去请医生，医生坐在柜台里面，冷笑了一声说："你爹娘的两条穷命，也抵不上我一剂药钱。"说完，吆喝着带福快些出去，带福流着泪到西庄去请医生，医生坐在高高的药柜前面，从眼镜上瞅了带福一眼说："穷人有病不用治啊。"说完，也把他赶了出来。

过了不几天，带福的爹娘就死了。带福又哭，又愤恨，他想："我长大了，一定要当个医生，专给天下的穷人治病。"

带福的爹娘死了以后，邻里百家都可怜这个孤孩子，穷婶子们这家叫他去吃一顿饭，那家叫他去喝一碗汤。带福口口念念地一心想当医生，就是睡觉说梦话也是当医生。很多人苦苦地劝他说：

"孩子呀，死了心吧，河里无水长不出鱼，咱穷人没有钱，供不起你上学，不识字怎么能当医生？"带福说道："千年的水沟还能冲成河啦！日子长了我一定会学成个医生。"

大伙儿听了，知道这孩子很有心计，便商议了一下，送礼求情地把带福送进了一家药铺去当学徒。带福欢欢喜喜地又蹦又跳地去了。天还不亮，老医生就吵着说："端我的碗，就得受我管，快给我起来吹火做饭。"吃过了饭老医生又说道："刷完了锅，你扫扫地，劈好柴，再淘上米，炉子上得滚着茶，水缸里要担满水。"

带福从东方刚放明，忙到星满天。老医生铺毡卧褥地睡了，带福却还得睡在冰凉的地上，给老医生看门守户。

一天一天地过去了，一月一月地过去了，带福倒着茶，扫着地，他的耳朵总在听老医生怎么给人家看病；劈着柴、烧着火他也在思谋什么样子的药，治什么样的病。他在月亮地里，偷偷地用指头划着药抽屉上的药名。他躺在草铺上，悄声地背着药草的名字。就这样，过了有一年多的光景，带福不只是认得了百样药草，他也知道什么药草治什么病了。

有一天，他望着老医生说道："天下的药草应该治天下人的病，我要回家专给穷苦人治病。"

老医生冷笑了一声说："穷小子能开药铺，那天也会翻了。"

带福咬咬牙，头也不回地走出来了。

他回到家里，两间草房空空的，只有一口破锅。邻舍家给他送来了汤水。大伙儿听他一说，就又犯了愁，都说："巧媳妇做不出无米的粥来，没有药怎么治病呢？"带福却想出了办法。

第二天，鸡还没叫，带福借了一个提篮，挎上它便往西北山里采药去了。

天又热，路又远，走到那高山根下时，已经是晌午了。带福翻山越岭，爬上了岩石重叠的山坡，走过高大参天的古松林。他采着药草，不知不觉天也就黑了。红澄澄的日头落进层层叠叠的山后面去了，又大又圆的月亮从松林里升了起来。带福四下里看看，东也是山，西也是山，南也是山，北也是山，他想着找路下山，可是尽走尽走前面还是月光光的山。白白的山石看去那么清净，高高的松树照下了好看的树影。这时候，夜莺响亮地叫了起来。接着虎啸了，狼也嚎了，野兔从草窠里蹦了出来，野鸡惊叫一声，从石崖上飞了起来……带福找不着下山的路，心里正在焦急，忽然间，前面隐隐约约地闪过一个人影。他上前急走了几步，跳上一块大石头仔细一看，果然前面有个人走路，月亮底下看得清清楚楚是个女人。那女人穿着葱绿闪光的衣裳，走起来轻轻飘飘，浮浮摇摇，真好像鲜草叶子迎风摆动。

带福心里一阵惊奇：已经是星月满天了，又是在这深山野林里，怎么能有女人呢？不过他又想：也许这深山里，有住的人家吧，也许这女人走的就是下山的路吧。

他也朝女人走过的那条小路走去，只见路两旁，一溜两行的，尽是药草，桔梗开着紫色花，柴胡开着白色花，还有那益母草、龙胆草、荆芥草，百般百样的药草都好像在朝着他点头招手！百般百样的药草，发出了各种香味。带福什么也顾不得了，弯腰采了起来。也不知采了有多少时候，也不知走出了有多么远，篮子装得满满的了，他才直起腰来朝前看去，那女人早已走得没影了。

迎面就是那座最高最陡、没人上去过的山头，一条银亮的瀑布，从山顶直淌到眼前的深涧里，水声哗哗啦啦地直响。

路是到了尽头啦，带福仰脸看去，月亮正在当头，已经快半夜了，他只得转身顺来时的路走去。说也奇怪，路已不是原来的样子了，又平又直，不多时候，就下了山，在日头出来时，带福已经回到家里了。

带福有了药草，就到处去给穷苦人治病。

有一天，他碰到一个嗓子痛的病人，他看透了那种病只有一种贴石长的山茶能治，可是那是一种非常稀罕的药草。带福在那大山里，一直找了三天三夜，还是没找着那种山茶。他不能马上给那个人治好病，心里又焦急，又难过。他想，也许在这从来没有人上去过的山头上有吧。

他抬头看看，峭壁层层叠叠，白云盖着山顶，石崖立陡，又没个缝子可登，也没棵松树可攀，一些伸出的石头，看着就像要压下来一样。怎么才能上去呢？

他围着山尖转了大半圈，还是没找着一处能上去的地方，眼前又是一条深涧挡住了路，涧水绿光光的，涌起一股股雪白的浪花，那从山顶流下来的瀑布，好像从云里泻下来一样。带福忽然想起，那天夜里自己曾经到过这里。仔细一看，却又没有那条小路。他不觉猜疑起来，也许那个女人是一个什么神仙吧？要是现在再能碰到她的话，一定要请求她把自己带上山顶。他刚刚想到这里，忽然间起了一阵狂风，碎石直滚，松枝乱摆，眨眼的工夫，从山顶上蹿下来一只斑毛老虎。老虎把尾巴一竖，山动地摇地吼了一声，两个眼睛放着红光，张开大口，朝着带福发威作势，看样是要吃他。

带福定了定神说道:"虎大哥呀,虎大哥!你要吃我也不要紧,先让我找着山茶,给那病人治好了嗓子,要不他那病等谁来给他治呢?"

老虎听了,好像受了感动,张开的嘴巴闭上了。它点了几点头,摇了几下尾,掉转身去,眼看着山顶,站在那里动也不动。带福忽然明白了,他鼓起勇气,走上前去,两手揪住了老虎尾巴,老虎便四蹄生风地跑起来,不多一会儿就把他带到山顶上去了。

老虎连蹿带跳地跑走了。带福立住了脚,四下里一看,尽是一些不知名的药草,那个好看啊,是没法说啦。有的红红的像珊瑚一般,有的亮晶晶的像绿玉。就在这奇花异草中间,带福看到了他要找的那种山茶。他连忙蹲下,正要伸手去采,忽然背后有人说道:"谁采我的宝草!"

带福愣了一下,回头看去,只见一个闺女站在背后。那闺女脸俊得好似一朵带露的牵牛花,她那绿色闪光的衣裳,如同雨后的草地。她的手里提着一个小小的花篮。

带福惊奇地想:上回看到的那个女人,一准是她。

闺女笑嘻嘻地说道:"实不相瞒,我是百草仙女,刚才是我托百兽王把你请上山来的。"她说到这里,红光满面,两眼光彩闪耀。

带福看她很欢喜的样子,也就放开心说道:"百草仙女,我求你送给我一点山茶吧。"

闺女听了,更是眉眼含笑的,她向前走了一步,从花篮里拿出了一把山茶递给带福,又伸手拿出一把山茶来,一连抓了很多次,带福手里拿不了,只得用胳膊抱着了。他的心里十分奇怪,怎么小小的花篮能拿出这么多的山茶来呢?

闺女笑了笑问道:"够了吧?"

带福忙说:"够了!够了!"

闺女又问:"什么药草珍贵?"

带福应道:"人参不容易找着呀?"

闺女笑了笑,伸手从篮子里提出了一支人参来,那人参少说也有一斤沉,葱绿的叶子,银亮的小花。

她把人参递给带福,接着又拿出了一支来,又拿出一支来,拿呀,拿呀,带福的怀里抱也抱不下了。

闺女看着咯咯地笑了起来,她索性把花篮放在草地上,双手不停地向外拿。一阵工夫,花篮的周围堆满了各种各样的药草,红红绿绿,五颜六色。

闺女看着带福,笑道:"不用稀奇,这花篮,要大就大,要小就小,要什么药草有什么药草,要多少药草,有多少药草。"她说完,又把药草一样一样地往里装去。一面装着,一面说着,这药草叫什么名字,那药草治什么疾病。不多一会儿,连带福怀里的山茶、人参,也都装进花篮里去了,那花篮还是那么一点点。闺女把花篮轻轻地提了起来,递给带福说道:"我把花篮送给你吧,你是天下最好的小伙子。我知道你急着给人治病，我也不留你了。"

带福感动得不知说什么好。

闺女和带福向前走去，走了不远，就上了一条银白的大路。闺女叫带福站住了脚，带福看到两面岩石绿草，飞快地向后退去。一霎的工夫，听到眼前轰轰直响，这时闺女把他的手一拉，带福觉得仿佛荡了一下秋千，便到了路旁。她松开了手，望着他亲热地说道："以后遇到什么难事，尽管来找我吧。"

带福忽然觉得有些恋恋不舍起来。他正想和她说几句话，只见银光一晃，闺女就不见了。

带福揉揉眼睛再看，哪里是什么大路，眼前还是那条银亮的瀑布，发出了轰轰的响声，自己还是站在原来的深涧旁边。可是低头看看，手里真的有个花篮，各种珍贵的药草，冒出了扑鼻的香味。

带福仰脸望着白云围绕的高山顶，站了一会儿说道："百草仙女呀，我带福永辈子不会忘记你的。"

带福回到庄里，给那个嗓子痛的病人治好了嗓子，又连夜跑到别的庄里去给病人医治去了。经带福治的病人，真是治一个好一个，治两个好一双，他却从来不要别人一个大钱。他也从来不给财主治病。

穷人出了这么一个能人，远的近的都来找他治病。带福的庄里，成天地跟山会一样。

就这样，一传十，十传百，过了不多日子，好事传到了皇帝的耳朵里。皇帝派出大臣拿着纱帽、朝服，带着车轿、马匹的，来请带福进京去做太医。

大臣粗的细的、硬的软的，什么话都说了，带福还是不去。末后，那大臣不由带福自己，硬把他架上车去。

大伙儿听到了这个消息，谁也舍不得叫带福离开，谁也不放心叫大臣把他带走。大伙儿跟在车的后尾，赶到车的前面，有的爬上了药草山。

大臣押着带福走到了药草山下面，兵呀将的，前前后后地护卫着，长矛放光，大刀闪亮。正在这时，却听到轰轰隆隆、哗哗啦啦的声音：山石张了开来，山石飞了过来。转眼的工夫，黄土冲天升起来了，黄土托出一片白云，带福和一个绿衣仙女，双双地站在白云上面，带福还连连向人们招手，白云向那没有人能上去的山头上飞去了。

黄土落下了以后，人们看到大臣被飞石砸死了。后来皇帝虽然又差人捉拿带福，不过也都是白费心机，因为那个山顶是谁也上不去的。可是要是穷人病了的时候，带福却会忽然走出来——他手里还是提着那个盛满百样药草的花篮，照常地给穷人治病。

青山里面的宝槽

离我们这里不远,有一座青山,那青山又高又大,山连山,少说也有百里长。一到夏天,山顶上常常罩着轻烟一样的云彩,真是山高连云。那山上的青松,一抱粗的多的是,一年到头葱绿葱绿的。人家都说,那些青松根根相连,根根连着那山底下的宝槽。

在这个百里长的青山上,在那最高最高的山顶上,有一座石像,它不怕风吹,不怕雨淋,总是威威武武地立在那里。这个石像是一个放牛的孩子,这青山就是因为他才升起来的。

那是在很古很古的年代,有一对苦夫妻生下了这个苦孩子,娘说:"不能辈辈世世地受穷,苦孩子却不能叫他个苦名,叫他'金孩'吧。"名字是名字,金孩还是过他的苦日子,娘冷一口、饿一顿地把金孩养大了。

金孩十岁那年,看去却像十五六,龙睛虎眼的很精明。

那一年,金孩爹在地主蝎子心家扛长活儿,受气不过死去了。娘儿两个把他埋葬了,泪还没擦干,蝎子心又派狗腿子跟金孩娘要十吊大钱,说是金孩爹生前欠下的,叫马上还清。

金孩娘着急地说:"我到这个门里,还从来没见俺金孩爹拿过一吊大钱。"

金孩也生气地说道:"俺爹给他扛了一辈子活儿,怎么能欠他十吊大钱!"

狗腿子们并不讲理,把金孩抓到蝎子心家去了。

蝎子心见金孩长得壮实,就吩咐道:"叫这穷小子给我放牛,顶那十吊大钱。"

蝎子心叫金孩放着牛割着草,十头牛,白天要放饱,晚上得喂饱。

金孩把牛赶到了一个荒草场上,牛好像知道金孩的难处,都安安稳稳地四下里去吃草。

金孩动手割起草来,可是快割快割,到晌天那阵,割的草只够两头牛一宿吃的。他又生气,又犯愁。这时候,一头牛忽然"哞哞"地叫了起来。金孩回头看时,牛还是朝着他叫。他跑了过去,摸着黄牛问道:"黄牛呀,黄牛,你叫唤什么,你也有了为难的事吗?"黄牛伸出舌头舔舔他的手,又去舔舔地上的草。金孩低头一看,这周围的草长得格外的密,格外的青,他扯着草不觉说道:"这草要是再高点那就更好了。"话还没说完,草就溜腰深了。金孩又惊又喜,动手割起草来,还不到天黑,就割了一大堆。

孩子总还是孩子,手脚是闲不住的,他想:"这个地方长草长得这么好,我把我布袋里这个香瓜种种在这里吧。"

金孩种上了瓜种,看看十头牛都吃得饱饱的了,他说道:"牛啊,咱回家吧。"牛好像懂得他的话,都乖乖地上了路,金孩担着草跟在后头。蝎子心拿着鞭子,站在大门口,想找个借口折磨他,可是挑不出一点错处来。

这样算完,他觉得是太便宜了金孩,就狠狠地说道:"不能给他好的吃,剩汤剩饭的叫他吃点就行。"

金孩心想:"我饿死也不吃你狗剩饭,渴死也不喝你狗剩汤。"他什么也没吃就出去了。

蝎子心冷笑了一声说:"穷小子,饿死一个少一个,光做不吃那正好。"

金孩知道娘家里也是没有吃的,他恐怕娘见自己挨饿难过,没有回家,不知不觉地出了庄。一出庄就闻着喷鼻的瓜香,他很是奇怪,什么瓜香味这样大?他就四下里找,找着找着又找到了那个割草的地方。他惊奇得差点跳起来,那草又长得溜腰深了,还是那么青,还是那么密,香味就从这里面发出来的。他分开了青草,只见在原先自己种瓜的地方,长出一棵青蔓绿叶的瓜,上面开着许多小黄花,还结着一个亮黄的金香瓜。他把那个瓜摘了下来,却不舍得吃,欢欢喜喜地拿着回了家,和娘分着吃了。娘儿两个不饥也不渴了,娘说道:"金孩呀,这个事怪,你去挖挖那地底下有什么东西。"金孩听了娘的话,回去挖了不多一阵,挖出一个旧石槽来。他用了用劲把它扛回了家。

又没有猪,又不喂驴,拿它有什么用呢?娘两个打算了老一歇,娘想了起来,说道:"金孩,我那里还捡得有几穗谷,把它放在这里面搓搓,也抛撒不了粒子。"

几把谷穗子,娘很快地就搓完了,她看看儿子说:"金孩呀,蝎子心是不会给你东西吃的,我把这点米熬些汤给你喝吧。"娘从石槽里挖出一勺子米来,一看,石槽里面还有一勺子米,再挖出一勺子来,里面还有一勺子,真是挖也挖不尽,舀也舀不完。

有了粮就不愁钱。有一天娘对金孩说:"金孩呀,给蝎子心十吊钱,咱就算叫他坑骗去吧。"

金孩说道:"娘呀,就是给他十吊钱,他也不会罢手的。"

娘却不听儿子的话,给蝎子心送去了十吊钱。金孩的话一点也没说错,蝎子心钱拿在手,却吆喝道:"穷人家从哪儿来的十吊钱?不是摸的,就是偷的,快去到她家里翻翻,还有些什么别的赃物。"

蝎子心带着他那群狗腿子,把金孩家屋里屋外翻了个遍,屋里只有几件破家具,那个旧石槽和石槽里那勺子米,他们是没看在眼里。屋里的地都掘下了三尺深,还是什么也没有。蝎子心十分丧气地回去了。

有了这个石槽,金孩和他娘再也不挨饿了。蝎子心是又奇怪又眼气。有一天巡抚大人打这里路过,又是保镖的,又是开路的,带来了上千的人。蝎子心要金孩家管这多人的饭,还要都吃饺子,误了饭时候还要治罪。

金孩听了,很是生气,在半天里,娘儿两个就是十双手,也包不出这多的饺子呀。

娘说道:"金孩呀,咱包些饺子放进石槽里去,也许还是舀也舀不完。"

果不然,只包了一碗饺子放进石槽去,可是舀出一碗又一碗,舀出一碗又一碗……上千的人都吃饱了,石槽里还有一碗饺子。

这一下子,谁也知道这石槽是个宝物了。蝎子心领着巡抚大人到金孩家去抢宝槽。金孩见事不好,一步迈进石槽里坐下了。

巡抚大人硬的软的,怎么说,金孩还是坐在里面不动。

宝槽到不了手,巡抚大人急红了眼,连声地吩咐叫把金孩拉出去斩首。

跟班的一拥走了上去,谁知道拉出一个又一个,拉出一个又一个,拉了半天,金孩还是稳稳地坐在那里面。

蝎子心吓呆了,巡抚大人更急了,他想要把金孩和宝槽一起抬进京去。

娘哭着说道:"金孩呀,娘就你一个,你出来吧!"

金孩也掉下了泪来,他气愤地说道:"娘呀!哪怕他把我抬进了刀山火海,我也是不离开咱的宝槽。"

巡抚大人叫人抬着宝槽出了庄,心里又打开了算盘:要是把宝槽抬进京去,又是那皇帝,又是那宰相的,是不会有自己的份了。只要有这宝槽,要积个金山银山也容易。这比做官又强得多了。

巡抚大人想了一会儿,又叫人快快地掘坑要把宝槽埋起来。

又深又大的坑掘好了,宝槽也放进去了,金孩还是稳稳地坐在宝槽里。

娘拼命地冲上前叫道:"金孩呀!金孩呀!你出来吧!"金孩知道娘心里难过,安慰娘说:"娘呀!他们害不了我,我要永世看守着咱这宝槽。"

他越说声音越大,隆隆地像是打雷:"娘!你别怕,我是铁打的、金铸的,泰山压顶我也不怕。"话没说完,雷真的响了,闪也亮了,金孩通身变得火亮,放出万道金光。大雨哗哗地下起来了,只听呼啦的一声,坑并起来了,金孩和宝槽都一下子不见了。

这次,巡抚大人也害了怕,他还是狠心不舍,只怕以后记不清这个地方,吩咐人抬上了一块大石头,才往京里去了。

娘坐在那里哭了一阵,折了一枝青松给儿子插在石头旁。第二天早晨,谁出门谁惊奇,蝎子心那些好地,都成了高高的大山了,山上长满了常青的松树。

巡抚大人进了京,立刻上表告老还乡,不做官了。

他回到那里,要去抬那宝槽,一见那里山连山,他真是干着急,找也没处找,挖也没处挖,巡抚大人生了气,把山上点上了火,谁知大风突然刮了起来,火苗子朝巡抚大人扑去,巡抚大人躲避不及烧死了。火是越烧越大,火把蝎子心家连人烧了个干净。

着完了火,没一个时辰,山上又长出了高大的松树。那松树更青更密,枝靠枝,根连根。

这些松树,根根是扎在那宝槽里,砍去了又长出来,砍多少也不见少。从前我们这遍方的穷苦人家全靠它过活。大伙儿都想念着金孩,就在这山顶上给他立起了一座石像。人家都说,金孩还在那山底下,给穷苦人看守着那个宝槽。

高角地主

从前有一个狠毒的地主,成天价觉得自己高贵得了不得。他出门时,必得坐着八人大轿,抬轿的人累得满脸淌汗,他也不让停下轿歇一歇。他家里,盖了许多高大的房屋,冬天,他坐在热炕上,喝着烧黄二酒,窗纸上破了点针鼻大小的眼眼,他就吵着说:"好凉的风!"骂着叫快给堵上。可是不管天怎么冷,雪怎么大,也叫长工给他打更看门,还不让在屋里暖和一下。

有一年三九寒天[1]里，一天晚上，地主吩咐长工赵二打更看门。赵二又没有暖和衣裳穿，北风刮在身上，真好似刀子割着一样，他围着宅院走了一圈，看看地主住的那间屋里熄了灯，他知道地主已经躺进热被窝里了。

风越刮越大，天越来越冷，半夜的时候，赵二实在冻急了，拣了一把干柴，在大门旁边避风的地方点着了。干柴噼噼啪啪地发响，火苗忽闪忽闪地跳动。赵二忙把冻僵的手伸过去烤。他的手刚刚觉出热乎，忽听到后面有人说话。回头一看，只见背后站着一个老汉，穿得破破烂烂，冻得浑身发抖，手里提着一个竹篮，篮子上面盖着鲜红的包袱。

老汉好像对自己的孩子一样地说道："年小的，向后一点，让我烤一烤火。"

俗话说得好，饱汉子不知饿汉子饥，穷人才知穷人苦。赵二看老汉冻得那样，忙把火让给他烤。

赵二站在老汉背后，北风直往肉里钻，浑身跟掉在冰涧里一样。看看那堆柴火，火苗还是那么高，火光还是那么亮。老汉蹲在火旁，只顾烤着。赵二见老汉不像先前那样发抖了，腰也直了起来。赵二心里很是高兴。

---

[1] 从"冬至"算起，每九天为一"九"，"三九"是冬至后十九至二十七天之间，这个期间天气最冷。

烤着烤着，老汉的脸变红了，发亮了，他忽然站了起来，拉着赵二的手说道："好心的小伙子，你想要什么呢？"

赵二觉得老汉的手滚热，自己也好像忽然站在大火炉旁边一样的暖和，北风也如同是在老远的地方刮。他感激地说道："老爷爷！从来也没有人问过我这样的话。我以前就想，这天下的事，太不公平了，地主不做活儿，还吃香的、喝辣的，穷人成天价累死累活地做活儿，还一年到头受冻挨饿。老爷爷！做活儿我是不怕的，只要能过上不少吃、不少穿的日子就行了。"

老汉说道："小伙子，你说的话很对，你会得到你盼望的那一天的。"老汉说完，弯下腰去，一掀红包袱，从竹篮里拿出了一匹枣红小马来。他把马捧在手心，一口气吹在上面，枣红马就一跃跳在了地上，越长越大，转眼的工夫，变成了一匹又肥又壮的好马。毛皮是油光水滑的，两眼好像火球一样闪亮。

赵二惊喜地想："就是地主家也没有这样的好马呀！"他疑惑了起来，也许是自己的眼看花了，可是回头看看，老汉还站在身旁，浑身罩着明光。

老汉说道："我把这匹神马送给你吧！你骑上它，一直地向西南跑去，有一个老妈妈会这样来问你：'什么比天高？什么比炭黑？'你要照实应答她：'勤劳的好人比天高，地主的心肠比炭黑。'她还要问你到哪里去，你说：'我要到那没有黑影的地方去。'这样她就会帮助你渡过那条无底的黑河。"

老汉说到这里,把缰绳递给了赵二。神马仰起头,"咴!咴!"地叫了起来。赵二掉脸一看的工夫,老汉早不见了。周围又是原来的样子了,冷风不住地往身上刮,那烧完的炭火,只剩下了一点点红火炭。

天快明了,神马又竖起了耳朵,仰头叫了起来,看样子像是要跑走。赵二没有骑上去,他是想,等地主出来,辞了工再走。

也许是因为地主听到了马叫唤,他比平常起得格外早。他见了神马,又惊又喜,立刻又起了贪心。

赵二说道:"我要辞工不干了。"

地主奸笑了一声,指着马说:"辞工也可,你给我把马留下吧!"

赵二吃了一惊,忙说:"这马是我的呀!"

地主倒咬一口地说:"这马是我的!你凭什么半夜三更到我马棚里牵出它来?"

赵二还要分辩,地主却不让他说话,冷笑了一声:"穷长工,还想着养马咧!"说完,吩咐人把神马抢了过来,把赵二推了出去,"砰!"的一声把大门关煞了。

赵二又气又恨,跺跺脚离了庄,一步一步地向西南走去。也不知走了有多少日子,受的那些劳累苦难是没法说了,过的那些桥也比平常人走的路还多。这一天,赵二又起五更往前走。走了大半天,也没碰到一个庄,肚子饿得"咕噜噜"地响,他还是往前走。

走着走着,只见前面一片大树林子,走到近前时,看见道边上有一棵枣树。那枣树叶子油亮油亮的,上面滴溜耷拉地结满了红枣。枣树底下,坐着一个老妈妈,在那里"铮!铮!"地纺棉花。

赵二心想:"我去跟那老妈妈要几个枣吃,也能充饥呀!"

赵二走了过去,弯着腰问道:"老妈妈,我是过路的人,实在饿了,能不能给我几个枣吃?"

老妈妈好像没有听到,手不停地纺着棉花问道:"什么比天高?什么比炭黑?"

赵二说道:"勤劳的好人比天高,地主的心肠比炭黑。"

老妈妈还是不停地纺着棉花,又问道:"小伙子,你要到哪里去呢?"

赵二应道:"老妈妈,我要到那个没有黑影的地方去。"老妈妈还是不停地纺着棉花,很亲热地说道:"好啊!小伙子,你说得很对,你自己看好了哪个枣,你就摘哪个吃吧。"

赵二抬头看看,头上面有两个枣,格外的红,格外的大。真是喜人。可是赵二心想:不能吃人家最好的呀。他只拣着小一点的摘下来吃,那个好吃劲就不用说了,从口里一直甜到心里。他只吃了几个便觉得饱了。

赵二正要谢谢老妈妈,老妈妈一下子停住手望着赵二说道:"曾经有许多小伙子,走过我这里,都是只拣大枣吃。难得像你这样好心的小伙子。尽管说吧,你有什么事情要我帮助你?"

赵二欢喜地说道:"老妈妈,请你帮我渡过那条无底的黑河去吧。"赵二说着话,忽然觉得头顶又痛又痒,伸手一摸,把他吓了一跳,头顶上冒出了一个尖尖的角来,他不觉啊呀地叫了一声。

老妈妈笑着说道:"不用害怕呀!这枣就是这样,吃大的长大角,吃小的长小角,只要到黑河里去洗一洗,角就会马上消去的。"她说完,领着赵二,穿过了树林子,迎面就是一条又宽又大的河,波浪翻滚,水乌黑乌黑的,看不见底。

老妈妈撩起黑水,给赵二洗了一下,角就消下去了。

赵二抬头向河对岸看去。看得清清楚楚,那里各色各样的东西,闪耀着不同颜色的亮光。成排的大树,绿得晃眼;高高的庄稼,一片金黄;花儿到处开得鲜红;果子好似各种颜色的钻石一样。在那里做活的人们,看去是那么高兴,那么轻快。赵二越看越喜,他恨不能一下子插翅飞过去。

他恳求老妈妈道:"老妈妈,你千万帮我渡过这条无底的黑河去呀!"

老妈妈叹了一口气说:"小伙子,我实不瞒你,只有当神马吃了我的神枣以后,才能把你驮过河去,可是那神马,只有百兽老人才有。"

赵二听了,想起那匹神马已叫地主抢了去,心里是又气又恨,他把百兽老人怎么送他神马,怎么被地主夺了去,一五一十地都对老妈妈说了。

老妈妈听了,也是十分生气,她说道:"小伙子,不用发愁,那神马是不能让他夺去的。你向这边靠靠,我教你怎么把神马弄回来。"

于是老妈妈就咬着赵二的耳朵,告诉他弄回神马的办法。赵二听了老妈妈的话,拿上老妈妈给他的神枣,歇也没歇地又向回走。他因为吃了神枣的缘故,肚子里一点也不觉饿。他爬山越岭像走平地一样,不多几天就回到庄里来了。

地主自从抢了赵二的神马去,心里乐得了不得,他几次想摸一摸它,可是那神马一点也不让他靠身。这一天晌午,他又想去看那神马,走到院子里时,听见街门外有人喊道:"谁买大红枣咧!""才下来的新鲜大红枣呀!""又甜又脆的大红枣啊!"

地主听了,不觉奇怪起来:现在才刚刚开春,怎么会下来新鲜的大红枣呢?

地主打发管家出去拿来看看,果然是新鲜的大红枣。那两个大的少说也有三寸多长,这真是少见的稀罕物呀。地主尝了一个大的,又尝了一个大的。尝着尝着觉得头上又痛又痒,管家惊得圆瞪着眼,地主头顶上冒出角来了。

地主两手抱着头顶的角,哭哇哇地吵着,叫管家去把那卖枣的找来。

地主一见是赵二,心里知道是上了当。他满心想把赵二打死,可是头上的角,却越长越高。他只得用好话来哄骗赵二了。他说:

"赵二，你要是能给我治去这个角，你要什么，我给你什么。"

赵二说道："治是能治，你先还了我的神马吧。"

地主只得叫人把神马牵了来。神马见了赵二，还认得他，很温顺地伸过头来。赵二忙把神枣给神马吃了几个，神马叫了一声，前背上立时长出了一个角来。

赵二一抓那角，嗖一下就跳上了马背。一拉缰绳，那神马不是从门里冲出去，而是从墙上跳出去了。神马的尾巴扫着树梢，神马的蹄子碰着屋脊，飞一样地向西南跑去了。

地主头上的角越长越高，不几天的工夫，角尖触着屋顶了，痛得他嗷嗷直叫。他只得叫人把他抬到大厅里去。没多少日子，大厅又盛不下他了，他又找了许多匠人来给他盖更高更高的屋。可是屋还没盖成，地主的高角又长得比要盖的屋还高了。地主白天黑夜只好待在院子里了。

冬天来了，又刮风又下雪，高角地主冻死了。

找姑鸟

　　从前有一个很厉害的老太婆，她有一个儿子、一个闺女。儿子娶了媳妇不多日子，就下关东去了。老太婆只亲自己的闺女，对待儿媳妇十分狠毒。

　　老太婆常常看着自己的闺女说："妮子呀！再吃一块白面饼吧，再喝一点小米汤吧。"

　　每逢这时，闺女总是要把白面饼分一些给嫂嫂吃。

　　老太婆却用白眼珠子瞅着媳妇说："吃那么多，喝那么多，就是糠菜窝窝也不能管你饱。"

　　老太婆不只是不给儿媳妇好的吃、好的穿，还不断地打骂她。

这一年，老太婆又养了很多很多的蚕，多得看也看不遍，数也数不完。每天都是不等天亮，老太婆就赶着媳妇上山去采桑。今天也采，明天也采，天长日久的，山上的几棵桑树，小叶也快采光了。

家里的蚕，却越长越大。四月天，蚕变亮了，蚕吃起老食来了，撒上了一层桑叶，沙啦沙啦地就吃光了；撒上了一层桑叶，沙啦沙啦地又吃光了。

有一天，老太婆指着要去采桑的儿媳妇骂道："娶来的媳妇买来的马，任俺骑来任俺打，你给我采不回桑来，我皮鞭抽你，我棍子砸你！我三天不叫你吃饭，五天不叫你睡觉！"

老太婆盯着儿媳妇出了门，回头看到闺女正在那里拾蚕，心疼得了不得。忙说道："好妮子，歇歇吧！放着营生叫你嫂嫂回来做。你渴了吗？饿了吗？锅下我还给你留得有米汤，锅上我给你留得有白面饼。"

老太婆这个闺女长得十分俊秀，她却不和老太婆一样的心肠，她很疼爱自己的嫂嫂。她听到老太婆的话，把身子一扭说："我和嫂嫂是一样的人，为什么光把营生留给嫂嫂做！"

老太婆见闺女不听自己说，要打，心里疼得慌，要骂，也是舍不得，气得拍拍手出去了。

嫂嫂上山去采桑，天又热，山又高，从南山坡走到东山顶，从北山顶又转到西山坡，看着天快晌午了，才只采了一小把桑叶，她

173

愁得没法,就坐在山道上哭。

小姑在家里拾完了蚕,撒上了桑叶,她很挂念着嫂嫂是不是采着了桑叶。她想:"每日我的心不慌,今日我的心发跳,一准是嫂嫂在山上饿了吧。"她想到这里,停也不停,拿了娘给她留的白面饼,提上小米熬的汤,悄悄地往山上走去了。

小姑一见嫂嫂坐在山道上哭,就忙拉着嫂嫂的手说道:"嫂嫂呀,别哭啊!饿了,我给你拿来了白面饼;渴了,我给你提来了小米汤。"

嫂嫂哭着说:"妹妹呀!渴了我能喝泉水,饿了我也能吃苦菜。"

小姑又问道:"嫂嫂呀!你有什么愁处,尽管对我说,妹妹是你的知心人。"

嫂嫂哭着说:"妹妹呀!我南山走,北山串,只见柞叶,不见桑。我采不回桑,咱娘怎么能答应?"

小姑给嫂嫂理了理头发,擦了擦泪说:"嫂嫂呀,不用怕!你吃点饼,喝点汤,咱俩再一块儿去采桑。"

小姑逼着嫂嫂吃了一块饼,喝了一点汤,两个人又相伴着去采桑。

两个人说说话话地走过了深涧,两个人拉拉扶扶地爬上了山头,漫山漫岭走遍了,还是只见柞叶不见桑。

嫂嫂看看日头快下山了,勉强忍着眼泪说道:"妹妹呀!天快黑了,狼快出来了,虎也要离窝了,好妹妹呀,你先回去吧!"

小姑也说道:"嫂嫂呀!天快黑了,狼快出来了,虎也要离窝了,好嫂嫂呀,咱两个一块儿回去吧!"

嫂嫂看着空空的篮子说道:"妹妹呀!嫂嫂还要在这里再等上一个时辰,也许那山神可怜我,能叫柞叶变成桑!"

小姑看着嫂嫂说道:"嫂嫂呀!妹妹也要陪嫂嫂在这里再等上一个时辰,也许那山神可怜咱,能叫柞叶变成桑!"

姑嫂两个人手拉手地离了山半腰,肩挨肩地走到了山泉旁,漫山漫岭走遍了,还是只见柞叶不见桑。

嫂嫂看看日头已经下了山,背着小姑把眼泪抹了去,才转身说道:"妹妹呀!天黑了,月亮快出来了,听说这山上有个山大王,红鼻子,绿眼睛。好妹妹呀!你年纪轻轻的,你先回去吧!"

小姑也说道:"嫂嫂呀!天黑了,月亮快出来了,山大王红鼻子,绿眼睛。好嫂嫂呀,咱俩一块儿回去吧!"

嫂嫂看着清清的泉水说道:"嫂嫂还要在这里再等上一个时辰,也许水神可怜我,能叫柞叶变成桑!"

小姑望着嫂嫂说:"嫂嫂呀!妹妹也要陪你等上一个时辰,也许水神可怜咱,能叫柞叶变成桑!"

姑嫂两个人手拉手地离开了泉水旁,肩挨肩地到了山林边,漫山漫岭走遍了,还是只见柞叶不见桑。

嫂嫂看看月亮已经出来了,她又劝小姑回去,小姑还是不回去。

嫂嫂急得掉下了泪。小姑看看月亮出来了，嫂嫂篮子里还是空空的，小姑也着了急。

南风呜呜地吹，涧水叮当地响，小姑忽然抬起头来说道："山大王！山大王！你能叫柞叶变成桑，我情愿嫁给你山大王！"

小姑的话刚刚说完，柞树叶子沙沙地响。

小姑挺直了腰，又大声地说道："山大王！山大王！你能叫柞叶变成桑，我情愿嫁给你山大王！"

第二遍刚刚说完，只见那柞树枝子乱摇晃。小姑咬了咬牙，还是说道："山大王！山大王！你能叫柞叶变成桑，我情愿嫁给你山大王！"

小姑刚刚说完了第三遍，忽然平地起了一阵旋风；天也昏了，地也暗了，四下里哗哗啦啦地直响。

转眼的工夫，风停了，月亮又明了。呀！漫山漫岭不见柞叶，只见桑。

姑嫂两个人，又惊又喜，慌忙动手采起桑来。哪棵桑树都是青苍苍，摘下个桑叶都巴掌大。不多一会儿，篮子就装得满满的了。

两个人抬着下了山。

老太婆不见了她的闺女，正在家里急得乱打转。这时，姑嫂双双回来了。她见了闺女好像得了宝，见了媳妇好像是眼中钉。桑叶虽是采了来，老太婆却骂媳妇不该引了小姑去，又叫她黑夜不睡看着蚕。

第二天，嫂嫂又上山去采桑，妹妹又送去了白面饼。漫山漫岭还是没有柞树，只有桑。

过了不几天，蚕吐了丝，蚕结了茧。

有一天，姑嫂两个人正在家里缫丝，只见从西北面飞来了一片乌云，跟着便扑来了一股顶天立地的黑旋风，树木摇出了根，房子掀起了顶。小姑喊也没顾得喊一声，就被卷进旋风里去了。

看不到小姑，嫂嫂急得红了眼。她扑进了黑旋风里，掉下的树枝砸痛了她的腰，吹起的沙石，砸破了她的手。她几次摔倒了，几次又爬起来。她拼命地一面追，一面喊："山大王呀！你留下我妹妹呀！"

可是黑旋风却越去越远。黑旋风头脚进了山，嫂嫂后脚也进了山。满山的桑树遮住了眼，那股黑旋风忽然不见了。

嫂嫂前山找，后山找，厚厚的鞋底磨透了。嫂嫂日日寻，夜夜寻，衣裳也被棘针挂破了，小姑的影儿也没找着。她从夏天找到了秋天，从秋天眼看又快要找到了冬天，山上的每根青草都知道她在找小姑，用自己柔软的叶子垫着她的脚板。山上的每根果木都知道她在找小姑，把自己的红果耷拉到她的眼前。山上的各种样的鸟儿，也都知道她在找小姑，都愿意分些羽毛给她过冬，它们扯下了自己的羽毛，一齐向她抛去，羽毛在嫂嫂的周围好像柳絮一样地飘，羽毛在嫂嫂的周围好像雪花一样地飘，羽毛把嫂嫂全身都盖掩了。

第二天，北风吹起来了，嫂嫂已经变成了一只俊俏的小鸟，遍身长满了温暖的羽毛，它一面飞，一面叫：

"找姑！找姑！"

寒冷的冬天过去了，温暖的春天又来到了。这俊秀的小鸟，在葱绿的桑树上飞着，叫着："找姑！找姑！"在开满鲜花的果园里飞着，叫着："找姑！找姑！"

它飞在一望无边的庄稼上面，它飞在飘着白云的青天下面，它每时每刻地都在叫着："找姑！找姑！"

月月叫，年年叫，当地的人们都怜惜地叫它"找姑鸟"。

七兄弟

古时候,在高山下面,在大海旁边有一个村庄。村庄里有一个老汉,他有七个儿子。七个儿子长得又高又大,又粗又壮。老大叫大壮实,老二叫二刮风,老三叫三铁汉,老四叫不怕热,老五叫五高腿,老六叫六大脚,老七叫七大口。

有一天,老汉对七个儿子说道:"咱们庄西是高山,咱们庄东是大海,出门太不方便了,你们把它们搬远一点吧。"

七个儿子答应着出去了。过了一会儿,老汉走出去一看,海也望不到了,山也不见影啦,四围尽是一溜平川的坡地,黑油油的土不松也不紧,不湿也不干。

老汉又对七个儿子说道:"这么样的好地,哪能叫它闲着!你们把这上面种上些五谷杂粮吧。"

七个儿子答应着,就动手耕种起来。

过了些日子,那一溜平的坡地上,长满了一眼望不到边的好庄稼:快熟的麦子金样黄,溜腰高的谷子金闪闪。老汉和七个儿子都欢喜得了不得。

可是,谁知道,好事引了灾祸来。京里的皇帝知道了这个好地方,就派大臣拿着圣旨在那里坐催皇粮。

老汉一听发了愁,他不觉叹了一口气,对儿子们说:"孩子,咱们不用再打算过好日子了,皇帝的肚囊子是个填不满的枯井呀!要是服从了他,那就要给他当一辈子牛马。"

七兄弟听了老汉的话,自然是都很生气,一齐说道:"爹,不用怕,我们弟兄七个进京去和皇帝讲。"

七兄弟还没走到京城,把门的大将军老远就望到他们了,吓得连忙关煞城门,上上铁杠,"嘎喊"一声锁上一把大锁,才爬到城门楼子上躲了起来。

七兄弟到了城门跟前,老大大壮实喊道:"开门呀,我们弟兄七个是进京去跟皇帝讲理的。"

大将军躲在城门楼子里,仰着脸哆哆嗦嗦地说道:"庄户人怎么能跟皇帝讲理!"

大壮实一听火了,伸手一推,只听哗啦啦的一声,城门和城楼子一齐推倒了,暴土扬天,砖石乱滚,大将军也砸死了。

七兄弟又往里走,到了午朝门外,午朝门关得严丝合缝的。老二二刮风说:"大哥,你先歇歇,我去叫门。"他提起嗓子大声喊道:"开门呀,我们弟兄七个要进去跟皇帝讲理!"

二刮风叫了好几声也没人答应,不觉一阵生气,一口气喷出来,真好似刮起大风,午朝门和门两旁那盘龙的石柱连摇晃也没摇晃一下子就被吹倒了。

满朝的文官武将都吓慌了,谁也不敢出头阻挡。弟兄七个到了金銮殿前,老三三铁汉说道:"二哥,你先歇一会儿,我去跟皇帝讲理!"

三铁汉向前一走,皇帝早吓得脸皮干黄,慌忙说道:"庄户人怎能和我皇帝讲理?快些推出去斩首!"

三铁汉听了,笑了一声说:"先给你个胳膊试试看!"

他把胳膊朝一个武将伸去,正碰在他那把明晃晃的刀上,只听砰的一声,火星乱冒,刀就四分五裂地碎了。

皇帝吓得从龙座上滚了下来,好几个大臣好容易才把他架回了后宫。

皇帝见杀是杀不了七兄弟的,就连声地吩咐点火去烧。

一霎的工夫,许多火球冒着浓烟,滚到了七兄弟的跟前。老四不怕热说道:"你们先到后面歇歇,这次由我来招架。"他一脚踏着一个火球,冷笑了一声说道:"我还冷,这点火是太小了。"

皇帝又吓了一跳，连忙吩咐千万兵将，一齐去把七兄弟推到海里淹死。

五长腿听了，说道："不用费那些事啦，我正想着洗个澡呢！"他只几步就迈进了大海，蓝光光的海水，只没到了他的脚脖子，他摇摇头说道："这太浅了，没法洗澡啦，既然来一场，还是摸点鱼吃吧。"

他弯下腰去，两只手不停地往海岸上扔鱼：黑鱼、白鱼，一丈长的、十丈长的、一百丈长的大鱼也叫他弄上来了，眼看着岸上的鱼堆得好像小山一样。

兄弟们一等不见老五回来，二等也不回来，老六六大脚说道："我去把他叫回来。"他一脚就踏到了大海边，冲着五长腿说道："五哥，正事还没办完，你怎么摸起鱼来了？"

六大脚话还没说完，七大口就不耐烦地说："皇帝怎么能讲理！讲理他就不当皇帝了。"

他连和兄弟商议也没商议，一口就把大海里的水喝干了。

他回过头来，又一张嘴，海水从他口里一股劲地喷了出来。海水浪滚翻腾地向皇宫冲去，冲倒了高墙，把皇帝和文官武将都淹死了。

含羞草

这个故事,出在哪一个年代,出在哪一个地方,也不必过细去追究了。也许是远在天边,也许是近在眼前。有这么一个小伙子,长得很是俊俏,他常到河边上去钓鱼,每次都看到一个老汉坐在那里,嘴里嘀咕着:"钓钓钓!钓钓钓!小鱼不到大鱼到!"小伙子偷眼看时,那些大一点的鱼都向他身边游去了。有一次,小伙子憋不住说道:"老大爷!我还得跟你学一学这个法啦。"老汉抬起头来说道:"小伙子,你不要跟我学钓鱼了。我看你还像一个诚实的人,你顺着这个河沿,尽走尽走,你会碰到一桩好事。"老汉说着，把钓丝慢慢地往外拉着，水面上涌起了一圈一圈的波纹，话说完了，老汉也忽然不见了。

小伙子很是奇怪，他心里想："这老汉一定是一个神仙了。我就依着他的话，顺着河岸走去，看看会碰到一桩什么事情。"他真的就顺河岸走去了。

小伙子从晌午走到太阳落，从太阳落走到了星星满天、月亮出。在他的眼前，出现了一片长着荷花的河湾，月亮在这里更加明了，也说不出是月亮光彩，还是荷花光彩。他看了一会儿，忽然荷叶儿翻翻地动，荷花也摇摆了起来。小伙子向前走了一步，也许是踩在了青苔上，脚底一滑，就跌倒了。等他爬起来往四下一看，已不是原来的样子，星星从天空飘下来了，照着葱绿的桑树，桑树林里有一间小屋，小屋里点着灯，门开着，看得见一个闺女正坐在那里织绸。闺女穿着长裙，灯光底下看去，好像是一片嫩绿的荷叶。闺女乌黑的头发上，插着一枝新鲜的荷花骨朵[1]。小伙子离开小屋只有几步远，就走了过去问道："这是一个什么地方？"闺女停住了手，抬起了头来，她俊秀得简直好像是月亮底下的荷花。闺女说道："实不瞒你，这是荷花庄，我是荷花女，要是你走累了的话，那就进来歇歇吧。"

小伙子欢欢喜喜地走了进去，荷花女只跟他说了几句话，就

---

[1] 骨朵，就是含苞未放的花蕾。

又低下头织绸子去了。她织得那个快呀，看不清手在怎么样地投梭子，只见她指头上戴着的那个银色的顶针，划着一道道白光。荷花女再没有说话，小伙子要走，她也没有留，就把他送出门来。

小伙子往前走了两步，再回头看时，又是一个明光光的河湾了。他站住了一想，那荷花女一定是荷花变成的仙女了。要是我能有这么个神仙媳妇那就好啦。

小伙子回到家里，营生也没心做了，天还不黑，他就又来到了荷花湾那里。压山的日头，射出了一道道的金光，水面上金金粼粼地闪光，那荷花也更加红润光彩了。好容易等到天黑，小伙子真的又见到了那个荷花女，荷花女也比昨天晚上对他亲热了，她叫小伙子脱下破小褂，给他一针针地缝了起来。

小伙子接过补好的小褂，望着荷花女说道："我是孤身一人呀。"

荷花女好像没有听到一样，她一声不响地把小伙子送出门来。

小伙子回到家里已经过半夜了，他坐不住，站不住，返身又向河边跑去。河面上雾气罩罩的，露水湿透了他的鞋，他还是一个劲地顺河沿向前跑。跑到荷花湾边上时，鸟在绿柳树上叫起来了，太阳出来了，雾气也飘散啦，看看，那湾水更清，荷叶更明，鲜艳的荷花瓣上滚动着珍珠样的露珠。小伙子顺着湾岸走着，荷花的清香围绕着他，他看到湾中间里有一朵最大最俊的荷花，心里猜想："也许荷花女就是那朵荷花变成的吧。"小伙子刚刚这样一想，只见那朵大荷花摆了一摆,水面上真的站着荷花女了。荷花女踏着水波,飘着长裙走来了。

小伙子欢喜得了不得,他忘记她是神仙,倒担心她会掉进水里,正想伸手去拉,荷花女却一下子跳上岸来了。

荷花女脸上一阵喜,一阵愁。她说道:"我爹不愿意我和凡人来往,从今以后,咱就不能见面了。"

小伙子好似听到了半空里一声霹雳,愣了一会儿,掉下了泪来。

荷花女看到他这样,猛地把头一抬,说道:"只要你没有三心二意,我就和你一块儿逃到天边海岛去。"

小伙子脸上还有泪,又笑了。他说道:"只要和你在一起,就是住在高山野林里我也欢喜。"荷花女说着,从头上拔下了那枝荷花骨朵,一口气吹在上面,荷花扑拉地开开了。这可不是一枝平常的荷花!每一片荷花瓣里,都滚动着一颗明亮的珠子,花心里金亮的星星,围绕着绿色的莲蓬。荷花女好像打着把伞样的,一手把荷花擎了起来,一手拉着小伙子飞到半空里去了。白云从他们身边擦过去,老鹰在他们脚底下飞,他们飞得有多么高多么快,那是没法说了,不多一会儿,他们就落在了一个山洼里。

小伙子看看脚底下,是荒草乱石,看看周围,是一层一层的数不过来的高山,他暗暗地发了愁。

荷花女却欢喜地说道:"我织绸,你打猎,咱们也不会缺吃的，也不会少穿的。"

小伙子说道："可是连个住的房子也没有啊。"

荷花女说道："这个你不用愁。我情愿脱下绸裙，穿着布衣，我也能折下松枝栽成桑。"荷花女说完，真的把绿色长裙脱下来向前扔去，长裙扑拉着，旋旋转转地落在了前面，荷花女拉着小伙子走到跟前时，只见那里一个绿光光的大湾，湾中间里有一栋小屋，一座小桥直通到小屋跟前。他俩过了桥，进了小屋，屋里很是宽敞，锅碗瓢盆，铺的盖的，吃的用的，什么都有，一架织布机也在墙边上放着了。

第二天，小伙子要出去打猎，荷花女赶出门来，从头上拔下那枝荷花骨朵，递给小伙子说道："你拿上这个吧，碰上了狼虫虎豹，只要一指，它就不敢近你的身了。可是，无论是谁，你也不要给他呀。"

小伙子答应着，拿上荷花骨朵走了。他爬上了东面的山，那里真是野兔见了人不跑，野鸡见了人不飞，他捉了许许多多的野鸡、野兔。回来的时候，远远地看到山坡上长起了一片葱绿的桑林，走到了跟前，只见荷花女掐下松枝来，插在石缝上，转眼的工夫，就变成大桑树了。荷花女手不停点地掐呀，插呀，掐呀，插呀！她的手被松枝扎破了，她的脸被太阳晒红了。小伙子疼爱地说道："荷花女呀，咱们回去歇一歇吧。"

荷花女笑笑说道："咱俩要在这里成家立业，我要把这荒山洼变成大湖，我要把这荒山坡变成桑林。"

第三天，小伙子爬上了西面的山，又见成群的野马在那里吃草，成群的山羊向他跑来。他骑上野马，抱着山羊回来的时候，炕上放着一匹一匹的绿绸，荷花女把绿绸铺在荒草上，转眼的工夫，绿绸就变成一道道绿水了。

天晚了，荷花女还是不停地织着绸，她的腿累得酸啦，胳臂也疼了。小伙子疼爱地说道："天这样晚了，你就歇一歇吧。"

荷花女笑笑说道："咱俩要在这里成家立业呀，我要把这荒山洼变成大湖，我要把这荒山坡变成桑林。"

过了一天又一天，过了一月又一月，过了也不知多少日子，也许是因为日子长了吧，小伙子看着荷花女已不像先前那么俊秀了。说实的，她那乌黑的头发不像先前那样光亮了，红红的脸也不像先前那样光彩了。小伙子问她说："是不是营生把你累老了？"荷花女摇了摇头。

有一天，小伙子出去打猎，他爬上了一座山又一座山，走过了一条沟又一条沟，来到了一个山背洼里。抬头看看，山腰那里没有一朵野花，也不长一根青草，只有一个黑漆漆的洞口。小伙子看了一阵，爬上山腰，依着有那枝荷花骨朵，放大胆子向洞里走去。越往里走越黑，阴森森的，还闻着一阵阵腥气。走了一会儿，迎头蹿来了一只老虎，老虎的眼睛像两盏灯笼一样，老虎张开大口就向他扑来。小伙子吓了一跳，慌忙把那荷花骨朵向老虎一指，骨朵尖上风快地射出了一道红光,红光又细又长,好像闪亮一样,老虎转回头去就跑走了。小伙子又往里走去,走了一会儿,迎面又蹿来了一群狼,狼拖着尾巴,竖着耳朵,一齐向他围了上来。小伙子又是吓了一跳,他又慌忙把那荷花骨朵向狼一指,闪光亮了,狼也慌忙掉转头跑了。小伙子又向前走去,走了一会儿,前面忽然有亮了。又走了不多远,果然看到了一个大门。小伙子推开大门一看,嘿,里面点的明灯火烛的,炕上坐着一个媳妇。那媳妇雪白的脸、通红的嘴唇,娇声娇气地说了句话,就连忙下炕来迎接他。小伙子心里想,现在荷花女也没有这媳妇俊呀。他就走了进去,坐在媳妇的炕上了。媳妇又会说又会笑,她用金盅给他盛上酒,用银碟给他端上了菜。他吃了银碟里的菜,也喝了金盅里的酒。媳妇左说右说,他也就和这媳妇成了亲,一连过了三天,小伙子的心变了,他只看到了眼前的欢乐,忘记了荷花女对待他的情谊;他只顾自己高兴,不想荷花女心里会怎样难过。第四天里,媳妇说要出去走亲戚,又说她害怕狼虫虎豹,小伙子不问三七二十一,就把荷花骨朵给了她啦。嘿,媳妇一出门,两扇大门随着就闭上了,砰的一声,满屋里什么也看不见了,只是乌黑的一片。小伙子东摸摸也是石头,西摸摸也是石头,连脚底下都是石头呀。听着外面虎也在啸,狼也在叫,脚底下的石头似乎是在动,头上面的石头也好像要塌下来了。他喊也没有人应,叫也没有人听,他吓得在石头旁边蹲下了。

荷花女在屋里用心用意地织着绸,一抬头看到天晌午了,心里一惊,怎么这时候了,小伙子还没回来呢。她忙掐指一算,一下子什么都明白了。她知道在地面上一个时辰,在那洞里就是一天一夜,小伙子已和那妖媳妇成亲三天三夜了。她又生气又难过,有心要去救他,又一想还救这种人做什么?她叹了一口气,掉了两滴泪,又一想:"不管他怎么样,我还是去救出他性命来吧。"

荷花女风快地上了一座山又一座山,过了一条沟又一条沟,她到了那山背阴里,又上到了山半腰,那洞口却用大石堵煞了。她停也没停地又上到了山顶上,摘下手上银白的顶针,向石头上一放,看不到一点火星,也听不到一点响声,山石就开开了,不是开了细长的一条缝,也不是开了老大的一个窟窿,石头上好像是凿上了一眼圆圆的井子,井子深得不见底,井子直通进大山里。

小伙子被堵进了山洞里,洞里黑得真是伸手不见掌,握手不见拳。他又害怕,又发愁,心想:这怎么才能出去呢。忽的一下子,他看到眼前有光亮了,一眨眼,荷花女就站在他的跟前了。她把他拉了一把,只一直腰的工夫,两人就上到山顶上啦。

荷花女一弯腰,就又拾起了那个银白的顶针,把它一戴戴在了指头上,石头上那眼圆圆的井子便不见了。

小伙子又羞愧又不安。荷花女没有发火,只是泪汪汪地说道:"我做梦也没想到你是这么个负心人呀!我实对你说了吧,我有两个宝物,一个就是这个顶针,这是一把开山钥匙。再一样就是那枝荷花骨朵了,我拿上它能飞上青天,我戴上它会使我永远年轻……"荷花女话还没说完,只见山洼里起来了一阵旋风,她话也顾不得说了,一把拉住小伙子,就往前走去。原来起的那阵旋风,就是那个妖媳妇来了。从前有那荷花骨朵时,荷花女是手拿把稳地能战得过她,可现在那枝荷花骨朵,已是拿在妖媳妇的手里。荷花女打算,只要能使妖媳妇走进自己那山洼里,她就有办法治她了。真是慢船赛快马,荷花女走得那个快呀,好像在激流里漂,小伙子也觉得两脚没有沾地。走了不多一会儿,妖媳妇就从后面追上来了。那妖媳妇也是有点害怕荷花女,她并不敢近前来,只是在后面招呼道:"你这个小伙子,回来呀!"

荷花女连忙嘱咐小伙子说道:"你可千万不要回头呀,只要一回头,你就没命了。"

妖媳妇又在后面喊开了:"你这个小伙子,你想一想,我和你在洞里过的那三天日子是多么样好!你想一想,我是多么俊呀!"

小伙子听着听着,心又转了,只回头一看,那妖媳妇向他摆了一下手势,他就止不住脚向她身边跑去了。妖媳妇召来了一条长虫,她抱起了小伙子骑在上面,一阵旋风,扑向山洞里去了。

荷花女长长地叹了一口气说:"不是我不救你,要救你也救不了啊!"

果然,过了不多日子,在那山洞外面堆着小伙子的衣裳,摆着小伙子的骨头,好心的荷花女,把衣裳和骨头收拾了回来,埋在小屋的旁边。

勤快的荷花女，白天养蚕栽桑，晚上灯下织绸，过了几年，周围的山上都插遍了松枝，周围的山上都是葱绿的桑林了。满山洼里都铺上了绿绸，满山洼里都是晶亮的湖水了。白色的蝴蝶飞在青葱葱的桑林里，五彩的荷花长在绿光光的湖水里。有一天，荷花女走到了屋旁的小坟边，看见在小坟上，长出了一棵绿叶的小草，她的手指只一触它，那青草羞愧地并煞了叶，羞愧地垂下了柄。

过了一些日子，那钓鱼的神仙老汉来到这湖边钓鱼，荷花女一五一十地都对他说了。老汉走了不多一会儿，就从妖媳妇那里把荷花骨朵夺了回来。荷花女插在了头上，她乌黑的头发又发亮了，她的脸面又和原先那样光彩了。老汉摘下了那小青草上的种子，走出了深山来。第二年的春天，靠山的树林里，长出了那样的小青草，靠海的高埠上，也长出了那样的小青草，到了后来连花园里也有了那种小青草，人们都叫它是"含羞草"。直到如今，只要手指轻轻地触着它，叶儿就并煞了，叶柄就垂下了。直到如今，也还有像小伙子那样见新忘旧的人，他们却连羞愧也不羞愧呀。

天女散花

有人说有一种贪心的人，见钱眼红，只要能把钱捞到了手，别的就什么也不顾了。我虽说没有看到这种人，却听说过这样一个故事，故事是从这里开头的：

有一个地方，有一座大山，这大山不知道多么高，都叫它"天门山"，老远一看，就像是触着蓝天一样。山头上常常飘着五色的彩云，有人说，那是天女在上面散花。山头太高太陡，就是野鹿也上不去。可是这个故事就是发生在这顶天高的山头上。

在这大山前面有一个庄，庄里有一个地主，外号叫"二胖子"，从前都说百顷地就是大地主了，二胖子少说也有二百顷地，真是越有越贪,越贪越狠,他恨不能把佃户打下来的粮食,一下子都装到他的囤里。那一年,麦子刚刚割到了场上,他就叫伙计王斗套上了大车,亲自到四外庄里去收租。有一天,二胖子坐着车穿过了一个庄里,王斗害怕轧着人,车就赶得慢了一点,二胖子可火了,吆喝着从王斗手里夺过鞭子,"砰砰叭叭"地抽了起来,马挨了鞭子,撒开腿就跑起来了。街上有一个老汉领着小孙子,老人腿慢,孩子又走不动,躲闪不及,那马就把孩子撞倒了。老汉眼见着大车从孙子的身上轧了过去,他急得扑上去,可是小孩已经死了。二胖子冷笑了一声,又把马抽了一鞭子,马跑得更快了。王斗着急地说道:"怎么不停车呀,车轧死人了呀!"

二胖子却狠狠地瞪了他一眼说:"你少管闲事,轧死了人,谁也不敢把我怎么的。"

这一天,二胖子还是和从前一样,又打人,又骂人,收着租子,就好像没有发生过那么回事。王斗却难过了整整一天。

晚上,大车拉回了满车的粮食,粮食倒进了地主的大囤,王斗把马拴在牲口屋里。二胖子家并不是一头或是两头牲口,那些牛呀,马呀,骡子呀,几十头也有。王斗去给它们添草加料,他心里不觉想道:"那个死了孩子的人家,这阵还不知道哭得什么样啦。爹娘,爷爷,看到了自己的孩子死得那么惨,会是个什么滋味呀。"王斗想到这里,自己的心里真好像刀搅着一样,眼泪扑拉扑拉地就掉下来了。这时,在王斗身旁吃草的那个老牛,扭转了头,望着王斗说起话来咧:"我给二胖子耕过许许多多的地,我给二胖子拉过千千万万趟车,可是天天都是你给我添草,天天都是你给我拌料。小伙子,你哭什么呢?"

王斗正要找个人诉说一下,便气愤愤地把地主怎么赶马快跑,怎么轧死人家的小孩,一五一十地都对老牛说了,说着又掉下了泪来。

老牛听了,也是眼泪汪汪的,它张张口吐出了一粒葫芦种子。老牛说道:"小伙子,我知道你不是那种贪心的人,你拿上这颗葫芦种子,把它种在天门山下面,用不上一夜的工夫,葫芦蔓子就能爬上山顶,你踏着葫芦叶子,上到天门山顶,等着天女来散花。你只拾一朵鲜花,就赶紧地下来。千万记住,时候一长,那花就要谢了,只要把这朵鲜花,放在孩子的身边,孩子就会活过来。"

王斗听了,一句话也没顾得说,就连忙拿了葫芦种子向外跑去。他心里只想着快些告诉孩子家里的人,叫他们安下心;他心里更想着快些跑到山下面,种下这颗葫芦种子。

天黑了,王斗看不清路了,他焦急地说道:"月亮呀!月亮,你帮帮我的忙吧。"月亮真的从山背后升起来了。

王斗找着了那被轧死了孩子的人家。原来老汉就是那孩子的亲爷爷,他就这么一个孙子,一家人难过得饭也吃不下,觉也睡不着,要去告状,又没钱打官司,真是千苦万苦。王斗去这么一说,满家子这才不哭了。

王斗安慰了他们一家人，坐也没顾得坐一坐，就往天门山那里跑去。山路难走呀，满道上尽是小石头子扎他的脚，他急了，大声说道："石头呀，石头！你帮帮我的忙吧！"石头块真就从他的脚前面滚开了。

王斗来到了山脚下，深沟里山水哗哗地响。他指头粗，力气大，几下子就用指头挖了一个坑，把葫芦种子种上了。果然，不多一会儿，两片嫩黄的葫芦夹瓣鼓出了土，眼看着从夹瓣中间长出了两片水叶来，水叶一伸展，就成了一片嫩绿的大葫芦叶子了。接着，蔓也伸出来啦，又是一片葫芦叶子长了出来。眼看着葫芦叶子越长越多，葫芦蔓子越爬越高，不多一会儿，就看不到顶头了。王斗看看那些叶子，看看那根蔓子，和平常的葫芦叶、葫芦蔓并没有什么两样。不过，他还是试着把脚踏到了叶子上，那叶子只忽闪了一下，便挺了起来。王斗一阵欢喜，哈！这葫芦叶子真的能担得住人呀。他仰起头来，手把着葫芦蔓子，脚踏着葫芦叶子，向上迈去。叶子在他脚底下忽闪忽闪地动，蔓子在他的手里乱摆动。他上呀，上呀，也不知上了有多么高，他已听不到那山水的响声了。他也知道：要是这时候踏碎一片葫芦叶子，要是这时候压断了一根葫芦叶柄，那他就会从万丈高的地方摔下去。可是他还是仰着头，手把着葫芦蔓子，脚踏着葫芦叶子，向上迈。叶子在他的脚底下忽闪忽闪地动，蔓子在他的手里一摇一摆地动，他上呀，上呀，也不知上了有多么高，他想，要不是星星没了的话，那他伸手就会摘下一颗来。他上呀，上呀，叶子在他的脚底下忽闪忽闪地动，蔓子在他的手里一摇一摆地动，他的腿累得酸了，他的手磨得疼了。他上呀，上呀，又不知上了有多少时候，天明了，山上也亮了，葫芦蔓子爬到山顶上时，他的两脚也踏在山顶上了，上面长着密密的小草，小草一闪是一样颜色，再闪又是一样颜色，一绿一红，一红一紫，那个好看就没法说了。可是，王斗并没心去看它，他要找的是一枝鲜花呀。忽然间，他真的闻到了花的香味了，抬头看去，天女已经飞在山顶上面了，风吹着她飘飘的衣带，彩云从她轻薄的衣裙上飘了出来。天女和蔼地说道："好心的小伙子，我知道你来拿什么的。"说着伸手一撒，立时满空中都是飘飘摇摇的鲜花了，红的、紫的、黄的、白的，说不出有多少种颜色。山顶上也很快地落满了闪耀的花朵。王斗忙弯腰拾起了一枝，可是仔细一看，哪里是鲜花，是一枝宝石刻成的花呀，花儿还是和鲜花一样俊，可没有鲜花的香味。这怎么能成呢？老牛说的是要一朵鲜花啊，他忙把它扔掉了。仰脸看看，空中飘着的却是鲜花。他伸手接着一枝，拿到眼前一看，那柔润的花瓣，那扑鼻的香味，真是一朵新鲜的小白花啊。王斗拿着这枝鲜花，比得了什么东西也高兴，他觉得腿也不酸了，身子也轻快了。他踏着葫芦叶子，很快就到了山下面，葫芦蔓子随着他的脚步塌了下来，两个葫芦骨碌骨碌地滚在他的面前。葫芦裂开了，宝物撒了出来，都是一些用钻石、美玉、水晶、珍珠刻成的贵重花朵。王斗只看了一眼，便从上面迈过去了，他不能去拾它呀,万一那小白花,在这时候谢了呢。他风快地跑进了那个小孩家里,把鲜花放在了小孩的身边。立时小孩睁开眼坐了起来。小孩活了,身上的伤也全好了。一霎的工夫,小白花谢了,花瓣也枯干了。

王斗见小孩全好了,才想起那些宝物来。他又去把宝物拿了回来,说什么也是把它分给了小孩家一半。

王斗回到了二胖子家里,辞工不干了。二胖子惊奇地想:"这穷小子,怎么不替我干活了呢?"没过两天,二胖子就全知道了,他看到了那些钻石美玉时,眼睛都发了红。回到家里,忙去套上了车。他的小孙子正在场上耍,二胖子赶着大车,朝着他孙子就冲过去。他那小孙子六岁了,已经有点懂事,看见车来了就赶紧躲开,小孙子往左面跑,他把马往左面打,小孙子往右面跑,他又把马往右面打,就这样围着场转了十几个圈,孩子累得没有力气了,马撞倒了他,大车从孩子的身上轧了过去。他的儿子和媳妇看到孩子伤得很重都哭了起来。二胖子把马卸了下来,拴在牲口屋里。他不管别的牲口,只是去给老牛添草加料。他也装着用手去擦擦眼泪,老牛也抬起了头来,望着二胖子说开话咧:"我给你耕过许许多多的地,我给你拉过千千万万趟车,可是从来也没见你给我添一根草,也不见你给我撒一把料,今天,你是哭什么呢?"

二胖子也和老牛说了,说车把他的小孙子轧死了,说完,还挤出了两滴泪来。

老牛听了，也张张口吐出了一粒葫芦种。老牛说道："二胖子，我知道你是贪心人，你拿上这颗葫芦种子，把它种在天门山下面，用不上一夜的工夫，葫芦蔓子就能爬上山顶，你踏着葫芦叶子上到天门山顶，等着天女来散花，你得着一枝鲜花就赶紧地下来。千万记住，时候一长，那花就要谢了。只要把这鲜花放在孩子的身边，孩子就会活过来。"

二胖子听了，也是一句话没说，拿了葫芦种子就朝外跑去。他心里想着快些跑到天门山脚下种下那颗葫芦种子，更想着怎么样才能得到更多的金珠宝玉。

天黑了，月亮出来了，二胖子说道："月亮呀！你真是在帮我的忙。"月亮却躲到浓云里去了。二胖子只得深一步浅一步地往前蹿。山路难走呀，满道上尽是一些小石头块。他生气地骂："该死的石头块，滚开吧。"石头块却把他绊了一个跟头。

二胖子滚滚爬爬地到了山脚下，为了发财，他也顾不得指头痛，挖了一个坑，也把葫芦种种上，不多一会儿发芽长叶了。二胖子也踏着葫芦叶子往上上，他从小也没做过一回营生，累得张口喘气的，他一想到能得着金珠宝玉，又什么也不顾啦。天明的时候，二胖子也爬到山顶上了。山顶上的小草，也是一绿一红，一红一紫，二胖子也没心看这个，他要找的是金珠宝玉呀。忽然间，他也闻到花的香味了，抬起头来，天女已经飞在头上，风吹着她那飘飘的衣带，彩云从她那轻薄的衣裙上飘了出来。天女严厉地说道：

"贪心的人,我知道你会拿什么的。"天女伸手一撒,满空中都是飘飘摇摇的鲜花了,山顶上也立刻落满了闪耀的花朵。二胖子弯下腰去拾了一朵玉花,他再也不愿意直起腰来了,拾到第一颗钻石花时,他还估量了一下,能卖上千两银子,以后他就顾不得了,只是拾呀拾呀,口袋装满了,裤腿也装满了,怀里也掖满了,两只手里也是满满的一大把,按说,实在是没地方拿了,可是二胖子还是有办法,他又用嘴含上了两枝。然后,他挪动手脚,拉着葫芦蔓子,踏着葫芦叶子,往回下了。不必说,他是下不快的,他下呀下呀,觉得那些宝花、玉花,越来越重了,他却不舍得扔掉一点。他好容易下到山的半腰,葫芦蔓子压得吱咯吱咯地响了,葫芦蔓子折断了,二胖子一头栽了下去,噼里啪啦地跌到了山底。

这一天,他儿子和媳妇在天门山下面找到他的尸体,却没见有半点金珠宝玉,只见他裤腿里也是石头,怀里也是石头,嘴里也是石头,手里也是石头,他全身都被石头埋住了。

神鞭

听老人们传说东海里那些大岛小岛从前都是海崖上的大山小山，有个叫王兴的小伙子，只一鞭子就把它赶进海里去了。王兴很小死了爹娘，十岁那年就给地主家放羊。他日头不出赶着羊上山，日头没了才引羊下山。风里雨里，王兴受冻挨饿，辛辛苦苦五六年，地主的一小群羊变成了一大群羊了，可是王兴穿的还是破衣烂衫。

地主见羊多了，便又拉来了一个八九岁的孩子，和王兴一起去放羊。王兴总是自己不歇息，让小伙计少跑些腿。贪心的地主却恨不能从穷人骨头里榨出油来，叫他俩放着羊，还要搓许多麻绳。王兴心里很是生气,他想:山顶上的野花野草还能尝到甜雨水哦,穷人们也不能就这样苦到底呀!

有一天,王兴和小伙计正在山上放羊,忽然不知什么地方响了一声,震得山都摇晃,把小伙计吓了一跳。王兴仔细一听,好像还有羊在咩咩地叫。他心里很奇怪,便嘱咐小伙计看着羊群,自己朝山顶上走去。

王兴爬上了山顶,向前一看,只见在对面的山坡上,有一只雪白的绵羊。那绵羊看去格外的大,格外的肥,弯弯的长角闪着银光,绵羊又朝着王兴咩咩地叫了起来。

王兴又惊又喜,他想:"还从来没见过这样好的绵羊啊!这是谁家的羊呢?怎么不见放羊的人呢?"他刚刚这么想,那只绵羊又叫了两声,连蹦带跳地朝那个山顶上跑去啦。

是什么人把羊放得这样好呢?王兴一心想去弄个底细,跟着也爬上了那个山头。一阵,绵羊又跑上另外的山头去呢。还是只见绵羊,不见那放羊的人。

王兴爬过了一个山,又一个山,他快追,绵羊快走,他慢追,绵羊慢走,追着,追着,不知不觉地日头已经落山了,急得他出了一身汗。他的身子在这里,心却上了小伙计那里。他挂念着小伙计是不是能把羊群赶回庄去,他也生怕那地主不见了自己,要拷问小伙计。他越寻思越焦急,索性不去追那只绵羊了,正想转身向后走去,忽然间"轰轰隆隆""轰轰隆隆"的一阵响声,周围的大山好像都动了起来,这时绵羊也忽然不见了。王兴愣了一愣,可是心中有事,也顾不得多看,掉头就向后走,刚刚走了几步,王兴不得不站住了。他惊奇地瞪大了眼,嘿!眼前跑来了一个高大的悬崖,挡住了去路。他想绕了过去,便向西走去,呀!西面也是刀削一样的高崖。他返身又向东走去,东面也是直上直下的峭壁。他站住了,仔细一看,周围都是悬崖陡壁。抬头看看,星星已经亮了,王兴挽了挽袖子,手抓着藤条向上攀去。他鼓着劲爬上了顶,月牙好似伸手就能摸着。可是,向前看去,还是插天的大山,那真是雀鸟要飞过去也会发愁,野鹿要爬上去也会作难。王兴一连翻过了几座高山,实在累极了,就在一块青石板上坐下,想稍歇一歇再往前走。也许是太乏的缘故,不知不觉地睡着了。真叫"梦是心头想",王兴好像几步便迈回了庄里,只见地主正在恶狠狠地用皮鞭抽他那小伙计。他气得心都要炸了,上前一下子就把皮鞭夺了过来。正在这时,一个声音把他惊醒了。他猛地睁眼一看,身前并没有可恶的地主,自己也不是在深山野岭;眼前是一片柔软的草地,绿光光的好像湖水一样闪着波纹,远处和闪亮的大海连在了一起。

他越看越觉得奇怪,这是到了什么地方呢?忽然身后面又轰隆地响了一声。他连忙回头看去,一座大山正向他跑来,转眼的工夫就到了跟前。大山不左不右,正擦过他的身边一直蹿向大海里去了。

在那大山跑走的地方,草地上开着各色各样的鲜花。一大群雪白的绵羊在那里吃草。羊群里站着一个放羊的闺女,手里拿着支明亮晃眼的鞭子。

王兴欢喜得了不得,心想:"可看到人了,我去问问她这是个什么地方。"他朝闺女那里走去,闺女也朝他走了过来。闺女红光光的脸面,亮晶晶的大眼,十分精神,十分好看。

还没等王兴开口,闺女好像跟熟人一样地和他打招呼了:"你早来啦!"

王兴不知怎么回答好,闺女又说道:"快晌午啦,我们一块儿去吃饭吧!"

王兴看那闺女穿的戴的都是那么好,怎么对人还这么和气呢?他一想,说道:"你是认错人了。"

闺女哈哈地笑了起来。王兴不觉生了气,他以为闺女笑自己穿得破旧。可是低头一看,身上竟穿着崭新放光的蓝衣裳,这是从来没有过的事情,他真有点纳闷了。

闺女止住了笑,她好像看透了王兴的心思,很同情地说道:"你辛辛苦苦这多年,该当穿身好衣裳啦,该当过富足的日子了。"她说完,拖长声音唤起羊来了。

成群的绵羊欢蹦乱跳地跑了过来。王兴看时,那绵羊个个都是雪一样的白,也格外的大,格外的肥,弯弯的长角闪着银光。王兴欢喜地说:"这些羊是真喜人啊!你这是给谁放的羊呢?"

闺女笑道:"你要是在这里住下,咱们一起放羊,那这些羊就是咱们两个人的了。"

王兴心想我要是在这里住下，自己是好过了，可是我那小伙计呢？他还是摇了一下头说："不！我得回去！"

闺女看样子是知道王兴的心事，忙又说道："叫你那小伙计也来这里吧！"

王兴满心欢喜，正要说"那好哇！"，可是话到了口边，又憋住了。他想了起来，小伙计家里还有一个老娘，他走了，以后谁来照顾她呢？小伙计还有个姐姐，家里也是很穷，娘哪有不疼亲生闺女的；小伙计的姐夫家里还有许多的亲人哩。王兴左思右想，觉得叫小伙计来也不是好办法。

闺女很亲热地说道："王兴呀！我看你又是欢喜，又是愁，准是还有什么为难的事吧？"

王兴叹了一口气说道："我实不瞒你，我寻思了好一会儿，只有穷人都好过了，那才好啊！"

闺女听了，停了一阵，才说道："我把这杆神鞭，送给你吧！这样可以如你愿了。你要是把鞭子朝大山抽一下子，大山就得马上退走；你要是抽一下平地，百丈以内就能陷下万丈深去。"闺女说完，就把鞭子递给了王兴。

王兴接过了鞭子，越看越喜，果真是一杆好鞭子，鞭杆金晃晃的比木头的还轻快，鞭头银光光的比皮条还柔软。王兴欢喜得差点跳起来。他正想谢谢那个闺女，闺女却掉转了脸，从头上摘下了一朵小小的白花，扯下一片花瓣来，拿在手里，三拉两拉就拉成了一幅雪白的绢子，一铺铺在地上，指头蘸着露水，在上面三画两画，三描两描，画出一个女人来。这女人红光光的脸面、亮晶晶的大眼和闺女一模一样。

王兴很想要这张画，却又不好意思开口。闺女笑了一下说："要是你不嫌的话，你就拿去吧。"

王兴接了过来，把它藏在怀里。

闺女欢喜地说道："只要你不把画扔掉，咱两个还能见面。"闺女说完，扯起身上的飘带走了几步。王兴四周立时彩云飘飘，闺女、羊群都忽然看不见了。和这好心的闺女分离，王兴心里有些舍不得，他止不住大声地问道："咱们什么时候才能见面呢？"

可是周围只有呜呜的风响，一点也听不见闺女的声音。说话的工夫，王兴已经觉得两脚离了地，身子也好像起到半空里，浮浮摇摇、浮浮摇摇地好大一会儿，王兴才感到脚又着了地。风声也不响了，彩云也散去了。他一看，那老远的海面上闪耀着红光，自己已经站在高山顶上了，下面山坡就是常和小伙计放羊的地方，因为天刚刚放亮，山下面还没有人。

王兴脚踏着山顶，面对着大海，看看手里的神鞭，金光晃眼，摸摸怀里的绢画，软绵绵的。他欢喜地想："只要我把这群大山赶到海里，不光我和小伙计再用给地主去放羊，就是这周围的穷人也都有地种了。"想到这里，他手拿着神鞭，停也不停地向山脚下跑去了。

王兴跑到了山脚下,扬起了神鞭,大声喝道:"大山呀,大山!快些给我往海里退吧!"说着,一鞭子抽去,那响声震得蓝天抖了几抖,嗬!成群的大山小山、高山矮山,都好像绵羊一样的听话,你拥我挤,碰碰碰撞、轰轰隆隆地向大海里蹿去了,深蓝的大海中冲起了万丈巨浪,波浪中间显出了许许多多的大岛小岛。

这时候,红红的日头已经从海里升起来了。王兴的眼前,是一望无边的平地,还尽是些黑油油的好地和绿光光的草场,他高兴地跳了起来。

王兴把这些好地全分给了穷人,不只是他跟小伙计两人不再给地主放羊了,别的人也不再租种地主的地了。地主着了急,亲自去对王兴说:"你要是把那些好地卖给我,我可以给你上万两金子。"王兴不愿听他说话,掉转头就走。

地主见用钱财打动不了王兴的心,他又差人去说要把自己的亲闺女许给王兴。这一来,王兴却冒火了,他把媒婆子撵了出去。

媒婆走了以后,王兴从怀里拿出绢画,画上的闺女好像在朝着他笑。他看了一阵还想看,看了一阵还想看。说实在的,从分离以后,王兴时时刻刻都在想着那放羊闺女。那杆神鞭,他也老是随身带着。

黑心肠的地主,又千方百计地打听到王兴有一杆神鞭,知道大山就是用它赶进海里去的。他马上把这事情一五一十地去对县官说了。贪心的县官,一听到有这样的宝物,左想右想,觉得差谁去取也不放心,便亲自带着人马来了。

王兴正在坡里种地。地主领着县官衙役、官兵,拿着大刀扛着长矛,一齐拥了来,要抢王兴的神鞭。王兴有心把神鞭抽一下子,又怕大伙跟着受灾。他怒冲冲地喊了声:"到了时候,我会叫你们尝到神鞭的滋味!"喊着,拔腿就向海边跑去。县官、地主、衙役、官兵,紧紧地在后面追,长矛放光,大刀闪亮。

王兴来到了海边,回转身来,神鞭照得王兴脸上放着金光。他举起了神鞭,狠狠地向县官地主们抽去。只听霹雳一声,海岸陷了下去,又高又急的浪头冲了过来,大浪把县官、地主、衙役和官兵都卷进大海里,沉到海底下去了。只有王兴漂在海面上,他手里紧紧地扯着那杆又轻又亮的神鞭,浪头把王兴抛了上去,又抛了下来,浪头扯破了王兴的衣裳,把绢画冲了出来,王兴拼命地去抓,他一把抓住了绢画的边,抓着抓着,绢画变硬了,绢画变成一个小船那么大的花瓣了,哦,那闺女正在花瓣里坐着,红光光的脸面,亮晶晶的大眼,闺女伸手把王兴也拉到花瓣上去了。

浪头打着花瓣,花瓣漂呀漂的,漂到了岸边。闺女和王兴手拉手地上了岸。只见雪白的绵羊从四面八方跑了过来。闺女又回身把那花瓣一提,花瓣马上变成一点点了。她把它重安在花上,戴在了头上,两个人一块向前走去。王兴的怀里还抱着金晃晃的鞭子。

葫芦娃

从前有一个庄里，住着一个老妈妈，老妈妈只有一个闺女，叫春姐。

生下春姐的那年，老妈妈在院子里栽下了一棵小柳树。一年又一年，一月又一月，小柳树长得比屋高了；春姐也长大了，模样俊秀，手艺巧：她织出的布，要是风把它吹到半空，人们就会当作一片彩云；要是风把它吹到花园，蜜蜂会当成一片鲜花。

有一天，春姐正在院子里织布，听到柳树叶子扑拉拉的一阵响，抬头的工夫，一只被鹰啄伤的小燕子掉了下来，把腿摔断了。小燕疼得浑身发抖，春姐很可怜它，双手把它捧了起来。老妈妈也走了来,对春姐说道:"雀鸟吃了朝阳花种,腿就会接起来的。"

春姐就把小燕子养起来,又给它吃朝阳花种。果然,过了几天,燕子的腿就长好了。春姐见燕子飞上了半空,欢喜得拍起手来。燕子朝春姐叫了几声,向东飞去了。第二天,这只小燕又飞了回来,嘴里含着一粒金黄的葫芦种,它把葫芦种送到春姐手里,看着她种在柳树底下,才飞走了。

第三天早晨,春姐开门一看,柳树上缠满了葫芦蔓子,叶子绿闪闪的比蒲扇还大。春姐走到跟前,葫芦叶子一齐摆动了起来,她欢喜得笑了。她打来了一桶水,刚刚浇到根上,忽然间,眼前明亮起来。抬头一看,嗬!头顶上开了一朵雪白耀眼的葫芦花。亮光光的葫芦花招引来一只白蝴蝶。过了不多时候,花枯了,结了一个绿玉样的小葫芦。不知什么缘故,春姐觉得这葫芦比那白花还俊呢。她左看右看,这葫芦不像一个平常的葫芦呀!她不觉伸手摸,只听"叭"的一声葫芦崩开了,她觉得一个东西掉在手掌上,抽回手来一看,止不住惊喜地叫了起来,在她的手心里站着个小小的娃娃呀!粉红色的小脸,乌黑的头发,瞪着星星样的一对小眼睛,又精神又好看。

老妈妈听到了叫声,从屋里跑了出来,欢喜地说道:"春姐呀!外面有些凉,快些把他捧进屋里吧。"

春姐把他放在炕头上,娘儿两个就忙开了:做了小衣裳,又做小裤子,不一会儿就把他打扮了起来。娘儿两个越看越喜,给他起名叫"葫芦娃"。

这小小的葫芦娃通身算起来,也只有一寸长短,老妈妈和春姐全拿他当小孩子看待。葫芦娃却是一个勤快的好孩子,他从来不愿闲着,他帮着老妈妈纺棉花,在纺花车子上跳呀跳呀的,蹬得纺花车子呜呜转。他也帮着春姐织布,在织布机上跳过来,跳过去,接着断了的线头。半空里飞过的金翅鸟看见了,也不觉称赞道:"这小娃娃是真能呀!"站在柳梢的百灵鸟也笑着说:"这个娃娃真好呀!"葫芦娃听得懂它们的话,可是他一点也不骄傲,还是那样做活。天长日久,葫芦娃的腿更有劲了,他能蹦到半空中金翅鸟的背上,和金翅鸟一块儿玩,他也能蹲上树梢,和百灵鸟一起聊天;葫芦娃也照常地见着那只白蝴蝶。有一天,蝴蝶落在花布上,颤着翅膀说道:"葫芦娃呀,我真愿意和你一起耍。"葫芦娃说道:"好看的蝴蝶呀,你只知道飞来飞去,为什么不住下做一桩营生。"白蝴蝶不愿听这样的话,扬起长须说道:"你看,天这样的好,花这样的俊,鸟叫得又是多好听!"它说着,闪闪翅膀飞走了。

这一天,春姐又在院子里织布,忽然从西北面刮来了一股大风,立时天昏地暗。风过去以后,单单不见了春姐。

老妈妈只有这么一个闺女,她的眼哭红了,她的泪哭干了。葫芦娃对老妈妈说:"我出门去找春姐去!"老妈妈说道:"天南地北的,谁知道大风把她刮到哪里去了?我的好葫芦娃呀,你太小了，怎么也舍不得叫你出门去啊。"

葫芦娃说道:"好妈妈，秤砣虽小坠千斤，你不要为我担心。"

这时白蝴蝶又飞来了，葫芦娃问道:"白蝴蝶呀，你一天价飞南飞北，飞东飞西，你一定知道哪里有害人精，你一定知道大风把春姐刮到哪里去了。"

白蝴蝶长须颤颤地说:"听说在很远很远的西北面，有座很高很高的聚宝山，聚宝山上有一个绿脸妖，专抢天下的巧姑娘!"

葫芦娃不等白蝴蝶说完，转身对老妈妈说道:"好妈妈，这次放我去吧，我会把她找着的。"

还没等老妈妈作声，白蝴蝶又焦急地说道:"葫芦娃呀，这可千万去不得啊! 听说那绿脸妖喝一声就山摇地动，吹一口气，水就结成冰，要想上那聚宝山，真是比登天还要难。"

老妈妈听了，擦着眼泪说道:"路又远，山又高，我的葫芦娃，丢了春姐，我不能再丢了你呀!"

葫芦娃安慰老妈妈说道:"好妈妈，你尽管放心吧，山高遮不住太阳，事难挡不住有心的人。"

不管葫芦娃怎么说，老妈妈还是不放葫芦娃走。

葫芦娃对着蓝天叫道:"金翅鸟呀，你和我一块儿去吧!"

金翅鸟很愿意和他一起去，拍拍翅膀飞到了葫芦娃的跟前。

只有金翅鸟做伴，老妈妈还是不放心叫葫芦娃走。

葫芦娃又对着柳树叫道:"百灵鸟呀，你也和我一块儿去吧!"

百灵鸟也一撅尾巴飞了下来。

老妈妈嘱咐道:"百灵鸟呀,金翅鸟呀,你们都比葫芦娃大得多,路上可要小心照顾他!"

百灵鸟叫葫芦娃坐在它的背上,和金翅鸟并排着向西北面飞去了。

白蝴蝶难过极了,说实在的,葫芦娃是它得意的耍伴。可是过了不多时候,太阳升高了,晒得白蝴蝶背上暖洋洋,它擦了擦眼泪,落在了芍药花上。花是这么香,花心的蜜更是甜,白蝴蝶又高兴了起来。它想:我犯不着跟它们一起去担惊受怕、受苦受累的。

这时候,葫芦娃他们正飞在一眼望不到边的草地上。飞着飞着,金翅鸟停住了说道:"葫芦娃呀,你听马蜂在头上嗡嗡地叫,青蛇在草里吱吱地鸣,咱们回去吧!"

葫芦娃头也不回地说道:"金翅鸟呀,就是虎啸狼叫,我也是不回去的啊。"

金翅鸟抖了抖羽毛,掉头向后飞回去了。

葫芦娃跟百灵鸟飞过了一眼望不到边的草地,前面又是寸草不长的沙漠。低头看看,沙漠像黄的海浪,抬起头来,飞沙向脸上扑来。飞着飞着,百灵鸟落了下来说:"葫芦娃呀!天上没有个飞鸟,地下没有个走兽,咱们还是回去吧!"

葫芦娃从它身上跳下来说:"百灵鸟呀,咱们要飞到鸟飞不到的地方,咱们要走过野兽没有走过的路,咱们还是往前走吧。"

百灵鸟有点为难起来,它把头伸到翅膀底下,梳理了一会儿羽毛,终于掉转尾巴向后飞去了。

葫芦娃没有作声,连蹦带跳地向前走去。他走出了沙漠,爬过了高岭,翻过了深沟,穿过了密林。他蹦上大树,躲避那要来伤害他的猛兽,他喝着露水,吃着野果,忍饥受饿地走了七天七夜。这一天,看到了高大的聚宝山啦!只见青天压着山顶,乌云缠住山腰,从山顶上射下了万道冷森森的白光。原来,这白光就是从绿脸妖住的大殿上照下来的。这大殿全是用白玉水晶盖成的,大柱上、墙壁上刻满了条条大龙,大龙张着口,瞪着眼,好像要从上面跑下来一样。

绿脸妖怪坐在龙座上,满嘴的大牙向前伸着,他鼻子抽搭了几下,说道:"不好,山下有生人气。哼!别想进我的宝地!"他跳了起来,大喝一声,山摇地动,轰轰隆隆高山峡谷都响了起来,半山腰里,冰块夹着石块哗啦啦地塌了下来。

葫芦娃走着走着,听到霹雳连声,仰起脸来,天上不见半点云彩,低下头的工夫,一股黑水带着冰块,浪滚翻腾地流了过来。树枝在水面颠颠簸簸,大石在水里忽隐忽现,可恶的黑水,阻住了葫芦娃上山的路。

葫芦娃瞅着黑水,想了一想,一跃身子向水里跳去,两手紧紧地抓住了一根树枝,在浪花里翻上滚下,在冰水里颠来簸去。当那树枝漂到岸边的时候,葫芦娃一把揪住了一根藤条,拉着爬了上去。葫芦娃的嘴冻紫了,葫芦娃的腿发肿了,他歇也不歇又向前走去。

绿脸妖怪生气了,他狠狠地说道:"抽搭抽搭鼻子生人气,我要把生人活摔死。"他驾起黑云,飞到山半腰吹了几口气,大河封了冻,瀑布也冻住了。

葫芦娃走着走着,忽然间四下一片白光光,他向东看看,又光又滑的冰柱挂在悬崖上;他向西看看,层层的冰块就像要崩裂下来一样;他向前看看,绿色的冰河,冰浪起伏地从黑云里直泻了下来。他正在打量着,从哪里才能上去呢?突然,从黑云里扑来了一阵狂风,把葫芦娃旋旋转转地吹到了半空,按着,又被抛了下去,葫芦娃向一个万丈的深谷里掉去,越坠越深,雪坡从他眼前闪过,冰崖飞快地向上升去。小小的葫芦娃头发晕,眼发花,他还没来得及多想,猛一下子,好像无数的手把他抓住了,身子颤了几颤,便不动了。他定了定神,仔细一看,身旁密密地围着青青的松针,他已经被生长在深谷峭壁上的一棵马尾松接住了。

葫芦娃向下看看,黑洞洞的望不见底;向上看看,只能看到一小块块蓝天。葫芦娃擦破的肩膀在发疼,摔伤的腰在发酸,但他心里更是焦急发愁,要是能生一对翅膀,从这陡壁悬崖上飞到那高高的山顶上去,该多么好哇。不能救出春姐,善良的葫芦娃真是难过极了。

这时候,正巧一只老雕扇动着丈多长的翅膀,从山谷里飞过。

葫芦娃心生一计，猛地向上跳去，不前不后，不左不右，在老雕的背上站住了。因为他太轻快了，老雕还一点也没有觉得。

葫芦娃坐在老雕的背上，一直到了山顶才跳了下来，正落在水晶大殿的后面。只见那里有三间石头小屋，他刚刚地立住脚，就听小屋里有人长长地叹了口气，自言自语地说道："娘呀，葫芦娃啊，咱们是不能再见面了。"

葫芦娃一阵欢喜，对呀，这是春姐的声音啊！他一闪身子从窗棂里跳了进去，大声地说道："春姐呀，我来了啊！"

春姐愣了一下，又惊又喜地把葫芦娃捧了起来。

春姐滴着泪说道："那绿脸妖怪刮了我来，叫我给他纺线织布，我就是水淹火烧也不能给这人人恨恶的妖怪做活。"

葫芦娃听了很是生气，他四下里看看，铁窗棂，石头门，门又锁着，怎么能带着春姐逃出去呢？他想了一会儿，回头问春姐道："那妖怪的钥匙放在哪里呢？"春姐告诉他，那妖怪每天来的时候，总是把金钥匙拴在手脖上。葫芦娃听了，便从窗棂里跳了出去。

太阳没了，天黑了，春姐仰脸向窗外望着。月亮升了起来，星星更加多了，春姐心里怦怦直跳，她又担心，又害怕，小小的葫芦娃不会被妖怪捉住了吧？她又想：也许那妖怪已经睡着了。

真的，那绿脸妖满以为葫芦娃被大风吹到深沟里摔死了，在葫芦娃走进大殿的时候，它早已回来睡得呼呼的啦，他那手脖上的金钥匙，在黑洞洞的屋里，金光闪亮。葫芦娃轻手轻脚地走了过去，解啊，解啊，不多时就把钥匙解了下来，这钥匙比他还高得多呢，他把它扛在了肩上，从炕上往地下跳去，钥匙的一头触在了白玉地上，"通隆隆"地响了声。绿脸妖怪惊醒了。

还没等妖怪爬起来，葫芦娃就不慌不忙地扛着钥匙跳到刻着龙的墙缝里去了。

绿脸妖怪站了起来，一对眼睛好像蓝光光的鬼火，他满屋里转着说："谁偷走了我的金钥匙！"

葫芦娃站在窄溜溜的墙缝里大声叫道："绿脸妖怪！钥匙在我这里！"绿脸妖怪用手去抓他，可是墙缝又窄又深，怎么也抓不着，只是爪子抓得墙哧哧响。葫芦娃瞅他一转脸的工夫，又蹦到大柱顶上的龙口里，大声地叫道："绿脸妖怪，钥匙在我这里！"绿脸妖怪想把葫芦娃吹出来，他鼓起两腮用劲地吹去，梁摇屋动了，葫芦娃紧紧地抱着沉重的金钥匙，大风扑在他的身上却掀不动他。两次害不了葫芦娃，绿脸妖怪气极了，他张牙咧嘴地啃大柱子来了。葫芦娃从这根大柱上跳到那根大柱上，从这个龙口里，跳到那个龙口里，妖怪啃了这根，又啃那根，啃呀啃呀大殿发着抖，大柱都啃断了。只听山崩地裂连声响，大殿哗啦啦地塌倒了，绿脸妖怪被砸死了。葫芦娃从玉龙的口里平平安安地跳了出来。这时候，火红的日头从山顶上升了起来，那淡红的山石闪着金花，成串的野花排成了行。葫芦娃没心看这些景色，他高兴得忘了身上的伤。三蹦两跳地到了石屋跟前，用金钥匙开开了大铁锁。他和春姐见了面，那个欢喜呀，说故事的是没法说了。他们一块儿走出了石屋，一块儿走过了山洼，南风吹了起来，云雾散去了，山洼里五光十色，闪闪耀耀，真好像走进了七色的虹里。走着走着，眼前忽然闪出了一个明亮的山泉，泉水清亮得出奇，泉水底下更是滚动着五光十色的珍珠，最好看的，是泉水中间那棵白莲花了。那花儿玲珑透明，叶子又大又圆。他们两个不觉站住看了起来。东风吹过，泉水皱起了密密的波纹，西风吹过，波纹里漂荡着万条金丝。葫芦娃觉得口渴了，他捧起甜甜的泉水，喝呀喝呀的，春姐忽然惊喜地叫了起来："葫芦娃呀！你怎么一下子长得这么高、这么大了呀！"葫芦娃愣了一阵，连他自己也不敢相信，可是泉水里清楚地照出了他那高大的身影，又壮实，又好看，真是一个叫人喜爱的小伙子呀。葫芦娃欢喜得不知怎么好。他站了起来，南风吹过来，北风吹过来，金色的莲蓬叮当地响着说："勇敢、勤快、善良的葫芦娃呀，你应该长得这样高大，这样壮实，这样好看的。"

　　葫芦娃和春姐离开了泉子边，他们走过了山坡，下了石崖，迈过水沟，凫过大河，高高兴兴地回到了家。老妈妈见他们回来了，更是欢喜得了不得。

　　葫芦娃长得这样高大，谁也不再叫他"葫芦娃"了。他待人更和气，做活儿更有劲了。百灵鸟在柳树上叫，金翅鸟在天上飞，也许它俩都在懊恨，该和葫芦娃一起去呀。高大的葫芦娃已经听不懂雀鸟的话语了。那只白蝴蝶还是照常地飞了来，它那洁白的翅膀不停地抖着，看样是很难过呢，但它却始终没有勇气飞向那遥远的聚宝山上去。

牡丹仙女

人人都说"牡丹是花中之王"。说起这句话,引起我知道的个故事来。

从前有一个孩子叫宝柱,听这个名字,就是一个娇贵孩子。真的,宝柱从小就死了父亲,寡妇娘只守着他这一个孩子,自然要把他当作宝贝看待。可是有什么法子呢,吃穿逼的,十岁的时候,宝柱就给地主家放牛放羊,大一点了,就给人家去做长工短工,那真是什么营生也做过了,别说锄刃磨去了,就是锄把也磨细了。娘儿两个挣断筋地做了一年,三十晚上还是没面吃顿饺子,没油点亮灯,五更黑夜,听到外面鞭炮响成了串,心里是说不出的那个难受滋味。

那一年,宝柱已经长成一个很壮的小伙子了。过了正月初三,宝柱跟娘商议道:"咱娘儿俩天天给人家做活儿,年年受这样的穷。今年我往远处去,也许别的地方工钱会高一点。"

娘长叹了一口气,她舍不得宝柱离开,但是受穷也受怕了,只好答应了儿子。

宝柱上了路,走了有七天七夜,走到了一个靠山的地方。那里有一个庄,大街上有一个高大的门楼,门两面竖着旗杆,立着石狮子,一看就知道是曾经做过官的人家。他看着看着,从门里走出了个老汉来,穿着黄缎子马褂、紫缎子大袍。宝柱心想,这可是个有钱的主儿了。还没等他开口,那老汉就问道:"你这个小伙子是做什么的?"宝柱上前说道:"老大爷,我是给人家做长工的。"老汉笑了一下说道:"我正要雇长工呀,你就在我这里住下吧。记住,以后叫我刘老爷。"宝柱停了一停说道:"刘老爷,咱有话讲在头里,我不是这地方人,我走过三州六府,就是为多挣几个钱啊。"

刘老爷忙问道:"你要多少钱呀?"

宝柱说道:"一年我要三十吊钱。"

刘老爷想了一想说道:"就依你三十吊钱吧,可是有一桩,我叫你做的营生,你可都得给我办得成,办不成一样,你这三十吊钱,一个也就别想要了。"

宝柱心里琢磨了一下：论庄稼地里的活儿，耕割锄耧，自己样样会；说到家里的活儿上，泥墙苫屋，推磨轧碾，自己也样样能；论力气吧，谁也比不上我；就是放牛放羊，自己也是头把手。他想来想去，自己是没有不会做的活儿，于是就答应了。

刘老爷家里用着很多的长工短工，他们当面叫他"刘老爷"，背后都叫他"刘老狼"。宝柱心想："管他老爷老狼吧，反正自己是做工拿钱呗。"

这个刘老狼还天天念佛烧香，念完佛烧完香，他就对长工短工吩咐第二天的营生了。他吩咐的不是一桩两样，是成套成堆的。

宝柱半夜起来推完煎饼，天不亮就得扫完那个大院子，白天的营生那就更多了：起牲口棚，扒灰轧碾，担土铡草，捎带着还得喂猪，喂马，喂羊，喂牛，晚上还得挑几十担水。宝柱真是从天不亮忙到深更半夜，他别的不想，只想能挣到那三十吊钱，娘儿两个能宽宽裕裕地过个年呀。

一月过去了，两月过去了，刘老狼不管吩咐什么营生，哪一样也没难住宝柱，不只是做成了，还做得又好又快。

柳枝刚刚绿，草叶刚刚发，有一天，刘老狼对宝柱说道："你给我进深山里放羊去吧，七天回来背一次干粮。记住，你到冬天把羊交给我的时候，这一群羊要变成二百只羊呀。"

宝柱左数右数，这群羊只有一百只，到冬天怎能变成二百只呢？刘老狼嘻了一声说道："这就全凭你放得好啦，你要是不愿意要这三十吊钱,那咱就算了。"

宝柱没有作声,他赶着羊进深山里去了。

宝柱住在山洞里,他吃的是硬干粮,喝的是冷泉水。白天,他为了能叫羊吃上好草,他爬上这个山头,又走上那个山坡。晚上他怕狼把羊拖去,常在羊群里转来转去,连觉也不敢睡。宝柱受累受苦地天天在山上放羊,没有人跟他说话,没有人跟他做伴。山上到处都有各种各样的鲜花,宝柱站在石壁前时,迎春向他垂下了翠绿的枝条;宝柱坐在山坡上时,杜鹃花把鲜红的花枝摇摆着;宝柱在山沟里饮羊时,野蔷薇放出了香味来。有一天,宝柱放羊放到一个山坡上,看到了一棵大牡丹,像人一般高,绿叶中长着几百个花骨朵。那年天又旱,风又大,牡丹叶子旱得蔫蔫地耷拉着,那花骨朵上也是层层土。宝柱心里很可怜它,他想:"人盼着过上好日子,花也盼着有个好雨水啊。"他提了桶水走去,浇在牡丹花根上,又轻轻地摇去了花骨朵上的泥土,才赶上羊走了。

过了几天,宝柱又走过那山坡时,只见那几百朵牡丹都开开了,每一个花头都像绣球一样的大。宝柱越看越爱看,他不觉在牡丹旁边站住了,不知是因为花太俊了,还是花太香了,从到这山里来,宝柱第一次欢喜地笑了。

宝柱又提来一桶水,浇在牡丹花根上。

这一天,宝柱就在这个山坡上放羊。天快黑的时候,他赶上羊要回自己常住的地方。才走了不多几步,听到好像有人说话,细听听又是鸟在叫。他叹了口气想:"除了自己,谁还到这深山里来。"他又走了几步,还是听得有人说话,这次再细听时,也不是鸟叫了,那声音又细又响,还听得出是女人的声音:

"宝柱!宝柱!喝你的水,给你个屋。"

宝柱连忙回头看去,什么也没有。日头已经压山,小风溜溜地吹,那牡丹被红光一耀,颜色更加鲜艳,光彩四射,在风里轻轻地动着,看去真是笑蔼蔼的。宝柱看了一会儿又往前走去,那声音又响起来了:

"宝柱!宝柱!喝你的水,给你个屋。"

石壁前,山坡上,水沟里都有人在喊:

"宝柱!宝柱!不要走!不要走!"

宝柱又回头看去,还是什么人也没有,只有几片大牡丹花瓣,飘到了他的脚前。他见那花瓣实在好,就弯腰把它拾了起来。四外看看,还是没有一个人影。他又赶上羊往前走,再也没有什么动静了。

哈!这一夜可发生奇怪的事情了,他在羊群里转来转去,连自己也忘记了在什么时候睡着的,等他醒来的时候,他已经睡在屋里了,他吃了一惊,羊呢?他猛地跳了起来,听到外面羊咩咩地叫,跑出屋门口一看,果然,那些羊都在院子里呢,他再细看那屋时,也和平常的屋不一样,光滑明净,好像花朵似的散发着香味。

从这以后,宝柱就住在这花朵般的屋里。夏天,他怕把羊热着,带着露水赶羊出去吃草;秋天,他怕把羊冻着,赶羊到向阳地方吃草。严霜下过以后,青草枯了,北风吹了起来,雪花飘了,宝柱数了一数,连刚生下的小羊,二百只还要多了,他欢欢喜喜地赶羊下了山。

按本地的风俗,做长工的,都是在阴历十月初一下工,宝柱下山这天,已是九月二十八了。他一路走,一路想:可熬下这一年来了,再住几天就和娘见面了,过年也不用再愁没面吃饺子,没油点灯了,他想到这里,身子格外的轻,步子格外的快,那些羊看上去更白了,听着叫的也格外好听了。宝柱简直不是在地上走着,而是驾着一片白云回了庄。

刘老狼把那群羊数了又数,看了又看,嘻了一嘻,说道:"到下工只有三天了,我也不用你给我做别的营生啦,再给我办一桩事吧。"

宝柱听了,心想:大江大海都过了,还怕个小河沟沟啦。便说道:"别说一桩,就是两桩三桩我也能做了。"

刘老狼皮笑肉不笑地说道:"你跟我来吧。"

宝柱一直地跟着他走进了正屋里去,只见地上放着一双大铁鞋。刘老狼笑着说道:"要你在三天以内,把这双铁鞋穿破了,穿不破这双铁鞋,你也就不要回我这个门啦。"

宝柱站在那里,别说先前他没有想到会让他去做这怪事,就是天底下也没有这样的事情呀。他说道"为什么要把铁鞋穿破了呢?"

刘老狼把脸一沉,说道:"叫你穿破了,你就得穿破了。穿不破你就别要工钱了。"

宝柱一下子明白了,他又气又恨,心想:"怪不得人家都叫你刘老狼,你真是狼心呀!"

宝柱被赶出来了,身边放着一双黑沉沉的铁鞋。

天黑了,又是刮风,又是下雪,宝柱放了这么多日子的羊,衣裳叫树枝扯破了,被石头磨烂了。宝柱站了一阵,自言自语地说道:"要想冻死我还万难啦。"他说完,向平时放羊的那山上走去了。宝柱冒着风雪走到了那里,却不见那栋光滑明净的好屋了。他长叹了口气,倚着石头站住了。北风刮得更大了,呜!呜!呜!好像老虎声。老虎声里响起了人的说话声,那声音又尖又细:

"宝柱!宝柱!不要停下!不要停下!"

石壁前,山坡上,水沟里,都似乎有人在叫他:

"宝柱!宝柱!不要停下!不要停下!"

宝柱也忽地想到,停在这里是会冻死的,他向前走去了,越走越暖和,越走越亮堂,风好像真的变成了老虎跑远了。他走着,走着,不知不觉地走到那棵牡丹跟前了。这里好像是两样的天下,像春天一样的暖和,像白天一样的明亮。那棵牡丹眼看着发芽了,长叶了,开花了,从牡丹花后面闪出了一个闺女来:大脸盘,大眼睛,不笑也像是在笑,秀丽得像一枝盛开的牡丹花。闺女向宝柱笑了笑,转身摆了摆手,牡丹花瓣纷纷地向四外飘去了,飘呀,飘呀,越飘越大越飘越大,落到地下时,都变成明光净亮的房子了。闺女请宝柱进了屋,里面已经摆好了热饭热菜,闺女又叫宝柱吃饭。宝柱哪里有心吃饭?闺女说道:"你尽管放心吧,我是牡丹仙女,我会帮你忙的,那双铁鞋已经穿破了。"

吃完了饭,闺女和宝柱一块儿走了出来,她回身把手一招,光亮的屋又变成花瓣了,花瓣飘了来,又凑成一朵朵的牡丹花。闺女伸手扯下一些花瓣来,递给宝柱说道:"要是刘老狼再把你赶出来的话,你就把这些花瓣撒到荒场上去。"

宝柱答应着,把花瓣放在了袖筒里,闺女笑了笑,身子一动,眼看着变成一枝大牡丹花了。

天明了,北风还在吹,雪花还在下,宝柱眼前的这棵人样高的牡丹,开得格外的新鲜,红色的花头,绿色的叶子,都沾着洁白放光的雪花。宝柱想着牡丹仙女的话,他袖里带着花瓣离开了山坡。雪花落在他的脸上也不觉得凉了,北风吹在他的身上也不觉得冷了。

宝柱走过了石壁,迎春开开了金色的花,干枝梅也开得满枝红了。宝柱走过了山坡,杜鹃花开得一片红,山菊花开得一片白,宝柱走过哪里,哪里就开满了鲜花,水沟里香艾、野蔷薇一齐开;松林里,连那山姜、万年青也开花了。

宝柱到了刘老狼的门前,那铁鞋还摆在那里,可是已经穿破了。

宝柱拿着铁鞋走了进去，理直气壮地说道："铁鞋穿破了。"

刘老狼看了，愣了一下，恶狠狠地说道："三天不能穿破铁鞋。"

宝柱也生气地说道："你知道三天不能穿破铁鞋，为什么要叫我三天穿破铁鞋呢！"

刘老狼叫宝柱质问得没话说了，可是他还是不给宝柱那三十吊钱，又把宝柱赶出来了。

宝柱在风里走，宝柱在雪里走，他走过了风雪旋转的野地，他走过了冰雪封盖的大河，来到了一个铺满雪的大荒场上。宝柱把袖里的花瓣向荒场上撒去，雪地变成白银地了，飘着的雪花也变成纷纷飞的柳絮了。花瓣不见了，柳絮里出现了一片光滑晶亮的房子。

宝柱走进了一间屋，屋里炕烧得暖暖的。他铺好厚厚的褥子，盖上软软的被子，舒舒服服地睡着了。

雪住了的时候，有人看到了这片房子，那真是比雪还亮，光彩四射，好像画上神仙住的地方。

到了晚上，刘老狼才知道了这回事，他爬上自己院子里的高楼向那面一望，只见一片金光，他连声地说道："那是一块宝地，一块宝地啊！"

第二天，刘老狼坐上暖轿亲自去看那些房子了，他看一眼，惊奇一下，看一眼，惊奇一下，那些房子有的就是用整块的美玉刻成的。他一面看着，心里一面打算盘，他想："只要砸碎一间屋，就能卖上万两银子呀。"

刘老狼看完了，又要和宝柱换房子，宝柱怎么的也不肯，刘老狼又说把房子里的东西和地也都给他，宝柱还是不肯。末了，宝柱想了一想说道："只准你和你家里的人出来，不许带走一个长工丫鬟，依着我说的这样，我就和你换了。"刘老狼连忙答应了，他心里想："我有了这些宝贝房子，有了钱，还怕没人给我做活儿！"当时就找人立了文书。当天，刘老狼就把他家里的人搬进这宝贝房子里来了。

刘老狼一家人，东走走，四看看，指点着说这个房子能值多少钱，那个房子能换多少地。一家人光打算着怎样发财。

宝柱进了刘老狼家，他把丫鬟伙计都叫在一起说道："你们愿意要什么东西，就给你们什么东西，都回家过日子去吧。"大伙儿有的要钱，有的要地，欢天喜地地回家去了。

这天黑夜，刘老狼一家睡在宝贝屋里，忽然都被冻醒了。睁眼一看，房子没有了，北风刮得他们站不住脚，大雪直下，四外看看什么也看不到。刘老狼和他家里的人，都是些烤着火炉还嫌冷、坐着轿子还嫌累的无用东西，在这大风大雪的黑夜里，他们一步也走不动。天亮的时候，刘老狼和他家里人都冻死在荒场上了。

宝柱接了娘来，年黑夜，娘儿俩吃了饺子，还放了鞭炮，点上油灯，还点上蜡烛，欢欢乐乐地过年了。

要龙眼

在一座大山前面，住着一个光棍汉叫雀黑子，他连一块巴掌那么大的地也没有，靠挑着个小担子给人家锔盆子锔碗吃饭。有一天，他走到道上碰着一条小龙，他把它拾到箱子里，天天喂着。这条小龙慢慢长得箱子里盛不下了，他就把它放到屋里。没有几年，长得在屋里也盛不了啦。有一天，雀黑子对龙说道："你也知道，我是靠这小担子吃饭的，你长得这么大啦，我也养活不起你啦！我把你送到北山上那个洞里去吧！"龙点了点头。

过了年把，洞口长出了一棵人参，人人都知道这个值钱，可是龙守着，谁也不敢去挖它。后来，皇帝知道了，他就非要这棵人参不可。州官打听明白了龙是雀黑子养大的，逼着他去挖那棵人参，弄不来便杀他的头。

雀黑子没法，大着胆子去了。老远的望见龙趴在洞门口，他就说道："龙呀！我养活你一场，你救我这一命吧！叫我把那棵人参刨出来吧！"龙点了点头。

雀黑子刨出了人参，交给皇帝了。

过了些日子，皇帝的老婆害了眼病，哪里的好医生都请到了，越治越重，末了眼瞎了。有人告诉皇帝说："龙眼能治眼病，一擦就好！"龙那么厉害，那么大，便是千军万马也治不了它。于是皇帝又打雀黑子的主意了。皇帝下了圣旨给他，如果拿到龙眼的话，封他为大臣，拿不到龙眼的话，要把他全家杀死。

雀黑子一方面怕死，另一方面也想着做大臣。可是这一次却不同上一次，上一次是去要人参，这一次是去要龙身上长的眼睛啊！最后，他还是硬着头皮去了。

到了那里，他又对龙说："皇帝非逼着我要龙眼不行，我养活你一场，你救我这一命，把你的眼挖一只给我吧！"龙听了又点了点头，便动也不动地叫雀黑子把左眼挖了出来，痛得它右眼掉了一滴泪。

皇帝得了龙眼，用龙眼给皇后把左眼一擦，皇后的左眼立时就看见了，把右眼一擦，右眼又马上看见了，两个眼好好的和早先一样。皇帝心中欢喜，真的封雀黑子做了大臣。

雀黑子坐吃坐穿，享尽了人间的荣华富贵，慢慢地他也就变了样，变得又狠又毒。他只顾自己享福，不管别人死活，别人有点什么好东西，他恨不得把它们都变成自己的。

　　他看到龙眼真是个宝物，心想：我再把那个龙眼也要来吧！他就坐着轿子去了。到了山里，他又对龙说道："龙呀！我养活你一场，你再把那只右眼也给我吧！"龙又点了点头。他走到龙头那里，刚要去挖，龙张开大口，把他"哈嗒"一下子吞下去了。

瑶琴的故事

从前有一个穷孩子叫玉成,他家里从老辈传下了一张瑶琴,玉成娘见儿子爱惜,怎么的也没舍得卖掉。玉成是一个聪明勤快的小伙子,黑红的面皮,欢溜溜的眼,人人都说:"石缝里开鲜花映山红,穷家出了个小伙子是样样能。"

年年三百六十日,玉成天天上山去打柴。他为了能多打一些柴,都是爬上高高的山顶。早晨他最先和太阳见面,晌午他离太阳更近。每月他辛辛苦苦打来的柴,还换不回半斗粮食的钱。可是苦日子压不弯玉成的腰,肚子饿也挡不住玉成弹瑶琴。他今天也弹,明天也弹,慢慢地比什么人也弹得好了。在他弹起瑶琴的时候,对对白鹤会从天上飞下来，八角花鹿也从树林里探出头来。

这一天，玉成和往常一样起得很早，他爬上了一座高山顶时，月亮还放明，星星也闪亮，他歇也没歇就打起柴来。汗水滴在山石上，山石放着光，汗水滴在绿草上，绿草闪闪亮，汗水把玉成的小褂都浸透了。整整一天，玉成虽说是打了一大担柴，可是估量了一下，还是不够娘儿俩一天的吃饭钱。他又生气，又焦急，不由地想："这太不公平了，财主不做营生可吃好饭，穷人受苦受累还受饥寒。"

玉成担着柴走过了山坡，山坡上松枝呜呜地叫；玉成担着柴绕过了峭壁，峭壁上瀑布哗哗地响。玉成回到了家里，娘替儿子端来了糠菜做的饼子。

汗水没有流完的时候，天可有干旱的日子。那年一春一夏，雨是点滴没落，别说庄稼都旱死了，就是青草也都枯干啦，那真是井底见了天，河底开了缝。穷人家是没有隔宿的粮呀！十家有十家都饿得孩子哭、大人叫的。可是紧上加紧，火上浇油，官府要粮，地主要租，逼得大伙儿走投无路。在这个当口，地主才把那冒天高的粮食囤打开了。嘿，一斗就卖十斗的钱。俗话说，穿得十日破，挨不得十日饿，粮食再贵也得吃呀。庄稼人有地的押地，无地的卖房，无地无房的典老婆卖孩子，妻离子散的逃荒出外。玉成累死累活地砍上一大担柴，也换不来四两粮食，糠菜干粮也吃不上了，娘儿两个真是到了山穷水尽的地步了。

有一次,玉成在院子里弹瑶琴,娘疼爱地说道:"玉成呀!一无米,二无面,弹瑶琴充不了肚子饿啊,你爹就是那年闹荒年饿死的。孩子,鸟还往亮处飞呢,你也出去找条活路去吧。"

玉成抬起头来难过地说道:"娘呀,我不能撇开你走了呀。"

娘掉着泪说道:"不是娘舍得离开你,世上哪一个当娘的不疼孩子?我已经这么大年纪了,走,走不远,跑,跑不动,咱娘儿俩能饿死一个,也不能饿死一对。孩子,听说那关东口外收成好,你就到那里去吧。"

玉成想了一想,娘说的话也对,便安慰娘说:"娘呀!我到了那里,挣了钱,马上就托人捎给你。"

玉成流着眼泪出了庄。上关东是要过海的,他到了东海边的时候,天就晚了,他恨不能一步就迈过海去。他没有下店住,也没有找屋宿,他在海边上走过来,走过去,他多么盼望能有一只开来的小船呀。半夜的时候,忽然在黑黑的大海里,有一团红光,一闪一闪地发亮,玉成奇怪地想:海里是不会有红红的火炭的,太阳也不到出的时候呀。眼看着红光越来越近了,哈!原来是一只小船。小船一下子靠拢在他的眼前了,玉成欢喜得了不得。他仔细一看,不觉又惊疑了起来,小船上只站着一个年轻的闺女。闺女的衣裳,好像一片彩霞,闺女的脸面,白里透红,看去更是霞光闪亮。闺女笑嘻嘻地问道:"你这个小伙子,坐我的船过海去吧!"

玉成见那闺女说话很和气,就欢欢喜喜地答应了。

闺女对着玉成一招手,玉成觉得满身发暖,身子轻得好像一片树叶,连自己也不知怎么的就上了船,玉成还没站稳脚,船就向大海里蹿去了。才走了有半个时辰,忽然间,乌云压在头顶,雷声响得震耳,暴风刮了过来,浪大得惊人。

闺女望着玉成说道:"风又急,浪又大,这小船再也载不了咱两个人了……"她话还没说完,一个大浪打来,船真的就要往下沉。闺女一扭身,看样是要往下跳。玉成忙一把拉住她,寻思:一个女人家,怎么能经得住风浪的摔打呢。他想到这里,自己一下子就向大海里跳去了。说来真是奇怪,玉成不光没有掉进海里去,在他的脚底下却出现了一条明光光的大道,两边是一起一伏的青山。玉成又惊又喜,就顺着大道向前走去。

他走了不知几个时辰,走了也不知道有多少里,只听得一声响亮的公鸡叫,四外呼啦地亮了起来,眼前闪出了一座高大的金门,放着万道光芒。门前站着一个老人,很和蔼地说道:"好小伙子,我每天看到你在高山上打柴,每天听到你在青石上弹琴。今天你来到这里,我要把你流过的汗珠子,如数地还给你。"老人的话刚说完,又是一声公鸡叫,随着叫声,从金门里走出了一只火红的公鸡。玉成一见这公鸡,忽觉全身发热,汗珠子从脸上直冒出来。接着就听到地上"叭啦""叭啦"直响,连忙低头一看,哎呀!掉下来的不是汗珠子呀,是一粒一粒的又黄又圆的金豆子。金豆子眼看着就在脚下堆成堆了。那火红的公鸡又伸长脖子叫了起来,叫得更响更长。它叫着把翅膀一扑拉，火苗从它的翅膀底下呼呼地冒了出来，火光把老人罩住了。老人对玉成说道："小伙子，我知道你有舍己为人的好心，你一定不会像那些守财奴一样，只看到自己的财宝。时辰已经到了，我现在要开始走我一天的道了。你放心吧，彩霞女会把你送回去的，她也是很会弹瑶琴的。"老人说完，化成一团火光向蓝天上飞去了。玉成正仰脸向上望着，忽然听到有人叫他。看时，面前已没有什么金门，只有一片轻飘的红云，上面站着一个闺女，那彩霞一样的衣裳，随风飘摇，那霞光闪亮的脸面，喜洋洋的，玉成马上认出就是那个驶船的闺女。她的手里拿着一张晶亮的瑶琴，闺女向他只一招手，玉成不觉地就站到她的跟前了。闺女把瑶琴递给了玉成，玉成接到手一看，这瑶琴也不像平常的瑶琴，刻着细细的花纹，镶着明光光的宝石，真是喜人。

闺女见玉成不作声，又说道："你不用猜思。那老人是太阳老人，我是彩霞女，听说你弹得一手好瑶琴，我是一心地想着听听呀。"

玉成见到这样的好瑶琴，心里早就想着弹了，他弹着弹着，不觉又想起了家乡里的苦难日子，琴声听去也凄凄凉凉的，简直不再是琴声，而是冷风吹着枯叶，是无衣无食的人在哭诉着愁肠。玉成掉下了眼泪，他再也弹不下去了，便把瑶琴递给了她。

彩霞女接过了瑶琴，轻轻地叹了口气，她的手指触在琴弦上，立时就发出了像高山流水一样的响声。可是她却停住了手，擦了一下泪说:"我也没心弹了,还是先送你回去吧。"彩霞女说话时的神色,好似在对待自己的亲人一样。她的衣带高高地飘起,遮住了玉成的眼睛,衣带一闪的工夫,变成一道霞光了。玉成吃了一惊,彩霞女不见了,自己已站在海边的太阳地里,脚底下是一堆又亮又光的金豆子。他抬头看看,太阳刚刚出来,天上真的飘着一片彩云,海面上,霞光万道,闪闪发亮。玉成一直看着那片彩云飘到了天边,才收拾起金豆子,急忙往回家的路走去。路上,玉成想道:要是把这些金豆子换成粮食,可以帮助许许多多的人度过荒年呀。

玉成娘见玉成回来了,又是欢喜,又是愁。娘说道:"东邻饿得哭,西邻愁得叫,玉成呀,你千不该,万不该,回来往这死网里碰。"

玉成说道:"娘呀!不用愁啦,你看我这是带回些什么来!"

娘看着金豆子,看得花了眼,娘摸着金豆子,喜得张开了嘴。

玉成说道:"娘,咱也不能眼看着别人挨饿呀。"

娘也说道:"是呀!孩子,咱不能守着金子,看着饿死人。"

玉成歇也没歇就拿上金豆子到街上分去了。

大伙儿有了金豆子,都欢天喜地地拿着到地主家里去拿粮食。地主见到金豆子,马上把这消息报告给县官了。县官听了,心里是巴不得这些金豆子都成了自己的,连忙说道:"穷小子哪里来的金豆子?那是偷了我银库里的,赶紧给我拿了来!"

官兵们进了玉成的庄,见人就抓,见东西就抢。玉成气极了,走出来说道:"金子是我的,我分给大伙儿的。"官兵们吆喝了一声,把玉成抓了起来,戴上了手铐脚镣,把他们家的半布袋金豆子也抢去了。

官兵们带着玉成,背着金豆子,耀武扬威地向县城里走去。看着已快到了半路,忽见迎面来了一辆轿车,车门上挂着鲜红的帘子,车前的枣红大马,脖子上拴着银铃叮当直响。大马向官兵身上撞了过来,官兵们吆喝了声。当时一点风也没有,可车帘子却嗖嗖地卷起来了。玉成见彩霞女端端正正地坐在轿车里。她怒冲冲地扫了官兵一眼,官兵们个个都好像火烤着样的难受。彩霞女抬手一指,玉成身上的手铐脚镣,哗哗啦啦地一齐开了。官兵们惊得腿发了软,都一齐跪在地上磕起头来。老一会儿,他们再也没有听到什么动静,爬起来一看,玉成不见了,轿车也没有了,只有远远的天边上飘着一片彩云。官兵们记起了那些金豆子,提起布袋一看,里面空空的,晶亮的水珠往下连串地淌着。也在这一天,玉成娘和他祖上传下来的瑶琴都不见了。

官兵们回去把这事一五一十地都对县官说了,县官吓得饭也吃不下,觉也睡不好。这个事也传到大伙儿的耳朵里,大伙儿听了,胆子却壮了,一齐合起来抗粮抗租。

过了几天,县官亲自去乡下催粮。他坐着八抬大轿,前也有兵,后也有兵。走着走着,忽然官兵们一声喊叫,都四散跑走了。县官向前一看,只见迎面又来了那辆轿车,鲜红的车帘,枣红的大

239

马。县官吓得抖成了一团，觉得头也发昏，眼也发花，连声地吩咐轿夫，把他飞快地抬回衙门去了。

县官回去以后，又派人下去催粮，还是一粒粮食也催不上来。他鼓了鼓气，又亲自出马了。这次他不再坐轿了，坐着船从河上走去。走着走着，船头上的官兵忽然又喊了起来。县官从舱里伸出头一看，只见迎面飘来了一条小船，小船上站着一男一女，闺女的衣裳好像一片彩云。县官又吓得抖成了一团，头也发昏，眼也发花，他又一连声地吩咐官兵，把船开回县城里去了。

从这以后，县官再也不敢露头了，官兵们也不敢再那么行凶霸道了。地主没有撑腰的，大伙儿从地主家夺回自己种出的粮食，度过了荒年。

人们并没有忘记玉成，有人说玉成和那彩霞女已成了两口子；也有人说玉成和他娘住在东大海的太阳山上。那里的人个个都做活儿，个个流下汗，汗水集成了满地的黄金。那里高粱的穗头比斗大，谷子的穗头五尺长；也有人说，玉成和彩霞女就住在高高的山上，有一个小伙子，还说他在高山顶上听到了瑶琴声呢。

水井老人

在很早很早的时候，在一个庄里，有这么弟兄两个。老大心眼多，和别人来往的时候，就是怕占不着便宜，他的老婆也是和他一样的脾气。老二可是心眼诚实，从来都是忠诚厚道待人。他媳妇也是一个好心的人。

老大老婆过门好几年了，一个孩子也没有；老二媳妇却一连生了四个儿子。每逢孩子们吃饭的时候，老大老婆总是用白眼珠子瞅着，老大看着也厌烦得慌。两口子商议了一下，提出来要分家。

老二媳妇对老二说道："分就分吧，咱穷死也不受这份肮脏气了。"

老大只分给老二一块山岗薄地,老二两口子在地里盖了三间小屋,一家六口人就搬进去了。

你想想,六口人守着这一亩山岗薄地,怎么过日子呢?老二媳妇愁得眉头都皱成疙瘩了。老二左寻思右寻思,对媳妇说道:"咱就在这地里打上眼井,种上菜,那样会比种庄稼多出产些。"

老二是说做就做的人,他连夜就打起井来了。那地真是薄到底了,挖下半尺深去就是石头板板。

老二媳妇又发起愁来了,她说道:"老二呀!不挖了吧,从来没见谁在石头板板上挖过井。"

老二却好像没有听见一样,他手也没有停一停。

天黑了,老二媳妇疼爱地说道:"老二呀!月亮上来老高了,该歇息了。"

老二摇了摇头,他手也没有停一停。

也不知挖了几天几夜,更不知费了有多少力气,井挖下去一丈多了,还是只有石头,不出水。

老二媳妇更发愁了,她又说道:"老二呀!启明星上来了,鸡叫了,不挖了吧,石头板板里哪有什么水呀。"

老二笑了笑,他的手还是没有停下来。

别人只见井口外面石头垒成了堆,老二媳妇却知道每块石头上都沾着老二的汗。井挖下两丈深了,还是只有石头不出水。

老二媳妇心疼了,她又说道:"老二呀!你挣断筋地挖,也没见你挖出半滴水，你在那石板板上还有个什么挖头？"

老二没有答应，井底下还响着他凿石头的声音。

从这天起，老二媳妇没有再面对面地看过老二的脸了，他瞌睡极了，就在井底下打个盹；他饿得慌了，就在井底下吃点饭。有一天，井挖得是有三丈深了，他挖着挖着，忽然听到有人说话：

"老二，老二呀！不要挖坍了我的屋哇。"

老二很是奇怪，他停住了手，心想：这是哪里在说话呢？那个声音又在脚底下响起来了：

"老二，老二呀！不要挖坍了我的屋哇。我是水井老人呀，我会送给你最好的井水。"

老二心里也不觉害怕，他用手摸摸井底并没有一点水。可是老人这么一说，他不好意思往下挖了。他叹了口气，拿起家什往上攀。才上到了井半腰里，听见井底下"哗啦"一声。忙低头一看，哈！井底下明光光的了！不用说这是一股急水把石头冲开了。他忙又向上攀，水也"呼呼"地跟着涌上来啦。快上快上，他从井口跳出来的时候，水也和井口平了，只是没有淌出来。那水绿光光的，好像露水一样的清亮。老二双手捧了一捧，喝了几口，果然甜丝丝的。

老二两口子高兴得不吃饭也不觉得饿了，不睡觉也不觉得困了。四个孩子都睡沉了，两口子还在灯下商量：种白菜呢，还是种萝卜？栽韭菜呢，还是栽蒜？商议来商议去，就是拿不定主意。说

着话不觉已经半夜了,没听到窗外有一点动静,却有人在窗外说开话咧:

"老二!老二!种白菜好,种白菜好。"

老二媳妇愣住了,老二连忙下炕向门外跑去,看见井沿那里一个老汉,一闪就不见了。他停也没停地急忙走了过去,井水还是和井口溜平,月光照着,更清更亮,明晶得像是镶在地上的一面水银镜子。

老二在水井旁边等了又等,还是没有什么动静,他只得回屋里去了。

这一年,老二真的把地里都种上了大白菜。两口子就像一头栽到了地里,大清早,老二媳妇就在白菜地里捉虫子;晚饭吃过了,老二还在地里修理白菜。天旱了,老二走到了井沿上,溜平的井水,忽然跳起一个浪头,浪头周围冒着珍珠一样的水泡,井水眼看着升起来了,很快就比井沿高了,井水不快不慢,"嘟嘟"地向白菜地里流去了。

白菜刚刚浇完,井水又和井沿平了。那白菜浇上了井水,叶子更绿更嫩,几天的工夫就长成一大片,把地都盖严了。小风一吹,大叶子扑闪闪的,望去一片绿光。

秋天,白菜卷心了,白帮绿叶,一层一层的,好像一枝枝就要开开的大花。老二和他媳妇欢喜极啦,看看哪棵也有十几斤重呀。小雪出萝卜,大雪出白菜,许多种菜的人家,哪家的白菜也没有老二家的长得好。

这年冬天，大雪掩了门，老二一家六口人也有吃的，也有穿的。过年的时候，老二媳妇包着饺子对老二说道："到底也不知道是谁跟咱说的叫咱种白菜，要是知道那是谁，怎么的也要请他到咱家里来吃饺子。"

老二想了一想，向门外走去了，四外尽是白光光、冷冰冰的雪地。他走到了井边上，井里却在往上冒着热气。老二望着井水，亲热地叫道："水井老人，水井老人，你帮了我的忙，却为什么不进我的屋呢？"只见那热气围着井口旋转开了，越旋越多，越转越浓，不多一会儿，从这白雾里，走出了一个老人来。老人的胡子扫着地，飘飘浮浮的，透明晶亮，好像一股清净的流水，老人手里的拐杖也是那么水凌凌的。

老二欢天喜地地把老人接到家里，老二媳妇好像见到自己的亲人一样的亲热。

老人看样很是喜欢小孩，他把老二家四个孩子都叫到了自己的身边。他一会儿拉拉这个的手，一会儿拉拉那个的手，笑着说道："好孩子，记住我的话吧，你们又要勤快善良，还要能干刚强。"

吃完了饺子，老人又和老二说了半天话，他叫老二明年把地里栽上黄瓜。

第二年，老二和他媳妇把那亩地又全栽上了黄瓜。两口子简直好像拴在了地里，天边上月牙落了山，鸡才叫头遍，老二就起来了；日头当顶，正睡午觉的时候，老二媳妇还在地里架黄瓜，黄瓜好浇水了，清水溜溜地流进畦子里。那黄瓜几天的工夫就爬满了架。叶丫里长满了花，花儿金黄金黄的，好像用金子打成的。

四月里，黄瓜结满架了，嫩黄的黄瓜一包刺，刺儿上挑着银亮的水珠。老二和他媳妇欢喜极了，他们用眼看，却不舍得用手去摸一摸。这一年他们的黄瓜又出产得很多。

一年又一年地过去了，老二家不缺吃的不缺穿的，四个孩子都长成又勤快又壮实的小伙子。老大两口子看了又是眼馋，又是嫉妒。

老大对老婆说道："我想老二家那口井底下，一定是有个什么宝器，咱想个办法，能挖了他的来就好了。"

老大老婆说道："他的四个儿子，都不吃闲饭了，咱和他合居了吧，那时候你要淘井也容易呀。"

老大眉头一皱说道："就怕他不愿意再跟咱合。"

老大老婆小声地说道："咱就破费点钱，找东庄那个武举给说一下，他还敢不应承吗。"

武举接了老大的财物，骑马带刀地向老二家走去了。

老二正在地里修理菜，水井老人忽然站在了老二的身旁对他说道："老二，武举就要到你家里来了，那种人，心是狠毒的，你可不能对他说软和话。你千万不能和你哥哥并居，要是并了居，不光你没法过，我也没法过了呀。"

老二答应着，武举已经来到门前了。武举下了马，大摇大摆地走进屋里，坐在椅子上。老二跟着也走进屋去，大声喝道："不要到我屋里来，赶快给我滚出去。"那武举一听火了，嗖的一声拔出刀来。就在这一霎，水井老人站在屋里了，他把拐杖向武举一指，那武举好像一个泥人了，手也不能动，脚也抬不起，粘到椅子上啦。

老二数说了他一顿，水井老人又把拐杖朝他一指，武举才跑走了。

水井老人对老二说道："这些坏东西是不会罢手的，你应该叫你四个儿子学点武艺。"

老二听了水井老人的话，第二天就给四个儿子打了四把宝剑，又请了老师来。四个儿子都很聪明，又肯下苦功夫，白天也练，晚上也练，练得是一百成好了。过了几天，老师忽然对老二说道："我不能教了啊。"老二惊奇地问道："是不是我待你不周到？"老师摇了摇头。老二更加惊奇了："一定是孩子不好好地学吧？"老师还是摇摇头。老二又追问道："有什么事，你尽管说吧，你说了我心里才能明白呀。"那老师说道："不是我不愿意在这里教了，你那四个儿子的武艺，已经比我高了。"

教剑的老师走了以后，老二又给四个儿子打了四把大锤，又请来一个教锤的老师。四个儿子早晨练，晚上练，过了几天，这个教锤的老师也来对老二说道："我不能在这里教了呀，你那四个儿子的武艺,已经比我高了。"

老二又给四个儿子打了四支长矛,请了一个教长矛的老师来。过了一些日子,老师又来说道:"我不能在这里教了啊,你那四个儿子的武艺,已经比我高了。"

老二又想叫四个儿子学射箭,找了一个老师又一个老师,就没有一个射箭射得好的。老二想不出别的法子来了,他想:"还是去问问水井老人吧。"他刚刚这么一想,水井老人已经站在他的跟前了。老人笑嘻嘻地说:"你出了庄,往东南走,哪里难走,你就往哪里走,出去千里以外,有一个箭家庄,箭家庄里人人都会射箭,你要能请得那个庄里的人来,那就好了。"水井老人说完,又忽地不见了。老二收拾了一下,往东南走去。他一面走着,一面想:"水井老人叫我哪里难走就往哪里走,山上难走,我就朝大山上走吧。"

白云隔断了山上的路,老二跨过了白云,又看到了蓝天。他爬过了一座山又一座山,前面的山比后面的山还要高;他爬过了一座山又一座山,前面的山比后面的山还要陡。老二又爬上了山顶。他走过了许许多多只有风才能吹到的山顶,他走过了许许多多日头晒不到的山沟。这一天,他走进一个山涧时,看到了一个小庄,这个庄也不过十家八家的样子,有一家子门前面坐着一个老汉在晒日头。老二走过去问道:"老爷爷,这是个什么庄?"老汉答道:"这是箭家庄。"老二欢喜地说:"听说您这箭家庄，人人都会射箭？"老汉应道："是呀，我们这里只靠着打猎吃饭。"老二说道："老爷爷，我有四个儿子，想到您这箭家庄请个人，去教他们挽弓射箭。"老汉摇摇头说："不行，不行，我们这屋前面就是虎狼山，后生们都到山上打猎去了。"老二求告道："老爷爷，那就请您去指教指教吧。"老汉看着他说道："行是行，我可是不能走路。"老二连忙说道："您走不动，我就背着您。"老汉真的叫老二背着了。老二觉着背上好像压上了千斤沉，可是老二没有作声。走了有一个时辰，老二觉得背上轻去了一半。又走了一个时辰，老二简直觉得背上没有什么东西了。第三个时辰，老二觉得自己似乎在腾云驾雾了：青青的松树，白白的石头，从他脚底下飞了过去。老二去的时候，走了十天十夜，回来的时候，一天一夜就到家了。

老汉的箭法，真是没有再能比得过的，指哪里，射哪里，分毫不差。过了几天，老二家四个儿子，也是百射百中了。

果然，那武举进京去了不多日子，皇帝就派大臣来淘水井了。不知带了多少人马，只知道踏起的尘土，蔽天遮日的。还没等他们到得水井边，老二的大儿子提着宝剑迎了上去。他动起手来时，浑身上下好像都是宝剑，真是水也泼不进一点去，剑光把他的身子罩住了。大臣看到一团白光冲了来，白光到了哪里，将呀，兵呀，都好像割倒的高粱，一拉溜地跌倒了。大臣从轿子里跳了下来，就逃走了。

大臣逃回京去，加枝添叶地对皇帝说了。皇帝很生气，又派一员大将带着更多的兵马来了。兵马走过的地方，庄稼都踩烂了。老二家的二儿子提着大锤迎了上来，眼看快要碰头了。他见路旁有一棵几十抱粗的白果树，他一锤砸了过去，白果树"咔嚓"一声倒了，把大将给砸死了。别的兵将一看不好，喊一声逃回去了。

皇帝听说，心里很害怕，又派一员更大的大将带着更多的兵马来啦。兵马走过的地方，水井都喝干了。老二家的三儿子，举着长矛迎上来咧。看不到他的胳臂动，只看到银亮的矛头东摆西摆，似一条白龙蹿来蹿去，嗖嗖地直响。矛头蹿到哪里，好像碌碡[1]轧过去一样，兵将没有一个能立得住脚。大将一碰到矛头，就掉下马来，叫马踏死了。

皇帝还是不死心，把武状元派来了。兵马走过的地方，连河里的水都喝干了。老二的四儿子，挽弓搭箭，箭出了弦，千军万马里，那箭却不左不右，正射中了武状元的喉咙。鸟无头不飞，蛇无头不走，武状元死了，千军万马都四散了。

不管皇帝派多少兵马来，派什么大将来，都被四兄弟打败。武举吓得不敢再回来了，老大和他媳妇也羞得出不来门，这一带地方的人都欢喜得了不得，那些作威作势的坏蛋再不敢随意地欺压人了。人们都痛痛快快地过着日子。老二两口子和他四个儿子还是种

---

[1] 碌碡，就是压场用的石磙子，是使庄稼脱粒用的一种农具。

菜，他地里的菜比先前长得更好，长得更旺，有人还在老二家的地里看到过水井老人。老人胡子扫着地，飘飘浮浮，透明晶亮，好像一股清净的流水，老人手里的拐杖还是水凌凌的。

凤凰娶亲

听说洛阳牡丹是天下第一,咱没有到过那里,只知道山东曹州府的牡丹就有深红、雪白、浅红、蜡黄……许多种颜色,有的人专靠种植牡丹过日子。我要说的故事就是出在曹州府。

有一个小伙子叫王玉,独身一个人过日子。在他住的庄东面种植了一片牡丹。王玉是这庄有名的花匠,经他手修理的牡丹,叶子格外的绿,花朵格外的大,一样的品种,就能比别家的多开好几种颜色。有一年春天,开花不多日子,王玉到一条小河里去挑水浇花。清清的河水,绿绿的河岸,见一棵柳树底下坐着一个闺女,在那里洗衣裳。那闺女穿得十分破旧,模样却好像一枝雪天的红梅,虽没有绿叶衬托，也是一样的鲜艳好看。她抬头看看王玉，又低头洗起了衣裳。王玉挑了几担水，修理了一会儿枝条，看看天也快晌午了，那闺女还在那里低头洗衣裳。王玉有心对她说一声，又觉得不好意思开口。他回家吃了饭，回来的时候，还见那闺女在那里低头洗衣裳。王玉又到河沿去挑水，仔细一看，闺女洗着衣裳，两眼不住地掉泪。王玉在心里自言自语地说道："从前我看到别人掉眼泪，心里难过得慌，今天我看到这闺女掉眼泪，心里真疼得慌。她有些什么难处呢？也许自己能帮她一点忙吧！"王玉对那闺女说道："天晌歪[1]了，你怎么还不回去吃饭呢？"闺女觉得王玉好心好意地问，也就照实地说了：原来这闺女叫英珠，她娘改嫁时，带她来到这东面的村子，后爹不拿她当人看待，就是糠菜干粮也不叫她吃饱。王玉听说了，又气她那个后爹，又可怜英珠。他连忙跑回家去，提了汤，拿了饭来，英珠见王玉实实在在地叫她吃，也就吃了。

一次生，两次熟，王玉常悄悄地带饭给英珠吃，英珠也常偷偷地给王玉洗衣裳。说实在的，英珠也看好了王玉，王玉也看好了英珠。有一天，英珠忽然问王玉道："王玉，你是天上的神仙，还是龙王的三儿？"王玉不知道英珠为什么这样问他，笑着应道："我也不是神仙，我也不是龙王的三儿，我是人呀。"英珠哧的一声笑了，红着脸说道："你不是神仙，又不是龙王的三儿，你到底想挑

---

[1] 晌歪，就是过了中午，太阳有点斜了。

一个什么样的媳妇？"

　　王玉明白了英珠的意思，第二天就托媒人到英珠家去说亲。英珠的后爹冷笑了一声说道："进了我的门，就是我的人，没有百八十两银子到手，是说不了她去的。"英珠的娘也说道："凭我英珠这么好人才，我还想着攀个高门大户呢。"英珠在窗外听得明明白白，心里又气又急，又恼又苦，头皮发涨，眼前发黑，一下子昏倒在地上了。

　　王玉手头并不宽裕，上哪儿去弄这一百两银子呢？亲事没有说成，英珠又病倒了。

　　王玉每次挑水的时候，心里老是挂念着英珠。他望着河水想：河水还是照常地流，可是英珠的病几时才能好呢？

　　王玉修理着牡丹，心里也在想着英珠。牡丹花眼看就要开了，可是英珠呀，咱俩几时才能再见面呢？

　　王玉吃饭也不如先前那么香了，睡觉也不像先前睡得甜了，人人都看出这小伙子瘦了。

　　牡丹花快要开开了，绿叶托着圆圆的花骨朵，好像翡翠盘里盛上了光彩的珠子。王玉听说英珠的病还没有好，站在牡丹花旁边掉下了眼泪。

　　牡丹花红一朵，紫一朵，五颜六色地开着，可是人们却没有看到王玉一次笑脸。有人劝他说："王玉，死了心吧！别说你自己这点小家业，就是亲戚朋友的都算上，也卖不出一百两银子。"

王玉只是苦笑一下没有作声，他想，英珠为我得了病，我一定要把她从那狠毒的后爹手里救出来。可是那一百两银子从哪里来呢？这天晚上，他没有吃饭，左思右想，在屋里坐也坐不住，睡也睡不着。他走到院子里，月亮真是明，他想：还是去花地里做活儿吧，做着活儿心里还好受点，他低着头，只顾向前走去，不知不觉就到了那片牡丹花旁，那牡丹花好像装在水晶柜里一样，在月亮地里，散着光彩，小风一过，地上的花影就动。王玉并没有留心这些，他一抬头，看到了在牡丹花中间，有一男一女在亲亲热热地说话。不用问，王玉也能猜得着，那是一对相好的。他生怕惊动了他俩，转回身来，悄悄地回了家。这一夜他翻来覆去也没有睡着。

第二天早晨，王玉走到那片牡丹花那里，各色各样的牡丹花都开开了，地中间那棵牡丹，比别的牡丹又高又俊，一棵上面就开着五样颜色。太阳的金光在这里显得更亮，晶明的露珠也似乎放出清香，他走到了那棵五色牡丹旁边，想起了昨天晚上的事情。他记得十分清楚，那一对相好的，就是站在自己立着的地方。可是，他低头看看，喧腾腾的地上，还是和昨天刚锄完时一样，连一个浅浅的脚印也没有。他心里很是奇怪：人又不是蝴蝶，又不是蜜蜂，花瓣上也站不住，花叶上也立不住。他又弯下腰去，仔细地看去，还是没有找着脚印，只在一片绿叶底下，看到了一根翠绿的羽毛，闪闪发亮。王玉把它拿到手里，阳光一照，羽毛又变成红色的了，把自己的手也映得通红。王玉觉得这根羽毛很美丽，他想留着以后给英珠看看。晌午回家的时候,便把它放在里屋的桌子上了。

晚上,王玉回到家里,向桌子上一看,那根羽毛好像星星一样地放着亮光。王玉走到桌子旁边,羽毛飘飘摇摇地落在地上,光亮"扑拉"一下放大了,亮光里站着一只五彩的凤凰。它张开嘴说道:"我是百鸟王,昨天晚上你成全了我的好事,你有什么难处,尽管对我说吧。"

王玉忘了惊奇,欢喜地说道:"好百鸟王!你能不能叫我见见英珠呀?"

王玉的话刚说完,凤凰就向门外飞走了。

英珠那次昏了过去,一个多时辰才醒过来,她挂念着王玉,病一天比一天重,到了后来连站也站不住了。这一天,她正在炕上掉眼泪,想到自己再也不能见到王玉,心里真是火烧着一样。她一转脸,忽然看到屋里明亮了起来。她擦了擦眼睛,看清了是一只凤凰站在炕沿上。连她自己也不知道怎么就离开了炕,飘飘浮浮地就到了王玉家院子里了。也许是因为看到那凤凰的缘故,也许是因为见了王玉欢喜的缘故,英珠站也能站,走也能走了,好像就没有病过的日子。凤凰向东飞去了,王玉和英珠欢欢喜喜地进了屋。从前王玉嫌夜长,今天王玉嫌夜短,两个人话还没说完,已经半夜了,凤凰又飞来啦。王玉说道:"凤凰呀,你到外面看看吧,外面月亮好,牡丹开,让俺俩在一块儿多待一会儿吧。"

凤凰答应了,飞走了。从前英珠盼天明,天不明,今天英珠怕天明，天可快明了。月亮没了，凤凰飞回来啦。英珠说道："凤凰呀，你飞走了吧，就是穷得枕着砖头，盖着天，我也不回后爹家里去了。"

凤凰答应了，又飞走了，两个人收拾了一下，正想向外乡逃去，忽然从外面进来了一男一女。两个人吃了一惊，王玉仔细一看，正是他在牡丹花地里看到的那一对情人，那女的还是那么红莹莹的脸，那男的还是穿着华丽的衣裳。王玉和英珠不觉都站住了。女的对王玉说道："你照看了我这多年，今天我就要走了，特为的来看看你。"

王玉心想，过去并不认识她，怎么会照看她呢？他的心里正在疑惑，男的又说道："我给你三块石板，只要把它支了起来，你就能看到一个大门，你进去看什么好就拿什么，可是千万记住，不能作声。"

男的说完，拿出三块又光又滑的青衣板来，递给了王玉。王玉还没来得及说什么，那一男一女就风快地向门外走去了。

王玉和英珠也跟着走了出去，却看不到那两个人了。只见天上一片亮光，百样的雀鸟围着两丛花轿，浮浮闪闪的，一阵工夫就不见啦。这时候，天已快亮了，王玉和英珠更加惊奇，他俩跑到牡丹花地一看，中间里那棵最大的五色牡丹不见了。王玉这才明白了，那个闺女就是那棵牡丹花，那个男的是一只凤凰呀。

王玉把那三块小石板支了起来，眼前立时现出了一个大门。王玉走了进去，里面一个人也没有，只见东一堆金子，西一堆银子，黄铜黑铁，翠玉宝石，凡是山里面有的东西，这里样样都全。王玉拿了一些银子走出来。回头一看，又是原来的三块小石板了。

英珠在外面等着，正在发急，看到王玉拿了银子出来，心里又惊奇，又欢喜。

王玉拿着银子，当时就到英珠家里去了，英珠的后爹问明了银子的来处，接过银子，欢欢喜喜地答应了这门亲事。

王玉和英珠成了夫妻，王玉在花地里做活儿，英珠给他送饭；英珠在锅前烧火，王玉给她拿草，两口子过得十分乐和。

有一天英珠娘和她后爹来到了王玉家，后爹坐下说了不多的几句话，就对王玉说他想拿一些银子。王玉答应了他，把石板支了起来，眼前又现出一个大门。王玉说道："你进到里面，可千万不要作声呀。"后爹走了进去，拣着最大的一块金子搬了出来，他把金子放下，又对英珠娘说道："这一趟，咱两个进去，好多拿一些。"

后爹说完，和英珠娘都进去了。后爹又搬了一大块金子，一转身却见老婆在那里搬黄铜。他一急，把王玉的话也忘记了，大声地嚷道："那是黄铜呀！"他的话还没落地，眼前乌黑了，摸摸四面都是石头了。这时王玉和英珠看到大门塌了，那三块石头板也不见了，只听到远处轰隆轰隆地响。两个人吃了一惊，跑出去一打听，原来是西北面那座大山忽然塌下去了。

后爹和英珠娘再也没有出来，也没有人再见着他俩的面。

金镯子

在俺那地方南面的那座高山里，老辈人传说，那金子真是无边无沿的。早年间，曾有一个小伙子进去过。在生这个小伙子的时候，他爹还在山上打石头，娘就给他起名叫"石山"。因为家里少地无土的，所以石山长大了，也还是干他爹那一套活儿。

石山和他爹都是头等的手艺，凿出的石头，不管长的、方的，都是又平又光。那阵穷人卖石头不值钱，籴粮食可贵成金。爷儿两个累断筋地干，好歹的才顾过嘴来。

石山爹死了以后，日子过得更紧，经常是糠菜当干粮。可是石山还有一桩心事，就是在娘跟前也没有说过。石山有一个没过门的媳妇,又勤快,又好看,只因家里穷,没穿的,没戴的。石山常想:要是她能穿上一身像样的衣裳,那不知怎么俊秀了。石山暗暗地打算,怎么的也要叫她穿上新衣裳才成亲。

要置身新衣裳,那真和水底下捞月亮一样难,石山天不明就上山,太阳落山还不歇工。他凿出的石头比从前多一倍,谁知去卖的时候,财主又把价钱减低了一半。石山还是没有钱给媳妇扯一身新衣裳。

娘为这个着急了,说道:"哪有一条道走到黑的。看那样,那个媳妇一点也不嫌咱家里穷,你娶了家口,也成全一家人家。"

石山低下了头,想了一阵,还是抬起头来说道:"娘呀,再等一年吧。"

为了多凿些石头,好给媳妇扯套新衣裳,石山的腿被石头砸破了,他白天黑夜地干,还是没有钱给媳妇做套新衣裳。

这一天,鸡还没叫石山就上了山,快走到平常打石头的地方时,一眼望见那里有什么东西,闪亮闪亮的。

他走过去弯腰一看,真是又惊又喜,这不是两根金条吗!

他拾了起来,果然沉甸甸的坠手。

闪亮的金条拿在手,石山不觉想道:"拾着的欢喜,掉了的恼。这个掉金条的,也许是有什么急用去借来的⋯⋯"

他心想,还是等人家来找,还给人家,就把金条放在那里,又去打石头去了。可是直到天黑也没有人来找。他带着金条回到家里把这事对娘说了。

娘说道:"正理该还给人家的,也许那个人明天能来找。"

第二天清早,浓雾漫天,三步以外就看不清东西了。石山生怕人家去找金条,还是动身往山上走去了。他还是顺着每天上山的那条路走去。快走,快走,可还是不到平时打石头的地方。他心里疑惑了:也许是走错路了?要是在往常,这么长的时间能走好几个来回了。这是怎么回事呢?他站住了:向前仔细一看,前面隐隐约约地显出一栋房子来。他心里很奇怪,因为这山上从来没见过有房子。看了一阵,他还是向屋子那里走去,想去问问,到底是走到哪里来了。

石山又朝前走了十几步,那栋屋就在眼前了。

门开着,屋里只有一个闺女坐着剥麻,胳膊上戴着明晃晃的金手镯。石山是不惯和女人说话的,他正在进退两难,那闺女忽然抬起头来,她的眼睛比星星还亮,红红的脸上透金光。石山惊奇地想:哪里也不会有这么俊秀的人物了。

闺女笑了笑说道:"请里面坐吧。"

石山慌忙地说道:"不呀,我是问路的,这里是什么地方?"

闺女又笑道:"亏你天天在山上打石头,连这熟地方也不认识了。"

叫她说的,石山脸都红了。心想,自己真是在这山上长大的,好天歹天从来没有迷过一次路,今天怎么就蒙头转向了呢?石山也

261

不再问，转身向后就走。刚刚走了几步，闺女在后面叫道：

"你这个人呀，回来啊！"

石山只得站住了。闺女赶出门来说道："前天夜里，我在山上晾麻，掉下了两根麻秆，你没有看见吗？"

石山说道："没有见着呀！"

闺女笑道："你手里那是拿着什么呢？"

石山照实地说道："这是昨天早晨，我在山上拾的两根金条，你没听说是谁掉的吗？"

闺女说："这就是我掉的呀！"

"你不是掉了麻秆吗？"

"你不信，跟我回去看看。"

石山口里不说，心里却想："凭你怎么富庶，也不能拿着金条当麻秆。"

他跟着闺女走进屋去，闺女把后阁门一开，窗外是一片无边无际的麻田，看去像麻，却不是咱平常见的麻。那秆呀、叶呀的全是亮光光的，听去还叮叮当当、叮叮当当地响。

石山看着看着，后阁门却一下子关起来了。闺女望着石山说道："我只要把它浸浸晾晾，剥去外面的皮，就是这样的金条了。"

她说完，一下子推开了房门，里面密密挤挤堆满了亮黄亮黄的金条。

闺女亲热地说道："我知道，你是个又正直又诚实的人，只要你肯在这里住下,咱俩就一块儿过日子,多么的好!"

一提到这上面,石山一下子想起了他那没过门的媳妇,她从前不嫌我穷,我也不能碰到高山就把脚跷。石山直截了当地说道:"我已经有了媳妇啦。"他说完放下金条就往外走。

刚刚走出门来,大风吹来了,浓云涌了来,麻秆子大雨往下直浇。大风吹,大雨淋,石山还是往前走,闺女又在后面叫道:"你这个小伙子,还是回来避避雨吧。"

石山还是往前走,走了一阵,闺女又赶上来了,她那脸面更是光彩好看,眼睛好像刚刚哭过,石山的心里也是一阵难过。他转脸的工夫,风停了,雨住了,那天上的云越缩越小,越缩越小,眨眼的工夫,变成了一条绣花手绢,飘飘摇摇地落了下来。闺女拾了起来,把它掖在袖口里去了。

闺女把一根金条递给他说:"你拾了一场,咱俩该平半分。"

石山却不去接,只说道:"我拾了你的金子,就应该还给你。"

闺女见石山实心实意地不要,只得说道:"那再说吧。"话刚落音,金光一闪就不见了。

山坡上只剩下石山一个人了,他揉揉眼睛,四下里看看,山还是从前的老样子,连屋的影子也没有。他再仔细一看,只差几步就到了平时打石头的地方了。

石山停也没停,又动手打起石头来了。锤子、凿子叮叮当当,叮叮当当,只几下的工夫,一片石头就"哗啦啦"地崩下来了,显出了一个好像圆门一样的洞口，从那洞口冒出了亮光来。他十分奇怪，心里说着："我进去看看。"

石山越往里走越宽敞，越往里走越亮，前面更是一片金光。走了一会儿，听见哗哗啦啦的水响，转身一看眼前就是一条清清的小河。

那闺女在河沿上洗手。手上还戴着她那对明晃晃的金镯子。

闺女看见石山，就从袖口里掏出那条绣花手绢，擦了擦手，递给石山说："给你这条手绢，你再不接就不对了。"说完，一下子不见了。

石山又惊又喜，慌慌忙忙地往外走。刚走出洞口，只听后面山崩地裂的一声响，大块的石头塌了下来，洞口不见了，一只明晃晃的金镯子滚到了石山的脚下。

石山回到了家里，想把闺女给的手绢掏给娘。摸出来一看，哪里是条手绢，原来是一块十分好看的花布，那上面的那些花朵，简直好像要凸了出来。娘儿两个欢喜得了不得，想抖开看看，可是越抖越长，越抖越长，成了长长的一匹花布了。

有了这匹布，石山给他那没过门的媳妇做上新衣裳，也就成了亲。媳妇又勤快，心地又好，娘儿三个和和气气、快快乐乐地过起日子来了。

石山还是上山打石头。他再没有看到过那个闺女，可是不管怎么的，他也不把那金镯子卖掉。

三件宝器

这个事出在山东地方，有名有姓的，这人姓李，叫李黑蛋。

黑蛋家里很穷，只娘儿俩过日子，吃了上顿没下顿。这一天，家里断了顿啦，黑蛋对娘说道："千条道，万条路，不信没咱贫民一条路！"他说完披着蓑衣走了。

黑蛋走了三天三夜，看了看，哪地方也是一样，穷人都是忍饥挨饿。

第四天，他仍是照常往前进。傍黑天的时候。老远望到了一个庄，可是两腿有千斤重，迈也迈不动。他已经三天没吃饭了，实在是挪不动啦，便在一块高粱地里躺下来。半夜的工夫，他听到庄头上的狗咬成一块，黑蛋心里纳闷："狗咬什么呢？也许是咬和我一样的落难的人吧！"他也顾不得肚子饿，一下子跳起来，往狗咬的地方跑，口里直吆喝："哆！哆！"

围拉着的一群狗，都叫他吆喝跑了。

也没有什么人，月亮地里，躺着一个黑影影的东西。他走过去，蹲下一看，是一只小狐狸，快被狗咬死了，嘴里还悠悠地有口气。黑蛋很可怜它，把它抱回到高粱地里，脱下裹衣来轻轻把狐狸放在上面，用手给它摩挲着，自念自说地："狐狸呀！你幸亏碰到我，要是不碰到我，早要了你的命啦！"

摩挲了一阵，狐狸就醒过来了，站了起来。黑蛋对它说："狐狸呀！我要是心硬，早把你点上把火烧着吃了，好解解我这肚子饿！狗已经把你咬成这个样子啦，咱是落难的遇到落难的，你逃你的命吧！"

狐狸点了点头跑了。

狐狸走了，黑蛋迷迷糊糊地睡了。他看到一个白胡子老汉拄着手杖，叫着他的名字说道："黑蛋！你家里的日子过得很苦，你到我那里去吧，我给你个过日子的本钱！"

黑蛋醒了，是一个梦。心想：梦是心中想，哪会有这号事！翻了个身又睡了。又看到那个白胡子老汉，叫着他的名儿说："黑蛋！你家的日子很苦，我住在泰山后面，你到我那边去吧，我给你个过日子的本钱！"

一连惊了三梦，天明了，黑蛋心想：不管真不真，也去看看！他就照那个白胡子老汉说的往泰山去了。

过了一条河又一条河，爬过一个岭又一个岭，泰山很高，他吃着野菜、野果，爬了整整的一天，傍落日头的时候，到了泰山顶上啦。他向山后一望，明光闪耀的，琉璃砖，琉璃瓦，楼台瓦屋一大片。

他欢喜得了不得，一个劲地向那儿跑。房子也好像在往前跑，转眼工夫，就到了跟前啦。

一个白胡子老汉，从门里迎了出来。黑蛋一看，正是梦里看到的那个老汉。还没等他张口，老汉就说："快进来吧！我等了你多时啦！客人，亏了你救了俺三儿的命呀！"

黑蛋跟着老汉走了进来。里面更好了，清堂瓦舍的，不沾一点灰土。白胡子老汉叫家里人摆上酒菜来，十碟八碗的，那个好吃法就不用说了。黑蛋吃饱了，老汉又领他去睡觉，新褥子、新被，软软和和的，真是舒服，黑蛋一觉睡到了天明。第二天仍是叫他吃那么好的饭，睡那么好的床。住了几天，黑蛋住不下了，便对那个老汉说要回家去。老汉也不留他，拿出了三件东西：一把扇子，一件棉袄，一把小锄。对黑蛋说道："给你这三样东西，回去当个过日子的本钱吧！"

老汉把黑蛋送出门口，转眼就不见了。黑蛋拿着三样东西，往家走。路上没有盘费，他想，有了小锄啦，我还不如锄些草，拿到庄里卖了当盘费。正好道旁边一大片草,他蹲下去,动手锄起来,谁知道锄头下去,却出了奇怪事情——一锄锄出些白花花的银子来,他破棉袄里也装满了,小褂里也装满了。

黑蛋欢天喜地回了家,见了娘就把衣裳打开,说:"娘!咱再不用愁了,你看看这些银子!"

白花花的银子放在面前,娘真不敢相信会有这么些银子。娘忽然生气地说:"黑蛋!你实话对我说吧,这些银子,你是偷来的,摸来的?咱穷,可要穷得直刚!"

黑蛋听了,忙从腰带上抽下小锄来,对娘说:"我得了个宝器啦!一锄就锄出银子来啦。"他把出去经过的一切,根根梢梢都对娘说了。

他娘听了,也欢喜啦。

黑蛋有了宝器,穿得暖,吃得饱,日子越过越好。娘和黑蛋都是好心人,他们把银子也分给庄里的穷人。

这庄里有一个财主,外号叫"老财迷",听说黑蛋得了宝器,眼又红了。

黑蛋在家里住了不多日子,就是三月三了。这地方西北面有座大山,年年在这个日子里,人们都要去赶山会。这一天,黑蛋也推着小车到山会上去买点做庄稼的家什。他走到半路上,碰到了一个闺女,那闺女长得粉丹丹的脸,弯眉长眼,看看哪里,哪里好看。黑蛋看了一眼,不觉又看了一眼。闺女望着黑蛋说道:"你这个人呀，行点好吧，我是真走累了，你就捎我一下吧。"黑蛋答应了。闺女坐在小车上，不住地回头和黑蛋说话。她见黑蛋脸上有汗，就忙把自己的手巾扔给了他。到了山会上，闺女离开的时候，还望着黑蛋笑了笑，她也没有问黑蛋要回手巾，黑蛋也忘记了还给她。

  黑蛋回到家里，心里老是想着这个闺女。过了一些日子，他从老财迷家后花园过时，花园的门突然"吱悠"的一声开开了，走出一个女人来。黑蛋一看，正是坐过他车的那个闺女，他这才知道那个闺女原来是老财迷家的姑娘！这好像一瓢冷水浇在了头上。他记起了娘的话："黑蛋，谁要是靠着老财迷，不死也得粘去两层皮。"

  李黑蛋正要走开，老财迷家的姑娘掩上了门，满脸带笑地走到他的跟前，甜言蜜语地说道："我又不是狼，我又不是虎，你怎么忙着走呀！从见了你的面，我哪天不想着你呀，你要是愿意的话，咱就算两口子吧。"

  那老财迷家的姑娘打扮得比上一次还俊俏，黑蛋的心又热了，他老实地问道："你能看中我吗？"

  姑娘笑道："在那次赶山会的路上，我就看上你了。不看上你，我还能扔给你手巾？"

  左说右说，把黑蛋说迷心了。

  姑娘又说道："我看你也不是什么有钱的人，你在这里等着，我去家收拾一点首饰衣裳，咱两个远走高飞，一块儿去过日子吧。"

黑蛋听姑娘这么一说,更觉得姑娘是真心对他好了,忙说道:"我实不瞒你,我得了个宝器小锄,不用多,一锄就能锄出银子来。"

姑娘也忙说道:"俺不信会有这样的小锄。"

黑蛋说:"不信你看!"他说着就从腰里把小锄摸了出来。

姑娘把小锄方才接到了手,花园的门"哗啦"的一声开了,老财迷一步跳了出来,把姑娘抓着就向门里推,回头望着黑蛋嚷道:"哼,你是想拐走我的姑娘呢?饶你这一回吧,你要是再到我门前走一步,我就打断你的腿!"说完,把门又"哗啦"的一声关煞了。

黑蛋不知道中了计,垂头丧气地回了家。

娘说道:"孩子呀,你错打了主意啦。老财迷家姑娘还能看上你?!"

娘这么说,黑蛋心里半信半疑。

黑蛋没有了小锄,娘儿两个又愁又气。

黑蛋又起身到泰山后面,去找那个白胡子老汉。走了一天一夜,瞌睡极了,正巧道旁有一棵大树,就在树底下一坐,倚着树睡着了。又看到那个白胡子老汉,叫他道:"黑蛋,你愁什么?"

黑蛋叹了一口气,把经过的事一来二去地都对老汉说了。

白胡子老汉说:"不用发愁,你家里另有一件棉袄、一把扇子。穿上棉袄,扇子一扇,愿意到哪里就到哪里,谁也看不见!"

黑蛋回了家,把扇子和棉袄找了出来,才穿上棉袄,娘就看不见他了,吓得连忙叫道:"黑蛋!黑蛋!"

"娘!我在这里,你放心吧!"黑蛋娘光听到儿子说话,见不着人。黑蛋看看身上的破棉袄,心里欢喜得了不得。他又把扇子张开,说道:"扇子!扇子!你是把宝扇,把我扇到老财迷家的后楼上!"说着,扇了一扇,只觉得身子飘飘摇摇地起在半空中。这时老财迷的姑娘正坐在窗子前面,推开窗子看风景。黑蛋"噗哒"一声,落到她的屋里,说:"姑娘!还我的小锄吧!"

老财迷的姑娘,光听到说话不见人,大着胆问道:"你是妖是怪?"黑蛋说:"也不是妖,也不是怪,我是李黑蛋。"

姑娘把手捂着脸哭着说道:"你可来了,我天天开开楼窗盼着你来!"黑蛋听她一哭,心又软了。他抱起了她,连扇了三扇,说道:"宝扇!宝扇!远走高飞!"

姑娘眼也不敢睁,只听见身边上风呼呼的,过了一阵,试着脚落了地,黑蛋说:"睁开眼吧!"

她把眼一睁,只见周围都是汪汪荡荡的一片水,本来这三扇把他俩扇到大海的一个岛上了。岛上净是山,一家人家也没有,黑蛋把棉袄脱下来,姑娘又能看见他了。

黑蛋问道:"你把我的小锄放在哪里?"她又甜嘴蜜舌地说开啦:"小锄我给你稳稳当当地放着啦。自从那天以后,爹天天叫人看着大门,也摸不着和你见面。既是到了这里,爹也不能挡着啦,咱俩就是夫妻。两口子了,你也不用瞒哄我,到底什么缘故,我也看不到你,一阵风就飞到这里?!"

黑蛋说:"你是真心和我好吗?"

姑娘说道:"真心和你好啊!不的话,那天你到我楼上来,我早喊啦!"

黑蛋说:"我实话对你说吧!我穿上这件棉袄,谁也看不见我,用这把扇子一扇,想上哪里,就到了哪里啦。"

姑娘没有作声,过了一会儿,就嚷肚子饿了。

黑蛋望了望说:"肚子饿不要紧,你看山顶上尽是些果子树,你在这儿等着,我去摘些!"

这个地方没有冬季,冬季也跟夏季一样暖和。黑蛋拿着棉袄、扇子正要走,姑娘说道:

"你看你这个人,这么热的天,拿着些东西怪累的,还走得慢,你把棉袄、扇子放下,四面都是水,谁还能拿去!"

黑蛋站住了,要放下,又舍不得放。

姑娘说道:"你这个人就是三心二意的。我跟你来了,还能有别的想头?"

黑蛋听了,把棉袄、扇子放下,往山顶上去了。

姑娘见黑蛋走远了,穿上棉袄,拿起扇子扇着说道:"宝扇!宝扇!你是宝扇,把我扇到我家后楼上去!"说话的工夫,早起在半空中，不前不后地正落在后楼上。

黑蛋在山顶上摘了满满的一兜果子，回到山下一看，什么也没有了。这才知道又受了骗啦。

天黑了，狼虫虎豹满山叫，山边上有棵大树，他爬上去躲了起来。过了一会儿，月亮上来了，老虎、狮子都下山打食去了。

一只猴子和一只狐狸也打树底下经过，猴子说："狐狸大哥，我在山前面看见两棵果树，一棵桃树，一棵李子树。吃了那树上的桃，能变得比咱还丑啦，吃了那树上的李子，能变得比人还俊！"

狐狸说："猴子兄弟，等那李子熟啦，咱兄弟两个吃了，变得比人还俊，咱就不在这个岛上啦。"

黑蛋在树上听得清清楚楚，心里寻思，我能找着这两棵树就好了。

天明了，狼虫虎豹又都藏了起来，他从树上下来，往山前走去。走着走着，一阵六月鲜桃的香味扑来，他抽搭抽搭鼻子，连说："好香！好香！"就顺着那股香味往前找。

到了一棵桃树底下，只见桃有拳头大小，通红的桃尖，水灵灵的，一看就是好吃的样子。没差，猴子说的准是这桃树了，他就把它连枝儿折下一对来。往前走，又闻到一股李子的清香，顺着香味找去，到了一棵李子树底下。李子是溜紫溜紫的，一层白

"布"[1]，一看，就叫人馋。没有差，猴子说的就是这棵李子树。他又伸手摘下了一个来。他拿着这个李子、这对桃，横端量过去，竖端量过来："不如我先吃上试试，猴子说的那个话是不是真的。管它真不真的，我先吃个桃试试！"他擦了擦毛，就把桃放进嘴里，真是一咬一口甜水，还没吃够就吃净了。才要伸手去擦擦嘴，一看，手上长了些毛，有一寸多长，自己看不见自己的脸，看看手也叫人恶心。赶紧吃李子吧。这会儿也不顾得咂摸那滋味了，一口两口就吃完了。再伸出手来一看，毛都脱净了，可是自己的脸到底是什么样呢？真是不放心。又没个镜子照照，他抬起头来一想，有了！他就连跑带跳地到了水边上，水是澄清澄清的，探出身子往水里一看，哈！不是从前那个样了，黑红的脸皮，乌黑的那眉，亮净净的那眼，自己看着也比从前好看得多了。他把剩下的一个桃子揣在怀里，自言自语地说："这回我能出去这个海岛就有法子了。"

四面都是水，好些日子黑蛋还是出不去，风吹雨淋的受了许多苦。有一天，他看到树干上钉着一条小龙，他说："我的命还不知道怎么样，先救了你吧！"

他把钉子拔了下来，小龙在地上打了一个滚，就变成了蛮魁梧的一个小伙子，小伙子说道："我是龙王的三儿，好心的人，你拉着我的衣裳角，不管有什么动静，你也别睁眼，我叫你睁眼再睁

---

[1] 果子皮上的白霜，叫"布"。

眼。"黑蛋拉着他的衣裳角，闭上了眼，听着"咔嚓"一声，便觉着起在半空里啦，又是风声，又是雨声，过了一阵，小伙子说："你睁开眼吧！"

黑蛋一睁眼，已不见那个小伙子，自己不偏不后正落在自家的院子里。娘正在那边哭，他叫道："娘！你哭什么？"

娘一听是儿子的声音，不哭了。忙抬起头来一看，那个模样，又不像，就问："你是谁呀！"黑蛋说："我就是你儿呀！"

娘还是信不过，说："你是俺儿怎么变得这个样子？！"

黑蛋把出门的遭遇一来二去地都对娘说了。娘脸上笑着，止不住泪又落下来，她说："孩子！你回来可好啦！娘寻思你叫老财迷害死了。老财迷得了咱那宝器去，一连唱了三天戏呀！"

黑蛋气得转身要往外走，他娘拉着他问道："孩子，你要上哪儿去？"黑蛋说："娘！你放开手，我要想法弄回咱的宝器来。"

黑蛋到了老财迷家后花园，翻过墙去，拨开花枝一看，只见老财迷家的姑娘，正和一个丫鬟在那面掐花，他把桃子放在树杈上，又悄悄地爬了出来。

姑娘掐着花，忽然问丫鬟道："什么东西这么香呀？"

丫鬟顺着香味找去，一见那桃，不觉惊喜地嚷道："姑娘，是一个鲜桃呀！"姑娘说道："春天哪有桃子呀？香满院了。什么桃，能这么香？你拿来我看看！"丫鬟从树杈上拿下桃子送了过去。姑娘看桃子还带着枝，通红的尖，净绿的叶，越看越爱，花也不掐了,拿着桃子回后楼上去了。

姑娘吩咐丫鬟,把桃用细线拴着,吊在窗子前面。

晚上,姑娘进了绣帐,躺在绣花褥子上,盖着绣花被,闻着那个桃越来越香,越闻越想着吃,禁不住伸伸手把那桃拉了下来。她尝了尝那桃,真是一咬一口甜水,从口一直地甜到心。吃完了这个桃,她就睡了。

第二天早晨,丫鬟一见姑娘的脸,吓了一跳,不顾命地向楼下跑去,一面跑,一面直喊:"出了妖怪啦!出了妖怪啦!"

姑娘听了,连忙起来,往大镜子里一照,也吓得站不住了,一下子坐在了地上:哪里还是个人!满脸是些大长毛,比个猴子脸还难看啦!再一看手上、身上,哪里也长满了毛。她坐在地上,放开声哭起来了。

丫鬟下去一吆喝,惊动了老财迷,他连忙穿起衣裳,喊来许多人,要去打妖怪。到了楼下,听了听,姑娘在楼上哭,老财迷说:"快都给我上去!"老财迷吩咐了,哪个敢不上楼,一齐上去啦。一看,都嚷着说:"有妖怪!有妖怪!"姑娘哭着说:"我不是妖怪呀,我就是姑娘呀!我是吃了一个桃,一宿就变成这模样啦。"

老财迷看着这个模样,活像个妖怪,说话的声音还是姑娘的声音,他连忙说道:"这一准是妖魔附身,快分头给我去请神家先生来。"

那些神家先生如同赶山会样地往老财迷家来。什么神家先生也请到了,就是没有一个能看透姑娘的病。那一天,黑蛋到了老财迷家前门。守门的听他说会看病,就马上请他进去了,老财迷见了黑蛋也不认得是他了,打发人送他上了姑娘的后楼。不用说,姑娘也没能认出他。

黑蛋说道:"我知道你骗了人家的三件宝器,你拿出那三件宝器来,我就告诉你这是得的一桩什么病。"

姑娘一听这话,心想:"这一定是神仙了,我骗了那些宝器来,除了我和爹谁也不知道。"她想到这里,忙打开了描花柜,把小锄、棉袄、扇子都拿了出来。黑蛋穿上了棉袄,把小锄掖在腰里,拿起扇子说道:"告诉你吧,我就是李黑蛋,你这号黑心人,就应当是这个模样。"说完,扇子一扇,打窗上飞走了。

老财迷听到宝器又叫黑蛋拿回去了,气得得了病,不多日子就死去了。老财迷家的姑娘人不像人,鬼不像鬼的,没有人要她做媳妇了。黑蛋呢,他找了一个好心的闺女,舒舒坦坦地过了一辈子好日子。

聪明媳妇

从前有一个老汉，家里不算富，也不算穷。他有一个儿子，快二十岁了。给他儿说亲的很多，可老汉总是百口不应，他心里有个算盘，想巴结个高门大户的儿媳妇。

有一天，儿子上坡去锄地，碰到邻村一个挖野菜的姑娘，三说两说的，两个人互相看中了。

姑娘上坡里去挖野菜，不用说，家里很穷。儿子回家说，老汉自然不答应。儿子躺在炕上，不吃饭也不喝水。老汉见这个样，怕儿子有个好歹，只得给儿子娶来了那个挖野菜的姑娘。

娶来是娶来了，老汉并不甘心，还想着要逼走他这个儿媳妇。

有一天，老汉扛着锄，要上坡去锄地，临走的时候，说道："去送饭呵！"

他儿子知道他爹很难说话，赶紧问道：

"爹！做什么饭，送哪块地去？"

老汉头也不回地往外走着说："我吃煎不熟的鱼、熬不熟的菜。我在山前坡、山后坡、地溜旮旯[1]铃铛地里！"

儿子听了要赶上去再问问，媳妇做眼色不叫他动。等他爹走远了，儿子发愁地说："我要赶上去问问，你不让，看你怎么弄？"媳妇说："你不用愁，我们家里有在山洼里的棉花地吗？"儿子说："有啊！"媳妇说："就是往那里送，没有差！"

儿子说："你怎么知道没差？！"

媳妇说："山洼里的地，也在山前坡，也在山后坡嘛，庄稼里，除了棉花结的桃像铃铛以外，再没有像铃铛的。"

儿子说："就算这个对了，爹说要吃煎不熟的鱼、熬不熟的菜，你到哪里去弄？"

媳妇说："这个更容易了，上河里抓几个青蛙，上园子里掐上把生菜，青蛙怎么煎也会反生，生菜做熟了也叫生菜。"

儿子照着媳妇的话置办了菜，媳妇做好了，他挑着送了去。老汉看了看，光生气，挑不出毛病来说儿媳妇。

---

[1] "旮旯"音"gā lá"。地溜旮旯就是田地的角落。

又过了些日子，老汉拿出了一丈布来给了儿子，对他说："叫你媳妇给我用这块布，缝床褥单，做件布衫，剩下的，给我拿来我还得做手巾。"

儿子知道媳妇娘家穷，没有布往上添，自己又不当家，小声地说："爹！这一丈布，缝一床褥单，还不准够，怎么会做出三样来？"老汉把眼一瞪说："我怎么说，就得怎么做！你不是愿意要个穷媳妇吗？"

儿子喘着粗气，回到媳妇的屋里。媳妇见了他问道："你喘什么粗气？"儿子说："咱爹糊涂，给了一丈布，叫你给他做一床褥单，一件布衫，剩下的他还得当手巾。"

媳妇听了一点也不愁，说："这还不好做！"

儿子问："布不够，你怎么做？"

媳妇说："你放心锄你的地去吧！我有法做。"

这个媳妇做针线是很快的，她把这一丈布，剪了一个大褂子，没到黑天就做出来了。

到了晚上，老汉从坡里回来了，媳妇就把那个大褂子给了他。老汉寻思这次可抓着儿媳妇的错了，把眼一瞪说："我叫你给我做三样呀！"

媳妇慢声慢气地说："爹呀！三样都有了呀：你夜里睡觉当褥单；白天穿着是布衫；你出了汗，掀起来，小襟就是手巾。"

老汉干瞪眼，没有话说了。

又过了些日子，媳妇想去走娘家，儿子又来问他爹要叫媳妇捎点什么给他吃。老汉说："也不要好的。骨头包肉，肉包骨头；捧着手去，盘着腿来。"

儿子这次也没敢多说话，一出他爹那个房门就哭，直哭到媳妇跟前。媳妇问道："你哭什么？"

儿子说："咱爹是不打算叫你回来了，他叫你捎骨头包肉、肉包骨头的东西给他吃；又叫捧着手去，盘着腿来！不用说，没有这号肉包骨头、骨头包肉的东西。就是有，捧着手倒能去，盘着腿怎么能来？"

他媳妇说："咳！这还不容易，我回娘家去住五天，就是俺娘家庄上集[1]，你去叫我就行了。"

她打扮了打扮就回娘家去了。

过了五天，儿子就去叫他媳妇去了。到了那里，看见他媳妇就说："咱回去吧！"

媳妇说："等等，我把咱爹要的东西拿上！"

接着就对她娘说："娘！咱家鸡下的鸡蛋，你给我煮上十个！"

这时正是八月里，她院子里有棵枣树，枣子已经熟了。她找了根杆子，到枣树底下打了一包枣。又从腰里掏出几个钱来，叫她男

---

[1] "庄上集"就是庄里赶集的日子。

人到集上去称半斤油条，买五个烧饼。

儿子到集上置办完了，又回到他媳妇娘家，见他媳妇也打扮好了，丈母娘把鸡蛋也煮好了。他悄悄地问他媳妇道："咱爹要那个，你捎这个会行？"

媳妇说："我这不是捎的咱爹要的？鸡蛋是骨头包肉，枣是肉包骨头，烧饼捧着手，油条盘着腿。"

儿子想了想也对，给媳妇牵着驴就回来了。

回到家里把东西给了老汉，果然老汉什么话也没说。从这以后，老汉再不看不起儿媳妇，儿媳妇待他也更好了，一家子快快乐乐地过日子。

三只鸡

早年间,有这么个老太婆,家里很穷。她很想养几只鸡,可是连买鸡的钱也没有。她想了个办法,便一个小钱一个小钱地积攒了起来。第二年春天她买了三个鸡蛋,放在热炕头上,上面盖上了自己的棉袄。到了二十天的头上,她听到鸡蛋皮里"吱哟吱哟"地叫;又过了一夜,老太婆听到"嘭嘭"的小响声,她知道小鸡在里面啄鸡蛋皮了。半头午的时候,老太婆掀开棉袄一看,一个鸡蛋皮碎成了两半,一只小白鸡趴在炕头上"吱哟吱哟"地叫。老太婆心里欢喜,用席子缝了一个盒子,把小白鸡放在那里面。到了晌午的时候,老太婆掀开棉袄,又一个鸡蛋皮碎成了两半,一只小黑鸡趴在炕头上"吱哟吱哟"地叫。老太婆心里欢喜，把小黑鸡也放在盒子里。半过午的时候，棉袄底下又"吱哟吱哟"地叫了，老太婆听了，忙掀开棉袄，出来了一只小花鸡，她喜欢得连忙捧起来说："小花鸡！你长得多好看呀！"说完也把它放进盒子里。

花鸡看到了两个同伴，对小白鸡夸奖自己说：

"吱哟！吱哟！你是小白鸡，只有白的毛。我是小花鸡，长得多么好！黄的毛，红的毛，灰的毛，黑的毛，还有香色[1]的毛！"

它又对小黑鸡说道：

"吱哟！吱哟！你是小黑鸡，你只有黑的毛。我是小花鸡，长得多么好！黄的毛，红的毛，灰的毛，白的毛，还有香色的毛！"

老太婆天天喂它们米，小花鸡也天天夸奖自己好。

它们一天一天地长大了，小席盒子也快盛不下啦，老太婆用石头在屋檐下面垒了一个鸡窝，白鸡、黑鸡、花鸡，都到里面去住宿。

白天，白鸡在院子里找食吃，黑鸡也在院子里找食吃，花鸡在屋檐前面晒太阳，嘴里说：

"小白鸡！你只有白的毛，小黑鸡！你只有黑的毛。我是小花鸡，长得多么好！黄的毛，红的毛，黑的毛，白的毛，还有香色的毛！"

过了些日子，小白鸡尾巴上长出了大翎毛，它学会了打鸣。

---

[1] 香就是用木屑掺香料做成的细条，在祭祀祖先或供奉神佛时常用。香色就是棕黄色。

每天天才放亮,它就跳到鸡窝顶上,对着白光光的东方,伸长了脖子,使劲地叫了起来:

"喔——喔!"

"喔——喔!"

它的声音又好听,又响亮。

女人们听到打鸣,连忙起来扒灰做饭。

庄稼人听到打鸣,连忙起来拉牛下地。

孩子们听到打鸣,连忙起来上学念书。

姑娘们听到打鸣,连忙起来纺线织布。

老太婆笑嘻嘻地说:"你是一只勤快的公鸡呀!"

这一天,小白鸡在院子里找食吃,看到了小花鸡,说:"小花鸡!我学会了打鸣,你能做什么?"

小花鸡正伸着翅子在那里晒太阳,懒洋洋地说:

"小白鸡!你只有白的毛,我有黄的毛、红的毛、灰的毛、黑的毛,还有香色毛!我不用学打鸣,老太婆也喂我吃得饱!"

小白鸡听了,叹了口气走开了。

又过了些日子,小黑鸡的鸡冠变得鲜红鲜红的,好像一朵鸡冠花一样,它能下蛋了。每天早晨,它先在窝里下个大鸡蛋才跑出来,扬着头,叫着:

"咯嗒!咯嗒!"

"咯嗒!咯嗒!"

它的声音又好听，又响亮。

女人们吃了鸡蛋，添了力气，扒灰做饭。

庄稼人吃了鸡蛋，添了力气，拉牛下地。

孩子们吃了鸡蛋，添了力气，上学念书。

姑娘们吃了鸡蛋，添了力气，纺线织布。

老太婆笑嘻嘻地说："你是一只勤快的母鸡呀！"

这一天，小黑鸡在院子里找食吃，看到了小花鸡，说："小花鸡！我能下蛋，你能做什么？"

小花鸡正伸着翅子在那里晒太阳，懒洋洋地说：

"小黑鸡！你只有黑的毛。我有黄的毛、红的毛、灰的毛、白的毛，还有香色毛！我不用下蛋，老太婆也喂我吃得饱。"

小黑鸡听了，叹了口气走开了。

过了些日子，老太婆家里来了一个远道的客人，她想：人家这么远来看我，杀只鸡待客吧。三只鸡杀哪一只呢？

"喔——喔！"

"喔——喔！"

公鸡正在打鸣。

"咯嗒！咯嗒！"

"咯嗒！咯嗒！"

母鸡刚下了蛋。

到底哪一只鸡待了客，我不说你们也知道。

王小和三女

在一个小山下面，有三间小屋，住着一个小伙子，叫王小。在这小山的半坡上也有三间小屋，住着一个老人，外号叫"百事知"。王小家里很穷，没有说上个媳妇。"百事知"老人，家里也不太宽裕，年轻的时候，为了挣口饭吃，闯过关东，下过南洋，真是见得多，识得广。可是，他劳累了一辈子也还是独身一人。他心地很好，常常省点好吃的，叫王小去吃。王小也常背些柴去给老人烧。这里人烟很稀少，这一老一少耪合得比父子还要亲热。那一天，"百事知"老人大清早起来，烙好了两张饼，自己只吃了一张，想到王小，就把另一张留起来了。正巧，这天王小上山去打柴，走过老人的门前时，"百事知"老人强着把饼掖到了他怀里。

王小在山上打了一会儿柴，觉得肚子饿了，想找个避风的地方吃饼，看了看，旁边不远的地方有一座大石碑，他就上碑前面供石上坐下，一大口一大口地吃。吃着吃着，听见供石下面嗑嘭嗑嘭地响。王小寻思：这是什么东西响呢？他弯下腰去看，原来是供石边上两个溜圆的石头蛋，自己滚过来滚过去的，碰得嗑嘭嗑嘭地响。王小觉得奇怪，就把它拾起来，背起草筐，一直向"百事知"老人家里走去。

"百事知"老人见王小那么高兴，也笑着问道："王小！拾了狗头金啦？那么欢喜！"

王小笑着说道："快拿个盘子来，我给你看个好耍景。"

"百事知"老人找了一个盘子给他，王小把石头蛋轻轻地放了进去，那石头蛋在盘子里滚来滚去，两个碰得嗑嘭嗑嘭地响。王小还是一个孩子脾气，乐得哈哈地笑了起来。

"百事知"老人左看右看，忽然把手一拍说道："孩子，这是一对宝器呀，名字叫作'镇海干'。你拿上它到东大海里去吧，你走到哪里，哪里的海水就退了。"

王小听了，心想："还有这样的奇怪事吗？"他拿上石头蛋，从"百事知"老人家里出来，就向海边走去了。

王小到了海边上，正是涨潮，千千万万个浪头成排地涌了上来。王小冲着浪头走去，海水哗的一声，向后退去了。王小急走，海水快退，王小慢走，海水慢退，走着走着，海水全干啦，露出了一片晶亮晶亮的大瓦房来。一个白胡子老汉拄着龙头拐杖从瓦房里走出来，看见王小说："你这个小伙子进来耍耍吧！"

王小跟他进去了。白胡子老汉摆上酒菜，叫他吃了。

王小住了几天，知道那个白胡子老汉是老龙王，龙王有个三闺女长得很俊俏，两个人她也看中他、他也看中她，好上了，过了几天，老龙王催他说："你这个小伙子快走吧！你要什么，我给你什么，要金子我有金子，要银子我有银子。"王小说："我什么也不要，就要你的三女。"老龙王说："那哪行啊！你有了金银财宝，要说什么样的媳妇也有。"王小摆摆手说："不行，你不给我三女我就不走。"老龙王没法只得答应了。

龙王这个三闺女临走的时候，对老龙王说："爹，我什么也不要，就拿着我那个梳头匣子吧！"老龙王点点头说："你拿着吧！"王小和三女欢欢喜喜地离开了龙宫，走出了不多几步，王小回头一看，深绿的海水又浪滚翻腾地往上涨了。王小立住了脚，海水就好像一栋玻璃墙一样地停住了。王小又往前走，海水又往上涨，王小和三女上了岸啦，海水也呼隆呼隆地灌满了。

两个人往家走啊，走了一天也没吃什么。王小肚子饿极了，三女就试探他说："王小，你饿得这号样，不如把我卖了换点盘费，你好回家去。"王小说："你这说的什么话！"三女看他是真心啦！问他说："你想吃什么？"王小说："走道走得怪累的，顶好有个饽饽吃。"说话的工夫,一个人提着饽饽来了。两个人吃饱了又走,走了两天就到了家啦。

王小回到了家,当天就和三女去看"百事知"老人。老人先是欢喜,然后又看着三女叹了口气说:"就怕好日子过不长远呀。"

三女笑着说道:"老爷爷,你尽管放心吧。"

王小还是上山去打柴,只剩下他媳妇三女在家里。这时候,一个县官打这个山下路过。这个县官爱吃鹌鹑,他饿了,就叫抬轿的落了轿。他叫过两个衙役来说:"你给我到庄户家把这两个鹌鹑做做去。"两个衙役拿着鹌鹑上了王小家去咧。三女那么俊,两个衙役看了,都掉了魂啦,光顾着去看,把鹌鹑做煳了,吓得两个衙役都哭起来。三女问道:"您哭什么?"衙役说:"俺俩把鹌鹑做煳啦,回去大老爷就要把俺们打死了。"三女可怜起他两个来了,就说:"您两个人也不用哭啦!我给您俩另做两个鹌鹑吧。"两个衙役说:"这时上哪儿去弄鹌鹑呀!"三女说:"不用愁啊!"她就和了一点面,捏了两个鹌鹑,通上个眼睛,吹上口气,两个鹌鹑就活了,比先前的那两个还大还肥。做好啦,两个衙役欢欢喜喜地端着走了。那个县官吃着,比过去哪回做的鹌鹑也香也好吃,他就问那两个衙役怎么做的?那两个衙役先还不说,架不住县官追问,追问到后来,两个怎么来怎么去,一五一十都对县官说了。县官听了,心里就起了邪主意啦。他叫衙役把王小叫来说:"我也有鹌鹑,你家也有鹌鹑,咱两个斗斗吧！你家的鹌鹑能斗过我的，我把金银财宝给你些；我的鹌鹑能斗过你的鹌鹑，你就把你的媳妇给我。"王小心里着实不愿意，可是县官这么说还有什么法子！他就回家和他媳妇商议。三女说："你上俺娘家去要那第三个鹌鹑来吧！"

王小拿着镇海干去见了老龙王。老龙王问他要什么，他说："我来要鹌鹑呀！"老龙王一指说："你看那不是鹌鹑，你要多少，你就拿多少吧！"王小一看那些鹌鹑都挺肥挺大的，他又问老龙王说："哪一个是第三个鹌鹑？三女叫我来拿第三个鹌鹑。"老龙王指了一个最小最瘦、一条腿、一只眼的鹌鹑说："那就是第三个鹌鹑。"王小一看，皱起眉头来咧，但是三女叫他拿这个，他还是拿了这个鹌鹑。回来一进门他就望着三女说："我知道你是想跟着县官了，那么些好鹌鹑不叫我拿，叫我拿这个瘸腿鹌鹑来。"三女说："你放心拿着去吧！"

他就拿着鹌鹑上了县官那里。县官一看，欢喜啦！那么个瞎鹌鹑还能斗过我的吗！他就把自己又大又肥的鹌鹑放了出来，没寻思那个又瘦又小的鹌鹑，一只腿跳跶着，三两口就把县官的肥鹌鹑啄死了。县官气得白瞪眼。王小说："大老爷，你给我金银财宝吧！"县官把眼白拉两白拉说："你先回家去吧，以后我给你送去。"县官这么说，王小没有法子，回去了，还是天天打柴。

县官又想出了坏主意。他把他的衙役、官兵点了起来，拉着大车去抢三女。王小正在山上打柴，望见了，跑来家和他媳妇说：

"坏了！县官来抢你啦！"三女不慌不忙地说："不要紧，你先到屋顶上去。"她把王小打发上了屋顶，自己拿了她的梳头匣子，也上了屋顶。

县官领着兵，赶着大车，一霎工夫就到了屋前啦。县官看见三女那么俊，更急咧，一连声地吩咐快找梯子，上屋顶上去抢。

这时候三女把梳头匣第一格的抽屉抽了出来，大雨哗哗地下起来了，眼看着水打到溜腰啦，不多时候就没到那个县官和那些官兵、衙役的溜脖啦！

三女又把第二格的抽屉抽出来，就呼呼地刮起了大东北风来，刮得就像数九寒天那么冷，水都结成冰了，把县官、官兵、衙役都冻在冰里，冰上光露着些头。三女问道："你还来抢我不抢咧？"县官说："不抢了。"三女冷笑了两声说："你不抢我，可轮到我铲你啦！"

她把第三格的抽屉抽出来，来了一些彪形大汉拿着铁锨，一锨一个，把县官、官兵、衙役的头都铲下来了。

线子和囤儿

从前有一个孩子叫囤儿，不大的时候死了爹娘，跟着一个本家叔叔过日子。他这个叔叔自己也有一个儿子，比他小一岁，一年小，二年大，两个孩子不觉都长到十五六啦。囤儿越长越出息，他四方团脸，模样敦厚，心眼也好。他叔叔自己的那个孩子，却越长越傻，又胖又笨，跟个玉瓜似的，呆得一点心眼儿也没有。街坊邻居都说："囤儿比起他那个叔伯兄弟来，真是天上差到地上。"

不管囤儿怎么好，做营生怎么多，但是在他那个本家叔叔手里就是赚不出好来，他那个叔叔起了坏心，想把囤儿爹娘撇下的地和房子一总给自己的傻儿子，就想尽办法治囤儿。有一天，河西赶集,他对囤儿说道:"囤儿,你把咱那个羊牵到集上去卖了,籴上一升谷,再叫羊驮回来。"说完,白眼珠子看了囤儿一眼,把羊缰绳扔给了囤儿,又说:"驮不回粮食,你别回来。"

囤儿牵着羊往外走,心里愁得慌:把羊卖了,怎么能再叫羊驮回粮食来?他走着,低着个头,心里纳闷。不觉到了线子家门口啦。

线子正在门口做针线,见了他那个样,停住手问道:"囤儿,你怎么的啦?"

囤儿抬起了头,见是线子,就把自己发愁的事告诉了她。

线子比囤儿大两岁,她和囤儿相好已经两年了。她长得白生生的脸皮,长眉大眼,人品又好,心眼又灵。她听囤儿说完了,笑了笑道:"这有什么难!你到集上把羊毛剪下来卖了,籴上谷,再叫羊把谷驮回来。"

囤儿到了集上,把羊毛剪下来卖了,把卖得的钱籴了一升谷,叫羊驮着回了家交给他那个本家叔叔。叔叔心里不自在,嘴里却没说的。

又有一次,囤儿的本家叔叔牵着一头骡子到集上去卖,遇上了一个姓冷的、外号叫"刁嘴"的来买骡子。两个把买卖讲成,囤儿的本家叔叔知道姓冷的很会捣鬼,就悄悄地和他商议好了,又要难为囤儿。他回到家里,对囤儿说道:"你去把骡子钱要了来。"囤儿问道:"买骡子的住在哪里?姓什么?"他本家叔叔把眼一瞪说:"他姓东北风,门东有个捻捻转,门西有个落场空,说给你啦!你要不了钱来,可别回来。"

囤儿又去跟线子商量了,线子说:"这还不容易!刮东北风就冷,姓东北风是姓冷。门东有个捻捻转,是门东有盘碾!碾起粮食来,是团团转啊!门西有个落场空,是门西有个大湾,要是割了庄稼,放进去不就沉了底啦!你到咱庄前刁嘴家去要,准没差。"

囤儿到了屋前冷家拍了拍门,刁嘴走了出来,囤儿说道:"冷先生,给俺骡子钱吧!"刁嘴说:"你为什么来问我要钱?"囤儿说道:"你说你门东有个捻捻转。"这时他指着门东的石碾说,"你这不是门东有盘碾!"刁嘴只得点了点头。囤儿又说道:"你说你门西有个落场空,"他又指着门西的湾说,"这不是你门西有个湾!"刁嘴只得又点了点头。囤儿又指着他本人说道:"你说姓东北风,不是姓冷吗!"刁嘴又点了点头,回屋里把骡子钱拿出来,给了囤儿。

他本家叔叔以为这下子准找到理由把囤儿赶出去了,一看囤儿又把骡子钱要来了,很是恼恨。他气汹汹地接过钱来,就去找刁嘴。

进了门他就问道:"冷先生,咱两个是约好了的,谁也不许透风,怎么囤儿又要了骡子钱去了?"

刁嘴说:"这不该我事,他说对了,我也没法不给他。我这个人好打听个闲事,实话说给你听!囤儿和一个叫线子的姑娘好,那个姑娘又俊俏又聪明，一定是她帮他拿的主意。"

囤儿的本家叔叔听了，气倒消了一半，心想，有这么一个聪明姑娘，还不如说了来，给自己傻儿子做媳妇，帮着过日子。他打定了主意，对刁嘴说："冷先生，你给费点心，把那个叫线子的姑娘，说给我那个孩子做媳妇吧！"

刁嘴说："我去试试吧！"

刁嘴到了那里，和线子娘说了。线子在里间屋听说了，二话没说，包了一块肉，拿了一棵葱出去递给刁嘴，转身又进去了。

刁嘴猜着了这个意思，拿着肉和葱就回来了。

囤儿的本家叔叔不明白是一回什么事，刁嘴说："她给了这两样东西，亲事就是不成了。她是说，她自己是一个聪明姑娘，怎能嫁给一个死肉疙瘩。"

找相好

有一个庄里,张姓有个小子叫张拴,李姓有个闺女叫李花,两个长得都奇好,在这一方俊得都出了名。张拴和李花两个人很相好,背后发了誓:一定要白头偕老。张拴托媒人到李花家去求亲。李花的爹妈却嫌张拴家穷,不答应这头亲事,却做主把李花许给了一家姓王的小子。王家看了日子,吹手喇叭的来娶。李花的爹娘强把李花按进轿去,大喇叭一响,花轿忽闪忽闪地抬起李花走啦。李花在轿里碰头撒野地哭,看看到了半路,忽然哗啦啦的一声响,从半空跳下一个圆眼睛黑脸妖来,一阵风把李花摄去了。

张拴知道了,心里很难过。他对爹娘说:"没有李花我也活不成,我非去把李花找回来不罢手。"爹说:"李花叫妖怪摄了去,你往哪里找?"娘也说:"李花叫妖怪弄了去没处找。"张拴不听爹娘的话,还是出门找李花。

找了好几天,这里问那里打听,没有一个知道李花的下落。张拴心里想:别是李花叫妖怪给吃了!越想越难过,坐在道旁哭了起来。哭着哭着,从那面来了一个白胡子老汉,问他道:"你有什么冤,在这里哭?"张拴说道:"老爷爷,快别说了,我的相好的叫妖怪摄去了,找了好几天也没个信息。"白胡子老汉说:"你跟我来吧!我知道妖怪住在哪里。"张拴听了,爬起来跟着老汉就走。

走了一阵,碰见一个小伙子,老汉问他道:"你这个小伙子,要去做什么?"小伙子说:"我叫王郎,我说的一个媳妇叫李花,去娶的时候,走到半路上,一个妖怪把她摄去了,我去找她。"白胡子老汉点点头说:"你跟我来吧,我知道她在哪里。"王郎和张拴一起跟着白胡子老汉走。走了一天,也没吃点什么。张拴一心地想李花,忘了饿忘了饥,王郎却饿得慌。他对老汉说道:"咱住住找点什么吃了再走吧!"老汉点了点头,说:"王郎你回头看!"王郎回头的工夫,只见一大片瓦房,高高的门台旁边有一只石狮子。白胡子老汉说:"咱们进去要点什么吃吧!"他就领着张拴和王郎上了门台。敲了几下子门,里面走出一个老妈妈来,问道:"您这些客人,打门做什么?"白胡子老汉说:"不要饽饽也不要肉,俺走路走得肚饥了,向你要个便饭吃吃。"老妈妈说:"好啊！你跟着我来吧！"三个人跟着老妈妈进了里屋，一个十八九岁很俊的闺女坐在炕上。老妈妈做了饭给他三个人吃了。老妈妈又说道："我有一件事跟您商量商量，不知道行不行？我是个寡妇老婆子，就这么一个闺女，想招个养老女婿，您这两个后生，谁愿意在这里住下？"老汉叫张拴在这里住下，张拴一心想着李花，说什么也不答应。老汉又叫王郎在这里住下，王郎正看中了这片瓦房，闺女又长得俊，欢欢喜喜地答应了。白胡子老汉领着张拴走了，走出有一里多路，老汉对张拴说道："我有一条手巾掉在老妈妈那个石狮子跟下，你给我回去拿来吧！"张拴答应着，赶紧地往后跑。到了那里一看，哪有什么瓦房，一个狮子正撕着王郎吃。他一惊，飞跑着去告诉白胡子老汉说："坏了！王郎叫狮子吃了！"白胡子老汉还是往前不停地走着说："你明白狮子为什么吃王郎吗？"张拴应道："老爷爷，我不知道。"白胡子老汉说："你想想，你就明白了。"

　　白胡子老汉领着张拴走了一天一夜，到了一个石头屋子前面，白胡子老汉说："这就是我的家啊！"张拴走进去一看，里面石头床、石头锅、石头碗、石头盆，什么都是石头的。白胡子老汉吩咐张拴去扫些松树种子当饭吃。这样住了七天，白胡子老汉见张拴一点也不灰心，对张拴说道："你要救李花吗？先得到西天进火石山的火虎洞里去取那把宝剑来，我有一件避火衣，你穿在身上，硬往前走。千万别往后退。退一步，你就要叫火烧死的。"

张拴穿上老汉的又白又亮的避火衣,往西天那边走去。走了也不知多少日子,才到了那个火石山。只见山坡上火苗子呼呼地往上蹿,他连停也不停就冲进火里去了。也怪,他身上一点也没烧着。火虎洞在山顶上,有只火虎在洞口守着,眼和庙里的大钟一般大,口里直往外喷火。张拴想到李花胆就壮了,扑着洞口冲了进去,见一把雪亮的宝剑挂在洞里。张拴抬手把它摘了下来,只一砍,老虎就倒了,火山的火也灭了。张拴拿着宝剑回到老人那里。

白胡子老汉对他说道:"你现在可以去救李花啦!李花是叫东海里那个黑鱼怪抢了去,把她放在海中间的一个岛上。只要你救李花的心真,就能把她救出来。"

张拴拿着宝剑往东走,走了也不知多少日子,到了海边啦。黑绿的一片水,不见边不见沿的,后浪推前浪,层层浪头哗啦哗啦地向他跟前滚来。他四下里望望,心里想道:要能有一只小船么,就是风再大,浪再高,天掉下来,海翻过来,我张拴也不会皱一皱眉头。可是叫我怎么上那海岛上去呢?

他顺着海边往前走去,风刮起沙子打疼了他的脸,海水浸麻了他的脚,他忍饥受冻地走了好多日子。这一天他看到海水里漂着一棵小桃树,一个浪头打来,小桃树又不见了,不多一会儿,又露出海面了。他看得清清楚楚,那小桃树上面还结着三个桃子,红尖在绿叶里格外的新鲜,桃树越漂越近了,张拴猛劲地一捞,抓住了桃树的枝子。这时,他觉得口渴了,他刚刚摘了一个桃子,放进嘴里想吃,"呜"的一声,一个老虎蹿了出来,张拴一惊掉进了水里,老虎不见了,桃树也没有了。他的身子却轻得似一片树叶,他站在水皮上,像站在平地上一样,再也不沉底了。原来这是一个避水桃呀!张拴口含着桃子,一直地到了海中间的岛子上。那岛上笼罩着雾气,荒草长得齐腰深。张拴走了不多几步,鱼怪带着虾兵蟹将,黑雾滚滚地迎上来了。隔着雾气看到那些虾兵蟹将,拿着长矛、钢叉;鱼怪乌黑的脸,戴着银盔,披着银甲。它吆喝了一声,海啸了,虾兵蟹将一齐向张拴围了上来。张拴没有想后退一步,他举起那把雪亮的宝剑,东劈一阵,西砍一阵,宝剑射出一道道火热的白光,雾气立时消散,虾兵蟹将都又成了螃蟹、大虾了,爬着蹦着向四外逃去。

鱼怪眼睛也被剑光耀得睁不开,张拴一剑把它劈死了。

张拴在荒岛上找着了李花,两个人到底成了夫妻。

掀石柜

有一个地方,有一座山,叫"柜子山"。为什么叫它柜子山呢?说起来是有个故事的。在这柜子山的半坡,有一整块很大很大的石头,又光又滑,四角整齐得好像柜子一样。听老人们说,从前在这柜子山下面,住着一个锔盘子、锔碗、锔大缸的锔匠。这个锔匠有三个儿子,没地没土,全靠他的手艺吃饭。每天他都串乡串到日头落才往家走。

有一天,他回来得比平常更晚些,走到柜子山下的时候,就满天星星了。他觉得怪累得慌,就放下担子,倚着柜子山,闭上眼歇歇气。他似睡不睡的,忽然听到山上面谁在说话。

一个说道:"伙计,咱看守了这多年的宝柜,来掀宝柜的人不知有多少,可是就没有一伙人能够掀开。"

另一个应道:"可不知怎的,那些人都是见了财宝就红了眼。"

过了一会儿,一个忽然喊道:"坏了,咱的宝柜裂了。"

那一个又说道:"锔匠在山根下,叫他来给咱锔锔吧。"

听到这里,锔匠猛地清醒过来。要说是个梦吧,又不像梦;要说不是梦吧,谁也不能黑灯瞎火地跑到山上来说这样的话。他想了一阵,自言自语地说:"我上去看看。"

山并不高,不多一阵,他就到了山半坡。在月光底下,他看见那块又光又滑、四角整齐的石柜旁边,有三指长短的一条裂缝,金黄的铜钱,直往外滚。他欢喜得了不得,慌忙抽下盛锔子的小抽屉接着。不一阵工夫,好几个抽屉就都装满了,可是铜钱还是流水一样地往外淌。他看了看,再也没地方盛了,心想:我还是先把它锔起来,反正自己又知道地方,明天挑上大篮子来,把锔子起去,再叫它往外淌钱。

锔几个锔子在他是十分容易的事情,砰砰叭叭地不多一会儿,就砸上了五个锔子,又用石灰泥了泥,嘀,别说铜钱流不出来,就是水也漏不出一点来。他歪头侧脑地打量一番,觉得锔好了,才挑着担子下了山。

这时候就有小半夜了,他的三个儿子都睡了,他老婆却挂念着他，站在院子里等着。一听到声音，就赶紧跑来开门。他挑着担子进了屋，汗也没顾得擦，就把抽屉拉开说道："你看！"

他老婆一见那么多的铜钱，又高兴又担心地问道："孩子爹，你这是从哪里弄来的？"

锢匠小声地一五一十地都对老婆说了。老婆一听，欢喜得闭不上嘴。她一面往柜里放钱，一面说道："这可好了，咱那三个儿子今年冬天都能穿上新棉袄了，往后可再不愁吃穿啦。"

可是锢匠十分贪心，这一夜他翻来覆去地睡不着觉。他想，我明天去挑上一天钱，回来我先置上些地，再盖上盛粮食的大仓房，我还要雇上些人……

第二天一早，他就爬了起来，叫老婆把那个百年也没有用过一次的破囤打扫打扫，等着盛钱。他自己找了一对最大最大的篮子挑着走了。

他小跑一样一直上到了昨天淌钱的石柜那里，可是怎么找也找不到那条缝了。石柜上面只有早晨红鲜鲜的太阳光，照在光溜溜的石柜上，好像昨天晚上就没有发生过那回事情一样。

锢匠垂头丧气地回了家，他又想："我的三个儿子，那两个虽说还小，可是我那大儿，力气是没有比得过的，要是去掀石柜，说不定就能把石柜掀开。"他想到这里，简直一时也等不得了，忙叫老婆把大儿叫到跟前。哈！他那大儿，果然是身量很高，肩膀很宽，腿粗腰壮的。

铜匠欢喜地望着他说道:"你们兄弟三人,家业又小,只要咱们两个去把石柜掀开,那里面的财宝就都是你们弟兄的了。"他说着说着,好像石柜里的财宝已经到了手,越说越高兴,越说声音越大,简直就是在教训大儿子了:"钱财是越多越好,置上万顷地,盖上高瓦房,将来你那两兄弟长大了,分家的时候……"

大儿却忽然打断了爹的话说:"我那两兄弟,都不能掀,将来也不能和我一样地分呀!"

铜匠一听火了,瞪起眼来说道:"你们是一根瓜蔓结的亲兄奶弟,谁叫你这么分究的?"

铜匠老婆生怕爷儿两个吵起来,忙插嘴说道:"你们爷儿两个,真是一个半斤、一个八两,石柜还没掀开,就吵开了。"

铜匠听了老婆的话,也觉得还是掀石柜要紧,就不再吵了。大儿子噘着嘴,也没有作声。一家人奔上山去了。到了石柜旁边,铜匠和他大儿动手掀了起来,铜匠老婆抱着小的,领着二儿站在旁边看。

掀呀!掀呀!嗬,石柜真的裂开缝了,张开口了,看得清清楚楚,那里面白的是银、黄的是金,还有一些红红绿绿不知名的宝物。二儿高兴地拍手嚷道:"爹呀!快掀!""大哥呀!快掀!"

大儿见到这些财宝,早眼红了,他听见自己兄弟的声音,心里更是生气,他想:"这财宝都是我的才好,哼!我两个弟弟,一点不掀,还要分去许多,我是太吃亏了……"

石柜已经掀开很大了,里面的金银珠宝,闪耀着五颜六色的光彩,大儿再也顾不得掀石柜了,他一下子跳在石柜里的金银财宝上面,两只手一齐抓着往身上装。就在这一霎,石柜盖子往下压了,石柜砰的一声合上了。

锔匠急得瞪了眼,锔匠老婆放声大哭了起来。

不管锔匠和他老婆怎么叫,怎么喊,石柜终究是掀不开了。

牛庄的故事

也不知在哪一县哪一乡,有一个庄叫牛庄,牛庄并不是凭空就叫它"牛庄"的,说起来有一段十分惊人的事情。这个牛庄四外都是大山峻岭,如今是有百多户人家了。听传说,从前只有一个猎人和他老婆住在那里。有一天,猎人从山上打猎回来,路过一棵万年古松,听到树上的大鸟窝里有一个孩子哇哇地哭,猎人急忙攀登上去,果然在大鸟的翅膀底下找到了一个小小的孩子。猎人小心地把他抱回了家。

猎人的老婆接过孩子说道:"孩子呀,孩子,我是会把你当亲生的儿子一样看待的。"

老太婆给孩子野羊的奶喝，给孩子飞鸟的蛋吃，孩子越长越大了，又胖又壮，两口子欢喜得了不得，给他起名叫"大壮"。

大壮十四岁那年就身高力大，膀宽腰圆。俗话说："木匠的孩子会砍橛。"真是跟着什么学什么，大壮跟着老猎人，箭也射得准，枪也打得稳。四外那些山上狼可多啦，不到天黑狼就嚎了起来，太阳出来了，狼还在山上跑。可是老猎人两口子，始终觉得大壮是个孩子，不肯放他上山打猎。

有一天，大壮在屋里实在闷得慌，背着娘悄悄地走了出去。他走过了长岭，爬上了高山，走着走着，只听"扑隆"一声响，飞起了一只红花花的山鸡。大壮眼明手快，一扭身子，嗖的一声，石子从手里飞出，正打在山鸡的头上，山鸡翻翻拉拉地落下来了。大壮虽说是一没枪，二没箭，他边走边扔石子，不到半天的工夫，腰里就挂满了各种各样的禽鸟：老鹰弯弯嘴，鹌鹑没尾巴，斑鸠灰色毛，鹁鸪红肚皮。

在一个深沟旁边，大壮赶上了一只野兔。他刚要弯腰去拿，忽听到身后菠萝叶子沙沙地响。他忙掉转头，只见一只青狼向他扑来。大壮不慌不忙，一闪身子，两手掐住狼的脖子，用力地向外抛去，狼叫也没叫一声，就摔死在石头上了。

大壮拖着死狼回了家。老太婆看着欢喜地说道："孩子！我再不拦挡你了，明天你和你爹一块儿上山打狼去吧。"

大壮听了，欢喜地跳了起来。可是这一天老猎人晚上没有回来，第二天也没有回来。

也许是因为老猎人上了年纪啦，也许是因为老猎人碰到的狼太多了，老猎人被狼吃了。大壮在深山沟里，找着了老猎人的枪和沾满血的衣裳。老太婆见了，哭得死去活来。大壮的心里又难过，又冒火。老太婆说道："大壮呀，咱就是受穷挨饿，也不在这山沟里住了。"大壮却咬咬牙说："娘，你尽管放心，就是山再高，狼再多，我也要把它打干净。"

从这天起，大壮背起了老猎人的枪，带上老猎人的弓箭，上山去了。

山连山，岭靠岭，大壮天天从东岭爬上西岭，从北山翻过南山，风给他梳头，雨给他洗脸。他曾经骑在老虎背上把老虎敲死，他也曾走进狼窝把狼打死，日尽月来，月尽年来，少说也有五六年的光景，山上再也看不到狼虫虎豹了，大壮也长成了一个身高一丈、拳头铁硬的年轻小伙子了。他走过野林，野林里只听得雀鸟叫，他走过深山，深山里只听得涧水响。大壮回到家里对娘说道："娘呀！这山上的狼是叫我都打净了，山上的青草那么绿，我去买群牛放着吧。"

娘答应了，大壮买来了十多头牛，里面有一头黄牛，又壮又肥，仰起头来，硬角朝前弯着；走起路来，蹄子扒得土响。

大壮天天赶着牛上山。娘嘱咐他说道："孩子，你千万不要大意！我听你爹说过，山上有一种白脸狼，大天白日就能变成人出来走呀。"大壮伸出一条粗胳臂叫娘看看说:"娘呀,你放心吧,不管它什么狼,也不敢近我的身。"

海水会不断地变换着颜色,山里每时也有不同的景色。大清早晨,大壮放牛在山脚下,牛身上罩着白雾,高高低低的山头,似乎变成了能够飘走的黑影。大壮心想:鸟不飞草不动的,哪里会有什么白脸狼!

太阳出来了,大壮放牛在山坡上,雾气变成透明的水汽,金光耀着绿绿的山头,牛的嘴被青草染绿了,牛的毛被水汽润光了。大壮心想,风不吹树不摇的,这山上多么明净安稳啊。

晌午的时候,牛吃饱了,大壮把牛赶到泉水边,那晶莹的泉水,真像一幅明光的彩画,好像谁把旁边峭壁上的怪石花草照样地描在了水里。牛吃饱了,喝足了,在泉子左边的草地上趴下了。大壮也在草地上躺了下来,不知不觉地就睡着了。

也不知睡了多少时候,大壮忽然被什么触醒了。他睁开眼,看到那头大黄牛喘呼呼地站在他的跟前。大壮抬起头四下里看看,泉水还是那样平静,山花朵朵活艳簇新,地上,草叶不动一动,天上,白云都停住了。这样好的天气,这样好的地方,大壮又睡着了。

他刚刚睡了不多的时候,黄牛用角掀呀,掀呀,又把他掀醒了。他睁开眼一看,那头黄牛通身汗淌的,好像刚从水里捞出来一样。大壮坐了起来,看到对面崖坡上站着一个媳妇,眼眉乌黑,嘴唇通红，头发油光。那媳妇看样要向前走，却又不向前走。黄牛见了，哞地叫了一声，尾巴竖起，朝媳妇那里冲去了。黄牛冲上了对面的崖坡，媳妇吓得从崖坡上滚了下来。这时候，大壮也赶了上去，一把抓住了牛尾巴，牛四蹄乱蹬，走不动了。

媳妇爬了起来，手捂着脸呜呜地哭了。

大壮问道："你是哪个庄里的呀？"

媳妇说道："我住在山前面那个庄里，俺男人上山打柴，三天没回家了，一定是叫狼吃了。"她说完，又呜呜地哭了起来。

大壮一摇头，说道："这山上没有狼了，你男人一定是打柴走迷了路。"

媳妇说道："是呀，我就是想去找找他呀，谁知道我命苦，半路又叫你家这黄牛抵着了。"她说完，哭得更厉害了。

黄牛又要朝媳妇冲去，大壮生气了，把黄牛打了一顿，媳妇才动身转过山坡走了。

大壮赶着牛走回原来的地方，日头更暖和了，泉水往上冒着热气。他坐着坐着又瞌睡了，手里还扯着牛的尾巴，往旁边石头上一靠。刚闭上了眼，黄牛又哞哞地叫了。大壮也就清醒了，他心里想："这黄牛平时很是老实，今天为什么这样野性呢？"他把眼睛轻轻地睁开一条缝，只见那个媳妇从松树背后转了出来，看看快走近了，那媳妇把脸一抹，嘿，哪里是人呀，原来是一只白脸狼。狼的眼睛冒着凶光，张牙舞爪地朝大壮扑了来。这时，黄牛猛地向前一蹲，头一拱，把狼拱倒在一边。狼爬起来，又朝牛扑来了，一牛一狼在草地上翻腾了起来。大壮明白了，牛身上为什么有汗；大壮明白了，牛为什么用角掀他。他跳了起来，揪着狼的尾巴，三下两下就把狼摔死了。大壮心想：这真是险呀，在我睡的那阵，要是叫狼咬着脖子，有力气也使不上。他摸着黄牛说道："牛呀，牛呀，是你救了我啦！"

从这以后，大壮重又背起老猎人的枪，腰里插上弓箭，一面放牛，一面打狼。后来，大壮娶了媳妇，儿子又长大了。大壮嘱咐儿子说："孩子呀，这山上的狼打净了，那山的狼也会跑了来，狼装扮成人，肚里也是吃人的心肠，你可不能大意。"

大壮嘱咐儿子，儿子又嘱咐儿子，一代一代地传下去，故事也就一代一代地传下来了。就是因为那黄牛的缘故，人们都叫那个庄牛庄，把这个故事叫"牛庄的故事"。

找媳妇

花开万朵，万朵都不相同，故事千个，千个也不一样，你要知道这个故事神奇的变化，听我慢慢地从头说起：

我敢说，在从前，世上没有别的人，像寡妇盼着自己孩子长大那样心切心急的。我也敢说，在从前，孤寡穷苦的日子是世上最难过的。嘿！不知在哪朝哪代，就有这么一个穷苦的寡妇，男人死了以后，只撇下了一个不大的孩子，叫"得宝"。家里穷得土炕上连巴掌大的一块破席也没有，按说这个日子是没法过下去的，可是在从前，随娘改嫁的孩子是被下眼看待的，只因为这个，得宝娘不想再另找人家了。冬天，北风吹，雪花飘，娘用自己的身子温暖着孩子；夏天，日头毒，风又炽，娘累得直喘，也忘不了给儿子擦汗。得宝娘受累受苦，一心只盼着孩子快些长大成人。日头天天东出西没，月亮缺了又圆，得宝娘天明望天黑，今年盼明年，苦撑苦熬的得宝长到十五六岁了。娘虽是舍不得孩子离开自己身边，娘更心疼自己孩子忍饥受寒。有一天，娘对得宝说道："穷人全凭着两只手来挣饭吃，咱少地无土的，你就去学个手艺吧，要是能说上个媳妇，也不枉娘拉扯你一场。"

得宝答应了，第二天，他背上一点干粮，娘把他送出了门外，睁着泪眼看着他往东走了。

得宝在路上走了整整一天，傍天黑的时候，碰到一个老汉迎面走来。老汉的肩上扛着锛，手里拿着锯，得宝问道："老大爷，您是做什么的？"老汉应道："我是做木匠活儿的。"得宝欢喜地说："老大爷，请你收我做徒弟吧！"老汉看得宝不是那号游手好闲的孩子，当场就答应了。

得宝是一个聪明孩子，只一年的工夫，他就出了徒。临走的时候，师父给了他一个锛、一张锯，对他说道："得宝呀！你也能割那门和窗，你也会做那梁和柱，盼你能过上好日子吧。"师父说完，叹了一口气。

得宝回到了家里，娘听说儿子学成了木匠，高兴地说道："孩子呀，从这以后咱可好过了，等再过几年，我就给你说上个媳妇，我也算没白熬了。"

说起来，娘是空欢喜了一场，那年月里，十家能有九家穷，找不出几家盖屋的，更没有多少找人做家具的了。得宝要开个木匠铺也没个本钱，一年三百六十天，有三百天没活儿干，他这时才明白了师父并不是凭空叹气的。他想了想，对娘说道："娘呀！我看还是另去学一桩手艺吧！"

娘愁眉苦脸地说道："孩子，我不拦阻你！只要能看到你成家立业，我也算没白活这一辈子。"

第二天，娘盼儿子吉利，强装笑容把得宝送出了门，看着儿子往西走了。

得宝在路上走了整整一天，傍天黑的时候，他又碰到个挑着担子的中年汉子。得宝问道："大叔，您是做什么的？"挑担的说道："我是锔锅、锔碗、锔大缸的锔匠。"他说完，就拿下小喇叭呜呜地吹。得宝虽是十六七岁的人了，却还是一个孩子心。他想：吹着个喇叭，串个乡，还就是不错哩。他欢喜地说道："大叔，你收我做个徒弟吧！"锔匠把得宝上下打量了一下，见他身高力大，当场就答应了。

得宝是一个心灵手巧的人，一年的工夫又出徒了。临走的时候，师父给了他一些锔子、一把凿，对他说道："得宝呀！你也能锔那锅，你也能锔那碗，细瓷家伙你也能锔起来咧，盼你能过上好日子吧。"师父说完，又长叹了一口气。

得宝回到了家里，娘听说儿子学成了锔匠，高兴地说道："孩子,从这以后咱可好过了,你放心吧,娘会过日子,咱节省着过,攒下点钱,给你说上个媳妇,娘也欢喜欢喜。"

说实在的,得宝娘也真的会过日子,一根针要用几年,一根草棒也拾起来,不过,她却没有攒下钱。许多人家穷得是连个铜碗的钱也没有呀,得宝有时好几个月挣不着一文钱。他这时又懂得师父为什么叹气了。他没有别的办法,只好又和娘商量说:"娘呀!我看还是另去学桩手艺吧。"

娘泪汪汪地说道:"孩子,我不拦阻你,你年轻轻的,往后的日子还长呢。"

第二天,娘擦了擦眼泪,满脸苦笑着把得宝送出了门,看着儿子往南走了。

得宝在路上走了整整一天,到了一个野地里,前不着村后不着店的。走着走着,月光下,忽然看到在路旁有棵大树,溜直的树干,茂盛的叶子,他停了下来,因为他实在是累了,苦中寻乐,得宝干笑了一声说道:"大树呀!大树,你就给我遮这一夜的露水吧。"大树好像听懂了他的话一样,枝叶忽然摇晃了起来,得宝大瞪两眼地看着看着,三晃两晃,三响两响,那大树变成了一个高大的汉子了。那汉子穿着窄袖瘦裤,打扮得很是俏气。得宝又吃惊,又奇怪,那汉子很和气地说道:"兄弟,天到这时候,你要到哪里去呀?"得宝照实说道:"我一无地二无土,想找个地方去学手艺!"大汉把得宝看了又看,问道:"你想着学个什么手艺呀?"

得宝出了一口粗气,照实地说:"我学过木匠,可是没有钱开个木匠铺;我学过铜匠,连打铜子的钱也没有。大哥!连我自己也不知道学个什么手艺才好?"大汉哈哈地笑道:"我选徒弟,选了许多日子,今天选上你了,你就跟我去做个徒弟吧。"得宝看他很是直爽,当场就拜他做了师父。

得宝是一个聪明伶俐的人,一年的工夫又出徒了。临走的时候,师父什么也没有给他,对他说道:"得宝呀!你也能变那花草树木,你也能变那雀鸟走兽了,只要按照我嘱咐你的话去做,你一定可以欢欢乐乐地过一辈子。"

得宝回到了家里,娘问道:"孩子呀,这次你学会了什么手艺啦?"得宝欢喜地答应道:"娘,我学会了变。"他说着,一摇身子变成了一匹胭脂红马,昂起了头咴咴地叫,娘摸着马的脊梁,唰唰地掉下了泪来,那马一抖鬃毛,又变成得宝了。娘拉着他的手说道:"孩子,你什么手艺都能学得会,可是媒婆从来不踏进咱的门。"得宝说道:"娘呀,你不用难过,媒婆就是来说,我还不高兴要啦,我自己出去找个媳妇,才能合心靠意。"娘说道:"孩子,娘活着,娘给你做吃做穿,娘没了,谁和你做伴?走吧,娘不拦阻你。"

得宝依着师父的话,他变成了小鸟飞过了蒺藜坡,他变成鹞子飞过了荆棘山。这一天他终于看到了那高高的大山,那大山的样子,好像一只威武的狮子。半山腰里,还有一个黑漆漆的山洞,如同狮子张开了大口。得宝迈进了山洞,深一步浅一步地走了一阵,只见前面远处显出了一片白光,当白光变成红光的时候,得宝的眼前好像明了天一样地亮堂起来,他已经不是站在洞里了,而是走到了一个有树有河、有人家的好地方了。他猛一转脸,从开着的窗里看到了一个闺女坐在屋里做针线。人们都说"勇不过吕布,俊不过貂蝉",那闺女简直比貂蝉还要好看。得宝不觉站住了,闺女也在不转眼地看着得宝。两个人你看我、我看你,闺女叹了一口气,先开口说话了:"一棵好花屋里栽,鲜花虽好可难采。"得宝也接着说道:"我变蜜蜂飞进来,看她难采不难采。"得宝说着真就变成了蜜蜂,嗡嗡地从窗里飞进去了。闺女羞得脸上一红,真的变成了一枝娇嫩的鲜花啦。金色的蜜蜂颤动着翅膀,正要向红花上落去,红花一摆,却又变成那个奇俊的闺女了。蜜蜂也又变成得宝了。闺女急忙地说道:"小伙子,俺爹是不肯放我出嫁的,我实对你说吧,他回来了,你就没有命啦。"得宝笑了笑,不慌不忙地说:"山高有人走,水深有渡船,只要你有意,我什么也不怕。"闺女的脸,又红又亮。停了一停,小声地说道:"不管俺爹叫你和他赌什么,你都要跟我说一说。"

得宝答应了,不多一时,老汉就回来了。他一猜就猜出发生了一桩什么事情,怒冲冲地瞪了闺女一眼,抽出宝剑向得宝砍去。得宝眼快心灵,身子一抖,变成了一座铁山,咔嚓一声把宝剑碰得粉碎。老汉吃了一惊,铁山不见了。得宝又笑嘻嘻地站在了闺女的身边。

老汉冷笑了一声,坏主意又出来了。冲着得宝说道:"咱两个打个赌吧,我藏着,你能找出我来,我就把闺女嫁给你;你要是找不着我,那就得由我摆布了。"老汉说完,拉着得宝走了出去。走着走着,老汉忽然不见了。得宝向四下里看看,野地里,有看不见头的路,种不完的地,千千万万块石头,千千万万块土坷垃,谁知道老汉变成什么了?到哪里去找?他正要转身去问闺女,闺女却站在他的跟前了。闺女手搭凉棚,向周围一看,对得宝说道:"你到那块东西地里,地中间有一根绿豆茬,你把它拔出来,就用劲一折。"

得宝听了闺女的话,跑到了那块东西地里,豆子已经割过了,地里净是一些黄色的豆茬。得宝找来找去,在地中间找着那根绿色的豆茬,拔出来就用力一折。只听得哎呀一声:"可折断了我的腰啦。"得宝手一松,绿豆茬忽然不见了,老汉又站在他的眼前了,一只手摸着自己的腰。

老汉虽说是输了,可是他还不愿意把闺女嫁给得宝,他又说道:"这次是叫你碰上了,我再藏着,你要是找出我来,我就把闺女嫁给你,你要是找不着我,我就马上把你赶出我这山里去。"得宝又答应了,老汉往前走了不远,又忽然不见了。得宝向四下里看看,野地里,有着望不到边的庄稼,摘不尽的瓜果,千千万万棵青草,千千万万朵野花,谁知道老汉变成什么了,到哪里去找?他又要转身去问那闺女,闺女又站在他的跟前了。闺女手搭凉棚,向周围一看,对得宝说道:"你到那块南北地里,地中间有一片架起来的黄瓜,叶子底下有一根老黄瓜,你把它摘下来,就把黄瓜头上咬它一口。"得宝听了闺女的话,走到了那块南北地,地中间果然有一片架起来的黄瓜。黄瓜架上,长满绿叶,开满黄花,条条黄瓜都是又绿又嫩。得宝找来找去,在架底下,一片黄叶子下面,盖着一条又黄又瘪的老黄瓜。得宝摘了下来,就咔哧咬了一口。只听得"哎呀"的一声:"可啃破了我的头皮!"得宝手一松,老黄瓜忽然不见了,老汉又站在了他的跟前,两只手揉着光光的头皮。

老汉接连输了两次,还是不答应把闺女嫁给得宝,他气呼呼地走进自己屋里去了。

得宝又恼又急,他站了一霎,回到闺女的屋里去了。闺女正坐在窗前绣花,她说道:"得宝,我早就猜到,爹不会就这么答应了的,他也不会就这样算完,待会儿他就找了来啦。他要是叫你变,你就变成一根扎腰带。"

果然,闺女的话刚说完,老汉就一跳迈了进来,声音像雷一样地嚷道:"你随便就进我闺女屋里,我是不能和你算完的!你藏着,我要是找不出你来,那就是我输了,我就叫这个小妮子跟着你走;我要是找出你,那就是你输了,我要当着这个小妮子的面把你杀死。"得宝答应了,身子一动,就变成了一根彩绸腰带,闺女拾了起来,把它一下子扎在腰里,又低头绣花去了。老汉两眼瞪了又瞪，他明知那腰带是得宝变的，可是一个当爹的是不好去闺女身上解腰带的。他气得再也站不住，一转身向门外走去。可是刚刚走到院子里，得宝又站在了他的跟前，说道："这次还是你输了吧。"

老汉却又说道："这是我闺女护着你！咱们到野地里去，你再藏着，要是我找不出你来，那就是我输了，我就叫你把闺女带走；要是我找出你来，我就当场把你杀死。"得宝答应了，和老汉两个走到了野地里。得宝听到头顶有许多小鸟叽叽喳喳叫得可欢，他想"我就变成这快乐的小鸟吧"。立刻，得宝就变成了一只小鸟，和成群的小鸟一块儿飞着、叫着。老汉却马上认出了哪只小鸟是得宝变的。他一闪身子变成一个弯嘴的老鹰，扑着翅膀追去了。闺女在屋里，一等得宝不回来，二等得宝不回来，她再也没心绣花啦，拿上了棒槌，提上了衣裳，装着往河里去洗衣裳，到野地里去了。她手搭凉棚四下里一看，便明白了。她真的跑到了河边，动手洗起衣裳来，那棒槌敲得那个响呀，震得柳枝乱摆。

小鸟在前面飞，老鹰在后面追，眼看快要追上了，那小鸟似乎是听到棒槌声，穿过柳枝，落在了闺女的身边，一变变成一枝红绫花，闺女拾起来，把它插在了头上，老鹰想来抓，闺女提起棒槌挡住了。老鹰飞到了树背后，一变变成了一个秃和尚。秃和尚身穿袈裟，手敲木鱼，嘴里念着："不化你米，不化你面，就化你头上这朵花儿看一看。"闺女早看出这个秃和尚就是她爹变成的，她把手一摆说道："你这秃和尚真管闲事，为什么偏偏要拆散这枝并蒂花?!"闺女说完,衣裳也不洗了,从头上摘下红绫花,拿上就往家里走去,秃和尚又变成一只大头苍蝇跟去。

闺女回到自己屋里,开开了描花柜,把红绫花放了进去,砰的一声把柜子盖扣上,咔啪地锁上了一把锁,又坐在炕上绣花去了。

大头苍蝇围着柜子转了几圈,落在地上变成了一只尖嘴老鼠,嗤嗤地啃起柜子来了。闺女却没有去管,好像她根本就没有听见。一霎的工夫,柜子就被啃开了一个洞,老鼠搐溜一下钻进去了。听着柜子里扑腾一声响,闺女连忙跳下炕来,开开了锁,掀起了盖,柜子里不见红绫花,只有一只花猫,抓住一只老鼠。老鼠见了闺女,开口说话了:"我不是老鼠,我是你爹啊!你给我讲讲情,叫他不要吃我。"闺女说道:"讲情我是能给你讲,只是你要答应一件事情,你得叫我和得宝一块儿走。"老鼠只得答应了。花猫把老鼠一松,花猫又变成得宝了,老鼠却没有变成老汉,它搐溜一下溜走了,哈!也许是因为它不好意思在得宝跟前变成人了。

得宝和闺女离开山里回了家,娘自然是欢天喜地地迎接着媳妇。她心里十分难过:没有好的给媳妇吃,没有好的给媳妇穿。闺女却一点都不放在心上,一没米,二没面,每天她却能端来很好的饭;又没布又没线,她也能缝出很好的衣裳。小夫妻有时变成一枝并蒂花,开在青青的草地上,有时变成一对五彩的鸳鸯,游在明净的水里。不过得宝还是常常帮着别人盖屋、锔家伙,从来也不要人家一文钱,这些都是以后的事情了。

荠菜

从前,有个名叫小荠菜的,孤孤单单一个人,没爹没娘,少兄无妹。爹娘什么也没有撇给他,只给他留下这么一个名字。可怜的小荠菜,连爹娘是什么模样也不记得了。只听到上年纪的人说,他娘在坡里[1]挖野菜生的他。当时娘便说:"吃的是荠菜,挖的是荠菜,孩子也叫他'荠菜'吧。"

小鸡没娘自刨抄[2],小荠菜人小可是不懒,拾粪、捡柴火、放

---

[1] 坡里,山东土语,就是田里的意思。
[2] 小鸡没娘自刨抄,意思是从小自己独立生活。

牛、挖野菜，凡是自己能做的营生，凡是做得动的活儿，他都是高高兴兴地去做。东邻西舍的，没有一个人不喜欢他的。常常是大娘留下过一天，婶婶那里住半天；张家叫他去吃顿饭，李家叫他去喝口汤。一年小，两年大，小荠菜长得比桌子高了。老人摸着他的头顶说："多好的个孩子，又俊秀，又伶俐，就是命不济。"小荠菜说道："爷爷，别说荠菜命不济，吃的是千家的饭，穿的是百家衣。"引得老人又是叹气，又是欢喜。

这一年的麦季里，小荠菜和一群孩子去坡里拾麦子。

有大穷，就有大富，离小荠菜的庄不远，有一个大庄，大庄里，有一个地主，因为他长得又高又细，街门外又竖着一根大旗杆，大伙儿背后里都叫他"大旗杆"。大旗杆家金银用斗量，好地几千顷。在庄头上一望，金晃晃的一坡麦子，没边没沿。可是看在眼里，却吃不到肚里，麦子十亩有九亩是大旗杆的。割麦子的时候，只要长工短工下了地，大旗杆便坐上轿车，带上管家去坡里串。他是宁肯让掉下的麦子烂在地里，也不肯让穷孩子拾在篮子里。只从这一点就可知大旗杆有多么可恶了。要是拾麦子的孩子一不小心叫他抓住，轻了被夺去篮子，重了还得挨打挨骂。孩子们望见了大旗杆，真是比望到狼还害怕。

这一天，小荠菜和同伴们正在拾麦子。小荠菜赤着脚，光着头，日头晒脊梁，热地烙脚板，拾来拾去，才拾了半篮麦子穗。看看天快响了，小荠菜还是舍不得走开，他对同伴们说道："拾一穗得一穗，留在地里也就烂坏了。"同伴们没有一个不听小荞菜的，他们又都低下头，眼快手忙地拾了起来。

哎呀，坏事了！这时候，正北的大道上，一匹胭脂红马，拉着一辆花花轿车，尘烟暴土地蹿了来。孩子们听到响声，抬头一看，花花轿车已经在地边停住，管家手拿皮鞭，从轿车上跳了下来。小荞菜看事不好，扬手叫孩子们快跑，自己还是站在那里。眼看着同伴们都跑远了，小荞菜才撒腿往前跑去。管家当然是先赶近的啦，小荞菜虽说是跑得快，可总是个孩子，他跑呀，跑呀，听着皮鞭声在背后响，听到脚步声越来越近了。他还是跑呀，跑呀，跑到了一个大石狮子跟前，嘿，眼看就要被追上了。你说怪不怪，石狮子的眼动了，石狮子的嘴张开了。小荞菜想："就是落进狮子的口里，也比叫管家抓住了好。"他停也不停地把住狮子的大牙，一跃身子蹿了进去。听着叭的一声，石狮子嘴又闭煞了。不用别的，只这一声，就把管家吓回去了。

小荞菜躲在石狮子口里，一点也不觉得气闷。他很奇怪，记得清清楚楚，这石狮子并不比自己高，嘴里怎么这样宽敞呢？早知道石狮子口能张开，叫同伴们也都跑到这里面，有多保险啊。小荞菜放下篮子，想量一量这石狮子口到底有多么宽、多么长。想不到，他的手才触着石头，就听到吱悠的一声，两扇石门在他眼前开开了。明晃晃的阳光从门口里照了进来，耀得小荞菜眼都睁不开了。

小荞菜揉揉眼睛，往石门里看去。这一看，小荞菜可乐啦：石门里面,青山绿水,花香鸟叫,真是一个好地方呵。小荠菜不觉说道:"从来不知道石狮子口里还有这么个地方,不管怎么的,我也进去看看。"

小荠菜向石门里面走去。不管他走到哪里,都有蝴蝶在他身边飞着,都有好花当着他面开开。不知什么缘故,小荠菜也不觉得饿,也不觉得渴。他一个劲地往前直走,走完小路,又上了大路,不管走在哪条路上,都有树叶给他遮着阴凉。连小荠菜自己也说不出,走了有多少时候,走了有多少路。那绿光光的大山,已经在眼前了。山根下有一间小屋,小屋的前面有一个大花园,花园的角上有一个葫芦架子,上面滴溜当啷地结着牙牙葫芦。一个小闺女头上扎着红头绳,身上穿着绿布衫,伸手摘下了一个牙牙葫芦,回头望着小荠菜说道:"小荠菜,我算计着你也该来了,师父叫我来浇花,你也来看花吧。"小荠菜见她知道自己的名字,也就欢喜地答应了。

小闺女拿着牙牙葫芦走在前面,小荠菜跟在后面。

走到了一棵绣球花下,小闺女把指头往牙牙葫芦上一戳,随着指头咕嘟一下冒出了一股水来,向花上浇去。这棵花浇完了,又去浇那棵花。小小的牙牙葫芦,好像是上通天河、下通大海的泉眼子一样,看去永远也淌不完。可是花刚刚浇完,牙牙葫芦立刻好像干了几年,一滴水也没有了。

小荠菜又惊又喜,看得连天到什么时候也不知道了。

小闺女说道:"小荠菜,天快黑了,你到那间小屋里去宿吧。"

小荠菜见到这样的怪事,自然想留下看个底细。他俩走进了屋里,小闺女说道:"我给你点上盏灯吧。"她把牙牙葫芦放在桌子上,一连吹了三下,牙牙葫芦亮的呀,好像是十五的明月一样,照得屋里雪亮雪亮的。小屋里收拾得干干净净,炕上被褥也叠得整整齐齐。小闺女说道:"小荠菜,天不早啦,你歇息吧。我要去见师父啦。"不等小荠菜作声,她回头就走,小荠菜忙赶上去问道:"你能不能告诉我,你这些武艺是从哪里学来的?"

小闺女站住说道:"我这些武艺是从师父那里学来的。"

小荠菜一听更是高兴,连忙问道:"你那师父在哪里?我也拜他做师父行不行?"

小闺女说道:"我师父每天都到这山顶上来采药,只要你真心想学武艺,他会教你的。"说完一眨眼就不见了。

小荠菜直撅撅地站在那里。愣了一会,才转身回到了小屋里。

这一夜,小荠菜在铺毡卧褥的炕上,一觉睡到了大天亮。他跳下了炕,就向大山上走去。太阳刚刚出来,照得山上亮堂堂的,只听到泉水哗哗响,却找不着一条上山的路。山又陡,石头又滑,小荠菜光着脚丫,爬了半头午才到了山顶。果然看见了一个白胡子老汉,在山顶上采药。小闺女跟在他后面。小荠菜一连叫了三声师父,白胡子老汉头也不抬,声也不答。小闺女生气地说道:"小荠菜,这不是拜师父的时候!"

这时,老汉直起腰来,望望小闺女,两人一晃就不见了。

山顶上的石缝里长着千年的大松树,峭壁上耷拉着几丈长的葛蔓,小荠菜站在松树底下,独自寻思:"今天不收我做徒弟,明天我还是来。"小荠菜手扯葛蔓,脚踏石缝,从峭壁上下来,心里盘算着:"不怕它山高没路,明天我早点动身。"

第二天,小荠菜果然没等天亮就起来了。他爬过石崖,爬上了峭壁,日头冒红的时候,就到了山顶啦。山顶上风凉露湿的,小荠菜抬头一看,白胡子老汉早已在那里采药了,小闺女跟在他的后面。小荠菜急忙跑了过去,一连叫了三声师父,白胡子老汉还是头也不抬,声也不答。小闺女转脸说道:"小荠菜,这不是拜师父的时候!"她的口气比昨天稍微和软了些。老汉直起腰来,看了小闺女一眼,一齐走进石壁里去了。

小荠菜心里很难过,低头想道:"白白地爬了两次山,一点武艺也没学着。光说这不是拜师父的时候,那什么时候才是拜师父的时候?"

小荠菜人小心灵,他立刻打定了主意:我也不下山了,今天夜里就在这山顶上住宿吧。

小荠菜又高兴了,看看松鼠跑,听听雀鸟叫,勤快孩子到哪儿也闲不住,小荠菜也动手挖药了。

白天容易过,到了黑夜里,山上可是变了样啦:松树不再绿了,石头也黑乎乎的。听听吧,远处是虎叫,近处是狼嚎,小荠菜一夜也没睡,眼睁睁地向前望着。傍天明的时候,小荠菜看到了眼前的石头,越长越高,越长越高,变成了层层的石阶。过了一阵,听着石阶顶上好像有人说话。又过了一阵,果不然,白胡子老汉脚踏石阶,从上面轻飘飘地走了下来,小闺女跟在他的后面。只见那白胡子老汉用手一指,山顶上忽地亮了。石头放光,露珠像星,白胡子老汉笑嘻嘻地望着小荠菜。小荠菜一连叫了三声师父,师父都答应了。小闺女红光满面地说道:"小荠菜呀,这才是拜师父的时候哪!"

小荠菜忙朝师父拜了三拜,跟着师父学起武艺来了。

说话的工夫,就过了许多日子。不用跑马,不用射箭,小荠菜学会了九九八十一桩武艺。这一天,小荠菜对师父说道:"师父呀,小荠菜吃的是百家的饭,学的是仙家艺,该做万家事。"师父点了点头。小荠菜又跟小闺女说了几句话,双脚一跺,眼错不见就从石狮子口里蹦出来了。

小荠菜进去的时候麦子熟,出来的时候豆叶黄。他站在石狮子旁边,向四面望望,金晃晃的一坡豆子,十亩有九亩是大旗杆的,来来去去的人马,都是为地主家受苦受累的。虾找虾,鱼找鱼,孩子愿意搭的是孩子帮。小荠菜一眼望到了自己的同伴,动动脚步,便到了他们的跟前。同伴们见了小荠菜,比得到什么都欢喜。这个问:"小荠菜,这些日子你到哪里去啦?"那个问:"小荠菜,你怎么回来的?没见你的影,就到俺跟前啦!"

小荠菜把同伴们领到了一棵柳树底下，对他们说道："天又热，日头又毒，我帮恁[1]拾些豆粒吧。"说完，从腰里拉下一条手巾，三叠四叠，叠成了一只兔子，一口气吹上，变成一只真兔子啦，蹦蹦跳跳地向前蹿去了。

　　这只兔子，不往沟里蹦，也不往草里跑，一直蹿进了大旗杆的豆子地里。大把头看到了这样肥大的兔子，在他眼前蹿来蹿去，就把镰刀一扔，大声地嚷着说："抓兔子呀！抓兔子呀！"长工短工，正巴不得停手歇歇，扔下镰刀，也下了手。哈，豆地里可是热闹啦，几十条大汉子，乱窜乱喊。不管怎么的，就是捉不着那只兔子。眼看着要抓住了，出溜一下又窜跑啦。眼看着要抓住了，出溜一下又从手底下窜了。你快赶，它快跑；你慢赶，它慢跑。从这些豆棵子底下，钻到那些豆棵子底下，从地东头跑到地西头，从地西头又跑回地东头，不知跑了多少个来回，人们也不知赶了多少个来回。天又旱，豆棵子又干，哪架住这么踩啦！噼噼啪啪，不多一会儿，地里就爆满豆粒子了。小荠菜把手向豆地里只一扇，豆地里立刻起了一阵大旋风，刮得豆叶满天飘，刮得黄土扬天起。那只兔子也忽然轻得跟树叶一样，随着金黄的豆叶，飘飘摇摇，飘飘摇摇地落在了小荠菜的跟前。他弯腰拾了起来，抖了抖，还是条手巾。孩子们越看越喜，越看越乐，只见小荠菜抓起一把豆叶往上一撒，豆

---

[1] 恁，山东土语，即"你们"或"你"的意思。

叶随着变成了一群金黄的小雀，再一撒，又是一群金黄的雀，再一撒，又是一群金黄的雀，这些小雀叽叽喳喳的，把柳树落满了，把半空也照黄了。小荠菜又朝豆地里一指，小雀一齐往豆地飞去了。它们落进了豆地里，张开尖嘴，含上个豆粒，才飞回大树底下。百粒豆子一小把，千粒豆子一大捧，只一阵工夫，小雀含来的豆粒，把十几个孩子的小篮都装满了。小荠菜把手招了招，小雀纷纷从半空里落了下来，看看，还是些金黄的豆叶。

孩子们伸手摸着满篮的豆粒，乐得嘴也闭不上。小荠菜看到了同伴欢喜，自己也很高兴。哎呀，就在这时候，正北的大道上，那匹胭脂红马，拉着那辆花花轿车，尘烟暴土地又蹿来了。孩子们全吓跑了，只有小荠菜一个人，还是不慌不忙地站在那里。花花轿车飞快地到了跟前，管家手拿马鞭从轿车上跳了下来。小荠菜把柳树一拍，闪到了一边。那管家不由自主地扔下鞭子朝树扑去，围着树转起圈来，越转越急，越急越转，大旗杆在轿车里看事不好，拉转马头逃回庄去了。

管家围着那棵柳树，还是不停地转呀，转呀！转得头昏眼花，转得两腿焦酸，就是停不住脚。转着，转着，肩膀擦着树皮了，衣裳也磨破啦，他想伸手去扶一下，谁知手刚触到树上，便再也拿不下来了。眼看着手掌出血了，鞋也掉啦，他一面转着，一面哀告道："小荠菜呀，饶了我吧！从今以后，我再也不给大旗杆当管家啦。"小荠菜听他说到这里，伸手把柳枝一拉，管家马上不转了，手也从树上拿了下来,坐在地上,只顾张口喘气。

小荠菜回到了自己庄里,大娘婶子、东馆西舍的把小荠菜围了里三层、外三层的,大娘说:"荠菜呀,半年不见你长高了。"婶子说:"荠菜呀,半年看不见你,就像隔了几年一样。"这个说这个,那个说那个,小荠菜笑嘻嘻地站在中间,不知回答哪个才好。

再说,大旗杆回到了家里,老半天才说得出话,打发人去叫管家时,管家摇着头说道:"只要小荠菜在,就是一死,也不敢当这个管家了。"去的人只得回来把管家的话对大旗杆说了。大旗杆的心里虽说是还有点害怕,俗话说:"炕头的狸猫坐地虎,仗势欺人。"大旗杆坐在家里,又生出坏主意来了。他想:"把小荠菜抓到家里,深宅大院的,我人手又多,不长翅膀他就逃不出去!不把他治死,是出不了这一口气的。"当时他就支派了人,无论如何要把小荠菜拿到。

去抓小荠菜的人,拿着长矛短棒,刚刚出了大旗杆家大门,就看到小荠菜迎面走了来,嘴里还唱吆吆的。抓他的人,倒吓得站住了。小荠菜不急不慢地走到了跟前,对他们说道:"不用你们费事啦,我自己来了。"抓他的人也听说了小荠菜的厉害,见他这样说,都顺水推舟地应道:"端人家碗,受人家管,老爷正让我们去叫你哪。"小荠菜也不跟他们多说,撇下他们一直向大旗杆家走去。那些人看到小荠菜这样的行径,你看我、我看你的悄声压气地跟在了后面。进了大门,进二门,进了第三道门,才看到了大旗杆坐在正间地上的太师椅上。小荠菜走到了他的跟前，面不改色地说道："我就是小荠菜，从小就知道你，今天我得了一个稀奇物，不给别人，只给你。"小荠菜说着把手伸出，一个巴拉桃核，在他手心里滚来滚去。大旗杆看着桃核心里想道："有钱能使鬼推磨，这穷小子也知道来奉承我了，正好落进我的圈套里。"他冷笑了两声，把嘴一撇，说道："我家光桃树林就有几百亩，谁稀罕你这个巴拉桃核！"小荠菜也冷笑了一声，说道："你那几百亩桃林子，也换不来这一个桃核。我这桃核，当天种、当天出、当天开花、当天熟。一年能熟三百六十次。"财宝打动了大旗杆的心，他想：要是有这么个种，繁殖这样个桃园，一年熟它三百六十次，这真如同堆上个金山银山哪。"他瞪大眼睛问道："真的吗？"小荠菜也把眼睛瞪起来说道："怎么不是真的！你要是不信的话，咱现在就当面试试。"小荠菜说做便做，他用脚轻轻一跺，方砖铺的屋地上，立刻裂开了一条缝。小荠菜把桃核放进了砖缝里，眨眨眼的工夫，桃核发芽了，长叶了。叶子摆三摆，已经长成了一棵比人高的大树啦。桃枝红通通的，骨朵也快放红了。眼看着桃花开开，桃花谢了，绿叶里桃子拳头大了。还没有吃袋烟的时候，桃子熟了。绿桃红尖，压得桃枝颤悠悠地动。小荠菜手把桃枝，摘下了一个顶大的桃子，送到大旗杆的眼前说："咱不说空话，你尝尝这桃子的味道吧。"大旗杆接过了桃子，掂了掂，少说也有半斤重，闻一闻是又香又甜。他馋不住，当场就大一口小一口、左一口右一口地吃了起来，嘎嘣一声，啃着了桃核。那桃核不往左蹦，不往右蹦，偏向大旗杆的嘴里蹦，一蹦蹦进了嗓子眼里塞住了。塞得那个牢呀，咽也咽不下，吐也吐不出，好像一下子长在了里面一样，堵得大旗杆气也喘不出，憋得大旗杆那长脸，红了紫，紫了又青，他本来是安着害别人的心肠，自己倒先害着了自己啦。

大旗杆死了，旁边的人有的惊呆了，有的慌了手脚，不知道桃树在什么时候不见了，也不知道小荞菜在什么时候走掉了。大旗杆家有钱有势，他家里的人自然是不会算完的，写了状子，拿上银子，进城把小荞菜告啦。县官得了银子，准了状子。当天晚上就打发两个官差，抓小荞菜去了。

小荞菜家那个庄，离开县城五十多里，两个官差赶到了那里，天已经蒙蒙亮了。只见一个十二三岁的孩子，从庄头上走了出来，手里拿着井绳，肩膀上挑着一担小桶，一路走，一路吱悠着响。看看已经走到对面，那孩子站住，朝两个官差打量了一眼，把水桶和担杖，横着拦路放下，好心好意地说道："恁这两个官差，不必进庄啦，小荞菜这两天很忙，没有工夫来接待你们啊。"两个官差把好话当成了歹话，一哼二喝地说道："谁叫你这小子多言多语！"说着脚一抬，把水桶踢了老远。那孩子也不发火，把井绳一扔，拾起担杖，往地上一竖说道："我就是小荞菜，今天没工夫和你们啰唆，你们来了一场，留下根担杖给恁两个做伴吧。"两个官差愣了愣，想要抓他。不走还罢，往前一走，只听砰的一声，两个人痛得一齐抱住了头。伸手摸摸，哎呀！头上撞起一个大疙瘩。抬头看看，哪里是在道上，四面都是阴森森的大树林子，自己原来是碰在了一棵大树上。两个官差站了一阵，还得往前走去。低着头走，树枝子划脸，抬着头走，树枝子戳眼睛。官差只好捂着脸走，走了又走，不只是没走到边，树越来越密了。两个人的脸划破了，衣裳也刮烂了，肚子饿得吱啦啦响，身上累得直淌汗。刚想着坐下歇歇，听到后面沙沙地响，转脸一看，来了一条桶粗的长虫[1]，朝着他俩伸出通红的舌头。两个官差吓成了一堆，要跑也跑不动，要喊也喊不出声，心想，反正这次没命了，闭上眼睛等死吧。过了一会儿，不见有什么动静，慢慢地睁眼一看，天呀！那大虫还盘在跟前。官差吓得动也不敢动，战战兢兢地哀告说："小荠菜呀，饶了俺这一次吧，再不敢来抓你啦。"官差的话才落音，眼前立时明亮了，再看时，大树林没有了，长虫也不见了，只有那根担杖横在道上，旁边放着一条井绳。小荠菜一手提着一桶水走了过来，拿起担杖和井绳，挑着水回庄去了。官差坐在路边，声气没敢出一出，见小荠菜走远了，爬起来，逃回县城去了。

　　县官看到没有抓来小荠菜，又是焦躁，又是生气，下令把两个官差一连打了二十大板，才稍微地消了消气。他想："白天抓不着他，黑夜去抓。怎么的也不能叫他逃出我的手去。"

---

[1] 长虫，蛇的土名。

第二天夜里，月亮明晃晃的，县官选了七班官差，骑上快马，带着大刀钩链枪，人不说话，马摘去铃，悄悄地进了小荠菜的庄里，把小荠菜的两间小屋，围了个严严实实，别说个人，就是个小蜜蜂也从屋里逃不出去。领头的官差扒在窗棂上，向屋里望去。几道月光照在了炕上，看着小荠菜还安安稳稳地睡在那里。他摆了摆手，立刻有好几把钩链枪从窗棂里伸进去。头上，身上，不顾死活地把小荠菜钩住了。屋里还是没有一点动静，官差们砸碎了门，拥进去点火一看，都傻眼了，原来钩着的不是小荠菜，是一个大枕头呀。

庄里的人，个个都为小荠菜担心、为小荠菜着急，官差们刚刚地出了庄，大伙便都去看望小荠菜了。只见小荠菜笑嘻嘻地从墙里走了出来，亲亲热热地叫大娘叫婶子，老老少少才把心放开。大伙都笑着说："可惜这个枕头，叫那些坏蛋钩了好几个大窟窿。"

七班衙役回了县城，县官看着没有抓到小荠菜，气得手脚发抖，七班衙役每人挨了五十大板，县官才算消了消气。他想：今日抓不住，明日去抓；明里抓不住，暗里去抓。怎么的也不能叫他逃出我的手去。

这一天，县官又挑了两个精明能干的衙役，限他俩三天以内，把小荠菜抓来。两个衙役出了衙门口，心里先胆怯了。商量了一阵，找了些破衣裳穿在身上，拿了一把锄，装扮成两个做短工的，进了小荠菜的庄，小荠菜正和同伴们在一个大湾旁边看景。湾水清得能照出人影，一个同伴望着小荠菜说道："要是这湾里能有鱼，咱们下去捞个吃吃，那才好呢。"小荠菜一听也高兴了，不觉说道："这有什么难处。"伸手拉下一根柳枝，摘下了几把叶子，向水里丢去，一变变成了许多鲤鱼，金鳞、银嘴，掉头摆尾的，游来游去。同伴们看了，都欢喜得拍手顿脚的，哈哈大笑。两个衙役站在一边，也看得明明白白，互相递了个眼色，跑过去把小荠菜拦腰抱住了。小荠菜回头看了看，笑了声对同伴们说道："恁都回家拿东西捞鱼吧，我还没到过县城，今天到县城里去游逛游逛，看看有什么光景，回来也好对恁拉拉。"同伴们都齐声答应了。

两个衙役小小心心地押解着小荠菜上了大道。走到半路，小荠菜忽然眉头一皱，啊了一声，懊恨地说道："你看，我把这事忘得干干净净啦，早上就打算好了，今天给张大娘家推土，不能到城里去玩呀。"他说着，脚跺了一下，人就不见影啦。衙役向地下看看，大道平光光的，不见坑，也不见缝，只有捆小荠菜的那个锁链子堆在地上。

两个衙役又急又愁，商量了一阵，不管怎的，豁上再回去一趟吧。两个人忙转身，小跑一样走到傍晌，才又来到小荠菜的庄里。没敢出头，躲在了一个草垛后面。过了一会儿，果然看到了小荠菜推着小车来了。不用多说，两个官差又扑了过去，又把小荠菜抓住了。小荠菜抬头看了看日头，擦擦汗说："罢罢，天也快晌了，就早一点歇工吧。"两个衙役手忙脚乱地把小荠菜捆到了车上，捆结实了才说道:"这次是不能上你的当了,你会土遁,不叫你见土,总跑不了你吧!"小荞菜哈哈地笑了。好容易才憋住笑说道:"正好,我也累啦,就借着这个车子睡一觉吧。"说完,当真呼呼地睡着了。

两个衙役,一个推着,一个拉着,上了大道。这一次可不比前一次了,正晌天的时候,日头又毒,越走,觉得车子越沉,越沉越累。末了,真是累得走不动啦。把车子放下,寻思着吃袋烟再走吧。刚刚点着了烟,小荞菜睁开眼,打了一个呵欠说道:"一觉睡到了如今,恁抽恁的烟,我可要回家去吃饭啦。"说完,身子一闪,便不见了。

两个衙役望着空车子,惊得脸上没有一点颜色,左想右想,就是有天大的本事,也抓不着小荞菜呀。上一次,县官打了那些人五十大板,这一次更不知要打多少了。回去也是一死,还是远路外乡去逃命吧。

三天过去了,县官不见衙役回来,打发人去探了探,小荞菜还是跟欢虎似的。县官气得咬牙切齿,心想:"自己堂堂一个县官,要是叫这么个孩伢子欺负住了,往后怎么能镇住人心?一百个人抓不着他,一千个人去抓;旁人抓不着他,我亲自出马。不管怎么的也不能叫他逃出我的手去。"

县官亲自出马了,点齐了全县的人马。官兵、官将,马上的、马下的,摆了有几里路长。县官骑在马上,口里没说,心里很是得意。哼！打虎须摆下打虎阵，不用别的，生吓也把他吓死了。

在小荞菜家的庄后，有一个小山，这一天小荞菜正和同伴在山上拾草，远远就望见大道上黄土冲天，人喊马叫的。他知道，一定是县官亲自来抓他了。小荞菜喜眉笑眼地跑到了山顶上，对着山顶吹了三下，大风呜呜刮了起来。风刮过的地方。毛草缨子摆一摆，都变成了豺狼虎豹；蒺藜蔓动一动，也变成了条条毒蛇。虎啸狼嚎，毒蛇抬起了头，一齐向大道上蹿去。

县官带领着人马，正耀武扬威地往前走，听到前面嚎哭乱叫的，抬头一看，狼虫虎豹，已经扑到了跟前。县官先瘪威了，马鞍子也张不住了，骨碌碌从马上滚了下来，一只脚还吊在马镫上。那马也吓惊了，拖拉着县官就向小山那里跑去。小荞菜站在了一座石壁子前面，把马一指，马站住了。小荞菜抓着拖得半死的县官，朝石壁上一推，就把县官推进去了。又伸手抓着辫子一拉，不多不少，整整的拉出一个头来。

风不刮了，狼虫虎豹也不见啦，兵呀将呀的也都四散逃走啦。只有那石壁上还露着县官的头，头也慢慢地变成石头了。

打这以后，再也没有人敢来抓小荞菜咧。

八哥

　　一座山上,也能看到鲜花,也能找到蒺藜;一个庄里,有好人,也有坏人。听着吧,这个故事里面,有叫人喜爱的好人,也有叫人痛恨的坏蛋。从前,有这么个老汉,是一个真正的好人。听说邻家的孩子长了病,他比孩子的爹娘还要着急,总想办法帮着把医生请了来;他看到别人挨饿,简直比自己挨饿还要难过,他就是有一口东西,也会送去给别人吃了。天长日久的,因他姓王,大家都很亲热地叫他"王老好"。

　　一网打不尽河里的鱼,一言也说不完王老好受的那些苦。王老好比鞭杆子高不了多少时,就给本庄里的地主王霸道家放牛了。

一年又一年，他给王霸道家种过庄稼，打过场，割过麦子，赶过车。春天，天长夜短，有一次，王老好鸡叫起来，王霸道还嫌晚了，他一巴掌又一巴掌地打着王老好说："老子有钱有势，我就打得着你，我叫你交五更就起来，你为什么睡到现在！"冬天，风刮水凉，有一回，王老好赶车送太太小姐去走亲戚，过河时水深车重，把车淤住了，王老好跳进了没大腿深的冰水里去赶牲口，太太小姐们坐在暖篷里，还直着叫冷，王霸道老婆拿起赶牲口的鞭子，一鞭又一鞭地打着王老好说："你是知道，我和小姐是千金之体，谁叫你把车停在这里！不打牲口，就是打你。"为了挣口饭吃，王老好受的气，比他吃过的米粒还要多，王老好挨的那些打，和喝水的次数一样数不清。一年一个花红柳绿的春天，一辈子一个年少力壮的时候。人老好比花残，王老好腰弯了，腿沉了，挑不动百斤重的担子，推不动千斤沉的车子了，王霸道不管王老好有没有饭吃，把他辞退了。王老好回到家里，什么也没有一点，东邻家给他进一把米，西邻家给他送一瓢面，王老好就这样过着日子。人们没有事的时候，都愿意到他家里来串门。王老好是个勤快人，他到树林里去拾来干柴，到山上去采来茶叶，烧水给大伙儿喝。有一天，王老好拾了一大捆干柴。俗话说，路上行人七十稀，王老好已经七十多岁，他背着这一大捆干柴，走了不多远，就累得顺脸淌汗了。他走着，走着，忽然听到一个声音叫道：

"王老好啊！你放下干柴吧！"

王老好站住了,他东看看,西望望,除了树木就是树影。心里猜想这是谁在跟自己说话呢?他忽然明白了,这人一定是闹着玩躲到树上了,连忙抬起头看。只见日头照在霜打过的树上,红红黄黄的叶子,好看极了,褐色的树干也明晃晃的。王老好看到:在一根细细的树枝上站着一只八哥。八哥望着王老好又说起话来了:

"王老好呀,你放下干柴吧!"

王老好当真就把干柴放下了,八哥一伸翅膀飞到了他的肩头上。它那黑亮的羽毛,闪着紫光,闪着绿色。翅膀上的白点,就好像一颗颗钻石闪闪发亮。

王老好说道:"八哥啊,你叫住我,一定有什么话对我说。不管有什么事情,我一定帮你的忙。"

八哥说道:"王老好,我也能说人的话,我也听得懂百鸟语,人人都说你心地好,连布谷鸟都夸你是一个勤快人。今天东庄里有集,你带我到集上去吧。"

王老好说道:"那我就先把你送到集上,再回来背柴吧。"

八哥听了,又一伸翅子,飞到王老好的袖筒里去了。王老好袖着八哥一直来到集上。赶集的是人山人海的,八哥一展翅子从他袖筒里飞了出来,在他的头上面,转着圈,飞着唱起戏来。飞不是一般的飞,唱也不是一般的唱,八哥飞得那个好看,唱得那个好听,是没法说了。满集上的人都听见了,卖的顾不得卖,买的也顾不得买。王老好也忘记了去树林里背他那一捆柴火了。

人越集越多,王老好的周围真是风雨不透。那八哥唱得长尾巴喜鹊也飞来听,唱得卖花的跟前那些菊花也开得更俊啦。真是人人听得出了神,谁也顾不上吃晌饭了。日头偏西的时候,八哥才住了声,许多人都挤到王老好跟前,高高兴兴地撂下十个八个的钱。王老好身边的地上,不一会儿就放满了,那八哥又落在王老好的肩膀上,亲热地说道:"王老好,你拿上这些钱,回家去过日子吧。"八哥还没有说完,从它背后伸来了两只大手,把它一下子抓住啦。王老好抬头看到了一个满脸横肉的胖子,不是王霸道,还能是谁呢!

王老好什么也顾不得了,他只想着快些把八哥从王霸道的手里救出来,可是还没等他作声,王霸道的那四个儿子,好像一群狼样地跳到了跟前。

王霸道一只手抔腰,一只手攥着八哥说道:"这八哥是我的,你什么时候偷了去的?"

王霸道做贼心虚,他不让王老好分说,就把他推倒在地上了。王霸道四个儿子都会武术,又会耍枪,又会使棒,有的人害怕王老好吃亏,才把他搀上走了。

王霸道和他四个儿子,抢了八哥和几百吊铜钱回了家。爷儿五个商议了一下,又打出了坏主意来:他们害怕八哥飞走,找来了一个牢固的铁笼子,把八哥关了起来。

隔了几天又逢集,到了半头午,集上人正多的时候,王霸道提着装八哥的铁笼子，四个儿子拿着长枪大棒地跟着，耀武扬威地又上了集。集上的人见王霸道爷儿五个来了，知道又要坏事，谁也没心赶集了。王霸道的四个儿子却把四条街口把住，不放一个人出去。王霸道在十字路口上，找了把太师椅子坐着，把鸟笼子放在八仙桌上，狠声怪气地说道："你们集上的人都听着，今天我王老爷的八哥要在这里唱戏，听一听，就得留下一吊钱。"

王霸道说完，拍拍笼子说道："八哥！八哥！给我唱吧！"笼子里一点动静也没有。王霸道又狠狠地拍了两下："八哥！八哥！给我赶紧地唱呀！"八哥还是一声不响。一连拍了三次，八哥开口说话了："我也能说人的话，我也听得懂百鸟语，人人都说你心眼狠毒，连猫头鹰也骂你狼心狗肺……"

听着听着，王霸道在那里再也坐不住了，他害怕八哥当着这么多人的面，把他做过的坏事给揭出来，气得把鸟笼子往地下一摔，说道："今天不唱了，明天再唱。"

王霸道摔了八哥一下子，心里还是没有消气，回到家里，把做饭的厨子叫到跟前吩咐道："你把这个鸟笼子拿去，捉出里面的八哥，把它煎煎炒炒，我要拿它做酒肴。"

厨子答应着，提起笼子回到了厨房。那八哥又朝着他说话了：

"我又没做过什么坏事，我和你又无怨无恨，你为什么要听那王霸道的话，把我害死呢？"

厨子十分为难地说："八哥啊，王霸道吩咐下来，我有什么法子呢？"

八哥又追问道："那么你是不想害我吗？"

厨子忙应道："八哥，我是不愿意害死你的。"

八哥说道："这好办，这后院里，有一只死乌鸦，你就把它做做，给王霸道下酒去吧。"

厨子跑到后院去一找，八哥说得一点不错。他拾回了死乌鸦，心里很是惊奇，问道："你关在笼里，怎么能知道呢？"

八哥说道："是屋外面那个长尾巴喜鹊告诉我的，它在说：'后院里有只死乌鸦，后院里有只死乌鸦。'"

厨子向外一看，在窗外的树梢上果然有一只喜鹊叽叽喳喳地叫，他却一点也听不出它叫的是些什么。

厨子把八哥放走了，他大显手艺，把那死乌鸦放上油盐酱醋、葱姜香料，做得是再香也没有了。王霸道和四个儿子一点也没有吃出不是八哥来，还连说："好吃！好吃！"

八哥没有飞回树林子里去，它一翅子飞到了离村三里路的一个玉皇庙里。那玉皇庙，前殿后殿，里面修的又是什么玉皇爷，什么王母娘娘、四大金刚，这神那像的，可是一个大庙啦！庙院子里那些大柏树，不知多少年了，长得是荫天遮日的，真是黑沉沉、阴森森的。那玉皇爷，少说也有几丈高，塑得像活的一样，八哥没有宿在梁头上，也没有待在屋檐下，它把玉皇爷的耳朵当了它的住处了。

过了不多几天，就到了阴历十月天了。有一天清早，庙里的老道士去打扫大殿，八哥在玉皇爷的耳朵里说话了："我是天上的玉皇爷，今天有话要跟你说。"老道士住在这庙里多年，从来也没有听到过一个神像说话，吓得战战抖抖地跪在地下，一面磕头，一面祷告说："玉皇爷，您有什么话，尽管吩咐吧。"八哥说道："不要多话，你去把王霸道叫了来，就说我玉皇爷有事要对他说。"老道士答应着，连忙爬了起来，低着头退了出去，停也没停，绊绊磕磕地跑到了王霸道的门前，叫开了门，一五一十地都对王霸道说了。王霸道听说是玉皇爷叫他，也慌了，又一想：玉皇爷上管十八层天，下管十八层地，权柄比皇帝还大，俗话说"有钱能使鬼推磨"，多烧些香纸，有什么罪也会免了的。

王霸道抱了一抱香和纸，跟着老道士去了，走进大殿门口，一见玉皇爷，就趴下磕起头来。老道士忙着点香烧纸，满屋里飘着纸灰、烟气，什么也看不清了。这时八哥不慌不忙地说话了："你就是王霸道吗？"

王霸道听了，吓得浑身抖成了块，慌忙应道："我就是王霸道。"八哥又说："你不用害怕，我玉皇爷今天显灵，是有一桩好事要对你说。我玉皇爷因为年纪太大，要退位，已选上了你去当玉皇爷。"

王霸道听了又是惊，又是喜，心里想道：做玉皇爷可是一件好事情，上管十八层天，下管十八层地，只有一件不好：得撇下家里人。他磕了一个头，求告道："玉皇爷，我还有个老婆呀！"

八哥说道："这更好了，你老婆也可以和你一块儿上天，你是玉皇爷，她就是王母娘娘。"

王霸道听了，连忙磕了几个头，又求告道："玉皇爷，我还有四个儿子呀！"

八哥说道："那更好了，你的四个儿子也叫他们和你一块儿升天，你是玉皇爷，他们就是四大金刚。"

王霸道狠心不舍，磕着头又求告道："玉皇爷，我还有四个儿媳妇和五个闺女。"

八哥说道："那更好了，也叫她们和你一块儿升天，你是玉皇爷，她们就是九天仙女。"

千好万好，什么都如意了，王霸道觉得还有一桩为难的事情，他连忙问道："玉皇爷，我是再没有什么心事了，可是，怎么样才能升到天上去呢？"

八哥说道："这更容易了，明天早晨你们什么真衣裳也不要穿，每人身上都粘上黄表纸的衣裳，穿上后到我这里来，我自有办法让你们升天的。"

王霸道答应着，又磕了一会儿头，才和老道士退了出来。

第二天，一家人都把黄表纸的衣裳粘好了，这阵已是阴历十月，俗话说："交着十月节，飘起风来就是雪。"这一天，又阴天，又刮风，一家人大清早上就把纸衣裳穿上，往庙里走去，刚出街门就冻得浑身直战战。王霸道一心想着当玉皇爷，他嘱咐一家人忍耐着，升上天去就好了。王霸道的老婆也以为这是玉皇爷试验他们心真不真。到了庙里，老道士陪着王霸道一家子，纸衣裳哗啦啦地响着进了大殿，一齐跪了下去，老道士又点上香、烧上纸。八哥还是藏在玉皇爷的耳朵里，放大声音说道："老道士，你听着，今天王霸道一家子就要升天为神，你出去把大殿门锁上，免得叫凡人闯进来，你也关上庙门到庄里去吧。"

老道士连忙答应着，走了出去，把朱红色的大殿门，吱吱地关上，找来了大锁锁上，又把庙门关上锁好，才往庄里去了。

第二天，太阳出来，那只好看的八哥，又站在庄中间一棵大槐树上说话了，那声音响得好像铜钟一样，全村都能听到：

"我是增福神，王霸道已经升天当玉皇爷去了，他叫我来告诉你们庄里的人，他家所有的东西、所有的房子和地，一半分给王老好和厨子，一半分给这庄的穷人。"

大伙儿兴高采烈地按照八哥的话做了。不过，老道士回到庙里时，却见王霸道一家子都冻死在大殿里面了。

第二年的春天，人们在树林子又碰到了那只八哥，它叫得是再好听没有了，不过，它只有在看到王老好时才说话。

菊二娘

五台山下有一个金家庄，

金家庄里有一个金善良。

金善良啊！

八岁死了爹，九岁死了娘。

说完了这四句，咱再说说这五台山。它一不靠海，二不靠江，坐落在山西地面，不用提那山有多么高了，更不用说山上的庙有怎么好啦。山上有的是高崖深涧，有的是奇花宝草。山下几十里路以内都是庙主的佃户，从前是有钱就有势，和尚们打人骂人，愿意欺负谁就欺负谁，说什么就是什么。有一天，金善良背着一个小草筐,到五台山上去拾草。这阵,正是秋天,山上草枯了,枣红了。金善良没有娘给他烧碗汤喝,没有爹给他买个饼吃,他摘了几个红枣吃,便算是一顿饭了。

俗话说"秋雨不遮天,遮天下满湾",金善良一筐草还没有拾满,呼呼地刮起了东北风。眼看着天变了,烟气腾腾的乌云漫了天,接着滴滴拉拉地下起雨来啦。金善良躲到一个石哈欠底下避雨,可石哈欠只能遮雨,不能挡风,他的一身破衣裳,连肉都遮不住,更不能说暖和了。一无衣、二无食的,碰上了这样北风冷雨的天气,别说是个孩子,便是个大人也够受的了。金善良盼天晴,天不晴;盼雨住,雨不住。他孤孤单单一个人,心里很是难过。他叹了一口气说道:"金善良!金善良!八岁死了爹,九岁死了娘,谁给做条裤,谁给热碗汤?"

金善良自念自说的,过了不多时候,看到有只蜜蜂嗡的一声,落在了自己的眼前。这蜜蜂金光光的,两扇小翅上还有明晃晃的水珠呢。金善良看着蜜蜂,想到了自己,他说道:"蜜蜂呀,蜜蜂!你身上没有衣,我肚里没有饭,大雨打湿了你的翅,大风刮得我直颤颤。"金善良自己冷得难受,却伸出手来,让那蜜蜂顺着指头好爬上来。他想:这小蜜蜂多么叫人喜欢,又多么可怜啊。风呀雨呀的,人都受不了,这小东西怎么能受得了呢。那蜜蜂好像知道金善良的心思,真的从地上爬到指头上来了。就在这一霎,金善良全身忽地暖和了起来。说奇怪也真奇怪,这小小的蜜蜂倒像是一个通红

的炭炉子,那样叫人暖和。蜜蜂爬到了金善良的手心,动着两片小翅又嗡嗡地叫了一声,接着便响起了一个女人的声音:

"金善良,金善良!蜜蜂身上亮,菊花开得香,出来认认你的菊二娘。"

金善良听到有人叫自己的名字,几步就从石哈欠底下蹿了出来。他四面望望,风还在刮,雨还在下,还闻到一股扑鼻子的香味,可是没有一个人影。怎么会有人叫呢?金善良正想再回到石哈欠底下,手心里的蜜蜂却嗡的一声飞走了。他多么舍不得这蜜蜂飞走啊!在这大山深沟里,风里雨里能有一只小蜜蜂做伴也好啊。他望着那蜜蜂,落到了高崖顶上的一朵白菊花上。看去,那朵白菊花,比牡丹还大,比雪还白,摇摇摆摆的像是在和他打招呼。金善良忘了下雨,也忘了刮风,他从旁边转上了高崖。近前细看,那菊花更是俊了。风吹雨淋,菊花叶子还是绿旺旺的,绿叶衬着白花,又清气,又新鲜。小蜜蜂嗡的一声,钻进花心里不见了。这时一片金光罩住了菊花。

金善良人小,山爬得比大人一点也不少。算起来甜枣吃了千千个,好花见了几万棵,说实在的,他从来没把花放在心上,也没工夫去掐一把拿在手里耍。可是今天他对着这棵白菊花,却真舍不得走开了。金善良蹲在花旁边,左看看,右看看,不知什么缘故,他觉得那菊花在对着他笑。他也不觉笑嘻嘻地想:"我把它掐下拿回去,放在家里看看也觉得欢喜。"金善良的手刚刚触着叶子,菊花闪了一闪,从花心里发出了清清楚楚的声音:"你折去我的花,好比折了我的头,你掐去我的叶,好比弄断了我的手。孩子呀,我就是菊二娘。"金善良慌忙停住了手,他多么想着和别的孩子那样也有一个娘,只要能叫几声娘也好呀。他大声地叫道:"菊二娘!菊二娘!"那白菊花也摇摆着,十分亲热地答应他。金善良一连叫了七声,叫到第八声的时候,背后忽然有人喝道:"哪里来的穷孩子,叫的什么菊二娘?"

罩在菊花上的金光忽地不见了。

金善良也跳了起来,回头看去,一个胖和尚从山梁上走过来。雨已经不下了,那胖和尚肥头大耳,摇摇摆摆不多一阵,已经到了跟前。金善良心眼很快,他望着和尚说道:"师父呀,我不是叫菊二娘,我是说这菊花香。"胖和尚也不和金善良争竞,一面赶着金善良走,一面说道:"这是俺老师父压在这里的菊花精,什么菊花香不香。"金善良走一步回头望一望,走一步回头望一望,掉着眼泪下山去了。

金善良回到了自己那间小草屋里,天也黑了。这间小草屋只是有名无实罢了。一不遮风,二不挡雨,墙上的裂缝指头宽,屋顶上的窟窿盆口大,真是外面下雨,屋里也下!外面淌水,屋里也淌。金善良也无心烧火,也无心做饭,摸索着爬到了小土炕上,还是一心一意地想着菊二娘。那胖和尚是不是会掐去那朵花?那胖和尚会不会摘去它的叶?

金善良心里又想她，又挂念她，觉也睡不着了。他爬起来，从窗棂里向外望去，黑漆漆的高山看去更高更近了，就像在窗外面一样。金善良不由地想道："我在这屋叫一叫她吧，也许她会听到。"他真的放开了嗓子，大声地叫了三遍"菊二娘"。黑漆漆的高山也跟着金善良的声音叫起了菊二娘！三遍没叫完呢，一团金光冲到了窗前，金光里站着一个俊俏女人。这女人脸面白净，衣裳翠绿，黑压压的头发上只别着一个金光四射的蜜蜂。

女人亲热地说："我就是菊二娘，可怜你没有了爹，可怜你没有了娘。"

金善良说："我没有了爹，如今可有了娘，从今以后你就是小善良的娘。"

菊二娘又笑嘻嘻地问道："孩子啊，我进你的屋，你叫我住在哪里呀？"

金善良想也不想地答道："我自己睡在地当央，我让你睡在小炕上。"

菊二娘欢喜地笑着走进屋里来啦。

屋里立时好像白天一样明亮了、暖和了。看得清炕前的地上还水汪汪的，菊二娘坐在了金善良的旁边，摸摸他的头，又拉拉他的手，对他说道："孩子，天也不早啦，快睡吧，明天还有营生哪。"

金善良是一个听话的孩子，他跳下炕，把白天拾来的草铺在炕前的地上，就算是炕了。

金善良刚刚躺下，菊二娘轻轻地吹了口气，香味马上满了小屋。金善良觉得全身都舒服痛快，香香甜甜地睡着了。

鸡叫三遍，天明了，金善良睁眼一看，自己不是睡在地上，倒是躺在炕上。他一愣，翻身爬了起来。屋里变了样啦，饭锅上热气腾腾，碗筷瓢盆刷得干干净净，摆得规规整整。自己的破衣裳不见了，身边放着一套新做的棉衣棉裤，摆着一双纳帮的云头鞋，可是不见了菊二娘。

天大的喜事，金善良也没心思去喜了。他慌忙穿上新衣裳新鞋，吃了点饭就向山上跑去了。

山上完全不是昨天的样子，石头上、草上、树上，处处都结满了霜花。严霜出毒日，金善良到了山上向四外看看，好像到了银子世界。他也没心多看，一气爬上了几十丈的高崖，那菊花绿叶白花，比昨天开得更盛，还是那样笑蔼蔼的。

金善良蹲在了旁边，哀告说："菊二娘啊，你和我住在一块儿吧。菊二娘啊，不要撇下小善良呀！"金善良说着说着，一滴眼泪掉在了菊花叶上。白菊花晃了一下，花瓣上也滚下了亮晶晶的水珠，金善良又听到了那个熟悉的声音："孩子，娘的身子不由己啊，不把我的根儿挖出来，白天我就没法变成人。"

金善良想要回家拿镢来刨，他才转身要走，背后又响起了菊二娘的声音："好孩子，听我说吧，钢镢也刨不出娘的根，金刚钻也錾不动压住我的这石崖。"

金善良停住了脚步，蹲下仔细看看，果然，这石崖不长一根草，没有一条缝。金善良看看石崖，摸摸石崖，他拿定了主意说："菊二娘呃，天长日久的，小水珠，还能滴穿了大石头呢，你让我回去拿镢吧。"

白菊花向着金善良弯了过来，大叶子轻轻地扫着金善良的脸。这时他又听到了菊二娘的声音："孩子啊，你有这样的心，我就实对你说了吧。今天老和尚和那些小和尚都下山去啦，只留下那个胖和尚在家里看门。过一会儿，你看到那个胖和尚往这儿来，你就喊：'菊二娘，开花香。'不管他怎么的，你都不用害怕。不管他说什么，你还是喊，孩子呀，你能不能听娘的话啊？"

金善良满口答应了。

这一天，真的只有胖和尚自己留在庙里。他念经也不爱念，烧香也懒得烧。看了一阵蚂蚁上树，也看够了。他想：师父有一个八卦锤，都说是一个宝器。今天他没在家，我偷着拿来耍耍怕什么。

胖和尚想着想着，不知不觉地走到了师父的屋里。找着了八卦锤，拿到院子里照着日头一看，嘿，那八卦锤有棱有角，明得照人，亮得耀眼。胖和尚拿在手里，在院子里走来走去，自己觉得十分威风。走了一阵，忽然闻到了一阵花香。胖和尚抽搭抽搭鼻子说："什么花开得这么香？"他把头一偏，想了想，又说道："对啦，不是牡丹，不是芍药，一准是我昨天看到的那棵白菊花啊。好香！好香！"胖和尚越闻越爱闻，提着八卦锤，走出庙门去了。

还没走到跟前，金善良早已认得是那个胖和尚。他放开嗓子，大声地说道："菊二娘，开花香！菊二娘，开花香！"胖和尚走到了跟前，他喊得也更有劲啦。这一次，可不比上一次了，不管胖和尚怎样说，他还是一劲喊。不管胖和尚怎么推，他也不走开一步。胖和尚火了，一使劲把金善良从高崖上推了下去。天哪，这是几十丈的高崖，沟底下除了石头还是石头啊。金善良往下掉着，新棉袄好像翅膀一样驮着他的身子，云头鞋像是棉花样裹住他的脚。他平平安安地落到了沟底，身上的皮也没有擦破一点。

胖和尚推下了金善良，鼻子对着白菊花只一闻，一股香气直钻进了脑子，立时头晕眼花，像喝醉了酒，身上发软，腿也站不住啦。他身子向后一仰，就从高崖上掉下去了。

胖和尚跌昏了，也顾不得八卦锤了。那八卦锤滴溜骨碌滚到金善良的脚下才停住。金善良弯腰拾起了八卦锤，又听到崖顶上响起了菊二娘的声音："孩子呀，用这八卦锤，把这石崖使劲砸一下吧！"

金善良听到了这话，马上手举八卦锤向石崖砸去。八卦锤碰到了石头上，火星四冒。火星里现出了一条金龙，金龙蹿到了半空，头一摇，尾一摆，山崩地裂地响了一声霹雷。只见磨盘大的石头从金善良的头上飞了过去，碾砣大的石头从金善良的身边滚了过去，高大的石崖四分五裂了。就在这时候，菊二娘已经站在金善良的身边了。她那白净净的脸面，笑嘻嘻的，翠绿的衣裙，闪闪放光。连金善良也不知道自己怎么一下子就回到了家里。

菊二娘拉着金善良的手说道："那老和尚回来是不会和咱算完的，咱娘儿两个得出去逃难啦。孩子，你再看一看这间小屋吧，走到天边外国，也别忘了生你的地方。"

金善良说道："菊二娘呃，走到天边外国，我也忘不了你教导我的话。"

菊二娘领着金善良出了家门，走了一天，又走了一天。这一天走到了一个地方，前不着村，后不归店。道旁边有一个三角子湾，湾水绿光光的，水面上荷花早已没有了，荷叶也枯啦。金善良忽然觉得口渴得难受，他停住脚说："菊二娘，您头前先走，我喝口水一会儿就赶上您啦。"菊二娘也站住了，她看看三角湾，又看看金善良，疼爱地说："孩子啊，走得一头火气，喝不得凉水呀，我跟你荷花姐姐要个水底甜瓜给你吃吧。"

菊二娘摘下了手上的银戒指，嘭的一声扔进了水里，绿光光的水面上，忽然显出了一个井口大的银圈，银圈里长出了一个粉红色的荷花骨朵。菊二娘头上的那只金光四射的蜜蜂，翅膀一动，嗡的一声飞去了。银圈不见啦！水面上红光闪耀，荷花骨朵扑拉一下开开了，花心里站着一个奇俊的闺女。她手托银盘，向岸上走了过来。还隔着老远，金善良就闻到了甜瓜的香味。不知为什么，金善良觉得口更渴了。荷花姐姐来到了跟前，银盘里真的放着一对甜瓜。一个大,一个小,小的生,大的熟。甜瓜熟了甜,生了苦,难吃。金善良把生的留给自己吃,把甜的送给了菊二娘。只听得当啷响了一下,蜜蜂飞来了,荷花姐姐也不见啦。菊二娘弯腰拾起银戒指,说道:"孩子,娘知道你的好心了。"她刚刚说完了这话,金善良手里的甜瓜变大了,变熟了,吃在口里比蜜也甜。

金善良吃了甜瓜,娘儿两个不饥不渴地又向前走去。走了一天,又走了一天,走了不知道多少天,这一天又走到了一个地方,不见村,也不见庄。菊二娘站住说道:"路远山遥的,娘有点盘缠也花完了,咱两个到你石花姐姐家去借一借吧。"金善良向四外看看,荒山野地,别说是没有一户人家,连个石头小屋也没有。

金善良随着菊二娘走到了一座石壁前,用八卦锤轻轻敲了敲,石壁咔吧一声裂开了一条大缝。菊二娘从地上拾起了一根草棒,晃了晃变成了一根扁担,撑在石缝上,娘儿两个就向里走去了。金善良只看到眼前一条白光光的小路,越走路越宽。忽然蜜蜂嗡地叫了一声,路不见了,一片红光罩着个坐北朝南的大门口。大门开开了,一个穿得上下雪白的女人,手捧玉石匣走了出来。菊二娘把玉石匣接到手里,掀开盖子,里面不多不少放着两枚铜钱。她把玉石匣递给金善良说:"孩子,娘知道你走得饿啦,离开这里百步远有一个大集,拿上这两枚铜钱去买个烧饼吃吧。"

金善良往前走了一百步,果然到了一个大集,那些赶集的人,有老有少拥拥挤挤的。金善良挤来挤去,总算是找到了一个卖烧饼的。两枚铜钱只能买一个烧饼呀。到了这时候，金善良的肚子饿得吱吱乱叫。他看看烧饼，蜡黄的嘎巴儿，圆圆的像月饼，光看看，也知道能有多好吃。他心里想：自己饿了，菊二娘也一定饿了，我怎么能自己把烧饼吃了呢。金善良拿着烧饼，连忙顺着来时的路向后走去。可是尽走尽走，也不见那个坐北朝南的大门口。正在着急，从对面走过来一个穷老妈妈，这老妈妈瘦的呀，和一把干柴一样，走一步，停一停，走一步，停一停，看样儿是半点力气也没有了。老妈妈看到金善良，伸出又干又瘦的手说道："孩子，我七天没有吃一点东西了，你就把那个烧饼给我吧。"金善良真是左右为难，他想了一想，还是打定了主意，要把烧饼给老妈妈。他把烧饼向老妈妈的手里递去，只听得咔吧的一声，老妈妈不见了，自己还是跟菊二娘站在原来的石壁跟前。菊二娘笑嘻嘻地说道："孩子，快吃吧！别饿坏啦。娘知道你的好心了。"她说完，摘下了银戒指，往地下一丢，金善良的眼前立刻出现了一个银盘，银盘里盛着一盘烧饼，个个都是蜡黄的嘎巴儿，个个都像圆圆的月饼。金善良吃饱了，烧饼也没有啦，银盘又变成一只银戒指，菊二娘把它拾起来，戴在了手上。

　　娘儿两个又向前走去，走了一天，又走了一天，别寻思那玉石匣里只有两枚铜钱。拿出两枚用了，揭开看看还有两枚。海里生鱼，这玉石匣里生的是钱，用来用去还是两枚铜钱。走了一天，又走了一天，不知道走了有多少日子。这一天，没有走到天边，可是走到海边了。海边上有一座大山,山高的,仰起脸来看不见顶!山陡的,别说没有一条小路,想找个立脚的地方也不容易。对着这样的高山,菊二娘一点也不发愁,她笑哈哈地说道:"孩子,放开心跟着你娘往上上吧。"菊二娘说完,手拉着一根葡萄蔓子,飞快地攀登了上去,转眼的工夫便不见了。金善良一个人站在了那里,细看看,那葡萄蔓子比葛蔓粗不了多少,还是从半山上的云雾里挂下来的,风一吹,又是摇晃,又是荡悠的。金善良看着看着,心里害怕了。他从小吃的是山,爬的是山,连听说也没听说过,拉着根葡萄蔓子,就能爬到山顶。都说水深有船,山高有路,什么样的山也能找着上去的地方呀。

金善良围着高山,朝左走去,左面是大海,向右走去,还是峭壁接着峭壁。走了半天,金善良又回到了原来的地方,心里很是懊恨,他想:娘不害怕,自己为什么要害怕?娘能上去,自己为什么不能上去呢?金善良不再多想啦,手把着葡萄蔓子向上攀登了。

金善良攀登了一天,又攀登了一天,口渴了,只要一寻思,马上便有一大嘟噜葡萄耷拉在眼前。葡萄是又充饥又解渴,他吃着葡萄,喝着葡萄,终于上到了山顶。

山顶上不热也不冷,四下看看,尽是各种各样的鲜花,红芍药、白牡丹、杜鹃花、八宝花、金银花、海棠花,什么鲜花都有,只是不见菊二娘。金善良难过地说:"我不该这样胆子小,我不该不听娘的话,娘呀!千万别生我的气。"他的话还没落音,忽然间,花枝摆,小风起,说快真快,菊二娘早已站在金善良身前的石榴树下了。她皱了皱眉头,长长地叹了口气说:"孩子哪,我也不生你的气了。娘肚子痛,只要你去摘下桃树上的那个桃,我的病就能好了。"

金善良跑遍了山顶,总算是找到了一棵桃树。这棵桃树孤独地长在靠海的悬崖上,满树绿叶,只有一个桃子。他向下看看,大海就在脚下,丈高的浪头,轰轰地打着悬崖。朝上看看,鲜红的桃子悬在树梢,压得细软的桃枝颤悠悠地摆动。不爬到树顶就别想能摘着它。可是树顶的桃枝,是擎不住一个人的。要是掉下去,十有八九是掉到大海里去啦。这些,小小的金善良都知道得明明白白,他却向树上爬去了,转眼的工夫就爬到了树顶。眼看手就要触着桃子了。这时候,桃树枝子咔吧一声断了。也在这时候,一阵风从大海那面吹了来,桃树枝子简直像一个绿色小船,载着金善良,从半空里轻轻地落在了地上。金善良跳了起来,不由吃了一惊:桃子不见了,自己口里倒觉得甜丝丝的,好像刚吃过东西一样,身上也觉得嗖嗖地长。不多一阵,哎呀,小小的金善良长成了身高八尺、腿壮、胳臂粗的大汉子了。

金善良没有摘着桃子,他很难过地回到了菊二娘的身边。

菊二娘看看金善良的脸,又看看金善良的脚,心满意足地说:

"孩子哪,娘没有病呵,就是盼望着你长大成人。回去吧,不要怕硬,不要欺软。这就是娘嘱咐你的话。"她说完,双手一合,转眼的工夫，又变成白菊花了。比先前越发光彩，香味更足。金善良简直急坏了，他嚷着说："娘呀！娘呀！瓜不离蔓，孩不离娘，金善良也离不开你呀！"

不管金善良怎么喊，不管金善良怎么急，那白菊花叶子不动一动，花朵不摆一摆。

金善良站在白菊花的旁边，过了一阵，又过了一阵，他忽然明白了，低声地说道："娘呀，你已经把金善良拉拔成人了，是不是盼着金善良成为一个有出息的人？"金善良话还没说完，花心里嗡的一声飞出了那只金光四射的蜜蜂来。蜜蜂一直地朝山下飞去，在蜜蜂飞过的地方，出现了一条金晃晃的大道。金善良往大道上走去了。他又回到五台山下，从这以后，五台山上的和尚再也不敢那样打人骂人欺负人了。他一辈子都记着菊二娘的话，从来不怕坏蛋势力大，一辈子都是扶苦救难的好心人。

匠人的奇遇

古时候，有两个石匠，一天到晚、一年到头地在山上打石头。这一年，已经是九秋十月啦，山上树木落叶，菊花也枯了。伙计两个啃着冷干粮，喝着凉泉水。叫张二的匠人叹口气说道："穷人是好过的六月难过的冬，天又冷啦。"叫王三的那个皱着眉头，一声不响地想了好久，才望着自己的伙伴说道："伙计，我是打定主意远走啦，在这里是一年累到头，也是一年穷到头。"张二想也不想地应道："你说得对，咱们今天就走吧！"

伙计两个没有房子没有地，更没有什么值钱的东西，一无牵二无挂的，说走便走。他们在路上碰到了两个鞋匠，鞋匠问道："你们这两个石匠大哥,急急忙忙地到哪里去呀?"张二忙应道:"俺这王三兄弟说,要到远处找个有吃有穿的地方去做工呢!"两个鞋匠听了,一齐高兴地说道:"俺天天做鞋,却穷得穿不上鞋,俺也跟您去吧。"他们往前又走,又走,又碰着了两个给大户人家做针线的婆娘,婆娘问道:"您们这些大哥,这么急急忙忙地要到哪里去啊?"鞋匠说道:"俺这石匠大哥说,要到远处有吃穿的好地方去做工呀!"两个婆娘听了,也欢喜地说道:"俺天天给人家做新衣,可是俺连旧衣也没的穿,俺也跟您去吧!"他们往前又走,又走。走得越远,人越多,走得越远,人越多,木匠呀,铁匠呀,什么匠人也有,少说也有一千人。光石匠就有好几百啊!

匠人们浩浩荡荡地往前又走,又走。谁也不知道走到了一个什么地方,整整的一天,他们一个庄也没有望到,一个人也没有碰见。眼看天快黑了,这时,他们看到路旁一棵大枯树。石匠王三站住说道:"伙伴们,我有一个主意,咱们在露天坡地里过夜,还不如就宿在这棵枯树里哪。"大伙听了,都十分赞成。于是就往树洞里走去,嘿!谁也说不出那树有多么粗、多么大,一千多人都走了进去,树洞里还有很多地方空着呢。他们都躺下了,肚子虽说是很饿,也呼呼地睡着了。

从这些匠人睡觉的地方算起,少说也有几千里路,那里有一户人家,一个女人正在家里做晚饭,包子只差几把火就熟了,草却快烧光啦!她连忙对孩子说道:"你快到屋后面去弄点草来。"这孩子听了娘的话，出了门只几步就来到了匠人们睡觉的地方，他自言自语地说道："这棵蓖麻子枯干多日了，正好烧火啦！"他弯下腰，只一折便把它折断。那发出的响声，匠人们听着简直像霹雳一般，他们一齐被惊醒，纷纷从那蓖麻子秸里掉了出来。孩子看到掉出来这么多的小人，欢喜极了，在匠人们的眼前蹲了下来。

谁能知道天下有多少奇妙的事情呀，匠人们看到那飞来飞去的萤火虫，就是把一万支蜡烛一齐点着也没有那么亮堂！孩子的脸被照得红光光的，遮住前额的黑头发，也油油闪亮。他虽是那么高大，看去却是十分善良。匠人们自然都是说不出的惊奇，不过，石匠王三并没有忘记现在自己应该为大伙所做的事情。他仰脸望着孩子，大声地说道："高大的孩子，我看得出你的心是好的，我和伙伴们已经一天没有吃饭了，你能不能给我们一点吃的东西呢？"孩子一听就听清了，他说道："你们等着吧，俺娘在家里蒸包，叫我出来弄柴火哪。"孩子猛地跳了起来，一把又拔出许多几搂粗的茅草，转身走了。他回到家里，还没有误了娘烧火。

包子蒸熟了。孩子记着王三的话，向娘要了一个包子送给了他们，自己才回去吃饭去了。

谁也说不出匠人们有多么欢喜！那是多么大的一个包子啊！和小山一样的大，和雪花一样的白，就是再添上几千个匠人，三年零六个月也吃不完它。这么大的包子，怎么吃呢？大伙儿吃了许多日子，才在包子的一边吃了一个小洞，看到里面的菜了！是啊，不能只吃皮不吃菜呀。他们都你扯我拉的,跳到包子里面吃起来了。那菜也是又香又鲜,匠人们真是第一次尝到这样好吃的包子。

他们安安稳稳地过了许多日子。有一天,大伙儿正在包子里吃着,忽然听到了像天塌下来一样的响声,觉得包子下面的地也摇动了。王三连忙约了几个伙伴,想出去看看到底是怎么一回事情。他们探出身子向外看去,啊呀!那是多么惊人的景色!天下雨了,不是一滴一滴地下,而是千千万万、密密麻麻银亮的瀑布,从天上倾泻了下来,地上已变成一片汪洋大海。自然,这包子是漂在水面上了。水面上有许多座琉璃样的亮晶晶的大山,这是多么奇怪的事情!他们仔细一看,大山不住地从水里冒出来,而且都在水面上游动。一座大山向他们这里漂来了,眼看要碰在包子上啦,匠人们都吓得叫了起来。也在这时,大山真的撞在包子上啦,哈!连一点响声也没有,不是包子被碰歪了,而是那座大山被包子碰碎了。王三他们转忧为喜,到这时才明白,那并不是什么琉璃大山,而是一些下雨澎起的水泡泡。

雨渐渐地小了,包子被冲进了一条大河里。浪是那么大,漩涡又是那么多,他们虽然被颠簸得头昏眼花,还是同心协力地拖进了一片树叶子,塞住了包子上的洞口,只有这样,浪头才不再打进来。

包子在河里经过了些什么地方?匠人当然没有看到,连王三那个最精细的人,也不知过了多少时间,因为他们没有可以计算时间的物件啊。

终于，那一天到来了，他们觉不出一点颠簸，听听，外面也没有一点动静，这是到了什么地方啦？匠人们满心欢喜地一齐拉开了那片树叶子。又温暖又明亮的太阳光，立刻照了进去。他们看到了青得闪亮的蓝天，也看到了几片白得似银的薄云，不过，他们的心情却一点也不轻松，包子并不是被搁在实实在在的土地上，而是漂在一个蓝晶晶的大海里，大海像是比蓝天还阔还大，比蓝天也平也净。

匠人们望着这好看的大海，心里很是焦愁，不能老在这大海上漂呀！说不定很快就要遇上巨风大浪，说不定也会触到暗礁上。石匠王三虽是着急，但一点也没有垂头丧气。他不急不慢地说道："伙计们，只是犯愁也没有用啊，大海虽大，终是有边的。那里有一根被浪打进来的树枝，咱们就用它做成桨吧。千人一条心，还怕划不到海边吗？"

王三的一席话，说得大伙儿脸上都有了笑模样。木匠们到那根树枝跟前一看，好啊！那上面最细的一根枝条，也比平常一棵大树的树干粗得多呢。他们割啊锯啊，很快就做成了许多支桨，就用这些桨拨着水前进了。

不管是早霞把天空照红了的时候，不管是星星在海水里闪耀的时候，他们都没有停下手来。划呀划呀，在一个月光清亮、大海像镜的夜里，他们看到了前面一长溜黑影，是海岸呢，还是海岛呢？

367

这些在大海里漂荡多日的人会是什么样的心情！他们本来已很疲乏，现在却突然来了劲头。

他们猛力地划啊划啊，黑影越来越近了，也越来越高了，一定是一个很陡的海岸！人是不是能爬得上去，什么东西在上面闪亮呢？一定是海岸上的白石头吧。近了，眼看快要触着了，海岸忽然动了，啊呀！这哪里是什么海岸！是一条大鱼啊！要逃已经来不及了，大鱼一张口就把包子和他们一起囫囵吞枣地吞到肚里去了。就这样它还是饿得厉害，它又掉了掉身子，一口吞下了一只装满绒线的火轮船，又一口吞下了两只装满布匹的火轮船，这才算吃了个半饱。

鱼肚子里真是黑极了，就是乌云遮天的黑夜，也比那里面要明不知多少倍哪。他们面对着面，也别想看到一点影子。张二愁得叹气了。谁也不会忘记，他从离家以来，第一次这样叹气。

张二焦躁极了，向前一走，却碰在了王三的身上。他气闷地说道："伙计，我宁肯在那月光光的大海里漂荡上十年，也不愿在这鱼肚里过上一天！"王三哈哈地笑着说道："伙计，你怎么这样犯愁呢？我们这包子里有的是猪油，点着它照亮就会明啦！"

大约谁也不曾看到鱼肚里有火吧？匠人们却在鱼肚里把猪油点着了。鱼肚里亮得跟白天一样。他们好像瞎子重新看到东西那样痛快，望着自己的同伴，有说有笑。不多一会儿，他们又知道了比这个更使他们高兴的事情。那装满布匹的两只大火轮船，就停在包子的旁边,是呀!经过这么多日子,大伙身上的破旧衣裳,现在更加破烂了,是十分需要做几件新衣了。王三最精明,也估量不出这只火轮船装的布匹能做多少衣服。他们忙起来了,忙得很高兴,因为他们很快地就要穿上新衣裳了。也许他们有的也想起自己的家乡,那清清的小河,那红色的花朵,不过,他们只要想起受的那些气,过的那些没吃没穿的日子,也就安心做活了。

　　匠人们在鱼肚里忙着的时候,外面却发生着很大的事情:这条大鱼随着潮水游到了海边,被一只鱼鹰看到了,它紧贴着水皮飞了过来,弯嘴一张,很顺溜地把大鱼吞了下去,接着拍拍翅膀,起到半空,翅子又一扇,飞到了一个屋脊顶上站住了。没有人能说得出这地方的景色是多么好看,粉红色的太阳光暖煦煦的,连最背阴的角落,也照得明晃晃的。这鱼鹰也来了精神,它抖了抖羽毛,叫了起来。院子里有一个闺女正在低头绣花,她抬起了头,看到了它,顺手拿起了绣花鞋向鱼鹰扔去。鱼鹰展翅一飞,正正地钻进鞋尖里飞不出去了。闺女看到鱼鹰很肥,心想:"快做一做给爹吃了吧。"她收拾起针线,拿着鱼鹰进屋去了,

　　这些日子,匠人们都穿上了簇新的衣裳,脸面也格外光彩了。他们欢天喜地的,像过节一样的,跑起高跷,唱着大戏。闺女从鱼鹰的肚子里,拿出那条大鱼的时候,便听到嬉笑声了。她很奇怪,因为在她看来,这只是一条很小很小的小鱼呀。这小鱼里怎么会有人声呢?她小心地把鱼肚皮割破,于是那三只火轮船和那盛着千人

的包子都露了出来。匠人们经过了这多的奇事，他们看到那个闺女，也并不觉得害怕。王三还很有礼貌地对那闺女说了许多感谢的话，并且告诉了她，匠人们为什么离开了自己的家乡，路上经历过什么样的艰险。闺女十分同情地望着他们，并且愿意他们长久在这里住下去。

匠人们都向院子里走去，他们多么想看一看那清澈的蓝天，他们多么想望一望那照耀万物的太阳，他们更想听听小鸟的叫声和风吹树叶的响声！大伙儿急急忙忙赶了半天，还没有走出正间门口，又被相连的两座高山挡住了路。这山的颜色金澄澄的，闻闻却又香喷喷的。他们挖下一点尝了尝，甜丝丝的米面子味！原来这是闺女没有留意，抛撒的两个米粒子！

匠人们好半天才翻过了这座米山。这一天，他们并没有看到什么景色，在他们赶到屋外面的时候，天已经黑了。他们只好返了回来，走了半夜，才又来到闺女那里。

闺女的爹已经回来了，白胡子，笑嘻嘻的，看去也是一个很和气的老汉。闺女已经把这些事都对爹说了一遍，老汉正在等着匠人们回去一块儿吃晚饭。

匠人们和老汉一起，吃着新鲜味美的鱼鹰肉。闺女坐在一边理着红绒线，她说道："爹呀！你衬帽顶上那个红绒线葫芦已经旧了，我今天从鱼肚子里扒出来一点绒线，给你打一个绒线葫芦换上吧！"

闺女用那一大火轮船绒线，打成了一个很好看的绒线葫芦。她又把它钉在老汉的衬帽上。这工夫，匠人们才刚刚吃完了饭。老汉把红绒线葫芦看了看，才把衬帽戴在头上。他立刻高高兴兴地答应匠人们，明天带他们到各地方去游玩一下。

第二天，老汉叫王三他们上千的匠人，都爬上了自己的肩头。他又戴上了那有红绒线葫芦的帽子，并不用多少时间，只几步就迈到屋门外面。

老汉带他们向花园里走去，匠人们远远就听到了清脆响亮的梅花小曲。等他们来到花园以后，才知道这不过是蜜蜂发出来的声音。花园里，青草绿叶、红花细柳上都沾着一层露珠，那最小的露珠，也比咱们看到的月亮还大还圆，一时闪耀着红光，一时又闪耀着紫光。匠人们从老汉的肩上往下望去，好像看到千千万万美丽的大月亮，闪耀在五颜六色的彩云中间。

老汉又带着匠人们向果树林子里走去，他们已经闻到了甜丝丝的果子香味，只闻一闻这香味，就感到一股清爽的滋味了。要不是发生了一桩意料不到的事情，老汉一定会请匠人们吃那香甜无比的果子。

当他们到了果树林子旁边的时候，一只褐色的大老雕飞了来，它看到了老汉帽顶上的那个红绒线葫芦。在老雕的眼里，也觉得这是一桩很好的物件，它偏着翅膀斜飞了下来，叼起那顶衬帽往南飞去。老汉一看急了，拔腿往南便赶。匠人们也急了，他们生怕从老汉肩头上闪下来，连忙躲进了他的衣裳缝里，只探出头来，向四外望着。

老雕越飞越快，老汉也越赶越急，赶了一阵，还是没有赶上。他弯腰掀起了一座平常人三天三夜才能上到顶的大山，向老雕扔了过去。大山没有打下老雕，落到了一座更高更大的山南面去了。从山南面传来了惊天动地的声音：

"谁把沙子扔到我的碗里啦？"

老汉听到了声音，几步跨过这座更高更大的山，果然有一个比老汉还要大两倍的人，坐在地头上吃干饭，他用筷子夹着那座大山抛了出去，又低头吃饭去了。

老汉走到那人跟前，很抱歉地说道："大哥，是我赶老雕把石头扔进了你的碗里，实在是对不起你。"那人不但没有发火，还很恭敬地请老汉吃饭。原来他并不是生气，他的声音就是那样大呀！

老汉自然没心坐下吃饭，也没顾得再说别的话，又拔腿赶那老雕去了。相离已经不远啦，前面却出现了一座连老汉也说是高山的大山。山上白光光的，连一根草一棵树也没有！老汉好不容易才上到了山顶。匠人们看看老汉已满脸是汗。俗话说："上山容易，下山难。"老汉从山顶上往下走去，脚步一不稳，滑到山洼里去了。看呀！四面都是立陡的石壁，老汉上了好几次都滑了下来。匠人们向四外望去，心想：要是不长翅膀想离开这里真是万万难哪！他们看看王三，真是愁眉不展，因为他也想不出一个好办法啊。

哟！又发生了什么奇怪事情了呀！不止石壁动了，山洼也动了，而且好像盆子翻过来一样，底儿朝了天。老汉从山洼里掉了出来，幸亏匠人们抓得牢，才没有从衣裳缝里跌下去。匠人们留神一看，尽管他们经过了这么多的奇事，也不觉吃惊地叫了。在他们的眼前，一个比老汉还要大百倍千倍的大汉，翻身坐了起来。嘀！他们现在知道了，大伙儿跌在里面的山洼，就是这大汉的肚脐眼儿啊。

大汉坐了起来，用手揉了揉眼睛，原来他是刚刚睡醒。老汉说道："你这大哥，请你代我看一看，一只褐色老雕叼着一个红绒线葫芦帽子飞到哪里去了？"大汉一听，连忙站了起来，手搭凉棚，向南望去，他连声嚷道："完了！完了！那褐色老雕飞进南天门里去啦！啊呀，它多狡猾呀，怕你追赶，下了一个蛋，把南天门也堵住了。"

老汉听了这话，心疼得跺脚捶胸。匠人们也很为老汉难过。大汉想了想说道："你站在我的手掌上吧，我把你托到南天门下面，你试一试能不能把那老雕蛋推到一边去。"

老汉依着那大汉的话，爬到了他的手掌上。大汉擎起了手掌，老汉和匠人们立刻都离地万里了。他们仰起头来，看到了紫色的云雾里，有一座金光四射的圆门，被一个老雕蛋堵得严严实实的。老汉用手推推，丝毫也不动一点。他伤心透了，眼泪簌簌地掉了下来。

王三和匠人们商量了一下,就对老汉说道:"老大爷,你不用难过,我们大伙儿会把这老雕蛋凿破了的。那时候,我们就能到天上去赶那个褐色的老雕了。"

石匠们一齐动了手,锤打凿子,砰砰地响。那蛋皮硬的啊,比石头还硬,凿一下,火星四溅,凿一下,火星四溅。可是,王三他们并没有灰心,凿子磨秃啦,铁匠们架起了炉,给石匠们把凿子再打尖了。锤把用断啦,木匠们拿起锯和斧子,给他们重新安上新把。

终于那老雕蛋被凿破了,蛋清和蛋黄都流到地上来了,蛋清成了水色澄清的青海,蛋黄成了黄水滚滚的黄河。它们千年万年也不会枯干,千年万年都在流呀流呀。那些勤快能干的匠人当然都和老汉上到了天上。至于他们在天上又遇到了些什么事情,那就没人知道了。也许他们还要把那藏在蓝天里的宝物带到人间。

娑罗木

高不过青天，长不过天河。在天河的旁边长着一棵娑罗树，花开时，金黄丝亮，叶子绿得光闪闪。树干比最高的旗杆还高，树枝向西面八方伸去，有的耷拉下来，差一点就能触着地面。白天，成群的雀鸟在树枝里穿来穿去。红红鲜鲜的羽毛，闪闪耀耀。到了晚上，花朵和树叶上，便沾满了比星星还亮的水珠，一直地亮到天明。要是细心听去，小风一过，这些水珠还叮叮当当地响。

有一天，一个神仙飘飘摇摇地路过娑罗树下。他抬头向上看，自言自语地说道："我走遍四海，到过名山，从来也没见过这样好的大树！"

神仙看了老一阵，还是舍不得走开，他抖了抖长袖，露出雪白的手指，摩挲着又光又滑的树皮，无巧不成故事，不知从什么地方，飞来了一只牛虻，狠狠地把神仙的手指咬了一下。神仙痛得叫了一声，定神再看时，牛虻早已飞走了，只见手指上出了一滴鲜血。他把血抹在了一条树枝上，很丧气地走开了。

哈，更加奇怪的事情发生了。过了不多日子，这根娑罗树枝，叶子变得比星星还亮。树枝里面生了一颗桃花颜色的小心，它会说话了，也懂得人事了。

没有人能说出这颗桃花颜色的小心有多么善良，有多么精明。它能望到地上的一切景色，也能一下子分清好人、坏人，善人，还是恶人。有时，它悄声地数着地上的大湖小湖。有时，它望着没山没岭的平川。它也曾经看到过五彩琉璃瓦的皇宫，也看到过小小的穷庄。日子越长，它看得越多。自然，想的也就越多，它想："一根青草还有一滴露水养，为什么有些人享福，有些人受苦？有些人吃穿不完，有些人还忍饥受寒？"

风不吹，草不动，这根娑罗树枝，自己就摇摆了起来。每摇摆一下，便有一滴泪珠掉下来。每掉一滴眼泪，便有一片鲜绿的树叶立时枯黄，立时落下去。

人人都说"落叶归根"，可是这根娑罗树枝滴下的眼泪，成了一道小河，漂着枯黄的树叶，弯弯曲曲地流到了神仙的门前。清早上，神仙开门出来，他一眼看到了这奇怪的小河，又打量了一下那些金黄的枯叶,掐指一算,马上知道了发生的是一桩什么事情。他甩着长袖,又向娑罗树下走去了。

神仙到了娑罗树下,指着那根娑罗树,吆喝道:"你这根贱材,是我给了你生命,你就不感谢我,也该高高兴兴的啊!"

娑罗树枝没有作声,只见它眼泪滴答地掉,黄叶飘飘地落。

神仙又数落道:"你怎么不知道知足呢?浇你的是天河里的水,看你的是天上的神仙,没有逼你当梁当柱,也没有拿你做柴做草。说吧,你还有什么不满意的地方呢?"

娑罗树枝说道:"神仙呀,你有千里眼,也有顺风耳,你该知道地上有多少不公平的事,地上有多少受苦受难的人?我的心不是肉长的,可也不是铁打的呀!"

神仙听了,哈哈地笑了一声,说道:"天上有看不完的仙景,你却去看那凡间俗事。实对你说了吧,只要你净心修行,有一天你也会得道成仙。"

神仙的话一点也送不进娑罗树枝的心里,它还是眼泪滴答地掉,黄叶飘飘地落。

神仙真的生气了,他怒气冲冲地叫道:"要不是看我神仙那一滴鲜血,就把你剁打成烂泥,不叫你下去受苦一年,也没法消我这一口闷气。"

神仙说完,胳臂向上一抬,黑云从长袖里冒了出来,红光一闪,霹雷连声,娑罗树枝不由自己地昏过去了。

好久，好久，娑罗树枝才苏醒了过来。它觉得浮浮悠悠，飘飘摇摇的。过了一阵，它明白了，原来是自己正从天上往地下掉去哪。它朝上看，天是又蓝又亮，它向下看，地上山明水秀。小风左吹了右吹，日头东照了西照，娑罗树枝从心里觉得暖和，它想，我不能当梁，不能做柱，能给善良的老人做一根拄棍，能给不懂事的孩子当当耍物，也总算尽了我的一份心。

这根娑罗树枝身不由己地飘呀，飘呀！终于飘到了地上，落进了一个花园的湖里。这阵，太阳已经落山了，湖水红得像金，平静得跟缎子一样。娑罗树枝漂在水面上，它的心里多么焦急啊！它想：要不是那神仙作怪，多少高山树林，多少村庄野地，为什么却偏偏落进了这老财的花园里。

娑罗树枝长长地叹了一口气。它向东面望去，看到了远处有一座县城，在县官的私房里，堆满了雪花白银，娑罗树枝一阵生气，它又向南望去，千里之外，有一处地方，满坡里花红柳绿，庄里却是一片哭声。善良的娑罗树枝，又伤心了。它向西面望去，又看到了许多更加悲惨的事情。当它向北面望去时，一直地看到了京城。多少大官大臣，多少王孙公子，都不能使它动心。在一家小小的客店里，它看到了一个清官。这清官坐在一盏小油灯前面，愁眉苦脸地说道："老天爷呀，我做了三年县官，只知道为民办事，没做过一次贪财害人的勾当，哪有银子送给京里的大官大臣？！"娑罗木的心热了，它急匆匆地听着他还说什么。只见那清官把眉毛一扬，又大声地说道:"不管把我调到什么穷地方,不管把我派到什么苦县份,我都不怕,都要为那里的人锄奸除害。"他说完,转身上炕睡觉去了。娑罗树枝看着他合上了眼睛,听着他发出了鼾声,才放下了心。它多么愿意和这清官在一起,多么愿意帮助这样正直的人!可是相离万里路,隔着千条河,远水解不了近渴,自己怎么才能够到他的身边呢?

三更半夜了,花园里雀鸟无声,娑罗树枝看到月亮出来了,它着急地说道:"天啊,你快一点明了吧!老鹰啊,你快一点飞来吧!"

真是盼明不明,总算盼得鸡叫天亮了,也好歹飞来了一只独脚鹰,娑罗树枝欢喜地叫道:"独脚鹰啊!我知道你的弯嘴比锥子还快,我也知道你的爪子像秤钩一样,什么苦我也吃得了,怎么痛我也能忍得下,只求得离开这个地方,只求你把我带到清官的身边。"独脚鹰看样是听懂了娑罗树枝的话,它点了点头,拍拍翅膀从柳树上飞了起来。

俗话说:好事多磨难。这时,财主领着一帮吃喝玩乐的闲汉,从柳树后面闪了出来。他看到了娑罗树枝,立刻把眼睛一瞪,连声吩咐人下去打捞。

独脚鹰在半空中打了一个旋子,只得飞走了。

娑罗树枝被打捞上来了。财主拿在手里,又惊又喜,对左右的人说道:"这树枝远看像花,近看是宝,珊瑚也不一定比它值钱呀！"站在财主身旁的人，少不了也恭维地说："是呀。贵人天财，只有你才会有这样的福气。"

财主正在高兴，只见上面那些绿玉样的叶子，好像用火烤着，很快就卷卷干枯了。一阵风过来，叶子都纷纷向水里飘去。转眼的工夫，财主手里只剩下一根光秃秃的树枝了。

财主又恼又急，他还是舍不得把娑罗树枝扔了。他想了一下，忽然欢喜地说："我新盖的大厅，还缺少一根珍贵的门关，就用它修理一根门关吧。"

这些话娑罗树枝都听得一清二白，它早已看透了财主是黑心肠。它宁愿叫锯子锯、斧头砍，也不想低声下气地哀告一声，也不肯为这狠毒的家伙出一分力，尽一点心。

过了几天，娑罗树枝被砍平刨光，成了一根又滑又亮的娑罗木了。果然，这根长长的娑罗木，叫财主当了门关，插在大厅的紫檀木门上。大厅里，摆着银盘子银碗，玉石花瓶里插着用真金做成的竹子，财主自己带着钥匙，他不去开门，平时谁也不能进去。就是老鹰也没法飞到大厅里去。

说快就快，娑罗木被关进大厅的时候，还是荷花开、甜瓜熟的季节，转眼的工夫，就到了梅花红、雪花飘的天气了。在这大厅的前面，有一棵梅花，开得满树通红，香得前院后院都能闻到。这一天，老财主兴兴头头地去看梅花，刚刚在大厅前面立住了脚，忽然听到大厅里响起了气恨恨的声音："锯子锯了我，斧子砍了我，不该这样地关着我啊！"

老财主慌忙回头看去，门关着，锁没开，大厅里怎么会有人说话呢？他掉转了身，一句话没说，拔脚就跑。还没跑上三步，背后又响起了同样的声音："锯子锯了我，斧子砍了我，不该这样地关着我啊！"

这声音像是跟在了背后，清清楚楚地一连响了三遍。老财主觉得耳朵嗡嗡直响，眼前直冒金花。他跌跌撞撞地回到了后院，蹿进了正房，又跑到里间的卧房，才一头倒在了炕上，再也爬不起来了。

老财主第一次把大厅的钥匙交给了管家，吩咐他进去看看。等到日头正晌，管家带着许多人，拿着长矛大刀，开开了紫檀木大门，一齐拥了进去。大厅里，银盘还是照常发亮，金竹还是那么晃眼。什么东西都是安安静静，没变样子。管家欢天喜地地去对老财主说了。

老财主听了管家的话，心还是没有放开，他想：什么都没变样子，那说话的，一定不是妖就是怪了。他越想越怕，怕着，怕着，那声音又在大厅里响起来了。老财主把头包在被里，还是浑身直抖。

就这样一连闹了三天，第四天的傍黑天，管家来对老财主说，外面有人找宿。老财主从被里伸出头来，有气无力地说道："别的日子不留，今天还不留吗？别忘了叫他宿在大厅里呀！"管家听了,立刻便明白了老财主的意思。他口里没说,心里想道:这个远路行人,这里又少亲无故的,黑夜叫妖精害死,也没有人替他出头说话。

管家走了出去,不多一会儿,领进了一个三十多岁的汉子。这汉子穿着蓝布长衫,高高的个子,长长的眉眼,一看便知道他是又善良又和气的好人。

原来,这不是别人,正是娑罗木日夜想念着的清官。

管家心惊肉跳地开开了大厅的门,看着清官走了进去,只递进一盏小油灯去,又连忙把门关上,咔吧一声,锁上一把大锁走开了。

清官在八仙桌子旁边坐下,左等右等,也不见有人送一碗水来,也不见有人端一口饭来。他走得又乏又饿,向四面看看,大厅里床没一张,被没一条,怎么睡觉呢?又一想,走路的人,到哪里去找那些好啊!冷冬数九的,总比宿在露天坡地好得多。他趴在桌上,头枕着胳膊,不多一时就睡着了。更深夜静的时候,他突然惊醒了,仔细一听,耳朵边真的如同人在招呼:"清官!醒醒!跟你这个不认识的朋友见见面吧。"

不知什么缘故,清官的心里忽然觉得高兴、快乐。他欢天喜地地说道:"是神是仙,都请见面。"

温和的声音立刻又从紫檀木门那里响了过来:"我也不是神,我也不是仙,我是来到人间的娑罗木,能知道万里外的事,能分清好人和恶人。"

清官说道:"娑罗木,娑罗木!我不问福,也不问祸,我要到南方,到云南去做官,听说那里恶人成霸,坏蛋掌权,怎么才能使那地方人人安居乐业、人人过好日子呢?"

娑罗木说道:"清官呀,只你一人去那里,是做不成官的。我愿意长远和你这善良的人在一起,我会留在你身边,明天你就把我带走吧。"

清官欢喜地一跳站了起来,他亲热地说道:"娑罗木啊,这是再好不过了。我少亲无故的,从今以后,你就是我的亲人,我就是你的朋友。可是,我怎么才能把你带走呢?"

娑罗木悄声地说道:"明天见了管家,你对他说,这大厅里有妖有怪,只要把这檀木门上的门关给我,我就能把妖怪赶走。"

第二天,清官把娑罗木的话,都对管家说了。老财主正吓得七死八活的,听了管家的话,真如同得了一道赦令,当时就满口答应了。

清官把娑罗木揣在怀里,过了一条江,又过了一条江,风里雨里,泥里水里,不知道受了多少辛苦,不知道穿破了多少双鞋袜,这一天,总算是到了云南了。只见满坡里花红柳绿,小河上飘着白云,真是一个好地方啊。

清官接了印,第一天便升堂点卯,那些衙役小吏、地方乡约、员外秀才,凡是有点名目的,都穿着长袍大衫,到大堂上进见应卯。晚上，娑罗木对清官说道："你今天看到的，不是人啊，全是一些害人的妖精。你别看他们都穿着长袍大衫，肚子里尽是狼心狗肺，衣裳里都藏着一条毛茸茸的尾巴。这地方的人，都叫他们是长袍妖怪。"

清官吃了一惊，慌忙问道："娑罗木啊，我怎么才能对付他们呢？"娑罗木稳稳沉沉地说道："只你一个人是对付不了他们。明天，你尽管坐堂问官司，不论有多少告状的，你都要把状子收下。有我在你的身边，你放心好了。"

清官放心地睡了一夜。第二天一早，就吩咐人开开了县府的大门，还亲笔写了一张告示，贴在城里的十字街口。上面写着，不管老少，不论贫贱，有冤的申冤，受欺的告状。衙门一开，告示一出，城里城外、四乡八庄的好人，都知道来了这么一个清官。那些告状的，大路上走的是一溜两行的，衙门口前面更是拥拥挤挤的。嘿，就是告什么大人、告什么员外，也都是有告必准。清官收下状子，便吩咐他们回家听信。没出三天，收下的状子少说也有三千三百六十张。

到了晚上，娑罗木又悄声地对他说了许多话。清官连连点头答应着。这天晚上，清官没在卧房里睡觉，那些去害他的坏蛋妖怪，扑了个空，都摇头摆尾地回到黑洞山，商议计谋去了。

第二天，衙门没开，清官也没有升堂，人人都传说着清官得了重病。其实，天才透明，清官就换上了道袍，带上娑罗木，下乡私访去了。

　　清官出了城门，心里又高兴又着急。这南方景色，不同别处，草一年到头地绿，花一年到头地开。清官没有心思去看山玩水，他走了一会儿，在一棵柳树底下站住了。相隔不远，有一个老汉正在耕地，耕一圈，哭一阵，耕一圈，哭一阵。清官问道："老大爷，你哭什么？"老汉擦了擦眼泪说："师父呀，老来无子，闺女娇，我就一个闺女，被坏蛋霸占去了。前几天，听说来了一个清官，我进城去告了一状，叫我回家听信。师父呀，谁知我这个冤能不能白？如今还蒙在鼓里。你说我怎么能不难过啊！"

　　清官说道："老大爷，你也不用难过，三十日夜里，你扛一些柴火，悄悄地去到县城东面的黑洞山根下等我。你的冤就能白了。"

　　老汉答应了以后，清官又急忙向前走去。走了不远，迎面就是一片大竹林子。青竹竿，绿叶子，一个小伙子扶着竹子，滴滴答答地掉泪。清官问道："小伙子啊，你哭什么？"小伙子说道："师父呀，船破有底，底破有帮，我一家九口都被坏人害死，只剩下我自己。前天，听说来了一个清官，我去城里告了一状。官向官，民向民，谁知道我的仇能不能报了啊？"清官拉着小伙子的手嘱咐道："三十日夜里，你扛上一些柴草，到那黑洞山根下等我，你的仇就能报了。"小伙子自然是满口答应了。

　　话不可重叙，那清官走过一座桥又一座桥，穿过了一个庄又一个庄,桥走过了三千三百座,全县的村庄也只剩下一个没有去。三十日晚上到了,清官说道:"娑罗木啊,我脚上起了泡,腿又酸,腰又痛,只剩下那一个庄,不去了吧。"

娑罗木叹了口气,停了一阵,才说道:"那些长袍妖怪,现在都聚在黑洞山上,你快快赶去吧,越快越好,要是叫他们逃走一个,你的命就没有了。"

清官听了娑罗木的话,一气跑了二十多里路。只见一片白光光的水田,还是不见黑洞山的影子。

说起来这座黑洞山,真是名副其实的黑洞山,山不大,洞不小。嘿,山上荒草长得齐腰深,洞口老是罩着黑云。说故事的人没法说洞里是什么样子,也不知道里面有多少妖精。

天黑路远,清官赶到了黑洞山下,已经半夜了,只见山根下堆满了柴草,他立刻吩咐人点火向山上扔去。人多柴多,风大火旺。那火着的呀,天都照红了,山上更是一片大火耀眼。大火里,鬼哭狼嚎,吱吱吆吆,什么动静也有。忽然,一道比火还亮的金光,冲上了半空,直奔正北去了。

清官看到了金光,知道是走了妖怪。天亮以后,他看到火烧完了,才回了衙门。娑罗木说道:"你少走了一个庄,少着几捆柴,才逃走了一个妖怪,事到如今也没有别的法子,你赶紧到峨眉山去,请那独脚鹰帮忙吧。"清官又在娑罗木的指点下,收拾了行李,连忙上路走了。

再说，那道金光，扑进了皇宫，变成了一个十七八的大闺女，桃花腮，杨柳腰，扎着红头绳，穿着绣花鞋，坐在白玉石阶上哭。皇帝听到了哭声，先是生气，又是奇怪，心想：什么人敢在我的门前哭呢？他走了出来，看到是一个俊秀无比的大闺女，立刻换上笑脸问道："你这个女子，怎么在这里哭哭啼啼啊？"闺女连忙双膝跪在地上，娇声娇气地说道："万岁呀，俺家里满门遭了天火烧，只落下了我自己，一阵狂风把我刮到了这里。求求万岁爷，救救我吧。"皇帝伸手把闺女拉在了身边，笑嘻嘻地说道："保你有享不尽的荣华富贵，保你有穿不完的绫罗绸缎。从今以后，你就留在皇宫里吧。"

皇帝立时吩咐宫女，给她换上了蟒袍玉带，戴上了金钗凤冠。又下了圣旨，封她做西宫娘娘，哎呀，这可是了不得啦。过了不多日子，西宫娘娘假装得了重病，哼哼呀呀地饭也不吃。不管什么太医用药，也治不好。皇帝急了，杀了一个太医，又杀了一个太医。不管杀多少，病还是治不好呀。这一天，皇帝亲自到床前探望，西宫娘娘一把抓住皇帝的手，妖里妖气地说道："万岁爷呀，你是要我死呢，还是要我活呀？要是要我死的话，我立刻就死。要是要我活的话，除非是云南那个清官的心，才能治好我这个病。"皇帝听了，欢喜地叫道："这事好办，别说一个清官的心，就是十个百个也容易得。我要谁死，谁敢不死！今天我就打发人去传圣旨，赐他一死，挖回心来，治你的病。"西宫娘娘看着皇帝又说道："万岁爷呀,要治得我病好,用的是活人心啊,你把那清官骗进京来,当面挖出心来我用吧。"这个混账的皇帝,又连声答应了。

两个大官,顶着圣旨,骑着快马,白天黑夜马不停蹄地去召传清官进京。走了许许多多日子才到了云南。哈,这时候,这个地方夜里睡觉不用关门,掉了东西也没人拿,人人有吃有穿,老少都是欢天喜地。可是,大官只想着快些回京交差,快马加鞭,一溜烟地进了县城。

这一天,清官刚从峨眉山回来,接了圣旨,便跟着进京去了。

清官上了金銮殿,皇帝坐在正中间的龙墩上,西宫娘娘也坐在了旁边。太监们喊了一声,两员武将手拿铁链正要去绑清官,还没动手呢,在清官怀里的娑罗木,大声喊道:"这阵不放,还等什么啊?"清官把袖子一扬,呼啦啦地从袖筒里飞出了一只独脚老鹰来,鹰嘴快得像锥子,爪子像秤钩,朝着西宫娘娘就扑去了。只听到哎呀一声,皇帝回头一看,衣裳全褪在了椅子上,哪里还有什么西宫娘娘,只有一个黄鼠狼子被独脚鹰抓着飞走了。

皇帝看到这样的情景,吓了一跳,连忙吩咐起驾回宫。当天过午,圣旨从皇宫里又传了出来:清官被罢官为民,发配到南海里的荒岛上去。

荒岛上草没一根,树没一棵,两班官差不管死活地把清官捆了上去,就开船回去了。

清官双手捧着娑罗木说道:"娑罗木啊,娑罗木!都说有理走遍天下，要不是你啊，我有理也寸步难行。"

清官的话刚刚落音，忽然从半空里扑下了一阵冷风，说话不及的工夫，一片白云落下，神仙飘飘摇摇地从白云上走了出来，开口说道："天上有数不完的星星，天上也有看不完的仙景。娑罗木啊，你是天上的仙物，今日我就来渡你回去。"清官吓慌了，他只顾紧紧地抱着娑罗木，话也忘记说了。

娑罗木说话了。它说道："神仙啊！我实对你说了吧，你就是能收回我这块木头去，你也收不回我的心。"

娑罗木的声音，从来没像今天这样粗硬过，没像今天这样响亮过。它那桃花颜色的心，像是火烧着，全身也如同要碎了一样。它怒气冲天地大喊了一声："想要逼我离开这样的好人，那比海干石烂还难。"

神仙把手一拍，哎呀，不好了！天上无云响了大雷，地上无风起了尘土。就在这一刻，娑罗木的心炸开了，整根娑罗木，都碎成末末，向四处飘去了。

失去这样的朋友，清官难过极了，他双手捂着脸，豆大的眼泪从指缝里渗了出来。

尘土落下以后，神仙不见了。天还是那么清，太阳还是照常的明。蓝蓝的天，蓝蓝的海，哈，岛上可是变了样子啦。

清官哭着哭着，忽然，听到了娑罗木的声音："清官，清官！"他连忙抬起头来，惊奇得不知怎么才好，荒岛已经变成花园了，到处长满了好看的大树，叶子绿得玉光闪闪，花开得也是金黄丝亮。成群的雀鸟在树林里飞来飞去，红红鲜鲜的羽毛闪闪耀耀，小风一过，清官又听到了娑罗木的声音："清官，清官！"这声音像是雀鸟的叫声，又像是从那些树枝上发出来的。清官摩挲着又光又滑的树枝说："娑罗木啊，娑罗木！你真的没有离开这里吗？"清官说完了这话，千朵万朵的金晃晃的花，像是在回答他一样，纷纷向他身上飘来。过了不多一霎，树枝上便结满了果子。果子熟了，红了，根根树枝都朝着清官弯了过来，那果子说不出有多么好吃，说不出有多么甜。

以后皇帝死了，老财主死了，大官大臣也都死了。可是那岛上还是树绿花香，人们也永远记得娑罗木的故事。我说的这些都不是瞎话，如果你留心的话，在夏天的时候，咱这里也能看到从那岛上飞来的雀鸟，那真是好看极了。

老大和老二

有句话说:"爷亲娘亲,不如钱亲。"自从有了这么个话,就有这样的人。世界花花,有这么弟兄两个,老大和老二,虽是一母所生,可做起事来,却是一个天上,一个地下,一个正气,一个邪恶。说来事儿稀奇,但弯弯转转都跟人性世情关联着哩!

这弟兄两个早已分居过日子。老大有了媳妇。爹早已去世多年,光有一个老娘。老大是个财主,房屋也有,土地也有,门前拴着骡子马,粮食囤大得挂着屋顶。真个米烂陈仓。可是亲娘吃他一口也心疼得慌。老二家里却很穷,靠打柴为生。娘倒喜欢跟小儿过日子,说道:"我不去吃恁哥那口瞅眼子饭,跟着你,心里舒坦,吃糠咽菜也情愿，喝口凉水也是甜的。"

老二说："水数海深，人数娘亲。有你在身边，我就一足百足。"

他打心眼里疼爱娘。冬天怕娘冻着，给娘烧上热炕，夏天亲手给娘编上凉席铺着。可尽管这样，却总是穷家多难。他天天上山打柴，卖了柴再籴粮食吃，弄一碗吃一碗，弄一升吃一升，上哥哥家买点粮食，还得拿现钱。老二生怕饿着娘，常常天不亮就上山，黑灯瞎火才回来。都说天下爷娘爱小儿，其实不是，天下做老人的，都亲好儿，喜勤儿。娘见小儿子苦挣苦累的，打心眼里疼得慌。有一天，娘说道："孩子，我跟你一起上山打柴吧？"小儿子说："哎呀！山高沟深的，那怎么行！娘，你可不能去。"

娘说道："还是让我去吧，你上树砍柴，我在底下帮你收拾，也好省出你点工夫。"

老二心疼娘去受累，又说："娘，山上到处悬崖立壁，有的地埝连条路也没有，你没法子走呢！"

娘说道："你能走，我也能走。每天看你上山打柴，娘的心也跟了去，在家里坐不住、站不稳的，还不如跟你一起去，心里还好受点。有苦娘儿两个一块吃，有累咱娘儿两个一块儿受。"

听娘说出了这样的尽头话，老二只得答应了。

山上的好路，也是曲曲弯弯跟羊肠一样。娘上坡时，他在前面拉着，娘过崖时，他在旁边小心扶着。遇上凶险埝子，就把娘背过去。娘儿两个总算到了砍柴的地方,老二自己打柴,硬是叫娘在一旁歇着。坐了一会儿,娘说什么也歇不住了,儿子在山坡上割草,她就帮着往一堆归集;儿子上树砍柴,她就在树底下拾掇。四只手总比两只手快,傍晌天的时候,看看柴草已经收拾起那么一大堆啦!老二想:今天就早收工,快回家去让娘歇歇。刚要从大松树上下来,听到娘"啊呀"一声叫,他急忙低头一看,"不好!"把斧头一扔,扳着树枝往下就跳。原来,娘脚下没有踩稳,身子一晃,滚到了深山涧里去啦!

老二腿磕伤了,腰摔疼啦,他却什么都顾不得,跟着也滑到了深涧底下。可是娘已经跌煞了。他的心里就跟刀子搅着样,蹲在娘的身边大哭起来。泪出疼肠,那眼泪哗哗直流,怎么也止不住。哭呀,哭呀,直哭得天昏地暗,四外的山岭齐都响了回声。忽然,地动山摇起来,一座石壁裂开了缝,从里面走出了一个白发苍苍的老人。

老二哭着哭着,耳边听到有人招呼,抬头望望,一个老人站在身边,说:"你这个小伙子,怎么哭得这样凄惨?连我这石头心的山神爷,也叫你哭软了心。到底为什么,尽管说吧。"

老二满心苦楚,正巴不得找个人诉说诉说,便开口道:"老爷爷,俺娘跟着我受尽了苦难,临了,又死得这么惨。我千不该,万不该,不该让娘跟我上山来打柴,现在后悔也晚了!"说完,那眼泪更是跟下雨样。

山神爷说道:"嗨,不用哭,恁娘并没有死嘛!"老二一听,连忙恳求说:"要是能救活俺娘,我就是死也情愿。"山神爷点了点头,转身从石缝里掐下一朵金黄的小花,"噗"一口气吹在上面,那花立刻放出了香味。只见山神爷把花放在娘鼻子上熏,娘的眼睛立刻便睁开啦!就跟睡醒一样,翻身坐了起来。

眼见着娘得了命,老二真是喜从天降,正要跪下拜谢,山神爷说道:"山高沟深,恁娘刚刚好了,你叫她怎么往回走?"老二说:"我把娘背了家去。"山神爷说:"恁娘刚好,还是叫她骑驴回去吧。"老二很是为难:"唉!别说是驴,俺家里连根驴毛也没有。"

山神爷笑笑说:"容易!"说道着,从石头缝里抠了点泥,捏弄来,捏弄去,一个活灵活现的小叫驴捏成了!蹄脚齐全,两只耳朵往上竖竖着,山神爷把它往地下一放,小叫驴打了个滚,耳朵"布棱、布棱"地活了,见风就长,扬起头"呱呱"直叫。不多一会,就长得虎势势活像头小骡子,把老二和娘都看愣了。

山神爷叫老二把娘扶上驴,说道:"这小叫驴就送给恁娘儿俩吧,回去以后,要割最好最好的青草喂它,只要每天叫它吃得饱饱的,往后吃穿就不用愁啦。"他一面说一面把身子往石壁上一靠,立刻便不见了。

那小叫驴浑身黑里发亮,脊梁上还搭着通红的毛毡,娘骑在上面软软和和,一点也不觉得颠得慌。小叫驴也不用人牵,"嘚噶、嘚嘎"的，一路小跑，爬沟上崖，过桥涉水，就跟走平道样。老二跟在后面挑着一担柴，紧赶紧赶，才撑得上。还没用半个时辰，娘儿两个就到了家啦。

得了这么个小叫驴，真跟个爱物一样。回到家里，歇也没歇，老二就去割最好最青的草，洗得干干净净，没有牲口槽，娘就找了个筐，盛了满满的一筐，送到了小叫驴的跟前，它使嘴拱了拱，便大口大口地吃了起来。一筐青草吃完了，又吃了一筐。吃完了第三筐，直把个肚子撑得滚瓜溜圆。就在这时，稀奇事发生了，只见小叫驴尾巴一翘，咕噜拉出了块银子，吧嗒一声掉到了地上；接着又是尾巴一翘，一块银子又落了地。真的，别看小叫驴吃的是青草，却接连拉了几十块银子，都是那么圆溜溜的比鸡蛋还大，拾到了一起，亮闪闪的那么一大堆。有了银子，娘儿两个的日月越过越好。老二也不用上山打柴了，

过好过歹都瞒不了当乡人，何况是弟兄们。老大两口子看到弟弟家烟筒里冒烟，心里就嘀咕起来。老大说："多日没见老二上山打柴啦。"媳妇说："可也没见他挑柴去卖，哪里来的钱籴粮食？"两口子说来说去，还是猜思不透，越发觉得奇怪。老大说："我这就去看看，自然也就明白了。"尽管娘住在那里，但因为老二家穷，他从来不去串门。这回，他急溜溜赶了去，进门就东瞧瞧，西瞅瞅，看到屋里拴着个小叫驴，心里更加奇怪了。老二出去啦，光娘在家里。只有狠心的儿女，没有狠心的爹娘，娘见了老

大,心里还是亲得慌,连忙打招呼。老大却指着小叫驴,气呼呼地质问道:"这是从哪里弄来的?"

娘吞吞吐吐地说:"这是人家送给的。"老大不相信,还是一个劲儿追问。问来问去,娘一盘子一碗地把什么都说了出来。摸到了实底,老大停也不停,又赶回家去,一五一十地对媳妇说了。媳妇听说有这么个能拉银子的小叫驴,恨不能一下子弄到手才好,直说:"咱不能也去弄一头吗?你也叫娘跟你去打柴,把她推到深山涧里,你也假装哭,叫山神爷也给咱捏头驴有多好。"真是人心难满,深谷难填,老大窝回头又上了老二家里,开口就说:"娘,你和老二上山打柴,得了个能拉银子的小叫驴,你也帮我去弄一个吧!"

娘说:"恁过得富富足足,还贪图这个做什么?"

老大忙说:"娘呀,我和老二都是你亲生自养的,两个枝丫一树生,你帮老二弄来了,也得帮我去弄呢!"

做娘的哪能犟过儿子,一片嘴两片唇,很快把娘说转了心。一急二急,拉上娘便出门走了。

老大心急腿快,也不管娘走得动走不动,只是一个劲地催娘快走。爬崖上坡也不肯叫娘歇一歇。娘累得气喘吁吁,脚疼腿酸,到了那棵大松树底下,坐在地上再也起不来。老大停也不停就爬上树砍柴,吆三喝四叫娘快往一堆归集。娘挪不动就爬,就跪着拾。老大待在树上,一心盼着娘快些掉到深山涧去,跌煞才好。可是,看一眼娘没掉下去，再看一眼娘还是没掉下去，直把他急得又抓耳朵，又挠腮，恨得头上直冒青筋。

后来，实在等不及了，便把斧头对准娘扔了下去，娘连哼一声也没有，就被砍死了。老大爬下树，又把娘推到深山涧去，自己也下到沟底下，这才蹲在娘的身边放声大哭起来。唱得不强装得倒强，那眼泪也流了下来。他哭呀，哭呀，哭得震天动地。晴天上忽然响了声霹雳，笔直的陡壁又裂开了缝，山神爷又打里面走了出来，老大从眼角里瞅见了老人，巴不得他赶紧过来问自己才好。山神爷果然走到他身边说道："你为什么哭得这么响，我山神爷是石头心，也快叫你震碎啦！你想要啥，尽管说吧。"

老大欢喜地说："老爷爷，俺娘千辛万苦地把我拉扯成人，如今死得这么惨，我千不该万不该，不该叫娘跟我来打柴，现在后悔也晚了。"

山神爷说："不用哭，恁娘并没死。"老大也求告说："要是能救活俺娘，我替她死也甘心。"山神爷点了点头。又转身掐来了一朵小花，把娘熏活了。老大一看，忙央告说："山高沟深，俺娘刚好，求你捏头小叫驴给她骑吧。"

山神爷瞅了他一眼，说："这容易！"从地上挖了点泥，几下子就捏成了个小叫驴。在地上打了个滚也活了。风一刮，长成了一个活蹦乱跳的小叫驴。

山神爷说："快把恁娘扶上驴，这小叫驴就送给你吧。回去以后，恁家有的是粮食，就喂它小米吧。"说完，身子又闪进石头里去了。

小叫驴竖起了耳朵，"呱呱"叫了几声，"嘚噶""嘚噶"地把娘驮回了村。老大叫娘还到老二那里，自己牵着小叫驴回了家。媳妇急忙迎出来，听男人一说，立刻就把小米挖了来，使笸箩盛着让小叫驴吃。吃一口又一口，半笸箩米还没吃上，小叫驴闭上嘴，不肯吃了。老大两口子，眼直瞅着驴腚，只见小叫驴尾巴翘了翘，却没有拉出银子来。再翘，还是不见有银子拉出来。两口子急了，揪起驴尾巴一看，驴腚眼里真有银子冒亮，可就是不往外拉。老大急眼了，说："我伸进手去掏！"他一撸袖子，就把手伸了进去。媳妇忙问："摸着银子了吗？"老大说："我攥住了一大块！"媳妇说："可千万不能松手呃！"这时候，小叫驴又蹦又跳，三蹦两跳，就起了空啦！把老大也带到了半空里，小叫驴在空里转一圈又一圈，把老大摔到地上跌死了。

小白菜和蝈蝈

青竹蛇儿口，黄蜂尾上针，这是最毒的了，可是顶毒不过的还是地主心。很早以前，在一条河的西岸上有个村庄，庄里有一户人家，夫妻两个只有一个孩子，是娘要饭路上生下了他，所以给他起名叫讨生。

说是三口人，其实只有娘儿两个在家。还是讨生爷爷的时候，借了本村地主一斗粮食的债，为了还债，爷爷没白没黑地给地主家干了一辈子活儿。爷爷死后，又逼着爹去做长工还债。

爹活活地累死了，爹死后，地主又逼着讨生去给他放牛还债。那年，讨生只有十岁，他想：总共借了他一斗粮食的债，爷爷给他干了一辈子活儿，爹又给他做了大半辈子长工，自己还得给他去放牛，这样下去，一辈又一辈的，熬到哪一天才算完呢？

地主把三十头牛交给讨生去放。说道："父债子还，这是王法！你爷爷借了我一斗粮食的债，本生利，利转本，本又生利，现在到你的名下，你家整整欠着我一千吊钱！如今你不用指望别的，只有给我好好放牛！放不好可不行。"

讨生问："要是放好了呢？"

地主哈哈笑道："那我就告诉你，怎么才算是放好。除了过年那一天，要给我放三百五十九天牛。平常放牛要捎带割草，夜里喂牛带着垫栏，牛只许长膘不许掉膘，母牛还要给我下小牛，这些你都做到了，就能挣十吊工钱。可是，我还跟你说三桩事，牛死了要扣工钱！牛掉了膘也要扣工钱！牛吃了庄稼还得扣工钱！"说完，他摇摇摆摆地回屋里去了。

讨生真是明忙到黑，黑忙到明。白天，他一面放牛，一面割草；黑夜，他又是喂牛，又是垫栏。有多少时候，风给他梳头，雨给他洗脸，月亮也常常给他照明。讨生是一个很伶俐的孩子，手脚也挺快当，他放的那群牛，个个又胖又肥，毛皮油光丝亮的！他割的那些草，堆起来跟小山那样高！苦挣苦熬，一年眼看就过去了，牛没有死，还上了膘，也没有吃庄稼。年头忙到了年尾，小讨生没有能回家一次，他多么盼着能够和娘欢欢乐乐地过个年啊。

到了腊月三十这一天，地主家猪呀、羊呀，早已杀好煮好了，山珍海味也都做得齐齐全全,准备过年的饽饽更是蒸下了不知多少缸,连天地棚上面的那挂长鞭也在竿子顶上绑好啦。

看看天快黑了,地主对讨生说:"你回家去吧,明天大年初一放你一天工可要记住,初二就得回来上工!"

讨生问道:"那我的十吊工钱呢?"

地主不禁笑道:"亏你还记着这个事,我不是告诉过你吗?你家欠我一千吊钱的债!今年该长一百吊的利钱,扣去你那十吊钱,还整整地欠我一千零九十吊钱!"

讨生虽然年纪小,却是一个硬性子,二话没说,转身就往家里走去了。

那年月,穷人是百事百难,讨生家里只有一间漏雨透风的小屋,炕上连片囫囵席也没有。娘刚刚要饭进家,站在屋门口盼儿子回来。一见讨生光头赤脚的,身上的衣裳破得跟瓜蔓子一样,鼻子酸了几酸,眼泪像是就要撑破了心,说道:"路再长也有终点,夜再黑也有尽头,可是多久咱才能还清那一斗粮食的债呢?"

正月初一这天,娘给讨生补了一天衣裳,娘儿两个吃着要来的干粮,算是过了一个团圆年。正月初二,讨生又去上工了。

这样,年头接年尾,过了四个年头。真是,手是挖金铲,讨生割的那些草,合起来要比大山还高了,他放的那些牛,母牛下了小牛,小牛长大了又下了牛,可是讨生家欠地主的债,本生利,利转本,转来滚去的,快到两千吊钱了。冬去春来,又是一年的正月初一。娘儿两个还是吃着要饭干粮，娘还是给儿子补着破衣裳，补着，补着，娘的眼泪双双地落了下来。娘哭着说道："讨生呀，娘的眼也花了，腿也沉了，要饭的棍子就要拉不动啦，补衣裳的针也快纫不上啦。娘不指望别的，只盼着能够无债一身轻，看来这比水里捞月还要难！孩子，娘是难看到那一天了。"

讨生的心里也是刀搅火乱的，他还是强装笑容地说道：

"都说风越刮越凉、债越拉越重，可是风再凉、债再重，我还是一天一天、一月一月、一年一年长大了。力气好比井泉水，使不尽用不完。娘，你尽管放宽心，地主再厉害也淘不干我的力气！"

娘望着儿子，眼泪汪汪地摇了摇头。

尽管娘身子有病，正月初二这一天，她还是叫讨生又上工去了。

讨生还是白天放牛割草，黑夜喂牛垫栏，手脚都不闲了闲。说快也快，三场雨过后，麦子秀穗了，开花了。那些花儿，有黄似白的，甜丝丝地香，招得蝴蝶在它上面飞，引得小亚兰子雀在它根上垒开了窝。便是这样的景色，也不能再使讨生高兴了，他知道天是地主的天、地是地主的地，就是麦子打得堆成山，穷人也得忍饥受寒，自己还得给地主放牛抵债。讨生想起娘的话，心里更是一阵一阵难受。

不久便到了麦子黄的时候，有一天，讨生在山脚下放牛，雾露沙沙的，几步外就看不清东西，牛都安安稳稳地吃草，他也在一边割起草来。割着，割着，突然，一种惊人的声音响了起来，说风声不像风声，说雷声不像雷声，震得石壁发出了嗡嗡声，草叶好似在风中颤抖着。讨生惊讶地抬起了头，他听到狼嗥了，他听到豹子叫了。转眼的工夫，这些叫声便来到了跟前。一群狼从雾里蹿了出来！一群豹也从雾里跳了出来！狼瞪着像灯笼样的绿眼睛向牛群扑去了！豹张着血盆大口，闪着利牙的白光也朝牛群扑去了！牛群立刻被冲散了！讨生连忙紧握镰刀赶了过去。狼嗥着逃走了，豹也叫着逃走了，可是牛群不见啦！讨生心里焦急，脚下着忙，一步没踏稳，呼隆一声掉进山沟去了。

沟是那样的深！讨生跌得昏迷了过去。

要知道这是一个大雾的天气啊！深沟里阴森森、冷冰冰的，大团大团的浓雾更是不停地向沟里聚去。讨生苏醒了过来，眼前一片漆黑，摸摸身边，连一棵小花小草也没有，想站起来，腿却不听使唤。他的腿跌断了！可怜的小讨生，现在只好倚在石壁上稍微地缓一缓气，他的心里难过极了，不禁自言自语地说道："狼呀，豹呀，你们不该来把牛群冲散，一个牛死了地主要扣工钱，一群牛都跑散了，没有了，地主更不知怎样来整治俺娘儿两个啦！"

痛定思痛，苦里忆苦，讨生越数说越伤心：

"娘病了，娘也老了，自己又跌断了腿，往后靠什么过日子呢？为了一斗粮食的债，为什么爷爷该给地主做一辈子活儿呢？为什么爹该给他做活儿累死呢？为什么自己和娘有这样的遭遇呢？……"

山风呀，你赶紧地刮起来吧，把小讨生的声音送进娘的耳朵里。可是山风吹不进这条黑洞洞的深沟里。野雀呀，你赶紧飞过来吧，把小讨生遭难的消息告诉村里人，可是野雀也难飞进这条黑咕隆咚的深沟。讨生把磕得红肿的脸腮紧贴在结实的山岩上，山岩裂开了细细的缝儿，渗出了亮晶晶的水珠，就跟讨生的眼泪一样。

忽然，"哞——"沟上边传来了牛的叫声。讨生连忙擦擦眼睛看，啊呀！他的眼前晶明瓦亮了。只见在四面闪耀的金光里，一个白胡子飘飘的老汉迎面朝他走来。老人亲热地望着讨生说道："往常只见你脸上汗珠淌，今天可眼泪往下流。好孩子，别难过啦，我给你一张画子，有了它，你娘儿两个就不用作难犯愁了。"

说着，从袖筒里摸出了一张叠得四四方方的画子，递给了讨生。又说道："这画上有棵小白菜和一只蝈蝈，你要记住，蝈蝈爬到上面第一个叶底下，天要下小雨；蝈蝈爬到第二个叶底下，要下中雨；爬到第三个叶底下，要下大雨；爬到最根底下，就是要下暴雨！别的事情我就不多说了。"老人把讨生只一搀，不知不觉他已经上到了沟沿，骑在牛的背上了。四下看时，老汉已经不见啦。云散风住，牛都在自由自在地吃草。仔细数数，一头牛也不少啊！讨生说道："牛啊，日头落山了，咱们回去吧。"牛好像听懂了他的话，一齐都望着他点了点头。

讨生把画子揣在怀里，说也奇怪，不用吆喝，牛就驮着他一步一步地往村里走去。一群牛都安安稳稳地跟在了后面。

地主从黑漆大门里走了出来,听说讨生跌断了腿,立刻就变了脸。看看牛一头不少,这才假装同情地说道:"你这个孩子怎么把腿磕断了呢?嗐!我这个人就是心肠软,放你几天工回家歇歇,等腿好了再来上工!"

讨生说:"俺娘有病,家里还一点吃的没有!"

地主板着脸说:"别忘了你家还欠我两千吊钱的债!"于是不容分说,把讨生从牛背上拖下来,把牛赶进牛栏里去了。还是街坊邻居,把讨生送回了家。

娘心疼地抱着他哭道:"讨生,娘在要饭的路上生下了你,你是吃着万家饭长大的,千苦万难到今天,要是狼呀豹呀的吃了你,娘也活不成了。"

讨生忙说:"娘,你不用哭,在大沟里有个老爷爷给了我一张画子,有了它,咱娘儿两个就好过了!"

娘听了,连忙叫儿子把画挂在了炕东头的墙上。画子光彩闪耀。这时,天已经黑了,屋里却好像点着灯一样,看得清清楚楚,上面的小白菜七片叶子,菜叶菜帮都是嫩鲜鲜绿光光的。叶子上的露水珠一会儿闪金光,一会儿又闪银光。小白菜心上趴着一个绿蝈蝈,玉亮晶碧的,短短的翅子像碧纱样的透明,头顶上两根细长的须儿更是金灿灿的好看。它支着两条长腿,须儿一动一动的,差一点儿要从画上蹦下来。娘儿俩直看到天快亮,还没看够。娘说道:

"孩子，画子虽好看，也顶不了饭。外面天阴得这个样，我快出去跑几个门，也许能要点干粮回来。"

讨生向窗外望望，天阴得墨黑墨黑的，看看蝈蝈，还是趴在小白菜中间不动。他连忙说道："娘，今天不会下雨。"

娘说道："不下雨更好！娘上远处去多跑几个门。"

娘也是个硬性子，她怕穷街坊邻居作难，从来不在本村要饭。有人劝她说道："天阴得这么黑，你就不要往外村去了。"娘相信儿子的话，也说道："不要紧，今天不会下雨。"

也真是，这一天半个雨星也没有落。

娘干手干脚地回到了家里。不过，娘却没有要到几块干粮。好歹地糠窝窝菜饼子的吃了个半饱算是一顿饭。

嘀！这天一早，奇怪的事发生了。画上的绿蝈蝈不知在什么时候已经爬到第一片叶子的背面，可是讨生向窗外望望，天上连点云彩渣渣也没有，他想起老汉告诉的话，还是说道："娘，不去要饭吧，今天要下小雨！"

尽管娘儿两个饿着肚子，娘还是出去告诉街坊邻居："今天别去锄地，要下小雨呃！"大家半信半疑。只一阵的工夫，云彩上来了，真的下起了小雨。

有一天，蝈蝈又爬到了小白菜的第二个叶子底下，讨生说："今天要下中雨！"娘又去对街坊邻居说了。大家仍是半信半疑，可是这一天真的又下了中雨。

又过了几天，蝈蝈爬到了第三片叶底下。清早晨漫天通红，吃过早饭大雨就哗哗地下起来了，下得沟满河淌。一连两天，讨生娘都不能出去要饭。家里眼看断了顿，娘看着儿子挨饿，难受地摸着讨生跌断的腿，止不住眼泪又掉了下来。讨生心里也十分难过，他想，娘苦挣苦熬地把自己拉扯大了，还得娘拖着个病身子要饭给自己吃。想着，他又是气，又是苦，又是疼，不觉望着画子说道："蝈蝈！蝈蝈！你知道晴天，也知道下雨，可是娘还得出去要饭，穷人也还是受苦受难……"

他的话还没有落音，蝈蝈的眼睛忽然红得像最好看的红豆，两根金灿灿的长须一上一下动了动，"乖乖！乖乖！"地叫了起来。一阵香风刮来，画子呼啦啦一下子动了，小白菜嫩鲜鲜、绿光光的叶子，立刻欢生生地摇摆了起来。金色的露珠、银色的露珠，五彩闪耀地往下落，还打得炕席丁零直响。露珠落完啦，蝈蝈不叫了，小白菜的绿叶也不摇晃了。破炕席上却亮着一片钻石和金豆子。娘儿俩那个欢喜劲就不用说了。

从这以后，娘不再愁没吃的，讨生有了钱治腿，连街坊邻居也不用在这青黄不接的当口挨饿了。

这一天，除了地主家以外，村里许多人家都知道讨生得了一张宝画，天天有人来打听下不下雨。大人们上坡时候赶来问，孩子们出去拾草也跑来问，种地的哥哥问，采桑的娘子也问。讨生家从来没像这样热闹过，娘儿两个也从来没有这样高兴过。

过了不多日子，蚕做茧了，麦子也熟了。麦子上场以后，小户人家场院小，麦子也少，很快便打完场了。地主家麦子多，几十亩大的场院上麦子垛得跟小山样，长工忙不过来，又雇了短工，也把场打完了，只差晒干麦子，就能入仓。

这一天，早晨日头红艳艳的，可是小白菜心上的蝈蝈，却头朝下趴着。讨生忙叫娘去告诉街坊邻居，要晒麦子就赶紧在头午晒。大家在吃晌饭前都把麦子晒好拿回家去了。地主也看好了这个响晴的天，吩咐长工短工把麦子都扛到大场上晒。他家麦子多，直到傍晌天才扛完了，长工和短工个个都是通身流汗。地主扇着扇子，摇摆着从大厅里走了出来，皮笑肉不笑地说道："上哪儿去再找这样的好天气，今天日头毒，锄地一定死草。三秋不抵一麦忙，都快急溜地给我上坡去！中午不用回来，送饭吃。"

长工短工听了，齐都又气又恨，但还是上坡走了。

天快晌了，小白菜上的绿蝈蝈，两条长腿一蹬，一下子蹦到了小白菜的根子上，躲到了最下面的一片叶底下。说话不及的工夫，天上起了笸箩口那么大的一块云彩，只听"咔啦"一声打了个霹雳，大雨就一个劲地哗哗下了起来。地主家大场上，浮浮溜溜地晒着满满的一场院麦子。雨跟拧成绳子样，丁霎的工夫水就脚脖子深了。地主正在厅房里翻看账本，急得又是跺脚，又是转圈，只好冒雨冲出家门向大场院跑去，连手里的账本也忘了放下。大场上水满得直朝四外淌，麦子随着淌出去的水，滚滚地冲走了。这更把地主急煞，对着随后赶来的管家，又是嚷又是吆喝。还是管家心眼多，忙跑着上坡去喊长工和短工回来。地主生怕他叫不来，也跟着随后赶了去。管家跑过了村头上的山河子，地主刚刚跑到了河身里，山洪呜呜吼叫着，像一道横泥墙样从河上头压了下来，浪头直漫过了地主的肩上。地主被山洪冲进了东洋大海，连他手里的账本也一起沉到海底去了。

三坏的故事

山东有句俗语:"逼着梁山闯关东。"不过,现在要说的这个故事,还有另外的一层意思。

从前在一个村子里,夫妻俩生了三个儿子。大儿子和二儿子为人勤劳,心地也好,只有小儿子从小娇生惯养,心眼也越来越坏。天长日久的,人们把他本来的名字三槐,顺口儿叫成三坏了。爹娘活着的时候,他是饭来张口衣来伸手,还硬叫爹娘把两个哥哥分了出去,寻思好自个承受家业。没过多久,老两口接连地死去了。这一来,三坏更加没有挡头了,坐吃山空,什么家业也架不住他那个浪荡法,没出一年光景,就把爹娘千辛万苦挣下的一些东西全都踢蹬光了。尽管两个哥哥常常接济他，总是蛤蟆皮包不过象脚来，怎么也填不满他那个无底洞，加上他仍然那样好吃懒做，渐渐地吃没吃的，穿没穿的了。

就这样，春接夏，夏接秋的，一年又一年地过下去。那一年三坏已经是近三十岁的人了，身上的衣裳是丝挂丝、缕挂缕的，黄黄的脸面上长满了铜钱大的疮疖，变得人不人、鬼不鬼的，那个难看劲儿，不能说了。

这一天，三坏还是和往常一样，直睡到了日上三竿。醒来以后，也还是懒得起床，他一面连连地打着呵欠，一面心里想道：自己抬头是心眼，低头是见识，能够老这样受穷下去吗？树挪死，人挪生，还不如上关东山去挖参哩。赶上时来运转挖着一棵宝参的话，那就一辈子享用不尽！到那工夫，我就不稀罕住这茅草小屋啦，高楼大厦的盖上它一片，不用说要把东邻西舍的屋全拆了，就是两个哥哥的房基也得归到自己的名下。

三坏越想越得意，使劲地伸了个懒腰，吃了大哥家送来的饭，喝了二哥家送来的汤，出门找两个哥哥去了。

大哥听说他要去关东山挖参，说道："老三，你要去就去吧，我不阻拦你，只盼着你能记住我一句话：勤俭才是过日子的根本！不管做什么事情，不付出点辛苦是不行的。"

二哥听说他要去关东山挖参，也说道："老三，你要去就去吧，我不阻拦你，只盼你能记住我一句话：好心是为人的根本！不管做什么事情，不能只顾自己，生那号损人利己的坏主意。"

不用说，对两个哥哥的话，三坏是听不入耳的。他不以为然地摆了一下头，打鼻子里哼了声说："现在不用多说，你们等着瞧吧。"

第二天，三坏真的动身去闯关东了。

路上不知走了多少日子，这一年的夏天，他来到了关东山的一条大山沟里，正好那里有个参场收人挖参，三坏就去给人家做了伙计，不久便和大家一起出去放山了。

关东山是山叠山、岭套岭的，出去放山不光是要跋山涉水，还要钻树林子，这些树林子常常是几天几夜也走不到尽头的。林子里有天底下最珍奇的花草，还有一种好看的棒槌鸟，它长着珊瑚样的小嘴，翠绿色的羽毛，后尾巴上亮着长长的花翎，它在哪里叫，那地方就必定有人参。俗语说"七两为参，八两为宝"，三坏恨不能立刻挖一棵宝参发财才好。他也跟许多放山的一样，腰里别着快当斧，手里拿着索拨棍，一墩草一墩草地拨拉着找山参。风吹日晒不说，露水常常湿透了他半截裤腿子，蚊子把他满是疮疖的脸面，叮起了新的疙瘩。三坏从来也没受过这样的苦累，他走一走，停一停，先还只是唉声叹气，后来竟捶胸顿脚地自言自语起来："我千里万里跑来发财，没想到却是来吃苦挨累，凭我三槐能老受这样的苦累吗？"说着，呜呜咽咽地哭了起来。

三坏这一哭，周围那些青树花枝上的雀鸟，一听这个动静，都扑楞楞地高飞远避。那好看的棒槌鸟，更是连影子也不肯在他旁边闪过。

这是开头的情形，后来一天比一天糟。过了些日子，他竟连手脚都懒得动了，只是在窝棚里吃了睡、睡了吃。不光三坏没有挖到一棵人参，说也奇怪，连跟他一起的伙计们也都是两手空空的。有人说："咱跟三坏结了伴，连棵参苗子也看不到了。"这话一传十、十传百，再没有愿意和他结伙的了。

就这样，月尾接着月头，日子一天一天地过去。夏天完啦，秋天来了。关东山冷得早，八月底就飘开了雪花，三坏衣裳破得闪皮露肉，北风一刮，更是上牙抓下牙，冻得"嘚嘚"打战。偏偏在这工夫，身边带的小米也吃完了。他知道，再待下去，就是冻不死，也得饿死！到了这个地步，他起意回海南老家了。

九月初一这天，三坏动身了。他走走停停，停停走走，傍黑天的时候，好歹总算爬上了个山鞍子口，当他低头朝下看时，不觉惊奇地瞪大了眼睛。嗨，那是什么样的光景啊！九月的关东山青草已经枯了，树叶也落了，可是眼前的山洼里，密密层层的，青的是叶，绿的是枝，那些五颜六色的花朵，开得红红紫紫、光彩闪耀。再看时，山崖前面还有个泉子，泉水隐隐约约，被紫雾、彩云围在当中。

俗语说："穿得十日破，挨不得一日饿。"三坏这时候是又饥又渴，就是吃不上饭，能喝点水也好呃。当他来到泉子跟前的时候,却又呆住了。这真是个好得出奇的泉子,白净的沙底如同铺满了钻石,一串串银亮的水珠,更是像珍珠样从水底一个劲地往上冒。泉子周围都是很陡的石壁,又没有登趾的地方。三坏看了看,便垂头丧气地坐下了,老半天也想不出有什么办法可以喝到泉水。他有一百个心眼子,九十九个都是坏的,剩下那一个,却又从来不用。

他肚子饿得咕咕乱叫,口渴得都快冒烟了,哭了一阵子,更是连眼皮也懒得张开了。这样,又过了多少时候,他自己也说不上来,迷迷糊糊地听到了棒槌鸟的叫声:"棒槌!棒槌!"三坏连忙地睁开了眼睛,只见红红的霞光里站着一个闺女。这闺女白莹莹的脸面,长长的眉眼,乌黑的头发上插着一朵白亮的鲜花。她穿着月白上衣,淡绿裤子,看去又秀气,又素净。闺女肩上挑着一对亮晶晶的粉红色罐子,十分和蔼地说道:"喂,你这个关东客人,日头没啦,天快黑了!怎么还坐在这里不动呢?"

三坏哭泪啦啦地说道:"唉,人不伤心不落泪,我从海南老家千辛万难地来到这关东山里,现在连口水也喝不上。你这个好心的大姐,打口水我喝,就算是救了一条性命吧。"

闺女安慰他说:"客呀,快不要说这样的话了,你千里迢迢地来到了俺这地方,还能叫你渴着吗?"

闺女说着放下了担子,转眼的工夫,一罐子泉水已经亮在了三坏的眼前。那水甜丝丝的,那个好喝劲就没法说了。他喝着喝着,身上一舒展，九十九个坏心眼又一齐使开了，水喝完了，他的坏计谋也拿定了。于是他长长地叹了一口气说："唉，人到难处想亲人，我在海南老家一无亲二无故，吃累受苦来到这关东山里，现在连碗饭也吃不上。你这个好心的大姐，做顿饭我吃，就算是救了一条性命吧。"

闺女皱了一下眉头，慢声细语地说道："客呀，谁家也有个出门在外，你爬山迈岭地来到俺这地方，还能叫你饿着吗？"

闺女挑起了担子，顺着一条石头路走着，金黄的扁担在她肩上闪金光，罐里的泉水在她前后闪银光，闺女走得那个轻快，活像是风飘云。三坏快撵快撵才能跟上，空着手还跑得气喘喘的。一阵的工夫，总算看到闺女在一栋石头屋前面放下了担子。闺女走进了屋里，三坏也跟了进去。从外面看，石头屋不高也不大，可是走进去却挺宽敞：东西两个里间房门上贴着鲜红的对联。明间里摆着桌椅条凳，收拾得很是齐整干净。闺女从东面锅里端出了热气腾腾的四盘菜，从西面锅里盛出了热气腾腾的一盆白米饭。饭菜那个香啊，要多么好吃，有多么好吃。

吃过了饭，闺女叫三坏在西间屋歇息，自己上东间屋关上了房门。不用说床上是铺毡卧褥的，躺下软绵绵的，三坏直睡到了日上三竿才起身，闺女却早已挑回泉水来了。除了饭菜以外，她用泉水给他沏了一壶茶，茶水倒在碗里，金澄澄地放光，立时便香满了屋。三坏吃完了饭，又喝茶，只觉全身清爽，格外的精神，伸手一抹，脸上的疮疖和疙瘩都消了，跟原先一样光光溜溜啦，闺女又挑着担子出去了。三坏又去床上躺下，呼呼地睡了。这样，他吃了睡，睡了吃，一住就是七天。这天晌午，三坏吃过了饭，坐在椅子上打瞌睡。蜜蜂嗡嗡地飞到他的身边，像是在催他。棒槌鸟也从门前飞过，一面飞，一面叫：

勤俭，勤俭，准有吃穿！
懒惰、懒惰，理当挨饿。

三坏生气地把蜜蜂赶走，连门也懒得出，只从窗棂里往外瞅了瞅，看见闺女挑着水罐，忽忽闪闪地上了东面的山坡。她在东面山坡栽上了果树，浇上了泉水，果树眼看着长高了，开花了，结果了，果子甜甜的香味直冲他鼻子扑来。闺女在西面山坡上，种上稻子，浇上了泉水，稻子眼见长高了，秀穗了，稻子的香味立时飘满屋子。三坏得意地笑了："懒有懒福，没寻思碰上了这么个好地方，自己只是动嘴吃饭就行了。"他合上了眼睛，却没有睡着，九十九个坏心眼子，很快地又想出了坏道道。看他，眼也睁开了，手也来劲了，把快当斧霍霍地磨了又磨，磨了又磨，磨得锋快锋快的。傍黑天的时候，闺女回来了，三坏一手拿着快当斧，歪头瞪着闺女说道："木不钻不透，话不说不明，现在实话对你说了吧，我叫三槐，在这里是不想再走啦。你要是答应做我的媳妇，什么事没有,如果不答应,那就是你死我活了。"

闺女一点也不吃惊,只是长长地叹了口气。

三坏赶紧地又追问说:"那咱今晚上就成亲吧。"

闺女低下了头,又抬起,说道:"三坏呃,真是闻名不如见面。我也告诉你吧,我叫二妹,有个姐姐住在这西面的大山里。你一说,我也想了起来,从你来到这里,还没有喝一次酒,今晚上请你喝酒吧。"

闺女真的做上了好菜,又从东间屋里搬出了一坛子酒,那股酒香,钻进鼻子,直冲到了心里。三坏见了酒真跟苍蝇见了蜜一样,接连喝了三大碗,只觉得天旋地转,浑身都酥软了,连他自己也不知道怎样回到了床上,倒头直睡到了第二天早晨。吃过了早饭,闺女说道:"我好久也没到姐姐那里去了,咱们一起去走走吧。"

三坏答应了。

走了整整的一天,翻过了三座山,爬过了三道岭,傍黑天的时候来到了一个山洼。这里另是一样景致:细软的青草跟绿毡样铺在脚下,到处长着鲜花,有的花发着紫色的光,有的金粼粼的亮。山洼中间有个石头小屋,周围是大片山参,一苗一苗尽是九品叶,指头粗的秸子上,通红的参子像朵朵的红花,随风摇摆着,三坏看得恨不能从眼里伸出手来,他刚想弯下腰去,姐姐却从屋里迎了出来。她红通通的脸面,弯陡陡的眼眉,红袄绿裤,头上插着一朵红艳艳的花,看去比二妹还年轻还俊秀。姐姐把两个人让进了屋里,先茶后酒。喝着，喝着，三坏那么多坏心眼子又都使开了，他想：要二妹，还不如要她姐姐呢，人又俊秀，屋前屋后还有那么多的山参，一苗就是无价之宝，那自己要发多大的财呢！

三坏立时又来了坏主意，喝一盅又一盅，几盅酒下肚，他就假装醉了，东倒西歪的，好像连眼也睁不开了。听姐姐说道："他真是醉啦？"又听二妹说道："醉成这个样子怎么办呢？"姐姐说："就让他在西边那个床上躺下醒醒酒吧。"二妹说道："那我就先回去了。"过了一阵，听着姐姐把二妹送出了屋外，又返了回来，在靠东墙边的床上睡下了，把灯也吹煞啦。

三坏早已把屋里的一切都看了个遍，这个石头屋要比二妹那里的小得多，进门只是一间房，西面贴墙放着一张床，靠东墙根也放着一张床。她姐就睡在了那里。半夜的工夫，三坏悄悄地下了床，蹑手蹑脚向东墙根摸去，可是哪里也摸不到床，只觉得凉森森地冰手，再摸时更冰凉。忽然，他觉得脚底下晃荡了，耳旁冷风嗖嗖的，接着便听到"嘎吧嘎吧"直响。向四外看看黑洞洞的。三坏站不住脚，不禁蹲了下去。天呀，这到底在什么地方哪？伸手摸摸，好像是坐在了一块石头顶上，石头还直摇晃。这时，风越刮越大，下面还打雷样轰轰地响。他颤颤抖抖地直挨到天亮，终于看清了，哪里还有什么石头屋，原来自己真是坐在了山尖顶上一块往外探出的石头上。底下是黑沉沉的大海，浪涛一个跟一个地向石壁上蹿去，轰隆隆的响声震得地动山摇。再看时，他踞踞在上面的这块石头,只跟石壁挂连着一点,尽管他不敢动一动,石头还是越晃荡越厉害,越晃荡越厉害,只听"咔嚓"一声,三坏和石头便一起掉进大海里去了。

冬去春来,关东山上草又青了,树又绿了,在棒槌鸟叫的地方,山参又长出了青青的绿叶,开出了银光光的白花,又红又亮的参子,像朵朵的红花,显得四外的树木都格外光彩。有人还去关东山挖参,三坏的故事也从深山老林传到了山东。

木匠行雨

都说"站得高,看得远",可有的也不尽是这样,如果私心重,即便身在半空,也会只看到自己家的酱缸。这不是说瞎话,实实在在有这样的人,还有这么回事哪。

从前有一个手艺很好的木匠,夫妻两个过日子。家里种着几亩地,加上他耍手艺的进项,一年到头,年吃年用,倒也够了。可是,这一年的春天,却遇上了旱灾,好久没有下雨,种上的庄稼也快旱煞啦。庄户人的心里,都火烧火燎的,谁也没心思盖房盖屋,他做成的木器家什也卖不出去。老婆撺掇说:"你别光巴巴的在家里等着,出去跑跑,说不定还能揽个活路做做。"

木匠听了老婆的话，把锯啊斧子的，使钱褡背着，便上路走了。哪知串了许多的村庄，也没找着个活路。这一天，走着，走着，走到海边，正是晌天的工夫，真是晴天白海，大海蓝晃晃、银光光。他正在望着，忽然看到从水里升上个人来，站在水面上跟他招了招手，便朝他走了过来。木匠正在惊讶，那人已经走到跟前。原来是一个长得挺美的年轻人，说道："我是龙王三太子，来请你到龙宫里去做些家什，工钱随你要多少都可以。"木匠摇头说："我是一个凡间人，怎么能到海里去呢？"龙王三太子说："你跟上我，自然可以去龙宫了。"

木匠应承了。

龙王三太子用手一指，分开了水路，很快便把木匠领了进去。到了龙宫，吩咐人给他拿来了各种各样的材料。木匠便动手做了起来。做了一件又一件，做了一件又一件，做了也不知多少件数，反正一月过去了。天长日久的，他跟龙宫的人也都熟啦。有一天，木匠正在忙着，龙王三太子走来告诉他，接到玉皇的旨意，要到登州去降雨。木匠听了很是高兴，心想：家乡旱得井干泉枯，要能下场足雨该多好呀！他又想龙宫的景致，自己已经看了，要是能够随着上天看看下雨那更好啦，便问龙王三太子说："我能不能随着你们上天行雨？"龙王三太子说："可以，只要穿上件龙袍就行。"说完，走去不大的工夫，就拿回了一件金粼粼的龙袍，对木匠说道："你穿上它就会变成一条龙，其实行雨并不难，布云响雷以后，你就使鼻子呲，越呲的次数多，雨就越下得大。不过，你可要千万记住，上天以后，不能说话。"

木匠穿上了龙衣，觉得浑身燥热，好在龙宫里清凉，他只得忍耐着。自然，去行雨的并不光木匠一个，行雨也不是乱下一气，要各管一方的。说也凑巧，木匠分的地方，正是自己村子所在的那一带，随着号令，木匠竟然也起到了半空，风吹云绕，看看自己已经变成了一条大龙。红鳞金角，铜铃般的眼睛金光四射。他张牙舞爪的，不多一会便飞到了家乡村子上空。木匠的眼很有准头，他清楚地看到自己家院子里的酱缸没盖。哎呀！酱缸怎么敞着口呢！费事把物的，好不容易做了一缸酱，下上雨不就瞎了吗？

木匠急了，大声叫道："快把酱缸盖上！"只这一声，立刻觉得身子千斤重，不管他怎么挣扎，还是往下掉去。转眼工夫，便"叭唧"一声摔到了地上，觉得眼前一黑，就昏了过去。

他醒过来时，已经风停云散、天晴大日头的了。看看正掉在自己的街门口外面。你想想，天上掉下活龙，谁不来看呀！人们越围越多。木匠跌得头也抬不起来，死趴趴躺在那里，浑身疼得连尾巴也不能翘一下。龙衣经太阳一晒，更是又热又闷，就跟在蒸笼里一样。木匠觉得过一煞煞都难熬，他却熬了日头，熬星星，过了整整的三天三夜。

再说，东海龙宫里查点龙衣，查来查去少了一件，问到了龙王三太子那里，才知道木匠没有回来。少了龙衣还了得吗？龙王三太子驾起了一团乌云起到了空中，到了那里，低下云头，用手抓起木匠，停也不停就飞回龙宫。老龙王知道了，害怕玉帝问罪，赶紧给他脱下了龙衣，叫龙王三太子把木匠送出了东海。

木匠往家里走去，走了一天，又走了一天，看看别的地方都下了雨啦，可是离自己村十多里以内的地方却滴雨未落。

回到家里，老婆说："你到哪里去啦，连个信也不给家里。咱村里可发生奇事咧，从天上掉下来一条大龙，就落在咱家门前，方圆几十里路的人，都赶来看活龙呢。不过，四外都下了雨，就是咱村周围遭，还是旱得要命，都说'咱村有人心不正，圆旮旯下雨中间空'。"木匠说："那条龙就是我。"老婆不信。木匠说："你把酱缸敞着，我喊你盖酱缸才掉下来的。"老婆说："那天我上娘家去，走的时候晴天好日头，寻思掀开盖叫它晒晒酱，没想到了娘家就变了天，又打雷，又打闪，要回来也来不及啦。"过了一会，她把什么都问明白了，直埋怨男人："嗐！大家都盼雨盼得了不得，你倒怕瞎了自己的一缸酱！"木匠只"唉"了声，什么也没说。

这叫作：人人都明理，只怕为自己。

两个葫芦

有句古语:"近山不要妄用柴,近河不要妄用水。"这就是说,该用的应当用,不该用的就不要胡糟蹋。要是只管好吃懒做,流水样花钱,金山也有个用尽的时候,更不要说胡作非为的瞎踢蹬了。清朝年间,淄川有一家财主真是有万贯家财,光那些大锭大锭的金子银子就垛得顶着屋梁。老财主在世的工夫,常对儿子说:"我给恁积攒下了这么多的钱财,你就是敞开着花也吃不尽。"儿却是个败家子,吃喝嫖赌样样在行。三伏六月开荷花,他想起要看热风飘雪花。打发工匠把银子碾成雪花样的片片,筑起高台让许多人往下撒。后来嫌下银雪不够显富,又吩咐人下金雪。就这样,千顷好地，顶着屋梁的金银，没过几年，就叫他折腾得溜干溜净了。

以上只是说，尽管金银财宝再多，糟蹋起来也跟打个水泡泡样，为什么要插上这几句银雪金雪的话儿，只为下面要说两个葫芦的故事。

这段故事，出在山东济宁一带，靠着大运河有个小庄，住着弟兄两个。早在弟弟十来岁那阵，哥哥就生了外心，自以为年轻力壮，和兄弟老娘一起过吃亏，硬逼着娘把家分开，自己出去单独立了门户。娘苦挣苦熬把小儿子拉扯到十六岁上，便下世去了。

兄弟俩的住处，只有一墙之隔，两个门楼并排着，街门口都朝着运河，河堤上一排排的柳树，青枝绿叶，戏着清清的流水，好看极了，一进三月，不等柳絮飘，燕子便飞来了。它们在河堤上、柳枝上落一落，然后就飞到人家屋里去修旧窝或垒新窝。故事就发生在燕子身上。

常言道"一窑砖出几样色，一娘生几样人"，哥哥尽管日子比弟弟好，他的心里却老是装着个无底斗，嫌钱财进得少，嫌干活得流汗，这也不满足，那也不满足，驴长着个脸，没个欢喜模样。兄弟成天乐哈哈的，干完了坡里就收拾家里，屋里屋外总是拾掇得整整齐齐、干干净净。燕子不进愁房，虽说哥哥家高房大屋，燕子却不进他家屋门，弟弟住的是三间茅草小屋，每年开春都有一对燕子飞到梁上寻找旧窝。弟弟也总是像盼亲人一样盼着燕子归来。

这一年春天，二月二一过，河两岸的杨柳又都吐芽开花了，弟弟家的燕子也双双从南方飞了回来。它们唧唧溜溜、呢呢喃喃地叫着飞进飞出，口含泥补好了旧窝，下了蛋，等麦子柳黄色的工夫，就把小燕抱出来了。大燕从早到晚忙着打食喂小燕，弟弟也总不忘记大清早就给燕子开开屋门，晚上直等着两只燕子都回来才把门关上。一天一天的，每逢大燕子含着食飞回来的时候，一溜五个小燕都把头伸出来，张着小黄嘴等老燕喂食。弟弟常高兴地望着，还算计着小燕哪一天能出窝。

谁知雀鸟也会有闪失，有一天晌午，弟弟从坡里回来，只见两只大燕在院里转着圈飞，叽叽喳喳叫得那么急，见弟弟走了进来，一偏翅膀都落到了他的肩上。弟弟走进屋里一看：哎呀！一只小燕不知怎么打窝里掉到了地上。他连忙弯腰把它捧了起来。小燕刚刚扎毛，亮晶晶的小圆眼，金黄的小嘴，那红红的小腿却被跌断了。弟弟心疼得很，仔细把跌断的小腿接起来，用红线包扎好，又把它擎回窝里去。在小燕学飞的时候，那腿已经长得好好的了。两只大燕子常常领着五只小燕，在柳枝中间，穿梭样飞来飞去，直到菊花开柳叶黄，才都一起朝南方飞去了。

转过年的春天，叶绿花红，弟弟又把燕子盼回来了。两只燕子在弟弟的头上盘旋一阵子，一齐落在了他的跟前，右面那只从嘴里吐出了一粒葫芦种，弟弟把它捡起来，看着金晃晃的那么耀眼。他越看越爱惜，就挖了个坑，把它种在了窗户前面。春风刮，萌芽发，不几天的工夫，就从土里钻出芽来，顶着露水张开了两片嫩绿的芽瓣儿。很快便长出了一片又一片的大叶子，弟弟用木棍搭起了个葫芦架子，蔓儿刚爬上了架，就开了一朵喇叭样的小花。雪亮亮，粉莹莹的。花谢以后，结了个葫芦，那葫芦没有几天就长得比绣球还大。弟弟又浇水，又施肥。哈！进了六月，葫芦已经长得跟青花瓮那么大啦！翠绿晶亮，沉沉地吊在葫芦架上，看看，真叫人喜欢。

几场霜过后，燕子又回了南方。葫芦的叶子也发了黄，一个又大又光亮的葫芦结成了。割开一看，哎呀！里面尽是明晃晃的金豆子，整整地掏出十升呢。

都说没有不透风的墙。哥哥很快便知道了这事，他眼红喉急地盘算：要是燕子能给我含个葫芦种，如果我能得到那么多的金豆子，那就赡吃坐穿再也不用干活了。算计以后，便赶着去对弟弟说："爹娘就生了咱弟兄俩，石榴结籽心连心，你富了，也不能不管我，咱俩换换房子吧。"弟弟是个忠厚人，觉得哥哥既然开了口，自己也不好推脱，当场便答应了。

哥哥搬进了弟弟的茅草屋里，天天盼望着燕子快回来。冬去春到，燕子果然又飞回来了，也含泥补好了旧窝，下了蛋。四月底，小燕也真抱出来啦。哥哥两眼瞅得冒火，就是不见小燕掉下来。有一天，大燕出去打食的工夫，他特地把一只小燕戳下来，弄断了腿，又包好放进了窝里，大燕打食回来，小燕还痛得"唧唧"直叫。哥哥假惺惺地说："燕子呀！我侍候恁大的，又救了恁小的，明年回来可别忘了给我含回粒葫芦种来。"

九秋十月了,燕子又回了南方。转过年的春天,燕子飞回来的时候,也给哥哥含回了一粒油光溜滑的葫芦种,哥哥也把葫芦种种在了窗户前面。几天以后,冒出了两片嫩绿的芽瓣儿,长了叶,抻了蔓。哥哥用老粗的木头,结结实实搭了个葫芦架子,蔓子爬到架上,朝天开了朵白花。花谢结葫芦,那葫芦迎着风儿长,没有多久就长得半人高了。哥哥心里琢磨,就这么个长法,到秋后还不知要长多么大啦!弟弟那个割出十升金豆子,自己这个少说也能割它二十升。有这么多的金豆子,尽着花,也花不完。哥哥本来就是好吃懒做的人,营生也不干了,成天吃喝玩乐、钻赌钱屋,家产撂光了,又到处借债拉账。挨到秋上,那些来要账的,这个出来那个进,哥哥总是指着架上的大葫芦说:"等葫芦熟了就给钱!"

河岸上落满了金黄柳叶的时候,燕子又飞回了南方。大葫芦也熟了。光亮亮的有一人多高。到了割葫芦这天,债主们都来了,里三层、外三层把院子站了个满满当当。大锯割了几下,葫芦便"叭"迸开了!从里面走出一个白胡子老汉,拄着龙头拐杖,直唉声叹气。有人问他为啥叹气。老头用拐杖指着哥哥说:

"我是愁他这些债怎么还!"

哥哥目瞪口呆,连半句话也说不出来。

煎饼换金箔

一辈又一辈,在从前老人们经常用故事来教育孩子,有许多故事是这样流传下来的。"煎饼换金箔"就是我一面吃着煎饼,一面听爷爷拉的古话。

很早很早以前,沂山里就吃煎饼。煎饼是一种很好的饭食,好煎饼是用磨细的米豆糊子烙成的,一乍从鏊子上揭下,真是圆如月,薄似纸,那颜色亮黄亮黄的跟黄鹤翅膀上的翎毛样,要是再把它三五层叠起烙焦,那更加酥脆喷香,是再好吃不过了。从前穷人家是吃不上这样的煎饼哪。提起煎饼,那就得说一说于家庄的故事。

于家庄姓胡的多,那阵有个孩子也姓胡,穷孩子却起了个好听的名,叫玉柱。这深山里,尽管地是山沟旮旯,可是玉柱家娘儿两个,穷得连半分山沟旮旯地也没有。那才是地无一垄房无一间,没法,玉柱就把娘搬到了山上一个名叫懒老婆堂的山洞里,娘儿俩就这么以山洞为家。

那年月的世道,就是这么穷的穷、富的富,于家庄有个地主姓于,富人家起个名也娇贵,叫金斗。大伙却叫他跟头,因为他对人又狠又坏,谁都盼着他快栽跟头。

跟头家牛羊成群,玉柱就雇给他家放牛。

不知为什么那个山洞叫懒老婆堂,不过,玉柱娘是个勤苦人,她住在洞里,有病不能出去,整天地给人家纺线,可是紧忙、紧忙,还是顾不过自己的嘴来。玉柱给跟头家放着一大群牛,出去就是一天,早晨那顿饭在跟头家吃,响午饭跟头给他几张煎饼带着,晚上饭回来吃。玉柱每天只吃两顿,响午这一顿的煎饼,他总是舍不得吃,留着晚上回去捎给娘吃。天天如此,月月如此。

有高山,必有深沟,这是定规不移的。在于家庄的东面,就有一条又深又宽的大沟,沟两边石头一层层的,尽是立陡的光崖,沟底下有草有水,玉柱常赶牛到那里去放。

有一天,玉柱又去那条沟里放牛。四月里,草已经发得青青的,到响天的工夫,牛都吃饱啦,可他自己只捧了几口泉水喝,吃了几棵苦菜,就算是一顿响饭。俗语说:"人是铁,饭是钢,一顿不吃饿得慌。"玉柱这么个大小伙子,又长天老日头地跑踏了一头午,那个饿滋味,更不用说咧,越饿越闻着身边的煎饼好香呢!只要解开小包,一伸手,煎饼就能到口,他却没有这么办,只在心里寻思:自己年轻轻的,饿点就饿点,只求娘能吃饱就好。想着,不觉自言自语地说出了口。

刚住声,忽然听到上面有人在哭。他连忙抬头望去。看看,多么奇怪呃,玉柱跟前这座高崖上下,都是陡壁光石,只在崖半肋里有那么一窄溜子蹬台,一个老妈妈就坐在了那里,哭得前仰后合的,她手把着荆条,眼看要稳不住身子。玉柱又吃惊,又着急,这多危险哪!想去把她扶下来,可是自己怎么会上去呢?他才这么一想,老妈妈便搭腔说:"孩子,俺儿嫌我累赘,撵出我来,把我搁在了这么个不天不地的埝子,叫我怎么下得去!"说完,老妈妈又伤心地哭了起来。

听了老妈妈的话,玉柱又气又急,气的是世上竟有这种儿子,急的是怎样才能把老人家接下来呢?看看底下,是离地几丈高的光崖,上也上不去。那上面是刀峭样的石壁,只从石缝里长出些山花野草罢了。玉柱想了想,转到另外的地方,才上到崖顶,把着石缝的草草棵棵下去,好歹地才把老妈妈接到了地上,又扶她去向阳的前坡歇息。

刚刚坐下,老妈妈就喘吁吁说道:"孩子,我三天没吃一口东西了,你有煎饼给我点吃吧。"

这一来，叫玉柱着实作了难。他心里一阵子翻腾，这几张煎饼也只够娘晚上吃一顿的，要是给老妈妈吃了，娘就得饿肚子，不给老妈妈，她又饿得怪可怜，罢，罢，还是给这老妈妈吃了吧。他记起了娘嘱咐自己：做事要厚道，不能慢待人，有自己走的道，也得让人家有过的路！

玉柱把煎饼都给老妈妈吃了。

临走的时候，老妈妈连句感谢的话也没说，可是玉柱的心里却十分高兴，他看到老妈妈吃了煎饼，脸色好看多啦，身子骨也添上力气，走路也不用人扶着了。他口里没说，心里的话：就是娘在这里也是这个心意。

直望着老人走得不见了，玉柱才又去放牛。放着，放着，他的心里又犯开了愁：晚上饭叫娘吃什么呢？总不能让娘挨饿呢。心上装着了这个念头，办法也想出来了。玉柱白天给跟头家放牛，晚上回去照料娘。这天傍晚，玉柱把牛赶到了栏里，对跟头说道：

"俺娘有病，又住在山洞里，真挂挂得慌，叫我带上晚饭回去吃吧，这样能早一步回家。"

跟头算计了一下也愿意啦，往常晚饭玉柱能吃六个煎饼，跟头只给了他四个煎饼，玉柱也不争竞，高高兴兴地把煎饼拿回去给娘吃了。

第二天，玉柱还是在那条沟里放牛，老妈妈又去了，又吃了他带去的煎饼。玉柱还是把自己的晚上饭带回去给娘吃了。

可是第三天老妈妈又来了,不用说还是吃了煎饼,不用说玉柱又把晚上饭让娘吃啦。话不可重叙,就这样整整过了一百天。在这一百天里,玉柱每天只能吃一顿饭。

这一天,老妈妈吃完了煎饼,望着玉柱说道:"孩子,今个我要回去啦!咱娘儿两个辫合了这多日,离开了你,我还真想得慌,有工夫,你得去看看我。"

玉柱是个热心肠的小伙子,听说老妈妈要走,也打心里舍不得,说道:"我到哪里去找你?问什么名字?"

老妈妈说道:"我把地方、姓名都告诉你,可是你千万要记住:

家住悬崖半天空,
问我姓来一溜东北风,
名字是百辆大车进北京。"
说完,一转身不见了。

玉柱很是惊奇,回去一五一十地都对娘说啦。过了些日子,娘说道:"玉柱,老妈妈临走嘱咐你去看她,你也该去了。"

玉柱犯难地说:"照她说的那些话,我怎么能找得着她?"

娘儿两个猜思来猜思去,还是解不开。娘说道:"咱去问恁明白姑夫吧。"

他姑夫住的那个庄,离懒老婆洞还有好几里路,玉柱背着娘过沟爬崖地到了姑夫家,姑夫果然明白,他捋着胡子,寻思了一下说道:"家住悬崖半天空,这是在山的高处,高处是老鸹窝;一溜东北风,东北风挺寒冷的,那她不用说姓韩了;百辆大车进北京,名字是百车,就是说,她住在老鸹窝里,姓名叫韩百车。我听说沂山上有个叫老鸹窝的地埝,可倒没听说有人在那里住,千山万岭的你往哪里去找?"

玉柱想到老人被扔在沟崖上时那段苦情,说道:"只要有这个地方,怎么也能找到,我答应要去看她,就没有不去的理。"

娘也说道:"听玉柱说的,我也心心念念地想着她,去吧,可别三心二意的。"

这一天,玉柱真个动身去了。可也是,这沂山,山叠山、岭连岭的,山头多得无其数,明白姑夫只说有个叫老鸹窝的地埝,怎么知道它在哪里呢?玉柱跨过了一条沟又一条沟,越过了一道岭又一道岭,攀上了悬崖,登上了峭壁,爬上了一座山又一座山;他经过百丈崖,瀑布打雷样响,他上到了歪头崮,伸手像是能摸着天。玉柱歇也不歇地,遇一岭找一岭,碰一山寻一山,眼看日头落了,天也黑了,还是没有见到那个老鸹窝地埝。正在焦急,忽然看到对面山上闪出了灯亮,还影影绰绰显出个小屋来,那底下却是黑咕隆咚的高崖陡壁。玉柱心里欢喜地想:那不是正正在悬崖半天空里,也许那就是明白姑夫说的老鸹窝了,只是怎么才能上得去呢?这么一想，眼前忽然闪出了一条白光光的小路，走上去，一步一个台阶，不多工夫就爬到了小屋门前。只见老妈妈已经等在了屋门口，笑嘻嘻地说道："孩子，快屋里坐吧。"玉柱见到了老人，心里也是十分欢喜。

小屋里空空的，只有几个石凳和一张石头桌子，老妈妈让玉柱在石凳坐下，亲热地问长问短。她指着放在石桌上的一包煎饼，说："这是你在那一百天里省给我的煎饼，你看着我吃了，其实我一点也没吃下去，都给你留在了这里，我那是试探一下，你对自己娘好，是不是对别人也好。明天回去也没什么给你，把它带上，就权当我送给恁娘儿两个的吧。"

说着，玉柱不觉竟趴在石桌上睡着了。当他睡醒一看，天早已大亮，怪事又发生了，不光是没有了老妈妈，连小屋也不见啦，面前的大石头上，真的放着一包煎饼。他愣了一阵，只得照老妈妈说的那样，拿起煎饼回去了。

他把看到老妈妈的经过，一五一十地对娘说了，娘儿两个解开包袱一看，哎呀，这哪里是煎饼，是满满的一包袱金箔哪！黄澄澄、金灿灿的，耀得山洞里也明晃晃的。

娘儿两个那个欢喜呀，欢喜的是以后种地有地，住屋有屋，不用再给跟头家放牛，穷人也过上好日子啦。

过了些天，玉柱用卖金箔的钱置了地，又张罗着盖起了房子，娘儿两个商量，明白姑夫年纪大了，又是孤身一人，就把他接到自己家住吧。明白姑夫高高兴兴地答应了,又说:"老妈妈送给恁这些金箔,往后更得勤劳过日子才是。千万不能张扬出去,那跟头就是个恶人,他要是知道恁得了这些金箔,能不眼红?可得防备着他点。"

娘儿两个也觉得明白姑夫嘱咐得对。

世上哪有不透风的墙,玉柱盖了房子又置地,一传十、十传百,也风快地传到跟头的耳朵里了。

这个跟头也真够万恶的,尽管人人咒骂,但只要沾着钱财的边,那真是比两头蛇、双尾蝎还要毒。他想,玉柱家娘儿俩穷得叮当响,从哪里来的钱盖房子置地?一定是在山上放牛挖到了什么财宝啦,说不定金子银子上千上万哩!这么蛆搅心地一想,跟头更是跟蚊子见了血一样,眼都急红了。恨不能一口吞下玉柱去才解馋。要讹诈他玉柱还不容易吗?原先雇他放过牛,只要赖他那些钱财是偷的主人家的,过去又跟官府有结交,县官还有个不向着财主的!到那时,他置办的房子地,就会都归到自己名下啦。

干这号勾当,跟头就像小孩喝蜜茶一样,说快也快,一张呈子便把玉柱告了。县官立时差人把玉柱捉了去,不容分说,关进监牢里去啦。

在那昏天黑地的世道,玉柱自然是没处申冤的。就这样,平白无故把玉柱判了个死罪。当要斩他的工夫,忽然呼呼地刮起了遮天盖地的东北风,直刮得法场内外天昏地暗、飞沙走石,连刽子手也睁不开眼睛。

这边明白姑夫和玉柱娘得到了消息,心里就像搁上了一把刀!跟火烧火燎样。两个老人哭天喊地地赶到了城里,怎么的也想再能见玉柱一面,可是人上了年纪啦,总是力不从心,跌跌撞撞到了那里,午时三刻早已过了。东北风也已经煞啦,嗨,多奇怪呀!法场上被斩的不是玉柱,看得明明白白,倒在那里的是坏透了的跟头,他处处想害人,到头来却害了自己。

明白姑夫和玉柱娘撵回家里时,玉柱却早已回去了。原来那阵大风是老妈妈刮起来的,玉柱只觉得有人把他的胳膊一拽,绑也松了,枷也脱了,都说飞上青天无羽毛,他却如同插上了翅膀样,身子不觉起到了半空,落下来时,正在自己的家门口。两个老人看到了玉柱,自然喜欢得了不得。明白姑夫高兴地说道:

"那是煎饼换金箔,这是跟头换玉柱。"

狗为什么咬猫

那东海边上的崂山,山叠山,岭连岭,一山比一山高,一山比一山奇。奇山出奇物,说不清是哪年哪月,在两山夹着的一个路口上,出了一个奇怪的精灵。这怪物,大头猪尾巴,头顶上奇里古怪地长着八只角,嘴张开跟笸箩样,一口就能把小牛吞下去。它守在山口上,把从那里路过的人都吃了,还刀枪不入,使刀的,叫它连刀吞了,使枪的也叫它连枪吞啦。

看看没法,庄户人便把这桩怪事报到了衙门表,县官立刻张出了告示,说:谁要是能除掉这个八角兽头精,没有媳妇给他说个媳妇,有媳妇的赏他五百两银子。

真个重赏之下有勇士,四面八方许多武艺超群的壮士都赶了来,十八般兵器都用过了,就没有一件能伤了它的。连县官也没了办法,大伙更是愁眉苦脸,想不出法子能够治它。离这山口不到一里路有个村子,村里有个叫大秋的小伙子,独身一人过日子,家里养着一只狗和一只猫。这个庄的许多地都在山口那面的山洼里,大秋家的二亩薄山地,也在那个埝子。二月二就该动工耕地了,可是三月三都过啦,连粪也没能送了去。节气不等人,春不种、秋不收,一年的口粮,眼看就要落了空,你想想,大秋心里能不急吗?

那工夫,狗并不咬猫,狗和猫是一家人,大秋待它俩都跟亲人样。他说:"狗呀,猫呀,恁看看,不光是咱一家犯愁,有多少人都作难,唉!天底下就没有法子能治了那个八角兽头精吗?"

狗和猫都懂得家主的意,猫只是打鼻子里发出了"咕噜咕噜"的声响,像是在念佛样。狗却低下了头,跟家主一道心地焦愁起来。后来,立脚不住地跑出去了。

在外面跑的总比待在家里的有办法,狗跑到山口那里,躲在了一块石头后面,听到八角兽头精正在自念自说:"唉,这些日子成天吃肉,真想口酒喝喝啦!我知道自己无论如何都不能喝醉,只要喝醉一次,往后就再也不能吃人了。"

狗把这话听得明明白白,牢牢地记在心里,立刻跑回家去,张开嘴巴,向大秋学说了,它说:"不用犯愁了,那八角兽头精自己念咕,它爱喝酒,只要使酒把它灌醉啦,就没法伤人啦。"

大秋从来没见狗会说话，还带回了这样好的消息，简直高兴极了，他问了又问，想了又想，便毫不迟疑地去把告示揭了下来，看守告示的人，一直把他带到了大堂上。县官看他一身庄户人打扮，惊讶地问道："你会什么武艺？"

大秋照实说道："我什么武艺也不会。"

县官不禁大声喝问："你既然不会武艺，怎么去和八角兽头精较量？又为什么要揭衙门的告示？"

大秋说道："我也不去戳弄它，只要恁给我一桶好酒、二十斤肉就行了。"

县官心想只要他不怕去送死，这一桶酒、二十斤肉，还不是了了的事，便答应啦。

大秋把酒和肉做一担挑着，朝山口那里走去，狗和猫都跟在了后面。越走越近，越走越近，只见那八角兽头精蹲在山口上，斗大的头上八角古怪，铜铃般的眼睛金光四射。那怪物抽搭抽搭鼻子，立刻闻到了酒味，连声喊道："好香的酒味！好香的酒味！"大秋立刻大声应道："我知道你爱喝酒吃肉，特为给你送来的。"八角兽头精听了，欢喜地喊："快拿过来！快拿过来！"

大秋连忙赶了过去，把酒和肉都给它摆到了跟前。就近一闻，酒味更是扑鼻的香。这酒名叫一碗醉，人喝一碗就醉。这怪物什么也不顾得，先扳着酒桶喝了一气，又去吃肉。嘴里还不住嘟嘟囔囔地说："这酒又香又甜，可千万不能多喝！"自己说着，不禁又扳着桶喝了起来。还是一面吃肉,一面嘟囔:"这酒比蜜还甜,怎么也不能多喝。"说着,嘴又伸进了酒桶。这一次,直把一桶酒都喝光了,它才觉得天也转、地也旋,头昏眼花地在地上打起滚来。眼见着越滚越小,越滚越小,狗扑了过去,一口咬下了它的尾巴。猫本来躲在树上,也跳了下来,看那八角兽头还是滚个不停,腿脚往里直缩,一面滚一面说道:"反正我是不中用了,你把我的头拿回去,要什么就有什么。"说完,便不动弹啦。大秋抓住它的角往上一提,一声响亮,定睛看时,手里拿着的哪里是什么怪物,却是一个比猫头大不了多少的八角兽头,紫光溜滑,就像是用檀香木刻成的,十分玲珑好看。

大秋又是惊奇,又是欢喜。直到这时,他才觉得自己已经浑身淌汗,口干舌焦的很想喝水,便说道:"八角兽头,要是能有个甜瓜吃吃,解解渴才好哩!"一说,兽头的嘴"咔吧"张开了,吐出了一团紫雾,紫雾消散以后,一个柳条青皮的大甜瓜摆在大秋的眼前了。这正是三月开桃花的季节,甜瓜还没下种呢,可是这甜瓜吃在口里,嘣脆甘甜,就跟刚摘下来的一样。

娘生身,自生心,在回去的路上,他寻思来、寻思去地拿主意。见了县官,问他要银子,还是要媳妇,他啥也不要,只求把这个八角兽头赏给自己。县官心想,这东西不金不银,有啥珍贵的,便说道:"你不要银子,也不要媳妇,那就把它赏给你吧。"大秋自然很高兴。他领着狗和猫欢天喜地地回了家,从这以后,大秋再也不愁吃、不愁穿了。

都说：有吃有穿的日子好过，也真是日去月来，大秋觉得打了个花儿的便到了年根啦。不用说，这个年过得是最富足啦。正月里，他出门去看姐姐，傍晚回来，在家门口前面，遇到了一个人，那人愁眉苦脸地说道："我走到了这里，奔不上店啦，求你留我个宿吧。"

大秋说："行呃，俺家就我一个人。"

得了这句话，那人就往院子里走。狗扑了上来，挡住不让他进。大秋却把狗赶开，说："谁出门也不能背着房子。"

到了屋里，那人四下里瞅了瞅，又说："我真饿得慌哪！"大秋忙跟八角兽头要了饭，给他吃啦。这样一来，那人跟大秋更热乎啦，口口声声喊他大哥，又说了老一阵子话，才都睏下了。

第二天早晨，大秋醒了，看看那人还鼾声"呼呼"的，心想：他一定是累了，就让他多睡一会儿吧。大秋有事急着出去，便对狗和猫说："恁俩在家好好看门！"说完，便拔腿走了。

狗听了主人的嘱咐，便去守在了街门口，猫却恋着软和和的草窝，连身子也没动一动，又"呼噜呼噜"睡着了。俗话说"知人知面不知心"，想不到这来人不怀好意，他并不是真睡着，大秋出去不大一阵，他就悄悄爬了起来，把八角兽头揣在怀里，一溜出了屋门，身子一跃，便翻过了墙头，转眼工夫无影无踪了。

大秋回到家里，一看那人不见了，才发现宝物被偷走啦，他又焦急，又发愁，连声喊："狗呃！猫呃！"狗立刻跑了过来，猫刚刚睡醒，大秋叫它俩去把八角兽头找回来。狗知道这宝物是主人的心爱物，风快地往外跑去。猫却慢吞吞地走出了门，嘴里咕噜道："天地这么宽，大路通四方，谁知往哪里去找？"

狗说："听口音那人是南方的，咱往南走没差。你会爬树，我会凫水，过河蹚水我驮着你，你能上树，高处看得远，找起来就容易。"

它俩翻过一山又一山，蹚过一水又一水，越往南走江河越多，狗驮猫的次数也越多。走了也不知多少日子，猫饿了就跳墙爬屋去偷食吃，狗却只能拣点人家扔下的剩饭充饥。不知找了多少日子，有一天狗和猫又到了一个村子，看见一个人开门出来，狗一下子就认出正是那个偷八角兽头的人。狗悄悄告诉了猫。猫说："你在这里望着，我进屋去看看他把宝器放在什么地方了。"猫跳到墙上，等了一会，只见那人又回了家，掀开屋当央的一个大柜，从里面拿出八角兽头，要了饽饽，还要了一条鱼吃啦。然后又把八角兽头放进柜里，锁上了锁，出去串门子去了。

等那人走了以后，猫就轻轻跳进屋，望望那把锁又大又重，这怎么办呢？正在这时，从柜角的一边，蹿出了只大老鼠，猫一下子便把老鼠抓住了。猫说道："我不吃你，只要你把这柜啃上个大窟窿，我就放了你。"老鼠"咯吱、咯吱"啃起了柜子，一阵工夫就把柜子啃了个大窟窿。猫放走老鼠，钻进了柜里，叼着八角兽头，便跳出墙去了。

狗一见，高兴得了不得，说道："你快跳到我身上，我驮你走吧。"

狗想赶快撵回去，老打近路走，看看到了海边，狗已经累得不行了，又碰上涨潮，大浪如山样卷了来。猫看得明白，从狗身上一蹦，蹦到了岸上，狗却被浪卷去了。猫反而高兴地想：我正愁怎么才能独占这份功劳，狗被浪卷去，这真是求之不得的事。

猫简直高兴极啦，它不到半天的工夫就到了家啦。大秋一见猫叼着八角兽头，便连忙接了过来，欢喜地说："猫，你真能把宝器给我找回来啦。可是狗呢？"

猫说："它怕苦怕累，半路上就溜走了。"

哪知狗没有被淹死，它又爬上岸，在天傍晚的时候，也到了家啦。大秋见它瘦成那样，又水淋淋的，生气地说："猫已经把宝器找着了，你还回来干什么？"

狗说什么他也不信，把它打到院子里去了，叫它看家望门。却让猫趴在炕上、睡在炕上，还给它好吃的。

虽说受这样的冤屈，狗仍然没离开家主。不过，打这以后，狗见了猫就咬。

老雕与老鹰

都说石榴花开迎端午，就是在石榴花开过后，老鹰从黑石山下黑石岩的窝里，起身往铁葫芦山上铁葫芦洞去看望自己多年的老雕朋友。

到了洞口前面，老鹰大声招呼说："老雕大哥在家吗？"老雕连忙迎了出来，一看，立刻笑道："哈，我当是谁，原来是老鹰兄弟，快，快进来歇歇。"

进了洞里，老雕说道："咦哟，我说老鹰兄弟，咱俩多日不见咧，看你嘴弯腿壮，黄眼露睛的，比先前更神气啦。"老鹰说："大哥多夸奖啦！不是我卖嘴，大哥你这一身的劲骨派头，也是再体面不过啦。"互相奉承了一顿，两人又各自夸耀起来。

老雕说："蛤蟆一跌一滑，那是不足论了，燕子一飞钻天，我也没把它放在眼里，哪能比我一展翅就是万丈高。"老鹰说："都说凤凰俊，凤凰算什么，巧嘴鹦哥又能怎样？我一入林就压得百鸟不语。"

老雕说："嘿！天底下没有比咱俩更能的啦！我看咱俩就拜个干兄弟吧。"

老鹰一听也连忙说道："对，你能我也能，能到了一家子啦，世上就没有咱兄弟俩办不到的事。"

说拜就拜，少不得点起一炷子香，磕了头，都说以后就是生死兄弟了。数数年龄，老雕比老鹰大几岁，当然老雕为兄长啦。

拜过以后，两个越发的亲热，老雕说："今天是咱兄弟俩结拜的好日子，这是大喜的事情，说什么也得吃顿酒席欢乐欢乐。"

老鹰连忙答应："大哥说得是。今天是咱兄弟俩结拜的日子，你在家等着，看小弟我的，一准去弄些好酒肴回来，让大哥吃着满意。"

老雕一摇头说："不能这样！我是老大，再说还是在我洞府里，就该我做东才是，你尽管在家等着，大哥保险去到擒来。"

老雕说完，不等老鹰作声，神气十足地出了铁葫芦洞，张开翅膀飞上了半空，为了在拜弟面前显示一下自己的本事，还翻飞了一个花样，才拍拍翅膀朝山下飞去。

在铁葫芦山的前坡,住着一户人家,老妈妈养了一窝小鸡,叫老雕叼去了好几只啦。小鸡是老妈妈的心爱物,好不容易养活了这么大,能不心疼吗?一心疼就长气,老妈妈想了个办法,把小鸡扣在了筛子底下,抓一把米撒上,再用一截秫秸棒棒把筛子的一边支起个空,那秫秸棒上拴根小细绳,拉到窗前,从窗棂里续进去,老妈妈悄悄在窗里面瞅着,但等老雕来叼鸡,好把它扣到筛子底下。

老雕果然吃惯了这一口,"呼闪呼闪"地又来了。

到了上空,还是先打个盘旋。原来老雕叼小鸡也有一招。它在半空里先打几个旋,影子照在地上,小鸡看到了影子,吓得吱吱叫着直扎堆,趁它们吓坏的当儿,"刺"地扎了下去,一扑就把小鸡叼走了。

老雕在半空里,打了一个盘旋,又打了一个盘旋,一连打了三个盘旋,歪头侧脑地往下不住地打量。老雕的眼睛是很尖的,离地老高连草窝里蚂蚱飞都能看清。它心里暗暗地猜疑:"哟,怎么变了?"因为它记得清清楚楚,上几次来叼食,小鸡都是撒在院子里,今天怎么躲在了筛子底下?左看右看,老雕还是犹豫不定,很担心自己上当,可是它又舍不得飞走,要知道肥嫩嫩的小鸡是多么好的酒肴呢!真值得下去冒冒险。

它又打了个盘旋,忽然看到筛子的一边,支着个秫秸棒,那个空蛮可以钻得进去,只是有根一直拉到窗里面的小绳是要当心的。毫无疑问,赶紧飞走是最安全的。不过,酒肴上哪里去弄?自己在拜弟面前夸下海口,是不能空着回去的!

"唉!还是下去碰碰运气看。"抱着这样的念头,老雕一阵觉得危险不大,便不再迟疑,双翅一夹,直冲下去,正扑在了筛子的跟前。果然跟它在空里看到的一样,筛子支起的空子是蛮可以钻进去的。那些小鸡本来是在一面欢叫、一面啄食,看到了老雕的影子,吓得齐都往筛子的尽里面挤去,上两次一扑就能把小鸡抓走,今天在筛子外面一个也逮不到,它瞅了瞅,"哧溜"一下就钻进去了。这一切老妈妈在窗户里面都看得明明白白,心里的话:这回你可钻到好埝了。把绳子一拽,秫秸棒儿歪倒了,筛子"磕登"声扣了下去,把老雕扣在里面啦!

老妈妈跑出来,把老雕抓在手里,一面骂着,还一巴掌一巴掌地扇它的头:"你这个坏东西!吃了我好几只小鸡啦!一次来叼,两次来叼,这是第三次啦,今天我叫你有来无回!"

其实这一次,老雕钻进筛子,还没来得及抓小鸡,就被老妈妈逮住了。开始它扑拉着想挣脱身子飞走,可老妈妈却把它脖子卡得那么紧,觉得就要喘不上气来了。当然巴掌打在头上,那滋味也难以忍受,一阵,只好耷拉下翅膀,光有哆嗦发抖的份儿了。

这一顿打,老妈妈还没解恨,又把老雕按在了地上,一把一把地往下揪毛。翻过来揪,覆过来揪,摔过来、摔过去的,把个老雕搓弄得简直不成样子了。老妈妈还是不肯罢手。

老雕又痛又怕,死命地扑弄蹬歪着挣扎,但还是一点也没用。

后来，它不能不想到：这一下子自己是完蛋了！果真，它觉得脑子里"嗡"的一声，眼前发黑，耷拉下头，就昏过去了。

老妈妈揪完了老雕的小毛，又去拔老雕翅子上的大翎。

老妈妈到底是年纪大咧，又鼓捣了这么一大阵子，去拔大翎，手没劲啦，怎么也拔不下来。心想："还不如烧点开水把它烫一烫，再拔翎就省劲了。"她看看老雕已经半死不拉活的，便松开了手，自言自语地说："反正你也飞不了啦，我非拔去你的翎、吃了你的肉不可！"

说着，老妈妈就急忙忙地进屋去了。

话分两头。这边老鹰在铁葫芦洞里，一等老雕不回去，二等老雕不回去，等急了，便咕念说："我那老雕大哥怎么还没回来？它是不是遇上了什么灾难？"越想，老鹰在洞里就越待不住了，抖抖翅膀，"呼闪！呼闪！"地飞下了山。找来找去，飞到了老妈妈院子的上空，打了几个旋子，便什么都看得清清楚楚。不禁吃惊地喊道："哎呀！坏了事啦！"话刚出口，便"嗖"一声冲了下去，抓起半死不活的老雕飞走了。

半空里太阳高高照，清风溜溜吹，也许是因为这个缘故，回到了铁葫芦洞时，老雕就苏醒过来了。看看，它已经成了什么样子啦？身上小毛都被揪了去，还带掉了一些皮，满身血糊淋拉的那个难看样，就没法说了。

老鹰吃惊地叫道："我的老雕大哥，你这是怎么啦？"

老雕虽说是浑身疼得火烧火燎,还是挺起脖子,满不在乎地说:"我寻思咱俩结拜一场,怎么也要痛痛快快吃喝上一顿,我去跟老妈妈要仨鸡,她非给我两只不可!我跟她吵,她还不给,气得我脱了小衣裳跟她打,你要是不去,我准备把大褂子也脱下来跟她干!"

老鹰心里明明白白,自然不会相信老雕这套话,但还是一本正经地说道:"大哥,你不用生气,好好歇歇。酒肴我去弄,你放心,我快去快回,耽误不了咱哥俩摆酒席。"

老鹰也不等老雕回答,出了铁葫芦洞,一展翅飞上了高空。有一阵子,它平伸着翅膀,一动不动地停在空中,东瞧瞧,西望望,寻思不出往哪个方向飞去才好。当它想到集上摆着一块又一块的牛羊肉时,立刻拿定了主意,翅膀一晃,风快地朝前面一个大镇子的上空飞去了。

这个镇子是逢五排十赶集。

老鹰为了能赶得上集,急忙地飞过了一座山又一座山,越过了一道岭又一道岭。往年这个时候,青山绿水遍地花开,可是今年大半年没有下一滴雨,旱得到处焦巴干,莫说庄稼旱煞了,连青草也长不起来。天上云彩花儿也没有,已经快晌天啦,日头烤,热气蒸的,那个炎热难熬劲,只差没把毛皮也烤焦了。它鼓着劲儿,飞呀,飞呀,幸亏它赶得紧,飞到集市上空时,集还没散。

它平展着乌黑发光的翅膀,盘旋来,盘旋去,灰色的影子一次又一次地在地下闪过。老鹰有着黑圈的黄眼睛也是很尖的，但不管它怎么睁大眼睛瞅摸，肉市那里还是空空的，别说看不到成块的猪羊肉吊在肉架子上，盆里连碎肉渣子也没有。

老鹰从来都是自命不凡的，可是它不知道天旱祈雨，县官贴出告示叫百姓断宰。老鹰着急地想："唉！哪里也没有一点肉，叫我怎么好空着回去见大哥呢。"

它又绕了一个很大的圈子，当它飞过草市的时候，翅膀轻轻地打树梢上掠过。草市上有一头骡子拴在高木桩子上。它正在拉粪，腚门朝外直翻拉。老鹰一眼就瞅上了这块肉，馋得了不得。看看没人，正好下手，老鹰一蹿扑上了腚片，哪知骡子受了惊，腚门一紧搐，却把老鹰的头夹住了。它扑拉着往外挣，两腿在悬空里一劲地蹬跶。

老鹰拼命地挣扎了一会儿，末后像斗败的鸡样，浑身哆哆嗦嗦地耷拉下翅膀。

这边老雕在铁葫芦山上铁葫芦洞里歇了一阵子，觉得身上比原先好受了些。它一等不见老鹰回来，二等还不见回来。等急了，心里嘀咕："我那老鹰兄弟也是一去不见返回？它是不是遇到磨难了？"

想到了这里，老雕在洞里也待不住了。尽管它的小毛被薅了去，大翎还是齐全的，张开翅膀，一会儿工夫，也飞到了草市的上空，打了几个旋子，什么也都看了个一明二白。老雕那个吃惊劲就不用说咧,它停也不停地,一头便扎下去了。

谁也知道,老雕的爪子厉害,它先扑到骡子头上抓了几爪子,把个大骡子吓的,浑身打哆嗦,腚一松,老鹰掉到地上啦。老雕抓起来就把它带走了。

回到洞里的工夫,老鹰已经是上气不接下气,过了挺大的时候,它才慢慢清醒了过来。黑圈的黄眼睛又开始有神,喘气也顺溜了。

老雕问道:"兄弟,在骡子腚上,你那是怎么啦?"

这一问,老鹰却觉得失了自己的面子,它一下子挺起脖子,叹了口气,说:"大哥,别提啦!这个东西比那老妈妈还难缠。我寻思,今天怎么也弄点好肴,我要它的肝,它非给我肺不可,我就打着滴溜跟它争,你要是不去,我豁上命也要把它的肝掏出来。"

老雕心里明明白白,自然也不会相信老鹰这套话。

醉煞不认这壶酒钱,老鹰、老雕虽然折腾得有皮没毛,死里逃生,但仍然打肿脸充胖子,吹牛还一点不觉羞呢!

金角银蹄

三百年前,有一个王员外,他有三个老婆。大夫人和二夫人心眼又狠又毒,三夫人不光心肠好,手脚也勤快。他们家养着一头大黄牛,能吞囫囵个的谷草捆。三夫人常常拿新鲜谷草去喂它。

有一天,王员外要到远处去做买卖,他问大夫人说:"我这趟出去,远路风尘的,回来时,你怎么迎接我?"

大夫人说:"你回来,我一步磕一个头,迎接你。"王员外听了,连声也不吭。

他又问二夫人:"你怎么迎接我?"

二夫人说:"你回来,我也一步磕一个头,迎接你。"王员外听了，还是连声也不吭。

他再问三夫人："我这次出去说不定要待上一年半载，那阵回来，你怎么迎接我？"

三夫人应道："我怀抱孩童迎接你。"

王员外一听，哈哈大笑了。乐得嘴都闭不煞啦。要说这个王员外，真是有万贯家财，三个老婆，可就没有孩子。尽管还没到日子，他却立即打发人去把老娘婆找了来，叫她住在家里，伺候着接生。又嘱咐家人，三夫人月子里，都要好好看顾服侍。千嘱咐，万嘱咐，这才放心地上路了。

王员外走了以后，大夫人和二夫人都憋着一肚子的气。大夫人对二夫人说："你看到了吧，咱俩说一步磕一个头去迎接他，也没换出他个笑模样来，那三婆娘说了那么句话，就把他乐得哈哈笑，要是将来有了孩子，更不知要对咱俩什么样了。"二夫人气呼呼地说："那定准是没有咱俩的好事。生个男孩子，万贯家财都叫他继承了去啦！"大夫人说："我看咱得想个办法才行。"二夫人说："有办法。先下手为强，咱家的狗快下崽了，下出小狗来，咱把它扒了皮腌起来，赶三婆娘生下孩子，就给她用小死狗换上，等员外回来，就说她生的是怪物。"

真个是恶心眼子赛豺狼，两个人又计谋了一阵，就去把老娘婆叫了来，说了很多的话，出了很多的钱，才把老娘婆买通了。到了三夫人生孩子的工夫，大夫人抓着两把石灰去了，二夫人也抓着两把石灰去了，孩子刚一落草，大夫人把手里的石灰朝三夫人的脸上扬去，二夫人也把石灰朝三夫人的脸扬去。

无心难把有心防，三夫人眼睛迷得睁不开，连孩子的模样也没看见，只听到"哇"的一声，孩子就被抱走了。

三夫人生的是个白白胖胖的男孩子。大夫人看看，孩子张着小嘴朝她笑；二夫人看看，孩子还是喜得不得了。两个狠毒的女人都说："把他扔进荷花池里喂了鱼吧。"

这样，孩子就被活活扔进水里去啦。

她俩还硬说三夫人生了怪物，把三夫人打进磨坊去推磨。

过了四十天，大夫人对二夫人说道："这些天来，我坐不安、睡不稳的，咱把那孩子扔进荷花池里多日了，不知道怎么样啦？"二夫人说："还不早叫鱼吃了，你要是不放心，咱就去看看。"

两个人走到了荷花池边，向里面一瞅，不觉都惊呆了：那荷花池里绿叶粉莲花，清亮亮的水面上，游着一条金翅金鳞的大鲤鱼，孩子骑在鱼背上笑哈哈的。看着看着，两个人的心里直扑腾："这不是那个孩子吗？还活着呀！"两个人的黑心肠，又很快凑成了块，立时又生出了坏主意。

她俩记起了家里的大黄牛能吞囫囵个子谷草，便把孩子捆进谷草里扔给了大黄牛。一不做二不休，就叫大黄牛把他吃了啦！大黄牛嘴一张，真个是囫囵个儿吞下去了。两个人你看看我、我看看你，咬牙切齿地咕哝着："这一回，看他还能活吗？"

说也奇怪，打这以后，大黄牛便怀上了牛犊。

不用说，这阵子三夫人还在磨坊里，尽管槽上大骡子大马拴着，她还得抱着磨棍推磨。大户人家的磨又大，她每天都是从天亮到天黑，从天黑推到半夜三更。熬了日头熬月亮，可是吃的是剩汤剩饭，穿的是破衣烂衫。不管怎么苦怎么累，每天她总是拿新鲜谷草去喂大黄牛，提溜清水给它喝，风雨无阻。

过了些日子，王员外回来了。大夫人和二夫人迎上了他。不见三夫人，他问："三夫人呢？"大夫人一噘嘴说："还问她哩，生了个怪物，打到磨坊里去啦。"二夫人也撇撇嘴说："生了那么个怪物，叫她推磨，真便宜了她。"王员外听了，心里不禁恼怒起来，连三夫人到跟前也不让。

不久，大黄牛下了一个小牛犊。

小牛犊好看极了：金角银蹄，花花皮毛。谁见了都惊奇，都喜爱。王员外、大夫人、二夫人听说了，也都一齐赶来看。

小花牛犊站起来，对着王员外，眼里"骨碌""骨碌"直掉泪。看到这个情景，大夫人和二夫人立刻拉上王员外回屋去了。

日子一天天过去，可怜的三夫人还是推不完的磨、受不尽的苦。她的腰累痛了，脚磨破了，她更心疼那个没见面的孩子。那天自己分明听到是孩子"呱"地哭了声，怎么会成了怪物啦？要不是叫石灰迷了眼，能看上孩子一眼也好。三夫人想到孩子不知被扔到了什么地方，也不知是死是活，难过得哭了起来。小花牛犊像是懂得三夫人心里有苦处,靠在她身边,把长着金角的头伸在了她的怀里。三夫人摩挲着它油光水滑的花皮毛,心里像是得到了多大的安慰。三夫人给它起了个名,叫"金角银蹄"。"金角银蹄!"三夫人只要一叫,小花牛犊就连忙点头。有时三夫人推磨,它也含着她的衣裳角,小银蹄"叭嗒""叭嗒"的,随在三夫人后面围着磨台转,就跟孩子离不开娘一样。三夫人也像疼爱孩子样疼爱它。她常常说:

"金角银蹄呃,你快快长!一天变个样。"

小花牛犊也真长得快,它不是一天一天地长,是一个时辰一个时辰地长,金角儿更加亮晶晶,银蹄儿更加明晃晃。三夫人自己受苦受罪,她却一心巴望金角银蹄快些长成大花牛。

可是祸事很快又来了。那天,大夫人和二夫人看到大黄牛下了小花牛犊,金角银蹄,还望着王员外掉眼泪,都非常惊吓。两个人心中有鬼,回去后,越想越是猜疑:大黄牛吞下了小孩,才抱出这么个奇怪的牛犊,这真不是一件平常的事情。她俩都恨不能把它马上宰了,可又不敢这么办,因为王员外很喜爱这小花牛犊。

俗语说:恶人先告状。大夫人和二夫人日夜打着主意,要怎么样才能把金角银蹄的小花牛害死,又能哄过王员外。她俩想来想去,也没想出个如意的办法。后来,又买通了个神婆子,她果然给出了个主意:叫她俩用槐花烧水洗。洗过后,两人的身上脸上全变得跟长黄病样黄蜡蜡的啦,齐都哼哼呀呀地装起了病。神婆子去对王员外说，要想他两个老婆的病好，除非是吃了金角银蹄小花牛的心和肝，要不，他这两个老婆就没命了。

王员外听了这话，老半天都没有作声。他打心里爱惜小花牛，又寻思，两个老婆的性命要紧，左思右想，说："杀了吧。只是不要在家里杀，我看着难受。把它送进宰牛的作坊里去吧。"

这个作坊只有娘儿俩，金角银蹄被送了来，儿磨刀去了，小花牛望着老妈妈"哞哞"直叫，眼里扑簌扑簌掉泪。她儿磨刀回来，老妈妈说："你看这个小花牛金角银蹄的，望着我哞哞叫，直掉泪，多么惨呀！咱别杀它，把它放了吧。"

儿子担心地说："咱放了它，人家会让吗？王员外家还等着要牛肝、牛心呢。"

老妈妈说："咱不是还存放着牛肝、牛心吗，给他顶上不就行了。"

儿子一想也是，就给他家送去另外的一副牛肝、牛心。大夫人和二夫人还以为是金角银蹄的心和肝，高高兴兴地吃了下去，对员外说自己的病好了。

金角银蹄得了命，撒开四只银蹄，一溜闪光跑走了。

它白天跑，黑夜跑，漫山遍岭那么跑。这一天，它跑到了一个地方，正碰上那里李员外家的闺女打彩球招亲。门前扎起了高高的彩楼。李员外先就对闺女交代说："你不听我的话，偏要打彩球选女婿，我可跟你说在头里，打中了谁就得跟谁去。"闺女说："打着鸡我跟鸡,打着鹅跟鹅,打着扁担我扛着走。"

说巧也真凑巧,金角银蹄从彩楼前面过,彩球落下来,不前不后,正好落在了牛角上,上面的彩带缠住了花牛脖,解也解不开。

闺女只好跟上金角银蹄小花牛走了。

再说,大夫人和二夫人吃了牛肝和牛心,过了几天,大夫人又对二夫人说:"我还是坐不安,睡不稳,心里乱糟糟。是不是那个孩子还活着?"二夫人忙说:"我这两天也寻思,咱吃的那牛肝、牛心是不是金角银蹄小花牛的?"两个人停也不停就去问神婆子,神婆子笑笑说:"这容易。"

她又叫大夫人和二夫人用槐花烧水洗,去对王员外说,两个夫人的病又犯了,非铺着金角银蹄小花牛的花花皮才能好。

这么一说,王员外又信以为真,说:"好办,去到作坊里要来就行啦。"

可这工夫,金角银蹄小花牛正和闺女走在路上。他们经过一村又一村,穿过一庄又一庄。天黑了,金角银蹄朝闺女望着,眼皮忽闪忽闪直眨。也真是,树叶还有个落处,他俩到哪里才能有个落脚的地方?

闺女看了看,说道:"西山落太阳,东山出月亮,天地阔着哩。活路靠自己闯,金角银蹄呃,咱们走吧。"

他俩又往前走。

闺女很疼爱金角银蹄,金角银蹄也非常体贴闺女。小路难走,它走道边,让闺女走当央;漫洼坡地,它总是跟在闺女身后,不离左右。这一天来到了东海崂山。

这崂山远看有远看的景致,近看有近看的光景,大海千里波涛,日头从海水里出来,把崂山的千山万岭照得红彤彤、金晃晃的。闺女虽说是无心看景,也觉得心里亮堂了许多,说:"金角银蹄呃,你也累了,咱住下歇歇吧。"

金角银蹄小花牛点了点头。

在他俩停下的地方,旁边的山崖上斜长着一棵大梨树,秋天了,梨叶还是那么青青翠翠的。闺女叹了口气,自言自语地说道:"这么棵大树也没结个梨,能有个梨充饥解渴就好了。"

闺女的话刚落音,转眼间,她面前的石头上就摆出了两盘梨。一盘黄的,一盘青的,黄的鲜亮亮,青的绿生生,就像是才摘下来的。四外望望,也不见个人影。

她刚刚回过头,却听到身旁有人说道:"快快吃了大黄梨,蜕下你的花牛皮!"

闺女连忙转脸看去,梨树不见了,只见一个白胡子老道,穿着蓝偏衫,盘腿坐在石壁前面,听他拉着长声念道:"快快吃了大黄梨,蜕下你的花牛皮!"

闺女心中一动,忙把盛着大黄梨的盘子端到小花牛的嘴边,金角银蹄张口吞下一个梨,梨核从它嘴里一下子蹦了出来,它又咽下一个梨,梨核又蹦了出来。一连吃了三个梨,小花牛就地一滚,变成一个年轻英俊的小伙子了。

闺女又惊奇，又高兴，那个欢喜劲就不用说了。

老道站起来，笑嘻嘻地说："你吃了我的梨，得给我张花牛皮。"

他把花牛皮卷起来拿着。临走时，老道还告诉他俩：吃了青梨牛皮就会长上，吃了黄梨牛皮就会蜕掉，嘱咐他俩把黄梨和青梨都要好好收存着，以后会有用处的。

说完，转身走上了石壁，一闪便不见了。

两个人你看看我、我看看你，都乐得合不拢嘴。闺女说道："俺家离这里近，先到俺家去吧。"小伙子却挂念着三夫人，说："还是到俺家去吧。"

人逢喜事精神爽，两人高高兴兴地朝王员外家奔去了。

这边宰牛作坊的娘儿俩，却犯了难啦！牛肝、牛心好瞒哄，这花牛皮可不能弄假。娘儿两个焦心得饭也吃不下，眼泪汪汪的。正在家里发愁，听到门外木鱼梆梆响。见是一个化缘的老道，也无心去搭理。道士却尽敲尽敲，还大声地叫道："不化你米，不化你面，化你好心的娘儿俩见一面。"

老妈妈走出来说："你这个师父还是到别处化缘吧，俺家里今天有作难的事呢！"老道问她作什么难？老妈妈说，要是今天不把花牛皮交到王员外家，自己娘儿两个就要没命了。老道笑着说："不用愁，我就是为这个来的。"他把花牛皮递给了老妈妈，一闪便不见了。

　　有了花牛皮，娘儿俩天大的愁也没有了。就在这天，小伙子和闺女也来到了。王员外不知底细，哪有个不惊讶的，大夫人和二夫人心里有鬼，硬说他俩是冒充的，主张快赶出去。小花牛能变成个人吗？正在这时，作坊的娘儿俩送来了花牛皮，小伙子吃了个青梨，把花牛皮往身上一披，立刻变成了金角银蹄的小花牛，又吃了个黄梨，花牛皮马上就蜕下去啦。王员外看呆了。大夫人和二夫人眼见这情景，惊得大张着嘴，黄梨的核蹦进了大夫人的嘴里，青梨的核蹦进了二夫人的嘴里，两个梨核都滚进了嗓子眼里，咽不下，也吐不出。大夫人的胖脸憋成蜡黄；二夫人的瘦脸憋得铁青。大夫人和二夫人的脸，后来再也没变过来，谁见了都会记起她俩是心眼狠毒的人。

　　好心勤快的三夫人和儿子、媳妇欢欢乐乐地过日子。

图书在版编目（CIP）数据

聊斋汉子：全两册/董均伦,江源整理.——北京：北京联合出版公司,2020.8（2020.11重印）

ISBN 978-7-5596-4262-2

Ⅰ.①聊… Ⅱ.①董…②江… Ⅲ.①民间故事—作品集—中国 Ⅳ.①I277.3

中国版本图书馆CIP数据核字（2020）第084566号

聊斋汉子（上）

作　　者：董均伦　江　源
插　　图：刘培培
出 品 人：赵红仕
策　　划：乐府文化
责任编辑：徐　鹏
特约编辑：刘美慧
装帧设计：王齐云

北京联合出版公司出版
（北京市西城区德外大街83号楼9层　100088）
北京联合天畅文化传播公司发行
北京美图印务有限公司印刷　新华书店经销
字数240千　787mm×1092mm　1/32　15.25印张
2020年8月第1版　2020年11月第2次印刷
ISBN 978-7-5596-4262-2
定价：128.00元（全两册）

版权所有，侵权必究

未经许可，不得以任何方式复制或抄袭本书部分或全部内容
本书若有质量问题，请与本公司图书销售中心联系调换。电话：（010）64258472-800

樂 府

心里滿了，就从口中溢出

聊斋汉子

下

董均伦 江源 整理

北京联合出版公司
Beijing United Publishing Co.,Ltd.

目 录

潍河边的传说	1
两兄弟	11
金钥匙	25
镜里媳妇	34
宫女图	44
仙鹤山	55
桂木孩	68
石头人	79
映山红	92
日月石	100
万宝囊	108
玉仙园	119
白果仙	129
金雀和树仙	140
红泉的故事	150
梨花仙	161
青茶树	171
狐狸仙	179
双姊妹	189
蝎子精	204
鲤鱼精	213

一棵松树的故事 221

两大心愿 225

奇异的宝花 229

金须牙牙葫芦 242

三个儿子和三个媳妇 ... 248

宝 剑 泉 259

画里人家 273

潍河金姐 285

两个穗头的谷 297

万里崂山双花仙 301

蛇 娘 娘 313

两条鞭子 324

崂山古话 327

狐仙和兔子仙 342

神 笛 355

金丝蛤蟆儿 368

九头老雕 378

西 瓜 二 398

九天玄女当当 414

奇里的故事 426

枫山下的故事 442

潍河边的传说

在山东省的昌邑县,有一条大河叫潍河。潍河两岸的沙岭上,笔直的白杨冒天高,桃树、梨树连成片。沙岭外面,有着一眼望不到边的黑油油的土地,也有着数不尽的大大小小的村庄。在从前,不管是大庄小庄,都是少数人享福,多数人挨饿。那时,就在靠沙岭的一个小庄里,有一个年轻小伙子叫连生,小时候他也有爹娘兄弟姐妹,可是饿死的饿死、冻死的冻死,一家大小只剩下连生自己。

人们都可怜这个孩子,东邻叫他吃一顿,西邻给他送碗汤,连生的一个街坊叔叔,家里也很穷,老两口无儿无女的,见连生孤苦，就叫他在自己家里住。

连生在老叔叔的家里，不知不觉就过了十多年，沙岭上小小的白杨长成了大树，连生也长成了大人了。人都说白杨的树干直，也没有连生的性情直；人都说柏树的木质硬，也没有连生的脾气硬。他是一个做庄稼的能手，也和老叔叔一样去给地主家做长工，可是一年还没做到头，连生就辞工不干了。

老叔叔劝连生："如今是有钱人的世界，孩子，你就忍耐着点吧。"

连生又气又恨地说道："叔叔，我不怕累，也不怕苦，就是受不了那份肮脏气。"

老叔叔听到这句话就不再作声了，老婶子悄悄地擦眼泪，可是连生的心里却比刀搅还难过。他看看老叔叔的背弯了，老婶子头发白了，自己年轻力壮的，正该挣饭给老人吃呀，可是连生想种地没有地，想买地没有钱，他拿起了一把钓钩、一张破网，和潍河交成了朋友。

北风把河面吹得结成了冰，连生砸开冰钓鱼；

桃花还没有放苞，连生已经站在齐腰深的水里撒网了；

夏天，连生浸在滚滚的河水里；

秋天，白净的沙滩上印上了他的影子。

没人记得是哪年哪月了，反正是个很好的天气。当时沙岭上新发的白杨叶子，又绿又嫩；桃花虽然落了，但香气还飘在河面上；

沙滩又柔软，又温暖；弯曲的潍河，绿水里闪着银光。连生下到了水里，忽然从不远的深水里冒出了一连串银白的水泡，他欢喜得了不得，急忙撒下了网。拉上来一看，网里亮光闪闪的，不是金粼粼的鲤鱼，也不是黄色的鲇鱼，抖出来看时，是一枝透明闪光的珍珠花。那珍珠花在连生的手里闪闪耀耀的，活像是一枝真花上滚动着晶亮的露珠。连生越看越爱，看了好久，才动手打鱼。也怪，这一天连生打了很多很多的鱼，天还没黑就回了家。

老婶子拿着珠花看了又看，欢喜地说："孩子，这一准是枝宝花呀。"

这晚，连生好一阵才蒙蒙眬眬地睡着，忽然有个水灵灵的闺女站在炕前，对他说道：

"连生呀！你打鱼打上了我的珍珠花，明天你得给我送到家。"

连生一惊，醒了过来。他睁眼一看，从窗棂往屋里吹着凉风，炕席上印着白白的月光。满屋里的东西都看得清清楚楚，桌上的珍珠花，还是原先那样闪闪生光。炕前空荡荡的，哪里有什么女人！不多一会儿，连生合上眼又睡着了，又看见那闺女走了进来，说道："连生呀！你打鱼打上了我的珍珠花，明天你得给我送到家。"连生又一惊，醒了过来，睁开眼一看，屋里还是和原来一样。天快明了，他才又睡着了，却又看见那女人站在炕前说道："连生呀！你打鱼打上了我的珍珠花，明天你得给我送到家。"

连生又一惊，醒了过来，一连做了三个梦，他再也睡不着了。

好容易等到天明，才把夜里梦到的事情对老婶子说了。老婶子慌忙说道："孩子，那女人说不定就是潍河里的仙女，她既是托梦给你，你赶紧给她送回去吧，可千万不要触犯了她。"

连生急急忙忙地吃了饭，拿上那枝珍珠花，往潍河去啦。这可把他难住了，光说给她送到家，可是她的家在哪里呢？他想来想去，一抬头看到崖头底下那块水深绿深绿的。他想：也许潍河仙女就住在那里面吧，连生是一个熟习水性的小伙子，他走到了崖头上，双手捧着珍珠花，头一低，一个猛子扎了下去，少说也下去了几丈深。哈！他真的看到了一扇光亮的大门，来到门边时，便不觉得有水了。他敲了敲门没人作声，便推开门走了进去。里面晶亮的墙壁，晶亮的地，这地和墙上，都有着许多美妙好看的花纹，花纹闪闪流动，好像水面的波纹一样。屋里的白玉床上，有一个年轻的闺女睡在那里，正是梦里见到的那个女人。她这时看去更俊秀了，黑油油的头发堆在腮边，红嫣嫣的嘴唇像是在笑。连生没有惊醒她，悄悄地走到了桌子前，把珍珠花放在上面，又回头看了那闺女一眼，走了出来，轻轻地把门掩好。忽然，白光一闪，什么也不见了。连生不觉愣了，要不是周围那清亮的河水又碰到了他的身上，他也许会忘记浮出水面来。

从这以后，连生总是大清早就往潍河里去，月亮老高才回到家里来，他常常提回来二三十斤重的大鲤鱼，那金色的鳞片真比铜钱还大。老叔叔家的日子比从前过得好一点了，可是日月是没有情面的，老叔叔更老了，加上长年累月地劳累，他没有那么多力气了，地主给他的工钱，一年比一年少啦，少得简直连穿衣裳也不够了。连生觉得老人已经这么大年纪，不能再让他去受地主的折磨了。在他的劝说下，老叔叔才辞工回家了。他想帮连生去打鱼，可是连生怎么也不让他去，是呀，上了年纪的人，成天泡在水里，是受不了的。他对老叔叔说："我应该养你老哪。"看样子，连生简直是不知累，不知苦，不管风天雨天，也不愿在家里闲着。他除了想多打一些鱼以外，还有一桩不能告诉人的心事：他怎么也忘不了那潍河仙女，夜里做梦，梦到她；白天打鱼，想着她。有时候，小雨把河水淋得更清更亮，连生看到鲤鱼一蹦几尺高。有时候，大雨直泻，黄水滔滔，连生看到一抱多粗的大树，随着浪头漂了下去。不管什么天气，连生也没法看到那潍河仙女。他左想右想："她要是对我一点情谊没有，为什么让我打着那枝珍珠花？为什么又让我给她送到家？"又一寻思："她要是对我有心的话，为什么没有对我说一句话？也许她只是试探我一下，看我是不是诚实？也许只因为可怜我，使我日子过得好一点……"千思量，万思量，小伙子每天离开潍河的时候，总是恋恋不舍地回头看上几次。老叔叔和老婶子眼睛虽是花了，他俩也看出连生的脸面瘦了，也看出了这小伙子有一桩什么心事。有一天老叔叔和老婶子说起这回事来，老叔叔说道："也许是打鱼把他累的。"女人的心总是细的，老婶子叹了一口气说道："什么也不用说了，都是那枝珍珠花引起的，我这阵一寻思，从他打着那枝珍珠花以后，就变了样啦。"老叔叔点了点头，心想：连生是到了娶媳妇的年纪啦。他把这个意思对老婶子说了，老婶子也说应该给连生成家咧。

说话是容易的，那阵穷人娶个媳妇真是千难万难，又是彩礼啦，又是媒人礼啦，没有个百八十吊钱，媳妇是娶不来家的。老婶子过日子比从前更节省了，尽管她舍不得吃饱，也攒不下什么钱来啊。两个老人愁得觉也睡不着了。这样过了不多日子，忽然听说，洋鬼子要在山东境内修铁路，铁路就要从潍河上穿过。从前老叔叔在那里做了一辈子活儿的地主家的儿子，在洋鬼子那里当翻译，回了一趟家，就四庄八乡的招工人了。老叔叔没有和连生商议，悄悄地去报了名。

连生还是照常去潍河打鱼，他曾亲眼看到洋鬼子带着狗腿子们在潍河上测量，他又生气，又着急，脸色也显得阴沉了。这一天早晨，连生到了潍河边，雾气还没有消散，看着河对岸的树林，像是一片大山，听着河里的流水声，也格外的细碎爽朗。连生心想："这么好的地方，要被洋鬼子霸占去啦。"他不觉又想起了那潍河仙女，心里更加难过咧。他没心打鱼，在沙滩上坐下来，低下了头。不知坐了多少时候，忽然从白雾里透出一个细小而又清楚的声音："连生！你不要犯愁咧。"

连生一愣抬起头来，只听得流水在哗哗地响，河面上，小风吹来，白雾动了，半空里射下了一道道的金光，波纹里也颤抖着明亮的红光。连生叹了一口气,动手打鱼了,他刚刚撒下了网,那细小清楚的声音又响起来了:"连生!你不要犯愁呃。"

连生急忙回过头来,只见潍河仙女站在水面上,朝他笑了笑,只一闪,就变成了一片轻纱样的白雾,白雾轻快地从他身边飘过去了。连生又惊又喜,他多么想问她一些话呀!可是白雾在河面上消散了。

这一天,连生又打了许多鱼,他在回家的路上,听别人说老叔叔要去给洋鬼子做工,心里很是着急,一进门就对老叔叔说道:

"叔叔!你为什么要给外国人修铁路?人人都说那些洋鬼子可欺负中国人啦。"

老叔叔说道:"不是我愿意给洋鬼子做工,好孩子,我不给你说上亲,心里是对不住你爹娘的。"老人说着说着,眼泪接二连三地掉在地上。

老婶子也泪汪汪地说:"你老叔叔现在还能做得动,让他去挣几个钱吧。"

连生一面安慰两个老人,一面劝说道:"说媳妇的事情,一点也不用为我着急。叔叔这么大年纪,过去受了地主的多少打骂,我是不能让您再去挨洋鬼子的皮鞭了。"

连生千说万说,什么话都说尽了,可是老叔叔为了能给连生说上个媳妇,还是给洋鬼子做工去了。

夏天的时候,铁路修到了潍河边,这是个多雨的季节,潍河水越流越急，越涨越深。这一天，连生不能在平时那个河口打鱼了，洋鬼子已经在那里修起了临时便桥。连生远远望着，心里有说不出的恼怒。忽然，他看到那个地主家的儿子，扬起鞭子要打他的老叔叔。连生什么也顾不得了，三蹦两跳就跑到那里，抓住地主家的儿子，扑通一声把他扔进潍河里去啦。水面上起了一个漩涡，一个浪头打来，地主家的儿子被水卷走了。连生也被抓住，洋鬼子和狗腿子们围住了连生，想把他活活地打死，老叔叔不顾命地扑了上来，被踢倒跌昏啦，鞭子在连生身上一个劲地抽了起来。

噼啪噼啪，一声又一声，河水呜呜地叫，树叶哗啦啦抖，做工的人们又气又急又难过。正在这时，从潍河里升起了一片乌云，大风也刮起来了，乌云跑马般地向四面伸展开，满天翻滚；河边沙土飞扬，滚滚的潍河水，浪生风，风催浪，喷起一片水花，大浪一个接一个地冲撞着河堤。那个响声，真是震天动地。响声中，清楚地听到有人怒冲冲地喊道："你们这些坏蛋，快快给我停下手来！"话音还没落，闪电亮了，大雨浇了下来，看看四面八方都是水了，在连生的脚前，嘟嘟地往上冒开了水泡，潍河仙女忽然站在他的跟前了。洋鬼子和狗腿子们虽然什么也没有看到，却觉得天在动、地在摇，脚底下的沙土也在往下沉，他们哪里还顾得再管连生？都滚滚爬爬地逃走了。

傍黑天的时候，雨过天晴，河水滚滚地往大海里流去。在连生站着的那个地方，出现了很大的一个水湾，这湾不左不右、不偏不歪，正是铁路要经过的地方。人们从心底里高兴，洋鬼子没法依着他原定的路线往前修了。虽说是再也没有下雨，可那湾水却一点也没减少。水又蓝又绿，好像海水一样，没有人能探出那湾有多深，洋鬼子想用东西把湾填平，吩咐人到处砍树割树，柳树、杨树砍光了，果树也割净了。大车小车，不分日夜地往那里运树，可是大树扔进了湾里，只见绿的湾水轻轻地一旋，立刻就影星不见了。谁也不知道扔下去有多少，只知道周围五十里以内，大树小树砍了个干干净净，那个湾呢？还是又清又平，好像镶在河边上的一面宝镜，连一根树梢也没有露出来。洋鬼子只得叫铁路拐个弯儿，想从别的河口上通过去。

再说老叔叔那天被踢昏了以后，便被人送回家里去了。老婶子又疼叔叔，又想连生，哭得死去活来。半夜的时候，她好似听到外面有响声。趴在窗上一看，院子里有个人影一晃就不见了。也许是心里想的缘故，她觉得好像是连生，便赶紧开开了屋门，可是院子里月光亮亮的，什么人也没有。老婶子忽然听到缸里有响声，走到跟前一看，只见四五条大鲤鱼在里面又蹿又蹦。老婶子愣了一愣，马上跑进屋里对老叔叔说："别难过了，连生真的没有死呀，他怕饿着咱俩，刚才给咱送了鱼来啦。"

从那以后，老叔叔院子的缸里，每到早上，就有鱼在里面扑扑棱棱的，两个老人就靠这个过日子。那潍河边上也发生奇怪的事情了，有一天，一个最狠毒的洋鬼子忽然不见了，他们又追又查，却连尸首也没有找着。又过了几天，有人看到从那个宝镜般的湾里，跳出了一个年轻小伙子，把一个最坏的工头拉进湾里淹死了。一桩一桩的奇事传开啦，工人们听了心里说不出的高兴。洋鬼子听了十分害怕，运去许多水雷，去炸那个湾。水雷轰隆隆地响了好几阵，浓烟把湾水罩住了，烟气消散以后，绿光光的湾水上，还是一片银亮的水泡。

　　过了许多日子，潍河上的铁桥修成了。第二天，忽然听到远处好像打闷雷样地呜呜响，天上也突然窜来了黑云。过了不多一会儿，大水如同高墙一样从上游涌下来了，隔河好几里路，就听到河水一片响声，铁桥周围的沙堆，不知在什么时候被卷走了，铁桥周围的河堤，也一片一片地陷了下去。突然，河面上凸起了三个比小山还高的浪头，冲向铁桥，在震天的响声里，铁桥断了，被冲走了。在离铁桥不远的河面上，有人清清楚楚地看到连生和潍河仙女，站在奔腾的流水上。

　　故事似乎还没完，可是人家只给我讲到这里，以后的事情我就不知道了。

两兄弟

　　从前有一个地方，有弟兄两个，大的叫大柱子，小的叫小柱子，虽说少爹无娘了，弟兄两个你敬我爱的，好得只差没有并成一个人。大柱子上山做活儿，小柱子跟在后面；小柱子要栽花，大柱子就给他刨窝。街坊邻居从来没见弟兄两个吵一次嘴、抬一句杠，有的对自己孩子说道："看看人家大柱子和小柱子，多和睦多亲热呀，就是有口凉水也一块儿喝哪。"

　　说起来，弟兄两个日子过得并不宽裕，大柱子宁肯自己多干活，多受累，也叫小柱子到书房念书。这一年三月三清明节，大柱子很是勤快，过节也舍不得闲着。他扛着扁担走到街上，正碰着学生放学打秋千。小柱子一见哥哥要去打柴,秋千也不打了,跟着哥哥上了山。

　　弟兄两个南山上打了一背柴,北山上拾了一抱草。小柱子说道:"哥哥,我再爬到这大树上折些干柴就满够咱两个拿的啦。"小柱子人小身子轻,一爬爬到了树顶上,他朝山下望望,河开冻,柳树青青的。他往山上看,泉水亮,松叶绿,在离大树不远的地方,有一棵玉兰树,花开得雪白雪白的,望去真像一棵玉树一样,各种的雀鸟成对成双地朝那里飞去。一年只有一个清明节呃,天不冷不热的,弟兄两个柴越打得多,心里也越乐,无话也要找话说。

　　小柱子在树顶上说:"清明佳节三月三。"

　　大柱子在树下说:"兄弟打柴在高山。"

　　小柱子望着玉兰树说:"玉兰开花满山香。"

　　大柱子望着天上鸟说:"弟兄好比鸟一双。"

　　高树招风,石壁拢音,弟兄两个的声音还没有响完,玉兰树上也响起了同样的声音:

　　清明佳节三月三,

　　兄弟打柴在高山。

　　玉兰开花满山香,

　　弟兄好比鸟一双。

　　这声音没法说有多么好听,有多么嘹亮了。兄弟两个柴也顾不得打了,跑到了玉兰树下,只见在花枝上站着一只小鹦哥。红嘴绿鹦哥,衬着雪白的玉兰花,是再没有那么好看的啦。兄弟两个看着都欢喜地笑了,小柱子说道:"哥哥,人人都说鹦哥巧嘴巧舌,一定是它在学言学语。"大柱子说道:"兄弟,你要是喜欢就把它抓回家去养活着吧。"那鹦哥一点也不怕人,弟兄两个很容易就把它抓着了。

回到了家里,小柱子还是天天上学念书,大柱子还是天天上山做活儿,弟兄两个都很勤快,天才放亮就都起来啦。要是小柱子先走,便对大柱子说:"哥哥,我上学走了。"要是大柱子先走,也对小柱子说:"兄弟,我上山走了。"天长日久地,不等小柱子开口,鹦哥就替他说道:"哥哥,我上学走了。"不等大柱子开口,鹦哥也替他说道:"兄弟,我上山走了。"两个人都走啦,鹦哥就飞到小柱子窗前的牡丹花上,等着弟兄两个回来。

年头到年尾,今年转明年,不知不觉地小柱子也快长成大人了。他想,自己腿又不细,胳膊又不短,怎么能叫哥哥一个人去做活儿呢?打这以后,不管哥哥怎么说,小柱子也不再上学了。

过了一年,又过了一年,弟兄两个勤勤俭俭,日子越过越好。小柱子长得比哥哥高了,两个人都出息得满身有力,高鼻大眼的十分好看,十分健壮。人人都说:谁家的闺女能找着个这样的女婿,一辈子算有好日子过了。弟兄两个还是天一放亮就动身去做活儿,那鹦哥也从来没有误过时辰,鸡叫了,它也叫了:"大柱子!小柱子!天明了,上山了。"

有一天，有人来提亲了。提的是南庄北村都出名的巧闺女，论模样那更是谁也比不上啦。

大柱子说道："兄弟呀，你长得比我高，媳妇该你要。"

小柱子说道："哥哥呀，你大兄弟小，媳妇该你要。"

弟兄两个让来让去，说来说去，谁也没有把谁说服。两个人头一次争得这样面红耳热，可是争来争去，总得有个了局呀。两个人约好了，只要那鹦哥说谁该要媳妇，谁就得要媳妇。

这正是四月天，小柱子窗下那棵人高的牡丹，大朵大朵的牡丹花，衬着绿叶，开得活艳湛新的。鹦哥站在花枝上，真是巧嘴鹦哥，还没等弟兄两个作声，便小嘴弯弯地哨着说：

"哥哥呀，你大兄弟小，媳妇该你要。"

于是，大柱子娶了媳妇，也就是在媳妇进门的这一天，鹦哥不见了。

媳妇不只是模样好，营生好，性情更好。大柱子心里很是不安。他想：自己是有了好媳妇啦，可是兄弟还没有啊。他南庄走北庄串地去打听，媒人也不知找了多少个，还是没有给兄弟找着个好媳妇。

这一天，媳妇问他说："家里一不缺面，二不少米，谁也没惹你生气，你怎么成天低头愁眉的没个欢喜模样？"大柱子把心事对她讲了，她想了一想说："这也用不着犯愁啊，人是万能宝，今天在这里，明天就能到那里，近处找不着，你到远处去找啊。"

大柱子叫媳妇给收拾了一点行李，假装去贩鱼，对小柱子说道："兄弟呀，明天我就要起身到南海边去贩鱼，说不定多少日子才能回来。"小柱子听了，欢欢喜喜地应道："哥哥，我看你这些日子闷闷不乐的，听说南海地方有的是好景色，尽管去消散消散吧，挣钱折本都不用放在心上。家里的营生你也不要挂念，保险我和俺嫂子把它做得妥妥当当。"

大柱子穿戴得紧紧净净[1]，身背小包，腿插尖刀，上路向南走了。

过了一个庄子，又一个庄子，走了一个集店，又一个集店，什么人也遇到过，什么人也看到过，还是没有给兄弟找着一个好媳妇。他还是往前走去。

又过了不知道多少个庄子，又走过不知多少个集店，人人都说前面不远就是南海了。他向前走了又走，看看日头已经压山，真该找一个店家宿下了。大柱子向前又走了老远，天已经黑了，日头也落啦，路两旁还是望不到半间房子。他想，没有给兄弟找着个好媳妇，怎么能走回头路呢？

他又向前走去。

天更黑了，路也更加难走，大柱子一步深一步浅的，走了不多一会儿，听到公鸡喔喔地叫了一声。哈，通红通红的一个大日头

---

[1] 就是干净、利落的意思。山东土语。

从东方出来了。大柱子又惊又喜,他想:怪不得兄弟说南海有好景色,这里也真算得上奇景啦。日头越上越高,大柱子远远地望见了一个蓝光光的大海,海面上有一个树绿花红的村庄,还可以看清从树梢上露出的红色屋脊。可是,只一闪的工夫,村庄不见了,简直好像石沉大海一样无影无踪。大柱子正在惊奇,一转眼,忽然又看到在他旁边闪出了一片高大的树林,树林半露在白色的雾气里,绿树中间,一棵又一棵的杏树,一棵又一棵的梨树,许许多多的果树,花开得像是五颜六色的彩云。他好像听到了树林里有人在说话,细听听又是鸟叫。

大柱子看着看着,看见从树林里走出了一个女人来,肩上挑着一个担子。这女人顺着小路,越来越近,看去,担子忽闪,脚步轻快,不像在走,真像是在飞呀。

女人很快来到了跟前,看清楚是一个十七八岁的闺女。闺女穿的衣裳,再好的绸缎,也不会有这么光彩。闺女的脸面十分俊俏秀气,弯弯的红嘴唇,天生就带着笑。她一头挑着水罐,一头挑着饭篮,也许是去坡里送饭。大柱子的心里,一半欢喜,一半犯愁,暗里盘算:这闺女看样,做事麻利,模样也和气可亲。能把她说给兄弟做个媳妇,有多么好呃。可是又不认识,怎么开口呢?眼看着闺女要从身边走过去了,大柱子急啦,红着脸说道:"大姐姐,我走路走渴了,给我口热汤热水解解渴吧。"闺女轻轻地放下担子,巧嘴巧舌地说:"篮里饽饽甜又香,罐里盛的是米汤。客呀,饿了尽管吃饽饽，渴了你快喝米汤。"

大柱子喝了米汤，又吃饽饽，嘴里喝着吃着，心里想着。肚子饱了，主意也来了。他问道："大姐姐，吃了你的饽饽，喝了你的汤，还没问你是什么村、什么庄？"

闺女笑了笑，又开口说话了，那声音跟鸟叫一样好听："海里村，岛上庄，月亮出来那一庄。"闺女说完，不等大柱子再说什么，挑起饭担子往前走去。那个快呀，不多一阵，就不见影了。

大柱子心里很是纳闷，海里村，岛上庄，月亮出来那一庄。古古怪怪的，到底是什么庄呀？又一想，罢，管它是哪一庄呢，反正有这么一个人，便有个住处。我打听着往前走，只看能来送饭，也就不会相离太远啦。

大柱子向前走去，走过一片树林，又一片树林，有时他看到前面便是绿光光的海水，走到跟前一看，却又是一片绿油油的草地。大柱子一直地朝前走去，他想："也许再走不远就会看到庄，只要打听着闺女的住处，那时就求人去她家提亲。"

走了一里，又走了一里，走到日头晌，又走到日头落，样样景色也看遍了，就是没有碰到一个庄子。迎面又是一片高大的树林，大柱子走进了树林，没多远，听到笛子、胡琴一齐响。他快走快走的，才走出了树林，果然，看到了靠山临水有户人家，没有门楼，也没有院墙，前面是一溜坐北朝南的大厅，飞檐红柱，花窗漆门。屋檐下挂着一溜圆圆的红灯，门前的月台上站着一个女人，打扮得很是素净，青衣青裙，不点胭脂不搽粉的，看去还是十二分人才。女人满脸含笑地望着大柱子问："客呀，你往哪里去啊？"大柱子说："大姐姐呃，我到那海里村、岛上庄、月亮出来那一庄。"女人好像猜着了大柱子的心事，抿嘴一笑说："客呀，你在这里宿一宿吧。我实话对你说了吧，只凭你两条腿走，就是走上三年五年的，也走不到那个地方。"大柱子想了一想，便跟着女人往大厅里走去了。

大厅里，明灯亮烛的，女人把大柱子让到了桌子旁边坐下，先茶后饭地吃完了。女人又说道："客呀，说起来今天晚上也十分凑巧，我的一些干妹子也来啦，我去叫她们出来，跟你认识认识吧。"

女人走出去不多一时，领着一群大闺女小媳妇走了进来，有的红袄绿裙，有的紫袄花裙，花花簇簇的，个个都像花朵一样好看。她们围着桌子坐了下来，把十张八仙桌都坐满了。青衣女人又说道："这客人也不是外人，闲坐着也闷得慌，各位妹妹，也有会拉的，也有会弹的，咱热热闹闹地过它一晚上吧。"

不多一会儿，笙管笛子、胡琴琵琶，都拿来了。弹的弹，拉的拉，吹的吹，唱的唱。大柱子乐得好像就要飞到半空里一样。正在热闹的时候，乐声突然止了，只听到呜呜的风响，吹得灯烛一阵昏暗，说话不及的工夫，从门口跳进了一个长毛妖怪，一把抓住了青衣女人，回头就走。大柱子眼疾手快，嗖地从腿上抽出了那把明晃晃的尖刀，赶到了门外，朝着妖怪插了一刀。痛得它嗷了一声，扔开女人，一溜火光地逃走了。这时灯又明了，烛又亮了，除了那个青衣女人站在身边以外，别的闺女媳妇都不见啦。

女人感恩不尽地说："客呀，你救了我一命，我怎么来报答你啊？"

大柱子说道："大姐姐，只要俺兄弟能有一个好媳妇，我别的什么也不想了。"

女人笑了一笑说道："我留你的宿，就是有心做一做媒人哪，你兄弟早有人想着他了，远不远的还是熟人呢。你也不用去那海里村、岛上庄、月亮出来那地方啦。你尽管放心歇息吧，我这里有的是闲房子，来了一场，就住下耍几天吧。"

大柱子欢喜得一夜没睡，也没心在这里待下去了，第二天清早，大柱子就动身要走，女人又满口满应地叫他尽管回家等着。

大柱子欢天喜地地跳进了家门，一五一十地都对兄弟说啦。小柱子听了，当然很是高兴，一家三口扫了院子、刷了屋，磨了面，推了米，红对子也写下了，红蜡烛也买来了。什么东西都准备得停停当当，只等着新媳妇来到，好办喜事哪。

等了一天不见新媳妇来，又等了一天还不见新媳妇来。小柱子窗下的牡丹放红，又开开了，还是不见新媳妇来。大柱子说道："兄弟呀，你到庄南的大道上去望一望吧。"小柱子刚刚出了庄头，便望见对面走来了一个闺女，手里还提着个鲜红的包袱，转

19

眼的工夫，闺女已经来到了跟前。小柱子看着不觉一愣站住了，他想：人间哪有这样俊俏的女人啊。闺女好像是没有看到小柱子站在路旁，满脸含笑地一面走一面数叨说："大柱子大，小柱子小，大柱子强，小柱子好，大柱子在哪里住，小柱子到哪里去找？"小柱子红着脸说道："我就是小柱子呀！"闺女站住了，笑着应道："小柱子窗前牡丹开，我千里万里自己来。"她细声长韵的，说话真比唱歌还好听呀。

闺女并不用小柱子指引，一直就朝他家里走去。不用提小柱子是欢喜啦，心里也免不了有点惊疑。是呃，她怎么能知道我的名和这个家呢？大柱子也是欢喜得了不得，他做梦也没有想到有这么凑巧，他一下子便认出了，这正是在路上碰着的那个闺女。闺女一点也不眼生，笑嘻嘻的，见了大柱子叫哥哥，见了大柱子媳妇叫嫂子。和小柱子两个也很快地熟和了，她还告诉大家说自己名叫巧英。

没等牡丹谢，小柱子就和巧英成了亲。

大柱子和小柱子还是天傍亮就上山做活儿，巧英也从来没有误过时辰，鸡刚刚叫，她就轻轻地在小柱子的耳朵边叫着说："小柱子呀，天亮了，小柱子呀，天明了。"小柱子立时便醒了过来，她的声音，叫他从心里发暖，叫他打心里发甜。小两口好得真是蜜酒甘甜。

巧英也是一个勤快人，上炕剪子下炕刀，家里的、坡里的什么营生也会做。心眼好,脾性也好,见了人不笑不说话。一家四口人过得比先前更加欢乐了。

巧英和小柱子在一起,过了整整三年,家里外头的人都是只见过她笑,没见过她哭,连个愁眉不展的时候也没有呢。这一天头午,大柱子媳妇一等不见巧英从房里出来,二等也不见她出来,站在院子里叫也叫不应。大柱子媳妇很是惊疑,是不是病了呀?她想到这里急了,便推开房门走了进去。只见箱也开着,柜也开着,巧英坐在炕沿上掉泪。大柱子媳妇更加惊疑了,问她说:"是不是小柱子惹着你了?"巧英摇了摇头,扑扑拉拉的泪掉得更多了。大柱子媳妇又问道:"那是我和你哥哥得罪了你?"巧英还是摇摇头,眼泪还是不住地往下掉。叫她哭得,大柱子媳妇也难过了,含着眼泪说道:"兄弟媳妇,有什么苦处,尽管说呀,你不说,我的心里也不安稳哪。"

巧英好容易止住眼泪,拉住大柱子媳妇的手说:"一日夫妻百日恩,百日夫妻海水深。嫂子呀,我和小柱子三年的夫妻到了头,你说我怎么能不难受啊?"

大柱子媳妇吃了一惊,忙说道:"咱一家四口人,又没吵过嘴,又没红过脸,你为什么要走啊?"

巧英说道:"嫂子呀,临来的时候,俺爹只让我在这里住三年,我要是不回去,塌天的大祸就要来。"巧英越说越伤心,看那样子真是凄凉人。她看看柜,又看看箱,掉了几滴眼泪又说:"箱子里是我给小柱子做的袄，柜里是我给他做的裤，嫂子呃，咱妯娌两个这样好，一年一次牡丹开，明年这时来看你。"

妯娌两个又难过了一阵，巧英满脸是泪地走了。

小柱子上山回来，听嫂子一说，饭也不吃，水也不喝，回到自己房里，爬到炕上哭了起来。大柱子见小柱子哭，也难过得掉泪。嫂子劝他说道："兄弟呀，只是哭也没有用呵，她临走时对我说：'一年一次牡丹开，明年这时来看你。'等她来的那天，咱再把她留下。"

小柱子听到还能再见到巧英，心里也稍微放宽了些。一年一次牡丹开，说话的工夫，又到了春暖花开的日子。这一天，小柱子从山上回来，一进门就听到了巧英在嫂子屋里说话。他两步并一步地跑了进去，话还没说一句，巧英掉头就朝外走去。小柱子赶到了街上，哪里也不见巧英的影子，只有一根绿光光的雀毛，旋旋转转，旋旋转转，从半空里落到了他的手上。他看见雀毛上有一滴亮晶晶的水珠，连他自己也不知道，这是不是他滴在上面的眼泪。

小柱子把雀毛拿到了家里，不知什么缘故，他一看见这根雀毛，好像巧英就站在身边一样，留神细看，却又不见。他的眼泪常常滴到雀毛上，每滴上一下，巧英在万里以外，心里也要动一动，眼泪也要落一滴。

不管小柱子的心里怎么难过，他从来也不在哥哥和嫂子跟前叹气掉泪。他想："不能叫哥哥嫂子也为自己焦心呀。"可是，大柱子看到小柱子瘦了，饭也吃得少了。他和自己媳妇商量来商量去，只有一条道能治好兄弟的病。

大柱子对小柱子说道："兄弟呀，上回我到南海去也没贩那鱼来，这次咱俩一块儿去吧。"小柱子说道："哥哥，风霜雨露的，上回是你去的，这一次我自己去吧。"大柱子笑了笑说："兄弟，你自己怎么能知道走哪一条道呀。"

话不说不透，其实，大柱子哪里是要去贩鱼，他是要和兄弟去找巧英呃。两个人走了一个庄，又走了一个庄，过了一个集店，又过了一个集店。这一天走到了一个地方，树靠树山连山的，他俩到了山半腰的时候，从山顶上来了一伙儿拿刀拿枪的强盗，眼看就要和他俩碰对头了，眼看弟兄两个的性命就要完了。这时天忽然黑了，黑得上不见天，下不见地，伸手不见掌，握手不见拳。路也不见啦，两个人只得站住了。

这时候，山顶上的强盗，却看到了一个遮天蔽日的大黑雀，落到了山的半腰，大翅子一挓挲，把树林也盖住了。大雀的头伸向了山顶，看样，只要一张嘴便能把那些强盗活吞下去。强盗们喊的喊，叫的叫，都吓得四散逃走了。

大雀飞到了半空，天又明了，路也看清楚了。只见它在半空中转了一圈，拍拍翅膀，变成了一个女人，轻轻飘飘地落了下来。一看，不是别人，正是那个青衣女人。

大柱子求她说道："好心的神仙姐姐，你为好人为到底吧，求求你,叫俺这兄弟夫妻团圆了吧。"

青衣女人笑嘻嘻地答应着,往树林里一走便不见啦。不多一阵,一个红嘴绿毛的鹦哥飞来了。鹦哥刚一落地,立刻就变成了一个媳妇,正是巧英,小柱子抓住了她的袖子,一喜一愁。喜的是总算又见着她的面了,愁的是说不定还要分离。青衣女人这时又站在他们的身边,说道:"谁也不忍心看到这样好的人家有愁苦。巧英呃,你爹那里有我去说合,放心跟着小柱子去吧。"

巧英真的跟着弟兄两个回了家。一家四口人,过得更加亲热,更加欢乐了。一年一个三月三,一年一个清明节,大柱子和小柱子还是上山打柴。日子过得痛快,心里也亮了,弟兄两个还常重叙从前那几句话:

清明佳节三月三,
兄弟打柴在高山。
玉兰花开满山香,
弟兄好比鸟一双。

金钥匙

早年间在大山根上有一个小庄,庄里有一个女孩子叫翠儿。从那大山上流来的泉水,颜色翠绿,味道甜。翠儿还不到十岁的时候,就到那山边上去挑水。翠儿的爹娘,很早就死了,她跟着狠毒的婶婶和坏心的叔叔过日子。翠儿还没有炕沿高,就能踏着板凳刷锅做饭了。她的胳膊还没有镰棒粗,就能锄地砍柴了。可是就这样,狠毒的婶婶还天天打她骂她,坏心的叔叔也常用白眼珠子盯她。翠儿的脸上,从来也没有断过伤痕,不管怎么苦,不管怎么痛,她都不愿在家里哭。翠儿到山上砍柴时,坐在那大石头上哭,满山上的树木,呜呜地叫了起来。翠儿挑水时,对着那大山哭,高高的青山，从云雾里露出了雄伟的山尖。

翠儿这个苦水里煎、火坑里过的苦孩子，长成了十六七的大姑娘了。有一天晚上，狠毒的婶婶和坏心的叔叔，两口子关上房门，悄悄地商议起来。

坏心的叔叔说道："翠儿这么大了，快好做媳妇啦，她爹娘撇下的钱和东西都在咱手里，总得多少的给她陪送点嫁妆。"

狠毒的婶婶听了，生气地说："还给她嫁妆！那小妮子叫我打得满脸是疤，那么丑，到哪里去找个婆家？咱西面这个大山上有个老狼精，你把她推到大山沟里，叫老狼精把她吃了吧。"

坏心的叔叔立刻答应了。

第二天早晨，狠毒的婶婶满脸是笑地对翠儿说："翠儿呀，你一天到晚地给我做这么多的活儿，我心里真是不过意呀，今天叫你叔叔帮你上山打柴吧。"

翠儿惊奇得连话都说不出来啦，她那狠毒的婶婶，从来也没有和颜悦色地对她说过一次话，她高高兴兴地和坏心的叔叔一块儿上山去了。

山太高，路太陡，翠儿走在前面，她手扒着石头往上爬，石头在她的脚底下活动了，把翠儿滑了下来。翠儿说道："叔叔呀！这里树木密得望不见天，干枝多得往下掉，咱们就在这里打柴吧。"坏心的叔叔却一个劲儿催着她往前走。她几次滑下来，又几次往上爬。

树太多，路太窄，树枝儿挡住了路，翠儿两手分开树枝往前走，树枝沙拉拉地摆动着，挂住了翠儿的衣裳。翠儿望着叔叔说："叔叔呀！这里树枝触着地，枯枝多得绊着脚，咱们就在这里打柴吧。"

　　坏心的叔叔还是一个劲地催她往前走。

　　走呀，走呀，从日头出，走到天正晌，从天正晌，走到日头偏了西，才来到了一个山沟边。山沟旁长着一棵十搂粗的大松树，嗬！那山沟谁也不知道有多少深，黑洞洞，望不见底。

　　坏心的叔叔嚷着说："翠儿，翠儿，你看那沟里是什么？"翠儿一低头的工夫，坏心的叔叔在她背后用力一推，翠儿一跟头栽下去了。大松树见了一阵焦急，慌忙摇晃起身子，坏心的叔叔转身溜走了。

　　大松树晃下来的松针，悬崖上野花落下来的花瓣，和她一起往下落去。好久，好久，翠儿才掉到了沟底，掉在花瓣和松针的堆上啦。翠儿那好看的大眼闭上了，直到日头快要没的时候，她才猛地清醒了过来。抬头看看，两边的悬崖峭壁连着蓝天，她站了起来，用手摸摸，石头上长着滑溜溜的青苔，这除非插翅才能飞得上去啊，翠儿大睁两眼，不知不觉地掉下泪来了。

　　太阳落山了，山上罩着温暖的金光，可是这深沟里，更加阴暗冰凉。月亮出来了，山上白净闪光，可是这深沟里黑气沉沉。

　　翠儿擦干眼泪，顺着沟往前走去。

走着，走着，翠儿欢喜地站住了。在她的眼前出现了一个明光光的山洼，风不吹，草不动，月光亮在野花上，真是好看极了。更叫翠儿高兴的是，她看到在一些树木中间，透出了红色的灯光，她小跑一样地向那里走去。果然，看到了三间瓦屋，门开着，翠儿走了进去，屋里有一股难闻的气味，灯底下，还安着一口大铁锅。翠儿用手一摸，热乎乎的。她很精明，左猜右想，都觉着不对劲。因此，她没有在凳子上坐下，也没有在屋地上站着，而是爬到梁上躲了起来。不多一会儿，听到外面雀鸟惊得呱呱叫着飞走了，野羊野马也叫着逃去了。接着一阵冷风扑进屋里，灯光一晃，变成蓝色了。突然门口出现了一个红眼的老狼精。它从一头大黄牛身上跳了下来，张开龇着尖牙的大口，打了一个呵欠，自言自语地说道："睡在地上，翻过来凉，覆过去凉。睡在锅里，翻过来暖和，覆过去暖和。"老狼精说着说着，又接二连三地打了两个呵欠，跳到锅里就躺下了，不多一会儿就打起鼾声来。忽忽隆隆的好像一架风车在响。翠儿在梁头上看得明明白白，她悄悄地爬了下来。看了看，锅盖放在靠墙的地方，那锅盖简直好像磨盘一样沉，她一用劲就把它盖在锅上了。她又搬来更大的石头压在上面，才在锅底下烧起火来。

黄牛给她拖来了大块干柴，火苗呼呼地蹿，干柴噼啪地响，老狼精在锅里翻了一个身，自言自语地说道："真是翻过来热，覆过去热。"说完又呼呼地睡着了。

翠儿还是不断地把干柴扔进火里，火苗伸出了灶门口，火光红得耀人眼，老狼精在锅里扑扑棱棱地翻着身，大声地嚷着说："我翻过来烙得慌，我覆过去烙得慌，啊呀呀！谁在那里烧火呀？"

　　翠儿没有作声，她把火烧得更猛了，汗水不住地从她脸上流了下来。翠儿不怕火烤火燎，她没有停下手来，锅烧红了，老狼精捶着锅盖说道："烧火的人呀，你把那锅盖掀开吧，我把金钥匙送给你，你能成为世界上最幸福的人。"翠儿不听老狼精的话，她把火烧得更猛了。老狼精又敲着锅底说道："黄牛呀！黄牛呀！你用角把锅盖掀开吧，我能使金鸟叫一声，那时你又能变成原来的样子了。"黄牛不听老狼精的话，又跑到外面拖干柴去了。

　　烧呀，烧呀，锅里不再响起老狼精的声音。烧啊，烧啊，锅里没有一点动静了。烧呀，烧呀，一直烧到了天明，翠儿搬开了大石头，掀起沉锅盖，老狼精已被烙成一堆黑灰，黑灰里露出了光闪闪的一把金钥匙。

　　翠儿拿起了金钥匙，黄牛哞哞地叫了。翠儿说道："黄牛呀，黄牛，你是好黄牛！不知你怎么落到这个老狼精手里，不知你原来是什么样子，不知那金鸟在哪山哪岭？"

　　黄牛看看金钥匙，又哞哞地叫了起来。翠儿问道："黄牛啊，你见这金钥匙就叫，你知道这金钥匙开的是哪里的锁吗？那金鸟是关在那里面吗？"黄牛点了点头，在翠儿的身边趴下了，看样是叫她骑上去。翠儿摇摇头说道："牛呀！你帮我拖了一夜的柴，已经很累了,我怎么还能骑着你呢。"黄牛还是趴在那里不动,翠儿又说道:"黄牛呀,你尽管放心,就是比那大海里捞针难,我也要帮你把那金鸟找到。"

听着听着,黄牛爬了起来,向门外走去了,翠儿紧紧地跟在它的身边。

山洼里,长着一种奇怪的果树,果子又大又红。他们走过树下时,果子冒出了比牡丹花还要好闻的香味。忽然间,翠儿像是刚刚吃过了一顿饱饭,一点也不觉得饿了。晶亮的露珠从树叶上滴在翠儿的脸上,她像是刚刚喝完了蜜甜的泉水,一点也不觉得渴了。

山洼里,有着各种各样的鸟:红眼的老鹰,长嘴的啄木鸟,俊秀的孔雀,会唱歌的百灵子。他们穿过树林时,雀鸟吓得乱飞乱叫。翠儿说道:"鸟呀,那老狼精叫我烙死了,你们爱到哪里飞就到哪里飞吧!你们爱什么时候叫就什么时候叫吧!"翠儿刚刚说完,老鹰落到近旁的大树上,啄木鸟又叭叭地啄着老树干,孔雀朝着她展开了好看的尾巴,百灵子也唱起来了。

他们走进了山洼西北面的一个山洞里,老狼精在洞里插满了锋利的石头尖尖,上面沾着它喷出来的毒汁。狠毒的婶婶从来不让翠儿穿鞋,她每走一步,浑身痛得抖一下。可是有毒的石头,也阻止不住好心的翠儿,她脚上的血滴到石头上时,石头立时就变成光滑透明的红宝石。不过,翠儿没有回头看一看,她一心想着快些找到那只金鸟。石洞的尽头是两扇牢固的石门,石门上吊着明亮晃眼的金锁。金钥匙从翠儿的手里蹦了出去，金锁叭的一下，石门哗啦一声朝两边开开了。石门那面原来也是一个山洼，山洼里罩着金光，四面围着顶天样的高山，翠儿一眼就看到山洼中间有棵高大的金树，心想，那金鸟一定是站在那金树的枝上。她连忙往前跑去，赶到黄牛的头前去了。果然，在那金树底下站着一只金色的鸟，它的每一根羽毛都像金的，不过，金子却没有那么光亮。翠儿欢喜地说道："金鸟啊，你叫一声吧！"金鸟好像没有听到翠儿的话，照旧垂着它那高冠子的头，翠儿一连说了三遍，金鸟还是没有一点动静。她一转脸，看到那黄牛站在她的身边，扑拉扑拉地掉泪。翠儿的心也难过了，她说道："黄牛呀，你不要哭了，我能去找最清的泉水给你喝，我能去拔最嫩的青草给你吃。"

黄牛还是扑拉扑拉地掉泪。

翠儿也眼泪汪汪的，她又朝金鸟说道："金鸟呀，你为什么不叫？你是饿了吗？"金鸟点了点头。翠儿说道："你要吃粮食，我会漫山遍岭地去找……"金鸟不等翠儿说完就摇了摇头。翠儿又说："你要吃果子我马上去摘。"金鸟又摇着头。左问不是，右问不对，翠儿正在为难，老鹰、孔雀、百灵子，各种各样的雀鸟飞来了。它们给她送来了一百八十颗明珠。翠儿想道：也许金鸟要吃明珠吧。她把一粒明珠，送到金鸟的嘴边，金鸟一张嘴吞下去了。她又连忙送过一粒去，金鸟却合上眼睛，不吃了。

从这以后，翠儿天天用明珠去喂金鸟。翠儿在这山洼里整整过了一百八十天，把最后一粒明珠填到金鸟嘴里，金鸟刚吞下去，就仰起了长着高冠子的头，翘起了长翎毛的尾巴，张开尖嘴，叫了一声。立刻高山石壁响起回声，黄牛也浑身一震。奇怪的事情发生了，黄牛的皮脱了下来，牛皮堆在地上，翠儿的眼前站着个又壮实、又英俊的小伙子。他对翠儿说道："老狼精把我抓来，用妖法把我变成牛，亏得你救了我，我一辈子也不愿离开你。"

翠儿听小伙子这一说，心里是说不出的高兴。忽然间，翠儿又难过起来，她对小伙子说："你离开这深山，去找那最好的姑娘吧。"翠儿觉得自己满脸是疤痕，不愿使小伙子受到委屈。

这时，金鸟伸开翅膀，扑扑地飞到了金树上，又叫了一声，金树晃了一晃立刻开满了鲜花，花瓣纷纷飘下来。花瓣落在翠儿破旧的衣裳上，翠儿衣裳变得比花朵还好看；花瓣落在翠儿的脸上，翠儿成为天下最好看的姑娘了。

金鸟飞向天空，又叫了一声。山摇地动，最高的一座大山裂开了，从那里面升起了一朵朵彩云。彩云飘满了天，狠毒的婶婶也看到了，马上对坏心的叔叔指指点点地说："这些彩云，是从西面那些大山里升起来的，咱们快去吧，那里一定有什么宝物出世了。"

狠毒的婶婶和坏心的叔叔，连忙朝大山上跑去。走呀，走呀，他俩也走到了那大山沟边，那棵十搂粗的大松树旁。大松树看到这个坏家伙又来了，厚厚的松树皮噼噼啪啪地裂开了，树干上张开了无数的大口。大口说话了，轰轰隆隆的，好像打雷一样：

"雀鸟呀,高山呀,都听着啊,就是这个坏蛋,把那好姑娘推到山沟里去的。"这响声震动了四面八方。

雀鸟朝这儿飞来了,高山也移动了,狠毒的婶婶慌忙地说道:"了不得啦,松树怎么能说话啦?咱们快些回去吧!"可是他们要向前走,树枝弯了下来,挡在路上;要往后退,高山又堵住了退路。老鹰、老雕、画眉、杜鹃、孔雀、百灵子,各种各样的雀鸟都落了下来,在他俩的脸上啄、身上抓,狠毒的婶婶和坏心的叔叔,抱着头缩在了一块,越缩越小,越缩越小,最后缩得和老鼠那么一点点了。这时,从山沟里蹿上来一只野猫,一口一个把他俩吃掉了。

故事到这里就完了,翠儿和那个小伙子,就在那大山里面,欢欢乐乐地过日子。

镜里媳妇

不知在什么地方,有一片好马十天也跑不到头的大平原。那里自然是望不到边啦,天也似乎格外的大;向四外望望,天边紫蒙蒙,只有在西南面模模糊糊地能看到一些青苍苍的山影。这平原上有的是大大小小的村庄,在一个小庄里,有一个心肠很好的老妈妈。她的两个儿子,都长得十分好看,也十分聪明。老妈妈一心想快些给儿子说上媳妇,快些抱上孙子。儿子却好像一点也不了解娘的心情。东说也不应,西说也不成,媒人的鞋都跑破了,也没有说成一头亲事。老妈妈背后里常常为这事犯愁。有一天,半夜了,老妈妈还是没有睡着,她躺不住了,下了炕,开了门,天上满天星星，院里黑影影的。她仰脸叹了一口气，自言自语地说："孩子呀，谁知道什么样的媳妇才能对悫的心思啊？"

老妈妈的声音虽是很小，但这夜里是很寂静呀！她觉得自己的声音连天上的星星也能听到。她惊奇极了，因为她看到从西南升起了一团亮光，那亮光轻悠悠地飘近了，圆圆的，比月亮还大呢。它往下落了，落进了院子里面啦。老妈妈的眼睛被晃得闭了一下，又马上睁开了。她看见在那白净的光环里，站着一个白胡子老汉，拄着龙头拐杖。老汉的全身亮得比那光环还明，他和善的脸面红光光的喜洋洋的。老汉长长的胡子动了，清朗朗的声音也跟着响了起来："我是来给你儿子送媳妇的呀！"

老妈妈愁眉不展地摊开两手说道："神仙老人呀，就怕你是白费心了，什么样的媳妇也不能对我儿子的心思！媳妇在哪里呢？媒人又在哪里？"

神仙老人笑得胡子都飘了起来。他说道："不用媒人传红柬，也不用准备花彩轿，我这里有两面菱花镜，你别寻思镜里媳妇是个空，这镜里媳妇实在有，每年三月三，半夜子时中，只要把这镜子对西南上一耀，便能看到那娶媳妇的大道了。"神仙老人往怀里一摸，递给了老妈妈两个圆圆的小镜。如同日出日升一样，光环又起到半空，向西南飘去，好像流星一样在天边没了。

老妈妈回到了屋里，把两个儿子叫醒了。她递给大儿子一个圆镜，递给二儿子一个圆镜。大儿子向镜里一望，看到了一个穿红衣裳的闺女,闺女朝他笑了笑,又低下了头,看着手里的一朵红牡丹花。大儿子简直忘了那闺女是在镜里的人了,说道:"娘呀!她临低头还向我笑了笑,我可不能辜负她的情意啊!娘呀,你答应我和她成亲吧!"老妈妈被儿子的话惊呆了。二儿子也向镜里一望,他看见了一个穿绿衣裳的闺女,闺女很温柔地看了他一眼,又低头看着手里的绿牡丹花。二儿子也忘记了那是镜里的人了,他也说道:"娘呀,那闺女对我眼里留情,我也不能不动心!娘呀,叫我和她成亲吧!"

娘哭笑不得地说道:"孩子呀,别发痴了,镜中人,影里事,怎么能成亲呀?"

老大听了娘的话,忧愁地低下了头!老二听了娘的话,难过地蹙起了眉毛。

几天过去了,两个儿子还是愁眉不展的,娘只得把神仙老人的话都对儿子说了。

三月三到了,娘说道:"孩子,怎么说我也不能叫恁两个人都去,谁知道到那里是凶是吉啊?"

老大说道:"兄弟啊,还是我先去吧!"

娘也说道:"老二呀,你哥哥总是比你大几岁,还是让他先去吧!"

半夜子时,老大走到了院里,把菱花镜对着西南上一耀,镜里立刻射出了一道白光,西南上再不是模糊的山影了,而是些怪石森严、铁头竖壁的大山,白光一直亮进山里去了。眼见着这条白光又变成了明晃晃的大道。老大辞别了兄弟和娘,顺着大道往前走去了。

天傍亮的时候,老大走到了大道的尽头,也到了那片大山的山脚下了。他转过了第一个山脚,看到在一座石崖上有一个石洞。石洞里晶亮晶亮的,那神仙老人盘腿坐在里面,周身放着亮光。他想起了娘的话,断定这一准是给自己菱花镜的神仙老人了。他走上前去,恭恭敬敬地问道:"神仙老人!我已经走到大道的尽头啦,还要到哪里才能找到那个闺女呢?"神仙老人夸奖说:"好小伙子,你到底来了。那闺女就住在这山西面的大山里,可是到她家去,要过老虎山,要过水怪涧,那闺女被一个妖婆子霸占着,它把她关在后花园里,变成了一棵红牡丹。你得悄悄地爬进后花园里,用这菱花镜一照,她才能重新变成人。小伙子呀,去不去全在你了。"

老大想了想说道:"神仙老人!我既然到了这里,怎么还能就这么回去啊!"神仙老人说道:"你只要有胆量去,我是会帮助你的。我给你一杆鞭子、一个线穗子,我会教你怎么用这些东西的。可是你千万记住,在用这些东西的时候,不能有一点胆怯。"

神仙老人拿出了一杆鞭子和一个两头尖尖的白线穗子。神仙老人把这两样东西给了老大,又对他说明了怎么个用法,才把路指给了他。

老大顺着神仙老人指的路,弯弯曲曲地爬到了山顶,向前看去，对面那座山上，石头阴森古怪，从山背后升起了一团团的黑雾。他停了一停，朝那座古怪阴森的大山上走去了。山路越来越难走，越来越陡峭了，有的地方，身子简直如同悬在半空里一样。他正累得满身是汗的时候，从山顶上扑下来两只斑毛大老虎。转眼的工夫，老虎已经到了跟前，朝着他张开了大口。老大慌忙扬起神仙老人给他的那根鞭子，朝着老虎摇了摇，按着神仙老人教他的话说道："你你看山大虎听着，我是到这里寻亲的人。快快给我闪开路！"他说完了这话，老虎立刻闭煞了嘴，低下了头，安安稳稳地从一边跑走了。

老大攀上高山顶了，哎呀！眼前有一个很大的山涧，那里既不见石头，也不见一棵树木，只有一片汪洋大水。他往山下走了不远，就到了水边上了。他拿出了线穗子，扯出了线头，向水里扔去，又大声地喝道："你们这些水里的怪物，我寻亲的人到此，还不快快给我出来搭桥。"他说完了这话，绿苍苍的水立刻翻腾了起来，从水里冒出了一些鱼尾人身、鳖身人头的怪物来，把线头拉向对岸去了，细细的线变成了一条窄窄的独木桥。老大摇着鞭子迈上了独木桥，已经快走了一半啦，他低头往下一看，那绿苍苍的水里，水怪瞪着鲜红的眼睛。他不看还好，看到了这些情景，心里不觉慌了：这么窄的桥，万一掉下去呢！他胆怯了。就在这一霎，他的腿发颤了，头也发晕了。呀！那独木小桥又变成一根线线了；老大掉到水里，和水怪们一起沉到水底去了。

一年过去了,娘还不见大儿子回来,她口里虽然还说吉利话,心里却在为儿子担忧。三月三又到了,老二对娘说道:"娘呀,去年的今日,俺哥哥走了,今天我也去找那闺女吧!"娘吃惊地说,孩子,你哥哥到如今也没回来,你怎么还敢去呢?"老二说道:"娘呀,他去了不回来,我去了是一定回来的呀。"娘也想知道大儿子到底怎样啦,就对二儿子说:"你去可要小心哪,不管找着找不着她,都要回来啊!你千万打听一下你哥哥的消息。"老二答应了娘的话,半夜的时候,也走到了院里。他把那菱花镜对着西南面一耀,镜里也射出了一道白光,白光也变成了一条明晃晃的大道,伸到西南上那些大山里去了。老二辞别了娘,也顺着大道向前走去。

天傍亮的时候,老二也走到了大道的尽头了,他也看到了那放着亮光的神仙老人。神仙老人也给了他一根鞭子、一个线穗子,并且把跟老大说的话也都对他说了;还特别对他说道:"去年这时候,你哥哥来了,但他掉进那水怪涧里去了,今天你去不去也全在你。"

老二听说哥哥掉进了水怪涧里,眼泪滚了下来。但他还是说道:"怎么的我也要去呀!"

神仙老人听了,也把到闺女那里去的路指给了他。

老二摇着鞭子过了老虎山,也来到了水怪涧。他拿着线穗子,拉出了头,把线头扔进了水里,也说道:"你们这些水里的怪物,我寻亲的人到此，还不快快给我出来搭桥。"他说完了这话，绿苍苍的水也动荡了，水里又冒出了那些鱼尾人身、鳖身人头的怪物来。怪物也把线头拉向了对岸，细细的线也变成了一条窄窄的独木桥。老二摇着鞭子走上了独木桥，不管水里有什么响声，也不低头去看，他的腿不颤，头不晕，平平安安地过了水怪涧。翻过了一座山，又翻过了一座山，看到翠柏绿松中间闪出了一处人家，还没走到跟前，就闻到一阵阵的香气。老二不扑前门去，按照神仙老人的话，转到了后花园的外面，花园墙外露着各种各样的花枝，老二却不去看这些，他把那鞭子往墙上一甩，鞭子一动，便变成了一条绳子做的软梯子。老二踏着软梯爬进了花园里，用手一拉，那软梯又变成鞭子啦。

  在花园的当中，他找到了神仙老人所说的那两棵牡丹，果然是一棵红牡丹，一棵绿牡丹，开得又俊又香。老二把镜子对着那绿牡丹照去，又依着神仙老人的话，叫了声"绿妹"，绿牡丹立刻变成人了，和他在镜子里看到的闺女一模一样。老二高兴地说："绿妹呀，我是为你才来到了这里的，你愿意跟我走吗？"绿妹把他上下打量了一下，立刻喜笑颜开了。不过当她转脸看到了那棵红牡丹时，脸面突地阴沉了，亮晶晶的泪珠，从她眼里滚了出来。她说："我怎么能撇下红姐走了呢！就是我和你能逃出了妖婆子的手，我的心里也老会难过的。"她说到了这里，那大朵的红牡丹花，每一片花瓣上，都亮着眼泪一样的露珠了。

老二也难过了，他想那红姐一定是哥哥要找的媳妇了。可是没有哥哥的菱花镜，怎么办呢？绿妹忽然说道："咱们快进屋吧，妖婆子回来了啊！"

老二跟着绿妹刚刚走进了屋里，妖婆子已经走进前院了。老二从门缝里看，那妖婆子穿戴得很好，只是脸和手都长着长毛。它在院子里停住了，指着屋门骂了起来："绿妹！你这个找死的东西，谁叫你又成了人啦！谁叫你把生人藏在屋里呀？"妖婆子说着，一脚就把门踢碎了，掀起衣襟一扇，屋里风呜呜的，可是因为有了那菱花镜，不管它扇起的妖风怎么大，也没法使绿妹再变成花草了。妖婆子见了这个情景，立刻满脸堆笑地说道："绿妹呀！你是我的好孩子，这小伙子长得这么美，我就把你许给他吧。"老二和绿妹谁也没有作声，妖婆子眼皮一眨又说道："你还不知道，咱家里骡马牛羊都成群，我算着今天夜里有贼来偷，让小伙子帮我去看一宿吧，明天我就叫你跟上他走。"妖婆子说完便走了出去。

绿妹愁苦地说道："那妖婆子是想着害你，它没有什么骡马牛羊，它去招呼狼虫虎豹去了。"老二安慰她说道："我有这根鞭子，不管什么狼虫虎豹也不敢靠我的身。"绿妹这才放了心。

妖婆子把老二领到一片荒山上，它便不见了。这时候，天已经黑了，荒山上满是扎人的棘子，并不见一匹骡马牛羊。不多一会儿，狼虫虎豹都来了，周围黑影里闪耀着许多绿光光、阴森森的眼睛，可是没有一个敢近他身的。老二找了一块平滑的地方躺下，一觉睡到了天明。

妖婆子见没有害了他,假意哭着说道:"我就喜欢绿妹这个闺女呀,她走了,就要把我想死了,我千思量,万思量,就是舍不了她,恁走我也要跟着去呀!"

绿妹听了妖婆子的话,知道它不怀好心,一定是想要在路上找机会害人。聪明的绿妹马上说道:"好呀,你这么大岁数,和我们年轻的一块儿走会累得慌,你也能变大,也能变小,你就变得小一点,俺把你带上走吧。正好,这里有个铜瓶子,你就进到那里面,俺把你背着走,又碰不了手,又折不了脚,在里面愿意睡就睡,愿意坐就坐,多舒服呀。"妖婆子只一心想着害人,听到绿妹这么一说,身子一缩变成老鼠那么点儿了,跳跳跶跶地钻进了那个铜瓶子。绿妹连忙伸手把瓶口捂了起来,叫老二拿过了瓶塞子,把妖婆子堵在瓶子里了。

到了水怪涧,把它沉到那绿苍苍的水里去了。绿妹坐在水边哭了起来,一面哭,一面数说道:"可恨的妖婆子呀!你把俺姐妹俩这样折磨、那样折磨,把俺变成花你好看。红姐呀,我怎么也不能撇下你走了,我怎么再能见你的面呀?"绿妹哭得云雾里滴下眼泪般的雨点,哭得松树上滴下眼泪般的露珠。老二想念哥哥,也呜呜地哭了起来。忽然死沉沉的绿水上亮了起来,浓黑的云雾也变白了,向四外散去了。那神仙老人站在圆圆的光环里,从半空里落下来了。他用那拐杖向水怪涧一指,大声喝道:"水里的怪物听着,给我把那寻亲的人快快地送到岸上来！"说话的工夫，那些人身鱼尾、鳖身人头的水怪把老大送出水来了。因为他身上有那菱花镜的缘故，他的脸面还是和原来一样。神仙老人把老大一拉，嗨！他一下子站起来了，揉着眼睛说道："我这是做梦吗？"当他看到弟弟的时候，欢喜地把他抱住了。

神仙老人又升到半空，立刻不见了。

他们又回到了后花园，老大把那菱花镜对着红牡丹一耀，叫了一声"红姐"，红牡丹也变成了一个穿红衣裳的闺女了，和老大在镜里看到的那个一模一样。红姐望着老大笑了。

山间乌云化了，人间好事成了。娘看到大儿子领回了媳妇，二儿子也领回了媳妇。恩爱夫妻，自然会过上欢乐的日子。

宫女图

沂山上，有个地方叫九龙口。在叫九龙口的山洼里，有一个不大的山庄，庄里有一个穷老妈妈，老妈妈只有一个儿子，叫天台。天台九岁的时候，便能去山上抓獾；十岁的时候，就敢去狼窝里抱出小狼。天台人长得很出众，端正的脸面上长着一对活欢的眼睛，高高的身段，又机灵，又健壮。他每天早出晚归到很远的高山上去打柴，他必须爬过许多很陡的山坡，翻过许多很高的山梁，他也必得走过河水翻滚的山沟，经过峭壁顶上线样细的小路。有一年的伏天，正是大雨行时的季节，一连下了好几天雨，天台家是一天不打柴，一天便没饭吃，娘儿两个好不容易地凑合着过了几天，好不容易地盼得雨住了。天台等不得天晴，就拿上绳子、扁担，带着斧头上山打柴去了。说起天台的这把斧头，是特意找铁匠打的，少说也比平常的斧头重三倍。天台过了那水声如雷的山沟，爬过了那被雨水洗得崭新的山坡，经过了那如同悬在半空里的线一样的小路，才到了有树木的地方。他刚刚打了一些柴火，风催大雨又下起来啦，下得山坡上的大石头也被水冲下山去了，下得四外流水响成了一片。等到雨住了，天台爬到树顶一看，已是沟满河淌的。他望着自己小小的山庄，心想：娘一定正在门前望自己回来，娘一定也正在担心儿子会不会被山水冲去。他恨不能一下子就回到娘的跟前，可是那山沟里凶猛的山洪对人是不讲情面的。他只顾想呀，想呀，不知不觉斧头从手里掉下去了，砰的一声掉在了老大的一块青石上。他连忙低头看去，呀！那青石动了，轻轻地挪开了，在石头移开的地方，坐着一个老妈妈。那老妈妈大声问道："谁敲我的门呀？谁敲我的门呀？"老妈妈一连问了三遍。天台大着胆从树上爬了下去，答应道："是我敲您的门呀！"老妈妈声色不动地问道："你敲我的门有什么事情呢？"天台把常在心里想的话对老妈妈说了："老妈妈，我天天上山打柴，天天得穿过那些深沟，爬过那些高山，受累倒还是小事，遇上了山水下来，就把我隔住了。我家里还有一个老娘，单等着我挑柴回去卖了，买米下锅，现在我怎么回去呢？"老妈妈听了，一抬身子从下面抽出了一个蒲团来扔给天台，说道："你只要坐上它，想到什么地方，就能到什么地方。"

老妈妈不见了，石头又动了，又挪回原来的地方。天台坐上了蒲团，心想：先让我起到半空里吧。转眼工夫，那蒲团稳稳当当地起在半空里了。他想要落，蒲团又无声无响地落在原来的地方。

天台挑上了柴，坐上了蒲团，飞快地回到了家里。从前他一天只能上山打一趟柴，回来天就黑了。自从有了这蒲团以后，天台半空里来，半空里去，一天能到山里打四五趟柴了。这样过了一些日子，他家里堆满了柴，用柴换回来的粮食，也够吃一些日子的了，天台才对娘说："娘呀！我长了这么大，从来也没到过百里路外的地方，你在家里也有吃的，也有穿的啦，我想到大地面去看看光景，也见见世面。"娘问道："孩子，你想到哪里去呢？"天台想了想说道："都说京里繁华，我就进京去看看吧！"娘说道："京城是皇帝住的地方，你可得小心，快去快回。"天台答应了，坐上蒲团，又起在半空里了，没风没土的，只一阵工夫就到了京城，从蒲团上往下看去，那京城真的又威武又繁华：一道又一道高高的城墙，一座又一座好看的八角城楼，大街小巷人来人往。那紫禁城里，各式各样的宫殿，五彩辉煌！洁白的塔尖，露出在碧绿的树木中间；净蓝的水面上漂荡着鲜艳的小船。天台看了一霎，便落了下来。他在那京城的大街上走来走去，看到了许多自己从来没有看到过的光景。他还一心想进那紫禁城里去看看景致。一直等到大街上店铺都关了门，等到鼓打三更，天台才坐上了蒲团，落进紫禁城里去了。那里面真是说也说不完有多少美妙的景致，说也说不完有多少贵重的宝物。那面对着荷花池的飞檐下,转着圆圆的红红的宫灯;那玉石栏杆上,刻着张牙舞爪的长龙;每一堵墙上,不是画,就是描,不是刻,就是雕,有着好看的花纹。天台悄悄地走过了比他还高的铜狮子旁边,从那假山弯曲的石洞里穿了过去,在花影树荫当中,碰到了一所宫殿,绿瓦双檐,红柱花窗,天台看看四外没有人,才上了那玉石台阶。他是多么想仔细看看那屋檐下面画着的花草,他是多么想摸摸那光滑的圆柱呀,他更想知道这些宫殿里面,都有些什么。他看了花草,摸了圆柱,又走到花窗前轻轻地捅开了糊在上面的绢子,向里看去,里面黑乎乎的,什么也看不清。他刚要回身,只听哗啦响了一声,满屋里立刻闪耀着各种颜色的光亮。天台看得清清楚楚的,屋里放的有用象牙雕成的楼,有金子做成的竹子,在那金竹子旁边,站着一个美貌的宫女。宫女手腕上的金镯发出了金光,宫女头上插着的银花放出了银光,她戴着红钻石的耳环,披着带彩的披肩,丝带紧束着细腰,长裙齐着脚面,那粉丹丹的脸上,泪珠滚滚。天台看到了这里,心里很可怜她:这瘦弱的女子会得罪什么人呢?半夜三更的被关在这没炕没席、没铺没盖的房子里。宫女忽然裙带飘飘地向这边走来了,天台一惊,正要转身走开,他听到了那宫女细弱的声音:"唉!你怎么走开呀!我有话要对你说啊!"天台不觉站住了,听那宫女在窗户里面又说道:"我被关进皇宫里许多年,见不到一个亲人,没有一点自由,一天到晚被关在屋里,一年四季,我没有不难过的时候,好心的人呀,你就把我救出去吧！"

　　天台怎么能忍心不答应她呢？但又为难怎么救她。四外尽是打更上夜的人，窗又结实门又厚。他没有作声，也没有走开。宫女又说道："只要你把那张宫女图带出这皇宫去，就是救了我呀。"天台正要问一问那张宫女图放在什么地方，后面却有脚步声响了起来，屋里暗了，宫女也不见。天台慌忙坐上蒲团，起在了半空，看看天也快明啦，他想回家，那蒲团便带他回家去了。

　　天台回到了家里，跟娘说了说，又坐上蒲团，到了沂山上。他又爬上了那棵高高的松树，把斧头朝那青石头上扔去。青石头又动了，青石头又挪开了，老妈妈又坐在那里问道："是谁敲我的门？"还没等她再问，天台就从松树上跳了下去，应道："是我敲您的门呀。"老妈妈严厉地说道："我已经把我的蒲团给了你啦，你还有什么不满足呢？"天台说道："神仙妈妈，您不要生气，您听我说一说吧，天下到处都长绿草，到处都开红花，但却有不能得到安居乐业的人。您帮助了我，使我不再受饥受饿、受累受苦，您想一想，我怎么能够不救那可怜的宫女呢？求您告诉我，我怎么才能得到那皇宫里的一张宫女图？"老妈妈听了，不再生气了，她十分和蔼地说道："好小伙子，你说得对，天下到处有绿草，天下到处有鲜花，天下的人都该过上好日子。孩子呀，我是很愿意帮你忙的，我对你说了吧，要想救她，只有去蒙山上，去找白地仙。那白地仙的门是很难找的，只有找到那三丈长的茅草，用力一拉才能进去。要是那白地仙睡着了的话，你可千万不要在那里等他，他一睡就是一百二十年，叫也叫不醒，推也推不醒，到那时候，你只有到红沙河里，去找黑鱼姑娘要那根神针了。"老妈妈说完，立刻不见了，紧跟着，青石又动了，又挪回了原来的地方。

天台依着老妈妈的话，坐上蒲团到了蒙山。那蒙山也是左一道岭，右一道岭，不知有多少山头，不知有多少深沟，山坡上也长着各种各样的树木，树林里也长着密密麻麻的花草，连峭壁上也爬满了香气扑鼻的金银花。天台弯着腰在小河边上找，天台低着头在山林里寻，他经过了从来很少人去的山顶，他也走进了树木交叉看不到天的山沟，在那山的半腰里，羊也站不住的陡地方，天台终于找到了那棵三丈长的茅草了。他只轻轻地一拉，眼前立刻出现了一条通到山里面去的道路，他顺着这道路一直向前走去。道路的尽头，有一个高大的石屋，里面是石炕、石桌、石枕头。那白地仙高有一丈，果然躺在石炕上，枕着石枕头睡着了，那鼾声就跟打雷一样响。天台走到了跟前，只见白地仙紧闭着两眼，看样睡得十分香甜，天台去摇摇他的胳臂，那胳臂似有千斤重，两只手抬也抬不起来；天台按按他的身上，那身子比石头还硬。小伙子站了一会儿，只得走了出来，再坐上蒲团，去找那红沙河了。

天台坐在蒲团上，像一片白云一样地在半空里飞着，飞过了一条河，又飞过了一条河，他看到了黄水滚滚的河，也看到水色深绿的河。飞过了一条河，又飞过了一条河。他看到了那浪花飞溅的山水,也看到了那水皮起着鱼鳞一样波纹的小河。他飞过九十九条河,飞过九千九百九十九里路。这一天早晨,他来到了一条河边,那河水清得一眼就能望到水底,河里尽是红沙,闪闪发亮,河水也被照红了,许许多多黑色的鱼,穿梭一般地在水里游来游去。天台心想:这一定是红沙河了,可是怎么才能见到这水里的黑鱼姑娘呢?他在河边上走来走去,忽然心生一计,便向靠河岸的一个庄里走去。庄里的人们听说他要借网打鱼,都好心好意地劝他道:"你这个年轻人,不要去送命了吧,那河里的黑鱼,都是黑鱼姑娘的孩子,我们让网闲着,也不敢去动一动呀!"天台听了,心里也免不了焦躁,他停了一阵还是借了一块网到河边上去了。他站在蒲团上,把网撒到了河里,又慢慢地拉了上来。黑鱼被网上了许多,在网里乱蹦乱跳。他还没来得及看仔细,平静的河水便旋转了起来,随着风也呜呜地刮了起来。风旋着水向天台身上扑来,天台一看不好,叫声"起",那蒲团立刻起在半空了。那股水也越旋越高,天台双手紧紧地扯住渔网,口里还连声叫着:"起!起!"蒲团升起了有百丈高,那旋风旋着水,也涌起了九十九丈高。天台又往上升去,升得比最高的山还高时,风才煞了,水才落了下去。天台低头看看,在水面上站着一个黑脸戴金冠的姑娘,仰着脸向他嚷道:"蒲团上的那人呀,就算我输给你了,只要你放了我那些孩子,你要什么,我就给你什么!"天台一要落,那蒲团便往下落去,落得有树那么高。天台说道:"一不要你的金,二不要你的银,只要你那根神针,再告诉我,怎么用那根神针去叫醒蒙山上的那个白地仙。"黑鱼姑娘应道:"要想叫白地仙醒来,只要用神针把他一戳就行了。从前,我是有那么一根神针,今年发大水的时候,这红沙河头上、老龙湾里的团大娘把它偷去了。她偷去也不要紧,只要拿上我这挖耳勺伸进老龙湾里去舀上三勺,便能找到那根神针了。"黑鱼姑娘说完,从头上拔下了一个白光闪闪的挖耳勺,扔给了天台,天台也把那些黑鱼放进了水里,黑鱼姑娘往下一沉便不见了。天台把渔网还给了网主,坐上蒲团,在红沙河的上面向前飞去,左弯右弯,左拐右拐,那红沙河的尽头,原来是一片红色的小山,红石绿松,格外地新鲜好看。在一个山涧里,天台看到了一个水色墨绿的大湾,他落了下去,把白光闪闪的挖耳勺伸进水里,只往上一舀,湾里的水呼呼地下去了半截。天台一看,又连忙把挖耳勺伸进水里,又一舀,湾里的水便剩不多了,那里面什么也没有,尽是大鳖,最大的那个少说也有几百斤重,它把头一缩,变成了个满脸发青的婆娘了。天台说道:"你要是不赶紧把偷来的神针给我,我就叫这湾干得见底了。"那大鳖狠狠地瞅了天台一眼,只得把神针给了天台。天台接到手里,看那神针也不过二指长短,却是沉甸甸得压手。

　　天台得着了神针,连忙坐上蒲团飞回蒙山去。他一拉那三丈长的茅草,眼前便又显出了那条通到山里去的路了。白地仙还是鼾声如雷地睡在石炕上。天台把神针轻轻地往他胳膊上一戳,那白地仙一翻身就坐了起来,连声嚷道:"什么东西咬我这一大口?"天台连忙说道:"好心的白地仙啊,并不是什么咬你,是我把你叫醒了的,求你帮我做一桩好事吧!"白地仙大声笑着说道:"这一定是沂山上那个老妈妈告诉你到这里来找我的。好吧!你有什么事尽管对我说吧!"天台说道:"只求你帮我从皇宫里弄出那张宫女图来!"白地仙把手一拍说道:"这事容易,我很愿意帮你的忙,只是有一桩,我做事从来不愿做到底,现在,天快晚了,我就要走啦,你就枕着我的枕头睡吧,你会梦到我所做的一切事情。"那白地仙说完,把天台一推,天台不由自己地倒头枕在那石枕头上,立刻呼呼地睡着了。

　　天台梦到了各种各样的奇怪事情:他看到高大的白地仙摇身一变成了一只小小的白猫,飞也似的跑进了京城,又跳进了红墙。这时候,已经是二更多天了,小白猫瞅人不见,闪进了皇帝住的宫殿里。皇帝和正宫娘娘都已经睡了,那些侍候他们的宫女,在绣着金龙的帐子外面,已经站得两腿发酸,困得眼皮发沉了,可是她们却不敢去坐一坐和困一觉。小白猫神不知鬼不觉地,一点响声也没有地,把正宫娘娘的玉带拖出来了。它衔着它,跳过了一道宫墙,又跳过了一道宫墙;跳过了一道城墙,又跳过了一道城墙,到了城外面一口枯井旁,小白猫把玉带扔了下去。天台不觉急得啊呀地叫了一声,接着便醒了过来,高大的白地仙已经又站在他的跟前了。天台连忙坐了起来。那白地仙张开大口打了一个呵欠,才说道:"小伙子，我应该帮你的事情，全帮你做了，这以后全看你的心意了，我现在又要睡，你也赶快进京去吧。"

天台跳下了炕，白地仙立刻又躺在石炕上，头枕着那稀奇的石枕头睡着啦。屋里马上又响起打雷一般的鼾声了。

天刚刚放亮，天台就坐上蒲团进京去了。那正宫娘娘日头三竿才起身梳洗打扮，要穿衣裳时，却找不着玉带了。娘娘少了一根玉带，立刻成了惊天动地的大事，不知差了多少人去找，更不知有多少人为这个受苦受连累，可是不管怎么翻腾，那玉带还是没有找出来。皇帝又一道圣旨下来，大街小巷立刻贴满了找玉带的皇榜，那皇榜上写得明明白白，谁要是能给娘娘把那玉带找出来，要做官就封他为官，要金银就送他金银。天台一见那皇榜，便走上前把它揭了下来，看榜的官员立刻把天台围了起来送他去见皇帝。天台不慌不忙地说道："我从来就是会做准梦，昨天夜里，我梦见有人拿着娘娘的玉带，扔在城外面的枯井里。"

文官武将随着天台到了城外那眼枯井跟前，打发人下去一找，便找着那根玉带了。

皇帝问天台："你愿意做官，还是愿意要钱？"天台说道："我也不做官，我也不要钱，我听说你皇宫里有一张宫女图，我只要那张画儿就行了。"皇帝听了很高兴，一张纸画儿，又不是什么贵重物，当场就吩咐人去拿了来，看也没看地就给了天台。

天台出了京城，坐上蒲团就回了家。他在自己那三间矮小的茅草屋里,把画儿伸展开来。那画儿上的宫女和自己那天晚上看到的一模一样。看到了这画儿,天台更加挂念那个可怜的宫女了。正在这时,那宫女从画上坐了起来,她手上的金镯还是放着金光,她头上的银花还是放着银光,她那白净细润的脸面,添上了一层红澄澄的喜色,显得更加俊秀了。她并没有嫌天台家里穷,她用那戴着金镯的手帮天台娘做饭去了。后来这宫女和天台成了两口子,一辈子都没有离开这沂山里。

仙鹤山

仙鹤是一种很好看的鸟，它有着红得好像红花一样的头顶，也有着雪白的羽毛和秀丽的长腿。传说这仙鹤也是很早很早以前，随着一个仙女从山里面飞出来的。那时候，在山西面一个很远很远的地方，有一个五十多岁的老员外，在一个大庄子里开了一座很大的当铺，离这个大庄只几里路，有一个很小的庄子，别看庄小，到这小庄西面看山景的人，都得从庄里路过。就是在这个小庄里，住着两户人家，一家子姓李，一家子姓王，两家邻居鸹合得是再好没有了。姓李的那家子有一个闺女，叫葵花；姓王的这家子有个小子，叫王祥。大人和睦，小孩更亲，两个孩子常在一个碗碗里喝水、一棵树底下玩耍。两家大人看到了,笑着论究道:"你一男我一女,咱就㧟门亲吧!"谁知道,说这话过了不多日子,遭了一场瘟疫,王祥的娘害病死了,葵花的爹娘也都害病死了,两家子除了这两个可怜的孩子以外,只剩下王祥的爹一个大人了。他看着王祥没有了娘,心里难受,他看看葵花没爹没娘心里更难受。他说道:"葵花呀!别说你爹娘活着的时候还那样说过,就是没有那样说,街坊邻居的也不能叫你没个着落处,我只一个儿子,就算多了你这么一个闺女,一碗水三人喝,一口饭三人吃,你就搬到我家里吧。"

葵花搬来王祥家住了,一根扁担两个人去抬水,一个筐筐两个人去拾草,他们在路上可以说说笑笑,他们在家里也不孤单了。慢慢地两个孩子越来越大,两个人心里也都懂事了。街上人都说,葵花长得像朵花,在王祥的眼里,什么花也没有葵花俊;街上人都说,王祥的眼睛像星星,在葵花的眼里,什么星星也没有王祥的眼睛明。当王祥看着她的时候,她的心发热,脸发红,她在人面前,不再和王祥说话了,她在心里却一时一刻也忘记不了他。两个人的心情,真如同春暖花开。按说,该顺顺当当地成为夫妻才是,谁知事情却并不是这样。王祥爹又成了一个后婚,这是一个十分阴险的婆娘,还没过三日,她就折磨起王祥来。王祥下地做活儿,不等天晌,后娘就把饭拾掇了出来,对王祥爹说道:"咱们吃吧,不用等他,那么大的人了,不知道早做完营生早回来!"等王祥从坡里回来时,水凉饭冷,干粮也吃没了。王祥的衣裳破了,后娘也对爹说:"那么大的人了,不知道仔细点穿,就得叫他穿破衣裳啊!"俗语说"枕头底下风,一遍不听两遍听",后娘白天在爹眼前说王祥的坏话,夜里在爹身边说王祥的坏话,说得亲爹变成了后爹,他也不把王祥放在心上了。他看到王祥受饥受寒,也好像没见着一样,只有葵花暗暗地着急,她有时悄悄地把点干粮放在锅里,也常偷偷地给王祥补补衣裳。她常常在心里猜疑,后娘为什么对王祥那么狠,对自己却很好呢!可怜的闺女还梦想着后娘会让她和王祥成亲哪。

鱼找鱼,虾找虾,有一天王祥家来了一个老媒婆子,后娘小声地说道:"俺家有棵摇钱树,不该再这样受穷,你看葵花长得怎么样?"

老媒婆子也立刻放低声音说道:"你算是个精明人,凭恁家葵花这个模样,也值它几百两银子,只怕恁家不愿意再给她找主。"

后娘听说几百两银子,心也急了,眼也红了,忙说道:"这不怕他爷儿两个不愿意,我自有办法,只要有人肯出钱就行。"

媒婆子听了,立刻眉开眼笑,她把嘴探到后娘的耳朵边说:"实不相瞒,大庄里那个开当铺的老员外,有一次去游山,打恁家门前路过,看到了恁家葵花,对我说,愿用五百两银子买她去做小。"

两个人又商量了一阵,媒婆走了。这时候,天也快到做饭的时候啦,后娘从里间房走了出来,把葵花叫到跟前,满脸堆笑地说道:"好闺女,天这么热,你到门外的大树底下风凉去吧,今天晌午我自己做饭,做白面饽饽给王祥吃。"

葵花口里答应着,心里却很奇怪,为什么那老媒婆子来了一趟,后娘忽然变得这样高兴、这样善良了呢?她没有作声,转身向外面走去,到了院子里时,瞅后娘看不见,一闪便躲了起来。过了不多一会儿,后娘走了出来,把街门关煞,回到屋里时,又转身把屋门掩上,葵花更加惊疑了。她轻手轻脚地走到了屋门口,从门缝向里望去,只见后娘拿着一包药,倒进白面里去了。这聪明的闺女看到了这里,一切都明白啦,她转身又躲了起来。后娘做好了饭,又把街门开开,葵花才趁空走到了街上,在一棵树底下装着做针线。傍晌天的时候,王祥从坡里回来了,葵花也顾不得街上有人没有,走上去一把拉住了他的袖子。王祥不好意思地问道:"有什么事吗?"葵花低声说道:"今天晌午做的白面饽饽,你可千万不能吃呀!"说完,便又急忙坐下做针线去了。

王祥还没到街门口,后娘就迎了出来,问长问短的,那个亲热劲,简直没法说了。一进屋,后娘就把白面饽饽端到桌子上,说道:"孩子,你快吃吧,吃了好有力气做营生。"王祥把饽饽拿在手,站起来就向门外走去,门外面正趴着个大黄狗,王祥装着把饽饽掉在地上。大黄狗一见饽饽,含起往外就跑,后娘从屋里跳了出来,拿着棍子就追。大黄狗含着饽饽是不肯松口的,它跑到了一个墙角,三口两口就把它吞到了肚里,后娘赶上的时候,已经吃得一干二净了。王祥亲眼看着那狗还没走出十步，便跌倒死了。他饭也没吃，回到自己屋里躺下了。过了一阵，爹回来了，后娘一把鼻涕一把泪地哭着说："我好心好意地做白面饽饽给他吃，他却把饽饽弄上了毒药扔给了狗吃，还说是我要毒死他，可冤枉死我了，可屈死我了啊！"爹并不问青红皂白，也不让王祥分辩，把他骂了一顿，这才算完。

王祥躺在炕上，整整一后响都在左思右想。是呀！人谁也不愿意眼睁睁地等死。他想：今天要不是葵花看见，先对自己说了，自己这个命也就早没有了，可是天长日久的，后娘既是生了那样的心，饼里也能放毒药，菜里也能放毒药，躲过今天，也躲不过明天，总不能一点东西不吃啊！他也想过从家里逃走，却又舍不得撇开葵花，有心叫她一块儿走，可出去没家没业，不知道要受多少饥寒，不能只为自己，叫她跟着也受折磨！小伙子千思量万打算，就是没有一条好走的路。天黑了，外面刮着风，屋里黑洞洞，王祥的心，如同刀割一般。一更天了，他没有睡着，二更天他还没睡着，三更天的时候，王祥忽然听到窗外有人在轻轻地敲窗。他爬了起来，细细一听，窗外有人轻声说道："你快些开开门呀！"王祥听出是葵花的声音，就三步两步跳到门边，开开了门。葵花抱着一个包袱闪了进来，低声说道："王祥啊！你要是再留在家里，后娘非把你害死不可，这是我悄悄积攒下的两吊钱，还有几件衣裳，你就拿上它，做个盘费，外乡逃命去吧！"葵花说着就把包袱递给了王

59

祥。她的心难过得发抖,眼泪流成了串,她生怕王祥伤心,就是憋伤了自己也不愿哭出声。

四更天了,风刮得更大。葵花说道:"天到如今了,你快走吧!记住我的话,刀山走,火山过,我也不另嫁别人。"王祥也说道:"海水干,石山烂,我也不会变心。"

葵花把王祥送到了大门外,王祥说道:"风大沙扬的,你回去吧!我出去后只要能找到一个落脚的地方,就马上回来接你。"葵花却没有转回身去,她在心里祷告着说:"星星呀!你快些躲进云堆里吧,让坏人看不到俺俩。"星星真的闪进云堆里去了。她在心里又祷告着说:"狗啊!你不要叫啊!让我把他送出庄外。"说也奇怪,葵花把王祥送到了庄外,大狗小狗一声也没叫,她一直看着他向黑漆漆的野地走去,一直看到连影子也不见一点才回转了身。

王祥直扑正西那些山走去,天亮的时候,他走迷路了。过去他曾经在这些山上砍过柴、拾过草,却从来没见着像这样的一处景色:每块石头都白得好像银子一般,每座石崖都是那么玲珑好看,什么巧手的匠人,也雕刻不出那么巧妙的样子,脚底下的小草也如同绸缎一样的光滑。转过了石崖,迎面便是一个朱红门楼,青的松枝,半遮着朱门,翠绿的柳丝,围绕着粉墙。还没等王祥看仔细,大门便轻轻地开开了,从里面走出了一个二十岁上下的年轻女人,绿裙绿袄,衬得粉红色的脸更加好看。王祥站住了,女人一面向这儿走,一面叫道:"王祥!王祥!"王祥很是惊奇,却没有答应。

女人越走越近,一声连一声地叫着他的名字,声音又清楚又嘹亮,王祥只得答应了。女人走到王祥跟前,她的衣裙沙沙发响,那响声好像小风轻轻地吹动着树叶一样。王祥猛地一看,那女人的衣裙上真有嫩绿的树叶在摇摆、细软的青草在颤动,再细看时,那嫩叶、青草不过是衣裙上的花纹罢了。女人很温存地说道:"你不是王祥吗,怎么不作声呢?咱们在这里坐一坐吧。"王祥说道:"你是女,我是男,深山野林里,坐在一起太不方便了,我还要赶路。"女人笑着说道:"你这人说话也是太绝情了,你看哪,四面都是高山,你往哪里走呀?"王祥抬头一看,他吃惊得不知怎么好,四面都是陡壁悬崖,笔直的山尖,插进了高高的云雾里。女人又笑嘻嘻地说道:"王祥呃,跟我去吧,我保准让你过上欢乐日子。"王祥心想:"事到如今,我就跟她去看看吧。"

王祥跟着女人走到了门前,大门左右,不是摆着威武的石狮子,而是一对红顶白翅的大鸟,那鸟动也不动,似乎是石头刻成的一样。女人对王祥说道:"这鸟叫仙鹤。"她只轻轻地把它一拍,那仙鹤伸着长脖叫了一声,只听满山满谷一齐响起了它的叫声,跟着天上的云雾也纷纷散开了。王祥再看那仙鹤时,还是一动不动地站在那里。

女人把王祥领进雕梁画栋的大厅里,小伙子吃完了饭又站起来说道:"你家里也只你单身一人,趁现在天还不黑让我走吧!"女人听了,又哈哈地笑道:"只我一个人,可不是一间屋,你尽管放心吧,我是不会难为你的。"

这天晚上,女人真的叫王祥自己宿在大厅左面的厢屋里。那铺的盖的,又暖又软。可是王祥怎么也睡不着,他一心只挂念着葵花,翻来覆去地,只是唉声叹气。

第二天,女人打扮得更俊了:上身穿着红绫袄,腰里扎着八幅罗裙,那红绫袄光灿灿、亮晶晶的,那裙子上绣着各种花朵,看去比真花还要鲜嫩。女人笑着说道:"你也不要唉声叹气,我领你到外面散散心吧。"说完,并不等王祥答应,扯上他便向门外走去。她裙子一飘,花朵齐动,王祥闻到一阵阵的香气。当他走到门外时,外面不再是昨天的样子了,绿色的杨柳中间,杏花正开,一簇一簇的石榴花开得火红,不管是冬天的蜡梅,还是春天的牡丹,都一齐开放了。女人那红绫袄,更是放出了万道金光,连银白的山石,也被照红了。她的脸面好比红光的太阳,只要她脸朝着哪里,哪里的鲜花也就更加好看。王祥明白了过来,心想:"自己这是碰到仙女了。"他的心里又担心,又欢喜。

仙女笑着说道:"花开招得喜事来,咱们就在今天成亲吧?"

王祥低下了头。他叹了一口气说道:"仙女姐姐!你问我,我也来问你,你说花开招得喜事来,为什么好花正开,还有人难过?"

仙女没有作声,她不知道怎么回答王祥才好。

这一天,王祥就这样过去了。

晚上，王祥还是独自宿在那绸被缎褥上，整整一夜他都在想着心事，整整一夜他都在拿着主意。

白天，仙女又换了衣裙，颜色蓝得如同雨后的蓝天。她又叫王祥到外面去散心。王祥跟她刚一出门，眼前立刻出现了一片蓝光光的湖水，湖岸上一片青草小花，水面上游着彩色的鸳鸯，仙女一动，蓝色的衣裙就如同湖水一样闪闪生光。仙女走起来，好似那燕子掠过水皮，她的脸面，比水里的月亮还要光彩。她又笑着说道："鸟成对，鱼成双，咱们今天成亲吧！"王祥说道："鸟成对，鱼成双，仙女姐姐呃！求你不要叫我和葵花分离呀！"

仙女的脸上不再是笑眯眯的了，王祥也低下了头。停了一停，仙女转身往屋里走去了。

不多一会儿，仙女手里托着那件红绫袄走了出来，红绫袄仍旧那么光灿灿的、亮晶晶的，红光四射。仙女十分温存地对王祥说："你打算到哪里去呢？"王祥照实地应道："天南地北找个落脚处，再回家把葵花接了去。"仙女点点头说道："天南地北的，无家无业，你路上有多少盘费呢？"王祥一看仙女对他这样关心，就把和葵花怎么分别，葵花给了他些什么东西，都对仙女说了。仙女说道："我没有别的送你，这件红绫袄送你做盘费吧！这是件宝贝衣裳，夜晚穿着它走路，和在白天一样；冬天穿在身上，冰雪远隔百丈就化。你知道这件衣裳能值多少钱？"王祥说道："我不知道啊！"仙女又道："按实说，这是无价之宝，你去当铺里当的时候,多了不要,只要一千两银子,你也不要到别处去当,只到大庄那老员外的当铺里去当。"她说着,把红绫袄递给了王祥,又一指说道:"我送你出山吧!"

仙女叫王祥闭上眼睛,王祥觉得脚不沾地地走了大约有几百步,当他依着仙女的话又睁开眼时,自己已是站在一个山头上了,朱红门楼呀,湖水呀,什么都不见了。王祥好似从迷雾中走出来一样,他认得这个满是白石的山头,就是他平时砍柴经过的地方。仙女还站在他的身边,嘱咐他说道:"只要你听我的话,保你和葵花能得团圆,要是有什么难处,你就到这个山头上,跺三脚,喊三声'仙女姐姐',千万记住我的话呀!"她说完,又亲热地看了王祥一眼,转身向高高的雪花白石那里走去,一晃就不见了。

这已是半头午的时候,王祥依着仙女的话,下了山,进了大庄,到那老员外的当铺里去当那红绫袄。

当铺的二掌柜的,把那红绫袄一提,满屋里立刻红光闪闪,却一点也不耀眼。不管掌柜的还是伙计都张口瞪眼,齐声嚷道:"这真是一件宝物。"二掌柜的紧紧地拿着红绫袄问道:"你要多少两银子?"王祥说道:"不多不少要一千两银子。"二掌柜的想了想说道:"这么多的银子,我自己也不敢做主,我得去问问老员外。"王祥答应了,二掌柜的拿着红绫袄穿过客厅,走过二门,进了上房。老员外正躺在暖炕上闭目养神,因为这两天,他实在累了。原来那葵花听到后娘说要把她另嫁别人,哭哭啼啼地怎么也不答应，老员外几次打发人送去金银首饰、绫罗绸缎，都被葵花扔到了门外。昨天晚上他又差老媒婆子去跟后娘商量好了，明天就去抢人，他高兴得一夜也没有睡着。

二掌柜的把老员外叫了起来，老员外一见这红绫袄，立刻眉开眼笑地说："这是一件宝物呀！要多少银子呢？"二掌柜的说道："他要一千两银子！"老员外听到要这么多的银子，手捋着花白胡子，思索了一阵问道："这个当当的是哪里人，他叫什么名字？"二掌柜连忙躬身说道："我这就出去问他。"

王祥并不知道老员外要霸占葵花的事情，他把家乡、姓名都照实说了。二掌柜的自然很快就去告诉了老员外，老员外听了，恶狠狠地点了点头，闭起眼睛想了想，忽然冷笑了一声，口里没说，心里想道："我要害死他，还要得这个宝物。"站起来，便向当铺里走去了。

老员外手指着王祥厉声问道："快照实说，你这红绫袄是偷的什么官府人家的，还是哪个财主的？"

王祥一听很生气，他理直气壮地说道："你不要胡说八道，我从来也没偷过谁一根针一条线。还是一千两银子，分文不能少，你不愿意，我就到别处去当。"老员外不但不还给王祥红绫袄，还把眼一瞪说道："谅你这穷小子也不会有这样宝物，给我把他绑起来！"好几个伙计，真的把王祥围了起来。王祥还是分辩说："这是仙女送给我的。"伙计们这一听，都停住了手。老员外冷笑了一声说道："你说仙女给的，仙女在哪里？我从来还没见过哪！"王祥想到仙女嘱咐的话，便说道："你如果不信，咱就叫出仙女对证一下。"老员外心想：要是叫不出仙女来，那就任凭我来治他的罪了！也许这是他想的个脱身之计。他狠狠地看着王祥说道："你跑不了！我要亲自和你去走一趟。"王祥的心里自然一点也不害怕，老员外带上人和王祥一起往西面山上走去了。

这样神奇的事情，把全庄的人都惊动了，有上百上千的人，跟在他们后面去看仙女，好事的老媒婆子自然也跟着去了。路过小庄的时候，后娘把葵花锁在了屋里，也随着去了。

王祥到了那满是白石的山头上，脚跺了三下，喊了三声"仙女姐姐"，那山哗的一声，就向两边裂开了。中间闪出了那朱红门楼、飞檐的大厅，仙女立在门前的仙鹤旁边。

看的人都愣住了，只有后娘和那老媒婆子、老员外，在山裂开时跌倒了，他们再没有爬起来，因为他们被夹在了山石缝里，转眼的工夫，就变成了几块乌黑粗糙的石头了。

仙女骑在仙鹤背上，把手一扬，两只仙鹤一齐展开翅膀飞到了半空，一直朝小庄那里飞去。

葵花被后娘关在屋里，她正在盼望王祥回去救她。忽然她听到院子里噗噗地响了两声，连忙趴在门缝里向外望去：只见那仙女从仙鹤上下来，走到门前用手一指，锁也掉了，门也开了。仙女什么也没说，拉着葵花的手，送她上了仙鹤，把手一扬，一对仙鹤又起在半空了。这时，看热闹的人已经都走散了，只有王祥站在那朱红门楼前面。他看到葵花，心里又欢喜，又难过，不知道用什么话感谢那仙女才好。仙女看着王祥说道："咱两个见面到这里为止，今天我要到别处去了，你们两个就住在这里面吧。"仙女看看王祥，低下头去，滴了几滴眼泪，便骑上仙鹤飞上天去，眨眼的工夫就不见了。在那仙女滴泪的地方，清清的泉水流了出来。

　　王祥再没有看到那个仙女，半夜的时候却常常听到仙鹤的叫声，因为这个缘故，人们都把这个地方叫作"仙鹤山"。直到如今，那裂开的仙鹤山，石头还跟雪花一样白，只有那坏心的后娘和老媒婆子、老员外变成的三块石头，还是那么乌黑粗糙，看了叫人讨厌。

桂木孩

很久很久以前,在离海边不远的地方有一家子弟兄三个,日子过得富富余余的。他们有一个亲姑姑,出嫁已经多年了,家里十分穷,三间小屋,一个小院,这就是全部的家业。姑姑的男人,是个身高力大的壮实汉,又勤快,手又巧,从二十岁起,就长年给丈人家做活儿,从家里到地里,扔下扫帚拿起扁担,真是哪样活儿也给他做过,哪样累也受到了。老丈人活着的时候,常常这样说:"他姑夫,你尽管在这里做吧,只看亲戚面上,也不能饿着恁两口子!"老丈人这样说了,他也就信以为实了。一年一年地过去了,老丈人家盖了正房盖厢房,他家里却仍然是三间破房、一个小院;

老丈人吃的是白面饽饽，他却吃的是粗饼子就咸菜。过了一些日子，老丈人死去了，他的三个内侄对他说道："姑夫，你尽管在这里做吧，只看亲戚面上也不能饿着你和俺姑姑俩。"三个内侄这样说了，他也没有再说别的。一年一年地过去了，内侄家买了园地又置坡地，他家里还是指地无有；内侄们穿了绸缎又穿绫罗，他的身上却穿着汗渍破了的小褂。他的心里虽是难过，可是看在亲戚面上，也没有说出口来。

许多年过去了，姑夫在内侄的家里亲手磨秃了数不清的犁铧，亲手使老了不知多少头大牛。岁月对他也没有留什么情面，他的头发白了，手做活时也打战了，内侄们不再叫他姑夫了，还常常使冷眼瞅他。但看在亲戚的面上，他还是忍了又忍。

这一年，八月十五节，三个内侄轮流去赶了好几趟集，置办了许多西瓜月饼、烧鸡烤鸭。临到过节的前一天，老大对姑夫说道："八月十五是团圆节，你回家和俺姑姑一起过节去吧！"老二也对姑夫说道："大哥出了口，叫你回去，你就快走吧！"老三也对姑夫说道："放你一天工，你还不高兴！"

十五日的过午，老姑夫空手回了家。

晚上圆圆的月亮升上了蓝天，白净的月光照在了地上。三弟兄把圆桌摆在了院子里，西瓜月饼、点心酒菜的把上面摆的是满满当当，一家人围着桌子坐了下来，有说有笑。这时候，老姑夫和老姑姑也坐在小院子里的石头上，吃的是糠菜窝窝，喝的是清光淡水的。老姑姑想到自己的男人给娘家做了一辈子营生，老了还受饥受寒，不觉掉下了泪来。老姑夫劝老伴说道："难过有什么用呢，不要哭啦，我头午上坡的时候，在一棵野梨树上摘了一个小梨，咱就使它来圆圆月吧！"

老姑夫把那个小梨拿了出来，在月亮地里放了一会儿，对老伴说道："你就把它吃了吧！"老伴也说道："你快把它吃了吧！"两个人让来让去，推来推去，谁也舍不得吃，看着月亮已经正响了，真是"月到中秋分外明"，什么东西都看得清清楚楚，什么东西也是安安静静。忽然间，却有铃声叮当叮当地响了起来，老两口子很是惊疑，心里说：天都快半夜了，大节日里，谁还走路呀。

叮当！叮当！说话不及的工夫，铃声越响越近了，不是在那墙东，也不是在那墙西，是从天上响下来的。他们抬起头时，只见一只小白兔，噗的一声，从上面落了下来，那白兔好像月亮一样放光，脖子上的银铃比星星还亮。白兔跳了一跳，银铃响了几响，白兔用两只后腿站了起来，朝老姑夫两口子伸出了两个小小的前爪。老姑夫惊奇地问道："你从天上来，是不是那月亮上的玉兔？"它点了点头。老姑姑也难过地说道："玉兔呀，俺家也没有米，俺家也没有面，你要是饿了的话，我就去割把青草给你吃吧。"玉兔风快地动着小嘴说话了："我不要米，也不要面，嫦娥大姐想着要你这个梨去尝一尝。"老两口子听了，觉得自己还有东西让别人要，心里欢喜得了不得。老两口子连忙把梨给了它。玉兔接住了梨高兴地说道:"你们要是有什么难处的话,就到西山、西山,大西山找我吧!"说完,铃铛一响,又起在半空里,好像一颗流星一样飞向月亮去了。月亮还是那么圆,月光还是那么明,老两口子却不再难过了。

又过了三年,老姑夫更老了,胡子老长,走路发喘了。弟兄三个背后里悄悄地商议开了,老大说道:"我看那老东西,再过些日子什么营生也不能做了。"老二接着说道:"是呀,咱不能白白地管他饭吃!"老三也接着说道:"最好咱能快些把他打发走了,不过,可找不出他的错处来!"老大阴毒地说道:"要找他的错处容易,你们等着看吧!"说完,得意地冷笑了一声。

第二天早晨,老姑夫还是照旧问老大:"大掌柜的,今天做什么活儿?"老大把脸一沉说道:"你给我上墙顶耕地去吧!"

话虽不多恼人心,墙顶上怎么能耕地呢?这不是明明难为人吗!在这一刻,老姑夫多么难过,多么生气呀!他明白了,从前他们口里说的亲戚长亲戚短的,那些话只不过拿来当幌子罢了。他也看透了,站在他跟前的人是些什么心了,但却仍然平和地说道:"大掌柜的,你牵着牲口,咱上墙耕吧!"老大一听红了脸,他没法答应老姑夫的话,转身走了。不多时候,老二又走了来,对老姑夫说道:"不去墙顶上耕地啦,咱屋后那座山,你把它背到一边去吧!"老姑夫又说道:"好吧,二掌柜的,你帮我把它放到肩上吧!"二掌柜的叫老姑夫说得也没法开口,只得转身走了。过了

71

一阵,老三又走了来,他把眼一瞪说道:"老东西,你今天就得下工!"老姑夫也没有瞪眼,也没有跺脚,理直气壮地问道:"我从来也没要过恁家工钱,怎么能说叫我下工?我的力气把你们养活大的,老了为什么把我赶走?"老三哼了一声说道:"为什么,你还不知道吗?今天大掌柜的和二掌柜的支使你去做营生,你倒支使起掌柜的来了。"老姑夫听了这些不讲理的话,不愿意再跟他争,也不愿再看他们的脸子,又气又恼地回家去了。

　　风自己能从破墙缝里吹进来,凉水也能去井里担回来,老姑夫的家里,只有这两样还不缺少。老姑姑哭着说道:"咱只有院子里巴掌这么大块地,怎么过下去呢?"老姑夫的心里也是凄凄凉凉的,不知不觉也掉下泪来了。还是女人心细,老姑姑想起三年前中秋节晚上的那回事来,擦了擦泪对老伴说道:"那玉兔曾经说过,如果碰到什么难处的话,就到西山、西山、大西山去找它,趁现在你还走得动,就去那里走上一趟吧。"老姑夫想了想也对,总不能待在家里饿死呀。

　　第二天,老姑夫就动身向西走了。他爬上了第一个山头,还能看见庄东面几十里路外的那个蓝光光的大海;他爬上了第二个山头,再也看不到那白云中间飞着的水鸟了;他爬上了第三个山头,前面有数不尽的雾茫茫的大山。他爬过了一个山头又一个山头,路旁是宿处,野菜做干粮,走了不知多少日子,过了不知多少山头,到了一个地方,尽是一片高山,没有一户人家。不知是哪天哪月,可是能看到天上月圆星稀；不知已进到哪个季节，山梨却已熟成黄色啦。老姑夫宿在一个冷清清的山洞里，半夜也没有睡着。月亮偏西啦，他爬起来，又朝前走去。没走多远，就听到哗哗的流水声，又走了一段路，果然看到了两山之间有一条银白的河水，喷着水花，箭一般地向前蹿去。河边的石崖上长满了高大的马尾松，却没有一根枝条伸到河的这边。他正在寻找可以渡过去的地方，忽然闻到一阵扑鼻的桂花香味，抬头看时，月亮正向对面的山上落去。嚯，那月亮大的呀，比一个圆门还大。紫色的雾气从山上升了起来，红色的彩云立刻飘绕在月亮的周围，好像苹果落进了柔软的绸子里，那大月亮也轻轻地掉进云雾里了。风吹起来了，云雾纷纷飘散开，看去对面已不再是那清静的高山了。那里每一棵草、每一棵树，都是那么白净闪光，一座又一座的宫殿，被那千变万化的薄云半掩着。老姑夫正看得出神，忽然听到有人叫他。他愣了一愣，四下里看看，什么人也没有，不过，眼前这条流水滚滚的河上，却有一座玲珑的小桥架在上面。桥的尽头，有一棵弯曲好看的大树，大树底下，又有声音叫他的名字，并且招呼道："来啊，快来啊！"老姑夫揉揉眼睛，仔细一看，只见在那棵大树底下，有一个小小的石臼，那只玉兔就在旁边。老姑夫如同和久别的朋友相碰，欢天喜地地跑了过去。那玉兔正在那里捣米，石臼旁还放着几穗金黄的谷子。玉兔很亲热地说道："我知道你的难处，也没有别的给你，给你一穗谷，你拿回去当个谷种吧。"老姑夫为难地说道："我连一指地也没有！"玉兔笑了笑说："你拿回去就把它种在院子里吧，你走了这多日子，一定累啦，快躺在这树下睡上一觉吧。"

　　老姑夫听了玉兔的话，忽然觉得瞌睡极了，一句话也没有再说，倒头在桂树底下睡着了。他睡得很舒服，梦里，他看到那桂花瓣，好似纷飞的雪花一样，向他身上飘，每一片花瓣都像月光一样清亮。飘呀，飘呀，一个小小的孩子从树上飘下来了，胖胖的小脸，圆圆的大眼，是再俊没有了。他连忙伸出双手去接，孩子落到他的手上啦。他忽然醒了过来，天已经大亮了，头上也不见那棵香花满枝的桂树了，红澄澄的太阳光，照在了山坡上，温暖光亮。老姑夫连忙坐了起来，他的手真的拿着一桩东西，看时，原来是一拃多长的一块桂木，红光溜滑的，实在喜人。他想起了昨天晚上玉兔给过他一穗谷种，找了找果然还在身边。虽说只是一穗谷子，老姑夫觉得这是玉兔好心好意送给自己的，就很小心地把它拾了起来，好像得了宝贝一般揣在怀里，朝山下走去了。

　　山脚下有一条弯曲的小河，老姑夫踏着露出水面的石头过了河。他在路上走了不止一天，又看到了那蓝光光的大海，又看到那飞着的白色水鸟了。他回到家里，老姑姑听说只是拿回了一穗谷种，便说道："千山万水地拿了回来，咱就赶快把它种在院子里吧！"老姑夫也说道："你赶紧去搓一搓，一粒也不要抛撒了呀。"

　　老姑夫出去借了一把镢，他头前刨地，她后面撒种。小院子还没刨完，一穗谷子的谷种还没撒净，老姑姑忽然叫了起来。老姑夫回头一看，只见撒下去的种子冒出芽来了。嚄！眼看着长叶了，哈！眼看着又秀穗了，熟了。粗粗的谷秸绿绿的，长长的谷穗子黄黄的，越看越喜人。老姑夫放下了镢头割谷去了，老姑姑放下谷种打谷去了。

打了，种上。种上，割了。不多几天，老姑夫的家里有了一大堆谷子了，老姑夫家的锅里做出蜡黄的饼子来啦。老两口子欢天喜地地忙来忙去，不再愁吃的了。

有一天，老姑夫吃完了饭，一眼看到放在桌上的那块红光溜滑的桂木，想到梦中见着的那个从桂树上飘下的孩子。他把那块桂木拿在手里端详了一下，心想："我就照那孩子的样儿把它刻成一个小孩吧。"他找了一把小刀，真的刻了起来。老姑夫是一个巧手人，不多日子他就把那块木头刻成了一个小孩，胖胖的小脸，圆圆的大眼，是再俊没有，真是和他梦中见着的那个一模一样。老姑夫很是喜欢，给它起名叫桂木孩。老姑姑也很是爱惜它，把它摆在了桌子上。这桂木孩刻得也是真好，那半张着的小嘴像是要笑出声来，头发那个柔软呀，似乎有风就能把它吹起。老两口常常想，要是它是一个活的，多么好呃。

日子过得舒坦，老两口身子也壮了。虽说是三个侄子的心又狠又毒，老姑姑却又想念起侄子来了。她没有跟老姑夫商量一下，就穿戴得整整齐齐，挎上竹篮子，去走娘家去了。一进娘家门，真是想也没有想到,老大忙给她接篮子;老二上前叫姑姑;老三过来倒茶给她喝。不是老姑姑惊喜,这多年来,她在娘家门里看到的是白眼,听到的是冷言冷语,这样的接待真是头一次呀!她坐了一会儿,把篮子里的东西全给他们留下,高高兴兴地回了家。

老姑姑走了以后,弟兄三个议论开了。老大说道:"他没地没土的,给人家做活吧,那么大年纪不会有人再雇他了,一寻思把他赶了家去,很快就会把两个老东西饿死,现在不光没有饿死,看样一准是发了财啦。"老二说道:"对!不是个受穷的样了,他又没本钱做买卖,能发什么财呢?"老三说道:"听说他出了一次远门,一定是得了什么宝器来啦!咱明天去看看,要是有,就想办法弄了他的来。"

第二天,弟兄三个都往老姑夫家去了,老大、老二、老三都满脸是笑地叫了姑夫,又叫姑姑。老姑夫不愿意搭理他们,老姑姑却把他们让进了屋。

弟兄三个哪有心和老姑姑说话,老大的两眼东溜西溜,看到了一囤又一囤的粮食,也看到桌上的桂木孩;老二的头东转西转,看到了一囤又一囤的粮食,也看到了那桂木孩了;老三走来走去,看到满囤的粮食,也看到那桂木孩了。弟兄三个一齐向桌子边围去,越看越觉得这是个稀奇物,老大心想:"这一定是那个宝物了。"他瞅老姑夫不注意的时候,正要伸手去拿,那桂木孩忽然自己动起来了。老姑夫转脸看到它那半张着的小嘴,一开一合地说起话来了:"你们这样围着我,想要什么呢?"

老姑夫和老姑姑真是惊疑极了,三弟兄可欢喜了,都心里说:"看它是宝物真是宝物!"

桂木孩小嘴一张一合,又说道:"你们围着我,想要什么呀?"

老大心想,他这些粮食一定是向这个宝物要的,我可是不要这些不值钱的东西。他说道:"宝物呃!我要那贵重的珍珠玛瑙。"

老二心想,他这些粮食一定是向这个宝物要的,我可不要这些不值钱的东西。他说道:"宝物呃!我要那水晶宝玉。"

老三也心想,他这些粮食一定是向这个宝物要的,我不要这些不值钱的东西。他说道:"宝物呃!我要金子、银子。"

桂木孩小嘴一张一合,又说道:"东大海里,有着高大的龙宫,龙宫里,宝玉做床,珍珠满地,你们到了那里,爱拿多少就拿多少。"

老大、老二、老三都连忙问道:"东大海里,尽是水,我们怎么能到龙宫里去呢?"

桂木孩小嘴一张一合又说道:"只要抱着我,一下子跳进深水里,我就能指给你们去龙宫的大道,海水一点也淹不着你们。"

弟兄三个不管老两口愿意不愿意,抱上桂木孩就朝海边跑去了,他们找到一处地方,往下看,水绿得发黑,大浪哗哗地拍着石崖,三个人都知道这里海水最深,可是谁先下去呢。老大说道:

"还是我先下去看看,要是看见大道的话,我向你们招手,你们就赶紧下去追我。"老二和老三都答应了。老大抱着桂木孩,从崖头上一下子就跳下去了。浪头淹住了他,浪头又把他推了上来,他招手了,两手一齐划拉了起来,只一现的工夫又不见了。老二、老三一看,一齐跳下去了,他们也同样地招起手来,也同样地被大浪卷没了。

一天过去了,两天过去了,十天八天都过去了,三弟兄还没有一个从大海里回来,只有那桂木孩漂到了海边上。老姑夫把它捞了上来,给它擦干了身上的海水,他好像疼爱一个真孩子一样地,把桂木孩抱在了胸前。它的硬硬的身子,忽然变软了、温暖了,圆圆的眼睛也忽闪忽闪地转开了,半张的小嘴儿也吐出气来了。老姑夫惊喜地叫道:"桂木孩!桂木孩!"桂木孩答应了,望着老姑夫亲亲热热地叫爹了。

老姑夫把桂木孩抱回了家,他也会吃饭喝水了,他也会走路了,他也一天一天长大了,长成了一个真正的小伙子。可是三弟兄还没有回来,只有桂木孩知道他们三个是永远不会回来的了。

石头人

在沂山上,有着许许多多很大的光崖,这光崖上不长一根草,没有一点土,远远地望去,是白光光的一片。你别寻思那尽是些石头,哈,那里面还不知都有些什么宝物呢。如果你不信的话,就听我说说"石头人"这个故事吧。

不知多少年以前,从南方来了一个六十多岁的老汉。有人看到这老汉背着空褡裢上了山,在沂山上转悠了几天,又背着鼓鼓的褡裢下了山。他没有在靠近山边的庄里住下,也没有在野地里停下过夜,他走到一个离沂山八十多里路的庄里站住了。在庄头上有两间没有院墙的小屋,从窗上一看屋里还点着灯。老汉拍了几下门,便有人应声走了出来。他随着那人走进了屋,在灯下里一看,那人是个十七八岁的小伙子。小伙子告诉老汉说,他叫李朋,自己一个人过日子,别的什么亲人也没有,只有一个朋友,住在河东面的一个庄里,小名叫保有。

李朋巴不得有个人来和他做伴,他把老汉留下了。他对待老汉好像对待自己的爹娘一样,老汉待他也好像待自己的亲生儿女一般。李朋家里也不富裕,过些日子,老汉就从褡裢里摸出块银子来,叫李朋去买米打油的,过些日子,老汉就从褡裢里摸出块银子来,叫李朋去买米打油的。今天拿明天拿的,老汉褡裢里的银子用光了。他对李朋说道:"孩子,你在家里好好地看着门,今天天也暖和,我出去游逛一下。"

老汉拿着空褡裢出了门,到第二天很晚才回来,褡裢里又装满了银子。老汉笑着对李朋说道:"孩子,这回又够咱过些日子啦。"

好像青天会突地涌来风暴,那老汉忽然得了一个急病。他自觉不好,连忙把李朋叫到了跟前,说道:"孩子呀,我眼前发黑,头痛得想要炸,我知道我是不中用了。我是没家没业的,死了以后,你就把我埋葬了吧。我告诉你在那沂山上,大光崖里面,有一个……"老汉说到了这里,嗓子发硬,再也说不出声来了,他只用手指了指钱褡,又向外指了指,就死去了。

李朋十分伤心地把老汉埋葬了。他想着老汉临死告诉他的话,找着了相好的朋友保有,把什么事情都对他说了。保有听了,喜得拍手打巴掌的,把下巴骨探到了李朋的眼前说:"那老汉一定是说,在那个大光崖下面,藏着许许多多的银子,咱们快些去找吧!"李朋也想:不管里面藏着什么,老汉话虽没有说完,看那意思是叫我到沂山上去走一趟的。

第二天大清早,李朋和保有就动身往沂山去了。山路是难走的,直到天黑,才到了沂山山根。借着朦胧的月光,两个人抬头看去,到处都是白净的光崖。到哪里去找呢?银子是藏在哪一片光崖里面呢?他们用力爬上了第一片光崖,光崖就是光崖,土没有一点,缝没有一条,他们看了又看,保有失望地叹了一口气。两个人好不容易又爬上了另一片光崖,还是只有光光的石头,他俩只得又向第三片光崖上爬去。猫头鹰在松树上叫了,狼也在山谷里嚎了,这一切声响,使这深山里更加显得阴森可怕。他两个一直找到了天明,半点银子也没看到。

白天,朋友两个又走过了几十片光崖,还是什么也没有找到。夜晚来到了,乌云遮住了月亮,山上起风了,松树呼呼地直响,大山似乎也被风刮得摇动了,山谷也发出了尖声的呼啸。保有怨恨地骂道:"那死老头子,还不知是个什么大骗子呢,骗咱到这山里受这个罪。"李朋听到他开口就骂老汉,连忙劝说道:"那老汉是不会骗人的,还是咱没有找到。"保有仍然没有好气地说:"没找到你就在这里找吧,我可不能再陪你了。"他说完，气鼓鼓地下山去了。

　　李朋见保有真的走了，心里很是难过，觉得和保有交往了一场，为这一句话，他怎么就翻了脸呢。李朋独自一个人转过了山坡，在一个避风的地方待到了天明。太阳光又从云缝里射了出来，李朋又爬上了右面最近的一个。他脚底下的白色石头动了，裂开了一条缝。细看时，哟！自己站在了好像一块井子盖样的石头上。他想，难道这光崖上还有井子吗？李朋从那块石头上迈了下来，弓腰一掀，轻轻地就把石头挪到一边，果然露出了圆圆的井子口来。从井子口向下看去，里面有一桩白溜溜的东西。他跳了下去，看清了是一个二尺多高的石头人，除了这石头人以外，别的是什么东西也没有。李朋又仔细打量那石头人，有口有鼻子也有眼，有胳臂也有腿。他看来看去，从心里喜爱起它来了。他把石头人托上了井子，自己也爬了上来，然后又把山上的光崖都找了个遍，还是没有找着半块银子。

　　李朋背着石头人下山了。石头是一个沉东西呀，这石头人虽说高不过二尺，却有百多斤重。李朋走一会儿，只得放下它歇一歇。背着那么个东西，走得又慢，歇的次数又多，走了一天，八十里路不过才走了一半儿，天就黑了，也正巧到了一个庄头啦。李朋走进了庄，看到了在一家门前站着一个老汉。李朋问道："老大爷，我是走路的人，你能不能留我个宿呀？"老汉应道："我倒有一个闲屋，可是一到黑夜就不清静，你还是到别处去住吧。"李朋从小就胆子大，他说："老大爷，出门在外的，能找着个屋挡风遮露就好，到哪里去找那么周全的地方？我不怕呀，您就领我去吧。"

老汉把李朋领进了一个院子里，院子里草长得有腰深。老汉推开了门，又给李朋点上了灯。这是三间客屋，里面有方桌长凳，油漆的大床上，铺着凉席，只是到处是灰尘暴土的，看样好久也没人进来过了。老汉又跟李朋说了几句话，便连忙走开啦。

屋里只剩下李朋一个人了，他拿下凉席抖了抖上面的灰尘，灰尘飞扬了起来，那盏小小的油灯，昏黄的灯光，显得更加暗淡了。四外寂静得连院子里的草叶一响，都能听得清清楚楚。李朋心里也觉得有点发慌，他忙关上了房门，插上了门闩，又把那沉重的石人顶在门上，才睡下了。

半夜的时候，一阵大风把李朋惊醒了。他睁开眼看时，桌上的灯已经被风吹灭了。忽听外面扑腾一声响，风住了，门却咔嚓、咔嚓地响了起来。李朋心想，幸亏用石头人顶住了门，要不的话，还会被推开咧。还没等他坐起来，顶门的石头人却说开话了："外面那个青鱼怪，别费力气啦，有我石大哥在里面顶着门哪！"门外面那青鱼怪也嚷道："你这个石头人，赶紧闪开让我进去！"石头人又说道："你这个青鱼怪，我是不能让你进来害人的。"听到那青鱼怪生气了，它气呼呼地嚷道："你当是我不知道你那点本领啦！别人把你脊梁上一拍，你就赶紧往外吐银子，别人把你的肩膀一推，你的胳臂就伸出来，指东你打东，指西你打西，你也不过就这么点武艺罢了！"石头人也怒冲冲地说道："我也知道你的本领呀，你也不过是能吐三口水，日头一落，能弄点风罢了！你就这么点本事，还想害人哪。"石头人正在数说着，那青鱼怪声音更响地打断了它的话："你这撞不碎的石头人，还用着你来这里说长道短了！"石头人上嘴唇磨着下嘴唇，嗤嗤地响了一声，又接着说道："你不让我说，我就偏要说。我知道你住在王家庄王春姐屋后面的那个大湾里。王春姐生的那病，用你的肝一治就好了。"青鱼怪听石头人说到了这里，开口又骂起来；石头人也大声地吵了起来。它两个的话，李朋都听得明明白白，也都记在心里了。远处公鸡只喔喔地叫了一声，石头人便不再作声了。院子里的草沙沙地响了一阵，大风呼呼地刮起来了。大风过去以后，再也听不到外面一点动静了。

　　窗纸越来越白了，屋里也蒙蒙亮啦。李朋看那石头人时，还是照原样一动不动地顶在门上。他心里更加惊疑：这石头人在夜里怎么就忽然会说话了？他下了床，走到石头人跟前，轻轻地把它脊梁一拍，石头人把嘴一张，一下子吐出了一个雪白的小元宝来；又一拍，便又吐出一个来。李朋明白了，那老汉没说完的话，一定是指这个石头人的事了。

　　天明了，房主约着好几个邻居一拥到了门前。大伙儿都寻思这小伙子夜里一定被妖怪吃了，只剩下骨头啦。李朋在屋里听到他们来了，连忙搬开了石头人，开开了门。大伙儿一见他，都直瞪了眼，心想：每次住到这屋里的，没有一个人能活着到天明，今天这是怎么回事呢？那些人自然不知道李朋夜里听到的事情。李朋开口问道："你们这里有个王家庄吗？"好几个人一齐应道："有啊！离这里有二十多里路。"

李朋问明白了去王家庄的方向，虽说是要多走许多弯路，但他宁肯晚家去一天，也要赶紧着去救人。李朋背上石头人，就往王家庄走去了。

李朋到了王家庄，一打听，便打听到王春姐的住处了。他到了门前，叫了两声也没人答应，便推开门走了进去。王春姐的爹从屋里垂头丧气地走出来，看了李朋一眼说道："你这走路的人，要喝水也到别家去找吧，想吃饭也到别家去要吧，俺家有人病得都快不中用了，没心周济你啦。"李朋说道："老大爷，我不是来找水喝，也不是来找饭吃的，我是来给恁家这个病人治病来的。"春姐爹又打量了李朋一下，俗语说"有病乱求医"，他虽说看出了李朋不像个医生，但还是赶忙说道："你既是能治病，快到屋里给俺闺女看看吧！实不瞒你，俺请过不知多少医生，也吃过不知多少副药，病就是没减轻一点呀！"

李朋没有进屋，问他道："恁家后面有一个大湾吗？"春姐爹应道："有啊！"李朋连忙说道："那大湾里有一条大青鱼，用那青鱼的肝就能把你闺女这个病治好。你赶紧去找二十个有力气的大汉来吧。"

二十个大汉很快地找来了，他们一齐到了屋后面的湾边旁，李朋看那大湾水色乌黑，旁的人也都说："这大湾是常年不干呀！"李朋和二十个大汉，用十个大斗子，直兜了大半头晌，湾水剩下不多了，那青鱼的脊背也露出来了，少说也有一丈长。只见它把尾巴一摆，头一抬，吐出了一口水来，湾里的水立刻又涨满了。李朋和那二十个大汉没有松劲，又兜到了晌天，湾里的水又浅了。那青鱼怪又吐出了一口水，湾里的水又涨满了。一连三次，到了第四次，湾水便不涨了。李朋下了湾，青鱼怪哀求道："李朋啊！从今以后，我再也不伤害人了，春姐的病只要我两片鳞就能治好，你可怜可怜我，饶了我的命吧。"李朋被它说得心软了，他真的只掀下那青鱼身上的两片鳞就上来了。过了好久，那湾水才慢慢地涨起来了。

　　春姐吃下那两片鱼鳞，病立刻好像抽丝一样地好了。春姐的爹娘对春姐说道："孩子，亏着这人来给你治好了病，你就出来当面谢谢人家吧！"春姐慢慢地从屋里走了出来，她抬头看到李朋的时候，立刻满脸通红了。她低下了头，心想：从前爹娘叫我见客就心烦得慌，今天我见了他，却为什么又害羞又喜得慌。李朋见了春姐也吃了一惊，眼睛都看花了。他也不觉想道：就是九天仙女也不会有她俊呀。只说了几句话，爹娘就催着春姐进里间屋去了。

　　李朋又背上那石头人走了，第二天就回到了家里。过了一些日子，保有带着酒、拿着肉地来了。一进门就说道："兄弟呀！我这多日子没见你的面,觉得还怪想得慌哪。"李朋见保有来了,很是高兴,也不提在沂山上闹翻脸的那回事,欢喜地说道:"你怎么还用带这多的东西来!尽管在这里住吧,你愿意吃什么,咱就吃什么,你愿意穿什么,咱就置办什么。"两个人说着话进屋去了。

保有在李朋家里一住就是半月多,他看明白了李朋怎么跟那石头人要银子,他也看明白了那石头人怎么吐银子。又过了一些日子,有一天,李朋早晨醒来却不见了保有,他又一看,石头人也不见了。他再看看屋门也不知道在什么时候开开了。李朋的心里难过极啦,自己真心诚意地待保有,他倒生出这样的歹心。他想到这里,正在生气,却有人从门外走进来了。李朋看时,不是别人,是那王春姐的爹。他忙迎上去,招呼老人坐下,又问他渴不渴、吃过饭了没有?春姐爹没心和他说这个,叹了一口气说道:"你治好了俺闺女的病,你也得答应我一桩事。"李朋见老人这样着急,应道:"你尽管说吧,只要是我能办得到的事,我就一定替你去办。"春姐爹见李朋答应了,才说道:"我就这么一个闺女,什么事都依随着她。自从那天见了你一面,东庄西村的不管谁给她去提亲,她都是耳不听口不应的。她娘问她,她说除了你,谁也不嫁啊!我也没有别的法子,看样你也只单身一人,你就搬到我那里去,咱们一块儿过日子吧。"

李朋满心的烦恼被老人的几句话赶得无影无踪了,现在就是再得一百个石头人,也比不上他听到能和春姐成亲高兴。从他第一眼看到她时，心就热了，他的心再不像以前那样安稳了。

　　李朋在春姐家里住下了，他和春姐拜了堂，成了亲，两个人相亲相爱的，好得比蜜还甜，一阵不见面就想得慌，李朋常常为这个误了下地。春姐就说："我绣个像你带上吧，省得你想得慌。"她用五色丝线绣了一幅像，绣得和她是一模一样。李朋就把这绣像带在了身上，到了地里，歇息的时候，就拿出来看看。这样，他做活儿就一点也不觉得累了。他种的冬瓜，大得用锯割；他种的韭菜一丈二尺高。这一天，已经是黄昏的时候，李朋地里的活儿也做完了，他又拿出绣像来看。忽然一阵风吹来，把那绣像刮到半空里去，飘飘摇摇地就刮走了。李朋跟着追了一阵，便什么也看不见了。天也黑啦，他只得回到了家里。他饭也没心去吃，把丢掉绣像的事对春姐说了。春姐一点也没有埋怨他，只是说道："就怕因为这张绣像，再引出什么祸事来啊！"

　　原来，那一阵风，就是那青鱼怪弄出来的。它虽是再不敢害人了，却暗暗地生李朋的气。它见到李朋看那个绣像，立刻想出了一条毒计：它弄着风，刮着那幅绣像，旋旋转转地，一直刮到了东州府的衙门里去了。这东州府里的官不是别人，正是保有。保有偷了那个石头人逃走了以后，便用石头人吐出来的银子，买了这个官职，来这里做了官。拾到绣像的人，当场就把它送给了保有。他拿着绣像，在灯下左看右看，心想：我要银子，有那石头人，说势力吧，也是一州之官，只是有一桩不足的地方，虽说娶了九个老婆，却没有一个能比得上这个绣像一点的。要是有绣像上那么一个女人给自己做老婆，那才真是心满意足了。第二天，保有就打扮成算命的瞎子，出去私访去了。无巧不成故事，这一天，李朋和丈人都下地做活儿去了，只有春姐和娘待在家里。听到外面当当地响，娘说道："春姐呀，来了瞎先生啦，我请进他来，给你算一算，那绣像到底是被风刮到哪一方去了。"春姐也因为丢了绣像，心里不安，便依随了娘的主意，当时就把瞎先生请进了屋里。瞎子问了春姐生日时辰，问了丢绣像的日子，掐指念咒地捣鼓了一阵，一脸阴笑地，把腿一拍说道："有了，你们赶紧去庄西大河岸上找吧，晚一步就找不着了。"娘儿两个听了，也等不得他爷儿两个回来了，打发了卦钱，和那瞎先生一块儿出了门。娘儿两个急急忙忙地往大河沿那里走去，那瞎子也不朝东，也不向南，脚脚朝西地跟着走了来。已经快到大河岸啦，瞎子忽然把手一拍，从那靠在河边的小船里，跳下了两个人来。瞎子也不再是瞎子了，他指点着把春姐抢上船去，自己也随着跳上了船。船上双桨齐动，不管春姐娘怎么哭叫，船溜溜地就不见影了。娘空望着流去的河水，哭了一阵，只得回家啦。

　　李朋听到春姐被人抢去了，简直是雷打在头上、火烧在心里，只一夜的工夫，两腮瘦得凹下去了。早晨春姐爹娘看到他时，都吃惊地说道："李朋啊，你怎么瘦得这样了呀？要是在外面看到你，真还不敢认你哪！"李朋听了，心里更加难过，他想：春姐这一夜还不知怎么过的呢！他再也坐不住，出门找春姐去了。

李朋顺着那条大河走去，他遇到了一座大桥，从桥上过去，不远就是东州府了。灰黑色的城墙，高高地挡在他的眼前，弓样的城门正冲着桥头。他心想：我尽这样顺着河走，也不是个法子啊，这城里从四面八方来的人很多，也许能打听着春姐一点消息。

李朋进城去了。他问那看牌摸骰的闲汉，闲汉们哪里有心去听李朋的话？他问那些挑担赶集的人，这些人们忙得也不顾得听这样的事情呀。李朋又想：我尽这样问下去，也不是法子。他低着头走了一阵，才忽然想起一个办法来。他回家割了一丈二尺长的韭菜，摘了那大得用锯割的冬瓜，挑着进城来了。他穿小巷走大街地，大声地喊着卖一丈二尺长的韭菜、卖用锯割的冬瓜。街上南来北往的，谁也想看看这一丈二尺长的韭菜，谁也想看那大得用锯割的冬瓜。李朋走到哪里，哪里就围满了人，吵吵嚷嚷拥拥挤挤的。李朋走到衙门口前面，衙门里的人也被惊动了，待在后衙的春姐也知道这回事了。她被假扮算命的保有悄悄地抢到了这里以后，她就对他说道："你抢了我的身子来，可抢不去我的心。"保有为了使她回心转意，把石头人也搬到了她的跟前。春姐还是说道："银子能买个官，却买不了我的心。"春姐的身子在衙门里，心可早飞到李朋那里去了。她听到外面有人卖一丈二尺长的韭菜、卖用锯割的冬瓜，聪明的心里立刻打算起来了：除了自己家里，哪里还有一丈二尺高的韭菜呢？除了李朋，谁还能种出用锯割的大冬瓜呢？她第一次好言好语地对保有说道："我想吃那一丈二尺高的韭菜，你把那个卖韭菜的叫到我的跟前来，让我亲自挑选一下。"自从进了这衙门以来，春姐不曾吃过一口饭，保有听她说要韭菜吃，还以为是她回心转意了，连忙差人把李朋喊了进去。春姐见李朋瘦得那样，眼里扑拉拉地掉下泪来；李朋见春姐那样憔悴，心里一阵火起。他认出那州官就是保有，也看到了自己的石头人。保有摆着架子，却一点也不认得李朋了。李朋挨近了石头人，用手向保有一指，又把石头人的肩膀一拍，说话不及的工夫，那石头人胳膊硬直地举了起来，石头锤不偏不歪地打在保有的头上。

　　保有跌倒死了，李朋抱着石头人和春姐一块儿闯出了衙门，谁也不敢追他们，因为那石头人是李朋指哪里它打哪里，墙也能打倒，门也能砸开。两个人出了城门，过了桥，平平安安地回到了家里。当天，他们一家人就搬走了，到一个没有州官、没有皇帝的地方住去了。

映山红

二月里，沂山上，什么花风催在开？

二月里，沂山上，映山红风催在开。

这是沂山上的两句放牛小唱。说起映山红花，还有一个很有趣的故事。那时候，在山脚下有一个小庄，庄里有三个上山拾草的孩子。二月里，沂山上雪没化净，北风直吹，草芽才发，三个拾草的孩子爬上了一座山，又爬上了一座山，到了沂山的最高山顶了。那里有一块探海石，只见在那探海石上坐着一个十七八岁的俊俏闺女。她周身罩着温和的红光，一看就知是仙女了。仙女一手拿着一把芭蕉扇，一手拿着一枝小红花。红花像是刚刚才开，鲜艳得像是火红的朝霞，娇嫩得像是带着露珠的凤仙花。三个孩子可欢喜啦！顶大的那个孩子说道："仙女姐姐，你把那枝红花送给我吧，我拿回去给嫂子戴，她就会给我做双纳帮的鞋。"第二个孩子也说道："仙女姐姐，你把那枝红花送给我吧，我拿回去给嫂子戴，她就会给我做双云头鞋。"第三个孩子也说道："仙女姐姐，你把这朵红花给我吧，我拿回去给嫂子戴，她就会给我做双花边的鞋。"仙女不慌不忙地说道："我叫这朵红花开，要给聪明的女人戴。"

顶大的孩子抢着说："我的嫂子最聪明，你不信的话，我就讲一个她的故事给你听。"

第二个孩子也说道："我的嫂子最聪明，你不信的话，我就讲一个她的故事给你听。"

第三个孩子说："我的嫂子最聪明，你不信的话，我就讲一个她的故事给你听。"

下面就是三个孩子讲的故事了，要是想知道，到底谁该戴上那枝小红花，那你就仔细听吧。

一

顶大的孩子说道：

有一天，我哥哥上山去割草，走到百丈崖顶上，碰到了两个游山的公子，一个穿着绿缎袍，一个穿着红缎袍，指手画脚地在那里说着什么。哥哥心想：他们在说什么，说得这么有味、这么热闹呢?他就站住了。

只听那绿袍公子说道:"俺家里的钱使斗量,米烂陈仓,可是这些日子我犯愁了。因为京里的西宫娘娘,穿够了绫罗绸缎,想个万页纱裙穿。老弟!你当什么是万页纱裙?就是用苍蝇翅子缝成的裙子。皇帝一道圣旨下来了,跟我要这万页纱裙,你说,我到哪里去弄呢?"那个穿红袍的公子哈哈笑道:"你这事还容易呀,苍蝇总是有翅子的,皇帝跟我要一百斤蛤蟆绒絮棉袄。蛤蟆哪有绒!我家里金满缸、银满坛,也没处弄呀?"

哥哥见他俩那么认真地说着假话,憋不住哧的一声笑了。两个公子一见哥哥笑他们,立刻火了,骂道:"你这个穷小子,还配听我们说话?"哥哥也不服软,把腰一拤说道:"你骂谁?"两个公子吆喝道:"就骂你这个穷割草的!"哥哥哼了一声:"别看是穷割草的,俺家里倒养着个金骡子,我天天去割灵芝草给它吃呢!"两个公子听了,吃了一惊,连忙喜笑颜开,朝着哥哥又是鞠躬又是作揖的,哥哥是又好气又好笑。两个公子非叫我哥哥领着他俩去看看那金骡子不可。

哥哥领着他俩往家里走去,心里却为难了:本来是一时说的气话,家里只有一头小毛驴,哪里有什么金骡子!可巧走到半路上,碰见我嫂子上山去挖药。嫂子吃惊地问道:"领着这些人去做什么呀?"还没等哥哥作声,两个公子就一齐说道:"我们到你家里去看金骡子啊!"嫂子一看哥哥的脸色,一下子就明白了。她笑了笑说道："这么不巧，他奶奶刚刚骑着金骡子到西天去看王母娘娘去了。"两个公子什么也没说就回去了。

仙女听完了故事，不觉称赞道："真是一个聪明的女人。"她的话还没说完，第二个孩子又讲开了。

二

第二个孩子说道：

我哥哥很喜欢栽树，在俺家门前修理了一片果园，红樱桃、紫李子、金黄的梨、大苹果，每样果子，哪一年也是结得压弯了枝。有一天，哥哥挑着葡萄去集上卖，卖完了葡萄，王大吹拉住他说道："咱俩打个赌吧？"哥哥问："赌什么呢？"王大吹说："你赌上你的果园，我赌上我的六十亩好地。你输了，你就把果园给我，我输了就把那六十亩好地给你。"哥哥说道："不赌，不赌。"王大吹冷笑了一声说："不是你不赌，是你不敢和我赌。"哥哥一听火了，说道："你说我不敢和你赌？我就偏要和你赌！咱们是赌力气，还是赌本领呢？"王大吹连忙摇手说："也不赌力气，也不赌本领，咱们就这样吧：如果我说话你分辩，就算你输了；我分辩别人的话，就算我输了。"哥哥心里想道：他无论说什么，我都不分辩，那就输不了啦。就这样，哥哥答应和他赌了。

王大吹说道："昨天晚上刮了一场大风，把庄东的碾盘刮到庄西去了。"

王大吹一看，哥哥没有作声，又天南地北地说开了，说得那个热闹呀，哥哥把打赌的事也忘记了。说着说着，又说到风上了，黑夜里，大风又刮起来了，嘿！把庄东面的井，一下子刮到庄西面去了。

"你这是胡说，井还能刮得动吗？"哥哥说完了这句话，才想起打赌的事来啦。王大吹拍着哥哥的肩膀说道："小伙子，过午我就要去拿地契了。"

哥哥挑着空筐回到了家里，一进门，就耷拉着个头，嫂子叫他吃饭，他也不吃。嫂子一眼便看出哥哥准是有什么心事，便说道："夫妻是最亲近的人了，你还有什么事情瞒着我呀？"哥哥叹了一口气，把王大吹怎么找着自己打赌，打的是什么赌，自己怎么输了，王大吹过午就要来拿地契的事儿，都底底细细地跟嫂子说了。嫂子听了，笑嘻嘻地说道："是这点小事啊，怎么还用那么犯愁！你吃完了饭，尽管上炕歇着去吧，等王大吹来了，我来对付他。"

哥哥吃完了饭，就到里间屋里躺下了，可是，心里有事，怎么也睡不着。嫂子还是若无其事地坐在当门口缝衣裳。果然不多一会儿，王大吹就来了，一进街门就找哥哥。嫂子站了起来，把门口堵住了，慢声细语地说道："你找他是找不着了啊，今天上集回来，走到院里叫一个苍蝇碰死了。"王大吹真急了，他巴不得一下子就把那果园弄到手，气呼呼地说道："你赶紧闪开，让我进屋里去找他，我不信苍蝇能碰死人。"哥哥在炕上听见了，猛地跳了下来，冲上来说道："王大吹，你也输了啊，说话不让分辩，那你也分辩了。"

王大吹输给了一个女人，恼怒得满脸通红，他生怕哥哥跟他要那六十亩好地，赶紧溜走了。

仙女听完了这个故事，也止不住称赞道："真是一个聪明女人……"仙女的话还没说完，第三个孩子又说开了。

三

第三个孩子说道：

我有一个嫂子，还有一个姐姐，有一年春天，嫂子和姐姐坐在门前做针线，忽然听到半空里有人说话：

"下面一朵好花！下面一朵好花！"

嫂子抬头一看，只见半空里飞着一只老鹰，老鹰打了个旋子就往山里飞去了。不多一阵，又飞回来了，老鹰又在半空里说话了：

"我想和你家姑娘把亲成，做活儿的大嫂，你不应也得应！"说完，扔下了一匹红绫、一副金圈，就飞走了！

姐姐吓得直哭，嫂子也猜出那一定是个妖怪了。嫂子想了一想，找了块布，缝了一条布袋，里面装满了荞麦，又在袋底剪了一个口，给姐姐挂在身上，说道："妹妹呀！那妖怪说不定今晚上就要来娶你啦，它叫你坐轿，你说晕得慌，它叫你坐车，你说颠得慌。你可千万记住我的话呀。"

果然，到了晚上，一乘花轿落到当院里了，妖怪变成了一个白脸公子，披红挂彩地从轿里走了出来。

姐姐记着嫂子的话,哭着说:"坐轿我嫌晕得慌。"

妖怪听了把手一招,又来了一辆结彩的大车。

姐姐又哭着说:"坐车我嫌颠得慌。"

妖怪说道:"那我来背着你走吧。"他说话的工夫,已经变成它本来的样子了:头上长角,身上长毛,两眼和灯笼一样。它背起姐姐,风声呼呼地就走了。在妖怪过去的地方,脚踪儿也没有留下一点,却有着从布袋的破洞里漏出来的荞麦种子。

东风吹,西风刮,荞麦种子盖上了一层土。露水润,雨水湿,荞麦种生根发芽,旺生生地长起来了。嫂子顺着荞麦,翻沟过岭地,直找到了一个大石壁前面。石壁上一个大洞,洞门口堵着一块大石头。嫂子大声地说道:"荞麦红梗长绿叶,嫂子深山寻小姑。"

嫂子话还没落音,就听到洞里面姐姐的声音了:"咱嫂子来了,又不是外人,你把洞口那块石头挪开吧。"

不多一时,洞口那块石头骨碌碌地滚开了,妖怪站在嫂子眼前了。嫂子壮了壮胆子,跟着妖怪走了进去。姐姐见到了嫂子就掉开了眼泪。嫂子四下里一看,看到了一个盛蜜的大瓶子。她心里立刻有了主意:还是声色不动地说道:"妹妹呀,你还哭什么!你看这洞里,要米有米,要面有面,桌椅条凳的哪样也全……"

妖怪得意地哈哈大笑着说:"对呀!嫁给了我,也该知足了。"

嫂子接着说道:"我听说你有天大的本领,你能不能显一手叫我看看?"

妖怪听到奉承它，更是乐得了不得，当场就答应了。只见它摇身一变，便成了一只凶猛的大虎；大虎把头一摇，又变成了一只威严的狮子；狮子一转身的工夫，又变成了一条桶样粗的大虫。大虫头在洞里，尾巴却伸在洞外，少说也有十多丈长。嫂子说道："他姑夫，你变来变去，尽变这些大东西，你可不能变成一只小苍蝇，飞到瓶里去吃蜜。"

话刚落音，只听那大虫叫了一声，眼错不见地就变成一只绿头苍蝇，嗡的一声，就钻进那个盛蜜的瓶子里去了。嫂子眼明手快，一把抢过去瓶子，把盖盖上了。妖怪没有防备，又叫嫂子三摇两摇的，一下蜂蜜就把苍蝇给粘住了，它再也没法变成别的东西了。

嫂子说道："妖怪呀，你不该抢人家的闺女来成亲，我有心放了你，怕你再生歹心。"嫂子说完，领着姐姐回了家。

仙女听完了最后一个故事，欢喜地说道："沂山上有这么多聪明女，二月也该让花开。"仙女说着，把手里的扇子一摇，只见遍山上一阵红光闪闪。三个孩子被耀得眼睛也睁不开了，他们睁眼再看时，干枝上无叶开花了。石缝里、泉水边、松林里，到处红闪闪的，每一枝花都好像朝霞一样的鲜艳，每一朵花都好像凤仙般的娇嫩。孩子们每人采了一大把花，欢天喜地地回家去了。

打那以后，每到二月，沂山上的冰雪还没化净，树芽也没发，花却开了。红花把山石、泉水都映红了，当地的人们给这花起名叫"映山红"。

日月石

百丈古寺玉皇顶，日月石下鸭子泉。

这些都是沂山上的景致。那玉皇顶，说不上有多高，到了傍晚，山里升起的云雾，在山顶上变成彩云，和青苍苍的山石、碧绿的松树接成了一片。玉皇顶下面的百丈古寺，红瓦显得更加新鲜光彩。和古寺相隔只几个山头，有一个和镜子一样光亮平净的泉子，叫作鸭子泉。鸭子泉上就是日月石。从前，日月石不只是白天看去明光光的，每到晚上那日月石上就显出一个月亮，好似天上的月亮一样，不过天上的月亮有缺有圆，这日月石里的月亮，却永远是圆圆的，只是在初一、十五时格外的光亮。下面的鸭子泉被照得是晶亮晶晶的，每一滴水都似乎变成水银的了。在这一阵，日月石上圆圆的月亮里，常能影影绰绰地看到有一个女人的影子；那水晶一般的泉子里，也常有一对金鸭游来游去。不过却没有人能看得清那女人的面貌，也没有人能抓得到那好看的金鸭。

那时候，在古寺里住着一个老和尚，每天除了访友喝酒，便是到山下化米化钱。也许因为老了的缘故，他很想招个徒弟，给他看看门、扫扫地、早晚做做饭、送个水、端个茶的。有一天，他到山下面的一个庄里去化缘，看好了一个十多岁的孩子，那孩子虽说是穿戴得不好，却长得高鼻明眼的，看去又俊秀、又聪明。老和尚心生一计，对孩子的爹娘说道："穷人家是担不住这样好孩子的，要能叫他长命百岁，只有把他舍进寺里。"这孩子的爹娘哭了一阵，真的把孩子舍进寺里去了。

孩子剃去了头发，换上了袈裟，便是一个小和尚了。他虽是一天书房门没进，可不管什么事情一学就会。有人给这老和尚看门做活了，他下山的次数就更多啦。

小和尚在古寺里，孤孤单单地过了好几个年头，那一天，他去松林的泉子里挑水，林子里红花闪耀，泉子边青草鲜嫩，那晶亮的泉水，把小和尚好看的模样，清清楚楚地映在了上面。不知是什么缘故，小和尚忽然长长地叹了一口气。他把两只水桶慢慢地盛满了水，担了起来，转身走了两步，如同被人拖住了一般，走不动啦。

他连忙回头去看，却什么也看不见。掉回过头来，又要往前走,刚刚走了两步,却又走不动了。再回头去看,还是什么也看不见。他正在发愣,路旁的松树后面突然响起了一阵笑声,随着笑声闪出了一个十六七岁的年轻闺女,她黑头发上插着几枝山花,月白衫上镶着巧妙的花边,圆圆的脸,红红的腮,那一对眼睛呀,更是说不出有多么好看、有多么光彩了,只照得小和尚的脸上放光,连他的心里也亮堂了。

小和尚还没来得及说一句话,闺女已经伸手把担子接了下来,对他说道:"你也孤单得慌,我也闷得慌,咱们就一块儿在这里玩一会儿吧。"说实在的,这小和尚天天住在深山里,真是巴不得有个人和他做伴,巴不得有个人来和他说说话,他心里虽是有点惊疑,也高高兴兴地答应了。

闺女好说也好笑。她认得山里所有的药草,也叫得出各种花名、草名。她把很大的石头掀下山去,山谷中发出了打雷般的响声,两个人都乐得哈哈地笑了起来。她把开满花的树木,轻轻地一摇,花瓣就落满他俩的身上,两个人又笑了起来。自来到这深山里,小和尚从来没有这样高兴过,他和闺女分手以后,回到了寺里,心里还是一阵又一阵地欢喜。

第二天,老和尚又下山去了。小和尚瞅老和尚转过了山脚,慌慌忙忙地摸起担杖,就去挑水。走进了松林,只见闺女早已等在泉子边了,两个人又欢天喜地地耍了起来。他们走到山梁上一片青草地上时,闺女忽然说道:"我教你唱戏吧!"她说唱就唱,在草地上就教小和尚唱了起来。她唱一句，小和尚也唱一句，一出戏唱完了，小和尚也学会了。两个人在草地上，他装男，她装女，热热闹闹地真是唱成了一台戏。

这一天，小和尚又是欢欢乐乐地过去了。从这以后，只要老和尚下山去，小和尚总是立刻挑起水桶往松林里走去，每次都碰到那个闺女，每次都是玩得又热闹、又快乐。

有一天，老和尚又下山去化缘，这古寺到山下有人家的地方，少说也有二十里难走的山路，他每次都是早晨去晚上回来。这次，他刚走出了几里路，忽然想起了忘记拿钵盂，连忙转身往回走去。老和尚爬上了一个山顶时，就听到有人唱戏，细嗓、粗嗓的唱得那么好听，他心里很是奇怪。在这深山里，什么人在唱戏呢？老和尚越走越听得清楚，那声音就是从古寺那里传出来的，他加快了脚步，转过了山坡，他看清楚了，在寺前那片草地上，他的徒弟正跟一个闺女在那里连做带唱呢。这老和尚心里虽是气得慌，却没有声张，一闪躲进了山林，悄悄往那片草地上走去了。看看走得近了，他猛地从树林里跳了出来，大声喝道："不要动，哪儿来的大胆女子，敢勾引我的徒弟！"

小和尚一惊站住了，那闺女却快地跑到松林里去了。老和尚一见，连忙就追。他追进了松林，远远看到松树缝里红红鲜鲜的，好像那女人的裙子，等他追到跟前时，却原来是一棵盛开的杜鹃，闺女已没影没踪了。

老和尚回到了寺里，连骂带打地拷问起小和尚来。小和尚被拷问得急了，哀告着说："师父呀！你饶了我吧！"老和尚停住手说道："我饶你，你可得告诉我，那闺女是从哪里来的，叫什么名字？"小和尚说道："师父呀！你就是逼死我，我也不知道她是从哪里来的，她叫什么名字。"老和尚想了一想说道："我饶你，你可得听我的话，我给你一个线穗子，把针引在线头上，等她再来的时候，你把这个针，悄悄别在她的衣裳上，那时我自有办法。"

小和尚接着线穗子，心里却另有主意，他知道老和尚是不会怀好意的，他怎么的也不能让那闺女受害呀。

第二天，老和尚说要下山赶集，小和尚还没有拿起水桶，那闺女就来了。她还是高兴地说道："走吧，春暖花开的，待在家里做什么！"小和尚却连忙说道："你这个好心的大姐呀，以后千万不要再来啦，师父给了我一根针、一个线穗子，想要知道你的下落，找着你，他会害了你的。"小和尚说着，心里着实难过，声音也悲悲凄凄的，假若这闺女真的再不来了，他就又要过那孤孤单单的日子了。

闺女接了线穗子，扯着上面的线头，就把线穗子扔到了地下，欢天喜地地对小和尚说道："你也不用难过，也不用犯愁，快跟我来吧！"

小和尚跟闺女向门外走去，闺女手里还是扯着那根线头。小和尚吃惊地说道："赶紧扔了它吧，俺师父会顺着这根线找着咱们的。"闺女看到小和尚那个吃惊的样子,咯咯地笑了一阵,说:"你尽管放心跟我走吧!"

闺女还是手扯线头,同小和尚两个,穿过了松林,爬上了几个山头,到了那水平如镜的鸭子泉边,才把线头扔下了。她把手一拍,水面上涌起了罗圈般的水纹,接着一对金鸭从水里钻了出来。前头那只金鸭,扁扁的金嘴里含着一枝嫩绿的树枝,树枝上结着一个鲜红的小果。小和尚立刻如同走进了熟透的苹果园里,走进了盛开的桂花林里一般,可是什么也没有这个红果的味好闻,什么也没有这个红果的香气足,他眼见那金鸭游了过来,把红果连枝儿吐到了岸上,才又沉到水底去了。

闺女一弯腰拾起了树枝,从枝上把红果摘了下来,递给小和尚说:"你把它吃了吧!"

小和尚依着闺女的话,把红果吃了下去。他不只是觉得红果香甜好吃,还觉得浑身轻松痛快,不再觉得有一点忧愁、有一点难过了。他又高高兴兴地和闺女在鸭子泉边玩了起来。

这时,老和尚坐在路旁的一块石头上歇息。他站了起来,不是往山下走去,而是转身往后走了。他想:这次一定能够抓住那闺女了,也许她是一个什么宝物变成的,那时候自己就可以发个外财了。他不打那盘绕在山上的小路走,他从树缝子里、从大石头中间,躲躲避避地回到了古寺。寺门开着,却不见了徒弟。他又生气,又懊恨,心想:一定是徒弟跟那闺女逃走了。当他低头看到地上的线穗子时，才又欢喜了起来。他顺着那根白线就找去了，他也穿过了松林，爬过了山头，听到了一阵又一阵的笑声。

老和尚还没有走到跟前，闺女已经知道了。她把小和尚一拉，两个人跑到一块大石头后面躲了起来。老和尚到了鸭子泉边上时，已经累得气喘喘的了。白线到这里已经到头，可是人呢？却一个也没有。他更加恼怒，正要往四外去找，闺女在石头后面把手一拍，水面上又涌起罗圈样的水纹，两只金鸭又从水里钻出来了。后面那只金鸭，扁扁的金嘴里含着一根鲜嫩的绿枝，绿枝上却是结着一个绿果。老和尚看到了金鸭，什么也不顾了，那一对金鸭也一直向他跟前游了过来。金鸭眼看已经游到岸边了，老和尚连忙弯腰去抓。金鸭一闪不见了，岸上只放着那根鲜嫩的绿枝，绿枝上结着一个新鲜的绿果。老和尚也闻到扑鼻的香味，他想那金鸭吐出来的，一定是仙果，便把它摘了下来，填在口里吃了。那绿果虽说不是十分香甜，却也有一些香甜滋味。他走了几步也觉得身子轻快多了，这时，闺女在石头后面，悄悄地嘱咐小和尚说："你跳出去，老和尚一定追你，不用怕，尽管往正西跑，我在那里等你。"闺女说完，一闪不见了。

小和尚真的从石头后面跳了出来，老和尚一见小和尚，果然跟着追了去，一面追一面骂道："你这个小家伙，叫我赶上，就砸断你的腿。"

小和尚前面跑，老和尚后面追，追过了一个山头又一个山头。

小和尚爬山过岭就如同长了翅膀一样，老和尚也觉得腿快身子轻的。跑着跑着，前面有一条几十丈宽的大深沟，小和尚心里发慌，抬头一看，闺女站在了沟那岸向他招手。他想："就是摔死，也比落到老和尚的手里要好得多。"他用力向沟那边跳去，嗬！如同燕子一样，一下就飞过去了。老和尚见自己徒弟跳过了沟，也朝前跳去，他却只跳到沟的半截，便掉下去了，因为他只吃了一个没熟的仙果呀！这沟少说也有百丈深，老和尚摔死了。

就在这天，闺女和小和尚半飞半走、半云半雾地离开了沂山。到了晚上，那日月石上不再有月亮显出来了，上面也不再放亮光了，原来那小和尚碰到的闺女就是日月石里的仙女。那金鸭自然也不见了。

万宝囊

沂山上有着几千几百种香花，这些花里面有着各种各样的药材；沂山上也有着几千几百种香草，各种各样的草，都是又葱绿、又鲜嫩，牛羊吃了它，个个都是滚瓜溜圆，毛皮闪光。从前，在这沂山上有一个庄，有九十九户人家，有九十九只黄牛。每天，天蒙蒙亮，有一个十四五岁、名叫大斗的孩子，顺着街把梆子一敲，黄牛都自己从栏里走出来，鞭不响人不喊的，大斗就把它们领出庄，穿过深沟，爬上陡坡。大斗从来都是让黄牛吃最好的草，大斗从来都让黄牛喝最甜的水。那些黄牛都胖得身上金光光，真好像金牛一样了。在耕完地的时候，为的能叫牛多吃一会儿草，大斗夜里也把牛盘在山上,自己就宿在旁边。这时,已经是夏天了。大斗清早就起来放牛,天热的时候,牛吃饱了,都成排成对地趴在树荫下风凉。大斗越看越喜,一、二、三、四地从头一头一头数起来,一直数到九十九头,却还多着一头,他心里疑惑,也许是自己数错了吧。他又从头数起,数来数去还是一百头整。他的心里更加奇怪,这周围也没有别的牛群,也没见别处跑过牛来,怎么能多一头牛呢?一连三天,大斗又数了三遍,还是不多不少一百头牛。第四天的时候,大斗正在山坡上放牛,一回头,看到一个老汉走了过来。老汉的眉毛和胡子都是雪花一样的白了,他肩上搭着一条布袋,手里拿着一根鞭子,走到大斗跟前站住问道:"小家伙,我的牛跑了,你没有看到吗?"大斗连忙说道:"我这里从三天以前就多着一头牛,你自己去认吧。"老汉走进了牛群里,抓着角拉出一头大黄牛来。大斗说:"是您的您就牵去吧。"老汉用手把那黄牛一摸,它立刻耀眼放光了,一对长角也金黄金黄的啦。老汉翻身骑上了牛背,走了两步又停下来,在牛背上扭转身问道:"小家伙,你想要点什么东西?"大斗想了一下,摆摆手说道:"我要的东西,就怕你也没有哇!"原来大斗有一天到离沂山很远的一个大庄上去了一趟,他看到许多小学生都在书房里摇头晃脑地念书,心里着实有点羡慕,老汉一问,他又想起这回事来了。

老汉听大斗那么一说,笑了笑,从肩上拿下了那条口袋,抖了抖说道:"小家伙,你尽管说吧,我这万宝囊是要什么有什么。"

大斗看看他那瘪瘪的口袋,还是信不过,也笑着说道:"如果有,你就给我一本书吧。"只见那老汉把手伸进布袋里,真的摸出了一本书来,扔给大斗了。

大斗接过书来,欢喜得只顾翻来覆去地看:这本书红缎子皮,里面是白纸黑字,整整齐齐的。等他抬起头来,老汉和黄牛已经都不见了。

大斗是有了书啦,尽管他认得万样的草、千样的花,可是这白纸上的黑字,他却一个也不认得。找谁教一教呢?大斗掐着指头把庄里的人都数遍了,也有那故事说不尽的老汉,也有那山歌唱不完的大嫂,可就是没有一个认得字的人。大斗并不灰心,他想道:"不认得它,我可是会照着画,就比着葫芦画瓢吧。"他用那树枝烧成炭,在石头上画,他也用那小石头在地上照着写。有时,他写上瘾来,不知不觉地就写到半夜。他也用不着点灯照亮,只要把书一翻开,那些字里就能放出比灯光还明的亮光来。这亮光把半座山都照得晶明,把那高高的大树叶子照得闪光,把那喷香的山花照得透亮。这天夜里,大斗坐在牛群的旁边,还是和往常一样照着画字。猛地听到有个响声,抬头一看,只见从那青青的草地上,走来了一个闺女。她穿戴得很是齐整,那白莹莹的脸面,又素静又文雅。闺女无声无响地走到大斗的身边就坐下了。大斗奇怪地望着她,闺女两只光闪闪的大眼,一时欢溜溜的,一时又凄惨惨的。大斗等了又等,那闺女还是不走。他沉着脸说道:"你快走吧,别误了我写字！"闺女很温和地说："我在这里也不碍你事！写字还怕看吗？"大斗被问得没有话说，连忙低头画字去了。他画了整整有一个时辰！悄悄地一瞅，那闺女还在看他。闺女好像也知道了他在看她，笑着说道："你是不识字吗？怎么把书放倒了呢？"大斗叫这闺女说得满脸通红，没好气地说："就算我不识字，那么你还识字吗？"闺女一点没有生气，还是笑嘻嘻地说："多多少少的也识几个！"大斗半信半疑地把书一推："你认得，你念给我听听。"闺女也不推辞，接过书去就念了起来。还没念完一章，大斗就欢天喜地地说道："大姐姐，你就当我的先生，费心教一教我吧！"闺女停了一停，看样她被这诚心的小伙子感动了，当真地教起他来了。

　　闺女教，大斗学，闺女教一个字，大斗记住一个字，闺女教两个字，大斗记住两个字，大斗那个聪明呀，闺女讲说到哪里，大斗也领悟到哪里。两个人一个教一个学，不知不觉天就快亮了。青天上星星煞了，树林里雀鸟又叫了，闺女忽然一阵惊慌，她看看大斗，看看那本书，为难了一阵，叹了一口气，什么也没说就走了。

　　大斗得着闺女教自己识字，真如同饥人得饱，渴人得水，他早早地就把牛放饱啦、饮完了。他看着那围绕在青山顶的云雾，变成了红红的彩云了；他看着那碧绿的山坡，升起了白茫茫的烟雾了；他等得那萤火虫在草地里闪亮啦；他等得那圆圆的月亮升到半天了。大斗心里着急啦，是不是那闺女今晚上不来了呀？是不是她有什么为难的事？大斗又等了一阵，只得自己翻开了书。白光立刻把那山洼也照亮了，白光立刻把那半天空也照明了。就在这时，闺女又走来了。大斗欢喜地说道："你怎么才来呀！我已经等了你老一歇了。"闺女淡淡地一笑，也不回答。她走到大斗的身边，安安静静地坐下又教大斗念书了。天一亮，闺女又愁眉不展地走了。第三天，闺女来得更晚，她只教大斗认了不多的几个字，雀鸟就叫了，天又亮了。她望着大斗，停了一阵，才伤心地说道："明天夜里，我是不能再来教你啦！"大斗着急地问道："我敬你像师父，我爱你像姐姐，求求你，你就教我到底吧！你要是怕那山路难走，我就去迎你！"闺女听了，满眼含泪，低声诉说道："不是我不愿教你，不是我怕山路难走，我从小就落在了这北面金银葫芦山的妖怪手里，我是一个身不由己的人哪！那妖怪支使我来骗你的宝书，我怎么也不忍心骗你这样诚心的人，我怎么也没有那样狠心从你手里夺走宝书！"大斗听到了这里，又感激她，又同情她，不觉说道："那你为什么不逃走呢？"闺女眼泪滚滚地说道："我就逃到天边，它也能追回我来呀！"说话的工夫，日头就要冒红啦，闺女连忙站了起来，急急地朝北走去，翻过山梁就不见了。

　　第四天，大斗等了整整一夜，不再见那闺女来。大斗的心里，说不出有多么焦躁，说不出有多么忧愁。他一天几次朝闺女走去的方向张望，只看到重重叠叠、笔直的高山，只看到青青苍苍、森严的山林。大斗虽说害怕那妖怪，却一天比一天把牛放到更北面的山上去了。有一天，大斗又和往常一样朝北望去，忽然看到有一座高崖的半腰里，有两点奇怪的亮光，一红一白，明得耀眼，这亮光简直好像活的一样，跳跳跃跃，闪闪晃晃。大斗常见到天上拖着白光飞过的星星，大斗也常见到星星坠向天边，这是不是从天上掉下来的星星呢？他又一想，还是觉着不对，他从前也听老人们说过，天上星星掉下来以后，立刻就变成石头，可是这个在大天白日，还这样明光耀眼呀。他左看右看，越看越觉得奇怪，好在离那里也不是太远，他就如飞地跑过去了。

大斗看清楚了，在那高崖的半腰里，有一条狭窄的石缝，在石缝里，长着一棵把多粗的弯弓样的马尾松。马尾松上，缠着一根金蔓，金蔓上吊着一个金葫芦，还缠着一根银蔓，银蔓上吊着一个银葫芦。原来是那金葫芦放金光，银葫芦闪银光。大斗不管怎么难，也想着得到这个稀罕物呀。他脚蹬着石头，手把着藤葛，风快地攀了上去。把金葫芦捞到了手，把银葫芦也捞到了手。他用力往下一挣，就在这一挣的工夫，两个小小的葫芦，如同一对开花的爆竹样的在他手里崩碎了，高崖摇晃了，山也动了，大斗一阵眼花，等他再定神看时，自己已经不是靠在高高的石崖上啦。左面有闪着金星的金山，右面有闪着银星的银山，大斗看着这稀奇的景色，大胆地顺山沟往前走去。走了一阵，看到一间石头小屋，眼见着小屋门开咧，大斗走了进去，门又砰的一声关煞了。石头屋里别的什么也没有，只有一个墙洞，里面放着一盏油灯，一个不大的小床上面是什么也没有。大斗要开门出去却出不去了,任凭怎么叫喊,也听不见外面半点动静。

  一下午很快地过去了,刚刚天黑,门哗啦一声开了。大斗连忙握紧了拳头,谁知进来的却不是什么妖怪,而是教他识字的那个闺女。大斗惊喜地嚷道:"你在这里呀!"闺女却不作声,进屋来,点着灯,便坐在灯下低头做针线,任凭大斗和她说什么,闺女也是一声不吭。大斗从腰里摸出书来,念了起来,闺女还是也不抬头,也不作声。大斗心里更加惊奇,书也没心念了,他就躺在床上装睡。快半夜了,只见闺女看了大斗一眼,掉了一阵眼泪,吹灭灯往外走去啦。

  灯一灭,大斗忽然觉得自己不再是躺在床上了,如同漂在海里一样,听到水声哗哗、风声呼呼的。大斗一惊,连忙掀开那本宝书,白光亮了,立刻风不刮啦、水不响啦,自己还是躺在石头屋里的床上,不过门却开着。大斗并不想逃走,他挂念着那个闺女。他想:那闺女今天晚上见了我,为什么一句话也不说?为什么临走还掉一阵泪?大斗想啊想的,想到了天明,天一明门又关上了。大斗又在里面等到了天黑,闺女又来了,她还是一句话不说,临走的时候,还是掉了一阵眼泪。大斗又想,老待在这里也不是办法,也不知道自己放的那些牛怎么样了,还是趁现在门开着走出去吧。大斗出了门,左面的山上还是金星闪亮,右面的山上还是银星闪亮,只是前面有一座黑乎乎的高山挡住了路。大斗停了一停,就向金星亮着的山上跑去了。越往山上跑越高，那花是金的，草是金的，连那石头也是金的。大斗跑着跑着，忽然听到一声牛叫，他不觉一停，怎么这地方还有牛呢？是不是自己放的那些牛也跑进来啦？他朝牛叫的地方望去，果然看到了一大群牛，却都是金角、金蹄、金身子，那放金牛的不是别人，正是给他宝书的那个老汉。大斗欢天喜地地连忙走上前问道："老爷爷，这是一个什么地方？"老汉看到大斗，吃了一惊，问道："这是山里面呀！你怎么来到这个地方啦？没有碰到什么东西吗？"大斗把怎么进到山里，碰到了石头屋，怎么在里面住到现在，都对老汉说了。老汉说道："那石头屋是妖怪弄出来的，你睡觉的那床也是架在深沟上的一溜窄板呀！只要在灯灭的时候，把你一推，你就会掉在深沟里摔死，要不是那本宝书，你早就叫妖怪害死啦。那闺女倒是一片好意，你要是舍不得和她离开，我就送给你一桩宝物，到了晚上，点起灯来，你把它罩在灯上。"老汉说着，又从肩上拿下了那个万宝囊，把手伸了进去，拿出一个破苇笠来，给了大斗。大斗很相信老汉的话，欢欢喜喜地接过了破苇笠。老汉又对他说道："你给我放了三天金牛，我也出去替你放一会儿牛，你尽管放心去吧！"

大斗回到那小石屋里时，天还不明。天明了的时候，门又关上了。到了晚上，闺女又来啦，又点起了灯。大斗说道："灯亮太耀眼了，我把这破苇笠罩在上面吧。"闺女还是没有作声，又坐下做针线。大斗把那破苇笠罩在了上面，便又装着睡觉去了。闺女又哭起来了，满脸是泪的，哭得比哪次都凄惨。哭了一阵，又去吹灯。她一口气吹去，那灯头长得有一尺高了；两口气吹去，那灯头长得有两尺高了！她又吹了一口气，那灯头有三尺高了。闺女泪光光的脸上，忽然有了笑模样啦，她伸手就把那破苇笠从灯上摘了下来，朝地上搬去，破苇笠立刻变成一只小船啦。闺女拉着大斗往船上跳去，石头屋不见了，船也浮了起来，顺着一条望不到头的大河向前漂走了。还没等大斗作声，闺女说话咧："你这是从哪里得的宝物呀？"大斗见那闺女说了话，高兴得也顾不上回答了，反问道："你这几天黑夜，见了我为什么不说话呢？"闺女应道："我怎么敢和你说话！咱在那屋里，不管说什么话，妖怪都能听到。大斗呀！我每天回去，妖怪都把我折磨一顿，可是我不管受到什么样的冰冻苦处，也不能把你推到沟里跌死。有了这个宝物，就是豁上死，我也要把你送出去。"说话的工夫，只见后面一只小船追来了，眼看就要追上啦，闺女有点惊慌地说道："那妖怪追来了！"说着，从头上拔下了一根绣花小针，往水里扔了下去，后面那只小船，在水里打开旋子了，可是，过了不多时，小船又追了来，闺女又把一根针扔下去，小船又在水里转起圈来了。一连追上了七次，闺女往水里扔了七次针。当这小船靠了岸的时候，天已明了，闺女拉着大斗走上岸去，看了看，已经到了大斗的庄头啦。

　　大斗领闺女回到了家里，还没有一个时辰，妖怪也就追到他家来了。那妖怪全身不像胖，也不像肿，漂白的脸上长着刺猬毛一样的胡子。它一进门也不理大斗，对着闺女的脸上就是一口气吹去，那闺女好像站在了冰天雪地里，立刻浑身发抖；妖怪又朝闺女吹了一口气，闺女脸上立刻变了颜色。大斗正在焦急，忽然想到老汉的话："要不是那本宝书，你也早被妖怪害死啦。"他连忙把那本宝书悄悄地给闺女掖在了身上，闺女脸上又是原来的气色了。那妖怪一见闺女不再发抖，忽地转身，一口气又喷在了大斗身上。这口气真比那冰气还凉，大斗觉得一下子就冷到了骨里，全身抖了一下。这一刻，大斗并没有慌张，他想：要是再叫它这样吹几口，冻也冻死咧，还是把它引出家去再说。大斗朝门外跑去了，妖怪也跟着赶了去。看看快要赶上啦，大斗握紧了拳头，正要和它拼，山坡上忽然转出自己的牛群，那老汉骑在一条金牛上也出现了。只见他又从肩上拿下了万宝囊，伸进手去，拿出一条少说有七十二个疙瘩的草绳，朝那妖怪一扔。草绳好像一条活长虫一般，把妖怪的手脚都缠住了。老汉指着妖怪说道："我并不想治你，不过你却要生事害人，现在是留你不得了。"老汉又从那万宝囊里拿出了一根小棍，向那妖怪一敲，妖怪不见了，只见在那尽是疙瘩的绳子底下，有一摊污血。老汉把绳子和小棍又装进了万宝囊里，笑嘻嘻地说道："我把你的牛都交给你啦，这回你也有了先生，也有了书，小伙子，尽你的力量学吧！"老汉说完，把金牛一拍，金牛角把石头一碰，老汉和金牛都不见了。

大斗没有辜负老汉的话，白天在山上放牛，晚上回来跟那闺女念书，这九十九户人家的庄子，不只是有了识字的人，而且大斗学得上能知天上的事，下能知地底下的宝，因为他把那本宝书，都学会了，都领悟透了。就是如今，沂山上也还有一个山头叫"金葫芦"，一个山头叫"银葫芦"，不过真正的金山银山却是在山底下呀，那里面不再有害人的妖精，只有金银和各种各样的宝物。

玉仙园

玉仙园是在仙洞山的半腰里，说起来那玉仙园既没有房子，也没有院墙，只是一个稍微平坦的小坡。听老人们传说，从前那座高高的仙洞山，除了石头，还是石头，不光是没有山尖上那个仙洞，老大的一座山，连棵树也没有，真是穷山薄岭。住在山周围的人们，更是苦上加苦，许多人都是靠着上山打石头吃饭。风吹日晒，汗浸疼了他们的眼睛，嘴干得发苦了。他们常常想，要是这山上有两棵树就好了，但是盼望总是盼望，谁也以为在这样土薄的山上，是不会长出树木来的。可是有一天，不知在什么时候，在那山半腰的大石头前面，出了一棵小桃树。一场一场的大雨下过了，一次一次的山水，凶猛地冲走了山上的沙石。可是那棵小桃树不只是没有被冲走，还长得红枝绿叶，活旺活旺的。那时候，有一个常在山上打石头的小伙子，他是外地人，流落在那里的，谁也不知道他的真实姓名。山上风硬日头晒，他的脸皮变得红黑冒亮的，因为这个，别人都叫他"王大黑"。王大黑脸黑心却好，他长得又高又壮，手艺又好，又没有老婆孩子，他却从来没有积攒下一个钱。当他看到别人有难处的时候，就是典裤子卖袄，也要帮助人家。南庄北村的谁也说着他的好处。

王大黑上山打石头时，常常从那棵桃树旁边经过。在一天夜里，那小桃树忽然长成大树了，红艳艳的桃花开满了树枝，娇绿的嫩叶冒出了枝头。早晨，王大黑从树底下经过，风不吹，枝不摇，大滴的露珠扑扑地落在他的身上；傍晚的时候，王大黑从树底下经过时，日光格外的红，桃花格外的鲜，片片花瓣，轻轻地向他飘来。不知什么缘故，王大黑走到桃树底下，就觉得那桃花似乎在朝着他笑，他心里就不由得欢喜起来，劳累了一天，也就不觉得累啦。从这以后，王大黑打完了石头回庄时，总愿意在那棵桃树底下坐上一坐。

有一天早晨，王大黑又从那树底下经过，看到满树上的桃子变得又大又红，那股甜丝丝的香味，顺风飘出老远。虽说桃树离王大黑打石头那里很远很远，香味却一直飘在他的周围。这已经是六月了，日头火毒火毒的，石头也像是烧热的铁样地烙脚。王大黑不光是脚下的鞋破了，就是连遮日头的苇笠也没有买上。傍晌天的时候，伙伴们都找地方风凉去了，王大黑却想多打一点石头，没有停下手来。打着打着，不禁一阵头昏眼花，不觉倚在石头上，迷迷糊糊地睡着了。不知过了多少时候，他猛地清醒了过来，身子如同浸在凉水里一样痛快。他连忙睁开眼睛，只见树影晃动，密密挤挤的桃树树叶，像一把伞一样地给他遮住太阳，对对的红桃散着香味，抖动的绿叶招来了凉风。王大黑一跳站了起来，心想：是谁砍了那么大的一根桃树枝子插在了这里？他向那面望去，几个伙伴都在那边睡着了。他用手摇了摇，哪里像是插在那里的树枝子，简直就是在那石缝里生根发芽长大了的桃树。王大黑心想，这真是怪事，这山上除了山半坡有棵桃树以外，哪里也没有树呀。他把桃树看了又看，想弄明白这是怎么一回事，便往山半坡走去啦。心急腿快，他小跑着到了树下，仰脸看去，树枝摇，鲜桃摆，一枝颤悠悠的细枝上站着一个闺女，正在摘桃。王大黑心里更是惊奇了，别说周围庄里没有这么一个女人，他走过的地方也不算少了，从来也没见到像这闺女这么俊的人呀。她的脸面，使王大黑想起了春天正开的桃花；她的头发如同围绕着花朵的绿叶那样好看。闺女一笑，便显出嘴边的两个酒窝。只见她把手一招，就从王大黑打石头的那个地方，飘起了一点东西，越飘越近，越飘越近，闺女一伸手把它接住了。王大黑看时，原来是一枝小小的桃树枝，枝上还结着一对鲜桃。闺女轻轻地把它往粗枝上一按，那小桃树枝就长在上面了，似乎从来就没人动过它一样。王大黑还没顾上想一想，闺女就摘下了一对大桃，朝他扔去。王大黑不觉把手一伸，桃子正落在他的手里，闺女乐得咯咯地笑了起来。王大黑被她笑得不知怎么样好，闺女连忙止住了笑，向他撩了撩手，看意思是让他快些把桃子吃了，王大黑真的就把桃子吃啦，那桃子咬在嘴里，如同蜜水一样甜，吃下去以后，简直像才洗过澡一样清凉爽快。他刚刚吃完了桃子，闺女身子一闪晃，一手抓住一根桃树枝，荡了一下，好似一片花瓣样轻飘飘地落到他的跟前。王大黑的眼前，一下子也变了样啦，他已经不是站在桃树底下了，而是站在一个碧绿闪亮的屋里，顶棚上画着红光闪闪的大桃子。闺女笑嘻嘻地说："我叫玉仙，我知道你是百里挑一的好人，你自己一个人过日子，是免不了有些难处的。你上山打石头，到这里也不偏路，有营生要做的话，尽管来找我吧。"闺女说着话，两腮更红啦，眼睛更亮啦，好像桃花带露开放，好像桃花在霞光里闪耀。王大黑看着她那光彩闪闪的脸，听着她那些知心知意的话，又感激又高兴，却不知道说什么好。正在这时，闺女一闪不见了，王大黑转脸一看，伙伴们已快走到他的身边了，可是他们却什么也没有看到，只见王大黑一个人站在那棵红桃绿叶的桃树底下。

也许是因为吃了玉仙亲手送给他的那对桃子的缘故，王大黑回到家里，老像是玉仙就在自己跟前，一直到半夜他也没睡着觉。第二天，他上山的时候，比平时走得更快了，天刚亮他就到了桃树底下，转眼工夫，他看到玉仙又站在他的跟前，他眼前又是一片明绿闪亮的屋子。玉仙笑嘻嘻地望着他，王大黑红着脸说道："我是来找你给我补一补小褂的。"玉仙很高兴地答应了。其实她早已看透了，王大黑并不是单单为了补衣裳才来找她的。她说道："大黑呀，我猜得着，昨天晚上你没有睡着觉，屋里有炕，你就在那里睡一会儿吧。"

真是一次生两次熟，王大黑见玉仙待他这么一片热心肠，心里更加觉得跟她亲近了。他依着她的话，好像到了熟人家里一样，一歪身子就在炕上躺下了。太阳出来时，伙伴们走到桃树底下，只见王大黑一个人在那里睡着了，他的身边放着已经补好了的小褂。

从这天起，王大黑差不多天天都到那桃树底下去看玉仙，天长日久地，伙伴们都觉得奇怪。有一次，他们照直地问他道："王大黑，桃树上也没有桃子啦，你还到桃树底下去做什么？"王大黑从来不对伙伴们说谎，就把实话对他们说了。大伙儿自然又惊奇，又替他高兴。

离这里二十多里路有一座县城，县官是京里一个大臣的亲戚。有一天，他吃饱了，喝够啦，闲着没事，寻思起来："我今天要权柄有权柄，说富贵也真富贵，我还有什么不满足呢……"他想来想去，忽然想道："我要是再有一个花园就好了，修上假山大湖，修上亭台楼阁，多么有趣呀。"他想到这里，不觉乐得哈哈大笑了几声，说道："这只要我说句话就行了。"

从前那是真的,做官的只要说一句话,当百姓的不知要流多少血和汗。王大黑也被逼着给县官做苦役去了。他每天和同伴们一起从山上给县官往城里推石头,衣裳磨破了,鞋也穿碎了。这一天王大黑推着石头到了山半腰,鞋破得再也没法穿了,他对伙伴们说道:"你们在这里等一等,我到玉仙那里,叫她给我缝一缝鞋。"伙伴们答应了,看着他往大桃树底下走去咧。

伙伴们等了不多时候,叫一个监工的衙役碰到了,也不问三七二十一地就打起他们来了。这时,王大黑从桃树底下赶了过来,衙役迎上去就要打,谁知他举起的手腕就如同被人拿着一样,一个点地噼噼啪啪往自己脸上打去。衙役哎哎呀呀地痛得直叫唤,两面的腮都打肿了,还是停不下手来。王大黑和伙伴们,有的瞪着眼看热闹,有的憋不住笑了起来。那衙役没法,双腿跪在地下,一面打脸,一面哀告道:"饶了我吧!饶了我吧!以后我再不打人啦。"一连哀告了三遍,听到一个女人声说道:"就饶你这一次吧。"那个衙役这才停下手来。

衙役得了赦,一溜烟地逃回了县城里,一五一十都对县官说了。县官吃了一惊,连声吩咐,赶紧去把那个妖人拿来。王大黑还没把石头卸下车,就被一根绳子绑进衙门里,打了四十大板,下到牢里去了。

伙伴们得到了这个消息,又焦急,又生气,又难过,又犯愁,他们商量了一下,觉得还是去找玉仙吧。他们趁上山装石头的时候,急急忙忙地到了桃树底下。他们却又为难了,只见桃树上绿叶满枝,可是对谁说呢。他们虽然听王大黑说过玉仙,但除了王大黑自己,谁也没有见过玉仙。其中一个大声说道:"玉仙呃!俺伙伴们有事情要对你说呀!"他的话刚落音,就听到一个女人的声音说道:"你们等一等,我给恁开门啊。"紧跟着满树的桃叶子翻翻拉拉地动了。就在这一霎,伙伴们看到自己也站在那净绿光亮的屋里了,不过谁也没有注意去看这些。在他们的眼前站着一个奇俊的闺女,闺女的身边放着一双还没做好的男人鞋。不用说也知道,这就是玉仙了。他们把听到的消息都对玉仙说了,玉仙很感激地说:"你们大伙儿尽管放心,我这就去救他出来。"玉仙说完,身子一闪就不见了。

县官正坐在大堂上,发威发令,忽然听到半空中说话咧:"你这赃官,为什么把王大黑押在牢里?那衙役是我打的,你能把我怎么样?"县官抬头一看,什么也看不见,他惊得瞪大了眼,旁边跟班的也吓呆了。声音却又响起来了:"你们这群狼心的东西,快些给我把王大黑放出来!"这次县官听清是女人声,终于壮了壮胆说道:"半空里说话的,你到底是谁?"那声音冷冷地一笑道:"你当我不敢把名告诉你吗?我就是玉仙。"县官说道:"本县是一县之主、一县的父母官,我只要说一声,银子就能堆成山,我只要说一声,庙宇就能盖得连成片,你快些显出真身,让我看一看。"那玉仙嗤笑起县官来咧:"嗬!我还没看到这堂上有什么县官呀?"

县官说道:"我就是呃。"那声音又说道:"呀,我还当你是一堆粪哪!我并没有白说你啊,你这县官是几千两银子买的,你那些银子都是比粪还臭的,你是不配看到我的。"

那县官被玉仙揭出了老底,可是世界上有一种脸皮厚的人,不管别人说什么,还是自觉不错。县官不服地说道:"不管怎么说,我也是皇上的七品官,那王大黑只是一个打石头出大力的……"

县官还没说完,玉仙就怒气冲冲地骂起他来咧,骂他凭着什么和王大黑相比,王大黑是人心,他是狼心……玉仙越骂越气,县官那厚脸皮也吃不住了,变得脸红脖子粗的。可是他什么威风也没处使,玉仙是踪影也看不到一点。这时,玉仙又冷笑一声说道:"你不是想看到我吗?就叫你先看一下我的小手艺吧!"说话不及的工夫,忽然从门外飘进一根小小的桃树枝子来。那桃树枝子落在了大堂中间,马上就在砖地上生了根,转眼的工夫,就长成一棵大树了。这桃树简直没法说有多粗多大啦,树枝顶得屋顶忽闪忽闪地动了,衙役官差们见事不好,嚷的嚷,叫的叫,藏的藏,躲的躲了。县官心里比谁都害怕,也不顾得再摆那四方步了,比老鼠还快地从大堂上溜走了。那些看守一听声不好,也都乱纷纷地逃命,其中的一个,突然跌倒再也爬不起来了。他连忙哀求道:"仙人!放了我吧!"他的头上也有声音响起来了:"放你容易,你快些给我把监牢门开开!"看守连忙答应了。

王大黑听到外面又嚷又叫的,还不知是什么事情,忽然监牢门开开了，关在监牢的人喜得喊了起来，便一拥向外跑去了。王大黑也夹在人们中间，跑出了城，回家去了。

第二天早晨，王大黑刚要动身上山去，才走到院子里，就看到玉仙从外面走进来啦，她气喘喘的，头发没梳，衣裳发湿，眼眉上也沾满了细小的露珠。王大黑心里很是惊疑，还没等他开口，玉仙就急急忙忙地说道："大黑呀！那县官是不会让你在这里住安稳的，我一夜跑了上万里路，给你借来这一把神凿，你拿上它，只要……"

玉仙的话还没有说完，外面就喊叫起来啦，原来是县官差了许多兵马来抓王大黑了。玉仙把王大黑手一拉说："快跟我来吧。"

王大黑跟着玉仙刚刚出了庄，后面的兵马也追来了。他跑呀跑呀，快跑到山顶上了，也眼看快要被追上了。玉仙停下来指着一面高石壁说道："大黑，大黑，赶紧在这里凿一下啊。"王大黑依着玉仙的话，扬起了手里的铁锤，锤打在凿子上，不是呼地响了一声，而是轰隆隆的连声响，石壁上出现了一个好像大门那么高的圆圆的石洞，王大黑朝着里面跑去。官兵们随后就追到了，可是只见黑乎乎的大洞，却不见王大黑的影子。有几个官兵大着胆子向里走去，走呀走呀，不知走进了有多深，听到一阵哗哗啦啦的水响，一条大河横在眼前。那水那个深呀，看不到底；那水那个急呀，船下去也会被打得粉碎。看那河对岸时，却是一片亮光闪闪。官兵们停了一会儿，只得出来了。

从这以后，没有人再看到过王大黑。人家都说他已经成仙了，那石壁上的深洞，也被叫成仙洞了，这山也被叫成仙洞山了。从这仙洞里，常常冒出一卷卷软绵绵的白雾，白雾有时把整座的大山都蒙住了，这样的时候，你仔细听去，便能听到山里面的一种响声，叮叮当当，叮叮当当，活像是谁在山里面打石头。人家都说，那个勤快的王大黑就是在山里也不肯闲着哪。真的，那个山上打出来的石头，有时就像做过的一样整齐光滑。人们也没有再看到过那个玉仙，不过满山上都长满了桃树啦，山半坡那棵大桃树那里，人们都叫它是"玉仙园"。从玉仙园通到仙洞的地方，桃树更旺更密，有人说那是玉仙给王大黑遮着日头，他常去看她呢。白雾有时半天地围绕着树梢不散，也有人说这是王大黑和玉仙会面的时刻。

白果仙

沂山地区是大山套小山、山梁接山梁的，有着几十丈深的山涧，也有那百丈高的石崖。从前，这老大的一片山区，都是树木遮天，狼虫满山，住在山里的人们，有的就靠刨药吃饭，有的全靠烧炭过活。他们不只是烧柞炭、松炭，还烧一种荆条炭。这荆条长得比人还高，它的花香，叶也香，杆香，根也香，那根子大的，有的一人只能搬一棵，烧出炭来，用它来烤火，火炭红，又耐烧，还有一种好闻的香味。现在我要说的，就是一个烧荆条炭的小伙子，他名叫石明，人长得很惹人喜欢，他会唱各样的山歌，也能吹笛子。跟石明一起烧炭的两个伙伴，都是有儿有女的人了,石明还是单身。

在那清静的夜晚,不管吹起笛子,还是唱起山歌,那声音都格外地嘹亮好听。俗话说:"酒醉人,不醉心。"伙伴们常常对石明说:"石明呀,听到你一吹一唱,心就醉了。"

刨药用镢,烧炭也得挖个窑。窑四围的荆条刨完了,石明和两个伙伴便分头到别的山坡上去刨。

这一天早晨,石明上到一个没去过的山梁上,上面的景致真是好极了:又软又绿的羊胡子草里,开着火红的山丹丹花,又嫩又青的松针上,挑着银亮的露水珠,石明高兴地唱了起来。他唱着唱着,忽然听到有人也在那里唱。他停住了,惊奇地掉转了脸,耳朵边仍然响着那好听的山歌。它不是峭壁响起的回声,也不是山谷拢住的声音,像是个女人在对面山坡上唱呢。石明听得都着迷了,他动也不动地站在那里,等山歌唱完了,才突然跳上了一块大石头,朝那里望去,沂山上起雾,如同天上飘云一样的平常。石明看到白色的浓雾好像潮水一样向这边涌来,露出在白雾上面的山尖,长满了密密的大树,只一霎的工夫,山尖也被浓雾遮住了。石明又焦躁又失望,因为除了浓雾以外,他什么也看不到了。

俗话说:"春风不刮,芽儿不发。"石明的心,真的被山歌引活了。他怎么的也忘不了那比雀哨鸟叫还好听的嗓音,他一天比一天地更加想着见见那唱山歌的女人。一天又一天,夏去秋来,石崖上的野葡萄变紫了。秋去冬来,山坡上苍绿的松枝托着了白雪,可是石明连唱山歌的女人的影子也没有看到。

年节来到了，石明虽是苦恼，还是没有忘了替别人打算。他对两个伙伴说道："恁家里都有老婆孩子，我一个人留在这里看窑就行了，恁俩回家过年去吧。"两个伙伴听了，自然是又感激，又高兴，在腊月三十日就回家去了。

三十日晚上，有钱的人家都是烤着炭火，守岁过年。石明也没有立刻去睡，他围着炭窑看了一遍，回到旁边的小屋里，望着小油灯，吹起笛子来了。吹着吹着北风不刮了，小屋的单扇门却轻轻地开开了，一个年轻的闺女悄悄走了进来。她穿的上下雪白，圆圆的脸面，更是干净俊气，头发也格外的浓黑，鬓角松蓬蓬的，高高的双髻，云朵一样。石明又惊奇，又高兴，他不觉忘记吹笛子了。

闺女见石明看她，抿嘴一笑，向周围望了望，很温和地说："我是山阳庄的，路过这儿，听见你吹笛子，就进来了。今天晚上你怎么不包饺子？"

石明如梦初醒，慌忙之中不知怎么回答才好。闺女笑着说道："你吹笛子，我来包吧。"说完，真的把面倒进盆里和了起来。石明多么想问问，那天是不是她唱山歌，今晚上为什么到这深山里来？他刚要开口，闺女却又催他说："你快吹吧，你吹得实在好听！"

石明听到闺女夸奖他，真是说不出的高兴，止不住又吹了起来。闺女越听越想听，石明越吹越爱吹，看看天快亮了，闺女把热气腾腾的饺子端到了他跟前。石明一心想留她在这里吃,她却笑着摇了摇头,看着石明说道:"天不早了,我要走啦。你可不要到山阳庄去找我,俺爹不知道我到这里来啊。"石明答应着,闺女推开门就向外面走去。黑影中看不到那个闺女了,他站了老一阵才慢慢地走回屋里去。

年节过去,两个伙伴都回来啦。石明第一句话就问,哪里有个山阳庄?伙伴们被问得愣愣的,一齐说道:"没听说过这一带有这么一个庄名。"石明也没再说什么,转身干活去了。

他没有对伙伴们说起有个闺女来过这里。他想:"也许闺女不愿意叫别人知道这回事,才没有告诉我真实的庄名。"

石明到门外的泉子里提水,看到月亮照在泉水里,心里自己劝解自己:"不要再去想念她了,真好比水里捞月亮,你到哪里去找她呢!"他在小屋旁边的石板上歇息,石板旁边长着一棵杜鹃花,春天里,粉红的花朵开满了长枝。他望着好看的花影,闷闷地想:"不要再想着她了,你知道她叫什么名字?真是捕风捉影的事情啦!"不管怎么想,他的心却像奔腾的野马,没法收回来了。

他闷闷不乐地过完了春天,又到了夏天。有一天,他又到那山梁上去,却忽然来了急雨。回窑去必须过一道深沟,雨住了的时候,山沟里滚滚的大水,搬不动的石头也被轻轻地带走了。眼看着天快要黑了,回窑是回不去了。正在着急,忽然听到背后有人叫他。慌忙掉头去看,真是喜从天上来,在他背后站着的,正是年三十晚上见到的那个闺女。她对石明说道："山上有蛇妖害人，我已经跟爹说好了，你就到俺家去过一夜吧。"石明自然是欢天喜地地答应了。他两个翻过了山头，天更黑了，周围尽是冒天高的大树。石明走着，心里很是奇怪：自己在山上这多年，怎么不知道在这树林里还有这么一条平坦大道呢。不多时，大道尽头闪出一座院落来，走到跟前看时，石头垒的院墙，砖砌的门楼，走进去，里面很是宽敞。一个老汉迎了出来，非常亲热地把石明请进了屋里，又对闺女说道："他一定饿了！白妮呀，快去弄饭给他吃吧。"闺女答应着走了出去。

老汉把石明上下打量了一阵，点点头说道："你别以为我是生人，我还认识你老老爷爷哪。"

石明很奇怪，连爹还没见过老老爷爷呢，这老汉能有几百岁了吗？老汉又要说什么，这时白妮却在隔壁房里唱起了山歌。石明听得出，那嗓音还那么甜丝丝的，那调子还是说不出的好听，原来自己听到的山歌，就是她唱的呀。这比什么都叫石明欢喜，要不是老汉在跟前，他一定要跑过去。

老汉已经看透了石明的心事，哈哈地笑着说道："俺这闺女从来没对我夸奖过谁，这几天她却不住地称赞你。今天接了你来，我就是有意给恁俩成全这桩好事。"老汉刚刚说完，白妮手托盘子从外面走了进来，盘里放着饭菜。她放下盘子在石明身边站住了。老汉看看闺女，又看看石明，笑嘻嘻地说道："我一辈子就这么一个闺女,你两个要是有情意的话,就算大雨给恁俩做了媒人,今天就成亲吧。"

白妮望望石明,石明也看看白妮,两个人相约着一齐给老汉磕了个头。老汉吩咐白妮,好好地照看石明,就回自己房里去了。

这天夜里石明就宿在白妮的屋里。

第二天早晨,石明想起当初的事情,笑着问白妮说:"你怎么哄我说住在山阳庄呢?"白妮也笑着应道:"我怎么哄你?你出去看看,俺这里就在山前面呀!不叫山阳叫什么呢?"她拉着石明的手朝门外走去。

太阳已经出来了,照得树叶子银光闪闪,树荫里,金针花开得一片金黄,两个人相跟着往树林里走去。不多一阵,好听的山歌又一应一和地响了起来。

他在白妮家欢欢乐乐,不知不觉就过了七八天。有一天,他对白妮说道:"我想回去趟,告诉伙伴们一下,他俩不知怎么样挂念我哪。"

白妮说道:"为这个,我不能拦阻你,你回去几时回来?"

石明想了一想说道:"我回去住上三天,六月十五日就回来。"白妮答应了,很高兴地说道:"十五日傍晚,我去接你。"

白妮领着他,顺着来时的大道走去。她一直把石明送出了大树林,又翻过了一个山头,来到了他俩原来相遇的地方,才又吩咐他说:"回来就在这里等着我来接你,千万要听我的话呀。"

石明和白妮分了手,他走不多时,前面就是熟地方了。不一会儿,便回到自己那窑上啦。

石明把经过的事情都对伙伴们说了。三个人在一块儿耍了一天,又耍了一天,十五日早晨起来,石明再也待不下去了,只两天没有见着她,却觉得如同隔了许多日子。他心想:"我就早一点回去吧,反正离得又不远,我常回来着看他俩就是了。"

石明吃了早饭就动身走了,走到和白妮分手的地方他站住了。真是犯难啦,她说得明明白白,约定傍晚来接我,可是怎么才能等到那时候呢?还是自己走吧,反正又知道路。他想着想着又向前走去了。一翻过了山头,石明不得不停住了,前面的山上,树木密密麻麻,不但没有那条平坦的大道,连一条弯曲的小路也找不到。他回头看看,疑惑是自己走错了方向,却清楚记得回窑时也曾经过那个山头。他看明白了这些,就不顾一切地往林子里走去了。

林子里有许多地方是树干靠着树干,石明只好弯弯曲曲地从树缝里穿过。他走过了长着青苔地衣的地方,他也经过了花草齐腰的山洼,不知爬过了多少山头,不知走过了多少深沟,还是没找到白妮住的地方。太阳落山了,林子里渐渐黑了下来,红顶的蘑菇、白色的野花,也看不清了。石明十分后悔没有听白妮的话,他左看右看,前面忽然有灯光亮了起来,便风快地向前走去。树木也稀了,灯光也越来越近了,一霎的工夫,就到了跟前啦。

嗬,原来是一间没门的石头屋,一个老人在屋外面站着。石明问道:"老大爷,我是过路的人,您知道白妮的家在哪里?"老人两眼瞅着石明说:"我就是白妮的爹呀,你怎么连我也不认得了?我们是搬家搬到这里啦。"

石明听了老人的话,心里仍旧信不过。老人又说道:"你看我胖吗?我今天是吃了一棵灵芝草,一下子就胖成这个样了。你要是不信,白妮在这后屋里,我领你看她去。"石明虽是半信半疑,他一心想快些看到白妮,便跟他往屋里走去了。石明进去一看,这哪里是屋呀,越往里走越深,越往里走越黑。石明觉得阴森森的、冷飕飕的,那气味更是难闻。白妮怎么会住在这里面?他发觉不好,急忙掉转了身。他还没有走出一步,老人把脸一抹,变成了一条大蛇,一下子就把石明缠住了。大蛇的眼睛闪着绿光,周围的一切都看清了,在石明的左右还盘着两条黑色的蛇。那妖蛇张开口说话了:"你来到我这里就别想逃出去了。"石明的心里是又急又气,可是手脚都被缠住了,满身力气也使不出来。妖蛇又对那两条黑蛇说道:"两位风梢将军,赶快去把住洞门口,不要叫那白果仙抢了他去。"两条黑蛇嗖嗖地跑出去了。

石明并不知道那妖蛇说的白果仙是谁,他的心里想起了白妮,很是难过。他想:"白妮这时一定在那里接我呀。"

这时,白妮真的正在约定的地方等着石明。一等不来,二等不来,她心里忽然一阵不安,慌忙弯下腰,在地上画了一个圆圈,圆圈立刻亮了起来,亮光越阔越大,白妮从亮光里看到了洞里发生的事情：妖蛇把两条长须伸在石明的鼻孔里，喝着血，看样子，石明已经昏迷过去了。白妮脸上立刻变了颜色，把牙一咬，转回了身。她用手一指，各种树木都向两旁退去，她的眼前又是那条平坦大路。眨眼的工夫，她已经站在了爹的跟前了。她说："爹呀，你把宝剑给我用用吧。"老汉看着白妮问道："孩子，你这是怎么的了？"白妮更急地说道："爹，你不必问了，赶紧给我宝剑吧，那妖蛇就要把石明害死了！"老汉听了大吃一惊："孩子，你千万去不得，那妖蛇可厉害啦，还有两个风梢将军，你是战不过它们的。"白妮急得两眼落泪："爹呀，千难万难我也要救他出来。"老汉听到这里，叹了口气，把宝剑给了白妮。

　　白妮手提宝剑，风快地来到了妖蛇的洞外。这里已不是石明乍见时的样子了，周围格外阴暗，石壁上的洞口好像一个森严的大嘴。白妮用剑削下了长的头发，向洞口前面扔去，随着又拾起了两块石头，碰了一下，红色的火星登时向洞口那里扑去。这时，那里已经看不见洞了，只有大堆的白果树枝，火星落在了白果树枝上，冒起火苗来了。白妮只一吹，火就呼呼地着了起来，烟火一齐向洞里扑去。守在洞门口的那两条黑蛇，扑上了火苗，只滚了几滚就被烧死了。火越来越大，妖蛇也顾不得再喝血了，慌忙向洞外蹿去。一蹿也蹿进了火里，翻腾了几下，头也烧煳了，才滚出了火堆。它冲着白妮吐出毒舌，尾巴一甩，地上的石头被拍得粉碎。白妮不但没有后退，她一跳闪到了一边，又一跳就骑在了妖蛇的身上，扬起宝剑，把妖蛇的脖子砍断了。

妖蛇死了，白妮掀起裙子往脸上一蒙，便走进大火里去啦。火虽烧不着她，汗水却浸透了她的衣裳；烟虽熏不坏她的眼睛，泪水却在她脸上流成了串。她甘愿忍受这一切，只要能把石明救出来！可是，当她把石明从洞里抢出来的时候，他的眼睛已经闭上了。她望着石明，心好像就要碎了一样难受。她伤心地说道："石明！我多么想着和你常在一起，我多么想着跟你一块儿唱山歌啊。"不管她说些什么，石明都听不到了，不管她怎么难过，石明也不知道了。

老汉赶来了，他说道："你砍了那妖蛇，也算给他报了仇；你那样地去救他，也算尽了你的情意啦！白妮呀，不要难过啦。"白妮摇了摇头，从口里吐出了一粒绿色的圆东西，好像珠宝一样生光，好像露珠一样晶莹。老汉惊叫了一声，嚷着说道："孩子！这是你的命根子，你不能把它吐出来呀，没有它，你就成不了人啦！夏天，大雨浇，日头烤！冬天，北风刮，冰雪凉！这些滋味，你也知道，你还要再去受吗？"白妮没有回答老汉的话，她仍然很温和地说："爹呀，你千万答应我，把我吐出来的仙丹给他吃了吧！"她说着，脸色变黑了，她的皮肤变粗了，她的两只手，变成了两根粗枝子，身子也变成了高大的白果树干，不过这棵白果树，已经不再有那茂盛的树枝，不再有那好看的绿叶了。

老汉把仙丹给石明填进嘴里，石明脸面上立刻有了血色。他一跳站起来，看到老汉，不知怎么一回事。老汉指着那没树梢的白果树，滴着眼泪说道："孩子，这就是白妮啊！我实对你说吧，俺都是白果仙，她为救你，割掉了头发；她为了救活你，现在已经不能再变成人啦。"

谁也说不出石明有怎样的难过，有怎样的痛苦，有怎样的伤心。他流不出眼泪，哭不出声来，只是数说道："我要在这里陪她一辈子，我要永远唱山歌给她听。"

真的，石明再没有回去烧炭，在那棵没有梢的白果树旁，常常响起好听的笛子声和山歌声。有人说，石明后来成了神仙；也有人说，再过一百年，那白果树，枝叶就要长全了，到那时，它又会变成一个比先前更俊秀的仙女了。

金雀和树仙

从前有一个地方,有一片很大的树林,那树林大的呀,你走进去几天几夜也走不出来。林子里长着各种各样的树木,有四季常青的松树柏树,也有春天开花的楸树梧桐树,还有到了秋天叶子发红的枫树橡树,还有结果的山楂杜梨。嘿!要是像这样慢慢地数下去,怕说三天三夜也说不完。就在这树林子里面,有一棵最老最老的大槐树,它的顶上有着像龙一样的弯曲的树枝,它的下面有着像屋那样大的树洞,洞里面住着一个聪明灵巧的树仙。他用又干又香的树叶铺成床,用爬到树上的金银花藤做门帘,我就要说一个与他有关的故事,不过却不能从这里开头。

那时候，在离这个大树林子很远的一个小庄里，有一棵大榆树。榆树上常有一个颜色金黄的小雀跳呀叫呀，榆树旁边住着两户人家。两家子屋脊相连，两家子的院落也只隔着一堵薄薄的土墙。墙西那家子，有一个汉子叫刘春田，刘春田家里穷得是指地没有，两口子三更半夜就起来推水磨，做豆腐。两口子吃着豆皮、豆腐渣，把赚来的钱，养活近八十岁的老娘。墙东那家子，也有一个汉子，家里是骡马都有，富人起个富贵名，他叫王玉峰。王玉峰也有一个八十多岁的老娘，耳又聋，眼又花，老得下不来炕。王玉峰只忙着放债收租，他老婆也是张口说钱、闭口想钱，两口子不只是不心疼老人，倒嫌他娘碍手碍脚、白吃白用，心里老是指望她快些死掉。

俗话说："严霜偏打洼处草。"这一年春底，大榆树上已经长满了黄绿色的树叶子了。刘春田的老娘得了重病，两口子又急又疼，取借无门。刘春田脱下了身上仅有的旧单褂，他老婆拔下头上的铜钗子，好歹凑起了一服药钱。药吃下去，病却没有治好，老人死去了。刘春田想到娘吃累受苦地把他拉扯大了，却没有让她过上一天好日子，心如同被拉出来一样疼。两口子哭得那个悲惨呀！风不刮了，天落雨了，榆树枝子有的也耷拉下去了。这时候，榆树上的那只小小的金雀也看到了，也听到了。它张开小嘴又闭上，它难过得再也不忍心听下去，黑眼里亮着泪水，在蒙蒙的细雨里飞走了。

鸟扑树林，就如同人扑庄。那金雀飞呀，飞呀，不知不觉就飞到了那片烟雾蒙蒙的大树林子里了，一落落在老槐树上。风吹起来时，雨住了，各种各样的树叶子都是丝亮丝亮的明光闪闪，连那粗大的杨树干也透过白色的树皮露出新鲜的绿色。杜鹃又叫了，野鸡在飞了，可是金雀的黑眼里还是泪光闪闪。乌云散了，太阳出来了，林子里的小草也晶莹得像珠宝一样的生光，那爬在老槐树上的金银花正开满着蝴蝶形的小花，露水滴滴，香气四射，蜜蜂在花上嗡嗡着，蝴蝶也飞来了。从来就不安静的小金雀虽是还很难过，也止不住去啄啄那嫩光的金银花了。它啄一下，眼泪就掉了下来。忽然间满树的金银花摆动啦，耷拉在树洞口的金银花藤向两边分开了。从树洞里走出来一个和善的老人，他的头发披到双肩，好像白鹤的羽毛一样又光又亮；他的脸色红澄澄的，一对眼睛也如同孩子样的活欢清明。常在树林里来往的金雀，立刻便认出他是树仙。还没等它开口，树仙就说道："我在这树林子里，住了千千万万年，从来没有看到过鸟儿落泪，人都说鸟儿不会哭，小金雀呀，你今天怎么掉下泪来了？你哭得我都心动了。"小金雀叽叽喳喳地叫起来，树仙是能听懂它的话的。它说："老人家，我今天看到了一桩事，太叫我感动了，我怎么能不掉泪呢！"小金雀把刘春田家里怎么穷，刘春田怎么服侍他的老娘，他老娘病了，怎么弄药给她吃，死了以后，两口子又是那么难过，一五一十地都对树仙说了。树仙没有作声，他立在那里，似乎是在想什么心事。小金雀还止不住接二连三地说:"树仙老人呀,那刘春田两口子,真是两个善良的好人!"树仙听了,却摇着头说道:"小金雀,要知道一个人的好坏,是不能单凭那一点点的,这要看他对别人是不是一样的好。"小金雀忙摆着头说道:"不,树仙呀,你去看,那时你就知道他两个是怎么样的好人了。"树仙真的把身子一动,变成了一个干瘦的老妈妈,身上穿的衣裳补丁摞补丁,没有一块好地方。老妈妈说道:"小金雀呀!我要真的去看看他俩了。"

刘春田和他老婆殡出了老娘以后,饭也没心吃,正在家里难过,一抬头看见了一个老妈妈站在门前,瘦得简直是风一来便能吹倒,两口子看了都十分可怜她。老妈妈说道:"恁行点好,给我块干粮吃吧。"刘春田连忙把家里最好的一块干粮拿给了老妈妈,他老婆也替老妈妈犯起愁来了。她问道:"老大娘,您这大年纪啦,上沟走崖的,跑不动了啊。"老妈妈说道:"我就是孤身一人,没家没业,没儿没女,有什么法子呀!哪里跌倒,哪里死吧。"刘春田看到老妈妈,又想起他死了的娘来了,看样子这老人也和自己娘一样,没有过上一天好日子,这样大年纪,是不应该再叫她东家要一口、西家讨一口了。他说道:"老大娘,您要是不嫌我家里穷,就在我家里住下吧。"他老婆听了他的话,也连忙说道:"俺娘刚刚死去了,您在俺家里就是个老人了。"

老妈妈也没有推辞,就在刘春田家住下了。

刘春田和他老婆,对待老妈妈那个好呀,真是说也没法说。他常对老婆说："老和小是一样的，不要让老人家做活呀。"老妈妈看到他两个白天黑夜地受累受苦，在炕上怎么也坐不住，常帮着他俩烧烧火、做做豆腐箩的。他们每逢做熟了饭，总是先让老妈妈吃饱。他老婆背后常嘱咐刘春田说："老人全凭饭力，咱们年轻人挨点饿，还能支得住。"这三口人，日子过得是又苦又累，可是，你疼我爱的相处得很是和睦。

真是日久见人心，一年这样过去了，两年这样过去了，刘春田两口子跟老妈妈更加亲近热乎了。眼看着第三年又快过完了。有一天，老妈妈把刘春田两口子叫到跟前说道："孩子，我今天就要走啦。"

两口子真是想也没有想到这里，刘春田难过地问道："大娘呀！是不是俺俩哪里待您不好，还是您嫌这里日子太苦？"春田老婆也着急地问道："大娘呀！是因为我说话不留心得罪了您，还是因为别的事情伤了您老人家的心？"老妈妈摇摇头说道："孩子，不要胡思乱想，和你俩在一起苦日子也会变甜，和你俩在一起伤心的人也会得到安慰，不过，孩子，我可是不能再在这里住下去了，我今天就要走了。"春田一心想留住老妈妈，他担心老人家会受渴，会受饿。他说道："大娘呀，您走了这屋会显得多么空啊，您走了叫俺到哪里再去找？"春田老婆也眼泪汪汪地说："咱已经像三根苦藤藤拧到了一块，三年的风霜，咱都一起受了。大娘呀，您走了，叫俺多想得慌。"老妈妈想了一想说道："孩子，怎么说我也该回去了,恁到树根底下去挖一块泥回来,我给恁留下一个像,恁要是想我的话,就看看我的像吧。"两口子见实在没法留住老妈妈,才到树根底下挖了一块泥回来。老妈妈接过泥,一面捏一面说道:"榆庄有个刘春田,我在他家住了正三年,临走没有什么留给他,捏了个泥人吐银钱。"

老妈妈念完了,泥人也捏成真的和老妈妈一模一样。泥人把嘴一张,扑拉扑拉地吐起银钱来了,老妈妈忽然也不见了。到这时,刘春田两口子才知道那老妈妈是神仙变成的。从这以后,刘春田家的日子越过越好。刘春田家东邻的王玉峰两口子,看了很是奇怪。本来,他因为刘春田家穷,从来不去串门。这一天,却别有用心地去了。他到了刘春田家,并没心去说话拉呱,瞪着一对老鼠眼,东瞅瞅,西溜溜,一下子就看到了桌上摆的那个小泥人,嘴里扑拉扑拉地吐银子。他什么也不顾得说了,连忙问道:"这个宝物是从哪里得来的?"刘春田两口子从来不会撒谎,便根根梢梢地都对他说了。王玉峰也就不再坐了,连忙回到家里,和老婆商议了一下,找了一根绳子,把他娘活活地勒死了。两口子寻思着,又少了一张吃饭的嘴,又能赚得泥人来,这真是一个好买卖,便一齐坐在院子里,干号起来。他俩号得那个难听呀,风刮起来了,想把他俩的声音掩掉,日头也气得发了黄啦,榆树枝子边摇摆着,表示不满,这时候,站在榆树上的小金雀也看到了,也听到了,它怒冲冲地张开尖尖的小嘴,气鼓鼓地瞪着圆圆的小眼,它不愿再听这样的假哭干号,抖了抖羽毛,扑了扑翅膀,在风沙里飞走了。

这时,小金雀忙着去找树仙,就如同人们急着去看朋友。它斜着翅膀飞着,它调弄着尾巴飞着,它飞呀,飞呀,终于飞到了那片大树林子里。它又向那棵老槐树上落去,翅膀斜了几斜,身子歪了两歪,它站不住,又被风刮起来了。风越刮越大,各种各样的树叶子漫天飞舞,可是,小金雀还是挣扎着向那大槐树上落去。风吹乱了它那光泽的羽毛,它那小爪紧紧抓住的树枝被风刮断了,那平时垂着的金银花藤,也荡起了它的枝条。小金雀想去抓住它,风却又把它扔到了一边。它扑空了,眼看就要被撞在树干上了,嘿!它却一点没有碰痛,它被树仙从树洞里伸出的手接住了。这和善的老人,又责备又疼爱地说:"小金雀呀!这么大的风,你怎么还到处飞呢?你那么急着找我有什么事情呢?我已经让那对好心的夫妻过上了好日子啦。这事,你是早已知道的啊。"小金雀连忙说道:"树仙老人呀!你是不知道,我看到了一桩什么样的事情啊,我气得想冒火,我要赶紧把这事情告诉你,那时候,你就不会责备我为什么在这大风天里飞了。"小金雀把王玉峰家里怎么富,平时怎么待他老娘不好,为了要赚得吐银子的泥人,怎么样把他娘勒死,又怎么样在院子里假哭干号,一五一十都对树仙说了。树仙没有作声,他皱着眉头,似乎在琢磨什么事情。小金雀又止不住接二连三地说道:"树仙老人呀,那王玉峰两口子,真是两个狠毒的人。"树仙听了,却摇着头说道:"小金雀呀,我无论如何也信不过,世界上还有忍心把亲生娘害死的人。"小金雀也摆着头说道:"不!树仙呀!你去看看,那时你就知道他两个是怎么样的又贪又狠了。"树仙真的把身子一动,又变成了那么干瘦的老妈妈了。她身上穿的衣服是补丁摞补丁,没有一块好地方。老妈妈又说道:"小金雀呀,我要真的去看看他俩了。"

王玉峰和他老婆埋了他的老娘以后,一心只盼着神仙老妈妈快些来。他干哭一声,朝门外看一眼。干哭一声,朝门外看一眼。过了一阵,又过了一阵,从风沙里出现了一个穷老妈妈。老妈妈磕磕绊绊地来到他家门前站住了。他老婆正要像往常赶走穷人一样把老妈妈赶走,却被王玉峰拉住了。因为他曾经在刘春田家里看到过那吐银子的泥人,长相和这老妈妈一模一样。他连忙跑到门口喊道:"神仙老妈妈,你快到俺家里来吧,俺家吃得比刘春田家要好得多呀。"那老妈妈却摇摇头说道:"我不是什么神仙老妈妈,我是一个穷老婆子,怎行点好,给我块干粮吃吧。"王玉峰老婆一面回屋里拿干粮,一面咕哝着说:"也不知哪里来了这么个穷老婆子,却把她当成神仙看待。"她挑来挑去,挑了一块喂狗的干粮扔给她了。王玉峰说道:"老大娘,您这么大年纪了,上沟走崖的跑不动了啊。"老妈妈说道:"我就是孤身一人,没家没业,没儿没女,有什么法子呀!哪里跌倒,哪里死吧。"王玉峰听了,心里欢喜极了,这老妈妈看来一定是那个神仙老妈妈了,她回答我的话,和回答刘春田的话,是一丝不差。他很得意地说道:"老大娘,我家里有的是房子,你就在我家里住下吧。"他老婆一听可着了急,憋不住大声地说:"才去了一张吃饭的嘴,又找上个装食的洞。"

老妈妈没有作声,跟着王玉峰走进去了。这已经是吃饭的时候了,王玉峰两口子每天都是顿饭成席的。他把老妈妈领进一间空房子里去,两口子回到自己的房里,吃饱了,喝足了,才把一点冷菜、冷饭端去啦。

第一顿饭这样地送给老妈妈吃了,第二顿饭也是这样地送去了。可是这一天两口子三更半夜的还在心疼。他老婆不住声地咕哝道:"穷人都是那副穷相,你可别叫她白白地赚了饭去吃啦。"王玉峰心里也打着算盘,万一这穷婆子,真的不是神仙变成的,这不是要折本了吗!他想了一会儿,忽然把手一拍,说:"好了,我有办法啦。"他老婆听了他的办法,也欢喜地说道:"对,这个办法是再好不过了。她要是真是一个神仙变成的,那咱也会得到那吐银钱的泥人;她要是真是一个穷婆子,那就立刻把她赶出去算了。"两口子觉也顾不得睡了,立刻往老妈妈住的那间空房子走去。老妈妈已经睡下了,两口子硬逼着把她叫了起来。王玉峰说道:"老大娘,你要是神仙变成的,你就先给俺捏一个吐银钱的泥人吧,我会养活你三年的。"

老妈妈吃惊地瞪起眼睛,一声不响。王玉峰老婆沉不住气了,大声吆喝道:"我说她是一个穷婆子就是一个穷婆子,快些叫她滚出去吧。"

老妈妈却并不害怕,也没有生气,只是冷笑了一声说道:"我也该回去了,恁到那树根底下,挖一块泥来吧,我给恁留下一个像,也不枉见面一场。"

两口子听了,欢天喜地地出去挖了一块泥回来。老妈妈一面捏一面说道:"榆庄有个王玉峰,我在他家住到天三更,临走没有什么送给他,捏个泥人吐马蜂。"

老妈妈念完了,泥人也捏成了。这泥人有点像王玉峰,又有点像他老婆。泥人把嘴一张,三指长的大马蜂就接二连三地飞出来了,灯光里一片嗡嗡声,老妈妈忽然不见了。马蜂在王玉峰两口子身上脸上都落满了,扑了这里,那里又蛰了,扑了这些,那些又去蛰,不多一会儿,脸肿得眼睛也睁不开,两个人痛得在地上滚了起来。也许他俩一直滚到大天亮,不过,说故事的人没有这样说过,那只有请大家自己想象一下吧。

红泉的故事

天下没有不散的酒席,世界上却有拆散不开的恩爱夫妻。你如果不信的话,听我说一个老辈里传下来的故事。

那时候,也不知是南庄,也不知是北庄,有一个小伙子叫石囤,又勤快,又能干。春天里娶了一个媳妇,叫玉花,嘿,那真是珍珠宝石样的人物,人也好,营生也好。好上加好,小两口好得是比蜜还甜。谁知道好事多磨难,石囤有一个后娘,是一个天上难找地下难寻的厉害婆娘。玉花给她送去的菜,咸了,嫌咸;淡了,嫌淡;不咸不淡的,她又说没味。玉花给她端去的饭,热了,她骂玉花想烫死她;凉了,她骂着说叫她吃凉饭;不热不凉的端上去,她又打着玉花说送去得晚了。不管玉花做多少营生,不管玉花怎么侍候她,无风起浪,无事找事的,不知什么时候她就骂起来,不为什么事情她就打玉花一顿。石囤觉着比骂自己还难受,比打自己还心疼,可是在那个时候,婆婆打媳妇是家常便饭,当儿子的是不能出头阻挡的。

玉花一天比一天瘦了,她的脸色不像以前那样新鲜了。有一天,石囤回到屋里,看到玉花坐在炕沿上扑拉扑拉地掉泪,石囤难过地叹了一口气。玉花望着他说道:"石囤呀!罪我也遭够了,苦我也受尽了,别的我也没有什么挂心事,我就是舍不得抛开你呀。"石囤的心里难过极了,他想了想说道:"玉花!我看你在俺这后娘手里,也熬不出来,今天夜里,咱俩一块奔外乡去吧。"

玉花听了,又感激,又高兴。半夜的时候,小两口什么也没拿,从马棚里牵出了那两匹瘦马,悄悄开开后门,跳上马一直往西北面跑走了。

俗话说"快马赛流星",别看两匹马瘦,却跑得再快也没有了。两个人不知道绕过了多少村庄,两个人也不知走到了什么地方。石囤说道:"马呀,你别只走那平川大道,你拣那山间小路走吧。"马好像听懂了石囤的话,一齐蹿上了一个高坡,马蹄踏得石板板吧嗒吧嗒地响。

天亮的时候,他们来到了一片没有人烟的大山上。这正是春天,山上草青了,花开了,一对对白鹤在半空里飞,一双双雀鸟在树枝上叫。玉花忽然叹了口气说道:"雀鸟还有个窝,咱走到哪里才是个家呢?"石囝却笑笑说:"山洞里、树荫下一样能过夜呀!"

他们过了漫着白雾的山沟,过了冷冰冰的山崖,到了一片白露的山顶。玉花说道:"我这一辈子不求别的,只要能长远和你在一起就好。"有上山,就有下山,太阳出来的时候,他们到了一个山洼。走着走着,马站住了,两个人都惊奇了:前面不远的地方有一个不大的泉子,泉水红得好像海棠花瓣,亮得好像青天的月亮,泉子周围的野花野草也是红光光的,也不知是从红泉水里冒出来的,也不知是那些红光的花草散出来的,玉花闻到了一股出奇的香味。她向石囝说道:"人也累了,马也乏了,咱们歇一歇吧。"石囝答应着,两个人跳下了马,两匹马在泉子边上吃起红草来了。石囝和玉花走到泉子跟前一看,红水更是透明晶亮的。玉花感到口渴了,她把手伸进泉子里,捧起红水喝了一口。那水简直比蜂蜜还甜,不知什么缘故,凉凉的水喝下去时,却觉得全身温暖。她喝完水抬起头来,石囝看玉花时,脸色真比桃花还新鲜。他正在惊奇,马叫了起来,他俩转身一看,两匹瘦马也变了样啦,胖得身子溜圆,毛皮闪光。两个人都猜不透这是怎么一回事,心里又害怕,又奇怪,慌忙骑上了马,出了山洼,向前跑去了。

那马也比先前跑得快了,过山过岭如同走平路一般,几丈宽的大沟也能一跃而过。两个人不分日夜地在路上跑了几天,不知道跑出了多少路，回头看看，那片大山，白茫茫的，青苍苍的，远在天边了。

这天晚上，石囤和玉花来到了一个小庄，庄头上有三间草屋，里面点着灯。两个人下了马，拍了几下门环，一个老妈妈走出来开开了门。老妈妈打量了他俩一下，问道："看恁这两个客也不是本地人，你们叫门有什么事呀？"玉花忙说道："老大娘，俺是从远处来的，天黑了，也奔不上那店了，求您老人家留俺个宿吧。"老妈妈很欢喜地说道："我就是孤身一人，恁要是不嫌的话，我住东间，你们住西间吧。"两个人见老妈妈答应了，心里真是高兴，当时就随着老妈妈走了进去。老妈妈又爽快又善良，做了饭，烧了汤，给他俩吃了喝了。

出门在外的人，碰到了这么个老人，石囤和玉花真把她当作亲人了。两个人把为什么从家里跑出来，路上经过了哪些地方，连碰到红泉的事情，都一五一十地对老妈妈说了。还没听完，老妈妈就难过得掉下泪来了。她说道："孩子呀，就怕恁夫妻还是不得长远啊。"玉花和石囤摸不清老妈妈为什么说这句话，心很是惊奇，正想问问，老妈妈又说道："孩子，恁两个碰到的那个红泉，底下一直通到红山，红山上有一棵大枫树，那红泉里的水，就是从那棵大枫树根上渗出来的。每年枫叶红的时候，那大枫树就要变成红脸妖，它有一对火星眼，一下子就能看透千重石壁、十座大山。它上到红山顶，看看都是哪些女人喝过它的红泉水，它就选那里面最好看的女人，抢去做它的媳妇。雪花一落，不只是红脸妖，连那媳妇也要变成枫树啦。孩子，就怕你逃不出它的手了。"老妈妈说着又掉下泪来。玉花听了，又惊又怕又犯愁。但她看到了老妈妈为他俩这样难过，还是安慰地说道："老大娘，那红脸妖是抢不去我的。"石囤也说道："老大娘，就是那红脸妖再厉害，也拆散不了俺俩。"老妈妈擦干眼泪说道："难得恁这么两个好孩子，我老伴死了以后，就是我孤身一人，恁两个在这里住下吧，咱就是一家人了。"

石囤和玉花真的在老妈妈家住下了。老妈妈不再犯愁衣裳没人做了，也不再犯愁地里的庄稼没人收没人割了。石囤从来不让老妈妈受一点累，玉花总是把家里最好吃的东西做给老妈妈吃。

一天又一天地过去了，麦子割了，谷子黄了，葡萄熟了，枫叶又红了。老妈妈提心吊胆得睡觉也睡不安稳，晚饭也吃不下去。她天天掐着指头数，盼着秋天快些过去，瞧日头看星星地，盼着天快黑，天快明。山里的白天是很短的，老妈妈盼得日头落下去，月亮出来了。石囤从地里回来时，玉花也从场上回家来了。小两口一块铡完草，一块儿又去喂马。老妈妈做好了饭，刚刚走到院子里，忽然从半空里飘下一片红色的大枫叶来。枫叶在院子里不停地旋转起来，越转越快，转着转着，起了一股旋风，旋风里站着一个红脸妖。这妖怪，红头发，红眼睛，穿着一身红道袍，红色的袖子拖到了地上。红脸妖把长袖一甩，那片红叶立刻变成了一座花轿。老妈妈一看,惊得喊了一声就摔倒了。石囤和玉花正在马棚里喂马,听到老妈妈的喊声,慌忙走了出来。红脸妖一见玉花哈哈大笑了声,把长袖一甩,玉花不知不觉地就进到轿里去了。妖怪把长袖又一甩,花轿旋旋转转地起到了空中,石囤抬头的工夫,半空里什么也没有了,从远处传来了妖怪的话:"她喝了我的红泉水,就是我的人啦。"

老妈妈哭了起来,石囤又着急,又难过。但他没有掉泪,他把老妈妈扶起来,说道:"大娘!怎么的我也要把她找回来。"老妈妈听了,也顾不得哭了,连忙说道:"孩子呀!你千万不能去,那红脸妖不知抢走了多少媳妇,从来也没见谁找了回来,你去只是白白地送性命呀。"石囤没有作声,他把老妈妈搀到了屋里,说道:"大娘!你尽管放心,我马上就去找她。"老妈妈见石囤那个样子,是非去不可了,就掉着泪说道:"孩子,你空着手是不行的,那里有一把尖刀,你带上它吧。"

石囤带上了尖刀,骑上了马径直地朝那片大山跑去。心急嫌马慢,石囤说道:"马呀,你一下子蹿过这片洼地去吧。"马真的一闪过了那片洼地。石囤又说道:"马呀!你蹿上这条土岭吧。"马真的一蹿上了土岭。天亮的时候,石囤就到了那片大山了。山多树多,山洼也多,石囤找来找去,却不见那个红色的泉子。他不觉掉下眼泪来了。

石囤愣愣地望着那些层层叠叠的高山,恨不能让山告诉他红脸妖把玉花抢到哪里去了。石囤上到了山顶，愁苦地望着天边，他恨不能一下子就看到红脸妖在什么地方。

石囤擦干了眼泪，对马说道："马呀！我就是走遍天下的山，也要把玉花找着！你就向远处那座最高的山上跑去吧。"马又撒开蹄子向前跑去了。马跳过了山沟，蹿上了山坡，从千丈高的石壁上跳了下去，从万丈深的山涧上跃了过去，不管怎么危险，石囤也没有勒住马。过了一座山又一座山，还是没有来到那座最高的山边。

就是在那座最高的山上，半山腰里有一个大山洞，红脸妖把玉花抢到了那里面。山洞里摆设得可好了，洞壁上挂着山水字画，床上铺着绸缎被褥。那红脸妖摇身一变，成了一个白脸书生，看去十分俊俏秀丽。它笑嘻嘻地对玉花说道："你喝了我的红泉水，你就是我的人了，你别想你那男人啦，他就是三头六臂也到不了这里来。"玉花听到妖怪的声音就气得发抖，她坐在洞里，听不到一点风声，听不到一声鸟叫，心里却知道，石囤正在大山里找她，也猜着石囤正为她掉泪。她忽然抬起头来说道："我喝了你的红泉水，我永远也不是你的人。"红脸妖听了，冷笑了一声说道："你还指望见着他呀？哈！我不是说大话，要是你那男人能到了我这红山上，我就让他把你领回去。"红脸妖说完，又得意地大笑了几声。笑完了以后，它转脸一看，不觉吃了一惊：透过千重石壁、十座大山，它看到石囤正骑马向这里蹿来。红脸妖连忙从身上解下了一条花花腰带，长袖子往上一甩，那腰带动了一下，就变成了一条花花大虫。大虫张了张口,摆着尾巴,向洞外溜去了。

石囝骑马,又蹿过了五座大山,忽然迎面闪出了两盏红灯。他仔细一看,却是一条大虫,那大虫的眼睛亮得就和两盏灯笼一样。石囝没有勒住马,马还是向前蹿去,那大虫把口一张,连人带马一起吞进去了。石囝在大虫的肚里,简直像掉进了开水锅里。他咬住牙,忍住痛,把尖刀向大虫的肚皮上扎去。只听得嗤嗤一阵响,石囝和马都掉出来了。睁眼一看,哪里有什么大虫?原来是一条花花腰带摆在地上。

石囝骑上马又蹿过了两座大山,眼看离那最高的山头不远了。这时红脸妖正在那里对玉花夸口,它以为石囝早已被它腰带变成的大虫化净了。可是,玉花只是哭,并不理它。妖怪正想去拉玉花,一转脸的工夫,却惊得发愣了。它透过两重山,看到了石囝骑马向这里跑来啦。它连忙从墙上摘下了一张山水画,长袖一甩,上面最陡最光的一座山从画上凸下来,向洞外飘去了。

石囝又翻过了一座大山,看见一座光秃秃的高山挡在了面前。石囝没有勒住马,马向上蹿了几步,就滑下来了。石囝跳下了马,自己向上爬去。好容易爬到了山的半腰,却又滑了下来。石囝的脸被石头擦破了,身上也摔痛了,但他站起来又向上爬去。爬上去,滑下来,滑下来,又爬上去,石囝流的汗把衣裳湿透了,汗又顺着衣裳流下去。汗淌得石囝睁不开眼,石囝抹了一把汗,向下甩去。就在这个时候,石囝脚下的大山不见了,他原来是站在一个山洼里，在他身旁的松树上，挂着一片纸画的山，那纸已经被汗水湿透了，石囤骑上马又向前跑去了。

石囤骑马跑到那座最高的山前了，向上看看，山上一片红色。他心想，这一定是红山了。他一抖缰绳，马就向上蹿去。这时，红脸妖把袖子向玉花一甩，玉花站在那里动也不能动，话也不能说了。它又把袖子向一对花花枕头一甩，那一对花花枕头也变得和玉花一模一样了，只是不能动也不能说话。红脸妖一闪身子不见了。石囤上到了山的半腰，四下里一看，只见石头也是红的，枫叶也是红的。他又向前一走，便看到了那个石洞。只见洞口那里，镶着五色的宝石。石囤停了下来，心想："也许这就是那红脸妖的住处了。"他连忙跳下马来，推开石门走了进去。石囤愣愣地站住了：石洞里面站着三个媳妇，三个媳妇都是那么长眉大眼，看看哪个也是玉花。三个媳妇一齐看着他，哪个也不动一动，哪个也不作一声。石囤又焦急，又伤心，长叹了一口气说道："玉花啊，我千难万难地找到了你，你为什么不对我说一句话，你为什么不到我跟前来呢？"石囤的话，玉花都听得明明白白，她多么想把什么都告诉他呀！可是她的舌头却硬得像块石头。她多么想走到他跟前去呀！可是她的腿却挪不动。人都说天下最苦的事情是生离死别，可是也没有这阵玉花心里难受，她的眼泪顺着脸淌了下来。

石囤不再为难了，他马上认出了哪个是自己媳妇。他扑了过去，抱起还在淌着眼泪的玉花向洞外走去。玉花的身子好像石头一样的硬,也好像石头一样的沉。马是没法骑了,石囤没有放下玉花,只对马说道:"马呀,你认得那来时的路,咱们往回走吧。"山高没有路,石囤抱着她在乱石上走,石囤抱着她从荒草里过,石囤宁肯叫自己身上有百处伤,也不愿意让那树枝割着玉花一下。石囤抱着她过了陡坡,石囤抱着她走进了枫树林,他的腿又酸又痛了,他的胳臂也麻木了,他却舍不得放下她一次。玉花的眼泪流尽了,她心里在说:"石囤呀,你放下我吧,千山万水的,你抱着我,没法走到家呀。"玉花的心真是火烧火燎的,因为她不能把自己要说的话告诉石囤。石囤怕玉花难过,对她说道:"你就是真的变成一块石头,我也不会抛开你的。"石囤抱着她还是往前走去,红色的树叶在他的眼前纷纷落了下来,红脸妖一闪又站在他的眼前了。石囤不知从哪里来的那股劲头,他一手抱着玉花,一手举起了尖刀。红脸妖却在十步以外站住了,它望着石囤说道:"小伙子,我的心肠比铁石还硬,我是从来也没有叫谁感动过,我也从来没有认过输,可是今天我认输了,我也不忍心再拆散人家夫妻啦。"红脸妖说着,两滴眼泪落了下来,就在这一霎的工夫,红脸妖变成了一棵又高又大的枫树,红色的枫叶上亮着银白的露珠。石囤抱着玉花走过树下时,枝叶摇摆了起来,晶亮的露珠落在了玉花的身上,玉花立刻说出话来了,身子也和原来一样的灵活了。

  石囤和玉花一起骑在马上,马蹄过高山,上了大路,又回到了老妈妈的家里。从此他俩就在那里你恩我爱地和老妈妈三口人欢天喜地地过着日子。那个奇怪的红泉，有的人在大山里又看到过它，有的女人又喝过那泉子的红水，不过，枫叶红的时候，那大枫树再没有变成红脸妖，她们也就再没有被抢走了。

梨花仙

在离沂山不太远也不太近的一个庄里,有一个孩子叫满升。满升没有爹也没有娘,跟着叔叔、婶子过日子。叔叔虽然也有一个儿子,却待满升很好,婶子就为这个常和叔叔吵架,满升的叔叔,也因为这个,不满意自己的婆娘。一家人为了满升经常吵吵闹闹的。

满升长到十三四岁的时候,什么都懂得了。有一天,他对叔叔说:"叔叔!你为我,不知和婶子生过多少气,在我身上也算尽到了心啦,我现在也长大了,就自己出去挣饭吃吧。"

叔叔听到这孩子的话,低头寻思,要是不让孩子走,自己也不能老守在家里,万一老婆起了坏心,这孩子有个三长两短的,自己怎么对得住死去的哥哥和嫂嫂?有心让他走吧,这么小的年纪,出门在外,怎么挣饭吃呢?

满升又说道:"叔叔,你也不用为难,燕子年年北来南去,从来也没见它饿死;水里的大鱼小鱼没房没屋,也没见它冻死。我走了你也好过一天安稳日子。"

叔叔难过了一阵,才又说道:"孩子呀,叔叔也没有了主意啦,你走就走吧!"

叔叔领着满升,到了集上,尽自己所有的钱,买了几个烧饼,看着他吃了,才把他送到了庄外,掉着眼泪分别了。

满升独自一人站在野地里。往哪里走呢?他望望北面那高大的沂山,飘起了一片又一片的白色云雾,这些白色云雾叫太阳光一照,像银子一般的光亮。那些蓝色的高山上,有些什么东西呢?那些银子般的白云,都是从什么地方冒出来的呢?满升多么想去高山上看看啊,他想着想着就朝那里走去了。

那些大山望去如同是近在眼前,可是走一步还不到边,走一步还不到边,走了大半天,已经傍晚了,满升才走到了山边的一个庄里。他看看黑云嗖嗖地从西天边上涌了上来,听听庄里也没有一点动静。幸好庄头上还有一间小场院屋,他想:不管怎么的,还是上这里面过一夜吧。

满升走进了场院屋,在草堆里躺下了。外面越来越黑,连场院周围的树木也看不清了。大风刮起来了,那响声,好像饿狼叫的那么瘆人。闪电,雷响,大雨下了起来。满升觉得雷声似乎能把这小屋震倒,那闪电也会把树木烧着。大雨直下到半夜才停止了。这是春天三月的时候,下雨的夜里是十分冷的,满升穿得又单薄,肚里也没有饭,止不住身上发抖。正在这时,从场院边的树行子里,闪出了一点火亮来。这可怜的孩子心里十分害怕:是不是这场院主来看场院了?他不会把自己从这小屋里赶出去吧?火光越来越近,看得出是一个红色的灯笼。满升坐了起来,灯笼来得更近了。满升看得清清楚楚,那挑灯笼的是一个穿白衣裳的媳妇,一只手还托着一个花花茶盘。媳妇不向左走,不向右走,直奔这小屋里来了。满升虽看不清盘子里托着什么,却闻到了一股香味。媳妇走进了小屋里,开口就叫起满升的名来。满升一乍还不敢答应,媳妇却对他说道:"你不用害怕,我可怜你受饥受寒的,来送饭给你吃呀。"她说完,放下了茶盘,上面有菜有饭。满升肚子正饿,听那媳妇这样说,也就把饭菜吃了。媳妇临去的时候,又对满升说道:"我就住在离这里不远的梨树林子里,你要找我的话,就到那里去吧。"她说完,又手托茶盘,挑着灯笼走了。

满升一吃饱,身上也觉得暖和了,不知不觉就睡着啦,天亮了,才被外面的响声吵醒。他翻身爬起来,走出场院屋时,正见一个老汉赶着一群羊过来。他寻思道:"别人好歹都有个着落,我往哪里去呢?"他忽然想起媳妇的话来,连忙追上那放羊的人,问道:"老爷爷,这附近有片梨树林子吗?"老汉用手一指,说道:

"这山东面就是。"

满升欢天喜地地向山东面跑去。当他跑到那里的时候，不觉又愣住了。这里一间屋没有，四面尽是高山挡着，眼前只有一棵又一棵的梨树，不管那梨花开得怎么好看，满升也没心看。他又失望，又孤单，难道是自己听错了吗？一转身，却忽然看到媳妇就在前面向他招手。他欢喜地又跑又跳地到了她的跟前。媳妇拉着他的手说："我告诉你吧，我是梨花仙，可怜你小小的年纪就没依没靠的，从今以后，你就在我这里住着吧。"她说完，领着满升向梨树行子走了不远，真的就到了有房子的地方了。

满升在梨花仙家里，一住几年，她待他那个亲热呀，就和亲兄弟一样。梨花仙有一把葱绿的小扇，每当大风刮起来的时候，她只要手举着小扇，迎风一扇，梨树行子便一点风丝也没有；这小扇只要在云雾里一晃，云雾里立刻就能亮起闪电，下起雨来。她常常说："满升呀，再过几年，我就送你这样一把小扇。"

不知不觉又过了几年。有一天，梨花仙忽然对满升说道："你叔伯哥哥明天要娶媳妇了。"满升听了又欢喜，又犯愁：欢喜的是哥哥说上了媳妇；犯愁的是叔叔从哪里弄钱办喜事呢？梨花仙笑嘻嘻地望着满升说道："你叔叔待你很好，还是去帮助他一下吧。"她说完，走出了屋门，用小扇轻轻地一扇，草叶飘了起来，花瓣也飞起来啦，转眼的工夫，彩绸飘飘的花轿出现了，吹鼓手也拿着笙管喇叭集齐了。

当天满升就带着花轿和吹鼓手回到叔叔的家里。叔叔看见满升长得又高又壮，心里自然是欢喜了。婶子也正愁没钱雇轿，见满升带了吹鼓手和花轿来，也很是高兴，待满升也比以前亲热多啦。第二天，一家人欢欢喜喜，哥哥坐上花轿，吹吹打打地把媳妇娶来了。

到了过午，满升对叔叔说："喜事也办完啦，今天过午我要回去了。"

叔叔和婶子见留不住满升，便送了又送，送过了一道岭，又送过了一道岭，站在岭顶上望着满升带着吹鼓手轿夫往前走去。

满升走了不远，便看到梨花仙来接他。她对着满升说道："还要这些吹鼓手轿夫做什么！"说着把小扇一摇，吹鼓手和花轿都不见了。只有些草叶、花瓣纷纷落到地上。梨花仙和满升回山去了。叔叔和婶子都吃了一惊，怎么那花轿和吹鼓手一下子就不见了呢？婶子心慌意乱地说道："咱侄儿不知道变成一个什么样的人啦，我听乡约老婆说过，这时候到处叫捉拿反抗朝廷的人，也许咱侄儿就是这样的人，要不的话，咱问他住在哪里，他为什么不说呢？说不定就要叫他连累了呀。"婶子的这些话，说得叔叔心里也犯了愁，两口子害怕地回了家。

当天晚上，乡约的老婆坐在家里闲着没事，心想：去找碗喜酒喝吧。她腿快胳臂轻地来到了叔叔家里，见了婶子就说道："你欢喜呀，儿子娶了媳妇，侄子又发了财，花轿喇叭的给你弄了来家，你可是好啦。"婶子一听这话,心也跳了,嘴也慌啦,不知道说什么好。乡约老婆见婶子脸色变了,心里也就犯了猜疑,连忙追问道:"满升出去这多年,在外面干的什么差事?"这一追问,婶子心里更害怕了,她只以为乡约老婆已经知道了那花轿、吹鼓手忽然变没有了的事情,连忙走到里间,把仅有的两吊钱拿了出来,给乡约老婆递在手里,才说道:"这点钱,给恁家乡约喝酒吧,我真的不知满升在外面是干的什么差事,不管怎么的,也别叫他连累俺两口子呀。"乡约老婆真是想也没想到会有这么一回好事,她把两吊钱揣在怀里,吃了饭、喝了酒才回家去了。

这个乡约不只是一个酒鬼,还是一个赌钱鬼。他喝得醉醺醺的快半夜才回到了家里,往炕上一倒就要睡。老婆用指头戳着他的脑门子骂道:"一天价只知道喝酒,成天价喊着捉拿反抗朝廷的人,你捉的那些人在哪里?"乡约哼哼呀呀地说:"没有,叫我到哪里去捉?"老婆把嘴一撇,说道:"我只出去了一趟,也知道是谁了,也把钱拿来家了。"乡约一听,忙爬了起来,问道:"你知道是谁?"她这才把她怎么去满升叔叔家里,她问了些什么话,满升婶子怎么给她钱,说了些什么话,都对男人说了。

两口子商量了一阵,才高高兴兴地睡着了。只过了几天,乡约又到满升叔叔家去要钱,叔叔和婶子害怕他去告官,东取西借地又凑了两吊钱给他,乡约拿了这两吊钱,酒馆里一站,赌钱场里一坐,就又光了。熟道好走,第二天他又到满升叔叔家去了。叔叔和婶子好歹又凑了两吊钱打发走了他,可是没过一天又去了。叔叔和婶子再也拿不出一文钱来,乡约这次没有得着钱,出了门便气汹汹地往县城走去了。

这一天,风和日暖的,满升和梨花仙正在梨树林里游玩,满升说起了叔叔家的事情,梨花仙把小扇一扇,突然吃惊地说道:"你叔叔和你叔伯哥哥遭难了。"满升听了也吓了一跳。梨花仙看了满升一眼,伸手从梨树上摘下了一片叶子来,把它托在手里,用那小扇一扇,叶子立刻变成一把绿色小扇。她又对满升说:"你也长大了,也分出善和恶来了,我就把这小扇给你一把吧!你有了这小扇,不只是能挡风唤雨,扇一扇还能知道千里路以内的事情;扇一扇,想到哪里立刻就能去了。你有了这把小扇,想变什么,就能变出什么来;想怎么样便能怎么样。"满升接过了小扇,两个人轻轻地一扇,一霎就来到了叔叔家的门口了。两个官差正押着叔叔和哥哥走出来,满升十分气愤,用扇一扇,绑在叔叔和哥哥身上的绳子,都一下子松开了。梨花仙也大声说道:"各人做事各人告,你们不是要拿反抗朝廷的人吗?俺两个就是,要进京咱就进京,要见官咱就见官,你放了他两个,俺跟你们去吧。"官差们见到了这个情景,也不敢不答应,也不敢去绑他俩。他俩快走,官差也跟着快走;他俩慢走,官差也跟着慢走。一直走到大堂上,站在那里,也没跪下。县官连忙吩咐用大铁锁把他俩锁起来。铁锁刚拿来,还没靠身,梨花仙和满升把扇子一扇,一齐都不见了。拿铁锁的人吓得把铁锁掉在大堂上了。只听得梨花仙的声音:"走了这远的路,坐下歇歇吧。"那声音就是从那堆铁锁里响出来的。县官吩咐人支起了火炉,把铁锁扔进了火炉里,火炉里又响起了说话声:"满升呀!别睡着啊,等会儿咱好回去。"县官听了这话,不觉惊慌起来:要是走了他俩,朝廷知道了,自己的命也就没有啦。他把口气放软和说道:"你们出来吧,我捉你们也是皇帝让我捉的,你们有本事去见皇帝吧!"听到梨花仙和满升冷笑了一声,接着说道:"见皇帝又有什么可怕,只有一桩,你可得亲自送俺俩去。"县官连声答应着。只一闪的工夫,梨花仙和满升又都站在大堂上了。

当天,县官带着人马,亲自送满升和梨花仙进京。走出了县城不远,梨花仙把满升一拉,两个人都站住了。梨花仙说道:"累了,走不动啦。"县官问道:"要来轿就来轿,要骑马就拉马来!"梨花仙摇摇头说:"也不坐轿也不骑马,找一对瓶子来,要你挑着,俺才去哪,不的话,俺就不去。"县官生怕他俩又忽然不见,只得答应了。找来两个瓷瓶子,那瓶子嘴小得也不过铜钱那么一点,他俩又把扇子一扇,不见了。接着听到从小小的瓶子里发出了声音:"快点走呀,不快走,我们要回去了。"县官听了,只得去挑那瓶子。小小的两只瓶子,却好像有几百斤重,县官用尽了力气,才挑了起来,才走了几十步,就压得满脸淌汗。他哀求道:"路远,担子又重,请你们出来走一会儿,就算饶了我吧。"那声音又严厉地说:"就饶你这一次吧,快去叫那乡约来挑着!"县官如同得到赦令，连忙差人把乡约叫到跟前。乡约挑着那对瓶子，也是压得腰弯腿颤的，走了一阵便走不动了。县官心焦，吩咐人用鞭子赶着他快走。还没走到京城，那乡约连挨打带受累的就死去了。县官只得又亲自挑着，虽没累死，也累了个半死，才算送进了京里。皇帝听说抓了反抗朝廷的人，连忙上了金銮殿，文武百官列在两旁，那个威风是不能说了。皇帝传下了圣旨，叫赶紧把那两个人带上去。四个武官抬着两个瓶子到了金銮殿前。皇帝惊奇极了，开口问道："那两个人在哪里呢？"还没等那文官武官作声，瓶里又响起了梨花仙的声音，她招呼说："满升！还睡吗？到了金銮殿啦！"另一个瓶子里又响起了满升的声音："一觉睡到如今，我还不知道什么时候到的京城。"皇帝只听得瓶子里说话，却看不见人，大惊失色地说道："快些给我把这瓶子砸碎。"武官听了，举起铜锤，砰砰两声，两只瓶子被砸得粉碎了。梨花仙和满升的声音同时响了起来："可惜了这一对瓶子。"皇帝更加惊奇地问道："你们在哪里说话呀？"那声音立刻又应道："俺在瓦碴里说话。"皇帝一听又忙吩咐人把瓦碴扫了起来，放到碾上去轧。被吩咐的人心里虽是十分害怕，也只得依照皇帝的话去做。过了一会儿，瓦碴被碾成细面面了。皇帝看见那面面，狠狠地说道："这一次可是被碾死了。"他的话还没说完，又听到梨花仙和满升的声音了："枉费这些工夫了！"皇帝听了，打了一个冷战，又吩咐道："赶紧给我把那些面面扔进御河里去吧！"

面面被扔进御河里了，好久没有一点动静，皇帝这才大着胆走到了御河旁边。他刚刚弯身向下一看，满升的声音又从河里响起来了："你使锤砸，上碾轧，现在只叫你到河里尝尝滋味吧！"随着这声音，皇帝头重脚轻地掉进水里去了。这时候满升和梨花仙忽然闪了出来，梨花仙还是穿的一身雪白，满升穿的却是青衣青裤。两个人又把扇子一摇，只一闪的工夫，就又都不见了。皇帝差一点就被淹死。满升和梨花仙平平安安地又回到沂山。县官虽然知道，也不敢再差人去捉拿他俩了。

青茶树

　　从前，有一个地方，有一座大山。这山上因为缺水，草枯黄，花难开，连最耐旱的树，也难长起一棵来，整座大山都是光秃秃的，十分荒凉。那山上面的天，有时望去，也是灰蒙蒙的土黄色气。那时候，住在这山脚下的人们，别说没水浇地，遭到旱天，连人喝的水也不够。谁也知道，干渴并不比饥饿好受一点，他们辈辈世世地这样过，辈辈世世地叹息："咳！到什么时候不缺水就好了。"他们老是叹息，老是盼望，后来只有一个叫石臼的小伙子，才出外找那水宝去了。

　　石臼从很小的时候就听老人说过，世上有许多种水宝，也许是棵绿树，也许是根绿草，还有的就是开绿花的人参。有了这水宝，不管怎么干旱的地方，也就不会再缺水了。他早已在心里算计好，要到关东山里面去找。这一天，他打叠好简单的行李要动身了。街坊邻居的都劝他说："石臼呀！生处不嫌地面苦，你家里也有几亩薄地，还是说上个媳妇，在家里安安稳稳地过日子吧。"石臼知道邻居们的好意，他说道："我不恐嫌咱这里日子苦，也不是想着离开这里，我看到荒山，心里就难过。都说关东山里树木多，有宝物，也许到那里能找到水宝。"

俗话说"不怕慢，就怕站"，石臼虽然没车也没马，不管怎么远的路，也是架不住天天走、天天走啊！他终于到了关东山里了。嘿，往大海看去，水天相连。那关东山的森林，望去也无边无沿。进到里面，抬头看看，树枝树叶，遮住了天，向四外望望，尽是密密的树干，脚底下，青草还长得齐腰深。他多么喜爱这些树木，喜爱这些青草，更喜爱树林中间的小河。清静的河水上树影晃动，叫人见了，有一种说不出的清凉滋味。石臼把手轻轻地伸进水里，捧起水来细细地一尝，水甜甜的。他想，有水的地方，才能有水宝。也许那水宝就在这河的一边，也许在这小河的上头吧。

石臼在离小河不远的地方，找了一小块空地，砍了些树枝子，割了些草，搭了一个窝棚，在那里住下了。他不但找遍了小河的两岸，连小河上头的一片出水的草地也找遍了，但还是没看见水宝的影子。他在草地上拔出了一根又一根最绿的草，挖回了一棵又一棵最好的花。不管怎么绿的草,不管怎么俊的花,它们不只是没有生出水来,还都枯死了。石臼心里十分焦急,不过,他没有打算回家去。

石臼到那远远的树林里去找,为了记住回窝棚的路,他在树干上刻上了记号。在大树林子里,他找到了一棵很贵重的人参,拿到有人家的地方,换回了许多吃食。

冬天很快地来了,刮起了大风,落下了大雪,整个的天地都是风雪的了。离石臼的窝棚只有十几步的大树,连影子也看不见啦。

大风雪一直下了几天,到处是一片白,石臼如同住在白玉琉璃里。他出窝棚一看,惊奇得了不得。不远的地方,周围几丈宽,雪都化了,腾腾地冒着热气,在湿漉漉的枯叶上,躺着一个火红的狐狸。石臼闻到了一阵很猛的酒气,他立刻明白了,哦!这家伙不知在哪里喝多了酒,到这里醉倒啦。他弯腰把它抱了起来,身上立刻暖和了,就是生上火炉也不会像这样暖和。他把它抱回了窝棚,连鼻子尖上也冒汗了,用手把狐狸一摸,火星便扑啦啦地直冒。他想:都说有火灵丹衣裳,也许就是用这样的狐狸皮做成的。要有这么一件衣裳,再冷的天也就不怕了,但石臼却不忍心伤害它。过了不多一会儿,狐狸醒了酒啦,睁眼一看,愣了愣,忽地变成一个小伙子。小伙子翻身从地上坐起来,又羞愧又感激地说道:"大哥啊,幸亏是碰着你,没有伤我的性命,要是遇着别人,那就完了。我住在西藏,到这关东山里来看朋友,喝酒喝得太多,路上醉倒了。"石臼虽然十分惊奇，见他说话和气，模样也善良可亲，就留他说："你要是不嫌的话，就在这窝棚里歇一歇吧。"小伙子高高兴兴地答应了。第二天临走的时候，对石臼说道："大哥！你是一个好心人，我有一个表姐，说给你做媳妇吧！"石臼推辞说："兄弟！实不相瞒，俺那地方很是苦寒，谁愿意跟我去受穷啊！"小伙子只是笑了一笑，说道："大哥，你要是有什么困难，就到西藏的角角山角角庄去找我，我会找人接你的。"

石臼把小伙子送出窝棚，转眼的工夫便不见了。他在大树林里又转悠了许多天，还是没有看到他要找的水宝。晚上睡不着觉的时候，常常想：一天一天地白过去了，我尽这样找下去也不是办法呀！那狐狸仙说，有什么困难就找它，不如到西藏去走一趟吧。石臼打算好了，说走就走。他走出了树林，离了关东山，一路上打听着，往西藏走去。路上，有人告诉他，去西藏要过无数的大河；有人告诉他，去西藏要走许多没有人烟的大山，不管别人怎么说，石臼还是走他的路。这一天傍晚，他走到一条大河边了，河水打着漩，深不见底，晚霞照得一片红光，更显得浩浩荡荡，别说没有一条小船，河边上连个村庄也没有啊。他只得顺着河岸走去，还好，走了不远，就看到绿柳中间有一条小路，顺着这弯曲的小路往前走，不多一会儿，石臼就看到几间簇新的草屋。在那草屋门前，一个年轻轻的闺女在地里种什么。他走到跟前，闺女也直起腰来，看了他一眼，又弯下身去。石臼不由得一愣，心想：天下还有这样俊的人呀！那闺女又站了起来，只见她长眉弯弯，眼睛水亮，越看越俊俏。石臼只顾看她，连话也忘记说了。闺女抿嘴一笑，连忙低头浇上了水，才对石臼说："到屋里坐一坐吧！"闺女这一说，石臼才觉得不好意思了，慌忙问道："大姐，请你告诉一声，什么地方有渡船呢？"闺女笑道："你尽管放心吧，一定会把你送到那角角山角角庄去，只是有一桩，过河可不要忘了搭桥的人呀！"她说着，又弯下身去，对着浇水的地方叫道："长呀！长呀！"随着她的叫声，浇水的地方冒出了一根绿芽。那绿芽扑拉地散开了，原来是一片大芋头叶子。闺女又叫道："长呀！长呀！"芋头叶子立刻长得有大盖垫那么大了，她指着芋头叶子对石臼说道："上去吧，快上去吧！"石臼虽是抬脚迈了上去，心里却在想："这么鲜嫩的一片叶子，怎么能担得住我呢？"他两只脚都踏了上去，嗬！芋头叶子动了动，便起在了半空里。谁也猜不透那芋头叶子起得有多么高。晚上，星星满天，石臼从星星空里穿了过去，连芋头叶子也照得放光了。石臼看着这些奇景，心里总是想着那个闺女：她有这样的本领，一定也能知道哪里有水宝，只怪自己刚才心慌意乱的没有问一问她。

　　星星越来越稀，小风也不刮了，太阳出来的时候，照得芋头叶子比绸缎还要光亮。叶子慢慢地落到一个大山旁边，这山的样子有点像竖着的大牛角。石臼惊喜地想："这是不是到了角角山啦？"他想着就向山上走去了。在山尖上，果然有一个很小的庄。他刚刚走到庄头,小伙子就从庄里迎出来,亲热地招呼道:"大哥,我算计着你今天能来,果然来了。"

小伙子把石臼领到家里,见了爹娘,他们也是最和善的老人。他们给石臼换上最好的衣裳,弄最好的饭吃,还叫小伙子陪着他去看山景。石臼看着这里的青山绿水,想着自己家乡的荒山土岭,再也住不下去了。他开口说道:"兄弟,你们待我这么好,叫我不好意思张口呃,我来这里是有事求你啊!听说世上有水宝,不知怎样才能得到它?"小伙子听了,很轻松地说道:"大哥!这点小事,你怎么还用着为难呀!走,跟我来吧。"

小伙子领着石臼,走到了一个泉子边,在绿晶晶的泉水中间,有一棵碧绿的青茶树,周围尽是石头,那泉水却哗哗地流不完。小伙子伸手折下了一根青茶树枝,递给石臼说道:"不管把它插在什么地方,都会有水冒出来。"

石臼得到了这水宝,当天,就对小伙子说道:"兄弟,你会知道我心意的,你指点给我一条回去的路吧!"小伙子半开玩笑、半认真地说:"大哥,我知道你的心意,你是没有忘了那搭桥的人啊!"

这一句话,说得石臼不知怎么应答才好。小伙子哈哈笑着走了出去,不多一会儿,又走进来说道:"车马都预备好啦!大哥,我送你去看看俺表姐吧!敢保以后你那里不会再是荒山土岭,我也敢保给你说的那个媳妇,你一见就会满意。"说着,把他的手一拉,石臼觉得身子一动,一看自己已经坐在大车里面了。还没来得及说一句话,小伙子笑着把车赶走了。篷子外面的树呀、山呀、河呀,好像飞一样地闪了过去,车外面风呼呼响。只一阵工夫,石臼觉得车住了,车帘掀开了,哈!站在车跟前的不光是小伙子,还有用芋头叶子送他的那个闺女。闺女穿得上下簇新,打扮得明光光的。小伙子笑着说:"大哥,出来认识认识俺表姐!我没有把你送错地方吧!表姐,预备好喜酒啦?"闺女笑着应道:"酒是有,就怕你半路醉倒!"小伙子看了石臼一眼,接着说道:"我不醉倒,你哪里去找这样的好女婿呀。"

三个人走进了小屋里,闺女果然端上了酒菜。石臼自然也是高高兴兴地喝了酒,吃了菜。

吃完了饭,小伙子只把鞭子一摇,人和车马立刻都不见了。这天夜里,石臼和那闺女你欢我爱地成了夫妻。第二天,闺女又去种上芋头,芋头又长出叶子,石臼迈了上去,闺女也跟着上去,芋头叶子又起到了半空。石臼往下看去,草屋已不见了,他们两个风里云里,回到了石臼家乡。

石臼到了家,连饭也没顾得吃,就把那青茶树枝拿去插到最大的一个山涧里了。他快跑快跑地上了山顶,回头看时,银亮的清水已经涨满了山涧。流水哗哗地经过了山沟,蹿下了石崖,石臼的庄边上很快就出现了一条清清的小河。从此不管怎么旱天,这地方也不再缺水了。过了几年,光秃秃的荒山上长起了绿树,开满了山花。可是有一年,一个大雷雨的晚上,山崩了,那青茶树也不见了。从那以后,山坡上的青草里、石壁上的缝里,老是有清清的泉水流出来,至于石臼和他媳妇,自然是始终在欢欢乐乐地过着日子。

狐狸仙

　　老辈里，这沂山的周围，也是树木成林，星星点点有几户人家，都是从平原地方挪了来的。那时候，有一个小伙子叫杨五，长得眉眼含笑。他那和蔼蔼的脸面，似乎在告诉人说：我的心地是多么清白，多么善良呀！杨五的老家，原来是靠近黄水滚滚的黄河。那年老家受了水灾，杨五和娘一挑子来到了沂山。他们用木头树枝的，好歹挡把起几间小屋来，娘儿两个就在这地方落了户。

　　从此以后，杨五使桨的手，拿起了斧头；背渔网的肩膀，背着柴捆了。他天天在森林里打柴，从来也没走到树林的尽头。那一天，正是不热不冷的秋天，树林里松叶绿柞叶红，连哗啦啦响的杨树叶子,也是金黄金黄的了。杨五砍着柴,不知不觉地到了一个平时不常去的地方。这里几百棵柿子树连成了一片,虽说已经是半过午的时候,照在这里的阳光,却如同早晨刚出来时一样的清新。不是阳光照红了柿叶,是那柿叶映红了阳光,在红红的柿子叶中,闪耀着一对又一对金黄簇新的柿子。杨五很敏捷地爬上了树,摘了许许多多大甜柿子拿回了家,一进门就说道:"娘呀,你也欢喜欢喜吧,咱今年过年能喝上酒了。"娘看儿子那个高兴样,也笑着答应了。

这一年,杨五真的把柿子酿成了酒,酒色又浓,酒味又香,只要把坛盖掀开,隔老远就能闻到。过年黑夜,娘对杨五说:"孩子,咱少菜缺油的,没有别的吃,你就搬出那酒坛子,燎酒喝吧。"

杨五点起了干干的树枝,不多一会儿,一股白气带着酒香,从酒壶里丝丝缕缕慢慢地升了起来,又慢慢地向四外散去。他把燎开的酒,刚刚倒进了盅子里,关着的屋门轻轻地被推开了,从门外迈进了一个年轻的小伙子。小伙子棕红色的脸,亮闪闪的眼睛,人很漂亮,穿戴得也十分整齐。娘儿两个都直愣愣地看着他,谁也没有想起曾经在什么地方见过这么一个人。小伙子笑嘻嘻地在桌边上坐下了,看样是想喝酒。杨五和娘心里都想:过年过节的人越多越好啊。娘说道:"你要是不嫌,就在这里过年吧。"杨五也给小伙子送过了酒去。小伙子说道:"这酒味是真好呀!"杨五也很得意地说:"味好闻,酒更好喝!"小伙子端起了酒盅,一直脖儿喝了下去,连声夸奖道:"好酒!好酒!"杨五听了,更加高兴。小伙子喝一盅,杨五倒一盅,小伙子喝两盅,杨五倒两盅,两个人欢欢喜喜地又喝又说,不觉天快明了。小伙子站了起来,对杨五说道:"兄弟!明天半夜里,只要你把灯点起来,我就来了。"他说完,风快地向门外走去了。

娘儿两个记着那小伙子的话,初二日,看看天快半夜了,杨五对娘说道:"娘呀!咱点起灯来吧!"娘说道:"昨晚上把油都点净了,你就去点起松明来吧!"

杨五点起了松明向门外走去,那真是一寸火光百步明,门前面老远都被照亮了。在这一霎,杨五疑心自己的眼睛是不是被松明耀花了,杨五也疑心自己是不是到了别的地方啦。门前面吃的用的粮食布匹什么都有,那小伙子也从暗影里闪进了光亮里,扬起一只手,跟杨五打着招呼。杨五又欢喜、又迷惑地说道:"哥哥,不知在什么时候,门前面忽然有了这么多的东西!"这时候,娘也从屋里赶了出来,惊奇地问道:"孩子呃,这是怎么回事啊?"小伙子说道:"大娘,这些东西都是我搬来给您老人家的,我还有一件东西送给俺兄弟!"他说着,把手伸进腰里,摸出了一块比牛舌头还要大的金块来给了杨五,又说道:"兄弟!你拿上吧,这是恶龙山上的,那里满山满岭都是金子,可是有条恶龙守着,不让谁去动它一点。"杨五就火光中看那金子时,黄澄澄的亮光刺眼。小伙子又对杨五说道:"兄弟,我回去还有别的事,咱就以后再耍吧。"杨五十分舍不得和这个神奇而又和蔼的人分别,忙说道:"哥哥啊,你有事要回去,我也留不住你,要是我想念你,怎么才能再见你的面呀。"小伙子说道:"要见我的面,十分容易,只要你走进树林子一百步,脸朝正西喊三声'哥哥',我就来了。"

娘儿两个送走了小伙子,过了不多日子就是正月十五了。这一天晚上,娘做了好菜好饭,杨五也糊了两个红色的灯笼。他想:今天是个耍节日,他也不会有什么事情,我去把他叫了来,两个人痛痛快快地过个节吧。杨五挑着灯笼走进了树林子,树影在他身前摇晃,白雪在他脚下发响。他一步一步地数着,不多不少走了一百步。他站住了,脸朝正西,放大嗓子叫了三声"哥哥",当细微的回声从遥远的树林深处传来的时候,小伙子已经站在杨五的跟前啦。两个人见了面,都有说不出的欢喜。

小伙子和杨五回到家里时,娘已经按照风俗把做好的各种各样的黄豆面灯点起来了,那粮食囤上、瓦罐里、石台上、门后面,到处是灯影晃晃、火光闪亮的。三个人吃完了饭,喝完了酒,看着什么,想什么。娘说道:"听说那扬州城里,每年正月十五,都有一个灯火会,也不知是真是假?"杨五也说道:"那一点不假,听说扬州的花灯是再好没有了。"小伙子说道:"兄弟,你说扬州的花灯好,今天晚上咱又没事,就到那里去观望观望吧!"娘听了说道:"那扬州离这儿还不知有几千里路远,就是几百里路,你们今晚上也去不了呀！"小伙子笑笑说道："到扬州也用不了多少时候，兄弟！你过来，我背着你，咱早去早回，省得误了睡觉。"

小伙子把杨五背在身上，往外走了两步就不见了。当娘走到门外时，杨五和小伙子已经离家几百里路了。地上白雪，天上明月，白光光的雪地上，是一片又一片的红色灯火；青天上也有着一颗又一颗闪闪晶明的星星。两个人一会儿工夫便来到扬州城了。那扬州城里，有清平如镜的流水，有古香古色的楼房。大街上、桥头上，果然点着各色各样的花灯。街上月光伴着灯火，比白天还明，水里也是月明灯亮，红光银光相映。真是到处灯烛辉煌，到处金光灿灿。观灯的更是人山人海。看了狮子灯，又看荷花灯，看了那红梅灯，又看那西瓜灯、金蝉灯、金鱼灯、蝴蝶灯、石榴灯……反正是看什么灯，有什么灯。两个人东看看，西望望，不知不觉走到了一座玉石桥头，有几百人围在那里，争着在看什么。杨五和小伙子也挤了进去，只见在那桥栏杆旁，并排放着两盏鸳鸯花灯，那花灯扎得又好，插得又巧，叫红灿的红光一耀，显得比真的更加活现，更加喜俏，杨五看了又看，暗暗地赞扬道："这人真是手巧！"这时周围的人们正在议论，他仔细一听，才知道是本城里李员外的闺女翠翠扎的。他不觉又想道：手这么巧，不知那心里是怎么聪明了。杨五不知看了多少时候，小伙子把他拉了一下，两个人才挤出了人堆。小伙子在前面走，杨五随在了后面，走在人少的地方时，小伙子低声对杨五说道："我领你去看一看那个扎鸳鸯灯的闺女吧!"杨五愣了一愣,摇摇头说:"这怎么能行啊!别说人家家里人看见了会不让咱,就是那个闺女看到咱,不认不识的,怎么好意思呀?"小伙子拉着杨五的手说:"你尽管跟我来吧!"他一直拉着他走到了一个大门前面才停住。小伙子把一根长着两叶的青草递给他说:"这是一根隐身草,拿着它谁也看不到你。"两个人进了大门,又进二门,把门的大汉、端茶的丫鬟,没有一个人能看到他俩。他们不进上房,不去大厅,在大院子的深处,有一座小巧的楼房,小伙子和杨五上了楼梯,进了楼门,屋里是大镜小镜、大箱小箱地摆设着,满屋里一点动静也没有,只有一个闺女坐在床上。不用说,那就是翠翠了。杨五差一点就喊了出来:哈!这是多么俊秀的人物呀!

翠翠也真是俊秀。这时她那两只亮晶晶的大眼里掉着泪,她的小嘴紧紧地闭着,还是那么好看。她慢慢地转过头去,望着那灯火映红了的窗纸,轻轻地把嘴张开,自言自语地说道:"爹啊,你只知道讲门当户对,你怎么知道女儿的心思,还不知道要把我嫁给了个什么样的人啊?"小伙子这时却接着说道:"大姐呀,你也不用愁也不用忧,我就是来给你做媒的。"翠翠满屋里都找遍了,为什么只听到说话不见人呢。她还是十分镇静地问道:"这说话的是鬼呢,还是仙?"小伙子又应道:"我给你领来的这人,不是鬼,也不是仙,是一个好人。"他说着从杨五手里接过了隐身草,闺女立刻看到杨五了。她不觉想道:要是我能嫁给这么一个人,也就心满意足了。可是又一想，就是自己看好了，爹娘和哥嫂也不会依随着自己的心愿。她又喜又愁，又怕又忧，向杨五说道："你这个人呀，你怎么进来的？你家是哪里，叫什么名啊？"杨五照实说了，闺女又要问什么，楼梯上却响起了脚步声。杨五不觉一阵惊慌，转身看时，那小伙子已经不知在什么时候走了。幸好，在他身旁的桌子上，还放着那根隐身草，他连忙拿了起来。丫鬟推开楼门进来了，丫鬟除了姑娘，什么人也没有看到。

这天晚上杨五就宿在翠翠的楼上了。

第二天，丫鬟给翠翠送上了饭来，杨五手拿隐身草，两个人坐在一张桌前吃饭喝水。一个人的饭两个人吃，自然是不够吃的了。翠翠对丫鬟说道："这一顿我觉得爱吃了，下一顿你就多送一些来吧。"丫鬟答应着，到了晌午，少说拿了足够三个人吃的饭来，翠翠和杨五早晨没吃饱，两个人把饭菜又都吃光了。丫鬟心里很奇怪："姑娘平时吃一点点饭，今天怎么吃这多了呢？"可是，到了晚上送来的饭又都干干净净地吃光了。一连几天都是这个样，不只是丫鬟心里奇怪，连老太太也奇怪了，想道："为什么闺女吃完了饭就把楼门一关，一连三天也不下楼来呢？"老太太一点动静也没有就轻轻走上了楼梯，站在楼门外一听，便听到屋里有男人说话。她连忙叫开了门，走进去一看，屋里除了自己的闺女，什么人也没有。她气狠狠地盘问翠翠，翠翠说："娘呀，屋里没有外人，你那是听错了啊！"老太太还是信不过，这里也找，那里也找，满屋里都找遍了，还是什么也没有找到。她疑疑惑惑地下了楼，又去责问丫鬟。丫鬟照实说了。到了晚上，老太太憋不住，又对老太爷说了。老太爷一听，立刻就火冒三丈高，口口声声嚷着要把翠翠活埋了。老太太听到要把闺女活埋，怎么也舍不得。老两口子在屋里争争吵吵，越吵声越大，越吵声越大。哥哥听到爹娘屋里吵嚷，站在门外什么都听清楚了。回到屋里又对嫂子说了，还发狠道："非打死她不行！"嫂嫂把嘴一撇，指点着哥哥说道："恁爷儿两个都没心眼，俗话说'家丑不可外扬'，也不必惊天动地地去活埋她，更不要动嘴动舌，咱就豁上那座楼，点上一把火，就说起了天火把她烧死了。出它一个殡，什么事也就遮挡过去了。"哥哥听了嫂子的话，坐在屋里，只等夜晚到了好去行事。

这天夜里，杨五和翠翠一齐被烟熏醒了。开开楼门一看，楼梯早已被烧断，眼看着火苗就要扑到屋里来了。杨五想起了小伙子，大声叫道："哥哥啊！哥哥！快来救救俺吧！"杨五的话才说完，一只几丈长的大鸟，斜着翅子从楼门里飞到了他俩跟前。两个人也顾不得多说，就一齐坐到大鸟的身上。大鸟展开翅膀飞到了半空，楼房的窗里已经冒出火来了。

大鸟驮着他俩，一直飞到沂山，在杨五家的门前落下了。两个人从鸟身上下来，那大鸟把翅子一拍，又变成那小伙子了。杨五说道："哥哥呀，这还是你啊！"小伙子说道："为了你，我这多日子也没离开扬州城，我得赶紧回家去看看了。"小伙子说完，走进树林去不见了。

杨五娘正在家里盼儿子回来,见杨五领了个媳妇来家,欢喜得泪也掉下来了。

过了几天,就是二月二了。二月二是惊蛰,百样的昆虫都出蛰了。又过了几天,春雷一响春雨下,雪也化了,冰也消了。天刚放晴,杨五又去树林里打柴。那白杨树干被雨一淋,透出了新鲜的绿色,那杏树枝头也红玉玉的了。杨五爬上了一棵橡树去砍干柴,一块干柴还没砍下,忽然一阵大风刮了来,留在树上过冬的干橡树叶子被刮得乱纷纷地落下去,他紧紧地抱住粗粗的树枝,才没有被刮下去。风过了以后,从东北面飞来了一片乌云,乌云里翻着一条黑色的大虫。黑虫把尾巴一摆,雷也响,闪也亮,那红闪弯弯曲曲地向一棵大松树下扑去。杨五不看还好,他向松树下一看,着急得汗珠子都冒出来了。原来在松树下站着的不是别人,正是那个小伙子。小伙子脱下了上衣,用力地摆动着。他一摆,闪电就灭了,黑虫一闪,却又向他扑去。闪电一灭一明,一灭一明,少说有十多次。那闪电却一次比一次离小伙子近了,到了后来简直是在他身边跳动了。杨五看到这里,把斧头用力向那黑虫抛去,斧头砍在了黑虫身上,黑虫抖了一下,小伙子得了这空,连连地摆动着衣裳。黑虫头朝下、尾朝上地掉在地上死去了。

杨五从树上跳下去,奔到了小伙子身边。小伙子说道:"兄弟,这是那恶龙山上的恶龙,这次亏你帮助了我,要不是你,我就没命了。我这次明白啦，我的武艺还是没有学好。兄弟呀！咱们只得分别了，我要周游四海去学本领。"

　　杨五多么舍不得和他分离啊！他问道："哥哥，我认识你这多日子了，你到底是人还是仙呢？你现在要走了，就告诉我，让我明白明白吧！"小伙子很干脆地说出四句话来，现在我就用他说的这几句话，作为故事的结尾吧：

　　杨五长得欢，

　　结交狐狸仙，

　　扬州去观灯，

　　千里成姻缘。

双姊妹

中国有一句成语说："十年寒窗苦，铁砚也磨穿。"现在咱不去分解这两句话的意思，不过，在从前，读书却是一回苦事情。当先生的不打学生，那不算好先生，当父母的不打孩子，那也是没有教训到家。在那时候，这临朐境内，有一个很富的人家。这家老员外，只有一个儿子，叫得玉。老员外一心想着儿子升官发财，左寻右访地找来了一个很严厉的老先生。老员外一天三次请先生吃酒席，先生真是感激不尽。他想："严师出好徒，不打不成材。"他每天给得玉号上许多书，第二天，得玉必须把这懂也不懂一点的书，背得烂熟，稍稍打一下顿，那老先生就会举起戒尺，直打得得玉的手肿得老高。得玉常常念书念到深更半夜还不敢去睡，可是，这也没有什么用啊，他费尽力气，总算把今天的书背过了。但第二天，先生会给他号上更多的书，弄得得玉一天价筋疲力尽，又困又乏，明明是背得很熟的书，只要见了先生，心先慌了，书也忘了。这样，得玉挨打的次数也就更多了，他一天价战战兢兢、提心吊胆地过着日子。

有一次，天已经是下半夜的时候，得玉还在念书，觉得自己的头越来越大、越来越沉了，他多么羡慕那些能倒在炕上睡一觉的人呀。他勉强撑着眼皮，心里多难受呀！他终于迷糊了，趴在桌子上睡着了。睡梦中又见先生迈着四方步向他走来，那又厚又沉的戒尺，落在他手上了，他啊呀一声醒了过来，连忙揉了揉眼睛，看看眼前却不是站着那个老脸横秋的先生，而是站着一个像桃花一样笑眯眯的闺女。得玉没有因为这个而高兴起来，他多么害怕又厚又重的戒尺呀。闺女先开口说话了："我是南地人，叫大风刮到了这里，看着你屋里还点着灯，就走进来了，你就留我个宿吧！"得玉说道："不行！不行！我是不能留你宿的，你还是快到别处找宿去吧！"闺女却不动身，只是说道："你怎么这样不怜惜人？我远路风尘地到了这里，人生面不熟的叫我到哪儿去找宿呀！"得玉无可奈何地说道："不是我硬要赶你走，你知道人家心里有多么犯愁的事呀！要是明天我背不过书，先生再知道我留了一个女人在屋里，更要打我了。"闺女不急不慢地笑着说道："要想背过书，那还不是容易的事情吗！"得玉说道："容易，那你来背背我看。"闰女拿起书来，只念了一遍，把书一合，从头便能背到尾了。得玉出神地看着闰女，着实羡慕她的聪明。闰女又对得玉说："只要你听我的话，我就保你明天能背得熟书，你也不用这样苦苦地熬夜了。"闰女的话，真好比是雪里送炭，得玉连忙说道："你怎么能叫我背得熟书呢！"闰女张开口吐出了一粒小小的明珠，对得玉说道："你把它含在口里，可千万记住不要把它咽下去。"得玉忙答应着，接过那粒小小的珠子，放进了口里，顿时觉得心里清爽爽的，那书一遍也不用再念，从头就背到尾了。他立刻好像放下千斤重担一样，和闰女有说有笑的，也不再撵她走了。

寂寞嫌夜长，欢乐嫌夜短，不知不觉地天就亮了。得玉赶紧洗了洗脸，手里拿着书，嘴里含着那粒明珠，往先生屋里去了。先生大模大样地走到桌子后面，把枣木戒尺往桌子上一放，就叫他走上去背书。得玉站在那里，身子不再像往常一样发抖了，他从头背到尾，又从尾背到头，没错一个字，没掉一句话。先生也不得不点点头。这一天，他又给得玉号上了比昨天加倍多的书，才算完了。

从上学以来，得玉第一次没有挨打。他回到爹娘住的屋里，站了一站，饭也没顾得吃饱，就忙着往自己睡觉的那个屋里赶去。进了那个大院套着的小院时，只见那个闰女早已欢欢喜喜地在院子里迎接他了。她向他说道："你今天没有挨打吧？"得玉高兴地应道："没有。"他把那粒明珠还给了闰女，两个人说笑着进了屋。

到了晚上，得玉只念了一遍书，便能背得很熟了。那闺女不只是聪明伶俐，还会讲很有趣的笑话，也能说出几万里路外的好光景，直把得玉说得连瞌睡也不瞌睡了。天傍亮的时候，他才睡了一小觉，便又含上闺女的那粒明珠，去书房里背书去了。这一天，得玉又没有挨打，先生又给他号上了更多的书。他回到自己住宿的屋里，闺女又在欢天喜地地迎接他了。两个人又说到深更半夜，闺女还把自己的名字告诉了得玉，说她叫双姐，还有一个妹妹叫双妹。

得玉和双姐在一起过了很多很多的日子，他还是照常地去书房里念书，不管他的书背得怎么熟，这整整的一天，他还都得坐在那里或念或写，不得歇息一会儿。有一天晌午，得玉因为夜里和那闺女耍得误了睡觉，实在瞌睡极了。真是瞌睡起来由不得人，不知不觉就趴在桌子上睡着了。正在这时，先生一抬头看到啦，立刻就大喝一声，得玉惊得浑身一颤，嘴里的明珠，也掉进肚子里去了。

这一天晚上，得玉看到了双姐时，只见她紧皱着眉头，面皮蜡黄。她埋怨他说："我说不叫你把珠子咽下去，你却把它咽了下去，咱们只得分手了。"得玉的心里又懊恨，又难过，又舍不得让双姐走。他看看双姐，真情实意地说道："你就割开我的肚子拿出那粒明珠来吧！"双姐望着他，责备地说："咱两个交往一场，你这是说的什么话！我是不能在这里待啦，再过三天，我就回不去了，我这就要走了。"得玉说道："你走了，我以后到哪里去找你呀？"双姐说道："咱们就要分离了，我也不瞒你了，我是交趾国里的。交趾国里有一个八宝玲珑山，那就是俺的家了。"得玉听了，惊疑了半天，才说道："从来没听说有个交趾国，到那里不知有几千几百里路，你怎么走呢？"双姐说道："不用犯难，你跟我到院子里，就明白我是怎么走啦。"她说着话，声音越来越弱，越来越小，看样身子也支持不住了。她扶着得玉走到院子里，弯腰在地上画了一个十字，站在上面，说道："南来的风，北来的风，去无影来无踪。"随着她的话，一阵风刮起来了，双姐如同一片轻飘的树叶一样，起在了半空，立刻就不见了。

得玉仰脸向上看着，在院子里站了半天，才掉着眼泪进了屋。他难过得一夜也没睡着觉，伤心得饭也吃不下。小伙子白天黑夜想那双姐，睡觉梦里也在想着双姐，他有心去找她，又不知交趾国在什么地方，爹娘管得又严，出门又没盘费。尽管他睡不着，吃不下饭，他的身子却比从前壮了。他念起书来，不只是一遍就背得烂熟，还能领悟到其中的意思。先生出题叫他做文章，一抬笔，就是千言，做得又好又快，先生很得意地对老员外说道："按得玉的学问来说，已经可以进考场了。"老员外自然更是高兴，忙着给得玉置办行李。得玉虽是无心于功名，可是又一想，只要我考中了，就再也用不着受爹娘的管辖了。那时候，自己的事就得由我自己做主了。

过了不几天，考期就到了，老员外打发了好几个家人，把他送到了考场。第一场他中了秀才，州里开考他又中了举人，京里开考他又中了翰林。皇帝一道圣旨下来,点他去河北省做官。得玉却不愿到那一马平川的河北省,他要到最远最偏僻的省份里去。皇帝一听连忙高兴地答应了,差他到云南,最边边的一个地方去。得玉带着家人,旱路水路、坐车坐船地走了不止一天,到了云南境啦!那里的水是又平又静,那里的山也格外青翠秀丽。他想,这里一定离交趾国八宝玲珑山近了。他路上碰到人就打听,碰到人就探问,就是没有人知道交趾国在哪里。有一天,得玉又在路上碰到了一个打猎的老汉,老汉告诉他说:"有这么个八宝玲珑山,听说离这里还有几千里路!"得玉中了几次的功名,也没有像今天这样欢喜过,他详细地问了方向,才又向前走去了。

快到做官的地方啦,得玉对家人说:"我来这里是有我的主意,你们天南地北地来这里做什么呢,都赶紧回去吧。"说实在的,家人们谁也不愿意长久在这遥远的南方待下去,听了得玉的话,有心回去吧,又怕老员外不让,谁也没有作声,得玉猜透了他们的心事,立刻拿起口袋把银子哗哗地倒了出来,自己只留下很少的一点,剩余的都分给家人了。他又劝他们说道:"你们跟着我还不知多少日子才能回去,有了银子,还怕什么,不管到哪里安上一个家,自由自在地过一辈子吧!"

家人们被他说得都走散了,只剩得玉一个人了。他不进要去做官的县城,自己背着一点行李,往猎人指的方向走去了。走了一天,又走了一天,第三天的时候,路旁庄也稀了,走路的人也少了。他一个人在路上走呀走呀，半头午的时候，看到路上躺着一个和他年纪相仿的小伙子。小伙子紧蹙着眉毛，虽说长的眉眼很是俊秀，只是脸皮干黄，没有一点血色。也许他是得了什么急病吧，也许他是被强盗打伤在哪里了。得玉想着，赶紧向他身边走了两步，向小伙子弯下腰去问道："你这大哥，为什么躺在这里？用不用我把你扶起来呀？"那小伙子却连忙拒绝说道："你千万不要扶我，我是一个没有心的人！"得玉慌忙向他胸前看去，小伙子正用两手捂着心口。他不觉打了一个寒战：没有心的人怎么能活呢？自己这是碰到一个什么样的人了？他想走开，却又一想，这小伙子看样并不是一个恶人，正在需要人帮助的时候，我怎么能撇下不管呢？他又问道："你说吧，有什么事情要我帮忙啊？"小伙子叫得玉在自己身边坐下，说道："我有多少话要告诉你呀，都是我亲身经历的事情。我碰到一个最恶的妖怪，也碰到了一个天下最好的女人。"

得玉在小伙子的身边坐下了，他要听听天下还有和他遇上的双姐一样好的女人。这时，那小伙子从头到尾地说开了。

原来事情是这样的：这小伙子叫王智，爹娘只生了他一个，又疼他，又亲他。三年以前，他娘忽然死去了，他自然是哭了又哭，爹也十分难过。有一天爹对他说道："孩子！我在家里难过得坐也坐不住，咱们到西北面那个大山里去进香吧。"他也说道："爹呀，我也正想到那里消遣消遣！"

爷儿两个大清早上就起身，走了大半天，才到了玉皇庙，里面松树阴森森的，地上青苔滑溜溜的，有千座石碑和几百座神像。烧完了香，磕完了头，他爹走到了庙院里，只见从松树旁边几丈高的一块玉石碑后面，转出了个媳妇来，望着爹一笑，爹立刻好像着魔了一样，走上前去问媳妇说道："你是哪里人呀？"媳妇也不躲闪，应道："我就住在这后面啊。"爹又问道："你家还有什么人？"媳妇又应道："我家里什么人也没有，只我一个人。"她说完，一扭身子便走向大柏树后面去了。

回到了家里，第二天爹就差媒人去说，媒人紧赶慢赶的，晌天就赶到了玉皇庙，在庙后面找着了三间小屋，媳妇早已经打扮得停停当当地等在了门前。

当天下午，媳妇就跟着媒人来了。第二天，爹出门去了，她对着王智把脸一抹，啊呀！她的脸一拉就有一尺长，手上的指甲也尖尖的成钩了。她伸手就去抓他，幸亏他跑得急，才没有被她抓住。他把这事告诉了爹，爹起初还半信半疑，回家一见到那媳妇，便不再相信儿子的话了。从此，没爹在眼前，他再不敢到后娘的跟前啦。

几个月总算过去了。媳妇在王智爹跟前擦眼抹泪地说道："我顶着个后娘的名，哪地方我待他也和亲生自养的一样，他连声娘也不叫我啊。"这以后，王智爹大约是怕儿子在家惹后娘生气，天天打发王智到坡里去拾柴割草。每天他都看见在柳树林子里有一个闺女走来走去，有时站住，低头弄弄衣襟，有时又偷偷瞧王智两眼。

有一天，他拾草回来，悄悄地走进了院子，听到屋里那媳妇哭哭啼啼的声音："你要是留了你那儿子，我就走，要我就不要你那儿子，我快叫他活活气死了，你不给我拿了他的心来，我是解不过恨来的。"接着便听到爹嘟嘟囔囔地答应了。

王智听了这些话，冲进去要和那媳妇拼，爹却把他硬拉到一边去了。王智那时心里是说不出的难受，可是没有掉一滴眼泪。第二天，他到了坡里的时候，却没心再去拾柴割草了。他想：要是自己偷着走了，说不定那妖精就能把爹害死；要是不走吧，说不定爹会亲手来害自己的儿子。王智低着头，想呀想呀，不知不觉走进柳树林子里。他实在是愁得没法，不由得长长地叹了一口气，说道："山好搬，河能移，我遇到的事情，真是难办呀！"这时，忽然有人在和他应声说话了。王智一看，正是常在柳树林子里望见的那个闺女。她轻快地走来，脸面又和善，又可亲，好像个无忧无虑的百灵鸟一样。她很松快地说道："山好搬，河好移，天下还有什么难办的事呢？"他当时没有作声，觉得她那么年轻，还是一个女人家，跟她说能有什么用处呢。闺女又热情地说道："这些日子，我就看出你有难事了，我也打听明白了，你那后娘是西北山里面的妖精，她是想吃你的心呀！你只要依着我的话去做，那妖精就害不了你。"她说着，向王智伸出了她白净的手来，在她的手心里，有一颗红色的丹药。她又说道："那妖精一定叫你爹害你，你拿上它，只要说一声变，就能变出一颗心来，你把心交给你爹，就往这柳树林子跑,在这最粗的柳树底下,我会给你准备好一匹马,你骑上它,可千万不要停下,也不要说话,那马会把你驮到一个平安的地方去。"

他回到家里,见爹在院子里站着,那妖精坐在门前假哭假号。爹喘了一口粗气,拉着儿子就向门外走去。走了一里,又走了一里,走到柳树林子里了,王智看见在那棵大柳树底下,有一匹枣红马,他说道:"爹呀!是不是那妖精叫你来害我?"爹听了,不觉掉下了泪来,他又说道:"爹呀!千说万说,我也是你的亲生儿,你也用不着害我,我就给你一颗心吧!"他说了一声变,手里的丹药立刻变成一颗心了。王智把心交给了爹,跳上了枣红大马,任马由缰地让它向前跑去。马跑出了柳树林子以后,王智回头一看,见爹捧着那颗心回庄去了。

马跑呀跑呀,跑出了不知有多远,王智忽然听到了一阵哭声,他的心里也难过了起来。马还是往前跑呀跑呀,那哭声简直是在他的耳朵边响着。他不觉勒住了马,只见在马后面不远的路上有一个女人,穿得上下一身白,手里提着一个篮子,一面哭,一面数说什么。她很快地走到了马跟前,眼泪滴滴,数说道:"天呀!男人死了就这样逼我,婆婆叫我剜那无心菜。谁行行好告诉我,到哪里去剜无心的菜呀?"王智十分同情那女人,憋不住说道:"你这个大嫂,别去问啦,牲畜无心必死,青菜无心难长,哪里也没有无心菜呀!"他刚刚说到了这里,那枣红大马一下子瘫痪了,做一堆儿趴下啦。他连忙提缰绳也没提起来，那马原来是一只用红柳枝扎成的假马，这时那女人扔掉了篮子，用手一抹，脸一拉，又是一尺长了，指甲又尖尖的像那秤钩。王智一下子认出来了，她就是住在自己家里的妖精呀！她恶狠狠地说道："你骗我吃了假心，我就是完了，也要害死你！"说着便向他扑了来，他来不及逃走就被妖精抓住了，钩子手也向王智心窝伸了去，接着他就昏过去了。

当王智醒来的时候，那闺女已经站在他的跟前了。她没有生气，也没有埋怨，她还是很温和地对王智说道："那妖精吞下去的不是什么假心，而是一个八个角的铁蒺藜，它已经死在路旁了。可是你不能动，你现在是一个没有心的人，你的肚子里只有我的一口气在里面。我去四海八岛，为你去找那能使心重生的金黄杨柳枝，你这次可千万要听我的话呵！"闺女说完，长裙一摆，就不见了。

王智从头到尾说完了自己的经历，又激动地说道："你说还有比她更好的女人吗？"

得玉听到这里，不觉又想起双姐来。他长叹了一口气，说道："我也碰到了这么一个好女人，可是，不知道今生能不能再见面了。"他的话音还没落，忽觉得清风嗖嗖地吹，从半空中突然落下了一个闺女来。得玉欢喜极了，那闺女和双姐是一模一样呀，不是双姐还是谁呢？他刚想喊叫，闺女背转了身，似乎一点也不认识他。她在王智的身边把金黄杨柳枝摇摆了一阵，王智立刻站起来，那脸面又是红润润的了。

得玉很是难过,难道说是她变了心吗?是她又爱上了这小伙子吗?当那闺女又转回身来时,他说道:"双姐呀!你连句话也不愿和我说了吗?"

闺女惊奇地望着他,接着又欢喜地说道:"你是认错了人啦,我是双妹呀,我姐姐才叫双姐哪!你是得玉吗?"怪事碰怪事,巧事碰巧事,得玉又转忧为喜了,他忙问道:"你姐姐在哪里呢?那八宝玲珑山,在什么地方?"

双妹领着他俩,翻山越岭地,直到月亮上来,才到了一个山下。山的周围尽是亮光光的大水,那不大的小山,就如同镶在水晶上的一块美玉。看得清楚,山上有姿态美妙的苍松翠柏,有琉璃闪光的亭台楼阁,这一些都是从那缥缈的云雾里闪出来的。双妹向山上招了招手,立刻从山脚下茂密的芦苇里摇出了一只小船,飘飘如飞地向这里驶来。说话的工夫,那只小船已经靠岸了。从小船上一跃跳下了两个年轻闺女来,长得都是十分秀丽。五个人一起上了小船,听不到水响,觉不出船动,就到了山脚下啦,那里早有一大群人等着他们了,都亲热地和他们说话。得玉左看右望,那些女的个个都是那么好看,个个都是那么俊俏,可是,里面却不见双姐。得玉随着他们往山上走去,在柳绿花红的大门前面,站着一个挂着拐杖的老汉。双妹说道:"这就是俺爹!"老汉对得玉和王智说道:"你们都来啦,快进屋里坐吧。"

得玉进院一看,这真称得起深宅大院了,屋脊一重又一重,大院里面套小院。进了一道门又一道门,老汉把他俩让进一个纱灯高挂的客厅里。酒饭都吃过了,得玉还是没见双姐露面。饭菜端下去以后,老汉看着得玉说道:"看样你是累了呀,叫他们领你去歇息吧。"有人答应着走了进来,把得玉领进了一间明窗净几的屋子里。床上花褥红被,墙上名人字画,有红瓷茶壶,有白银粉盒,就是不见双姐。这是什么缘故呢?得玉心里一阵阵地难过,一阵阵地焦急,好容易等到了天明。

第二天早上,双姐仍然没有露面,老汉又说道:"双妹呀,你领他俩去那东山上逛逛去吧,他们一定闷了。"

出了大门,得玉向双妹说道:"双姐在哪里呢?怎么不让我见她呢?"

双妹却背转了脸,好像没有听到他的话一样。

双妹领着他俩往东山走去。山下,小河里飞起的水花,溅在了摇摇摆摆的柳枝上;山上,每块石头都有着兰草啦、菊花啦各种各样的天然花纹。山上山下到处有穿红着绿的女人,或坐或站,或说或笑。得玉哪里有心去看,双妹和王智肩并肩地走着,得玉更加显得孤单了。

第三天,老汉又叫双妹领着他俩去西山看景。那里的翠竹,清瘦的影子照在了水里,各色各样的山石比那画上的还要好看,在那里游玩的女人,也都是和双姐一样的好看。双妹和王智越来越亲热了,得玉的心里,却更加苦恼。

第四天，老汉又叫双妹领着他俩去南山看景。走出了大门，得玉止不住说道："就是有那天上仙景，有那天上仙女，我也没心去看，我为双姐来的，还是叫我看看她吧！"双妹听到得玉又提到双姐，脸上不觉也是一阵凄凉。她停了一停说道："你也该去看看双姐啦，我去把你的意思告诉双姐，问问她是不是愿意你去看她。"

双妹如飞地向北山上走去，不多一会儿就回来了。她声音低沉地说道："双姐已经答应你去看她了。"

他们很快到了北山上，走进了一个石洞。得玉看到在一块不大的石台上，趴着一只火红狐狸。那狐狸见到得玉，便跳下了石台，向他跟前走来。

双妹说道："这就是双姐呀！"

得玉连忙弯下腰去，把狐狸抱在了怀里，他的心里如同刀子割着一样。双妹又说道："双姐因为没有了那粒珠子，回来以后，过了三天就不能再变成人了。她不愿再和家人住在一起，独自在这个山洞里，她从来不让任何人看她，从来也不离开这里。"

得玉听了双妹的话，眼泪滚了下来。那狐狸偎在他的怀里也滴下眼泪来了。过了一阵，双妹催得玉说道："现在咱们该走了。"那狐狸也从得玉身上跳了下来。得玉想道："双姐为我受了这么多的苦，在这寒冷的石洞里挨了这么多年月，她就是变了狐狸，我也不能撇开她走了，不能让她冷清清地待在这个石洞里啊！"他向狐狸弯下腰去，又把她抱在怀里了。

双妹见到这种情景，也感动地说道："你真的对俺姐诚心诚意，你就在这里等着，我到东北森林里去，不管那里风怎么大、雪怎么猛，我也要去那里找一根还珠草回来。"她说完，就不见了。

得玉在石洞里，待了一天，又待了一天，到了第三天，双妹忽然站在他的跟前了。她手里拿着一根小草，对他说道："你只吃上这根小草，就能把双姐的珠子吐出来了。"

得玉忙把小草接过来，放进口里。那小草真比黄连还苦，得玉却眉也不皱地把它咽了下去。只听得肚子里一声响，觉得一个东西从嗓子里涌了上来。他把嘴一张，双姐的珠就滚出来了。狐狸把前腿往上一抬，又变成原来的双姐了。没法说他俩是怎样欢喜，更没法说出他俩那时心里是什么滋味。他们一块儿走出洞来了。当天，老汉摆了酒席，吹吹打打、张灯结彩的，双姐和得玉，双妹和王智，两对有情人，结成两对好夫妻。后来他们就在那八宝玲珑山上，欢欢乐乐地过着日子。

蝎子精

　　一提起蝎子精，就会使人想起了"西游记"。唐僧到西天去取经，路上就遇到过蝎子精。不过，我现在要说的，不是西天路上的蝎子精，遇上它的更不是什么唐僧，也没有七十二变的孙悟空保护着。你想听听这个故事吗，有根才能长蔓，那只有从头说起了。

　　在乡村里，很早以前，就已经有石碾了。庄里人用几块大石头把碾子支起来，在上面碾米啦，压东西啦，一年三百六十天，庄户人家，不能说天天用它吧，却得月月用碾。那时候，在一个靠山不远的小庄里，有一个年轻轻的小伙子，新娶了个媳妇，过门不久，还没有孩子。隔壁住着他一个叔伯哥哥，哥哥家有两个孩子。

有一天，小伙子临上坡以前，帮着媳妇把粮食拿到了碾子上，牲口套上，才拿着镰往坡里去了。晌午的时候，他从坡里回来，肚子里是又饿又渴。看到街门还锁得好好的，他不觉一愣站住了。心想：那点谷子，早就该碾完了啊，怎么天都晌了，还不回来做饭呢。他一面寻思着，一面向碾子那儿走去。到了那里，小伙子简直惊疑极了，石碾在吱悠吱悠地响，小黑驴也在嘚嗒嘚嗒地走，簸箕扔在地上，碾上的米已经都碾碎了，可是四下里看看，却不见媳妇的影子。她到哪里去了呢？小伙子简直猜不透了。他知道媳妇不是那号只顾贪玩的人，绝不会扔下牲口和米去串门子。要说回娘家吧，她是不可能不跟自己说一声的；要说是偷着跑了吧，自从成亲以来，就辩合得挺好，从来也没打架吵嘴。小伙子越想越糊涂，越想越心焦，左等不来，右等不来，只得动手去卸牲口。牲口卸下来了，压碎的米也扫下来了，还是不见媳妇回来。小伙子急得饭也没心去做，东邻西舍、大娘婶子家都找遍了，还是问不着媳妇的下落。他越想越觉得这个事情怪，找了一块磨石，把镰磨得锋快锋快地拿着，又往碾那里走去了。他也和女人碾碾时一样，围着碾转了起来，转了有十多圈，只见碾盘动了一动，眼见着从碾盘底下的大石缝里，伸出了一个黑漆漆的蝎子肚子来。弯弯的肚子顶上，长着个一尺多长的毒针。小伙子明白了，那个伤害他媳妇的，一定就是这个东西，小伙子立刻气得头顶上冒火。那毒针风快地向他身上刺去，小伙子一闪躲过了，胳臂一甩，镰头嗖的一声削了过去。嘿！

小伙子使镰的武艺，好像猎人使枪一样的熟练，半截蝎子肚子，连同那毒针一起被削去了。碾盘底下的蝎子精，痛得把身子一翻，碾盘被抛出了十步多远，碾砣滚得不见影了。这时候，小伙子看到了那被削去肚子的半截蝎子身子，还像碌碡一样的大呀！他正要向它砍去，半截蝎子身子却化成了一阵黑风，起了半空里，从风里响起了打雷一样的响声："好小伙子，三年以后，再叫你拿命给我。"小伙子又猛力地把镰刀向那股黑风扔去，黑风翻翻滚滚地向西北面刮去了。小伙子低头再看时，支碾子的石头中间，有一个黑乎乎的深洞，果然，从那里面找出了他媳妇的骨头、衣裳和首饰，小伙子哭了一阵，收拾起来埋了一个坟。

　　从来都是欢乐的日子好过，孤苦的日子难熬。小伙子自从媳妇死了以后，上坡回来不再有人做饭给他吃了，点起灯来，也没有人跟他拉呱说话了。小伙子一天价愁眉不展的，他变得比从前更加心慈眼软，看到别人难过，他也暗暗伤心，听到别人哭声，他也悄悄擦泪。尽管这样，小伙子也没忘记把镰刀磨得晶亮，而且总是随身带着。就这样过了有半年多，有一天傍晚，小伙子从坡里回来，看到道旁有个闺女，坐在井台上哭。闺女一声爹一声娘地哭得很是可怜，他不觉停住了脚步，心里想道："天下多少人，也有欢乐的，也有愁苦的，这闺女也不知遭了什么灾难啦，这样伤心。"他着实可怜起她来了，便走过去问道："天这么晚，你为什么还坐在这里哭？"闺女还是一把鼻涕一把眼泪地哭着说道："大哥啊！你还是走你的路吧。我是个逃荒在外的人，爹娘在路上又都死了，我哭上一顿，就碰死算啦。我这样苦命的人，还活着做什么！"闺女说完又号号啕啕地哭起来。小伙子的眼睛里不觉也发湿了，他向四下里看看，周围一个人也没有，村庄黑漆漆的，天已经黑了，怎么能把她一个人撇在野地里，怎么能见死不救呢？小伙子什么也没有再问，就说道："别再哭了，跟我回去吧。"闺女擦了擦眼泪，真的跟着小伙子去了。

小伙子把闺女领回家里，他的心里又犯难了：一男一女的住在一个屋里多么不方便呀，要是别人再说长道短的，到了那时弄得不清不白的，怎么去分辩？小伙子想了想，便到隔壁他叔伯哥哥家去了。屋里已经点上灯，他嫂子正在灯底下给两个孩子做帽子。他嫂子手并不巧，拿着块布，横比量，竖比量，就是剪不下个帽子来。小伙子把路上怎么遇上个闺女，怎么把她领回来，都从头到尾地说了。他哥哥嫂嫂也都是好心人，越说越觉得凄惨得慌。小伙子又说道："哥哥！你今晚上到我家里，和我一块儿睡，叫那个闺女到你家里，和俺嫂子一块儿睡吧。"哥哥和嫂子一齐答应了。

小伙子把闺女领到了哥哥家里时，两个孩子都睡着了。嫂子还在灯下做帽子，拿着块布，横比量，竖比量，就是剪不下个帽子来。

闺女见小伙子叫她嫂子，也就嫂子长嫂子短地叫了起来，说话那个亲热呀，真是如同见了老熟人一样。

小伙子和哥哥走了以后，闺女说道："嫂子，你要是不嫌的话，我就给你做一做吧。"说完，拿起布来，三剪两剪的，剪下了一个帽子来，又抽出花丝线，用尖尖的手指头，绣起花来。闺女做得那个快呀，真是飞针走线。不多一会儿，帽子就做起来了。帽子顶上绣着凤凰戏牡丹；帽子两边，绣着刘海戏金蟾。嫂子拿在手里，越看越好，越看越俊，欢喜地说道："你这个大姐，做得这么快，这么好，你就再给俺这二儿做一顶吧。"闺女高兴地答应啦。没到半夜，便又做起了一顶来。嫂子看看两顶帽子，又看看闺女，喜得不知怎么好。她心里想道："这闺女人又好，手又巧，谁要是娶上这么个媳妇，也就心满意足了。"她不觉又想到小伙子身上，笑着说道："你看俺那个兄弟怎么样？叫我说，你两个也是该当成夫妻，要不的话，怎么会在半路相遇了。你也没家没主，俺那兄弟也没有媳妇，我给你们说合说合，成全一家人家多好。"闺女羞羞答答地低下了头，忸忸怩怩地说道："我这个丑样子，怕的是人家不愿意要啊。"嫂子听她那个口气，是已经答应了，欢喜地拉着她的手说道："你尽管放心吧，我保险一说就成。"

第二天天刚亮，嫂子饭也没顾得做，就去和小伙子说道："兄弟，我给你说个媳妇吧！"小伙子心里也明白了七八，半信半疑地问："哪里的媳妇？"嫂子欢天喜地地说："就是你领回来的那个闺女，又伶俐又能干，真是好哇。"小伙子没有作声，哥哥是一个细心人，他皱着眉头说道："又不知道她是哪乡哪庄，也不知道她的来历，漫天坡地里碰到了这么个女人，怎么能要她做媳妇！"嫂子却不服地说道："管她那些做什么，现在人明摆着是一个好闺女么！咱兄弟正用着这么个人哪，做做衣裳做做饭的，你是不知道一个人过日子的难处呢。"嫂子这么一说，哥哥不好意思再说什么了。小伙子也就这样马马虎虎地答应咧。

  闺女和小伙子很快成了亲，她待他是温言温语，做活儿上面，更是又勤快又利索。小伙子是满心欢喜，街坊邻居也都夸奖，连细心的哥哥也挑不出一点不好来。这些时候，小伙子仍旧天天磨他那把镰刀，白天把它带在身上，晚上压在枕头底下，不知什么缘故，闺女看到了镰刀，脸上常常变色。有一天，她在小伙子的跟前呜呜咽咽地哭了起来。小伙子只以为她是想起了她死去的爹娘，正要上前去劝解一下，媳妇却猛力把他推开了。小伙子左右为难，媳妇抹了一下眼泪，又和平时一样，去收拾饭给他吃了。当天晚上，睡下以后，媳妇埋怨地说："唉！怎么能不难过呢，和你成了夫妻啦，你却还把我当外人待。"小伙子不明白地问道："我什么地方把你当外人待过？"媳妇又叹了口气说："你要不是把我当外人待的话，就咱两口人过日子，你怎么还白天黑夜地带着把镰刀。"小伙子听了，照实地说："我这把镰刀是防备蝎子精的呀。"媳妇听了嗤嗤地笑了几声，说道："你这么个汉子，也太小心啦，那蝎子精叫你砍了一镰刀，它是不敢再来咧，我从小胆子小，就是见不得这刀呀枪呀的。"

从这以后，小伙子不再带镰刀了，媳妇也不再哭了。春去夏来，几个月的日子都平平安安、欢欢乐乐地过去了。又有一天，媳妇笑嘻嘻地望着小伙子，知心知意地说道："咱俩在一块儿这多日子啦，我看出你是一个过日子的好人，实不瞒你，俺爹娘还活着的时候，逃荒到了山那面的一个庄里，寄下了一些东西，咱如今一年打的粮食还不够一年吃用的，我去把那些东西卖掉，也能得些钱，地太少了，添着置一亩地也好呀。"小伙子听她说得贴情入理的，当时就答应了。媳妇收拾了一下，什么也没拿。他把她送到了庄外，望着她走远了。

这一天，小伙子的叔伯哥哥在山上的大树林子里打柴，他爬在一棵高高的大树上，正想砍下一块粗大的树枝子，一抬头，看见他兄弟媳妇从山沟底下跑了上来。他心里一阵惊疑：一个女人家，到这人迹少到的深山里做什么呢？还没等他响一声，媳妇一扭身，钻进一个山洞里去了。发生了这样稀奇的事情，哥哥没心再砍柴了。他瞪眼瞅着石洞，等一会儿，不见兄弟媳妇出来，又等了一会儿，还不见那媳妇出来。他爬下了大树，悄悄地向石洞那里走去。他从石缝向洞里只一望，吓得汗毛都竖起来了。洞里没有他兄弟媳妇，看到的只是大半截蝎子身子，和碌碡一般粗，却比碌碡要长许多。那半截蝎子，正在那里缩着身子蜕皮。哥哥看得明明白白的，他连打好了的柴也没有顾得拿，就往家里跑去，把看到的事情都对小伙子说咧。

小伙子听了，心里也着实害怕了起来。他把镰刀又磨得锋快的了。隔了一天，媳妇回来了，拿回来了十吊钱。她把钱全交给小伙子后，对他说道："咱们过日子，要往长远处打算，你可不要把它零碎花了。那里的东西，我都卖了，钱还没有收齐，那些钱我已经跟他说了，等明年再去拿来。"媳妇说完，又忙着做活儿去了。小伙子心里想道：这么俊的媳妇，又这么会过日子，哪里会是蝎子精变的呢？他把磨快的镰刀又放起来了。过了几天，他对哥哥说道："哥呀，也许是你眼花看错了吧！"

一天一天地过去了，哥哥每时每刻都在为弟弟提心吊胆的。嫂子知道了以后，也信不过。她说："要是她真的是蝎子精变的，怎么还能在这里和他过这么多的日子？"哥哥并没去和她分辩，只是摇了摇头，几天以后，他才想到蝎子是一年蜕一次皮的。

第二年的夏天，哥哥比往年上山的次数多了。不管阴天晴天，他常常在石洞周围转悠。那一次，他又从石缝向石洞里望去，不觉又吓得一抖：洞里趴着那碌碡粗的蝎子，更比去年长得多了。哥哥小跑着到了小伙子家里时，天已经要落日头了。屋里果然只有小伙子一个人。哥哥没有说什么，拉着小伙子就上山去了。这时天已黑了，山上黑影影的，石洞里却是明晃晃的。小伙子从石缝望去，蝎子精的一对眼睛，如同一对火球一样，那被他削过了的蝎子肚子上，还没有长出毒针来呢。小伙子的眼睛又瞪了起来，他搬起一块石头，正要向洞里扔去，只听得枯草树叶一阵响，便什么也不见了。

小伙子回到家里时，媳妇已经在屋里。她又把十吊钱递给了小伙子，笑眯眯地说道："你上坡去我也没跟你说一声，就要钱去了，我知道咱多年的夫妻，你也不会疑惑些别的。"媳妇有笑有说，对小伙子比从前更亲热了。小伙子看着这样花蹦蹦的媳妇，哪里还有心再去拿镰刀呢！

一天过去了，又一天过去了，细心的哥哥终于想出了办法。他把小伙子叫到自己家去，商量好咧。这天夜里，哥哥找了一根铁叉烧红啦。小伙子等媳妇睡沉了，悄悄地走过来，拿着烧红的铁叉又回到自己的屋里。他看到睡着的媳妇，心跳了，手抖了，他没有像他哥哥嘱咐的那样做，朝媳妇比量比量，试探试探，正要退出去，媳妇却在这时醒了过来。她一见这烧红的铁叉，身子一滚，两眼好像火球一样地闪光了。小伙子心不再发跳了，手也不再发抖了，他风快地把铁叉向那乌黑的蝎子身上插去。蝎子叫了一声，狠狠地说道："我只要再蜕一层皮，就能长出毒针，只差一年就能把你害死。"

到这时候，小伙子才明白了。蝎子精被插死啦，打这以后，小伙子做事也更加细心了。

鲤鱼精

在沂山里,有一个很大的瀑布。这瀑布远远望去,高得好像是从蓝天上挂下来一样。这股银亮的流水,一直涌进了山谷中,流呀流呀,流进了一个很大的湾里。湾里的水颜色墨绿,深得看不见底。过了湾,有一道深深的山沟,山沟弯弯曲曲的有几十里路远。在山沟上头稍微开阔的地方有一个小庄。这小山庄里有一个孤苦的小伙子,名叫万寿。他的爹娘都已经死了,只有一个住在外庄的舅舅,过年过节的,常去看看他。万寿给外庄放着一群牛,除了下山来拿点吃食,平时就和牛群住在山里。按说一个人是很寂寞的,他倒不,每天晌午,牛都吃饱了,万寿便溜下很陡的山坡,躲在一棵大杜鹃后面。等不多时，从水色墨绿的大湾升起一座戏台来，接着，锣声、鼓声也在轰轰的瀑布声中响起来了。万寿从杜鹃花枝的缝里，什么都能看得清清楚楚。有时候老生摆着方步走出来，有时候武生一个跟头就蹦起老高。其中有一个唱花旦的，轻快的步子，走起来真如同流水一样，嗓音更是好听，简直像是金盅银铃在敲，句句声声送进万寿的耳里，留在他的心中。她唱到苦楚的地方，万寿也不觉跟着哭起来，她唱到欢乐的地方，万寿也跟着高兴起来。有一天，那花旦唱得真是美妙极了，声音尖上拔尖，尖上拔尖，仿佛春天的云雀，抖动着翅膀，钻进了高空。万寿不觉从杜鹃花后闪了出来，拍手喊起好来。哎呀！万寿万万也没料到会发生这样的事情：眨眼之间，锣鼓煞了，花旦也不见了，那戏台也沉进水里去了；湾里的水像狂风中的海浪一般，朝万寿跟前直泼过来，他全身都被打湿了，差一点就被浪头卷了下去。他挣扎着，抓住花枝，抓住树根，爬到山顶上，回头看时，那大湾又是水色墨绿，平平稳稳的了。

从那以后，万寿再也没看到湾里有什么光景了。

到了冬天，青草枯，雪花飘，各家的牛主都把牛引了回去。正月初三，万寿去探望他的舅舅，舅舅看到外甥长得这么高了，又是欢喜又是愁，咕念道："该说媳妇了，可是这穷日子，谁肯把闺女给你啊！"说着，又是叹气，又是掉泪的。万寿心里当然也很难受。他想到老舅舅这么大年纪啦，不该叫他这样为自己伤心难过啊,但怎么才能使他欢喜呢?他猛然想起一个主意来,假装高兴地说:"舅舅,你再不用为我心焦,我已经找上媳妇了,昨天才领了来家,今天我是给你来送喜信的。"

老舅舅听了,也顾不得追问真假,拍着他的肩膀说道:"孩子啊,我没有白盼望,你到底是能干呀!我欢喜,你那死去的娘要是能知道的话,更不知要怎么欢喜了。"

临走的时候,老舅舅把万寿送到门外,又对万寿说道:"孩子,你老舅舅也没有别的亲戚,过几天,我怎么的也要到你家去看看外甥媳妇。"

万寿慌忙说道:"舅舅,你这么大岁数,山路又难走,你还是不去吧!"

不管万寿怎么劝说,老舅舅还是说道:"万寿啊,好不容易娶了个外甥媳妇,我就是一步挪它三指,也要去看看她呀!"

万寿回到了家里,心里真犯难了:过几天老舅舅来了,屋里冷清清的,看什么呢?要是知道我说的是假话,他会怎么生气和难过呀!这怎么办呢?他想来想去想出了一个办法,就挑起一对筐子到了河边,找了一块有细泥的地方,往筐里装着泥。装着装着不由一阵凄凉伤心,自言自语地说:"舅啊!你是一心盼望着外甥不过孤孤单单的日子,可你哪里知道我瞒哄了你,说自己找上了媳妇。"万寿说着,眼泪汪汪的了。

万寿担回满满一挑子泥,捏了一个泥人,给它粉上白生生的脸皮，给它描上弯弯的长眉，那小巧的嘴唇，似乎就要张开说话，那很有精神的两眼，看去眼珠也会转动。万寿打量着做起的泥人，长长地叹了一口气，不管怎么好，不管怎么俊，泥人还是泥人呀！

正月初六日，半头午的时候，老舅舅在门外叫门了。万寿急得冒了一头汗。他急中生智，把泥人抱了起来，放到炕上，给它枕上了枕头，又盖上了被，才跑出去开门。老舅舅欢天喜地地走了进来，东瞧西望，也不见外甥媳妇。他正要问，万寿却给他搬来了凳子，放在他的跟前说道："舅啊，你这么远来到了这里，先坐下歇歇吧。"老舅舅刚刚坐下，万寿又忙说道："你一定渴了啊，我去烧水给你喝吧。"老舅舅刚要阻挡，万寿已经跑去抱柴火去了。

水烧开了，也端到了舅舅的跟前啦，再去做什么呢？他本心愿意做点好的给舅舅吃，可是面没一撮，菜没一棵，能做什么呢？他满心惭愧不安地站在老舅舅的跟前。老舅舅端起水碗又放下了，望着外甥有点不满地说道："我来了这多时候啦，叫你媳妇出来耍耍吧！"万寿最怕听到这句话，他喘了一口大气说道："舅啊，她这几天病了，连炕也不能起呀！"听到外甥媳妇病了，老舅舅真比自己病了还急。水也顾不得喝了，连忙站起来，焦急地说道："你怎么不早说？我进去看看她吧。"

进了房里，万寿抢前走了一步，按着炕上的被边说道："咱舅来看你，你还不能起来吧？"

老舅舅只看到被里鼓鼓囊囊的像是躺着一个人，以为真是外甥媳妇病了。问道:"外甥媳妇,你好些了吗?"

哈!老舅舅说了这句话,谁也猜不到会发生这样稀奇事情啦,棉被一动,一个女人在被窝里说话了:"我好些啦,舅啊,你快坐下吧。"

万寿自己知道放进去的明明是泥人,怎么会说话了呢?他吃惊得连忙从被上抽回了手。被窝里的女人一翻身坐起来,一面往耳朵后面抿着头发,一面埋怨说道:"你看,也没有你这么个人,咱舅这么大年纪,能来几趟呀,我就是有点不舒服,睡着了,你也该把我叫醒呀!你做饭给咱舅吃了没有?"

老舅舅看到外甥媳妇病好了,坐起来啦,人长得又整齐,说话又这样好,心里乐得好像一朵花开,连声说道:"我一点不饿,外甥媳妇,你还是歇着吧!"万寿的心里却是扑扑地直跳,他觉得这媳妇好像在哪里见过,可是又想不起来。

媳妇又说道:"咱舅来了一场,还能叫他空着肚子回去吗?你陪着舅在炕上耍耍,我去做饭吧。"她说着,便下了炕,身子轻飘飘地向外间走去了。

老舅舅心满意足地坐在炕头上,万寿的心里七上八下。口里在和舅舅说话,耳朵却不放过外间一点响声。他听到外间刀也响,板也响,风箱也响;过了不多一会儿,媳妇就端来了热气腾腾的饺子。

万寿更加惊讶了,她拿什么做的呢?

过午，老舅舅欢天喜地地回家去了。万寿送舅舅回来，一看，那媳妇还坐在家里等他呢。事到如今，只好问一问咧："你到底是谁呀？"媳妇好像不高兴万寿这样问她，抬手向桌子底下一指，说道："那不是你做的那个泥人吗！"万寿掀起桌子底下的那条麻袋一看，那个泥人果然就在那里躺着。媳妇悲伤地叹了一口气，说道："咱从前差不多天天见面，你真的就一点不认识我了吗？"说到这里，万寿想起了他天天去看戏的事情了，也忽然记起了这媳妇就是那个唱花旦的女人。万寿又欢喜又惊讶。媳妇看看万寿，神色凄凉地说道："你一点也不用猜疑，我实话对你说吧，我是一个鲤鱼精，有苦有难都是一样的，我单门独户的，大湾里尽是别的水族，我从小就被老青鳖霸占了去，每天都要上台唱戏给它听，不管是风天雨天，不管是有病没病。前几天老青鳖出外玩去了，我顺着那小河，到了庄头，听到你唉声叹气，自念自说，我怎么能不帮你一下，怎么能忍心叫你老舅舅难受呢？"

话说到了，万寿的心里也明白了，就红着脸问道："那你就留在这里不要回去了吧！"

万寿有生以来第一次过了一天畅心的日子。到了第二天，媳妇低着头掉起眼泪来了。万寿一见就多了心，说："你是嫌我穷吗？"媳妇听了，哭得更厉害了。她说道："万寿呀！身子不由心哪，今天我得回去啦。那老青鳖就要回来了，它要是见我不在家里，会找到你这里来的。我挨打受骂都是小事，怕的是你性命难保，我是不忍心连累你呀。"

万寿听了，眼泪也落了下来。

媳妇停了一会儿又说道："万寿啊！不要伤心啦，咱们就是分离了，想再见面也还容易。你要是想我的话，到大湾旁边，青石背后，轻轻地拍上三下，我就出来会你。"她怕万寿听不明又说了一遍，才慢慢地向门外走去，走到门外又回头看了一眼，才化成一缕蓝雾飘走了。

不多不少只过了两天，万寿就去看那媳妇啦，他下了陡峭的山坡，果然看到在湾边有块一人多高的青石头，上面长着绿色的石花，石头根上还开着蝴蝶样的小花。他按着媳妇的话，只拍了三下，那青石忽然变成一扇小小的黑漆门，轻轻地开了。媳妇从小门里，探出半截身子，摇手不让万寿作声，拉着他就往里面走去。到处是高房大屋，媳妇却把他领进了一个又黑又小的厢屋里。她小声对他说："这就是我的屋了，那些高房大屋都是大鳖们住着，那老鳖今天来了客人啦！一会儿又要叫我去唱戏了，你待在这屋里，无论外面有什么动静，你也不要开窗开门地看。"说话的工夫，外面锣鼓响了，媳妇慌忙走了出去，顺手把屋门关上了。过了不多一会儿，外面开戏了，锣鼓响天地响过了一阵，接着听到胡琴声了。随着铿锵的鼓板声，响起了媳妇好听的嗓音。万寿止不住轻轻地把窗户推开了一条缝。他又想：推开看看，怕什么呢！就把窗户用力一推，只听哗啦一声，接着就是霹雳一般的声音："什么生人？进了我的大院!"万寿吓了一跳,连忙把窗子关上,却已经晚咧。外面锣也煞了,鼓也住了,光听到吆吆喝喝的一片声音。这时候媳妇忽然把门推开,拉着万寿的手就往外走。只见四面尽是一片大水,后面一群拿长枪大棒的怪物赶了来。媳妇走着走着,把万寿用力一推,万寿觉得脚落了地,听到媳妇还在向他招呼:"万寿呀,快走啊!快走啊!"万寿又往前走了几步,爬到了山顶的一块高大石头上,回头看去,水把山涧都快要涨满了,波浪里,他看到那媳妇,被拿大棍的青脸家伙拖进水底去不见了。

第二天,山涧里的水消啦,又是那一湾碧绿的水,当太阳光照着湾水的时候,万寿看到在波纹闪闪的水面上,漂着一条有五尺多长的金粼粼的大鲤鱼。以后,万寿再没有看到那个媳妇,他也曾到那青石背后去拍三下,可是再没有人来给他开门了。有人还会说万寿为鲤鱼精报仇的故事,不过我可不记得了,我只是知道,那清水碧绿的大湾里,现在不再有难看的大鳖,只有金粼粼的大鲤鱼。

一棵松树的故事

　　从前，不知在什么地方有一座怪石重叠的高山。山顶上有一个黑漆漆的山洞。里面住着一只斑毛大虎，长得吊眼白额，力大无比，暴躁起来，叫一声，地动山摇。山脚下，有一个很大的深潭，潭里的水是墨绿墨绿的。里面住着一只大鳖，它生起气来，盖一掀就能搅起浪头，头一伸就有一丈多长。半山坡上，有一棵千年老松树，树干弯弯曲曲，少说也有几十丈高，它拼着老力伸展着树枝，生怕小树在它身旁长起来。

　　山上的老虎和潭里的大鳖，已经是多年的老朋友了。两个好得几天不见面就想得慌，不过三天就要互相看望一次。每次看望，无论是老虎下山，或是大鳖上山，都要经过山半坡的松树底下，常常向松树问好。松树唔唔啊啊地答应着，心里却很嫉妒。它不高兴老虎有力气，不高兴大鳖有劲，更不高兴它们两个那么相好。它老是暗暗算计着，怎样害它两个，怎样使它两个变成仇敌。老松树费尽心血，想出了办法。可是它为这事用心过度，树干有一半枯朽变黑了，松针也变黄了。

这一天，大鳖又到山顶去看老虎。走到松树底下，它还没来得及向松树问好，松树就先说话了："鳖大哥，你到哪里去呀？"大鳖说："我去看虎大哥呀。"松树忽然用力地叹了一口气。大鳖惊疑起来："松树哥，你为什么叹气呀？"松树又长叹了一口气才开口道："依我说，你就不去看它吧。"大鳖更加奇怪了："我为什么不去看它呢？"松树压低声音说："你是不知道呀，老虎昨天在山顶上骂你啦！它骂你的话，简直没法听啦。"大鳖连忙追问："它都骂我些什么？"松树很神秘地说："可是你听了不要生气呀，它骂你是鳖羔子，等你再上山去，它就要啃破你的盖，喝了你的黄。"大鳖一听，气得立刻掉转身子，头一伸一伸地回潭里去了。

老虎在山洞里等了又等，自言自语地说道："我那个鳖兄弟怎么还没来呢？"它走出洞来，看了又看，仍然不见大鳖的影子。"还是我去看它去吧。"老虎决定后就一蹿一跳地向山下跑去。松树叫住它说："虎大哥，你往哪里去呀？"老虎说："今天，我那鳖兄弟说来看我,不知为什么没来,我想还是我去看看它吧。"松树又用力叹了一口气。老虎也惊疑起来:"松树哥,你为什么叹气呀?"松树还是长叹了一口气才开口说:"依我说,你就不去看它吧。"老虎也更奇怪了:"我为什么不去看它呢?"松树低声说道:"你是不知道呀,刚才它还在这里骂你哪,它骂你的那些话,简直没法听啊。"老虎也连忙追问:"它骂我些什么呀?"松树更是神秘地说:"骂你是虎羔子,说等你去它那里,就要咬你的爪,拉你的腿,拖你到水里,把你淹死。"老虎一听,也气得立刻掉转身子,尾巴一撅,就向山顶蹿去了。

从这以后,好多日子过去了,老虎和大鳖没再来往。但是老虎火性大,越寻思越生气,再也憋不住咧,就一跃蹿出了洞,扑奔大潭那里去了。

松树乐得差点笑出声来。

老虎还没到潭边就骂开了:"你这鳖羔子,你为什么要咬我的爪,拉我的腿,把我拖进潭里淹死?"

大鳖也从水里伸出头来骂:"你这虎羔子,你为什么要咬我的盖,喝我的黄?"

两个越骂越凶,也没想到弄弄明白,就斗了起来。三斗两斗,大鳖咬着老虎的爪,把它坠到潭里去了;老虎也咬住大鳖的盖,死劲不放。没多一会儿,大鳖被咬死了,老虎也淹死了。

第二天早晨,死老虎和死大鳖都浮到了水面上,有一个小伙子从这里路过，找来了许多人，把它们捞起来抬回家去了。大伙商议道："煮这么大的老虎、大鳖，可得许多柴火呀。"小伙子一听，领着好几个人，拿着锯呀斧子的上了山。

到了山半腰，小伙子站住打量了一下那棵千年老松树，对伙伴们说道："这棵老松树已经枯干了一半啦，砍了它就够烧的了。"于是大伙立刻动手，把那大松树砍倒了。

这就是一棵松树的故事。

两大心愿

在一座古老的县城外面,有一条流水不大的深沟。在深沟上面,修着一座很大的石桥。修桥所用的石头,都是清一色的雪花白石头。这种石头,是出在离县城几百里路外的大山上。石桥两边的石栏杆顶上,有的刻着很细致的小石狮子,有的刻着人物花草,可见当时是花费了不少功夫。

这条深沟,在早年间,只是一条很窄的小沟,不但没有这座大石桥,就连一条独木桥也没有。那时沟虽不深,水也不大,一步却迈不过去。从这里过路的人,不管空手的、挑担的,都得脱了鞋才能过去,那个麻烦是不用说了,遇上冬天,冷水冰得骨头疼。离这路口不远的沟旁,有一块很奇怪的石头,当地的人都叫它"仙人石"。这仙人石样子活像一个老汉躺在那里,要是你走近仔细地看,甚至能看得出眉眼和胡子。有人说,这仙人石曾经两次变成过仙人,那是因为在这小沟上,发生过两桩奇怪的事情。

那时候,有一个孤苦贫穷的小伙子,他无地无土,天天上山打柴,天天从这小沟上过,天天看见人过这小沟时那么费事。这一天,他砍了一大担柴,挑到了小沟里时,看着这不宽的河水,心里想:每天这么多的人从这里路过,没有个搭脚的桥多不方便!我就出上这一担柴做个临时的桥吧,至少能方便几天哪。他心里虽是有点舍不得,不过,他还是把这担柴都填到沟里了。那水从柴火缝里流了过去,人踏着柴火过去,不用脱鞋也湿不了啦。谁走到这里,都不觉夸奖一声:"什么人在这里搭桥啦,真好,多给人方便呀!"

小伙子天天也从自己搭的桥上过,隔了几天,他已经不把这事放在心上了。这天晌午,他又打这里路过,看到那仙人石忽然动了,呀!坐起来了,不是石头人了,是一个活生生的老人了。老人走到他的跟前,和蔼地说道:"小伙子,我已经在这里待了千年。我许下了两大心愿,如果我亲耳听到谁被别人称赞一百遍,我就要赐给他荣华富贵。这第一个心愿是应在你的身上了。"老人说着用手一指,在他们两人面前,出现了一条平坦的大路,大路上忽闪忽闪地来了一乘八抬大轿,轿里坐着一个戴着纱帽的县官,老人说道:"你看清了吧,过不久你就是这个样子了。"老人把手一摆,大道和八抬大轿都不见了。小伙子又羡慕又疑惑地问道:"我不识字,怎么能做县官呢?"老人拍拍他的肩膀说道:"小伙子,一点也不用犯难,尽管放心去进考场,我这里还有几两银子,你拿上做路费吧。"

老人把银子交给小伙子,在那沟边上又躺下了。他立刻又变成石头了。

小伙子有了银子,置办了衣裳行李,进了考场。拿起笔来,笔好像自己会动一样,眼见着纸上就写满了文章。这一场,他果然中了秀才啦,他很是得意,收拾行李进了京。再一场中了举人,又一场中了进士。一道圣旨下来,派他去本县做县官。小伙子坐着八抬大轿,耀武扬威地回家乡上任了。那真是说不尽的富贵荣华啊,鲜鱼好肉吃厌了,绸子缎子也穿腻了。他想:我一担柴火搭了个桥,就得到了这样的荣华富贵,我要是修一座大桥,那更不知道能享什么福啦。

于是他就吩咐人,把全县里能做得动活的人,都赶了来。有的被分派到几百里路外的山上去推那雪花一样的石头;有的就在那里挖宽这条小沟。这正是春天种地的时候,虽说是有那么多的衙役们监工,衙役们手里又拿着那么长的鞭子,俗语说"手大遮不住天,一人捂不住千人的嘴",修桥的人,都唉声叹气,怨恨地说:"这个死不了的县官,抓咱来修桥,种不上庄稼,咱秋天吃什么！"

　　一滴汗一滴泪的，大桥修了许多日子，终于修好了。那县官坐着八抬大轿来到桥上。他下了轿，看完了桥，喝退了跟随的人，独自走到仙人石旁边，洋洋得意地说道："仙人啊，仙人！你这次应该给我什么样的大富大贵啊？你看我把桥修得有多好呀！"

　　仙人石动了，坐起来了，又变成一个活生生的老人了。老人沉着脸说道："我许下了两大心愿，如果我亲眼看到，谁被一千个人怨恨，我就要使他变成一头黑色的毛驴。这第二个心愿也应在你的身上了。"老人说着，又用手一指，前面立刻出现了一条不平的小路，小路上一头黑驴，驮着沉重的驮子，压得耷拉着耳朵，一步一步往前走着。老人把手一摆，小道和毛驴都不见了。

　　小伙子惊疑地问："一座白玉石大桥，还不如用柴火搭起的小桥吗？"老人气愤地说："这个我不知道，你自己想去吧，你现在应该变成毛驴了。"老人的话刚完，小伙子头顶上长出了耳朵，嘴巴也变长了，他想喊，却是叫出驴的声音。跟随的人赶到了桥上，向沟里看时，那仙人石旁只有一头黑色的毛驴了。他们牵了回去，把它卖给了一个贩盐的脚夫。它驮着沉重的盐驮子，常常走过这白玉石桥，不过，没人再知道它想些什么了。

奇异的宝花

俺老爷爷常说："草有香草、毒草，人有好人、坏人。"他说完了这句话，接着就讲了一个这样的故事：

古年间，在一条大河旁边，有一座县城，那县城的地势，洼得像是在一个盆底下一样，因此，都叫它下洼城。传说，那时下洼城里，有个小伙子叫万生，他上无爹娘，下没兄妹，只有一个表哥哥，却是下洼城里的大财主。说起来，城周围的好地，都是表哥的，真是满屋金，满屋银。但他还是贪心不足，白天黑夜，觉也睡不着，算计着发财的门道。熬来熬去的，把两只眼都熬红了，天长日久，人们给他送了个外号，大人小孩儿背地里都叫他"红眼子"。万生家里很穷,人长得个子高,力气大,又精明,又能干,红眼子早把他瞅在眼里了。他想:这万生一个人能做四个人的活儿,他总吃不了四个人的饭吧。论到工钱上,沾亲带故的,他也不好跟我争究,多少给他几个就行了,这才是一本万利的好事呀。

红眼子是咬住钱绳不撒口的人,第二天就打发人把万生找了来。他嘻嘻地笑着说:"表弟啊,你出息得这样好啦,我脸上也觉得光彩。咱亲故亲故无亲不顾,嘿!我拔根汗毛就比你的腰粗,给你几个钱就够你花的了,你以后在我这里住着吧。"万生看透了他的坏心,冷笑了一声说:"表哥,我人穷志可不短。穷,穷得质实,站,站得直溜,我也用不着你那好心,我也用不着你那钱花。"说完,转身向外走去。红眼子赶到了门前,万生拍拍身上的土,跺跺脚上的泥,扭转头说道:"表哥,看明白了吧?我连你家的土也没带走一点点。"万生不等红眼子回答,迈开大步,唱着小曲儿走了。

红眼子站在门前,又气又急,气的是万生不上他的钩儿,急的是捞不到万生那身好营生。他眨巴着红眼子盘算了一阵,才转身回了家。

再说,万生往前走了不远,迎面碰到了一个老铁匠,雪白的胡子,漂白的眉毛,挑着一挑子打铁的家伙,少说也有二百斤沉,轻轻快快地走了来。万生问道:"老大爷,钢一张锄多少钱?"老铁匠一面走一面说:"钢一张锄四个钱,四张锄八个钱。"万生听了一寻思，这账不对呀！钢一张锄四个钱，四张锄该是十六个钱呀！要照那样算怎么能挣出吃来呢？万生连忙告诉他说："老大爷，您算差了，钢一张锄四个钱，两张锄就是八个钱哪。"老铁匠哈哈笑了几声，把担子一放，望着万生说："我走了九州十八县，只有你一个人这样关照我。小伙子，天也不早了，你能不能留我个宿哇？"万生有点为难地说："老大爷，我只有一间破屋，炕上连块席头也没有，您要是不嫌的话，我给您挑着担子一块儿走吧。"老铁匠一听，欢天喜地地把担子给了万生，跟着万生走了。

老铁匠一点也不嫌地方不好，就和万生一起睡在土炕上了。第二天一早，他就在那间小屋前面，支起了炉，生起了火，叮叮当当地打起铁来。打铁这个营生，可不是轻营生，万生满心想帮老人的忙，说道："老大爷，人家打铁都两个人，你打铁只一个人，能不能收我做个徒弟？"

老铁匠点头答应了。

万生学什么会什么。他仔细地打量着师傅怎么掌钳、打锤，他用心思谋着师傅怎么掌握火候。真是天下无难事，只怕有心人。万生不到一个月就学会了打锄，也学会了打镰，老铁匠却始终没夸奖过他一句。

万生又跟着老铁匠学了整整一年的工夫，老铁匠待万生真和自己的儿子一样，他什么都不瞒他，什么都教给他。有一天，老铁匠把万生叫到了跟前，对他说："万生，你也学会了打锹镢，你也学会了打锄镰，我出来这么多日子了，也该回家看看啦。"

万生说："师父，我自己也能打那锨镢，我自己也能打那锄镰，正想叫您歇歇啦，可您要走了，叫我多难受。"

老铁匠说道："万生呀，我摸透了你的脾气，也知道你的心，你也不用难受啦！只要听我几句话，咱师徒二人还是能见面的。"

万生连忙答道："师父啊，别说是几句话，千句万句我也听您的。"

老铁匠点点头，一字一句地说："井淘三遍吃甜水，手艺越精越要精。"

万生立时领悟了老铁匠话里的意思。他说："师父呀，流不尽的泉水，使不完的力气，我做到老，学到老，一辈子记住师父的话。"

老铁匠听了很高兴，他说："孩子，告诉你，我家就在七宝山，坐北朝南的三间屋，大山做街门，荆条是钥匙，说难找也好找，说难进也好进。"老铁匠说到了这里，递给万生一个金黄色的小袋子。

万生把小袋子接到手里，袋口上还扎着通红的丝线，这袋子轻得跟鹅毛一样。

老铁匠又说："这是一个宝袋，我把它送给你，你千万好好地留着。有它在你的身边，我就什么都放心了。"

万生满心感激地把宝袋收了起来。

这天晚上,老铁匠还是和万生睡在一起。第二天早上,万生睁眼一看,老铁匠不见了,只剩自己躺在炕上。他衣裳没穿完就跳下了炕,叫师父,没人答应,看看门栓,插着没动。老铁匠怎么不见了?万生开开门,见师父连一件打铁的家伙也没带去,很是着急。可是那七宝山在什么地方呢?千条路,万条道,从哪条道才能赶上师父呢?又一想,师父既然不想让自己知道,又能不开门就走出去,就是自己去赶也赶不上啊。万生站在门前,从他记事以来,第一次掉下了眼泪。

老铁匠走了以后,万生还是靠打铁过日子。

万生没有忘记老铁匠的话,不管打个什么家什,都舍得用劲头,费心思。他打出的锹和镢,又轻快,又耐用。他打出的镰和刀,快得铁都削得动,从来也不卷刃子。过了不多日子,满城里都知道有个万生铁匠。来找他打家什的越来越多,万生的铁匠炉旁,成天价人围得里三层外三层的。红眼子也急忙跑来了,万生理也没有理他。

都说"狼改不了吃人,狗改不了吃屎",这话一点不假。红眼子那天回去,又盘算到深更半夜,他想:"这万生是棵摇钱树,把他弄到手,不说日用的铁家什不用花钱买,只要拿出点本钱来,给他买炭买铁,那是个累死也不吭声的家伙。这可是一本万利的买卖呀。"

红眼子这样一想,眼更红了。第二天,他不管万生厌烦不厌烦,硬把万生拉了来,大厅里早已好酒鲜鱼地摆满了桌。红眼子把万生按在桌旁的太师椅上,甜嘴蜜舌地开了腔:"表弟啊,从你那次走了以后,我心里老是不安生,亲人恼不多时,大风刮不多日,我树大也不能只遮自己的阴凉,你尽管搬上你那铁匠炉来吧。我指头缝子漏出的钱,也够你做本钱的了。"万生自然不会上他的当,直截了当地说道:"表哥,我人穷心可不黑,有一分力气使一分力气,有一口饭吃一口饭,树大遮你自己的阴凉吧,我一不贪钱,二不坑人,也用不着你指头缝子里漏出的那几个臭钱。"说完,胳臂一甩走了。

红眼子愣了一愣,又连忙赶到了门口,万生皱皱眉头,扭转头说:"表哥,狼和羊是合不成群的,从今以后,你发你的财,我干我的活儿,咱两个是井水不犯河水,各走各的道,谁也别找谁。"万生不愿意再看红眼子那个样子,转过身,头也不回地走了。

红眼子站在门前又气又恨,他把红眼翻了一翻,坏主意又出来了。他哼了一声,咬咬牙说道:"一次你不上钩,二次你不上钩,这第三次可别怪我下狠手啦。"

红眼子看着一桌的酒肉没动一筷,气得坐也不是,站也不是。他急中生智想出了一个鬼主意,便立刻带上银子,坐上轿,去拜见县官。

万生回到家里,歇也没歇又动手打起铁来。

这一天,万生打铁直打到了天黑,他刚刚走进屋里,忽然听到门外吆三喝四的,他朝外一看,哎呀!坏啦,三班衙役、两班官差,长矛大刀地拥来了。万生眼明手快,连忙拿起了老铁匠留给他的那个宝袋,掖在了腰里,大声喝道:"我万生一没坑人,二没抢人,犯了什么法?有什么罪?"官差和衙役哪里还听他讲理,生拉硬拽把他解到了大堂。

这县官更是一个贪财害命的东西,他按照红眼子的计谋,要万生在一宿的工夫,拿出一千把钢刀、一千把宝剑,拿不出来,就要他的命。

万生被关在监牢里,没有灯,也没有火,没有砧子,也没有锤。往哪里弄这么多的钢刀、宝剑?

一更过去了,二更过去了,到了三更天的时候,他从腰里摸出了老铁匠给的那个宝袋,自言自语地说:"师父临走以前告诉我,有这宝袋在我的身边,他就放心了。哎!宝袋,宝袋,你能帮我的忙吗?"

万生的话刚刚落音,就听到宝袋里叮叮当当的,好像有人在里面打铁一样。

看监牢的也听到了打铁的响声,开头还以为是自己耳朵听邪了,后来越听越清,越来越响,这才邀合一起,朝关着万生的那个牢门口走去。

他们刚刚到了门口,忽听得哗啦一声,牢门大开,一道白光,冲了出来。吓得那些看监牢的连嚷带叫,只恨自己没有长着四条腿，滚的滚，爬的爬，只顾逃命。那道白光，蹿上了半空，流星样地朝后衙里冲去。

这时万生揣上了宝袋，顺顺当当地出了监牢，又回到自己那间小屋里去了。

到了第二天，满城的人都知道那可恶的县官叫飞刀取了头去啦，大伙乐得呀，真比唱三天大戏还高兴哪。

大伙高兴，红眼子可生气，他差人悄悄地去报告了皇帝。皇帝马上派了武状元带领三千御林军，直奔下洼城来了。

这一天，兵马已经离下洼城不远啦，武状元一道令传下去，要把那下洼城里杀个鸡犬不留。眼见下洼城就要遭殃了。

到了这火上屋顶、刀按脖子的时候，不说别人，单说那万生铁匠，他正在那里叮叮当当地打铁，听人一说，便手提宝袋上了城墙。他向城外望望，一片人马、一片刀枪，拥了过来。万生对着宝袋说道："宝袋，宝袋！我自己一个人好说，全城的性命要紧。"话刚说完，宝袋里又叮叮当当、叮叮当当响了起来。

眼见着人马快要来到城根下啦，万生把袋口上的红丝线一扯，袋口张开了。一团银光冲了出来，在半空滴溜溜地直转，看时，原来是一个雪亮的铁圈。铁圈越转越大，越旋越低，把三千御林军和那武状元都套在里面了。套得那个紧呀，就像八月里捆高粱头子，牢牢巴巴，结结实实，别说手脚没法动弹，连气也喘不上来啦。这阵铁圈立了起来，箍着皇帝的人马，跟大车轮子一样,向天边滚去了。

一场大难过去了,满城的老老少少又都乐咧。万生可一心想念着老铁匠。他想:"只要有那么个地方,千山万水我也要去看看他啊。"

万生带着宝袋出了城门,碰人就打听七宝山在什么地方,碰人就打听七宝山在什么方向。他走了一天又一天,不知走了多少天,这一天终于到了七宝山啦,要说这七宝山,一连七个山头都高得顶着云彩。万生不觉想道:"只见高山不见路,师父住在什么地方呢?"又一想:"山再高也有顶,把这些山走遍了,准能找着师父的住处。"

万生翻山越岭走了又走,有大山,就有深沟,那沟深的呀,看不见底。万生爬上陡坡时,石头在他的脚下往沟里直滚。万生走过的那些地方,都是平常人过不去的,半过午的时候,他来到了一个大光崖前面。这个光崖少说也有几十丈高,前面一片光光的石板,又干净又避风。万生看看天也晌午了,在这里歇一歇再走吧。

他坐了下来,一歪身子,躺在石板上了。他头枕着胳膊寻思道:"师父说过,高山是他的大门,荆条是他的钥匙,可这里满山上都是荆条,谁知道哪棵是呀?"万生想着,心里发急,一翻身,忽然听到叮叮当当,好像打铁的声音。他急忙坐了起来,仔细一听,是流水的响声。他又躺下,又听到是打铁的声音。他又坐了起来,这次可听清了,那声音是从光崖里面传出来的。他再仔细一看，在离地丈多高的光崖上长着一棵荆条，开着紫英英的小花。荆条枝摇摇摆摆，上面挂着一个金黄色的小袋。咦！这多像自己的那个宝袋呀！万生赶紧往怀里一摸，怀里空空的，什么也没有了。这真怪了，宝袋怎么会在荆条上呢？他也顾不得歇了，站起来一跳没有够着，又一跳还没有够着，跳了三跳，才拉住了荆条的一根枝子。只听轰隆一声，高高的光崖朝两边分开了，荆条不见了，宝袋也没有了，在万生的眼前，显出了一条平展展的大路，直通山里去了。

万生心想："这一定是通师父家去的路啦。"大路两边的绿草里，开满了奇怪的花，红是红，黄是黄，蓝是蓝，紫是紫……这真是宝花呀！七种颜色闪着七色彩光，每朵都像火星一样明。他很替师父高兴：没想到这七宝山里，有这样的奇景，有这么多的七色宝花，像师父这样的好人正该住在这样的地方。

万生顺着大路走去，又听到了叮叮当当打铁的响声。抬头一看，前面五光十色，清清楚楚显出了一户人家。他脚底生风地走到跟前，果然在一座四四方方的院子里，有三间坐北朝南的草屋，院门开着，老铁匠两眼含笑地走了出来。

万生拉着师父的手，喜得不知说什么才好。

老铁匠望着万生亲热地说道："孩子，我知道你没有给师傅丢脸，也没有出卖你的良心。走累了吧？快跟我到屋里歇歇吧。"

万生跟着师父进了街门，院子里明光晃眼，院子中间安着一只炉。这炉也不像平常的炉那样,砧子啦,锤子啦,什么都是那么亮晶晶的,银光四射,好像是用天上的星星做成的。

师徒两个人说着话,走进了屋。老铁匠又是给万生倒茶,又是给万生盛饭,还是像从前那样亲亲热热的。

万生在老铁匠家一连住了三天,到了第四天,万生却怎么也住不下去了。他对老铁匠说:"师父,我左眼不跳右眼跳,左耳不热右耳热,心神不定的,是不是下洼城的人又在遭难啦?"

老铁匠掐指一算,哎呀一声,说道:"可是了不得啦,皇帝又派了文状元带着人去啦,要掘开城边的河堤,水淹下洼城啊。"

万生一听,更急了,站起来说道:"师父呀,我也找到您的家了,我也见着您的面啦,我要走啦。"

老铁匠伸手把他拉住,安慰地说:"孩子,你有为大伙儿着想的心,我也有救人的意,现在就是加步赶也已经来不及了,幸好我打下了四个铁钩子,正用得着。"

老铁匠走进了里间,拿出四个大铁钩子,挂在院子的四个角上,一无响二无声的,好像上面有什么拽着,连房子带院子整个升到了空中。

万生和老铁匠坐在屋里,听着外面风呼呼地响。过了一阵,又听到哗哗的大水响。万生再也坐不住,开开后窗,探身向下一看,哎呀!可是不好了,大河里的水,不是顺着河身淌,而是一片白浪滔滔向下洼城涌去。眼看着大水就到了城根下啦,老铁匠把四个钩子一摘，连房子带院子，不前不后落到万生那间小屋旁边了。

老铁匠把钩子递给了万生，又嘱咐了他几句话。万生一边答应着，一边朝门外跑去。

俗话说"水火不留情"。满城的人们眼见得城外都是一片大水了。那水，不是一分一分地长，而是几尺几尺地往上翻；万生也不是一步一步地跑，而是七步当成一步跑。他跑到东南城角，挂上个钩子，他又跑到东北城角，挂上个钩子。这下洼城虽说不太大，围着城跑这一圈，也有十几里路，万生一口气跑了这多的路，才把四个钩子挂在四个城角上了，这时水已差不多和城垛口一样平了。下洼城被四个钩子钩着往上升了，水越涨，城越高，不多一阵，下洼城如同一个笸箩吊在大水上面了。

万生见全城的人又都保住了性命，欢喜得一点也不觉得累了。他顺着城墙查看了一会儿，忽然想道："城吊在水上面，也只是一个救急的办法，城总不是船，不能长久这样下去啊。"

万生眼望着城外的大水，正在犯愁，那叮叮当当的打铁声又响起来了，眼前顿时五光十色、闪闪耀耀。抬头一看，半空里红红、黄黄、蓝蓝、紫紫……满天都散满了星星样的七色宝花。宝花成串地落进了城周围的水里，把那大水也染成了七种颜色，放出了道道彩光。万生看到了这里，连忙跑了回去，果然老铁匠正在院里用亮光四射的砧子，用亮光四射的锤子，叮叮当当地打铁呢。

老铁匠停住了手，半空里也不见宝花了。他把炉灰扫在一起，放在簸箕里叫万生端着把它撒到城外去。

万生端着炉灰，沿着城墙往下倒去。这一倒，立时暴土漫天，遮住了大水，避煞了彩光。等到暴土落下，城的周围尽是一片黑油油的好地，这下洼城再不像从前那样在洼处，看去比那大河还要高出许多了。

万生欢喜得不得了，他穿街过巷地飞跑回家，想把这个好消息赶快告诉老铁匠。谁知院子里没有了老铁匠，连那套打铁的家什也不见了，只在屋里桌子上放着那个金黄色的宝袋。

这下子可好啦，城周围的好地都是大家伙儿的了，红眼子的地早压到水底下去啦。当天，人们就把城门开开，大街小巷，又都热闹了起来。那些种地户，自然再用不着给红眼子拿租、出工。红眼子使尽了坏心眼，费了银子，又没了地，连气带疼地过了不多日子就死了。

那文状元毒计不成，也不知在什么时候溜走啦。

从这以后，下洼城再也不怕水淹了。

万生呢？当然还是干他的老行当。他住在师父留给他的那处房子里，还是从早到晚叮叮当当地打铁。他和大伙儿一块儿欢欢乐乐，过了一辈子太平日子。至于后来那个宝袋的下落，可就不知道了。

金须牙牙葫芦

从前有一个老汉，又勤快又正直。他有两个儿子，大的叫得福，小的叫得勤。老汉已经年纪大了，临死的时候，把两个儿子和得福媳妇叫到跟前说："孩子，不要想着去得人家的便宜，自己辛苦得来的东西才靠得住。我做了一辈子营生，好歹给你们留下了这些房子和地，你们弟兄俩可要议议和和地过日子。"

老汉说了这些话，不多时候就死了。

得福和得勤虽说是弟兄两个，可是脾气和性情都不一样，可以说是天上差到地下。

殡葬了老汉以后，当天晚上得福就对得勤说："老二，你也十五六了,今天晚上多好的月亮,又不用点灯熬油的,你闲着也是闲着,到坡上刨地去吧。"

得勤不是光叫"得勤",也真是个勤快的小伙子,从来不为做营生计较长短。他扛上镢头走了。

得勤是成天价做活儿,得福一点营生不做,还是不满意自己有这么一个兄弟。

得福夜里翻来覆去地睡不着觉,他老婆问他:"你这是怎么啦?"

得福说道:"我老寻思,要是这份家业是咱自己的就好了,有个兄弟真讨厌。"

得福老婆也是个只顾自己、不管别人的人。听了男人这么一说,也就帮着出开坏主意了。她对得福说:"这还不好办?和他分家就是了。你是哥哥,他是弟弟,你大他小,你说了就算,给他场院上那两间小屋,给他山边上那块石头板地,剩下的这些好房子、好地就都是咱的了。"

得福一寻思,这真是一个好主意。第二天就和他兄弟分了家。

他不管得勤往后的日子怎么过,只分给了他那两间小场院屋和那块石板地。

得福和他老婆住在那栋好瓦房里,晚上还是睡不好觉。他想:"要是地里的营生都叫别人做,打下的粮食都归我就好了。"他有了这种念头,在地里做活儿也提不起劲来。他兄弟得勤的那块石板地,只有二指深的土,镢刨下去,石头咔嚓咔嚓响。得勤给地里担上了厚厚的一层土,撒上了粪,把那块地整理得土细得像面面没有个坷垃。他种上了谷子,谷苗长得齐刷刷的。他锄了一遍又一遍,旱了就用水浇,谷棵子长得溜腰深,秀出的谷穗子又粗又长。眼看谷子快熟了,得勤欢喜得了不得。

这一天,得勤正站在地头,忽然飞来了一只花花鸟。

那鸟的羽毛五颜六色的,可好看啦。它落到得勤的谷地里,啄着谷穗子。得勤从来没看到过这样的鸟,他叫道:"花鸟呀,你别吃我的谷了,我就这么一点点地,种了这么几棵谷,你要是吃了它,我更要挨饿了。"

那花花鸟扑啦啦地展开了翅膀,飞到他的跟前,忽然开口讲话了:"小伙子,你不用害怕,你是不会挨饿的。我送给你一个葫芦种,你把它种在地里,只要能结了葫芦,那葫芦对你是有用处的。"

那花花鸟说完,真的从嘴里吐出了一粒葫芦种才飞走了。

得勤看那葫芦种,金黄晶亮的,他把它种在了地头上。他想:顶好是挑那最甜的泉水浇,可是那泉水在高山顶上。得勤不怕费力气,他挑了一担又一担。今天去挑,明天还去挑。就这样浇啊浇啊的,过了不几天,那葫芦种就冒出两片夹瓣叶来了。那两片叶子光光亮亮的,活像两片绿玉石。

过了几天又长出了圆溜溜的大叶子来了。那叶子丝亮丝亮的,像绿缎子一样,小风一吹就摇摇摆摆地闪光。

过了几天,又伸蔓长须了。那须黄亮黄亮的,金丝一样。得勤浇得更有劲了,天天上山顶去挑泉水。他又在旁边给它扎了一个架子。一天一天地过去了,葫芦蔓越长越长,爬到了架子上啦,也开花了,那花雪白雪白的。

又过了不几天,结了一个牙牙葫芦。一天小,两天大,不多日子那牙牙葫芦就长够个了,绿色慢慢地变成黄色,亮黄亮黄的,好像金子做成的一样。那亮黄亮黄的葫芦须儿,钩钩子弯弯地盘在葫芦上面。

得勤心想:看样子是熟了,把它摘下来吧。

他刚刚把它摘下来,那花花鸟就飞来了,扑啦啦地落在他跟前。得勤说道:"花鸟呀,你是来要这个金须牙牙葫芦吗?"

花花鸟说道:"像你这样的好小伙子,是不能叫你挨饿的。我是来和你说,你想要什么,只要敲敲这个金须牙牙葫芦,问它要就行了。"

得勤肚子正饿得慌,真的敲了几下牙牙葫芦,说道:"我要一个大黄饼子吃。"

话刚说完,得勤一低头,只见地上一片葫芦叶上,托着一个大黄饼子。这阵那花花鸟已经飞走了。

得勤吃着那大黄饼子又香又甜,再没有那么好吃的了。他吃完了也饱啦,就欢欢喜喜地拿上金须牙牙葫芦回了家。他那两间屋,连张放东西的桌子也没有,他找了一个橛子,钉在墙上,把金须牙牙葫芦挂在上面。饿了就对它要些东西吃。

这样过了些日子,他嫂子对他哥哥说:"也不见得勤压碾,也不见得勤推磨,也不见他的烟囱冒烟,你去看看,他这些日子吃的什么?"

得福也说:"说不定他偷了人家东西喔。"

得福径直到了得勤那里。他进门一看,屋里什么也没有,连个米坛面瓮也没有,可是得勤却比以前更胖更壮了,他更觉得奇怪了。得勤说:"哥!今天晌午你别回去了,在我这里吃饭吧,你想吃什么,咱就弄点什么饭吃。"

得福说:"我要吃个饽饽、猪肉,你也没有。"

得勤笑了笑,从墙上摘下金须牙牙葫芦,敲了两敲,说道:"我要一盘饽饽、一盘肉。"

话刚说完,饽饽也来了,肉也来了,还热气腾腾的呢。得福饽饽也顾不得吃了,肉也顾不得吃了,忙问道:"老二,你这个宝物是从哪里得来的?"

得勤实实在在地对他说了。

得福眼离不开那个葫芦,急忙说道:"老二,你千万先在这里等等,我回去跟你嫂商议桩事。"

得福回了家,一五一十地对老婆说了这件事。又说:"我看咱就用咱的房子、地跟他对换了吧。咱有了那个金须牙牙葫芦,不用种，不用收，还光吃好饭。"

得福老婆也说："是呀，你快去跟他换了吧。"

得福说："得找上几个中间人，别叫他换了以后，再反悔啦。"

两口子商议好了，得福就去对得勤说："我真不愿意做营生，我想把我的房子、地给你，你给我这个葫芦，反正你不怕做营生。"

得勤觉得做营生是一桩好事情，哥哥要换就和他换了吧。当场就找来了中间人，得福还说了又说："换了就是换了，谁也不能反悔的。"

这样，好地、好房子都归了得勤，得勤就搬到那好房子里了。得福和他老婆乐呵呵地刚搬进小场院屋里，花花鸟扑啦啦地飞了进来，把金须牙牙葫芦从墙上一下子叼走了。

三个儿子和三个媳妇

俗话说"强中自有强中手"。这也就是说,人无论有多大的本领,都不要瞧不起人。可是说归说,不少人却常常要犯这个毛病。

早年间,咱这里就有这么个老汉。这老汉六十上下的年纪,眼也明,心也灵。家里小日子过得挺挺妥妥,有吃有穿。说到儿女上,三个小子,都长得怪喜人见的。老汉撅着小胡子,不喝酒也不抽烟,好的只是下棋。他碰人常说:"凭我老汉这手棋,遍天下也没有个敌手。"哈!哪知故事就从这句话里生出来了。

有一天,老汉正坐在门前,远远地看到一个又黑又高的老婆子走了过来,三角眼,麻疤脸,凶得跟那夜叉一样。

老婆子在老汉的面前站住了,冷言冷语地说道:"你不是说天下没有敌手吗?今天咱两个来赛一赛棋吧!"

老汉自然不能这样认输,他说:"赛就赛吧!"

老婆子冷笑了一声,又说:"赛归赛,咱两个人可得先有个讲说。"

老汉问道:"什么讲说?"

老婆子瞪大两眼说:"我有三个闺女,我也知道你有三个儿子,要是我输了的话,把三个闺女给你;要是你输了的话,把你那三个儿子给我。"

提起了孩子,动着了老汉的心。他想:千人万人我也没输过一次,今天还能输给一个女人?她那三个闺女,是稳稳当当地赔上了。

老汉看着老婆子,痛痛快快地答应了。

棋盘拿出来了,棋子也摆下了,这一盘棋,可不同平时呀。两个人眼在棋盘上,心也在棋盘上,看着下了有半个时辰,嘿!你说经心不经心,怪冷的天气,豆粒大的汗珠子,从老汉的脸上直往下滴。棋下完了,老汉的脸也变得干黄干黄的,没一点血色了。千人万人的没输过一回,只这一次输给了这个老婆子,只这一次就输了三个儿子。怎么办呢?亲生的儿子,心头的肉,怎么也不能让她把三个儿子带走呀。

老汉哀告说:"你这个大娘啊,一当行好,二当施舍,抬抬胳臂我就过去了,低低胳臂我就过不去啦。要房子、要地我都给你,只是求你把儿子给我留下。"老汉说着泪都快急出来了。

狠毒的老婆子,冷笑一声说:"哈!马前你不作揖,马后来磕头,我什么也不要,偏稀罕你那三个儿子。"

再说,老汉有一个老伴,当娘的心,好像甜白菜的心儿。她把大儿子叫到跟前,说:"大柱呀,你过来我摸摸你的衣裳厚薄呀?你是冷啊热啊?"她又把二儿子叫到跟前说:"二柱呀,你过来,我摸摸你身上瘦了胖了?不知你饿不饿、渴不渴啊?"她再把三儿子叫到身边,搂在怀里,暖在心上。她眼看着三个儿子,忽然想起老汉来了。天到这个时候,怎么还不回来呢?没有别的,一准是又和谁下起棋来了。都说秤杆不离秤砣,老汉不离老婆。她对三个儿子说道:"你爹那个老东西,冷了也不知道来家添件衣裳,渴了也不知道来家喝点水。你们都在家里等着,我上外面去看看吧。"

说一千,道一万,女人的心,总是比男人细,你看她,悄悄静静地走到了院子里,避在门后,把老汉和老婆子说的话,听了个明明白白、清清楚楚。这可是平地一声霹雳,不管怎么说,当娘的也舍不得自己的儿子啊。她脚不点地地进了屋,慌慌张张地刚把小儿子扣在了一个大瓮里。黑老婆子扑扇着大脚,一步三尺地闯了进来,伸出了钩子手,拉住了大儿子,又抓住了二儿子,找三儿子没有找到,围着屋地转了三个圈,才气哼哼地出了门。

拉走了孩子,就是抓去了爹娘的心。一天过去了,一年过去了,老两口子早晨、晚上、白天、黑夜,什么时候想起那两个儿子,什么时候就难过。老两口子泪泡着心,把小儿子拉扯到十四岁了。有一天,他从街上回来,问道:"娘呀,人家都说我有两个哥哥,我那两个哥哥上什么地方去啦?"娘哭着对三儿子说:"三柱,你不用来问我,去问你那个好爹吧。"柱又问爹说:"爹呀,娘不告诉我,你快和我说吧。俺那两个哥哥,上什么地方去啦?"老汉想起了两个儿子,也不知他们是死是活,止不住扑拉扑拉地掉下泪来。他实磕实地把怎么和老婆子下棋,怎么输了三个儿子,那老婆子怎么拉走了两个儿子,细细地对三柱说了。三柱一声不响地听完了爹的话,刚硬地说道:"我去找回俺两个哥哥来。"娘听了三柱的话,不顾得再哭啦,吃惊地问:"孩子,你知道天多大、地多宽?你的两个哥哥,还不知道叫那老婆子抢到哪里去啦。你知道到什么地方去找他们啊?"爹也说道:"孩子,你是初生的牛犊不怕虎,那老婆子十有八九是妖魔鬼怪变的。你那两个哥哥叫她抢走了,我还舍得再搭上你吗?"娘又说道:"三柱呀,看你这孩子,跟那没长翎毛的小燕一样,别起那高心了。"三柱说:"娘呀,秤砣小,坠千斤,人小可一样办大事啊。"爹问道:"三柱啊,出门在外,可没有爹娘教导你,碰着上了年纪的老人你怎么办?"三柱说:"他走不动,我扶着他走;他拿不动,我帮着他拿。"娘又问道:"三柱呀,你出门在外,爹娘不能替你拿主意,你碰到了别人有难处，你怎么办？"三柱说："娘呀，救人如救己，自己能挪开步，也帮人家走过去。"爹欢喜地说："俺三柱懂事了。"娘也欢喜地说："俺三柱长大了。"爹娘不再那么拦挡三柱了。

不管天多大，不管地多宽，不管那老婆子怎么厉害，三柱还是离开了家，出门找他两个哥哥去了。

三柱在路上走了不知多少日子，这一天，来到了一条河边上，仰脸看看，天阴得跟水盆一样。朝前望望，河水明亮亮的一片，少说也有一里路宽。春寒，春寒，三柱脚伸到了河里，还觉得水凉冰骨。他过了河，天就噼里啪啦地下起雨来了。

三柱过了河，刚刚走了两步，忽然听到身后有人招呼。他回头一看，只见河对岸站着一个老妈妈。

老妈妈喊道："谁背我过河去，谁来背我过河去啊？"

虽说隔着一条河，可是老妈妈的话，三柱却听得明明白白的。再看看雨越下越大了，他心想："不知老妈妈过河来有什么急事，那么大岁数啦，顶不住风吹，顶不住雨淋啦，不能眼看她不管啊。"三柱连忙跳到了水里，扑扑腾腾地又回到了河对岸。这一阵，雨更急了，雷霆火闪的，直下得天连水、水连天，分不出东西南北来。三柱好不容易才找着老妈妈。他欢喜地说："老大娘，我把你背过河去吧。"老妈妈不紧不慢地摇摇头说："看你长得高起地皮，矮起豆茬，小小的年纪，还背得动我吗？"三柱一听急了，他千不怕，万不怕，就怕别人嫌他小。他忙说道："老大娘，星星虽小高空里明，碾盘再大也不发光。别看我三柱不大，力气可是大啊。"老妈妈笑了一笑，伸手向河里一指，说道："三柱，你看，浪赶浪浪压浪的，你敢背着我往那儿过吗？"三柱回头一看，哎呀！河水不是先前的样子了，黄浪翻滚着，那个吓人劲儿啊，是不能说了。三柱想了想答道："老大娘，只要冲不去我，也保险冲不走您。我就背您过去吧。"

三柱背着老妈妈过河了。水齐到大腿根，浪打着他的腰，三柱还是向前走去。你猜怎么着？三柱越往前走，河水越浅，浪越小，更怪的是，老妈妈越来越轻，轻的呀，就跟一片树叶一样。三柱背着她，顺顺当当地过了河。到了河岸上啦，雨也不下了。老妈妈摸摸索索地从袖筒里摸出了三条手巾。一条红手巾，一条绿手巾，一条紫手巾。她拉着三柱的手说："孩子，你背我过了河，也没有别的给你，把这三条手巾送给你吧。我知道你要去找你两个哥哥，这三条手巾都对你挺有用处。"三柱接过了手巾，老妈妈又把这三条手巾的用处，一五一十地对他说了。

三柱满心欢喜，他和老妈妈分了手，一个人又往前走了。

走了又走，走了又走，这一天，果然和老妈妈告诉他的一样，三柱碰到了第一座大山。山上野鸡咯咯叫，石壁百丈高。三柱手扯着树枝，脚跐着石缝，快要爬到半山腰了。从山上迎面走下来了一个闺女。闺女穿着红绫子袄、红绫子裤，风一刮，飘飘摇摇的，真像飞下了一只红蝴蝶。红闺女朝着三柱嘻嘻哈哈地笑起来，笑得前仰后合，弯腰拍手的，没完没了。这一笑可是了不得啦，三柱手扯着树枝，树枝断；脚跐着石缝，石缝滑。三柱按着老妈妈教导的话，拿出了红手巾朝红闺女摆了摆。红闺女立时收住了笑，低着头悄悄地从三柱身边走过去了。在红闺女走过的地方，闪出了一条白光光的小路。三柱一点也不费力气，顺着小路，翻过了第一座大山。

三柱还是一个人往前走去。果然和老妈妈说的一样，三柱又碰到了第二座大山。山上荒草有一人多深，树林阴森森的。三柱拨开荒草，分开树枝，快走到半山腰啦。哈，迎面又来了个闺女，穿着绿绫子袄、绿绫子裤，风一刮，飘飘摇摇的，活像飞来了一只绿蝴蝶。绿闺女也朝着三柱嘻嘻哈哈地笑起来，笑得前仰后合，弯腰拍手的。这一笑又了不得啦，拨倒的荒草又竖了起来，分开的树枝又搭上了。三柱按着老妈妈嘱咐的话，又拿出了绿手巾朝绿闺女摆了摆，绿闺女立时收住了笑，低着头悄悄地从三柱身边走过去了。在绿闺女走过的地方，又闪出了一条白光光的小路，三柱一点也不费力，就顺着小路翻过了第二座山。

三柱还是一个人往前走去。走了不远，就听到哗啦哗啦的水响。近前看看，是一条清亮亮的小河。河那岸，是一片高高的瓦房。一个奇俊无比的大闺女，坐在河下游洗衣裳。闺女穿着紫绫子袄、紫绫子裤，手一动，袖一飘，活像落下了一只紫花蛾。紫闺女好像一点没有看到三柱走了来，低着头一个劲儿地搓衣裳。三柱还是不慌不忙地按着老妈妈吩咐的话,拿出了紫手巾,丢在了河水里,眼见着那条紫手巾顺着河水浮浮漂漂地到了紫衣闺女跟前了。紫衣闺女抬头看了三柱一眼,伸了伸手,从水里捞出了紫手巾,衣裳也不洗了,站起来风快地向那片高瓦房走去。

三柱见紫闺女捞起了手巾,心就放开了,他也跟随着紫闺女走进了大门楼。紫闺女不进正房,不上大厅,一直走进了一间小东厢房里,三柱也跟着走了进去。

三柱走进了东厢房,脱下了靴,仰脸躺在了炕上。

紫闺女说道:"也没见你这个样的,不问一声就往炕上硬躺。"

三柱也说道:"也没见你那个样的,嘴快手更快,不认不识的,捞起了紫手巾就走。"

紫闺女叫三柱说得无言对答,她慢慢地在三柱身边坐下,小声说:"三柱啊,你进门容易,出门难。俺那后娘,今天晚上一定要生办法害你。我给你一个黄帖拿着,她不管叫你到哪里去宿,你都不用怕,可千万记着,出门的时候,你把它贴在门旁的石狮子头上。"紫闺女说完了这话,欠身从炕头的搁板上拿下了夹花册子,哗哧哗哧地翻了翻,拿出了一块四四方方的黄纸来,给了三柱。三柱刚接到手,就听见正屋里霹雷连声地叫道:"三嫂子,三嫂子!"紫闺女连忙答应道:"娘,你叫我做什么?"这时候,后娘扑扇着大脚,一步三尺地走出了正屋。一点不差,正是麻疤脸、三角眼的那个又黑又高的老婆子。

老婆子站在院子当中,怪声怪气地说道:"三嫚子,快叫三柱出来见我。嘻!没寻思他自己倒送上门来了。"

三柱还是不慌不忙地走到了院子里。老婆子笑着说道:"三柱,我跟你爹也是老相识啦,你远路风尘地来到这里,不能叫你宿在露漫坡里。你出了我这个大门,往西北走不多远,那里有一间石头屋,天也黑了,你就去吧。"黑高老婆子说完,又撅勾撅勾地上正屋去了。

三柱出了大门,四下里看看,黄昏人静,正是机会。门旁也真有一对大石狮子,雕刻得尾细头圆,阔嘴大眼,很是威武。三柱把那黄帖往石狮头上一贴,嘿呀!石狮的一对眼睛立时亮得跟两盏灯笼一样。三柱头前走,石狮子后面跟,大蹄子叭嗒!叭嗒!直跟着他上了那间石头屋。石头屋里什么也没有,只有一张石头床。三柱上了石头床躺下,狮子在石头床底趴下了。三柱闭上了眼睛,狮子也合上了眼睛。三柱睡着了,狮子还是醒着呀。半夜的时候,那老婆子摇身一变,变成了一条几丈长的青花蛇,伸出了火苗样的舌头,要去喝三柱的血,吃三柱的心了。

三柱睡着睡着,觉得屋也摇、床也动,他睁开了眼,看到屋里闪亮,狮子的眼睛又明得跟灯笼一样了。再一看,它站在石头床前,大蹄子踩在了青花蛇的头上,把一条几丈长的青花蛇踩死了。

三柱欢天喜地地跳下了石床,从狮子的头上揭下了那个黄帖,狮子又是石狮子了,眼睛也不亮啦。

狠毒的老婆子是死了，可算除了这一害啦。这个关过去了，三柱的心里又难过起来。他想：千里万里地来到了这里，连两个哥哥的影子也没见着，怎么回去见爹娘的面呢？好心的紫闺女也难过地说道："三柱啊，你的两个哥哥，都叫俺那妖精后娘害死了。她喝了他俩的血，吃了他俩的心，把他们的身子骨压在了那两座大山底下，你要见他俩的面，可是难上难了。"

三柱听了，两滴眼泪像珍珠样地落到了地上。

三柱和紫闺女过了清亮亮的小河，走上了那荒草满地、树木成林的大山。绿闺女迎面走过来，三柱扔给了她那条绿手巾，绿闺女接着，也欢欢喜喜地随着三柱和紫闺女走去。

三个人又爬上了那野鸡遍野、石壁接天的大山。红闺女迎面走过来，三柱又扔给了她那条红手巾，红闺女接着，也欢欢喜喜地随着他们三个走去。

两座大山又都过去了，三柱又伤心啦。他哭着说道："大哥呀，二哥呀，天外有天，人外有人，我要走遍天下去找能人，怎么也要见见哥哥的面。"

三柱哭得紫闺女掉下了眼泪来。

三柱哭得红闺女也落下了泪来。

三柱哭得绿闺女也落下了泪来。

三柱哭着哭着，忽然听到一个熟悉的声音："谁帮我刨出这棵树来呀？谁帮我刨出这棵树来呀？"

三柱连忙擦去了眼泪，回头一看，只见那个给他手巾的老妈妈，手拿大镢，正在那里刨一棵大树。三柱跑了过去，从老妈妈的手里接过了大镢。谁知道三柱一镢还没刨下去，大树却自己倒下了。树窝子里长着一个雪白雪白的蘑菇。老妈妈弯腰把它拿了起来，说道："三柱呀，这是个树蘑，你把它吃下去吧。"

三柱依着老妈妈，吃下了树蘑，身也长，力也长。他想起了哥哥火烧着心，他晃晃膀子，推倒了第一座大山，山底下露出了他大哥的身子骨来。他又晃晃膀子推倒了第二座大山，山底下又露出了他二哥的身子骨来。红闺女剪了一颗心放在了大哥的身上，大哥一跳站了起来，大哥活了。绿闺女剪了一颗心放在了二哥的身上，二哥一跳也站了起来，二哥也活了。

三柱一只手拉着大哥的手，一只手拉着二哥的手，想去给老妈妈道谢，老妈妈却早已不见了。

离家那阵只三柱一个人，回家的时候却成了六个人了。当爹娘看到三个儿子回来咧，看到三个儿子都长大成了人，你说他们该多么欢喜吧！后来红闺女给大哥做了媳妇，绿闺女给二哥做了媳妇，三柱跟紫闺女成了亲。三个儿子，三个媳妇，老汉自然是心满意足啦。他还是常常下棋，不过，再也不说"凭我老汉这手棋，遍天下也没有个敌手"啦。

宝剑泉

说不清在哪州哪府，有一个大山，山根上有个小庄，庄里有一个小伙子叫常青。他长得高身个、宽膀子，论心眼要多好有多好，论模样也在上流。小伙子单身一人过日子，爹娘只给他留下了三间草房子，种地没地，要钱没钱，墙头上跑不开马，炕头上也难长出庄稼，他只有靠上山打柴吃饭了。

一年三百六十天，常青天天上山打柴。风里来，雨里去，冷雪下，冰雹打，什么天气也遇上，什么苦楚也尝过。拿自己比人家，他不觉想道：天大地大，谁管穷人苦？谁管穷人难？年轻力壮的，受点苦吃点累，怎么都好说，怎么也能过得去。可是为人能有几个十七八？在山上打柴的有老也有少，碰上坏天气。叫他们怎么挨？

左思右想，常青终于有了主意。力气总是随身带着啊，他在南山坡上垒起了一间石头小屋；在北山坡上也垒起了一间石头小屋。又过了一些日子，东山坡上、西山坡上都有这样的石头小屋了。

山高雨多。夏天，云压山，雨直下，小屋里干干净净的。避雨的人常说："哈，走遍天下也找不出常青这样的好心人！"

山高风硬。冬天，北风刮，雪花飘，避风的人也常说："哈，走遍天下也找不出常青这么个好心人！"

大风刮，大雨下，大风刮不去石头屋，大雨也封不住万人嘴。千人嘴，万人嘴。说来说去，满山的花草也听熟了这句话。

千人传万人传，传来传去，山里小路也听熟了这句话。

千人夸万人夸，夸来夸去，深山的狐仙也知道了常青是一个好心人。

转过年的春天，满山上草又绿了，花又红了。常青还是天天上山打柴。人家说没有会说话的花草，常青却觉得它们是再好没有的伙伴。人家说春天天太长，常青却往往是不知不觉天就黑了。

这一天，常青挑柴下山，日头没了，天又黑了。星星给他照路，一根扁担两头沉，他挑着几百斤重的担子，忽忽闪闪地走起来跟飞一样。不大的工夫，就下到了南山坡。他惊讶极了，平时这条山路弯弯曲曲的，今天怎么变成大道了呢？

常青顺着大道，往前又走了几步，只见墨黑的树影里，忽然闪出了灯光,明的呀好像天上落下了一颗星星。常青不觉又犯心思了:既没风又没雨,谁在这时不往家奔,还顾得点灯弄火?又一想,为人谁没有七灾八难的,万一有人病在了那里,荒山野岭黑灯瞎火的,我得去照看照看。

说奇怪更奇怪,常青这样一想,身没动脚没抬已经站在石头小屋跟前了。灯亮就是从窗洞里照出来的。他连忙把担放下。谁知弯腰直腰的工夫,石头小屋变了,只见跟前一栋高高的瓦房,青砖到顶的屋墙,黑漆闪光的屋门。十棂子大窗上还亮着灯光。正在这时,屋门吱吱扭扭地开开了,明光一耀,常青已经站在屋地当中了。屋里悄没声的,桌上一对蜡烛明晃晃地点着。看得清清楚楚,屋东头的炕上端端正正地坐着一个闺女。穿着茄花色的衣裳,戴着金闪闪的首饰,黑油油的头发,白净净的脸面。闺女抬起头来说道:"房主来了,要水没口水给你喝,要饭没碗饭给你吃,你要房子明天给你腾出来吧。"常青一阵脸红,心里想道:又不认不识的,自己站在这里做什么。他转身刚要往外走,又听闺女说道:"嗨,你这个人哪,走也不用这样急,忙活了一天,也该坐下歇歇啦。"只这一句话,又把常青说得没了主意了。是呀,他怎么能辜负人家的好意呢。

好大一阵子,常青走也走不出,站也没处站,左看右看,才规规矩矩地在桌子旁边坐下了。

话引话,闺女问一句,常青应一句。一句话短,两句话长,说来说去，常青也不那么拘束啦。闺女还告诉常青，说她有一个老爹，到江南去了，嘱咐她在这里等他。

才说得热乎，闺女忽然不作声了，她望着常青，眼泪汪汪地低下了头。常青看着也是一阵难过，连蜡烛也好像不亮了。过了一阵，闺女抬起头来说道："常青呀，三更天了，你也好回去啦。"常青就是见不得人家的苦处，人家的苦就是他自己的苦，人家的难处就是他自己的难。他翻来覆去地想：唉，闺女有什么过不去的难处呢？还没等他问上一句，闺女又说道："常青呀，三更天了，你也好回去啦。"

闺女的话刚落音，跟着砰的一声。啊呀，更是奇了，常青只觉得一阵风扑在脸上，身子已经站在门外了。回头看看，屋门关得严严实实的，闺女隔着窗说道："常青呀，天上多少星，地上多少人，人里头挑人，你是头一份，只怕你一时欢乐过后愁！常青呀，明天晚上你千万不要来了。"闺女说完，长叹了口气，屋里蜡烛立时灭了。

常青又是一阵难过。定神再看，哪里有什么瓦房？自己又是站在原来的石头小屋跟前。天果然不早了，月亮已经上来老高，花影照在了石头墙上，好像画在上面一样。从窗洞向里望望，黑洞洞的一点动静也没有。站了一会儿，又站了一会儿，常青只得回家去了。

这一夜，常青怎么也睡不安稳。他想，天下哪有这么俊秀的女人？自己遇到的一定是仙女了。又想道：闺女末后还长叹了口气，不知她有什么为难的事？要是再能见她一面，问问也好啊。

　　第二天，常青又整整地打了一天柴。下山的工夫，天又黑了。路过南山坡时，树荫里又闪出了灯光。他欢喜地想道：话不说不明，木不钻不透，只要明白了，自己也就心里安稳啦。这样一想，常青又站在石头小屋跟前了。转眼的工夫，石头小屋又变成了高房大屋。门开开了，闺女还是端端正正地坐在炕上，连招呼一声也没有。常青满心好意难开口，鼓了好几鼓，才问道："大姐姐，你有什么为难的事尽管说吧，只要用得着我，叫我做什么我也愿意。"

　　闺女听了，抬起头来望着常青，又是眼泪汪汪地低下了头。闺女不作声，常青也不好意思紧着追问。坐一会儿，又一会儿，蜡烛快着完了，月亮照明了窗纸，闺女抬起头来说道："常青呀，天半夜了，你也好回去啦。"一连说了两遍，又听砰的一声，常青又站门外了。

　　闺女隔着窗户说道："天上长云彩，人间多磨难，难里头有难，只怕你三年欢乐百年愁！常青呀，明天晚上俺爹就回来啦，你千万不要来了。"闺女说完，长叹了口气，屋里蜡烛又灭了。站了一会儿，又站了一会儿，常青只得回家去了。

　　第三天晚上，常青路过南山坡时，树荫里又闪出了灯亮。他想道：闺女的神色多凄惨！她说难里头有难，有难也该帮帮她，怎么的也要叫她展开眉头放宽心。想着，常青已经站在黑漆大门外了。门吱吱扭扭地开开了，一个老汉迎了出来，笑嘻嘻地说道："一次生，两次熟，你和俺闺女是熟人啦。你尽管往里走吧，我也不会拿你当外人。"常青走了进去，闺女站在炕前，头不抬眼不看，连招呼一声也没有。老汉哈哈地笑道："鱼不离水，根不离土，我看你们两个是一双两好，要是不嫌俺这闺女的话，就给你做个媳妇吧。"常青做梦也没想到老汉会说出这样的话。脸一红，慌忙说道："只要大姐姐遂心遂意，我是怎么的都行啊。"不等闺女开口，老汉又是哈哈一笑，说道："家有十口，主事一人，我说怎么的就是怎么的。好女婿呀，一不用你操心，二不用你费力，三天以后，我亲自给你送上门去。"

三天过去了。

盼到了第四天，看看到了正晌午时，只听得一阵喇叭响，转眼的工夫，花轿已经落在了门前。常青还没来得及走出去，闺女已经端端正正坐在新房的炕上了，新衣新裙，长眉明眼，白天看着更是俊气。

老汉果然随轿来了。媳妇坐了床，外面开了席，吃喝完了，老汉说道："饭也吃了你的啦，酒也喝了你的啦，好女婿呀，我还求你一桩事。眼看来到了三月二十五，那一天，你换上个长袍，到西火岭那里等着，不管有什么东西求你救命，不管怎么样求你，你都要救它性命。"

常青满口答应了。

傍没日头的时候，老汉走了。常青回到了家里，媳妇问道：

"爹跟你说了些什么？"常青告诉了她。媳妇又问："你答应了？"常青应道："答应了。"媳妇再也不作声了。

一晃到了三月二十五，常青按着老汉的嘱咐，换上了长袍，呼呼啦啦地走到了西大岭上，等了一头午也没见什么。又等了半过午还是没有点动静。等到了日头压山，远远地看见两只黄狗撵着一只狐狸向岭上跑来。狐狸窜到了跟前，眼睛望着他，抬起了前爪抓着他的衣裳角，看样子像是要他救它。常青急忙弯下腰，两手撑开大襟，狐狸唰地跳了进去。他才把兜合了起来，两只黄狗也赶上来了。扑了个空，拖着尾巴跑走了。

常青回到了家里，媳妇把门关上，狐狸在地上打了个滚，变成了老汉。老汉一面擦汗，一面说："哎呀！把我好累！打多咱我就算计着杨六郎今天要派天狗来抓我，果然不错。真险哪，我围着天边转了三个大圈子，也躲闪不开它。好女婿呀，要不是你救了我，今天就没命了。"哈哈一笑，转脸又说，"咱胡家门里从来是知恩报恩，有始有终。穷没根，富没苗，闺女子，你就代我给他治理个家吧。"老汉说完，抬脚迈出门口，一闪便不见了。

常青和媳妇还是照常地过日子。人家说，绿叶金瓜一条蔓，常青和媳妇你疼我热的，只差没有并成一个人了。人家说，青枝红果一棵树，常青和媳妇知情知意的，好得简直成了一个人了。媳妇那个精灵劲儿，眨眨眼皮就知道常青心里想的什么。

有一天，常青打柴回来，坐在当门地上风凉。心里想道：可惜这院子里土薄，石头地长不起棵大树，要不，栽起棵树来遮个阴凉多好啊。媳妇望了望他，什么也没说，走到院子里，拔下头上的一枝翠花，插到了地上。眼看着翠花嗖嗖地往上长。长得人高了，长得屋檐高了。翠翠的叶，金黄的枝，明光瓦亮的。只隔了一天，便长成了大树。小风一刮，长枝颤颤的，叶碰叶，叶打叶，立时铜声磬音地响了起来，只听听这声音心里也清凉。常青打柴回来，只要迈进街门，就觉得凉森森的，汗也消了，乏也解了。

媳妇把好饭好菜摆到了翠花树底下，常青拿起了筷子，心里想道：南庄北疃邻里百家，有多少人吃不饱，有多少家日子没法过。要是大伙儿的日子都好过了，该多好哇。媳妇望了望他，还是什么也没说。吃完了饭，常青抬头一看，红花满树了。花落结籽，长长的跟豆角一样。不多日子，豆角爆开，种子落了一地。圆滚滚的也像豆子。媳妇把它扫了起来，盛了满满的一盆。今天换水，明天换水，种子生出了芽，越长越满。一盆成了两盆，两盆成了四盆，看着和豆芽菜一模一样。

这一天，媳妇换完了水，说道："常青呀，你是愿意绫罗罩身金满屋呢，还是愿意夫妻同伴到百年呢？"常青说道："绫罗罩身能穿破，金银满屋能用完，夫妻恩爱没法量，万年同伴不嫌长。"媳妇没有再说什么。

她把豆芽菜分成了一小碟一小碟的，对常青说："我来了这么多日子啦，南庄北疃邻里百家，穷大娘穷婶子的，没有别的给人家,你送碟豆芽菜给他们吧。"

媳妇打点好了,常青端着往外送。分了整整三天,才分完了。

这一来千家万户都好过了,他送去的哪里是什么豆芽菜!原来是一碟碟的金豆子。

常青是自己好,更望人家好,大伙儿欢喜,他也欢喜,大伙儿高兴,他也高兴。心里高兴,黑夜里睡觉也睡得香甜。千好万好什么都好,媳妇却从来没有笑过一回,一过两年,翠花树开花结籽,开花结籽,一盆一盆的金豆子生了出来,一盆又一盆地分净了。常青家还是那三间草屋,媳妇还是一回没笑。三年快过完了,一天早晨,媳妇眼噙着泪说道:"夜里我梦到风吹折了牡丹花,今天俺爹一定要来接我啦。常青呀,咱两个是三年夫妻到了头。"常青一听,心里火烧燎辣地不知是个什么滋味,止不住眼泪双双地落了下来。媳妇说道:"从来没见你掉泪,今天看见了你掉眼泪,当初我就知道有今天,我寻思把门关上你就冷心了,谁知道二日晚上,你又去了。我寻思一笑不笑你就心凉了,谁知道你真心实意地待我好。事到如今你也别着急了,俺爹来了,有我来应对他。他能变了我的模样,也变不了我的心。"

吃完早饭的时候,老汉果然来了。一进门就说:"三年夫妻也报了他的恩。闺女啊,今天跟我回去吧。"媳妇说道:"爹呀,你只知道你报恩,你不知道你闺女的心,我一没给他置下金,二没给他攒下银,都说鱼不离水、根不离土,我是不跟你回去了。"

老汉白瞪了一下眼，忽然又哈哈笑道："三年夫妻怎么忘了娘家事？你爹我是富贵人家！"媳妇接声说道："三年夫妻心里暖，金柱北斗我不恋。"老汉又说道："三年夫妻怎么忘了娘家门？你爹我金屋玉亭一大片！"媳妇又接声说道："三年夫妻赛蜜糖，金屋玉亭我嫌凉。"老汉左说，媳妇左对；老汉右说，媳妇右对。对得老汉没话说了，他圆瞪起眼，把口张开，咕嘟嘟地喷出了一阵黑气。屋里立时对面不见人了。过了一会儿，黑气消散，老汉和院里的翠花树都不见了。媳妇双手捂着脸靠在墙上，常青叫一声，媳妇应一声，一连叫了三声，媳妇才拿下手来。常青吃了一惊，呀！媳妇的脸上长满了黑色的鱼鳞，眉眼都分不清了。

常青和媳妇还是照常过日子，两个人好的呀，是再好没有了。人家说瓜果熟透了甜，常青和媳妇心换心情结情的，日子过得蜜蜜甜。人家说春天的燕双双飞，常青和媳妇心连心意贴意的，人成对，影成双，谁也分不开，常青待媳妇越发好了。媳妇纺线纺到三更天，常青守在旁边等到三更天。媳妇织布织到四更天，常青也待到四更天。雪白的棉花纺长线，好线织出好布匹。媳妇打点好了，常青给东庄送去，又给西庄送去，南庄送了，北庄送，分了整整三天才分完。这一下子，穷人都有衣裳穿了，衣裳又新又结实，穿也穿不破。一过两年，媳妇织的布匹能堆成垛，常青的衣裳还是老样子。媳妇脸上的黑鳞越长越厚了。三年快过完了，有一天黑夜，媳妇织绸织到了五更天，一面织一面念道："好煞的绫罗尺寸短，爱煞的夫妻不到头。"媳妇念着，眼泪如梭地流了下来。常青又急又疼，连忙问道："好词好曲有多少，你为什么偏偏念这两句话？"媳妇还是眼泪不干地说道："常青呀，明天晌午俺爹又要来了。天底下，美貌女人也不少，你还是另打主意另寻路吧。"

第二天晌午，老汉果然又来了。一进门就说："媳妇是南墙的泥，去了旧的换新的，她丑成那个样子，你还恋她做什么？"常青说道："丑了模样丑不了心，我和她心情对脾气和，要命也分不开。"老汉冷笑了一声说："我怕你是空口说白话，你要是真有这个心的话，我就告诉你吧：在西北天边上，有一座支天的冰冰山，冰冰山上有一个冰冰洞，冰冰洞里有一把水晶剑，只要你能把这把剑找了来，我就叫闺女跟你一辈子，我一辈子也不再踏进你门里。你要是找不来那把水晶剑，三年以后我还要进这个门，到那时可别埋怨我把闺女带回去啊！"老汉铁青着脸看看闺女，再看看常青，身子一晃便不见了。

屋里又只剩下常青和他媳妇了。媳妇说道："到那冰冰山十万八千里，要过九十九座大山，要过九十九道大河。山高没有路，河深没有船，千难万难的你怎么也不能去呀。"常青说道："你放心吧，没路一样翻过山，没船一样能过河，早去早来，今天我就动身走吧。"媳妇又说道："要进那冰冰洞，老虎守着一道门，蝎子把着二道门，长虫守着三道门。三道门上三道险，常青呀，你还是不去吧。"常青说道："你放心吧，老虎也有个打瞌睡的时候，我这就走吧！"

常青朝外走去，媳妇从机上剪下一块绸子赶了出来。喊他说："天快晌午了，日头越来越毒，给你遮个阴凉吧。"说着擎手一撒，绸子浮浮摇摇地飘到了半空，变成了一片光彩闪亮的云彩，像把伞一样给常青罩着阴凉。常青走得快，云彩飘得快，常青走得慢，云彩飘得慢。不冷不热的，他走着走着，不觉天快黑了，看看前不着村后不着店，一片荒山野岭。正在这时，头上的云彩飘飘摇摇地落在了前面不远的地方。有红有紫，望去像是万树花开。仔细看看，云彩中间真有一棵高高的杏花树，杏花树底下，还有一间小屋，红瓦粉墙，门朝南开。常青几步就走到了跟前，杏树底下早已摆好了饭菜。一点不错，饭桌是家里的饭桌，碗筷是家里的碗筷。吃饱喝足了，屋里也亮起了灯，常青铺毡卧褥地睡了一宿。早晨起来，洗完了脸，吃完了饭，迈出屋门，走了不多几步，回头看看，杏树不见了，小屋也没有了，只有一片云彩浮摇浮摇地飘到了半空。

常青还是向前走去。白天云彩给他遮阴凉，晚上暖屋软被地睡到天亮。走了也不是一天两天，一座高山挡在了眼前。山陡得仰脸才能望见山顶，常青停也不停地朝上爬去。爬上了一个陡崖，又爬上了一个陡崖，抬头一看，哈，多好看呀！常青的眼前像是一个大花园，红芍药，白牡丹，石榴花，海棠花，看什么花有什么花，要什么景有什么景。转过了桃花行，又走出了杏花林，好花没看完，前面又闪出了一座凉亭来。琉璃瓦，红漆柱，玉石凳子，玉石桌，上面放着茶壶和茶碗。一点不错,茶壶是家里的茶壶,茶碗是家里的茶碗。常青倒出了一碗水,尝尝不热不凉的正好喝。他在玉石凳上坐下,听到耳边风呼呼地响。喝完了一碗,又喝了一碗,心里想,不能光贪恋着看景,还是赶路要紧。他迈下了亭子,往前走了不多几步,回头看看,花不见了,亭子也没有了。只见一片彩云飘摇飘摇地起到了半空,山已经在身后了。

山过去了,前面又是一条绿浪滚滚的大河。常青走到了河边,云彩也落在了河上。风刮云飘,越飘越多。一霎的工夫,云彩中间闪出了一座亮光光的金桥。常青走过了金桥,不多几步,回头看看,桥不见了,云彩又起到了半空。

就这样,常青过了九十九座大山,看了九十九次好景;常青过了九十九道大河,走了九十九道金桥。这一天,常青走到了冰冰山,山上有树也有花,树也是冰冰树,花也是冰冰花,亮光耀眼得直顶着青天。

常青踏上了冰冰山,云彩落了下来,围在了他的身边,暖煦煦的像是一些五颜六色的丝绸,脚下也是软绵绵的。走了一阵,云彩闪开了,迎面便是一座银亮的大门楼。两只老虎龇牙瞪眼地蹲在两边。常青等了一天一夜,不见老虎闭眼。又等了一天一夜,还是不见老虎闭眼。等到了第三天的晚上,老虎打了个瞌睡,一合眼的工夫,常青蹿过门楼去了。第二道门上,两只大蝎子把门,蝎子头朝上、尾朝下、尾对尾、针连针的。常青又等了三天三夜,蝎子打盹的工夫，常青又蹿进了第二道门。第三道门上，两条长虫把门，等了三天三夜，常青又蹿进了第三道门。

三道门都过去了，常青一眼便看到了一个冰冰洞，冰冰洞里挂着一把水晶剑，那把水晶剑亮的呀好像是万颗明星铸成的。那把剑快的呀，常青一挥，削去了两条长虫的头；又一挥，截断了两只大蝎子的腰；再一挥，砍去了两只老虎的头。

常青带着宝剑回了家。媳妇招了招手，云彩也落了下来，飘到眼前一看，还是原来的那块绸子。

常青依着媳妇的话，拿着宝剑走到了山的半腰。只听铮铮一响，宝剑早从手里飞了出去，碰着石崖，明光一耀便不见了。一无声二无响，石崖忽然裂开了一个大口，咕嘟嘟地冒开了泉水。随着泉水，蹿蹿出了一条金鳞的大鲤鱼。鲤鱼蹦三蹦，常青两拿三拿、三拿两拿地就把鲤鱼拿到了手。媳妇吃了大鲤鱼，脸上的黑鳞都退净了，又是那样白生生的脸面，又是那样黑油油的头发。媳妇笑得呀，眉眼像月牙，嘴唇像开花。

一天又一天，泉水还是咕嘟嘟地往外冒。越流越长，越流越长，流成了一条长长的小河。河水又明又亮，明得能看清水底的鱼，亮得能照出天上的鸟。河的两岸也长起了大树，一年到头，都是枝叶长青。不管天怎么热，大树底下也是风风凉凉，大伙儿叫这些树是常青树，叫这个泉是宝剑泉。三年过去了，三年又过去了，老汉再也没有踏进常青家的大门。常青和媳妇过得更欢乐了。

画里人家

　　从南到北，从东到西，有山有水，有江有湖，中国的地方可是宽漫！自古到今，不知道出过多少奇事。不说别的，只说画子吧，这也是从前的事啦。在离崂山很远很远的地方，有一个小伙子，名叫王逢仙，为人心直胆大，靠着卖力气吃饭。有一天，他打短工回来，刚刚推开了屋门，转身看到了一个老汉站在院里，清瘦瘦的脸庞，白飘飘的胡子，手里提着一个小竹篮，竹篮上搭着个月白色的包袱。老汉说道："小伙子，我千里迢迢到了这里，你能不能留我个宿？"王逢仙笑道："这还用问吗？别的没有，土炕还有一铺，你要不嫌，尽管宿吧。"老汉笑着点了点头，抬脚走进了屋里。

人家说穷得干净,王逢仙真是穷到了家,屋里清锅冷灶的什么东西也没有。老汉又说道:"小伙子,我远路风尘地走了一天,你能不能弄点饭给我吃?"这下王逢仙可做难了。拿什么东西给老汉吃呢?他东看看,西瞅瞅,忽然欢喜地说道:"这还用说吗?万事好挡,一饥难忍,还有一香炉子米,你吃了多少垫垫饥吧。"

王逢仙忙着刷锅添水,熬好了饭,亲自端到了老汉跟前。看着老汉喝得那么香甜,王逢仙问道:"老大爷,您从哪里来呀?"老汉说道:"我从东海崂山来。"王逢仙想问的话更多了。他说:"这个也去逛崂山,那个也去逛崂山,到底那崂山上有些什么好景致?俺去不了,听人家说说也好呀。"老汉笑眯眯地说道:"哈!那崂山上的景致千千万,说是没法说了,人家说看看好花眼睛亮,我是见了好人精神爽,今天我就画上一幅给你看看。"

老汉打开包袱,从竹篮里拿出来一支秃头笔,真是下笔有神,三画两画,三抹两抹,一会儿工夫,便在墙上画好了一幅画子。只见重重山,层层云,雪白的雀鸟飞在远远的海面上,绿树红花长在近处的小河边。河水明光丝亮的,翻起浪花转过了山脚,铺成水帘流过了石板。再下去,水慢波平,莲花开得枝枝新鲜,高大的青山也在河里照影。王逢仙站在画子跟前,越看越爱看,越看越着迷,看到了后来,他简直觉得自己已到了崂山啦,真的,他闻到花的香味了,他看见山顶上星星闪亮了。直到三更天,他才倒头睡下。

第二天清早,老汉对王逢仙说:"小伙子,单丝不成线,孤树不成林,一个人过日子没滋少味的。我知道你要成个家口也不容易,我给你这个包袱吧,只要你常随身带着,它就能帮你成全一户好人家。"老汉嘱咐了一遍,又嘱咐了一遍,这才把包袱递给了他,然后就上路走了。

外面天亮啦,画里天也亮了,蓝光光的海水上升起了一个红艳艳的大日头,金光照得天地红。一雾的工夫,山尖金晃晃的闪光了,树梢上也镶上了一层好看的金边,青山绿水,花花草草,都是一片明光露亮。王逢仙从来没有看到那么白净的云雾,它们好像一栋银亮的高墙,遮住了远处重叠的大山,眼看着从云雾里面,影影绰绰地闪出了一个女人来。女人轻轻飘飘地越来越近,她绕过山顶上的小庙,又顺着弯弯曲曲的小路走下了山坡。看得清这是一个十八九岁的大闺女。闺女站住了,像是桃花杏花云霞里开,那脸面花红丝白,那眼睛闪亮生情。闺女在河边石头上坐下,一把一把地洗起衣裳来了。王逢仙脸对着画子,不吃也不觉得饿,不喝也不觉得渴。日头上来了,柳树给闺女罩着阴凉。天快晌了,闺女洗完了衣裳,朝着王逢仙笑了笑,又顺着来时的小路,曲曲弯弯、黄莺穿柳样地走回去了。

一天过去了,一夜又过去了。外面天亮,画里天也亮了。日头又从东大海里升了起来,万里山河又是一片新。不早不晚,正在这时,闺女又来到河边洗衣裳。王逢仙脸对着画子,眼睛在闺女身上,心也在闺女身上,生怕少看了她一眼。闺女快洗快洗,不一会儿就洗完了衣裳，忙站起来笑笑说道："王逢仙，天到这时候，你怎么还不做饭？"说着，朝前走了两步。王逢仙觉得闺女就要走下来了，想伸手搀她一把，却搀了个空。他慢慢地缩回了手，再看时，闺女还是笑嘻嘻地站在河边，望着他说："上哪里找你这么个痴心汉，水不打，饭不做，一天到黑站在那里也不嫌累。别忘了'眼饱肚中饥'呀！"王逢仙有点不好意思起来，分辩道："你说我痴心，我看你才不通情理哪，少米无面的叫我怎么个做饭法？"闺女咯咯笑了，说道："没米没面也不难，你放心去做营生吧，等会有你吃的饭就是了。"王逢仙是红纱灯笼心里亮，他想道："只要她能下来就好了，我可不能上画子里去吃饭。"有了这个算计，王逢仙真的扛起锄上坡锄地去了。

　　王逢仙只锄了一截子地，天就晌了。心事催人，他急急忙忙地跑回家去，一看炕上有酒也有饭。闺女在画子里，朝他笑了笑，白杨细柳样的，顺着弯弯曲曲的小路走回去了。

　　一天一天过去了，王逢仙心里想道：要是能和闺女在一起说说舒心话，喝口凉水也心欢。他常常向画子里望去，望见了一对喜鹊飞过山，也看到了一对鲤鱼游过河。王逢仙越看越难过，自念自说着："喜鹊爱成双，鲤鱼喜成对，天上人间也没有这样的事，对面相见路难通！唉，就是能和她过一天日子也心甘哪。"说这话的第二天，王逢仙上坡回来，推门一看，嗬！闺女正站在炕前梳头，头发跟黑缎子一样披在身上。他欢喜极了，一下子扑了过去。闺女叫了一声,闪身飞上了画子,喘吁吁地说:"王逢仙呀,你对我有十分心,我对你也有十分意。你知道我的心里多为难哪。"闺女愁揪起眉头,又放开来,说道:"千灾万难有我一人当,三天以后,你找领媳妇的来吧。"

三天过去了。

到了第四天,两个领媳妇的打扮得花枝招展的来了。哈!闺女已经坐在炕上了。合婚酒摆在了眼前。娶媳妇是个欢喜事,街坊邻居你看我望的,热闹了整整一天,才算办完了这桩喜事。

自己挑的自己选的,真情相好心头热,两口子愁不觉愁,忧不觉忧,高高兴兴的,不知不觉一过就是三年。孩子也一岁多了。

有一天,王逢仙向画子里看去,只见天昏海暗,黑云乌压压地滚来了。接着闪也亮,雷也响,大风把树枝刮断了,大雨把山遮煞了,画上一片烟雨腾腾的。王逢仙惊奇地说道:"快看哪,画里下雨了。"媳妇望着画子,又看看王逢仙,哭悲悲地说道:"唉,那不光是下雨啊。"说话的工夫,雷不响了,雨也住了,黑云也退走了,画子上又是蓝蓝的天、青青的山,日头照得莲花点点鲜红,绿树沾着水珠闪闪生光。媳妇的脸面却好像经冷雨浇过,嘴唇打战,脸上没有一点颜色,看到她这个样子,王逢仙吓了一跳,连忙问道:"每天你都是笑嘻嘻的,今日你脸上带着十分愁,有什么愁事呀?"媳妇从王逢仙手里接过了孩子,眼泪再也止不住了,说道:"我到了这里几年了?"王逢仙说:"三年了。"媳妇说道:"咱

277

两个三年的夫妻、三年情,三年的情义高山重。"王逢仙说:"千山万山一秤称,也没有咱两个的恩情重。"媳妇说道:"一分情一分心,我心心念念都在你身上。实话对你说了吧,我是崂山里的杏花仙,夜叉精强迫着我给它当使唤人。咱夫妻三年整,它也找了我三年整。先头忽雷火闪地找着了我,今黑夜定准要扒咱三个人的心去吃,你和孩子赶紧逃命吧,塌天的大祸我承担。"王逢仙说道:"不管怎么样,塌天也不能叫你一人撑,要留咱一块留,要逃咱一块逃。"媳妇想了想说:"我是怎么也逃不出夜叉精的手。罢,罢,你放心不下,那就把我扣在大缸里吧,这样夜叉精就不容易找着我啦。也只有这个法子,咱一家人才能再得团圆。"

怕黑怕黑天又黑了!王逢仙翻过了一口大缸,把媳妇扣在了里面,摸摸大缸,还是舍不得走开。媳妇说道:"唉,你掀开缸我再和你说两句话吧。"王逢仙掀开了缸,媳妇看看他,又亲亲孩子,说道:"你抱着孩子,往正南走出二百步,回头看看,只要望见红光一闪,你就放心回家里来。"媳妇说完,又叫他给她扣上了大缸。媳妇叫他快走,一连催了三遍,王逢仙才无可奈何地抱上孩子走出了家门。

王逢仙心里比刀割还难受,抱着孩子往南走出了二百步,回头望望,家里一片通红,好像着火一样。他想也顾不得想,扭头一口气就跑了回去。红光不见了,屋里冷秋秋的,掀开大缸一看,哪里还有媳妇的影子,只有一小汪清水,泪光光地闪亮。

王逢仙扑了个空，千言万语也说不出他心里是个什么滋味，他哭天抹泪地埋怨着自己：早知道这个样，还不如不离开这个家。媳妇到哪里去了？是不是叫夜叉精害了呢？他看看画子里，山影黑乎乎的，月亮没了，星星也不明了。

天下没有比生离死别更伤心的事啦！王逢仙看看画子心里难过，看看孩子心里更是难过，做个梦也是梦见媳妇回来。人家是过日子，王逢仙是挨日子，挨了一天又一天。这天黑夜，交了三更，王逢仙还是睡不着，他翻过来叹气，覆过去叹气，叹气也解不了心中的苦。他心里想口里说："唉！孩子娘要是你叫夜叉精害了，也该让我知道；要是你活着，至少也该给我个信呀！"他的话刚出口，忽然听到有人小声地说道："草经不起霜打，人经不起愁磨，你千万不要想我了。"不用听别的，只听这话音，王逢仙也欢喜满心。他一骨碌爬了起来，向画看去，哎呀！媳妇披头散发地站在月亮地里，满脸是伤。王逢仙又喜又悲，忙说："孩子娘，你可把我急煞了，千苦处万磨难，总算是过去了那一关。只要你回来了，那就比什么都强。"媳妇刚要上前来，又站住了，难过地说："我是不由自己了，你把孩子抱来给我看看吧。"王逢仙抱过了孩子，媳妇看了又看，真是肠千断、泪万行。她哭着说："王逢仙呀，天快明了，夜叉精就要回来啦，你也累啦，赶紧搂着孩子睡觉吧。"媳妇说完身子似转不转地又看了王逢仙一眼，用袖子捂着脸跑到黑影里去了。

一场欢喜落了空，王逢仙是不见面时想见面，见了面啦更添上了一层悲。他想道，亲人呀，又不是隔着千重山，又不是离开万里路，到了跟前了，却不能够扯住她多说一句话。他摸摸画子光溜溜的，看看月亮还在里面明，水还在里面流，王逢仙人进不去，心却跟着媳妇去了。他心里想：世上最苦的是人想人，不知道她怎样相思透骨啦？他又想，天下最可恶的是夜叉精，不知它还要怎么折磨她？事到如今，王逢仙是一万分深情，就有一万条牵挂，不管怎么样，他也不能只叫媳妇一个人在那里遭难受罪。

不知道又过了多少日子，只看见画子里的红花谢了又开，画子里的月亮缺了又圆。这天黑夜，媳妇又悄悄地走来了。她站在画子里的柳树影里，低声长音地说道："王逢仙呀，你是醒着了，还是睡着了？唉！豁上命我也要再来看看你们爷儿两个。"王逢仙心里早想出了一个办法，他连忙抱着孩子走到了画子跟前，说道："孩子娘，咱难煞是夫妻，隔煞是亲人，今天咱好不容易又见面了，你能不能叫我也到画子里去，说句话也亲近呀。"媳妇转着圈看了一周遭，便伸出两手，把王逢仙拉进去了。

画子里也真是另有天地，树枝摇，花影动，山坡上白雾蒙蒙，河水里也闪着树影月光。景致再好，王逢仙也没有那份闲心去看，他有多少话要对媳妇说啊。就算是十分相思化成一句话，说上千年他俩也说不完。媳妇说道："那天要不是我想了个法，把你和孩子支出去，我知道你是怎么也不能放我走的。王逢仙呀，我情愿有罪自己受,也不能看着你和孩子遭难哪。"说着说着公鸡喔喔叫了,媳妇急慌慌地说道:"天亮了,夜叉精就要回来啦,你和孩子赶紧出去吧,要是叫它看见,你俩就没命了。"王逢仙早把媳妇的衣裳扯住了。他不慌不忙地说:"孩子娘,你说数着什么高?数着什么深?"媳妇说道:"高不过蓝天深不过大海。"王逢仙说道:"天高没有咱两个恩情高,海深不及咱俩的情义深。一句话说到了底,天塌海干我也不能和你离开。"

鸡又叫了,天更明了。媳妇含着眼泪,挣开了衣裳,转身飞快地走去。

媳妇前面走,王逢仙后面撵,撵过了小河,又撵上了山坡,绊了个趔趄的工夫,媳妇走得不见影了。

王逢仙愣了一下,还是朝前走去。他抱着孩子爬了整整的一天,总算是爬上了眼前的山顶啦。山顶上松树底下有一座石头小庙,走进去看看石墙石地的连个庙门也没有。就是这样,王逢仙的心里也很知足,出门在外有个遮风避雨的地方也好啊。他搂着孩子刚刚在石头地上躺下,忽然听着咕咚响了一声,睁眼看看,啊呀,一个东西站在墙角上,虎不是虎,狼不是狼的,蒲扇耳朵,铃铛眼,鼻子抽抽搭搭地闻着味。王逢仙说道:"妖怪呀,你想害我也太早了,怎么的我也要见见孩子娘。"他说着从脚底下摸起了一个石头香炉来,还没等他扔过去,那东西长长地叹了一口气,立时不见了。

受了这一场惊,王逢仙重又和孩子睡下了。第二天早晨,他走出了小庙,踏着山尖朝前望望,只见雾绕山,山对山,一山更比一山高。他心里想道:"孩子娘啊,千山万岭的谁知道你在哪一座山、哪一道岭?只要有你这个人儿在,这千山万岭也容易过。你就是走到了天边,我也能找着你。"

王逢仙抱着孩子还是头也没回地往前走去。他走了整整的一天,才走到了一座山的半腰。山半腰的峭壁上有一个大山洞,走进去看看,石头炕石头凳上一层青苔。找着了这么一个地方,王逢仙也是满心的高兴,荒山野岭里有个石洞就赛高楼啦。他搂着孩子刚刚在石头炕上躺下,洞里忽然亮了起来。他走到洞口一看,哎呀,一个东西站在了峭壁前面,头像漏斗,眼像灯笼,两个鼻孔像烟筒一样地往外呼呼冒烟。王逢仙说道:"妖怪呀,你就是能害了我的身子也灭不了我的心,怎么的我也要见见孩子娘。"他说着从身边摸起了一个石头凳,还没等他扔过去,那东西又是长叹了一口气,立时又不见了。

两宿受了两场惊,王逢仙还是搂着孩子睡下了。第二天的早晨他走出了大山洞,抬头看看,绿树盖山、山连天的,一步更比一步陡。他想道:孩子娘,山高遮不住太阳,路远隔不断相思。千重山,万层树,谁知道你在哪一山哪一坡?只要有你这个人儿在,这高山长岭也好像阳关道。

王逢仙抱着孩子还是头也不回地向前走去,天还挺早就爬到山顶啦。他很是惊奇,走遍天下也没有这样的好景致!都说俊不过牡丹,香不过桂花,这里花开得比牡丹还俊,比桂花还香。小风一过,花瓣上的露水珠,一会儿紫,一会儿红,闪闪耀耀地滚来滚去,日头照在青草上,草叶上像是沾满了一层放光的珍珠。日头照在了石头上,白净的山石像是一面面的镜子,照出了他的影子。他走进了树林子,百样的雀鸟在绿叶里叫,野葡萄蔓爬上了老松树。树林中间有个几十亩地的大湾,湾水绿莹莹的,又清又平。长在湾边的垂杨柳、青苇子、红花绿草,都清清楚楚地照在了水里。湾边上坐着一个女人洗衣裳,从后影看看,正是媳妇。王逢仙喜得什么也忘了,一连叫了两声。媳妇一声也没有答应,转过了脸来,狠狠地瞅了他一眼,捞起衣裳,水拉拉地拿着就走。王逢仙不觉站住了,身子一下子凉了大半截。自己豁着性命赶到了这里,好不容易找到了她,哪怕她亲亲热热地看一眼呢。不怕相离远,只怕心肠变,媳妇真会变了心吗?

　　王逢仙正在独自疑惑,忽然之间天昏地暗了,大风也刮起来了,刮得湾水发了浑,刮得树叶满天飞,夜叉精在半空里霹雷火闪地吼道:"好大胆的汉子!把我的丫头勾引坏了,今天又来到了这里,这可不能饶你了!"说着,从黑云里伸出了一只长毛大手来。眼看王逢仙和孩子就没命了!正在这时,老汉给他的那个月白色包袱,从他的怀里哗啦一响飘到了他的头上,越飘越大,越飘越高,夜叉精看着不好,转身驾着黑云想逃。包袱却早已飘到了它的前头,又听哗啦一响,包袱一下子把夜叉精连黑云一总儿包住了。

天晴了,风也住了,眼见着那包袱包着夜叉精滴溜溜地落进大海里去了。媳妇走了过来,从王逢仙的怀里接过孩子,欢天喜地地望着他。王逢仙也看着她问道:"你还亲孩子吗?"媳妇说道:"哎呀!你怎么能说出这样的话,别人不知道我的心,你也不知道吗?我怕夜叉精害了你,什么心也用到了,我两宿没合过眼,两次装怪物想把你吓回去,不为你爷儿俩为谁呢?你有那么个好包袱,早跟我说不就早好了!"媳妇这一说,王逢仙的心也定了。他笑着说:"我也不知道那包袱有这么大的神通!不用再说了,咱两个赶紧回家吧。"媳妇点了点头,一手抱着孩子,一手扯着他胳膊,走了不多一霎,到了小河边啦。媳妇把孩子递给了他,顺手把他轻轻一推,王逢仙觉得身子一晃,站住脚看时,自己已经立在画子外面啦,媳妇却不见了。

王逢仙正在着急,只见媳妇手托着一栋小屋,轻飘飘地从画子里走了下来。这才是真情相好美事成,王逢仙和媳妇离开了原来的穷家,来到了一个有树有水的山洼里。媳妇把小屋放到了地上,屋门开开了,跑出了一群鸡来,又跑出了一群鹅来,羊也有了,牛也有了,小屋也变成了高房大屋,坐北朝南贴着红对子。门前面清亮的河水哗哗啦啦流,屋旁杏花开得一片红。这里一年四季不见霜雪,一年四季花红柳绿,人住在这里就像是住在了画子里。王逢仙和媳妇心安意乐的,一家子亲亲热热地过日子。

潍河金姐

胶东真是一块凤凰地，要山有山，要水有水。不说别的，单说眼前的这条潍河，沙白水清，出产一种大鲤鱼，金鳞银鳃，画上画的也没这么好看。早晨河岸上露水瓦亮，绿莹莹的流水更是闪光丝亮的。这时候，鲤鱼也撒欢了，啪的一声，就蹦起一竿子多高，那个好看劲简直不能说了。这才是鲤鱼跳龙门啦。不过，要说的故事还在后头呢。

有人说，潍河九九八十一道湾。上接大山，下入大海。河两岸，春天麦子绿，秋天棉花白，真是土肥地壮，一湾金，一湾银，湾湾都是聚宝盆。哈，湾来湾去，这潍河还圈着一个山哪。山不太高,可是铁头竖壁,人有个大名小名,这山也有两个名字。听人家说,它正名是叫崃山,可是俺这里的人都叫它斜山。远远一望,四外一马平川,这斜山活像橛子一样钉在那里,至于山上山下的景色,那可不是三言两语能说完的。

俺这地埝,周围几百里内,斜山就是最大的山了。忘记是什么年代啦,在离斜山十几里的地方有一个小伙子,叫铜生。铜生长得眉黑眼亮,高高的个子粗粗的胳臂,从小就没了爹娘,姐姐把他拉拔成人才出嫁。

这一年的春天,铜生去看姐姐,回来的时候,顺着那潍河岸,又看景,又走路的。到了斜山根下,日头似没不没的了,抬头望满眼都是桃花,不知是红霞耀的,还是桃花映的,潍河水金粼粼的,斜山的顶也红艳艳的,好看极了。铜生不由得想到,都说斜山有奇景,山顶有饮马池,山腰有大石鳖。自己长这么大,从来也没上去过。今天,走到了这里,不上去看看还等什么日子!

铜生年轻劲足,兴高心盛。真是出马一条枪,歇也没歇就爬到了山顶。他捧起了饮马池的泉水尝尝,又甜又凉,他弯腰朝大石洞里望望,又暗又潮。三住两停地,这里看看,那里瞧瞧,不知不觉地日头没下去了。天黑了,山崖陡直路又窄,铜生还是不急不忙,他想:从山后上来的,再从山前下去,看看这山前坡还有什么景致吧。

十八九的月亮半边明,眼前里亮,远望是乌昏昏。铜生顺着白光光的山路，走了又走，走了又走，连他自己也不知道走到了个什么地方。只见前面银光光的一片水，路也没有了。铜生还是那么不慌不忙，他细细一看，原来是接着潍河的一个大水湾。月光下，看去又平又静，明晃晃的活像一面玉石宝镜。铜生正看得出神，忽然从水里冒出了一个火红灯笼，溜溜地贴着水皮，顺着湾边，左转了三圈，右转了三圈，才在湾中间停住了。铜生眼睁睁地望着，口里没说，心里却觉得惊奇：这灯笼一不见人挑，二没有人提，它怎么自己会转呢？看看它到底能出个什么怪吧。他这样想着悄悄躲到了一块大石头后面。探头再看时，灯笼越来越明，湾边的桃花都照得清清楚楚。风不吹、枝不动的，桃花瓣却纷纷向湾里漂去，湾水立时就变成了桃花色。正在这时，怪事又发生了。水不动、浪不生的，从水里又冒出了一张桌子两把椅子，桌上摆着四盘八碗、金盅银壶，两个老妖怪穿鳞着甲的，坐在椅子上，面对面喝酒吃菜。铜生跑了这多的路，肚子早已经饿了。又是酒味又是饭香，铜生越闻越饿，越看越气，心里的话："这两个老东西喝酒吃肉的，俺和姐姐糠菜还填不满肚。哼，今天叫我碰上，说什么也不能叫他吃安顿了。"铜生拿定了主意，笑了笑，拾起了一块石头，猛劲朝湾里扔去，不左不右，不前不后，正打在灯笼上。灯笼唰地没有了，桌子和妖怪也都不见了。铜生从大石头后面走了出来，仰脸看看，天上星小月明；低头看看，湾水还是又平又亮。怎么办啊？往前走呢，还是往后回呢？铜生左想右想，返身又朝山上走去了。

有智不在年高。铜生真是胆大心细,他猜到那两个老妖怪是不会和他算完的。果然铜生刚刚爬到了山半腰,听到后面呜呜地响了起来。他扭头一看,哎呀!山脚下乌烟瘴气的,什么也看不见了,黑雾拧成柱子,一根一根从后面追来。到了这个关口,看吧,铜生眉毛一扬,立时又来了主意。他三下两下解下了腰里长长的扎包,把自己缠来缠去地绑在了石鳖的脖子上,又双手抱住它的头。说话不及的工夫,黑雾漫了天,大风揭天揭地,围着他身边刮过来刮过去,直刮得山摇地动,直刮得飞沙走石。刮了整整一个时辰,风才住了,月亮又明啦。铜生把自己从石鳖上解下来,扎好扎包,握握拳头,想了想,又往山前走去了。

铜生做梦也没想到的事情又发生了。他来到了山前,既不见流水,也不见河湾。四外月光亮晃晃的,眼前桃花香喷喷的,还看得清清楚楚,不远的地方有一座光亮大门。大门两旁一对明柱,柱子旁边,两个虾精,躬着腰扛着长枪,一动不动地守在那里。铜生看了又看,一心想弄个明白,他走过去问道:"虾兵啊,这是通什么地方去的路呀?"两个虾精把长须一动,齐声应道:"这是进京去的路啊。"

铜生二话没说,仰脸进了大门。只觉得清飕飕的、凉森森的,脚底下一色都是水晶铺路。头顶上万道银线,飘在半空。铜生长了这么大,从没听说过有这样一个地方。他的心里暗暗猜思,这是不是那两个老妖怪的住处啊?是不是他设下了圈套来害我呢?又一想，管他怎么的，山高有路，水深有船，还是往前走吧。

铜生走了不远，又是一道大门，两个笸箩大的蟹将，背着硬盖，举着马叉守在两旁。铜生腿不颤、声不抖地问道："蟹将啊，这是通哪里去的路？"两个蟹将齐声应道："这是进京去的大路。"

铜生停也没停，迈开大步又进了二门，二门里面又是一番天地，树绿花红，成对成双的夜明珠，照得墙旮旯里也雪白瓦亮。他走了几步，忽地又闻到了酒味饭香，转脸一看，旁边不远处便有一座大厅，白玉台阶，红漆明柱。厅门四敞大开，当门地上，摆着一张桌子、两把椅子，桌子上四盘八碗、金盅银壶，正是刚才铜生在湾里看见的那一套家什、那一些吃食，只是椅子空着，不见了那两个老妖怪。铜生心里更加明白，自己千真万确是闯到仇敌家啦。他四下里看看，放大胆，朝大厅里走去了。

铜生走到了桌子前，坐在椅子上，银壶里斟酒金盅里喝，喝一口，吃一口，喝完了一壶酒，也吃净了四个盘八个碗，酒也足啦，饭也饱啦。他放下筷子，打量了一下，靠东墙边有一张牙床，上面铺得软软和和的。铜生心想：自己累了一天，该歇一歇啦；先攒上一股劲，妖怪来了，也好对付他呀。

他真的上床躺下了。过了一阵，没有什么动静，又过了一阵，还是没有什么动静。长天老日头的，肚里又有几盅酒，心上一松，不知不觉就睡着了。

铜生不知睡了多少时候，也不知是半夜还是三更，睡梦里，好像有人招呼。他一惊，醒了，连忙坐了起来，只见床前站着一个年轻闺女，白光光的脸面，水汪汪的眼睛，穿着金粼粼的衣裙，头上别着一枝金晃晃的簪子。

闺女笑着说道："客呀，我真佩服你这个人，什么时候也能吃得下饭，什么地方也能睡得着觉。"

铜生见那闺女模样善良，说话和气，开口问道："大姐，这是什么地方？我吃的是不是妖怪的饭，我睡的是不是妖怪的床？"

闺女说道："客呀，实不相瞒，这地方是水晶宫，我的小名叫金姐。你吃的是俺爹的饭，你睡的是俺爹的床。他送朋友去了，一会儿就回来啦。他是想害你呀，要不，你怎么会看见那个光亮大门呢！"

金姐说话脆亮亮的，铜生也听得明明白白。他心里想道：既是掉进了大火坑，也就不能怕火炭热，自己拳大胳臂粗的，看那老妖怪回来能把我怎办吧。

金姐的脸上没有了笑，她长叹一口气，说道："客呀，你是不知道，俺爹毒的呀，比那八斤半沉的大蝎子还毒。俺爹狠的呀，比那红眼狼还狠，他要是知道我和你说一句话，连我也就没命了。你赶紧跟我上楼去吧。"

铜生是个聪明小伙子，什么情不知呀。他想：要不是闺女把自己喊醒，说不定就叫那老妖怪害了。她这样地待我，怎么也不能连累她呀。铜生想到这里，满心感激地说："大姐姐，你和我非亲非故，第一次见面，头一回说话。你的好心，我一辈子也忘不了，我一人做事一人当，你快回楼去吧。"

金姐还是站着不动，着急地说道："客呀，单丝成不了线，一人难抵千，俺爹手下有的是虾兵蟹将，你快点跟我走吧。"

俗话说：患难之中见人心。铜生看看金姐，真觉得她比亲人还亲。他刚要说什么，呼啦啦一阵凉风刮了来，风不大动静可是不小，门也动，窗也响，那绿莹莹的水晶地，也好像是浮摇不定了。金姐一把抓住了铜生的手，不由分说，拉着就走。走得那个快呀，只见她裙子飘，不见她花鞋动，一眨眼的工夫，就来到了后楼上。还没立住脚，大厅里声音如雷响了起来："谁喝了我的酒，谁吃了我的菜？"金姐把铜生往床上一推，放下了红绫帐，扣上了后楼门，眼错不见的，已经立在院子里了。老妖怪醉醺醺地走来了，金姐忙迎了上去，心不跳、气不短地说道："爹呀，冷菜吃了肚子痛，凉酒喝了能聚病，是我把它收拾起来啦。"老妖怪还是半信半疑，他晃着脑袋说："虾兵说他进了门，蟹将也说他进了门，东院里我也看过啦，西院里我也找过了，他还能藏到什么地方？"金姐说道："也许是虾兵看花了眼，也许是蟹将看错了人。爹呀，你何苦去操那个害人的心。"老妖怪腮也动，胡子也撅，哈哈地笑了一阵，得意地说道："凭我这水晶宫，有进来的路，无出去的门，看他往哪里走？今天是我的生日，让他多活这一天吧。"说完又大笑了两声，转身回厅房睡觉去了。

金姐一个人站在院子里，左思右想，忽然心生一计。她去东厢屋里拿出两坛桂花酒，她去西厢屋里切了两盘猪头肉。她走到二门上，放下了一坛酒，放下了一盘肉，对蟹将说道："蟹将呀，你们整年价辛辛苦苦地把门守户，今天是俺爹的生日，赏给恁一坛酒，赏给恁一盘肉，痛痛快快喝一顿吧。"金姐说完，开开了坛子盖，桂花好酒扑鼻香。两个蟹将像是苍蝇见了蜜，你搬起喝一阵，它搬起喝一阵，一坛子酒很快喝完了。金姐又到了大门上，放下了一坛酒，又放下了一盘肉，对虾兵说道："虾兵呀，恁一年到头，白天黑夜看家望门，今天是俺爹的生日，赏给恁一坛酒，赏给恁一盘肉，欢欢乐乐地喝吧。"说完，又开开了坛子盖，桂花好酒扑鼻香，两个虾兵像是蚊子见了血，扑上去把嘴插在酒坛上喝了起来。一坛子酒喝完了，一盘子肉也吃光了。金姐这才返回头来，风快地向后楼走去了。

金姐回到楼上，望着铜生说道："客呀，留你在这里，也不是一个长远的办法，俺爹早晚会知道的，这阵我把你送出门去吧。"

铜生随着金姐走过了大厅前，老妖怪在大厅里鼾声连连地响。铜生随着金姐穿过二门，两个蟹将在门两旁醉脸仰天的。铜生随着金姐，走到了大门外，两个虾兵也是醉得东倒西歪的，铜生逃出妖怪的手，想到金姐待自己的恩情，真是从心底觉得难舍难离。两个人走了几步，又走了几步，铜生只得说道："大姐姐，送一步是两步，天这时候了，你回去歇歇吧。"金姐说道："客呀，送一步是一步，我还是再送你几步吧。"送一步，又一步，铜生难过地说道："大姐姐，你为我也尽了心啦，天快半夜了，你快回去歇歇吧。"金姐说道："客呀，心难尽，路又长，我还是再送你一阵吧。"铜生和金姐走了一里又走了一里，他又是欢喜，又是愁，满心不安地说道："大姐姐，我叫铜生，穷的呀，没有半间屋，没有一指地，风扫地，月点灯，有意叫你去住几天，又怕你跟着我受穷。"金姐听了，抬起头来，眉开眼笑地说："铜生呀，有人喜的是金和银，我要的是那好心的人。天为媒，地为证，从今以后，咱两个就是夫妻了。"铜生自然高高兴兴地答应了。

金姐和铜生停也不停地走到了天明，又走到了天黑。这天晚上到了一个十多亩地的大湾旁边，金姐招呼道："铜生啊，咱在这里歇歇吧。"铜生在湾边坐了下来。金姐说道："铜生呀，你看这湾边上，树罩露水草铺地，快躺下睡上一觉吧！"铜生笑着说道："要是我睡着了，一翻身掉进湾里去呢？"金姐也笑着说道："我在这里看着你，还怕什么呢？"

铜生枕着胳臂躺了下来，算起来，他长了这么大，也没像今天这样欢喜过。他听着金姐说话，不吃饭也不觉得饿，他看着金姐坐在旁边，不盖被心里也暖。看着看着，铜生就睡着了。金姐悄悄地站了起来，身轻步快地向湾里走去。

金姐站在水面上，就像是站在平地上一样。她四下里打量了打量，抬起胳臂，从头上拔下了那明晃晃的金簪子，在水皮上画了起来。

这金姐人好手又巧，她画完了院墙画大门，画了东厢又画西厢，画了南屋画北屋，画了锅碗和瓢盆，又画桌椅和条凳。后院里画上了百样的花，桂花树旁又画上了观花楼；前院里，画上了鸡和狗，鹅鸭画上了一大群。金姐画呀画呀，五更尽了，天也快明啦，一直腰看到铜生走了进来。她笑着埋怨说："你看你，这么早就进来啦，我这个门帘这不是画不上花了。"金姐话刚落音，鸡打鸣了，狗也叫了，花也红啦，鸟也飞来啦。日头出来一照，这片宅舍，更是青光光明堂堂的。水湾连影子也不见了。

铜生和金姐在那簇新瓦亮的房子里，头一年生了一个男孩，过了一年，又添了一个女孩。都说鸳鸯夫妻，两口子比那鸳鸯还亲，树连根，人连心，两口子好成一个心。

年年有个风雪日，年年也有那涝雨天，第三年里，又到了雨天水地的六月啦。往年伏天，金姐是有说有笑，今年伏天金姐是愁眉苦脸。有一次，雨过天晴，金姐说道："铜生呀，我心里不好受，你陪我到那个观花楼上去散散心吧。"说着，小两口抱着小的、领着大的上了观花楼。金姐不看近处看远处，不观眼前观四方，四面八方看完了，金姐问道："铜生呀，你说今年的庄稼好不好？"铜生欢喜地说："满坡的棉花开了花，满地的谷子秀出了穗，今年的庄稼是再好不过了。"金姐双手拉住了铜生的手，眼里扑啦啦地掉下泪来。她说："铜生呀,事到临头也不瞒你啦。俺爹已经知道我在这里,明天大雨来了,他兴风作浪的,非来这里找我不可。今天就是咱分手的日子了。"铜生万万也没想到金姐说出了这样的话,他伤心地说道:"金姐呀,要活咱一块儿活,要死咱一起死。和你在一起,刀尖子我也愿意碰。"金姐说道:"铜生啊,要想不叫爹找着我,除非上那泰山顶,可是我千思量,万寻思,不能为了咱一家好过,冲去这么多的好庄稼;不能为了我一人活着,叫那么多的性命有亏。你要是心里有我,那就千万记住我的话,冬天你给孩子穿上棉,热天你给孩子换上单!睡觉你要盖好被,上坡不要喝凉水。"金姐话出了口,心里也打开了转。唉!穷人家的孩子,苦瓜的把,没有娘的日子可怎么过?要钱没钱,种地无地,谁给他做单,谁给他做棉?不当娘,不知道那当娘的心。金姐拉过大孩子看看,眼泪淌在大孩子的身上,金姐又抱起小的亲亲,眼泪沾在小的脸上。她把大孩子向铜生身边推去,她又把小的往铜生怀里送去。铜生泪糊住了眼,火烧着了心,他想抓住金姐的衣裳,想拉住金姐的手。谁知道只有金光在眼前亮,触不着她的衣裳,也看不见她的面了。只觉得两脚离了地,身子也腾了空,飘飘忽忽的。一阵工夫,金光散啦,脚也着地了,他赶快擦擦眼睛,看到的却是一片又平又静的大水湾。金姐不见了,自己住着的那片明光瓦亮的宅舍也不见了。

这天夜里,黑云遮天,雷电闪耀,鞭杆子大雨直浇了下来。平常下雨还有住点的时候，那回一气下了一天一宿，下得沟满河淌，潍河里更是满槽的河水，浪压浪、浪赶浪的，响得十里路外也能听见。靠近潍河的庄子，真是几个大浪就能把它变成河身，谁也没心睡觉，谁也不敢睡觉。夜里，水涨得和堤一样高了，有人看见从斜山前坡那个河湾里，滴滴溜溜地冒出了一个红灯笼，那灯笼一阵明，一阵暗。灯笼一明，浪头更大，嘿，一掀有几丈高，就在高高的浪头尖上，站着那个穿鳞着甲的老妖怪。寻思寻思吧，什么样的河堤能架住这样的浪头打呢？眼看着打开了一个口子，眼看着大水涌了出来。水火无情呀，别说庄稼完了，还不知要伤害多少人啊。正在这紧急的当口，瞧吧，霹雷连声，闪光通亮，照见了一个年轻的女人，穿着金粼粼的衣裙，大声喊道："爹呀，我一人做事一人当。"她喊着一头碰进了大河里。灯笼不见啦，老妖怪也没有了，接着浪小了，水也稳啦。决口的地方也不再见水往外淌。到了第二天，天晴，水落，在河开口的地方，躺着一条死了的大鲤鱼，金晃晃的鳞，银光光的鳃，鳃旁边还插着一支明亮的金簪子。这支金簪子，没有人能够拔下来，也没有人能抬得动这鲤鱼。当铜生和孩子走到跟前的时候，金簪子却自己掉了下来。大伙儿在那里堆上土，堆上了沙，又修起了河堤。后来，不管下多大的雨，不管发多大的水，这段河堤，纹丝不动，沙粒也冲不走一颗。可是铜生和孩子，怎么寻找，再也找不着金姐的踪影了。

两个穗头的谷

很早以前,有一个棒实实的小伙子,又有劲,又勤快,做长工,打短工,一天到晚不闲一闲,还是受穷挨饿。小伙子心里很抱屈,一生气离了庄,暗地里发誓,不到好地方不住下。他扛着大镢,从日出走到日落,从春天走到冬天,一年又一年,小伙子没有歇脚,因为哪里也是一样:地主们住高楼,穷人们流血汗;地主们吃鱼吃肉,穷人们吃糠咽菜。他还是往前走,走了不知几年几个月,受尽了千辛万苦,这一天小伙子不觉在一个山涧里停住了。那里有清净的泉水,鲜绿的草地,他蹲下捧了一口水喝,水甜丝丝的,掀开绿草看看,土黑油油的。他想:这地场长庄稼才能强哪,这里再不会是地主的吧！便动手开起荒来。

　　黑了天啦，他想去找个石洞存身，一抬头！看见半山坡里，有明晃晃的灯亮，他朝那里走去了。

　　到了那里一看，三间石头屋，屋里一个老妈妈坐在炕上纺棉花，见他来了忙招呼说："我等了你多时啦，快进屋里吧。"小伙子问道："大娘，能不能留我个宿？"老妈妈说："我选了多少年，就选上了你。我一个人过日子也不容易，你一个人也难，如果不嫌，就住在我这里吧。"小伙子很欢喜地住下了。

　　他四下里看看，屋里别的没有，炉子上支着一口小锅，墙上挂着一棵庄稼，那黄澄澄的穗头，像狼尾巴那么大。老妈妈说道："你饿了，咱们做饭吃吧！"

　　她把锅里舀上了一勺水，从黄澄澄的穗头上，摘下了几粒粮食粒子，放在手心里捻了捻，吹去了糠皮，扔到锅里去，又到门外拿回一枝干柴，填进炉子里，干柴烧完了，饭也做好了。掀开锅，金黄金黄的半锅饭，一粒一粒，圆溜溜的跟珠子一样，冒出那个气香喷喷的，吃到嘴里也是甜丝丝的。小伙子吃了一碗又一碗，吃饱了还想着这干饭好吃。他就问老妈妈说："大娘，这是什么粮食？"

　　老妈妈说道："这叫谷子。"

　　小伙子说："这么好吃，我开出荒来，也种上些吧。"

　　老妈妈说道："好吧，小伙子，把这种子给你种，我倒是放心的。"

山里的杏花开了,小伙子荒地上开了一大片啦。老妈妈说道:"就要在这时候,把种子下到地里。"

小伙子把谷种种上,成天价在地里收拾,浇水呀,锄草呀,谷子长起来了,一片青葱葱的。

有一天,老妈妈说道:"我看你实诚勤快,这么大岁数了,也该说个媳妇了。明天早上起来,你到北山顶上,那里有棵大菩缨树,树底下有个闺女在梳头,树后面有一堆孔雀毛,你抱起那堆毛就跑,跑到大山后面的山底下,那里有一个枯井,你把它扔下去,这个闺女就会跟你做媳妇了。"

第二天早上,小伙子抓着松树,蹬着石头,上到了大山顶上,一眼就看见那棵高高的菩缨树,正开着粉露露的红缨子花,果然在树底下那开满了鲜花的草地上,坐着一个很俊的大闺女,正在那里梳头。他猛地蹿了过去,抱起孔雀毛,向山后跑。闺女就在后面赶,他跳下了石壁,跑过了山涧,刚把孔雀毛扔到枯井里,闺女也赶上了,闺女说:"从来还没有一个人我赶不上的,别的话也不用说咧,我做你的媳妇吧。"说着就回石屋去了。老妈妈踪影也不见了,他们两个人就在石屋里过起日子来。

住了不几天,谷子秀出穗来了,一棵秀俩,也都和狼尾巴那么长。墙上挂着的那棵谷子正好吃完了,地里的谷子也熟了。米粒也是那么香,那么大,只不过下多少米出多少饭了。

那媳妇不光俊俏,又勤快又能干。小伙子有这样好的帮手,做起活来更方便了。

　　转过年来，山里的桃花开了，小两口又种上了谷子，日子过得这样欢乐，小伙子简直忘记了累。工夫是没有白费的，不知道他怎么用心收拾的，只知道到了秋天，谷子长得比人还高，谷秆长得指头粗，一棵谷子上都长着两个穗头，不用看，想想吧，那片谷子有多么喜人呀！

　　到了后来，这个种就传出来了，可是谁也没下过小伙子那么些工夫，谁也没用上小伙子那么多的心思，长出的谷子，也不是两个穗头了，粒也没有那么大，米也没有那么香了。

　　这个事是个真事，就是现在，谷子要长得好，还能找着一棵谷两个穗头的，大家都叫它"谷老"。

万里崂山双花仙

都说上有天堂，下有苏杭，可是那崂山的景色，真比苏杭还好，要是你不信的话，听我说说下面这个故事：

早年间，在离崂山很远很远的地方，有一个杨树庄。在杨树庄的大杨树底下，住着这么一户人家：老两口子一辈子没有三男两女，只有一个老生儿子，名叫杨生，长得眉黑眼亮、俊秀伶俐。

人人都说珠宝贵重、鲜花好看，可老两口子把儿子看得比珠宝还要贵重，比鲜花还要好看。那时候庄户人家要念书真比上天摘月亮还难，可是老两口子千辛万苦的，也叫杨生去上学。

说起这杨生也真是千里挑一的聪明孩子，只要过他眼的字，便没个忘。别人念书都一行一行地念，杨生念书是一目十行。

　　一年又一年过去了，杨生书也念好啦，个子也长高啦。谁知道"养大了儿，栽大了瓜"，老两口子还没尝到甜味就都死去了。杨生真是悲痛极啦，正碰清明佳节三月三，学房先生劝他道："杨生呵，外面春暖花开、桃红柳绿的，你也出去耍耍吧。"杨生说："先生，我不在近处耍，要到远处去，听说那万里崂山，一片山，一片水，青山连着绿水，绿水接着青天，上面有的是奇花异草，我想到那里去观观山景。"先生把眼一瞪说："到万里崂山，不知要过多少条河，不知要翻多少座山，从今以后不要再这样胡思乱想了。"杨生什么也没说，只是笑了一笑。

　　第二天，天还不亮，杨生爬了起来，收拾了个小包，悄悄地离开了庄，朝那万里崂山走去了。

　　杨生跋山涉水，在路上走了不知多少天。这一天，终于到了万里崂山啦。这里果然是一片山、一片水，山连水、水接天的，树绿花明，草青鸟叫。杨生游逛了一天，又游逛了一天，心里想："这两天，好花也看见了几百种，好草也见了万万千，可是那奇花异草，在什么地方呢？"杨生向前看看：云飘山头，树罩山坡，另是一样景色。看着看着，不觉又朝前走去，又见了不知多少条闪亮的瀑布，又爬过不知多少个山头，走了足有几百里路，也没个人烟。杨生饿了吃山果，渴了喝泉水。又走了三天，到了一个地方，只见怪石似虎，古树如龙，满眼是花。再往前走，看到了一个石崖，陡得跟刀子削过一样。抬头望望，有几百丈高，仔细一看，光崖上还有一溜脚蹬。杨生顺着脚蹬爬了上去，上面树叶闪着绿光，花香扑鼻，雀鸟双双地飞，蜜蜂围着花心嗡嗡转。杨生这里看一阵，那里看一眼，不知不觉天快黑了，他心里也有点慌了。这山顶风大，寒气逼人，在这深山野林里，不盼着有暖屋热炕，也总得找个遮风的地方呀。杨生想着想着，抬头一看，啊呀，可是好了，他的眼前，花枝动，青草摆，闪出了一条白光光的小路。杨生顺着小路，身不乏腿不酸地不多时就到了一个山洼。

山洼里，翠的是草，红的是花，迎面却是一条绿光光的大河。路是到了尽头啦，怎么办呢？杨生正在东张西望，忽然听到什么咯咯地叫。回头一看，哈，一对雪白的白鹅，浮浮摇摇，悠悠荡荡顺水而来。杨生喜得手一拍，自言自语地说："有鹅就有人家呵。"他连忙跷脚向河对岸望去，果然在绿柳红花后面，影影绰绰地看着有一个门楼。

古语说：在家靠亲，出外靠友。在这深山野林里，能看到个门楼，也如同见了亲友一样高兴啊！只是有一桩叫杨生作难的事，他心里犯愁，口里说道："一无船，二无桥，我怎么才能过河呢？"说话的工夫，只见一只白鹅扑拉了一下翅膀，上了河岸，在杨生的脚边安安稳稳地趴下了。

杨生看这白鹅扬起头有半人高，身子大得像小船。他连忙蹲下，摸着白鹅光滑晶亮的羽毛说："白鹅呀，你能不能把我驮过河去?"

白鹅点了点头,像是答应他一样。

杨生骑在鹅身上,浪不起、水不响的,平平安安来到了大河对岸。

天黑了,路又不熟,杨生抬脚走了不多几步,说也奇怪,那门楼已经在眼前了。月光下面看得清清楚楚,黑漆大门,玉石台阶,两边立着一对上马石。

他坐在上马石上,等了一阵,不见有人出来!又等了一阵,还是不见有人出来。他站了起来,手刚触着大门,门就吱呀一声开了。探头向里望望,不见人影,只见花影。杨生很是惊奇,他试探着走进了大门,又走进了二门,只见正北一溜大厅,珍珠门帘,雕花窗户,也是冷清清的没个动静。叫了两声,也没人答应。杨生又作难了,进去呢,还是不进去呢?不进去怎么办呢?又一想,反正这里门也没关,有人也罢,没人也罢,在屋里的凳子上坐它一宿也好啊。

杨生分开了珍珠门帘,前脚才迈了进去,就听到"砰叭"地响了两声。他刚要掉头去看,是谁在那里打火,一对蜡烛却唰地一下子亮了。什么都看得明明白白的啦,大厅里收拾得再好不过了,墙上挂着一溜溜的字画,桌上摆着一摞摞的古书,楠木茶几上,搁着茶壶茶碗,黄杨牙床上,放着红绫被褥,左看,右看,还是一个人也没有。他走到了方桌旁,伸手拿起一本古书,坐在椅子上翻看起来。

爱画的人，喜见画；爱花的人，喜见花；杨生喜见的是个书，越看越着迷。也不知看了多少时候，觉得口干舌焦的，心里想：要是有点热水喝喝多好！他刚刚这样一想，耳朵旁边立刻铮铮地响了起来。他愣了一下，仔细听听，又听不到什么动静了。自己心里的话：这几天没有吃一顿饱饭，八成是自己肚子响吧。谁知道，他的眼刚转到书上，耳朵旁边又是那么铮铮地一阵响。他也没心再念书了，把书重又放到桌上。这时，他才看到大厅的一头，还有一个耳屋子。也许那里面有人吧，也许这响声是从那里面发出来的吧。

杨生刚刚走了不多几步，挂在耳屋房门上的绣花门帘，就浮浮摇摇地掀了起来。他走了进去，门帘又轻轻地落了下来。耳房里有两起蒸笼，炉子上还坐着一把燎壶，红火苗子向这一闪，壶就不响了；向那一闪，壶就铮铮地响了起来。杨生说不出有多么欢喜，要知道，他多少日子没喝口热水了。眼看着壶里水呼呼地开咧，他又想起大厅里还有一把茶壶。哈！掀开茶壶一看，里面还有茶叶。这茶叶也不是寻常的茶叶，沏出茶水来，真是扑鼻香，喝一碗还想喝一碗，喝一碗还想再喝一碗。喝到第三碗上，才觉得喝足了。一歪头，又看到热气从耳房门帘两边冒了出来。他又走进耳房里，天呀，更奇怪的事情发生了：蒸笼上热气腾腾，揭开蒸笼一看，一碗米汤、四样菜、五个饽饽。穿得十日破，挨不得一日饿，杨生实在饿极啦，又把饭菜吃了。

杨生吃饱了，喝足了，不知不觉地睡着啦。醒来一看，天大亮了，更使杨生吃惊的，自己身上不知谁给盖上了红绫被。他连忙跳下了床，里里外外都找了个遍，还是没有见到个人影。有心要走吧，觉得吃了房主的饭，喝了房主的茶，怎么也得见见房主的面，不能就这样走开。

杨生是一个实诚小伙子，左想右想，还是留了下来。只要他渴，燎壶就铮铮地响。只要他饿，蒸笼里便冒起热气来。他等了一天，又等了一天，整整地等了一个月。他来的时候是三月初，现在是四月初了。这一天，杨生正在院子里浇花，忽然听到大门吱呀一声，他的心里像是一块石头落了地：可等得房主回来了！他急忙转身向外看，嘿！进来的是一个十七八岁的大闺女。闺女粉丹丹的脸面，红艳艳的嘴唇，俊的呀，天上难找，地下难寻。闺女一手提着花篮，一手拿着花剪，笑嘻嘻地朝着杨生走了过来。杨生红着脸说：「大姐姐，我吃了你家的饭，喝了你家的茶，你家的大娘大爷在什么地方？请你领我去见见他们吧！」闺女笑得弯了腰，她说："这个家，就是我住着啊。"杨生还信不过，又问："你那哥哥兄弟呢？"闺女又笑得前仰后合，过了老一阵，才应道："我就是孤身一人呀，我也知道你来了一月正，天也热了，日头也毒啦，有话咱到屋里慢慢说吧。"杨生脸更红了，想也不想地说："大姐姐，我也打搅你这么多日子啦，今天我想动身回去。"闺女忽然不笑了，低下头说道："杨生啊，你就是中上个状元，也不过有钱有势，黑了心。咱俩在这里住着，我种花，你插柳，叫这万里崂山铺花盖树，还不强于你做官为宦的祸害人。"杨生一想，闺女说得对，满心想在这里留下，又觉得不好张口。闺女笑了一声，把花剪递给了他，他俩手拉手进大厅去了。

杨生和闺女成了夫妻，你亲我爱的，好得和那鸳鸯一样。两个人在月亮底下浇花，两个人在云彩里面种树。说快真快，不知不觉到了来年春天。这一天，妻子忽然眼泪汪汪地说："杨生啊，咱们夫妻一场，明天就要分离了。"杨生惊奇地问道："咱两个又没吵嘴，又没红过脸，你怎么能说出这样生分话？"妻子听了杨生的话，更是眼泪扑啦啦下。她说："杨生啊！今天实对你说吧，我是牡丹花仙，日晒月照地活了五百多年，明天就来大难了。"杨生安慰她说："你不要胡思乱想的，咱这里是深山陡涧，还会有什么灾难啊？"妻子说道："你是不知道呵，明天京里状元老爷要来游山，轿前三千人马，轿后三千人马，遇水逼着庄户人搭桥，遇山逼着庄户人开路，他是一定能到咱这地方来的。他要是看到了我的真身，非把它刨出带走不可，那时候我就不能留在这里了。杨生呵，这是硬要拆散咱们夫妻，要我的命啊。"牡丹花仙说完，又哭了起来。杨生也急了，他说："活着咱俩是夫妻，死了咱俩也在一起，只要有我这一口气，就不能叫他把你的真身抢走。"牡丹花仙更是钢刀割心一样痛，是呀！自己死了倒不要紧，可不能叫他受连累呀！她千思万想，只有一个办法。她开口说："杨生啊，你也不用着急,只要听我的话,就是皇帝来,也拆散不了咱夫妻。"

杨生坐在妻子身边,听她把怎么对付状元老爷、怎么夫妻才能团圆,一五一十讲完了。

这一夜可真短,怕天亮,天又亮了。大清早上,牡丹花仙满脸是泪地对杨生说:"杨生啊,我要走了,你千万记住我的话啊。"杨生也掉下了泪,他拉着牡丹花仙的手,走出了大厅,穿过了院子,到了西南上一个角门旁边。牡丹花仙推开了单扇小门,和杨生走了进去。

原来这角门里面也是个花园,两边是山,一面临海,黄莺白鹭一群一群的,金鱼银鱼在水里游。花开千色,草有万样,千俊万俊都俊不过花园中间的一棵大牡丹。这牡丹,千枝万叶,托出了一个花朵,开得有那笸箩口大。真是雪白玉亮,闪闪放光。

牡丹花仙指着这棵白牡丹说道:"杨生啊,这就是我的真身,我千不盼,万不盼,只盼着七七四十九年以后能再见到你的面。"牡丹花仙说完,衣带飘飘,眨眼工夫,已经站在花心上了。她又回头望着杨生,叹了口气,掉了两滴泪,花朵一摆,便不见了。

杨生愣了一愣,扑到牡丹跟前连声叫道:"牡丹花仙啊!牡丹花仙啊!"叫着叫着,眼泪落到了花瓣上。可是牡丹不会说话,只见它绿叶摇摆,花瓣颤抖。杨生更加难过了,他说:"牡丹花仙呀,你放心吧!我杨生一定照你的话做。"

半头午的时候,状元老爷真的过河来了,轿前三千人马,轿后三千人马，草踩枯了，花踏烂了，鱼虾躲进了水底，雀鸟到处乱飞。

杨生走到了大门外面，一群兵将，手拿大刀长矛把他围了起来，吆三喝四地喊："你是什么人？""快些滚开！"杨生手摇素白小扇，不慌不忙地说："吆喝什么，我早知道是状元来了。"兵将听了，你看我、我看你的，都寻思杨生是个神仙，要不，他怎么知道状元来了呢。

兵呀将呀的，不敢再赶杨生走了。他们走进了大门，又走进了二门，在大厅上摆了酒席。不多一时，状元老爷的八抬大轿进了大门，又进了二门，直到大厅前才落下了轿。

状元老爷摇摇摆摆地进了大厅，面朝正南在当中间坐下了。酒过三巡，菜过五味，状元老爷开口说道："外面有什么名花好草，给我报来。"一个大官连忙上前跪下说道："老爷，那边花圃里有一棵白牡丹，花比那黄罗伞还大，叶子比那绿玉还亮，我敢说天底下再也找不出那么好的花了。"状元老爷立刻一声吩咐："是好花，就把它刨出带走。"

状元说的话，杨生在窗外听得清清楚楚，他也不顾那些把门的兵将，几步就跳进了大厅，照牡丹花仙教他的话说道："状元老爷，那棵白牡丹是我亲手栽的，别人去刨，不知道深和浅，刨出来也栽不活，还是我给你刨出来吧。"

状元老爷本来打算发火，一听杨生说得很对，才点头答应了。

杨生来到了花园里，一见那棵白牡丹，不觉又落下了眼泪。状元老爷生气地说道："要你棵花，又不是要你的命，你哭什么呀？"杨生连忙说道："老爷呀，我是小时候生了风泪眼，见风就要淌泪啊。"状元老爷信以为真，也就不追问了。

杨生刨一镢，掉两滴泪，刨一镢，掉两滴泪，刨着牡丹花的根，活像刨着自己的心，眼看着小根都刨了出来啦，中间的那条大根，杨生却把它悄悄刨断，留在了地里。嘴里不说，心里恨道："你就是钱拄北斗，人马满山，也别想这棵牡丹花能活在你的花园里。"

杨生好容易盼着状元老爷起程走了，就依着牡丹花仙的话，忙把那条断根埋好。他又跑回了大厅，拿来米汤浇在上面。他四下里望望，东也是花，西也是花，只缺少那棵牡丹花，他伤心地说道："牡丹花仙呀，我守着这堆土，就当和你在一块儿了。"

从这天起，杨生每天按时把米汤浇在上面。白天他种花回来，先到这里看看；晚上上床睡觉前也先到这里站会儿；夏天，他给这花根遮上阴凉；冬天，他给这花根盖上软草。他掐着指头算，扳着指头数，几时才能过完这七七四十九年，几时才能见着她的面啊？杨生好歹总算盼到那一天了。他水也顾不上喝，饭也忘记了吃，从清早就在花园里守着，不转眼珠地望着那有花根的地方。一个时辰过去了，又一个时辰过去了，还是不见什么动静。杨生抬头看看，天晴日暖，风平浪静，连点兆头也没有。

到了正晌午时，忽然间，地冒热气，天热得像火，噗的一声，一根桶粗的牡丹芽子冒了出来，嗖嗖地一会儿工夫就长了七八尺高，顶头开了一朵雪白的牡丹花，牡丹花仙从花头上跳下来了。

人家都说，人喜得大了也会掉泪，杨生笑着笑着，竟止不住地掉下了眼泪。

两个人又和从前一样，手拉着手进了大厅，面对面吃了晌饭，你不离我，我不离你。

第二天早晨，牡丹花仙照着镜子梳头，杨生也站在了身边，一抬眼看到了镜子里有一个大老头子，不觉吃了一惊，对牡丹花仙说："这是谁呀？"牡丹花仙笑眯眯地应道："是你呀！"杨生才忽然明白了，自己这些年来，只一心想着牡丹花仙，忘了自己的年纪啦！算起来已经六十多岁的人了，还能不老吗！

杨生看着牡丹花仙，还是那样粉丹丹的脸皮、红艳艳的嘴唇，还是那么十七八岁的年纪。想到自己满脸皱纹、白发苍苍，他心里一沉，嘴里说道："牡丹花仙啊，今天我想回家去了。"

牡丹花仙早已知道了他的心思，她不慌不忙地梳完了头，拿了镜子领着杨生进了花园，背过身子，咬破了指头，鲜红的血，沥沥拉拉往下滴着。杨生又着急又心疼，慌得不知怎样才好。正在这时，雨过以后，地上凸出了一个土堆，眨眼的工夫堆上也钻出了一棵牡丹芽子，一长就长了一丈高，顶心开开了一朵大黄花。杨生在牡丹花上，翻身坐了起来，口里说道："我怎么睡在这里啦？"

杨生心里忧愁，怎么才能下来，谁知道身子比树叶还轻，飘飘摇摇没声没响，便落到了地上。牡丹花仙把镜子递给了他，杨生一照，又不觉吃了一惊：镜子里是一个年轻小伙子，眉清目秀，十分英俊。

　　故事到这里算是完了，如果谁要问的话，我还知道那牡丹花仙和杨生世世辈辈都是那样年轻轻的，世世辈辈都是那么俊秀好看。他们欢欢乐乐地在深山里栽花种树，那万里崂山，从此更是花开满山、绿树成林了。

蛇娘娘

俗话说：小燕不过三月三，大雁不过九月九。为什么要这么说呢？三月三，清明节，花也开啦，柳也绿啦，小燕也从南方飞到北方来了。

说起这清明佳节来，故事可就长了。传说，在早年间有一个孩子，名叫小三。这小三少爹无娘的，跟着叔叔和婶子过日子。叔叔家只有一个女孩。到了清明节啦，婶婶一早就把自己的孩子打扮得花花簇簇，对正在烧火的小三说道："你上坡拾粪拾草，用不着穿新衣裳呀。"

谁没从孩子时候过啊，小三也是好不容易盼了个清明节。这地方的风俗,清明早晨吃秫秫米饭。小三才拿起碗来,婶子开腔说道:"小三,把碗拿过来。"小三把碗送过去,婶子拿起勺子舀了一碗汤,还说:"吃饭前喝上碗汤,肚子里熨帖。"小三接过了汤,明明不渴,也只得喝了。他又把碗送到婶子眼前,心想:"这次可给舀上碗稠的吧。"婶子却瞪了他一眼,二话没说,又给他舀上了碗汤。可怜小三一连喝完了这两碗汤,小肚子不饱也发胀了。婶子又狠声恶气地说道:"吃得饱饱的,喝得足足的,放下饭碗拾草去吧。"

小三一手拿着搂草的耙,一手拿起了装草的筐,一步一步地出了家门。看吧,街上大闺女小媳妇都穿得红红绿绿,当娘的即便没钱给孩子做新衣裳,也千方百计替孩子做双新鞋穿上。就连狗的脖子也戴上了翠绿的松枝枝。只有小三一个人还是和平时一个样,他越看越馋得慌,越看越舍不得走,他不盼别的,盼着能耍一天也好哇。可是搂不着草,怎么办呢?叔叔要骂,婶婶要打,小三只得眼含着泪往前走了。

小三一个人走出了庄头。老人们都说:"十年清明九见花。"这一年春浅,天气暖和,坡里花红柳绿的,道上车辙里的冰也化了。小三身上还穿着那件破棉袄,碎得没一点好地方,浑身像是挂铃铛一样,肩膀露着了肉,袖子也碎去了半截。一双鞋更是破得没个鞋模样了,真是前露蒜瓣,后露鹌蛋,一走一呱嗒,一走一耷拉。俗话说得好:"宁叫爹娘少儿女,不叫儿女缺爹娘。"

这一天，小三怎么也没心拾草了。他走进了一座黑松老林里，找着自己爹娘的坟，哭了一阵，又哭了一阵，哭到末后嗓子哑了，身子也乏啦，也不管草窝泥坑，趴在坟上睡着了。

再说，在那东海崂山上，有一个八宝珍珠洞，洞里有两个大石门，左通海底，右通山里。黄的是金，白的是银，珊瑚、玛瑙、珍珠、宝石，天底下难得的宝物，在那里全能找到。就在这八宝珍珠洞里，住着一个奇俊的蛇娘娘。清明佳节啦，蛇娘娘身穿闪光丝亮的衣裙，轻飘飘地走出洞来。看看近处青山绿水，燕飞鸟叫。望望远处，村村杏花开，庄庄秋千响。看着，看着，蛇娘娘不觉走上了山顶。她又抬头一看，嘀！一眼便望到千里之外。无巧不成书，蛇娘娘也看到了小三在那黑松老林里，哭得眼皮跟灯笼一样。好心的蛇娘娘掐指一算，立时什么都明白了。她想：怎么的我也要把这可怜的孩子养大成人啊。只见她长袖一飘，起到了半空。眨眼的工夫，便站在了小三的身边。她生怕惊吓着他，小声叫道："小三呀，小三！"她一连叫了三声，小三才泪汪汪地仰起脸来。他惊疑极了，连回答一声也忘记了。

蛇娘娘笑嘻嘻地扯着小三的手说："小三呀，不要哭了，今天是清明佳节，娘娘领你去个地方耍耍吧。"

小三见这女人又和气又可亲，擦了擦眼泪说道："娘娘呀，我没拾着草，不敢回庄，咱到哪里去耍呢？"

蛇娘娘笑着说："今天咱不游东海，也不逛崂山，我领你进京去看看吧。"

小三高高兴兴地答应了。

蛇娘娘把小三的手一提，便起到了半空，真是轻如鹅毛，快如流星，一袋烟的工夫，就到了京城根上啦。两个人进了城门，上了大街，不用提那京里有多么热闹了。只说那些买卖家吧，有金银店、珠宝店、绸缎庄、杂货铺，卖的多，买的也多，车来马去，大轿小轿，小三看的什么也忘记了。

天晌了，蛇娘娘思量着小三饿啦，对他说道："小三，眼饱顶不了肚子饿，这京里有的是好饭好菜，快跟我去吃吧。"

小三跟着蛇娘娘，走到了一家最大的饭店门前，刚要向里迈步，掌柜的跑了出来，身子挡住门口，脸一沉说："你这娘子要进快进，别叫这小叫花子在我门前，免得沾上穷气。"

蛇娘娘狠狠瞅了掌柜的一眼，拉着小三的手转身走了。两个人又走到一家中等的客店门前，脚还没站稳，掌柜的又出来撵着说："你这娘子要进快进，我这客店住的是客，可不接待小叫花子。"

蛇娘娘又气又恨，拉着小三的手又转身走了。

从前的世道，人穷了便是罪过。小三跟着蛇娘娘一连走了七八家，还是没有吃上一顿饭。

小三说道："娘娘呀，是饭就充饥，在街上这个饭摊吃一顿吧。"蛇娘娘叹了口气，答应了。

小三在饭摊上坐下，一碗稀饭、一碟咸菜，吃得香甜香甜的。蛇娘娘看到这里，开口说道："小三呀，娘娘最恨的就是那些欺贫爱富的东西，叫他们看着吧，我一定叫你变成天底下最富足的人。"

蛇娘娘说到便做，她给小三买来最好的衣裳，她给小三换上洗好的鞋袜。俗话说：人凭衣裳，马凭鞍。小三帽新，衣新，脸也光彩了。能干的蛇娘娘又在京里租了一栋最好的房子，带着小三一起住下了。

这天晚上，蛇娘娘亲手给小三温水洗脚，亲手给小三铺床盖被，把一切都弄妥当了，才对小三说道："小三啊，春天夜短，快睡觉吧。"小三说道："春天夜短，娘娘你也睡吧。"蛇娘娘望着小三，摇摇头说："孩子呀，娘娘回去一趟，拿点东西来，咱娘儿两个好过日子。"小三一听急了，他一把拉住了蛇娘娘的袖子，央求说："娘娘呀，我一没爹二没娘，您再走了，谁是小三的亲人啊？"蛇娘娘也难过地说："小三呀，我也是独身一人，你亲娘娘，娘娘疼你，放心大胆地睡觉吧。"

小三铺着新褥子盖着新被，翻过来暖和，覆过去暖和，不知不觉就睡着了。

蛇娘娘看看小三的脸，又摸摸小三的头，轻轻地走到了院里，星引路，月打灯，披凉风，踏冷露，她回崂山去了。

第二天早晨，小三刚一睁眼，蛇娘娘已经笑嘻嘻地站在床前，她左手拐着竹篮，右手提着包袱。蛇娘娘掀开了盖在竹篮上的手巾,小三的眼前立时金光晃眼。他揉了揉眼睛,才看清了,这不是别的,是他从来没见过的金豆子呀。蛇娘娘又解开了右手里的包袱,哈!你猜怎么样啦,那些钻石宝玉照得满屋里明光瓦亮的。蛇娘娘把这些东西一齐堆到小三的身边,亲热地说道:"小三呀,快长大吧,这些东西都是你的啦。"

小三吃着饱饭,穿着暖衣,很快长成了一个小伙子。有一天,蛇娘娘把小三叫到了跟前,对小三说道:"小三呀,你也长大成人了,天下也没有比你再富足的了,两桩心愿娘娘都了啦,今天我就要回崂山去咧。"小三说道:"娘娘呀,您把我拉扯大了,如今走啦,您走我多么想您呃。"蛇娘娘望着小三说道:"你想娘娘,娘娘也想你啊!过些日子我会来看你的。"

蛇娘娘走出门去,立时就不见了。

小三在最热闹的大街上置了房子,开起了买卖。买卖大的呀,京城里要数第一家,那才是要什么有什么,说贵重的吧,夜明珠、玛瑙碗、翡翠瓶子插金花,拉它几车也拉不完。说到平常的东西,苏州梳啦、杭州绸啦、绣花手巾、织花缎,简直是无穷无尽。买卖这样,住处当然更好了。从外面看,金漆大门,玉石台阶;进到里面,大厅二厅,有阁有楼;后花园里,修理得更是八景齐全,看山有山,看水有水,春开牡丹,冬开梅花,五月石榴红,八月桂花香,这才是四季都有好景在,月月都有鲜花开。嘿!这可了不得啦,小三花钱有钱,看景有景,睡的是象牙床,穿的是绫罗缎,顿顿吃酒席，出门有车马，天长日久地，把小时受穷的那个滋味，忘得干干净净的了。

说书的都这样说："一口难说两家事。"咱再回头说一说小三的老家里。那一年清明节，小三没有回家吃晌饭，叔叔一家人都吃的肉包子，可是谁也没有把小三挂在心上。到了晚上，还不见小三回来，婶子巴不得再省下这顿饭，手指头朝外剜划着说："不回来吃，那是不饿得慌，省下块糠饼子，我喂鸡好下蛋，喂狗还看门晚。"直等到第二天，叔叔喝完了烧黄二酒，慢三步快三步地到了庄头，不用三找两找，一看就认出了小三的脚印，除了小三，没有人把五个脚指头露在外面啊。叔叔顺着这五个脚趾都看清楚的脚印，一点也不费事地找到了黑松老林，竹笆草筐都找到了，只是不见小三。叔叔没有了主意，拿着竹笆草筐回了家。婶婶听说高兴了，狠声狠气地骂道："说他懒就是懒，管保是拾不着草，没有脸来家啦。不回来正好，少个吃饭的嘴。"叔叔听婶子这么一说，也就不提小三了。

也不知道过了有几年，叔叔家的闺女长大了，要做媳妇啦，婶子对男人说道："听说京城里的东西全，给咱闺女办点嫁妆吧。"

叔叔对老婆的话从来是不违背的。当天就骑上了小毛驴，吆吆喝喝、叮叮当当地上路了。

走了整整三天，才到了京城。叔叔大街走了小街串，在家里的时候还觉得银子不少，进了京城看看这样也好、问问那样也贵，半天也没买成一样东西，末了走进了小三的铺子里。小三正站在柜台里面，脸白白胖胖的，身上绫罗绸缎，叔叔别说不敢认他，做个梦也想不到这会是他的侄子。小三年轻眼尖，一眼便认出了自己的叔叔。他把叔叔请进了家里，正碰上蛇娘娘来看小三。先茶后酒的吃过了，蛇娘娘说道："铺子里有的是金镯银镯、玉簪珠花，给他些叫他不要到别处去买了。"

隔了一天，叔叔才离开京城。路上早宿晚起，吃吃喝喝，走了七天才到了家。婶子在家早等急了，这一天正在东张西望，老远就看到男人骑在小驴上，醉得摇摇晃晃的。她想也不想地就开口骂道："你这个老东西，把钱都灌了黄汤啦，还不知道给闺女买点东西没有？"没等叔叔下驴，婶子一把就把包袱抢了去。她和闺女解开一看，不觉都吓呆了，那么一点银子，怎么能买这么多的贵重东西？婶子指头点到叔叔的脸上，笑道："老家伙，快对我说，这些东西是偷来的，还是摸来的？我可是不能跟着你去吃官司。"叔叔把怎么遇到小三、蛇娘娘怎么叫小三给他这些东西，一五一十都对老婆说了。婶子还是不信，嘴一撇说："看他小三那身骨头，就是活着，不叫狗咬死，也是个叫花子。"叔叔瞪起眼说："不信，咱俩进京看看去。"婶子见男人说得这样扎实，也就半信半疑了。

遇到了这样的好事，坏婶子躺在被窝里又想鬼点子了。等到天一亮，她就催着叔叔带她进京去了。

叔叔在小三那里只住了几天便回了家，婶子却怎么也不愿回家了。

　　一年有一个清明节,一年也有一次三伏天,"冷在三九,热在三伏。"蛇娘娘在屋里,热得坐也坐不稳、站也站不住,心里的话:"见水三分凉,到后花园里去走走吧。"

　　蛇娘娘腰又细步又轻,风快地进了花园。花园里果然清气,风飘杨柳,燕戳绿水,莲花雪白,清水透亮。蛇娘娘看在眼里,爱在心里,身子一跃,跳到湾里洗澡去了。

　　蛇娘娘洗完了澡,浑身舒服,坐在了大柳树底下,不知不觉就睡着啦。

　　咳!你猜发生了什么事情啦?正当这时,坏婶子溜进了花园,东望望、西瞧瞧的,猛抬头,看到了大柳树底下盘着一条大长虫。她吓得抖了一抖,忙跷趾连脚地回了屋。坏人有的是坏心眼,她想,趁着这回事把蛇娘娘杀了,再把小三害死,这千样宝物、万贯家财,就都成了我一个人的啦。她想到这里,去找着小三就假情假意地哭开了。小三问道:"婶子呃,你是想家了吗?"婶子左看看右看看,才小声地说道:"你的家,就是我的家,有你在跟前,我谁也不想。怕只怕你的命不保呀。"小三惊疑地问:"我一没病二没灾的,怎么会命不保呢?"坏婶子话来得快,她一口一个孩子叫着:"唉!孩子呀,亲不亲一家人,你叔和你爹是一母同胞,告诉你吧,你那娘娘是个大蛇精啊。快想办法把她害死吧。"小三也不由吃了一惊,又一想:"娘娘待我这样好,她就真的是蛇,也不能伤害她呀。"婶子见小三不作声,又说道:"孩子呀,你有难,也是我有难,你的命也是我的命,你是不知道,那阵没有了你,哭得我三天三夜也没睡着觉,也没吃下饭。你这个傻孩子,听婶子的话没有错,把蛇娘娘害死,东西撤回咱家去,不怕没有好日子过。要是你不把她害死,说不定哪一天她会把这些财宝都弄回去的。"

坏婶子尖嘴薄舌的,左说一套,右说一套,说得比蜜还甜。小三也是珠宝招红了眼,财帛迷了心窍,他找了一把快刀,朝着后花园里跑去了。

小三手拿尖刀,气喘喘地跑到了大柳树底下,哪里有什么大蛇,连蛇娘娘的影子也没有。小三又是害怕,又是惊疑,转身的工夫,蛇娘娘已经站在眼前了,不知什么缘故,小三手里的刀子,当啷一声掉在了地上。蛇娘娘没有生气,也没有发火,只是难过地说:"小三呀,小三,我本想着救人救到底,谁知道救了你的身子,变坏了你的心。我也不多说你了,今天晚上,不论有什么动静,你千万不要出来,可要好好记住我的话呀。"蛇娘娘说完,往大柳树后面一闪便不见了。

为人就怕做亏心事。这一黑夜,小三不管怎么的,也睡不着了。半夜的时候,听着外面呼呼地刮起了大风,接着稀里哗啦、砰砰叭叭,什么响声都有,震得墙也动,屋也摇,小三吓得全身抖成了块。好不容易挨到天亮,他大着胆子,开门一看,天呀!铺子、宅舍,什么都烧了个穷干溜净,除了他存身的这一小间房,连一片瓦、一条凳子也没剩下。坏婶子自然也烧死了。

没出一年,小三又穷得复旧如初了。他想到蛇娘娘待他的好处,想到有钱的时候,只恨自己,为什么会变得那样心狠呢?常言道,最毒的是财主心。真是不假,钱养人,钱也害人啊。

小三穷到那样,在京城里是没法住了,只好搬到了乡下。人生面不熟的,打短工也找不着主。有一天,小三出外讨饭,天又冷,雪又大,走到了一片树林子里,冻得再也走不动了。人急了投亲,鸟急了投林,小三大声地招呼道:"蛇娘娘啊,蛇娘娘,你就再救小三这一次吧。"

小三的话刚落音,树枝不摇雪地不响的,蛇娘娘又站在他的眼前了。她叹口气说道:"小三啊,我没有生你的恩,可有养你的情,跟着娘娘走吧。"

小三扔了要饭棍子,跟着蛇娘娘回到了崂山里。在崂山里安家落户,过起日子来了。

蛇娘娘再没有给小三那么些金银财宝,小三靠着自己的双手,打柴、捕鱼、种庄稼。

一年三百六十日,一年一个清明节,好心的蛇娘娘,还是穿着明光闪亮的衣裙,轻飘飘地从八宝珍珠洞里走了出来,不过,她再也不那样随便地把那么多的金银宝物送给人了。

两条鞭子

我见过有这种人,光管自己舒服,不顾别人痛苦!只知自己享福,不管别人受苦。从前有一个很勤快的姑娘,嫁人后受的那些气,不能说啦。她婆婆和一个小姑子,都是饭来张口、衣来伸手,炕头上放着鞭子,动不动就打媳妇。有一天,天很热,晌午头媳妇到庄外去挑水做饭。井离庄很远,又深。她挑着一对倒筲,又大又沉。到了井上,拔上两筲水来,汗顺着脸往下直淌。她歇也不敢歇,急忙忙地挑起水来,往家快走。走到半路上,碰见两个骑马的老汉,前头的那个老汉说道:"好勤快的媳妇,俺这两匹马渴了,你好不好放下筲让我饮饮它!"

媳妇看看马浑身汗漉漉的，为难地说："老大爷！你看我这筲是个尖尖底的。"

老汉忙问道："路这么远，水这么沉，为什么使这么个尖尖底的筲呢？"

媳妇眼泪汪汪地说道："俺婆婆不让我在半路上歇息，特为的做成这样的筲。"

老汉点了点头，又说："好勤快的媳妇，这两匹马实在渴得不行了，俺两个又都上了年纪走不动啦，我们还要赶六十里路呢！"

媳妇想了想，弯下了腰，放下担杖来，倒筲一触地就歪倒了，水哗哗地往外淌。两匹马喝足了，倒筲的水也流净了。

媳妇担起了空筲，心里愁得慌：她并不是怕回去再打担水吃累，她怕时候一长，回去就脱不了又要挨婆婆一顿打。

正在这时，骑在前头马上的老汉开口说："好勤快的媳妇，我送你一条鞭子，你回去只要在水缸里搅三搅，水缸就满了！"

骑在后面马上的老汉说道："好勤快的媳妇，我也送你一条鞭子，保你过一辈子好日子。"

说完，两个老汉骑着马，一溜风地跑得没影。媳妇拿着两条鞭子，挑着空筲回了家。

婆婆一见没打了水来家，不问三七二十一就要打。媳妇忙跑到缸边，把鞭子在缸里搅了三搅，眨眼的工夫，水就满了缸啦。媳妇叫道："娘！你要用多少水有多少水！"

婆婆眼瞥见了水,鼻子哼了一声说:"那是些什么水!"

媳妇舀水做饭去了,婆婆憋不住走到缸边去看看,水清得照人,喝点尝尝甜丝丝的。

从这以后,媳妇再不用到老远的村外挑水去了。

过了些日子,媳妇去走娘家,女婿使一条鞭子给她赶着驴,两口子吃了早饭早早地就走了。

快晌天了,小姑子下来做饭,拿起那条鞭子,没好气地在缸里搅起来。鞭子忽然好像生了根一样,在缸里直上直下地立住了。接着水哗哗地像是大河开了口子,打缸沿上四下里往外淌。眼看院子里成了湾,小姑子喊着蹿到屋里去,水从屋门口哗哗地又向屋里淌去了。

婆婆和小姑子避到炕上,没一阵儿,水又漫了炕,婆婆和小姑子都淹死了。

晚上,媳妇走娘家回来,见满院子是水。她从女婿手里接过鞭子来,搅了三搅,水源源本本地退回了缸里,缸里竖着的那条鞭子,生枝长叶,绿叶中长满了红红的果子。

从此,勤快的媳妇和她丈夫两个,快快活活地过日子了。

崂山古话

崂山东临大海，西靠即墨，是天下有名的大山。

古时候，在即墨地有一个黄家庄，庄里有个小伙子叫黄家善，长得眉是眉眼是眼，白脸红腮的，比一个大闺女还要俊秀。那一年，黄家善整整的十八岁，一心想上崂山去游逛一下。割完麦子，种上豆子，坡里营生也闲散啦，他包上了一点干粮，起了个早五更，出了庄，一直地奔崂山走去。

说起来，那崂山的景色跟画上画的仙景一样，石缝里往外哗哗地流水，峭壁上倒悬着好看的大树。春天樱桃红，秋天葡萄紫，那真是看花有花，吃果有果，游山有山，玩水有水。

这一天，黄家善爬到了崂山顶上时，天也快晌了。他踏着山顶向东南一望，蓝光光的大海里，小船来来往往。青山绿水，好比红花衬着绿叶，出奇的那么鲜亮，出奇的那么好看。黄家善一眼看去，觉得心也亮了，眼也明了。他看呀看呀的，不知不觉地，高山发了暗，大海也起了浪。黄家善抬头一望，哎呀！可是不好了。乌云像黑锅底一样，铺天盖地地，从西北上滚了来。风搅云、云搅风，沙搅土、土搅沙，直刮得黄家善眼也睁不开了。只听山也响树也响，海也响，雷也响。说话不及的工夫，麻秆子大雨下起来了，浇得他站都站不住，他也不管泥里水里，一下子坐在了地上。黄家善只穿着单裤单褂，肚里又没有饭，雨水又凉，风又冷，冻得他上牙骨打下牙骨，得得乱颤。眼看着天快黑了，心里想道："反正是没有活路啦，就是不叫狼虫虎豹吃了，冻也生生地冻死啦。"他寻思到这里，又害怕又难过，呜呜咽咽地哭了起来。他哭着哭着，忽然听到一阵铃响。他硬撑着抬起了头，好歹地才算睁开了眼，除了哗哗的雨水以外什么也没有看见，他心里很是纳闷，是自己耳朵听错了吗？又一想，是呀，这样雨天水地的，怎么能有人到这山顶上来呢。他叹了一口气，又闭上了眼睛。

黄家善刚刚合上了眼皮，忽然觉得雨水不那么浇头顶了，又慌忙睁眼一看，只见身旁站着一头小毛驴，脖子上挂着一串金铃，头顶上竖着两个大耳朵。小毛驴上正正当当地坐着一个奇俊的大闺女，手里撑着一把雨伞，原来是她特意给他遮住了雨呀。

黄家善见到这种情景，又惊又喜，又感激。满肚子是话，可不知道说什么才好。

闺女不慌不忙地从小毛驴上跳下来说："天也快黑了，雨也不见住，你这个人啊，再在这里待上一会儿，就没有命了。我家离这里也不远，快去避避雨吧。"

黄家善冻得话也说不出来了，他想站起来，连站的那么点力气也没有啦。闺女忙拉住他的手，轻轻地往上一提，黄家善不知不觉地已经上了驴。小毛驴撒开四蹄往前走去，金铃也稀里哗啦地响了起来。

闺女一手撑伞，一手扶着黄家善在地上走着。黄家善坐在驴上，雨点打不着他的脸，泥水沾不了他的脚，他的心里十分不过意。

天黑了，四下里漆黑漆黑的，黄家善的耳旁，只听到呼呼的风声、哗哗的水响。说也奇怪，那小毛驴爬山过涧，像走平地一样，不多一霎，就来到了一间小石头屋的前面。闺女扶着黄家善下了小驴，推开屋门，走了进去。屋里桌子上点着油灯，桌子东面有一铺小炕，西墙边上放着一个红漆大柜。闺女把黄家善安置在炕上坐下，才松了一口气，欢喜地说道："可到了家啦。"黄家善的心里，也是一阵高兴，他抬起头来，只见闺女笑嘻嘻地望着他，灯光照着，闺女更加俊秀了，腮红得像两朵月季花，眼亮得像天上的北斗星。黄家善的脸面忽地通红了，心里的话："深更半夜的，宿在这里，叫人家多不方便啊！"闺女也忽然想起了什么，笑着说：

"我还忘了你的衣裳湿啦！"说着，忙去开开了红漆柜，拿出了几件男人衣裳，又说："这是俺爹临死撇下的，你不嫌的话，就换上吧。"闺女说完，一抬手把衣裳扔到黄家善的身边，拿上雨伞向门外走去了。

黄家善换上了衣裳，觉得身上舒服，心里温暖。低头看看，衣裳不长不短、不宽不瘦，比着身子裁也不会这样合身。说实在的，黄家善无爹无娘，又少姊无妹的，从来也没穿过这样合身的衣裳，从来也没有人像这闺女样的知冷知热。他不由得想道："要是自己有这么一个媳妇多么好呀。"又一想，"和这闺女头一回见面，自己心里有她，谁知她心里有没有这个意思？人家好意救了自己，怎么能这样胡思乱想……"

他坐在炕沿上，左思右想，不知道闺女在什么时候已经走了进来。

闺女放下了雨伞，又把热腾腾的饭菜送到他的跟前。黄家善如梦初醒地跳了起来，冒冒失失地说道："大姐姐，你待我这样好，我一辈子也忘不了你啊。"话说出，他又觉得不好意思了。坐也不是，站也不是，真不知怎么才好。

闺女口气温和地说道："吃吧，天到这时候，你也饿了。"

黄家善听着闺女说话，比蜜还甜，吃着那饭菜，也是另一种滋味，格外的香甜，格外的美嘴。

吃完了饭，闺女把炕上的旧褥子旧被，搬到了屋地下，又开开红漆柜子，拿出了簇新的驼绒毡，拿出了大红的绣花被、鸳鸯枕头、缎子褥。一会的工夫，炕上就铺得齐齐整整、软软和和的了。闺女又对黄家善说："你跑了一天，快上炕睡吧。"

黄家善说道："大姐姐，你上炕睡，我在地上睡就蛮好了。"

闺女笑着说："你是客人，我是主人，谁没有个出门在外呀，你尽管安心上炕睡吧。"

闺女虽是这样说，黄家善的心里还是觉得难为情得慌。闺女实心实意地一连催了三遍，黄家善才上炕睡了。

这一夜，他铺着那新褥子，枕着那新枕头，睡得那个好呀，就没法说了。

第二天早上，雨也住了，天也晴啦。洗完了脸，吃完了饭。闺女走出屋门口，扬起了手，向对面山坡上一招，听到一阵金铃响，那头小毛驴，活像从山里面冒出来的，眨眼的工夫，已经到了跟前。小毛驴身备鞍子，头戴笼头，四只蹄子，一对眼睛，什么都好，什么都全，就是缺了半截尾巴。它在闺女的身边站住了，闺女悄悄对着小毛驴说道："他要是对我有情有义，小毛驴呀，你就把他驮回来；他要是对我没情没义，小毛驴呀，你就把他送回家去。"

小毛驴好像懂得闺女的话，一连点了三下头。

闺女回到了屋里，对黄家善说："客呀，我也不留你啦！山高路远的，我使小毛驴送送你吧。"

黄家善口里答应着,心里很是难过。他想:要是她是男人的话,自己一定和他做个朋友,要赶她家有个老人的话,以后也好来往。这,自己孤身一人,她也是孤身一人,自己是什么也不怕,可不能叫她落些闲言闲语。黄家善想到这里,话到口边又咽住了。他一步一步地走出了门,上了小毛驴。闺女抬手往前一指,金铃一响,小毛驴嘚嘚地往前跑开了。

走一步,远一步,小毛驴风快地爬上了山梁。山梁上青草长得齐斩斩的,红花开得笑蔼蔼的,黄家善却没有心思看它一眼,他抬头想着那个闺女,低头还是想着她。闺女模样这样俊,心又这样善良,走遍天下也找不到这样好的人啊。黄家善勒住了缰绳,难过地说:"小毛驴呀小毛驴,你驮我回去,让我再看她一眼吧。"小毛驴点了点头,立时掉转了身,两耳生风、蹄不沾地地往后跑去。

闺女站在门前,小毛驴在她的身边停住了。闺女眉眼含笑地问道:"客呀,你怎么又回来了呢?"黄家善嘴张了几次,心里的话还是难以出口。他说道:"大姐姐,我是回来谢谢你啊!"闺女的脸上没有笑了,她大大方方地说:"客呀,你是为这个才回来的吗?唉,山路不好走,小毛驴呀,你就送他回家吧。"

小毛驴乖乖地回过了头,闺女抬手往前一指,金铃一响,小毛驴又嘚嘚地往前跑开了。

跑一里,远一里,小毛驴风快地爬上了山梁,小毛驴又飞快地蹿过了山涧。峭壁上亮着一道又一道的瀑布,像是挂着一匹又一匹的白绫。黄家善还是没有心思去看它一眼,他的眼转过来想着闺女,转过去还是想着她。闺女对我这样好,送我走了还在那里望,找遍了天下,也没有这样知情的人啊。黄家善勒住了缰绳,着急地说:"小毛驴呀,小毛驴,你快点驮回我去,让我再看她一眼吧。"小毛驴头也没顾得点一下,它掉转了身,一蹿过了山涧,两蹿上了山梁,三蹿便蹿回了闺女的身边。

闺女还是站在门前,眉开眼笑地问道:"客呀,你怎么又回来了呢?"黄家善忽然心又跳,嘴又慌,想说的话忘净了,不想说的话倒出了口。他说道:"大姐姐,我也忘了问问你,几时回来给你送驴呀?"闺女低下了头,慢慢地说道:"客呀,你是为这个才回来的吗?一点不用你操这个心!山路不好走,小毛驴呀,你送他回家吧。"

小毛驴乖乖地回过了头,闺女抬手往前一指,金铃一响,小毛驴又嘚嘚地往前跑开了。

过一山,隔一山。小毛驴风快地爬上了山梁,小毛驴又飞快地进了山涧,小毛驴又像箭一样地跑进了山林。山林里花影满地,树荫下,雀鸟成群。黄家善还是没有心思去看一眼。他的心翻过来想着闺女,覆过去想着闺女。闺女这样和气,待人又这样亲热,挑遍天下也没有这样第二个女人呀。他勒住了缰绳,大声地说道:"小毛驴呀,小毛驴,你再把我驮回去吧,我不能就这样离开她呀。"还不等黄家善说完,小毛驴掉转了身,后腿一蹬,三跳两蹦地回到了闺女的身边。闺女还是站在门前,她满脸堆笑地问道:"客呀,你怎么又回来了?"黄家善从驴上跳了下来,费力地说道:"大姐姐,我叫黄家善,你也孤身一人,我也无爹无娘,咱两个好不好结成夫妻?"

闺女羞得红了脸,她又是欢喜,又是愁。她向前一指说道:"黄家善呀,你看那是一棵什么树?"黄家善顺着闺女指的方向看去,只见在大石旁边长着一棵青枝绿叶的杏树。黄家善不明白闺女是什么意思,照实地说道:"是一棵杏树呀!"闺女看了看黄家善,对着杏树念道:

大石旁边一棵杏,

青枝绿叶长得正。

先开花啊后结果,

是甜是酸还难说。

黄家善是个机灵人,连忙说道:"大姐姐,我要是和你有二心二意,怎么还能一连回来三次呀。"

闺女叹了一口气,又说:"黄家善呀,万人里面我看好了你,往后的日子难说是甜还是酸。"

黄家善又连忙说道:"大姐姐,就是活到九十九,我也不会对你变了心。"

闺女一听黄家善说了这样的结实话,才欢天喜地地拉着黄家善进屋里去了。话不可絮烦,当天晚上,闺女和黄家善结成了夫妻,小两口像那花枝上站着的一对雀，一齐啃，一齐叫，亲的呀一时也难离；热的呀，火炭一样。说话的工夫，已经过了一些日子，有一天早晨，闺女坐在窗下梳头，黑油油的头发披在肩上，衬得脸面更是花红似白的。黄家善坐在旁边，看了又看，一对眼睛怎么也不舍得离开。闺女扑哧笑了一声，放下梳子，对着黄家善说："你是愿意长远做夫妻，还是愿意眼时在一起。"黄家善笑着说："我也愿意长远做夫妻，我也愿意眼时在一起。"闺女笑道："要长远做夫妻，眼时就不能在一起，我想到那蓬莱仙岛上，找棵灵芝草给你吃，吃了这样的仙草，活到九十九也看不出老。"黄家善乐得把腿一拍说："那就依着你，长远做夫妻吧。"

　　闺女梳完了头，又说："去那蓬莱仙岛十万八千里，我去尽管去，你在家里可要听我的话。闷了你去竹林里逛，饿了你就摘甜枣吃。大沟那岸，不管有什么光景，你也别停下看，不管谁叫你过去，你也千万不要过去。"

　　黄家善答应了，心里可是想不透：这山上从来没见过一棵竹子影，怎么能有竹子林？再说，不到八月天，哪里去找红枣吃？黄家善刚要开口问个明白，只见闺女抬手把笸子从窗上扔了出去。嚓！立刻听到窗前簌簌的竹子响。黄家善欠身向窗外一看，嚓，望不见山坡，也望不见那山沟了。翠绿的一片大竹林子围住房子，棵棵都有碗口粗，少说也有几丈高。闺女笑了一笑，转身又把梳子从后窗上扔了出去，立时便闻到了枣花香。黄家善又连忙掉头朝后窗上望去,嘿,望不见石壁,也望不见山尖了,墨绿的一片大枣树林子横在了窗前。棵棵都有桶口粗,少说也有两丈高。闺女还是不放心,临走的时候又嘱咐说:"闷了你就去竹林逛,饿了你去摘甜枣吃。林子外面不要去,乱言乱语你别听。"

闺女走出了门,一晃就不见了。

黄家善自己待在屋里,过一时,真像过一天那么长。他先向竹林子走去,哈,这跟走进凉棚里一样,竹叶一响,小风就嗖嗖地往身上吹,不能说有多么凉快,有多么舒服了。黄家善躺在竹子荫里,铺着的是软绵绵的青草,不知不觉就睡着了。

黄家善一觉睡到了过午,醒来的时候,觉得肚子里有点饿啦,他心想:她说饿了吃枣,我去看看枣熟了没有?还没到跟前,黄家善便见到枣林一片通红。进了枣林抬头一看,树枝上红枣一串串的,跟穗子一样,东摆摆西摇摇的很是喜人。黄家善又犯愁了,树这么高,怎么能够着呀?他刚刚这么一想,大树就像是有人晃着,摇了三摇,红枣滴溜啪啦地落了一地。拾起个尝尝,是又脆又甜,吃了几个,不饿也不渴了。

黄家善回到小屋里,一个人不言不语地坐了一阵。俗话说"饱暖生闲事",他想,一不困二不饿的,坐着也是坐着,还是出去走走吧。

黄家善在竹林里逛了一会儿,天黑了,月亮也出来了。竹叶叫月光一照,亮光光的像是蒙上了一层霜气,往十步以外望去,满树如同开了银花。黄家善向前走了又走,隐隐约约地听到一阵笑声。细细一听,又听到有人说话。他想起了闺女嘱咐他的话,便站住了,按说,这阵他应该赶紧回去才好,可是他不只是没有回去,又往前走去了。他一心只想看看林子外面是什么样子,什么人在那里说话。心急腿快,不多一阵黄家善就转出了林子。竹林外面是一条山沟,沟那岸两个和尚坐在石桌旁边下象棋。棋子个个都有一团白光罩着。黄家善站在沟这岸,看得清清楚楚,什么兵呀卒呀的,越看越爱看,越看越着迷。和尚一盘棋下完了,黄家善也不觉跟着喊起好来。两个和尚听到了喊声,棋也不摆了,一齐转脸望着黄家善。一个说道:"哈,太不该了,邻居来了,还不快迎接。"另一个说道:"远亲不如近邻,今日好容易见了面,过来下上一盘棋吧。"黄家善早先在家就喜欢下棋,巴不得和尚招呼一声。正要抬脚,猛地想起了眼前还有一条山沟断路。沟虽不宽,可是很深,黑洞洞的望不见底。黄家善正急得没法,和尚拾起了一块石头,抛了过来,嘭的一声打在了一棵竹子上,几丈高的大竹子,呼啦一下就倒下了。正正地担在了大沟上,成了一条竹子桥。黄家善稳稳当当地过了沟。三句话还没说完,就下起棋来了。真是"棋逢对手",下了一盘,又摆上一盘,下了一盘,又摆上一盘。三下两下跟那两个和尚也混熟了。下着下着和尚忽然停住了手,长长地叹了一口气,黄家善问道:"师傅,你过的是神仙日子,还有什么愁事?"一个和尚说道:"出家人慈悲为本,不能见死不救。"另一个和尚也说道:"和你也算是见面便成朋友了,有一句话,就是难以出口。"黄家善说道:"咱既成了朋友,有话就尽管说吧。"一个和尚又叹口气。另一个和尚说道:"你别以为你那媳妇是个人呀,她是个蝎子精啊。她是想着害你。"黄家善这时才忽然想起了自己的媳妇,心想,怪不得她不叫我到林子外面来,是怕我知道了她的底细。和尚又说:"不是知己的朋友,俺是不能对你说的。"那个和尚也说道:"蝎子精不知害死多少人了,要是你不信的话,叫你看看这个沟底。"和尚说着,拾起了两块火石用力一敲,星星那么大的一个又一个的火星,接二连三地向沟里落去,把沟底照得晶亮。黄家善看时,沟底下不见石头,也不见青草,尽是白茬茬的骨头。黄家善吓得脸上没有了血色,心里也没有了主意。过了一霎,又颤颤抖抖地哀告两个和尚说:"师父,求求您救救我吧。"一个和尚摇了摇头,另一个和尚说道:"见面三分亲,别说这还是朋友。咱就担着点风险,救他一救吧。"那个和尚又说:"只俺是救不了你,这全凭你自己的心。我这里有一个神蛋,你拿回家去,等她睡沉了以后,你就把蛋敲开,这样,你的命就保住了。"和尚说完伸手从怀里摸出一个红皮蛋来,轻轻地一摇便听到一只公鸡在里面喔喔地打鸣。黄家善这时只害怕自己的性命有失,一点也不把闺女对他的情义放在心上了。他停也不停地从和尚手里接过神蛋,掖在了腰里。和尚哈哈地笑了一声,拍了拍黄家善的肩膀说:"现在回去吧,不管她怎么问你,你千万不要说实话啊。"

黄家善答应着，过了竹桥。走了不远，竹林忽然不见啦，等他回到小屋里时，闺女已经回来了。梳子和篦子还搁在桌子上，灯光下看得清清楚楚，篦子上少了一根齿子。闺女坐在炕沿上，头发叫风吹乱了，衣裳也沾满了泥和水。黄家善心惊肉跳，只担心闺女把他叩问。闺女沉着脸，望望缺齿的篦子，又望望黄家善，像是要他先开口说话。黄家善好容易才说出了一句话："你回来啦！"闺女应道："回来了。"说着，扑啦啦地掉下了几滴眼泪来。黄家善没话说了，闺女也不作声。停了一停，黄家善又说道："睡吧，天这么时候了。"闺女还是没有作声，脱下了鞋，上了炕，转身向里睡了。黄家善躺在闺女的身边，哪里还睡得着。他偷眼看看，闺女动也不动，听听真的呼呼地睡着了。他悄悄地爬了起来，轻轻地把手伸进了腰里，摸出了神蛋。就在这一霎，闺女猛地爬了起来，伸手把神蛋夺了过去，指着他数说开了："黄家善呀，黄家善！我等了又等，等着你回心转意，等着你跟我说句真话，没寻思你这样的忘恩负义。没寻思你有这样的狠心下毒手。咱有情是夫妻，无情是冤家，我要是有你这样的心，十个黄家善也早没有了。事到如今，我过我的日子，你回你的家吧。"闺女说完，停也不停就把黄家善赶出了门。黄家善往前走了几步，再回头看时，什么也不见了。

　　俗话说："好煞个月明不如个太阳。"黄家善四下里望望，不是山影，便是月光，心慌意乱得连东西南北也分不清。他高一步低一步，找来找去，连条羊肠小路也没看到。走着，走着，不是深沟拦住，就是石壁挡着。黄家善懊恨了起来，千不该，万不该，不该听那和尚的话啊，现在落个上也上不去、下也下不来了。怎么办呢？他又犯愁，又难过，三行鼻涕两行泪地又哭起来了。哭了也不过有吃袋烟的时候，听到身后有点响声。回头一看，闺女已经站在他的身后。黄家善又惭愧，又害怕，头也抬不起来了。只听到闺女说道："世上都是痴心女子负心汉。黄家善呀，咱两个夫妻一场，我眼里见不得你落泪。小毛驴呀，小毛驴！你把这忘恩负义的人送回家去吧。"闺女说完，扬手招了招，小毛驴又嘚嘚地跑了来。闺女一闪便不见了。

黄家善骑上了小毛驴，翻山过涧地走了一阵，小毛驴忽然站住了。闺女又从树荫里闪了出来，手里拿着一把白绫小扇，望着黄家善说道："你有那害我的心，我可是不能眼见你受害，咱两个夫妻一场，我怎么发狠，还是忘不了你。冤家呀！你拿上这把扇子，要是有什么难处，朝着崂山扇上三扇，你的命就保住了。"闺女没等黄家善作声，把扇子扔给了他，手一扬，小毛驴嘚嘚地又往前跑了。

黄家善拿着闺女给他的扇子，骑着闺女给他招来的毛驴，日头刚冒红就回到自己的家门口了。他想把小毛驴拴上，再去开门。牵着缰绳一拉，小毛驴就地滚了滚，笼头脱咧，鞍子也落在了地上，从鞍子底下蹿出了一只大兔子，三蹦两跳地往崂山去了。

黄家善进了自己的家，屋还是从前的屋，院子也是从前的样，不知什么缘故，就是觉得冷冷清清。这一天的夜里，黄家善直到半夜还没睡着。看看月亮已经上满了窗，忽然听得呼呼地刮起了大风，刮得屋摇地动的，鞍子瓦像豆叶一样满天飞。黄家善弄破了窗纸，往外一看，吓得头也缩不回来了。两个和尚从半空里落了下来，脚刚沾地，就变成了两条大虫，头像漏斗，嘴像簸箕，朝着窗户来了。黄家善看事不好，连忙把小扇摇了三摇。风不刮了，瓦也不飞了，闺女漫天扑地地落进了院里，一扭身子，变成了一只大蝎子，跟大虫在院子里战了起来。战来战去，大蝎子一抬尾巴，螫死了一条大虫，又一抬尾巴，又螫死了一条大虫。蝎子这才转身又变成了闺女，还是那么好看，还是那么温和。黄家善哀告说："千错万错，都是我的错。"闺女慢慢地走到窗前，从袖筒里摸出了一根桃花颜色的灵芝草，打窗棂里递了进去。她又长长地叹了一口气说："黄家善呀！黄家善，我也表白了我的心，我也尽到了我的情，从今以后咱们就算分离了。"闺女又看了他一眼，才飞身不见啦。

　　黄家善吃了灵芝草，活到了九十九也不见老。他又去过几次崂山，也把小扇连扇过三下，不管怎么的，那闺女再也不在他跟前露面了。

狐仙和兔子仙

故事,故事,难说年月。这也是早年间的事情了,那时候:有一个小伙子叫玉郎,长得是再好不过了,待人从来没有虚言假套,也不会巧说巧道。自己一个人住在庄头的一间小屋里,孤孤单单地过着穷日子。

有一年的冬天,大雪扑了门,玉郎没有那些厚袄暖裤穿,天才黑,就把街门关上了。自己拾的柴火,好歹不用花钱去买,烧上了个热炕,点上盏小油灯,蹲在炕头上扒麻。听着外面风呼呼的像是老虎叫,雪打得窗户沙沙响。玉郎闷着头,扒一会麻,喘口粗气,扒一会麻,又喘口粗气。心里不盼别的,只盼着能熬上个人做伴就好了。他正在胡思乱想，忽然听到外面有人大声喊他的名字："玉郎！玉郎！"玉郎很是纳闷，自己一无亲二无故，又是单门独户，这样的冰天雪地，还是晚上，谁会到这庄头上来呢？他还没顾得多想，外面又叫了起来，一声比一声大，一声比一声高。一连叫了三遍，玉郎只得答应着去开开了门。黑影里那个人随着走了进来，灯光一照，玉郎更加惊奇了，哈！原来进来的是一个不认不识的大闺女。闺女穿着红袄红裤红花鞋，耳朵旁边戴着一枝大红花。俊的呀，说没法说，描没法描。没等玉郎开口，闺女已经自己脱下了鞋，上炕盘腿坐下了。她笑嘻嘻地说道："玉郎，你不认得我，我可是认得你！实话对你说了吧，我叫小红妹，没爹也没娘，今天不为别的来，看上了你人好心好，特为的来和你做伴过日子啊。"玉郎还是半信半疑，站在炕前没有了主意。小红妹也不再笑了，叹了一口气说："玉郎呀，要不是我心念心想着你，怎么还能风天雪地里受这样的罪！话好说，心难表，留我不留，都由你啊。"闺女说完话，眼泪也汪汪的了。玉郎的心也动啦，又一想，自己穷家少业的，人家不嫌咱，找到了门上，这就是天大的情义了。他寻思到这里，连忙说道："小红妹，你要是不嫌我玉郎的话，从今以后，有一口饭咱两个吃，有一碗汤，咱也两个人喝。"小红妹也说道："玉郎呀，你有这样的意，我更有这样的心，从今以后，咱两个有福同享，有罪同受。放心吧，我不能栽上鲜花，叫你一个人浇。"真是话不说不明，两个人一句话生两句话熟，越说越热乎，越说越亲近,你情我愿地结成了对头相恋的夫妻。

俗话:"凤凰配凤凰,鸳鸯对鸳鸯。"玉郎和小红妹是两好结一好,好上加好。一年过去了,半年又过去了,小两口儿还是热得跟那火炭一样。有一天,玉郎在坡里锄地,小红妹去坡里送饭。吃着吃着,忽然看到正南的大山里起了一道上挂天、下接山的黑雾。小红妹只看了一眼,脸上霎时变了颜色。她对着玉郎说道:"玉郎呀,今天我要回娘家去。"玉郎听了,很是惊疑。他说道:"小红妹呀,从来没听说你有娘家,怎么凭空说出了这样的话?"小红妹难过地说:"玉郎,不是我愿意离开你,坏东西在那里起意破咱的姻缘,现在是非回去不可了。我的娘家是万仙山,有个姐姐叫大红姐,我去了最多百日就回来,你可千万不要去找我呵。"小红妹说完,饭也顾不得再吃,站起来把脚一跺,就地起了一股白烟,白烟旋旋转转地起到了半空,白烟散了,小红妹也不见了。

玉郎闷闷不乐地回到了家里,一天过去了,两天也过去了,这一百天到什么时候能过完啊!也怨自己大意了,怎么的也该问明白那万仙山在什么地方呀!我想她,她也一定想我呀。她临去的时候不让我去找她,我就到庄南的大道上去望一望她,说不定就能碰着她了。

千样病,万样病,就是相思病难挨。玉郎跟个病人一样,在庄南的大道上走过来,走过去,走过去,又走过来,不知走了多少时候。晌天的工夫,路上人也稀了,忽然远远地蹿来了一匹胭脂红马,马上坐着一个年轻女人,穿着红裤红袄,头上也戴着一枝大红花。这盼那盼,左望右望,这次可是望见影了。玉郎喜得呀,心头如同开了一朵大红花。那马果然在玉郎身旁停住了,女人一手拉着缰绳,一手提着马鞭,身子一扭,从马上跳了下来,两脚着地,没听到半点响声。女人望着玉郎开口说道:"妹夫,天快晌了,你还在这里做什么?"玉郎含含糊糊地答应了一声,心里纳闷,这女人是谁?从来也没见过一面,怎么叫我妹夫呢?女人向前走了两步,又说:"你尽管放心吧,我就是小红妹的姐姐,大红姐呀!你要是想俺那妹妹的话,咱就一块儿走吧。"女人的话,简直是雪里送炭,玉郎想也不想就答应了。女人又说:"妹夫,去万仙山九九八十一万里,只凭着你的两腿走,走上一辈子也到不了。我手里拿的是一根神鞭,只要你骑上它,保你吃顿饭的工夫便能见着小红妹了。"玉郎听了,乐得嘴也张开了,忙从女人的手里接过马鞭,不管真假,骑了上去。只见女人用袖子把脸一掩,大笑了三声,黑雾立时从她嘴里冒了出来,一阵的工夫,便天昏地暗,什么也看不见了。玉郎觉得好像是起到了半空,耳朵旁边风嗖嗖地响,身子也如同坐在冰冰上一样。也不知道过了多少时候,玉郎又觉得脚落了地,接着黑雾也升高了。玉郎低头一看,哎呀,他骑的不是什么马鞭,是一根花花长虫。长虫仰起头嗞嗞叫了两声,向一个乌黑的山洞里蹿去了。

玉郎吓得出了一身冷汗,定神看看,四面都是高山,黑雾罩着半空,枯树盘在峭壁上。抬头不见天日,低头只见黑石,看到这样的景象,玉郎的心里也跌撅开了。自己不问明白,糊里糊涂地来到了这里,凭着小红妹那么个人,怎么能住在这样的地方呢!他越想越不对头。可是,不管怎么的已经来到了这里,怎么的也要弄个明白啊。他顺着一条羊肠小道向前走去。走了不远,又听到哗哗的水响。到了跟前一看,原来是条小河沟子,沟底的石头上,长满了青苔,水流过的时候,青苔摇摇摆摆。满山不见一点绿景,看到点青苔也叫人喜呀。玉郎从早晨起来米没有沾牙,也觉不出是饥是渴,只觉得身上半点劲也没有了。他向河沟子里走去,捧起一捧水来喝了,一转身,看到在一块黑石头上搭着条雪白的手巾,玉郎心里又有了指望。是呀,有人在这里晒手巾,就有人在这山上住。说不定小红妹真的就在这里。有这点指望,玉郎的劲头又来了,他抬起了头,刚要向一座山顶上爬去,忽然听到了马蹄响,眼错不见的,女人骑着那匹胭脂红马从陡崖上蹿了下来。她笑哈哈地说:"你看看,我连手巾都给你预备下啦。快洗洗脸,进屋里歇息去吧。"玉郎一心一意地想快些看到小红妹,便连忙洗完了脸。女人也下了马,领着玉郎爬沟上崖地走了不多一阵,只见在半山腰里有一座黑漆大门,铜钉铁环的很是牢固。进了大门,又进了三间北屋。玉郎还是没有见到小红妹的影子。女人叫他坐,他也没心坐,女人和他说话,他说没心说话。女人笑着说:"嘻,你这个人呵,哪有一条道走一辈子的,不瞒你说,这里不是什么万仙山,是姑娘我的黑洞山。我是九天仙女下凡间,你别拿着你那媳妇当成个宝贝疙瘩啦,她不是个人,是个狐狸仙呀。"玉郎听了,身子凉了半截,明明白白的自己是受了这女人的骗啦。他什么话也没有说,起身往外就走。女人一把抓住了他,脸变得跟生铁一样,冲着玉郎喝道:"你往哪里走?喝了我的水,用过我的手巾,就是我的人了。进了我这门里,插上翅膀也飞不了你。"女人的话刚说完,屋门随着"嘭"的一声闭上了。屋里同时亮起了两盏灯笼。又一看,哪里有什么灯笼,在桌子上盘着一条大虫,是大虫的两只眼睛放光哪。女人松开了手,又嘻嘻地笑着说:"玉郎呀,你要是一个懂事的人,就趁早死心塌地地和我在这里过日子吧。不是我夸大口,我的金银堆满屋,我的珠宝用升量。常言说'酒肉的朋友,柴米的夫妻'。只要你跟我成了亲,腰不用弯,手不用动,保你一辈子有吃有穿。"

事到这样,玉郎倒不怕了。他又气又恨,愤愤地说道:"你的金银就是挂着北斗,我还一点不稀罕呢。"女人听了,冷笑一声,伸手把玉郎推进东边房门里去了。玉郎抬头一看,嘿!屋顶上一根麻绳吊着一个大碾砣子,荡荡悠悠地眼看就要落到头上。女人又在外间屋里说话了:"玉郎,你是要受罪,还是要享福?两条道由你选吧。"玉郎长长地叹了一口气,自言自语地说:"小红妹呀,小红妹!只要再见你一面,就是死了我也甘心啊。"玉郎的话说完了,嗑叭一声麻绳断啦。那个碾砣子好像泰山一样压到了身上。他气也喘不上来,眼前直冒火星,过了一阵,便什么都不觉得了。

说也奇怪，玉郎并没有叫碾砣子压死。他醒过来的时候，又是在外间屋里，女人温言温语地说："玉郎呀，你要是一个精明人，也该借坡下崖了，不是我自己说，我的模样花难比，我的身腰杨柳细。常言说'女人是南墙上的泥，去了旧的换新的'。你要是跟我成了亲，一朵莲花并蒂开，你说哪地方不美，哪地方不好！"

　　玉郎闭上了眼睛，连看她一眼都不愿意。他恼怒地说："你就是俊得赛过天仙，我也没看在眼里。"这一次，女人自然是更生气了，她恶狠狠地又把玉郎推进了西屋里。里面乌昏昏的，哪里是什么房子呀，连一个立住脚的地方也没有。他连忙伸手抓住了一根绳子，身子悬空地吊在了一个不见底的深沟顶上。女人又说话了："玉郎，你是要死要活？两条路由你自己选吧。"玉郎好像没听到她的话一样，伤心地说："小红妹呀，小红妹，你在什么地方？咱两个真的再也不能见面了吗？"

　　现在，咱再说小红妹。她正在万仙山上，坐在炉火旁边，忽然觉得眼跳心乱。低头一算，不觉哎呀叫了一声，连忙走进了大红姐的洞里。她叫来了姐姐替自己看着炉火，双脚一跺，身子早已起到了半空。不多一霎，已经来到了黑洞山的上空，朝下望着，不由得两眼落下了泪。自念自说道："玉郎呀，玉郎！我实指望着分离百日，回去把七星宝剑炼成，咱天长地久地做夫妻。你怎么不听我的话？你怎么上了她的当？现在就遇了难，眼时命就有亏。"小红妹站在云头上，难过了一阵，又数说道："千不该，万不该，你这个兔子仙不该这样拆散人家的夫妻。天外有天，人外有人，你不还我的玉郎，咱两个是不能算完的。"小红妹把牙一咬，飞身上了天界。天上四时都有花开，八节都有果熟，这一天，正是王母娘娘的蟠桃大会，什么八大神仙、九天仙女，都要去瑶池赴会。小红妹孤单单、凄惨惨地站在大道旁，远远望见吕洞宾手拿拂尘，身披黄衫，飘飘摇摇地走来。小红妹长叹了口气说："好男人不落泪，好女人不下跪，玉郎呀！为了你我就跪它一跪吧。"小红妹整了整衣裳，迎了上去，朝着吕洞宾一双波棱盖就跪下了，口里说道："仙长呀，发发慈心，叫俺夫妻团圆了吧。"吕洞宾把拂尘一甩，仰着脸就过去了。小红妹又丧气，又伤心，她慢慢地爬起来，有心要回去，又一想自己和那兔子仙武艺不相上下，她又是老窝老根的，回去怎么办呢？她又在路旁等了起来。等着等着，远远地又望见张果老手拿龙头拐杖，白胡子飘飘地走来了。烟往高处走，人也总是向好地方想。也许这张果老年老仁义，会帮一帮忙吧。她又长叹了口气说："好男人不下跪，好女人不落泪，玉郎呀，为了你我的泪也落尽了。"小红妹擦了擦眼泪，朝着张果老又跪下了。话还没出口，泪先满了腮。她哭着哀求说："仙长呀，你发发慈心吧。"张果老扬起了龙头拐杖向前一指，不耐烦地说："我忙着去赴蟠桃大会，哪还有工夫管你的闲事。"说着，正眼也不看她就走了过去。这次眼见着又落了空，小红妹的心虽说不出是个什么滋味。真是没有用人处，不知道求人难。她爬了起来，又在路旁等着。

小红妹等呀等呀，一直等到了天晌，神仙也过完了，还是求了个空。这一阵，钢刀扎心也没有小红妹难过。白等了一头晌，再怎么办啊？她低头一想，忽地想起一个人来，不去求他，还去求谁呢？有了这一线指望也好哪！看吧，小红妹走起来，像刮阵旋风样的到了天河边。天河里，沙是星星，水比银子还亮，河西是万亩绿桑，河东是放牛草场。牛郎头戴苇笠，身披蓑衣，手拿放牛棍，正在那里放牛。不知什么缘故，小红妹不像见了神仙那样胆战心惊。她走到了跟前，叫了一声牛郎，便诉起苦处来："牛郎呀，你追织女上蓝天，我为玉郎腿也快跑断。牛郎呀，你七月七日夫妻还团圆，我不知道哪一天才能见玉郎的面。他现在被关在黑洞山，你不伸手，没有人搭救俺过这一关。"好心的牛郎是不会坐着看热闹的，他忙从牛鼻子上摘下了牛鼻圈带着缰绳递给了小红妹，嘱咐她说："你见了兔子仙，就把这牛鼻圈向她扔去。"他又把放牛棍交给了小红妹，说："拿上这根放牛棍，什么仙、什么精你都不用怕，这两桩东西，全借给你用去吧。"小红妹欢喜地连拜了三拜，拿着两桩宝物呼一下来到了黑洞山。黑漆大门，关得紧紧的。小红妹冲着洞门大喊了三声，洞门哗啦一声开开了。女人骑着胭脂红马，一手拿着一把青龙宝剑，蹿了出来。小红妹迎了上去，两个人腔也不搭就战了起来。女人的宝剑随心应手是要弯就弯、要长便长，看去白光闪闪，听着冷风飕飕。这时小红妹手里的放牛棍，也忽然金光灿灿、火星四射。她一棒打下去，青光灭了，冷风也住了，宝剑从女人的手里落到了地下。原来是条青花毒蛇，蛇头已被砸烂了。小红妹又扬起了放牛棍正要向下砸去，女人看事不好，从马上往下一跳的工夫，变成了个大山兔子，一蹿十丈向山沟里蹿去了。小红妹随后追着，心里恨道："不还我的玉郎，你跑到天边海角，我也不能和你算完。"大兔子蹦到了一个山洞旁边，就地一滚，又变成了那个女人，风快地向山洞里扑去。小红妹一抬手把牛鼻圈向女人扔去，那牛鼻圈随风化成了一个晃眼的金圈，它不套胳臂，也不套头，正好套在了女人的脚脖上，就是比着打的腿镯子也没有这个合适。女人闪进了洞去，洞里立时往外直冒黑雾，还听到了那女人的声音："哼！要想着夫妻团圆，比虎口夺人还难。小婆娘不用赶我啦，回头看看吧，你男人那是在什么地方！"小红妹回头一看，啊呀叫了一声。只见玉郎挂在峭壁的一棵枯松树上，眼看着就要掉下去了。小红妹什么也顾不得啦，天大事也要放开先去救玉郎呀。她掉转了身，嘿，飞毛腿也没有她这么快！眨眨眼的时候，小红妹已离峭壁不远了，也就是在这一刻，哎呀，可坏事了，松树断啦，玉郎也掉进深沟里去了。

　　深沟里黑气沉沉，大的是石头，小的还是石头。玉郎掉在石头上，便什么也不知道了。小红妹扑进了沟底，双手把玉郎抱了出来。她一手托着他的头，把放牛棍向天上一指，不见云不见风的，两滴银白闪亮的天河水，滴在了玉郎的脸上。玉郎立刻苏醒了，他一把抓住小红妹的手说："没寻思这一辈子我还能看到你呵。"小红妹的心里，又是欢喜，又是恼，她说道："玉郎呀，千不该，万不该，我不该撇下你自己在家里。千样仇，万样恨，没有这事恼人心。"小红妹越说越气，手提放牛棍，转身又去寻那个兔子仙去了。

小红妹扭头走去，可是不见石崖，也不见了山洞，一道黑雾好像高墙一样，挡在了眼前。小红妹干着急，没有了办法，空有牛郎仙的放牛棍，找不着仇家，也没处打啊！不说小红妹心里焦躁，咱再说那兔子仙躲在山洞里，自己吹起了大话："猛虎还不斗地头蛇，叫那小婆娘自己威风去吧。白费了我这些日子的心计，真是累了呵。"她张开口，打了一个呵欠，就放心地睡着了。嘿，你猜怎么样，这阵牛鼻圈上带着的那截缰绳，弯弯曲曲、曲曲弯弯地向洞外长了出去，比瓜爬蔓子还快得多。不一霎，已经爬到小红妹的脚跟底下啦。小红妹拾起了缰绳，七拽八拽，七拉八拉，把那大兔子拖出来了。小红妹怒气还是不消，她把放牛棍举了起来，棍还没有落下，却被牛郎在半空里抓住了。他说道："小红妹呀，不看金面看佛面，她也是修炼千年才成人身，你看在我的面上，放了她吧。"小红妹是一个通情知理的人，她指着大兔子说："今天看在牛郎仙的面我就饶了你吧。"牛郎用手一指，牛鼻圈立刻从兔子腿上脱了下来，牛郎弯腰把它拾在手里，还是原来那么大小，上面还是带着一截缰绳。

大兔子得了释放，变成了女人，手捂着脸逃走了。

牛郎带着他的两桩宝物回到天界。小红妹也和玉郎两个风送云绕地回到了万仙山上。

在那万仙山上,有一个水晶八卦洞,洞外面的莲池里开着五色莲花,洞里面正中间摆着八卦神仙炉。能干的小红妹守着仙炉,九九八十一天,没有睡一次觉,没有合一合眼,终于把七星宝剑炼成了。哈,这七星宝剑,是什么样子咱先不说,它不是盛在刀鞘里,也不是放在玉匣里,是装在一个插花的大瓶子里。这一天,小两口辞别了大红姐,捧着七星宝剑来到了山下面。小红妹问玉郎说:"你是要快走,还是慢走?"玉郎说道:"快走是怎么走,慢走是怎么走?"小红妹说道:"慢走嘛,就是咱顺着道一步一步地走,这样要走三年零六个月才能到家。快走嘛,那还是腾空驾云走。"玉郎应道:"那咱当然是快走了。"

玉郎闭上了眼睛,立时便觉得身子起到了半空。初时听到风呼呼的,随着又听到水哗哗响,这是到了一个什么地方呢?玉郎止不住把眼睛闪开了一条缝,谁知道这一看,可了不得啦,玉郎的身子忽然变得有千斤重,不管小红妹怎么用力,也带不动他了。两个人一落千丈地,落到了一个海岛上。小红妹四下里一看,只见遍山都是红石。她蹙起了眉毛,叹口气说:"不是冤家不碰头,玉郎呀,你知道这是什么地方?这是兔子仙的娘家啊,你把这七星宝剑抱着,我什么时候叫你揭盖,你就揭盖,千万要记住我的话。"玉郎听了,伸手刚把描花瓶子接了过来,兔子仙已经领着她爹娘赶来了。她爹手使大钢铲,她娘手使铁棒槌,女人这次手里拿着雪花宝剑,很神气地说道:"小婆娘,上一回你有牛郎的两桩宝,这一回,你要想活着离开我这红石山是万难了。"说完,手举宝剑杀了过来。小红妹眼明手快地从头上拔下了一根金簪,晃了晃变成了一个八卦大金锤,当的一声把那宝剑挡住了。她脚一跺起到了半空,口里说道:"看在牛郎面上,让你一个回合。"女人也不搭腔,跟着起到了空中。她的爹娘也赶去下了手。小红妹一人战三人,两手抵六手,眼看着只能招架,不能还手了。把玉郎急的,正在地下跺脚,猛地听到一声"放!"他一揭,揭开了瓶子盖,嗖嗖地一连冒出了七颗星星,在半空中连成了一个月牙样了。只听得"咔嚓""咔嚓"连响三声,三个死兔子接二连三地落到了玉郎的眼前。那七颗星星又嗖嗖地降到描花瓶里去了。

　　小红妹气喘喘地落了下来,盖上了瓶子盖,和玉郎到了家里,快快乐乐、安安稳稳地过了一辈子日子。

神笛

"远看青山,近看水。"那大山远远地望去,有的像蛾眉,有的像尖塔,影影绰绰的,像是画在天上一样。

就在这样冒天高的大山旁边,坐落着一个小庄,庄头上有三间破庙,庙里住着一个叫大升的小伙子。小伙子喝的是甜山水,过的是苦日子,一条汉子,一条孤影,上山打柴带上自己的影子去,下山还是带着自己的影子回。

白天还好过,到了晚上点上盏小油灯,风一刮,影一晃,那光景真够凄惶人啦。

一天,大升上山打柴,山坡山梁的走了也不知多少路,到了一个山顶上。山多高,水多高,山顶上也有清亮的泉水。他打完了柴,日头还没落,想到泉子边上洗洗手,走了不多几步,看见青草棵里,有一支笛子,他弯腰把它拾了起来。看时,这笛子绿生生的,溜光丝亮的。把嘴唇贴在上面一吹,响声比雀叫得还好听,大升手也不去洗啦,坐在山顶上吹了起来。

没到过大山的人是不会知道的,山上日头格外明,山上风也格外清,那笛声,随着清风云气往四面八方响去。立时,深沟里、树林里、陡崖上、水边上,漫山遍岭都能听到那好听的笛声了。只见各种各样的雀鸟,迎着笛声飞来。鲜花随着笛声摇摆,连老虎、豹子也站住了听。

大升吹着吹着,飞来一只雪白的大蝴蝶,少说也有蒲扇那么大。这蝴蝶围着大升轻轻飘飘、翻翻啦啦地飞了一阵子,才落在了他身旁的杜鹃花上。它并起翅膀,动了动长须,老一会儿,又飞了起来。大升看见过不知多少蝴蝶,没见过像这白蝴蝶这样好看的,也没见过像这白蝴蝶这样喜人的。

大升一直吹到日头压山,才把笛子插在腰里,挑着柴下了山。

第二天,大升还是照常上山打柴,晌天的时候,他吃了一块冷干粮,喝了几口凉泉水,也就算是一顿饭啦。山上是多见石头少见人的,花草再好,大升还是觉得孤单得慌,他又从腰里抽出笛子,吹了起来。

双双对对的雀鸟向他跟前飞来啦。

小鹿也跟着母鹿跑来啦。

大升越吹越爱吹,越吹越难过,他想:雀鸟成对,小鹿有娘,我大升论人才,论营生,哪里比不上人?人穷就是罪呀,人穷祸就来啦,爹娘生病没钱治,死在了破庙里,自己孤身一人,到什么时候才能过上天舒心的日子。

大升伤心难过,吹出的调子也苦悲悲的。他吹呀,吹呀,吹得雀鸟落下了泪,吹得母鹿低下了头。青青的山坡上,忽然响起了呜呜咽咽的哭声。哭声那个凄惨呀!大升笛子也吹不下去了。他顺着哭声走了不远,看到一棵开满了红花的桃树,桃树底下坐着一个大闺女,穿得上下雪白,满脸是泪地在那里哭。

闺女擦了擦眼泪站了起来,看着大升,好像要跟他说话一样。

大升站住了。

闺女嘴唇动了动,眼泪又扑拉扑拉地掉了下来。

大升问道:"大姐姐,看你这样难过,有什么过不去的营生啊?"

闺女说:"你这个大哥,问到这里,我就对你说了吧。我没爹没娘,自己一个人过日子,谁知平白无故地起了祸,有个坏蛋看上了我,我豁上命也不能跟他过。"

大升听了,满心不平地说:"大姐姐,你也不用哭啦,那个坏蛋是谁?我去找他,看他还敢不敢欺负人?"

闺女看样很是感激大升,她摇了一下头,红着脸说:"大哥呀，你替我去操这一次心，往后谁知道还能遇上什么事？"

大升说！"大姐姐，我操心就要替你操到底，你说叫我还做什么吧？"

闺女说："南庄北村的，也不是见过你一回啦，要是你愿意的话，我情愿和你成全一家人家。"

大升心里不能不寻思一下，这样好的一个闺女，就是尽挑尽选也没有这样随心如意。又一想：天下哪有这样的好事，别大天白日做美梦了。他说："大姐姐，我是个实实在在的人，你可不该要笑我，南庄北村的，谁不知道我大升住在破庙里。"

闺女说："大升啊，你这是说的哪里话！上山不怕崖坡陡，踩藕不怕藕湾深，从今以后，有福同享，有罪同遭，凉水烧成热水，我也不嫌你穷。"

闺女说出了这样的结实话，大升不再疑心啦。可是，把新媳妇领到破庙里去，别说脸上下不来，心上也过不去啊。

闺女望着大升，又说："你也不用为难，从前俺爹活着时也常上山打柴，在那山前坡，还有他盖的三间石头屋。你庄里也没有恋头，我家里也有是非，咱先去那里住吧。"

弦贴音，音靠弦，闺女的话越说越亲近。说来说去，两个人是你称心他也乐意了。

闺女和大升翻过了一架山梁，又爬上了最高的一个山顶。闺女头前走，大升后面跟，大升自小就走惯了山路，闺女却比他走得还快，只见她衣带飘飘，过沟上崖，如飞一样。大升快走，闺女也快走，大升慢走，闺女也慢走。紧走慢走，闺女还是走在前面，大升满心高兴，闺女也乐得咯咯地直笑。

大升随着闺女，走进了一片树林，树影花枝里，闺女更乐啦，她手扯树枝，身子一闪，便不见啦。大升正在惊疑，她又咯咯地笑着从树后走了出来。三番两次，大升也叫她逗笑了。

两个人走进了树林，果然在山前坡有三间北屋，远望不高，走进去看看很是敞亮，里面收拾得整整齐齐、灰尘不沾，吃的用的什么都有。

大升和闺女成了亲。他这么大个汉子，头一回觉得有了家。

勤快人手脚是闲不住的，第二天吃过早饭，大升拿起斧子、扁担，美滋滋地要往外走。闺女忙叫住他说："要打柴你尽管去，可千万记住我的话：往南你到南山顶，往东你到东山坡，往西你到小桥边，怎么的，也不要到河那边去。"

大升答应了。他在近处的树林里，砰砰叭叭的一阵工夫打了一担柴火，歇也没歇就挑起往回走。还没到家门口，闺女已经站在门前等他啦。这真是一样的营生，做起来两样的滋味，把大升喜得嘴也闭不煞了。

山还是从前的山，水还是从前的水，笛子也还是原来那根笛子。大升吹的呀，百鸟齐声地叫；大升吹的呀，百兽把头点；大升吹的呀，青草也放香，泉水闪银光。

大升欢欢乐乐地过着日子。有一天，他去打柴，走着走着，不知不觉到了小桥边，望望河对岸，明光瓦亮的一片房子。他十分惊奇，嚯！这真是山外有山天外有天了，没想到这山里还有这样一片好房子，也不知是什么有钱人家在这里盖的。

大升没有忘记闺女嘱咐的话，他站在小桥这边看了一会子，刚要转身往后走去，又听到小桥底下水哗啦哗啦地响，低头一看，河水清清亮亮，靠水边有一块四方方的白石头，又平滑又光亮。他端详了端详，心想：这块石头可是不错，把它捎回去，给她做块捶衣石吧。他放下了家什，跳下了河沟，刚把石头搬起来，忽然听到一阵哈哈的笑声。大升抬头一看，只见桥上站着一个穿绸着缎的清瘦瘦的老汉，手里还拄着龙头拐杖，看得清清楚楚龙头拐杖上拴着一个小葫芦，葫芦上还爬着一只黑蜘蛛。老汉又哈哈地笑了一声，眯缝着眼说："这石头是我的呀。"大升听了，不觉一阵生气，理直气壮地说："没听说河里的石头还有主？"老汉把眼一瞪，大声地喝道："你有眼不识泰山，我是这山里的仙人。"大升先是一惊，又一想，自己做的也不是缺理的事，自己一不少胳臂二不少腿的，怕他什么？又冲他说道："你就是天上的神仙也该讲理呀。"

老汉又眯起了眼睛，把胡子一摸，改口说："你看好了这块石板，就拿着吧，只是问你一句话，你拿回去有什么用啊？"

大升是一个服软不吃硬的汉子，他听老汉说了软和话，也就不好意思再生气啦，便照实对他说了。

老汉把腿一拍，说："嘻，弄来弄去，咱还是一块土上的人呀，吃水还得敬地面啦，你不敬我，我可是不能不关照你，你那媳妇是不会跟你长远过日子的。"

这下子一锛叫那老汉刨到木头上了。大升心里跳了一下，自从他和闺女成亲以来，千好万好，就是有一点不放心，怕那闺女嫌自己穷。要是她真的走了，闪得自己跟孤雁一样，到那时更是没处飞没处落的了。他想到这里，扔下石头，难过地叹了口气。

老汉和颜悦色地又说："唉，你这个小伙子，也不用难过啦，我这个仙人就是心肠软，人家难过，我也看着难过；人家欢喜，我也看着欢喜，我怎么的也不能看着叫恁夫妻离散。罢，我这里有一包药，你拿回去，悄悄地给她下到菜里，保她安安稳稳地跟你过一辈子日子。"

大升心里是半信半疑，老汉却真的伸手递给了他一包药。他接到手里，心想：病急了乱求医，要是它是毒药的话，也叫它先药死我自己。

晌天的时候，大升和往常一样挑着柴回了家，闺女还是笑嘻嘻地在门前等着他。院子的树荫底下，也早热汤热水地摆下了。大升瞒着闺女把药下到了菜里，对她说道："饭菜怪热的，你等一会儿再吃吧。那柴火上有根绳子，吃完饭我还等着用，你去把它解下来吧。"

闺女转身去解绳子去了。

大升瞅着这个空，大口小口地吃起菜来，他细品品滋味，和平常没有两样，吃在肚里，也一点不觉得难受。看来这药是不会伤人的。

大升吃完了饭，菜也剩不多了。闺女走了过来，拿起筷子，只吃了一口菜，脸上唰地变了颜色。她饭也不吃了，叹了一口气问道："大升呀，你瞒着我做了什么事？"

闺女一问，大升便把怎么碰到一个拄拐杖的老汉，怎么给了他一包药，根根本本地都对她说了。

闺女没有说一句埋怨话，她难过地说："那老汉是一只大鳖精变化的，他几次想霸占我，几次都没得到手。大升啊，你是上了他的当啦，他活活地拆散了咱恩爱夫妻。"

闺女说着话，通红的嘴唇没有了血色，粉丹丹的脸面也眼见着发了黄。不用提大升是怎样后悔，是怎样懊恨啦。他又发急，又心疼，跺跺脚，一股劲要去找那大鳖精算账。闺女赶上去，拉住他的手说："大升啊，你去也是白去，别说找不着他，就是找着他，你也斗不过他。再说，算账也不在这一时。唉，你来了这多日子，也没叫你到后花园里去看一看，今天，我领你去看看吧。"

闺女开开了后门，嘿，说花园真是花园哪，石头根下也是花，石头缝里也长着花，一直通到山顶，步步花红，步步草绿。闺女拉着大升的手，走到了山顶。山顶上，天上鸟叫，地上花开，当中央里有一个石盆，石盆里长着一枝并蒂莲花，粉红色的莲花瓣，亮着银白的露珠,她看看莲花,看看大升,泪汪汪地说:"大升啊,事到如今,我实不瞒你,我的原身,就是你见着的那只白蝴蝶,从前我和大鳖精的武艺不差上下,今天我上了他的当,吃了他的药,过不多会,就要显出原身啦。除非大鳖精那条青龙的眼泪滴在我身上,我再也不能变成人了。"

这阵大升真如同钢刀剜心,他说:"不管你变成什么样,我都要一辈子跟你在一起。"

闺女摇了摇头,伤心地说:"就是我化成蝴蝶,那大鳖精也不会舍手的。眼下我和他脱不了有一场狠斗!大升呀,山高水长,没有咱夫妻情义长,怎么的我也不能叫你留在这里担惊受怕。"

大升说:"大姐姐,你这是说的哪里话!哪怕它是座火焰山,我也要留在这里和你一起过。"

闺女低下了头,伸手从怀里摸出了一个圆圆的小镜,递给大升说:"大升啊,你有恋我的心,我也舍不了你。要是你想我的时候,你拿出这小镜看看,那时你就知道我怎么样啦。"

大升刚把小镜接到手,闺女又指着前面说:"大升呀,你看那里是什么?"

大升抬起头来,看到了一对小鸟,翅靠翅地飞了过去。闺女说道:"大升呀,夫妻好比那成双的鸟,咱好比高飞的雀鸟遇老鹰。"闺女说到了这儿,眼泪扑拉扑拉地落在了莲花瓣上。闺女又说:"大升呀,夫妻好比并蒂莲,咱好比花开遇了妖风刮。"

闺女说着,弯腰挪开了莲花盆,莲花盆底下闪出了一个洞来。她又说:"大升呀,你看这洞里的花有多俊啊!"大升弯腰向洞里望去,黑漆漆的,他说:"我什么也看不见啊,"闺女说:"你探下身子看呀!"大升探身的工夫,闺女在后面一推,大升掉进洞里去了。

大升掉进了黑漆漆的洞里,只觉得身子浮浮摇摇,浮浮摇摇,老一歇,脚才着了地,眼前也又明亮了。他定神一看,原来已经来到了山下,脚前便是回庄去的小路。大升自然没心回家,他向圆圆的小镜里一看,小镜里一只大白蝴蝶,翅膀直抖。大升的耳朵旁边,好像又听到了闺女的声音:"大升呀,咱这是生离死别了。"

人间最伤心的是生离死别,这一阵,大升的心里比生离死别还要难受,他叫了一声大姐姐,返身往山上跑去了。

大升翻过了山梁,大升又过了最高的山顶。他顾不得石头绊脚不绊脚,他也顾不得树枝划脸不划脸,一阵旋风样地穿过了树林。哎呀,这山洼哪里还是从前的样子!黑沉沉、阴森森的,那个大鳖精手拿龙头拐杖站在大石上,当然不是大升先头见到的那个样子了。看吧,扫帚眉,铃铛眼,一半青脸一半红脸,指手画脚朝着头上不知在搞什么鬼。大升仰脸一看,哎呀!半空里罩满了蜘蛛网子,连日头影也看不见了。可惨那白蝴蝶,飞上飞下,眼看就要叫蜘蛛网子粘住了。大升忽然一计上心,从腰里抽出笛子,一个劲地吹了起来。

嘹亮的笛声，透过蜘蛛网，往四面八方响去。哈！成对成双的雀鸟朝着笛声飞来了，哈！成群结伙的雀鸟朝着笛声飞来了。它们扑拉着各色各样的翅膀，像风扫落叶一样，不多的工夫，把半空里的蜘蛛网戳了个一干二净。大升的头上又是蓝蓝的青天，大升的眼前又是树绿花红的山洼。大鳖精气得半边青脸更青啦，半边红脸也更红啦。他大喝一声："这小子，来送死啦！"从龙头拐杖上解下那个小葫芦朝下一倒，哗啦啦淌出许多黄豆粒子来。黄豆粒子在地上滚一滚，蹦三蹦，变成了拿刀的兵，变成了马上的将，眨眼的工夫，成百上千的兵将，摇旗呐喊地朝大升冲来。嘹亮的笛声，穿山过岭，往四面八方响去。哈！一群老虎跑来了，一群豹子也跑来了。哈！成群成伙的野兽，张开簸箕大嘴，一阵工夫，把那些兵呀将呀，十个里吞下了八个啦。大鳖精看看不好，举起葫芦想把剩下的豆兵豆将收回去，没防备一个老雕从背后飞了来，一张嘴把小葫芦叼走了。狼虫虎豹齐向大鳖精扑去，大鳖精把龙头拐杖朝地上一捣，山动地裂的，到处往外蹿开了水。山洼里的草没了，花淹了，大升的周围也尽是一片汪洋大水。到了这无计可施的时候啦，白蝴蝶挣下她自己的两根长须，扔下来了。两根长须化成了两条弯弯的金桥，大升顺着金桥上到了山顶。山猫、野兔的也都跳了上来。这时又见那白蝴蝶贴着水面，使劲地忽闪着翅膀，山顶上，纹风不刮，草叶不动。山洼里，却水响震天，浪高几丈。大鳖精眼看着就要叫大浪卷走，他慌忙把龙头拐杖向水里一扔。龙头拐杖顺浪一蹿,变成了一条几丈长的青龙,大鳖精跳上了青龙龙背,昂起头,看样要腾空飞走。

笛声又响了。白蝴蝶翻翻啦啦地飞上了半空,水不响了,浪也平啦。那青龙昂起的头又落下去了。

大升朝着青龙还是吹呀吹呀,他想:"青龙呀!大江大河有多少,你为什么甘心做大鳖精的拐杖?青龙呀,大海大洋有多少,你为什么不去自由自在地翻腾?"这才是,不用说,不用道,神笛给他把话传。只见青龙点点头,翻腾了翻腾,把大鳖精摔到水里去了。

雀鸟又叫啦,小鹿也欢喜地跳啦,那白蝴蝶抖动着翅膀,落在大升的身边。

想想吧,他们心里有多么难过!守着自己的亲人,不能和他说一句话;守着自己的亲人,不能见她的面。

大升连忙蹲下去,安慰她说:"大姐姐,水流千里归大海,咱亲人还是又相聚了。花有落的时候,草有枯的那日,你我的恩爱是天在地在,情义也在。"可怜那白蝴蝶,望着大升,浑身直抖,没法作声。

雀鸟不叫啦,小鹿也不跳了,青龙啸了一声,腾空飞去咧,也就在这时,青龙的几滴亮晶晶的泪珠,洒到了白蝴蝶的身上,白蝴蝶把翅膀一拍,又变成那个俊俏的闺女啦。她粉丹丹的面皮,轻飘飘的衣裙,他们两个人,又成了一对再好不过的夫妻了。

大升还是常吹笛子，吹得满山花开，吹得雀鸟成群。

害人的大鳖精，没有了那些宝物，再也变不成人啦。白日黑夜地背着大盖，世世辈辈地在水底下过日子了。

金丝蛤蟆儿

沂蒙山区嵩山脚下,不知从什么年代起,便流传下了一首奇怪的歌帖:

梯子崖,万丈高,

上边还有滚龙桥,

骑不得马,坐不得轿,

滚得二龙吱吱叫。

奇怪的是,梯子崖不光没有万丈高,相反的只是一个不大的崖头,那滚龙桥更不是在梯子崖上面,两处地埝相离还有二十多里路呢！为什么歌帖里要把梯子崖说成万丈高，把滚龙桥安在梯子崖的上面？拉起来，中间是有缘故的。

这嵩山，大大小小，高高低低，有几十个山头。其中有两个，一个叫金葫芦山，一个叫银葫芦山，上面都出金子。开头只是庄户人淘金，后来皇帝在山上开了矿井，这下子可把周遭的庄户人祸害苦了，粮食要光了不说，凡是能干活儿的男人都被圈在山上，白天黑夜给皇帝挖金淘金。金子成担成挑地往京城运，可是皇帝还嫌送去的少，一道道的圣旨催。

管开矿的大臣也犯了愁。要知道那工夫皇帝是金口玉牙，说一不二的，要多少就是多少，违犯了皇帝的话是要杀头的。大臣越想越怕，后来终于想出了办法，亲自写了一个奏本，说矿里已经采不到金子，金子都在夜里变成了火球，一串串、一排排飞走了。皇帝见了奏本，先是吃惊发急，一会儿又生了疑心，决定要亲自到矿山上看看。

大臣听说皇帝要来，真如晴天霹雳，心想："要是皇帝看到矿井还出金子，那自己真要没命了。"

皇帝要来的消息，一下子在矿上和周围的村庄里传开了。大家也都犯开了寻思：都说山高皇帝远，离京远远的，还受他这么大的害，要是皇帝真个亲自来，庄户人更不知要苦惨到哪步田地。就这样，没过几天那个歌帖就出来了，矿山上传了，村子里传，一传十，十传百，传到了大臣的耳朵里，也传到京城皇帝耳朵里去了。皇帝听了，吃惊地想道：梯子崖，万丈高，上面还有滚龙桥，到金矿要经这样危险的地方，还了得吗？皇帝从来都把自己看作是真龙天子，要是滚龙桥把龙滚下去，掉到万丈高崖下，不是把命也要送上了吗？再说还"骑不得马，坐不得轿"，自己是皇帝怎么能步行？"滚得二龙吱吱叫"那就更可怕了。皇帝虽说是一心要多弄金子，还是觉得金子没有命要紧。从这以后，便再也不提到金矿去的话了。

后来矿井封了，大臣也走了。矿井封了以后，一个老矿工也被放回了家。他被赶到山上那阵，还是年轻力壮的小伙子，如今头发胡子都苍白了。走到半路，碰见一个女人穿着上下一身白，坐在路旁哭，看她哭得可怜，老矿工不禁难受地想："人不伤心不落泪，不知她有什么难处？"便连忙走过去劝道："你这个大嫂，冷风削气的，快别哭了。"女人还是哭着说："皇帝开金矿，挖掉了俺儿的一个脚指头。"老矿工叹了口气，从怀里摸出十个钱来："我没有多，这几个钱你拿回去，给孩子治治脚吧。"

这十个钱，还是他离家时带出来的，一直没舍得用。

女人说道："看你也是受苦人，心肠却这样好，我让金丝蛤蟆儿跟你去做伴吧。"女人的话刚落音，只见草棵里亮光一闪，"唰啦"蹦出了个小蛤蟆，再一蹦，正好蹦在了她的手心里。她说道："金丝蛤蟆儿呀，你是恶的不怕、善的不欺，你就跟着这个好心的老矿工去吧。"

金丝蛤蟆儿点了点头。

女人一闪便不见了。

老矿工惊讶极啦。金丝蛤蟆儿跳到了老汉的脚前，圆眼睛亮晶晶朝他望着。老矿工打心里喜爱起来，说道："天快黑了，咱俩走吧！"

金丝蛤蟆儿在身前跳，老矿工紧跟在后面。走着，天已黑了。金丝蛤蟆儿背上的花纹明光四射，就像给他打着一盏灯笼。

快半夜了，老矿工和金丝蛤蟆儿才赶到了家里。可是，破屋露着天，老婆也早饿死啦。老矿工难过得走到了院子里，金丝蛤蟆儿也跟着跳出去，忽然张开嘴巴说话咧："你自己孤苦一人，要是不嫌的话，就认我做儿吧。"

老矿工正在伤心，立时高兴地说道："我怎么能嫌呢！有你这么个蛤蟆儿我也喜欢！"

他蹲下身去，金丝蛤蟆儿立时蹦在他膝盖上。老矿工如同对亲人样地说道："金丝蛤蟆儿呃，除了你，我没有第二个亲人了。"说着，不觉落下了泪。

金丝蛤蟆儿连忙安慰说："老爹，咱不说这些伤心话了，外面露水大，咱还是回屋里去吧。"

听了这话，老矿工真是打心里舒坦。回到屋里，感到暖暖和和，一觉睡到了大天亮。睁眼一看，金丝蛤蟆儿已经等在了床头。可是屋里连点吃的也没有，看了看，就是院子树上还挑挑着个小黄梨。他心里想:"穿得十日破,挨不得一日饿,这周遭的人都在挨饿呢。"金丝蛤蟆儿立刻便看出了老爹的心思,连忙说:"老爹,你尽管放心,有咱爷儿俩行的路就有大伙走的道,无论怎样也不能看着别人饿肚子!咱快上山去寻金吧,只要你看到我背上冒金光,在那里蹦三蹦,你就赶紧往下刨。"

老矿工把金丝蛤蟆儿的话记在心里。说也奇怪,吃了那个小黄梨,他觉得饱饱的,便停也不停地跟金丝蛤蟆儿出门去了。他俩一会儿上沟一会儿爬崖,拐过了一弯又一弯,翻过了一山又一山,到了金葫芦山的前坡。只见一层一层的陡壁、一道又一道的悬崖,在一座悬崖前面,横着一片蓝雾。老矿工忽然看到一串串五颜六色的火球从雾中的山坡上升起,耀眼晶亮地从他头上飘走了。

老矿工正看得出神,金丝蛤蟆儿喊了声:"老爹!"纵身跳到了悬崖底下去。蓝雾跟着便消散了,悬崖底下变得非常光亮,看得清清楚楚;金丝蛤蟆儿的背上,金光扑闪扑闪冒;金光一冒,它"唰"一蹦丈多高,蹦起来又落下去,金光亮得把悬崖也罩住了,老矿工觉得简直像有人托着脚样下到了底下去,他在金丝蛤蟆儿蹦起的埝子,头一镐刨出了核桃大那么块金子,第二镐刨出了鸡蛋大那么块金子,最后刨到的那块,有半个鞋底那么大。

爷儿两个高高兴兴回了家,当天就把刨到金子的消息告诉了大家。于是大伙都到那里去寻金,也都刨到了金子。这一来,老汉那个欢喜劲就不用说了。可是没过多久,老矿工又愁眉苦脸了。原来不知从什么地方来了个蜘蛛精,在金葫芦山和银葫芦山夹当的山路上织了个蜘蛛网封住了山口。路断行人,谁也过不去挖金了。

金丝蛤蟆儿对老矿工说:"老爹!你不用愁,我去把它赶走!"老矿工说:"儿呀,听说那蜘蛛精大得跟碾砣样,八条长腿像钢叉,你怎么能对付得了它呢?"金丝蛤蟆儿连忙又说:"老爹,你不用担心,善的我不欺、恶的我不怕,要是不把那蜘蛛精赶跑,大家就过不上好日子。"

老矿工怎么也不放心,和金丝蛤蟆儿一起去了。

果然山口被蜘蛛网封得严严实实,每条蜘蛛丝都有锄棒粗,密密排排的,莫说人通不过,就是雀鸟也别打算能飞得过去。蜘蛛网中间亮着颗明光耀眼的珠子。比炭还黑的大蜘蛛精就守在旁边的山洞里,只要有东西碰在蜘蛛网上,它就会知道。这阵它正在洞口外面晒日头,长腿仰八叉睡着了。

不知什么缘故,这里连风丝也没有一点,四处更是鸦雀无声,蜘蛛精"呼噜噜"的鼾声,震得石壁都不停地颤动。

老矿工看到这番光景,不禁吃惊地呆住了。

可这时候,金丝蛤蟆儿圆睁着的眼睛更加亮了。它直冲着蜘蛛网高高昂起了头,有着金丝花纹的背上,又"呼啦""呼啦"冒出了金光,雪白的肚皮一鼓一鼓地,冒呀,鼓呀,鼓呀,冒呀,不多一阵,小小的金丝蛤蟆儿变得比间房子还大了。嘴巴一张,伸出了火苗样的舌头,舌尖儿一卷一伸,一卷一伸,眼见着,蜘蛛网中间的那颗珠子滴溜溜转了起来,转着转着,便离开了蜘蛛网,跟用线牵着样,落进了金丝蛤蟆儿的嘴里了。

金丝蛤蟆儿一下子就把宝珠咽到了肚里。

这是一颗避风避火珠。蜘蛛网没有了中间的宝珠,一阵风吹来,一截截全都断了。蜘蛛精也由于失去宝珠的缘故,越缩越小,缩成干干枣那么大点了,八条腿全忙着逃走了。

不用说大伙儿又去那里挖金了。

转过了年,春暖花开啦。有一天,金葫芦山、银葫芦山的四周围着白云,像海里的波涛一样。老矿工从来没看到过大海,望着,望着,不禁想到都说大海的景致好,要是能去看看才美哩。

金丝蛤蟆儿立时又看出了老爹的心思,忙说道:"老爹,这多年咱庄户人受苦受穷,如今日月好过啦,咱出去观观景吧?"

老矿工一直没离开过深山里,也想出去走走,可是又一想,长路遥远的,带着金丝蛤蟆儿怎么走呢?

没等老矿工开口,它就说道:"不用作难,我能变大也能变小,只要编个小柳条筐把我背上就行。"

到了临走的那阵,金丝蛤蟆儿变成金香瓜样大小,还是圆圆的黑眼睛,背上还是有好看的金丝花纹。它叫了声"老爹"就"唰"一下子跳进为它编好的柳条筐里了。老矿工怕晒着金丝蛤蟆儿,还摘来一片绿荷叶给它遮阴凉呢。就这样老矿工背上他的金丝蛤蟆儿,头一次出远门了。

走了不知几天,爷儿两个到了东海边啦。那里真有看不完的好景致:大海汪洋一眼望不到边,天连海、海连天;碧玉的波涛,银亮的浪花儿,大船撑着白篷从远处驶来。那景色叫你永远也看不够。爷儿俩正在看着,突然天上涌来了乌云,转眼的工夫,海上起了黑色的大浪,浪涛跟黑山样,那只船被打得摇摇晃晃,眼见就要沉下去。老矿工吃惊地想:要是船翻了,船上的人就没命啦!怎么才能搭救这只船呢?他才起了这个意,眼前忽然明亮了起来,只见金丝蛤蟆儿停在脚前,背上金光"扑闪扑闪"冒,变得跟针线笸箩大了,它急忙地说:

"老爹!让我去救那只船吧!"

老矿工左右为难了。他满心舍不得让它去冒危险,可是想到满船的人,又觉得救命要紧,说道:"你要去就去吧,我不阻拦你。浪高海阔的,你可要小心呃!"

金丝蛤蟆儿说道:"老爹,你尽管放宽心,善的我不欺、恶的我不怕。"说完,口含宝珠,一纵身跳进大海里去了。风停啦,浪住啦,海面上冒出了一团金光,明晃晃直扑大船去了。老矿工看到金光把大船照明了,已经快要沉下去的船不光漂了起来,还离开了水面搁在一个金光四射的山头上,飞快靠了过来。老矿工终于看明白了,那是他的金丝蛤蟆儿把船驮来了,船底下金光四射的山头,原来是它的背。金丝蛤蟆儿一直把大船驮上了海滩。这是一只经过这里开往东北的客船,一船人就这么得救了。

第二天,船修好了,老矿工也背上他的金丝蛤蟆儿乘船去了东北。

那关东又是一番光景,一片山一片林的,大草原更是望不到边,老矿工越看越是喜欢这块宝地。走了一天又一天,来到了个地方,远远望见浓烟滚滚起了大火,听见大人孩子齐哭乱叫。他们走到近前,原来是一座县城遭到强盗抢劫,临走又放了火,火趁风势,越烧越大,不赶快扑灭,全城都会烧光。老矿工一看急了,说:"这可怎么办呀?!"

背上的金丝蛤蟆儿立刻接上了话:"老爹,还是救火要紧啊!"说着,把肚子三鼓两鼓,变得跟碾盘那么大,"唰"一下子便跳进了火里,伸出了比火苗还红的舌头,舌尖上卷着那个亮闪闪的宝珠。立刻风煞了,火灭了。它停也不停,又流星样跳到另一处去。火又灭了。一处又一处,大火很快就被扑灭了。

这事被县官知道了,一心要想把宝珠得到手,好献给皇帝。他想:皇帝一定会赏给自己许多金子银子,说不定还能封自己做大官;没想到强盗来作害了这一趟,倒给自己开了一个发财升官的门路。想到了这里县官忙从躲藏的地方走了出来,摇摇摆摆地上了大堂,当场就叫衙役把金丝蛤蟆儿和老矿工都抓来了。

老矿工又是生气又是吃惊,刚要分辩,听金丝蛤蟆儿说:"老爹,不用跟这狗官搭腔,咱还是那句话,善的不欺、恶的不怕!"

县官来了威风,喊喊叫叫咋呼着要金丝蛤蟆儿把宝珠吐出来,金丝蛤蟆儿却眼皮也不动一动。县官叫使刀把宝珠割出来，刀碰在金丝蛤蟆身上立刻卷了刃子。县官又叫用棒打，棍棒下去就崩成了两截。县官骨碌着眼睛想：这怎么办呢？刀砍不入，棍打不行，火烧它是更不怕的。还没等县官想出办法，金丝蛤蟆儿圆眼睛亮亮的，肚子一鼓一鼓动，金光扑闪扑闪耀，一阵的工夫长得快把大堂塞满了。县官惊得白瞪了眼，和衙役们滚的滚，爬的爬，又都躲得无影无踪了。

金丝蛤蟆儿跳到了小柳条筐里，爷儿俩又高高兴兴上了路。这以后，不知道爷儿俩又走过了些什么地方，看了些什么光景，也不知又给人家消了多少的灾，解了多少的难，只知道金丝蛤蟆儿，还不断重絮那句话：善的我不欺，恶的我不怕！

九头老雕

在关东山里,山连山,山套山,到处草木稂林。那树多的呀,根交根,梢搭梢。俗语说:"树多成林不怕风,十根细线拧成绳。"道理虽是明摆着,却偏偏有那种人,为了自己的私利,连朋友天大的恩情也不顾,落水头上踏沉船哩!

为什么要说上面这些话?因为这码子事,就出在关东山里。那时候,在深山老林里住着一户姓王的人家,夫妻俩只有一个孩子,叫王小。他家和一个姓张的户辫邻居,张家也有个孩子,叫张大。两个都是十五六岁的年纪,都在一个书房里念书。说是邻居,其实离得挺远,关东山里地广人稀的,相隔二三十里就算近邻啦!那书房离得就更远了,每天都得跑四十多里去上学。生在哪个地方,就习惯哪里,他俩都是露明往学屋里赶,摸黑才往回走,脚下那个快当劲,自然就不用说了。他们还越走越急,越走越快,每天都加码儿。后来,练出了一副好腿脚,走路"嗖嗖"带风,简直跟飞一样,四十多里路,不用多少工夫就到了。

书房里学生也不多,加上王小和张大,总共十几个学生。东北出产高粱,王小每天吃了高粱米饭就去上学。王小爹除了种地以外,还是打猎的能手。他家里有支长筒子的火枪,爹常拿着去打个山猫野兽,回来添补着过日子。爹常对娘说:"王小聪明伶俐,咱尽管住在这深山里,可是'人要心强,树要皮硬',无论如何也叫王小上学,不识字就跟睁眼瞎一样。"王小不仅是念书用心,他还跟爹学会了打枪的本领。遇着先生放假的日子,王小也常独自上山猎个野物。不料,有一天,爹出去打猎遇上了来势汹汹的雪崩,被折断的树枝砸坏了腰,尽管他自己行动都作难,可还是让王小天天都去上学。王小心里却有主意,他想:自己撂下十六数十七了,怎么能光靠爹娘养活?也该帮帮家里啦!王小怕爹娘不依,早上,吃了高粱米饭,便背着枪走了,爹娘还寻思他是去上学,其实,他是上山打猎去啦。每天,他都带不少的野味回来。爹娘也不疑心,以为他是在路上打的呢。

这样,过了有好几个月。有一天,先生记起了王小,心想:王小怎么啦?是不是路上叫狼虫虎豹的害了?还是在家里病咧?他就问学生说:"你们谁家离王小那里近?"张大说:"我离他家近,才二三十里地。"先生说:"王小有一百多天没来上学啦,今天你去看看他吧。"张大说:"好哇。"

到了下午,先生就打发张大去了。路上,除了草,就是树,真个多见石头少见人。张大过了一岭又一岭,翻过一山又一山,可巧,正碰上王小从东山上下来,张大就招呼道:"那不是王小吗?"王小应声说:"是我,你来做什么?"张大说:"先生叫我来看看你。"张大见王小猎了很多的禽鸟走兽,十分眼热,问道:"哎呀,你还有这个本领!"王小说:"多会几样本领好,到时候就用上了。"张大疑惑地问:"这些野物都是你打的吗?"王小说:"怎么不是我打的,我现在的枪法是百发百中。"正好,有个兔子,打东面往西跑,王小端起枪,也不用瞄准,一搂机子,"叭"地下子就把兔子撂倒了。张大说:"也没见你端量,一抬手就把兔子打煞啦,怎么能那么准?也许你这是瞎猫子碰着个死老鼠,叫你碰上咧。"王小说:"我这个打法,全凭着手头的功夫,这叫手线。"说着,从西山上飞下来个野鸡,飞往东山的石硼上落,王小手一抬,又听"叭"的声,那野鸡还没等落下,就被打中了。张大不禁连声叫好,问道:"你为什么不等落下再打?"王小说:"我要等它落到石硼上打,也许你又会说,这是瞎碰上的。"张大说:"哪能,现在我真想拜你为师呢!你知道,像我这样的,就是再学上三年五载,也考不上个秀才举人,还不如趁早学点本领啦。你看我能学会吗？"王小高兴地道："人靠有心，树靠有根，只要肯学苦练，没有学不会的本领。可是你有枪吗？"张大说："我家里给我买书的钱还在这里，只是恐怕不够。"王小是个朋友要瓦屋顶去拿的手，当场就答应不够的钱，他帮着凑上。

人经百炼武艺精。有了王小这么个好教手，张大不久就学会了打猎。枪法练得虽说不是发发都中，也八九不离十啦。他自觉武艺已经够了，便对王小说道："王小兄弟，咱俩不能再在一块里打啦！两人在一起遇着了，咱俩打一个，要是咱俩分开，你上西山，我上东山，这样咱俩不是会打得更多吗？"王小想了想说："这样也好。可是你要记住大东西千万不要打！"还约合好，以枪响为信号，就知道是遇上东西了。

两人分手以后，王小上了西山，张大上了东山。王小在西山上什么也没遇着。张大在东山上，遇到了个老狼精，浑身没有一根毛。他躲在石头后面，探头探脑地瞅着，只见老狼精把身子在松树上"哧啦哧啦"蹭，沾上松汁后，就在地上车轱辘样滚，滚了又去蹭，蹭了又去滚。这么折腾了一大阵子，看样是累啦，便躺在一块石头板上，"呼噜呼噜"打起鼾来。

张大心想：嘿！它睡了，不趁这个空，还等什么时候。就大着胆子从石头背后闪了出来，悄悄挪近了一点，瞄准老狼精的头，一枪打了过去，"砰"的一声正打在它的额头上。老狼精醒都没醒，只是蒙蒙眬眬咕噜了一句："什么叮了我一下？"身也没翻又睡着了。张大急忙三促地又把枪装上,"砰"的声枪又响了。二次打在了老狼精的眼皮上,它翻身爬了起来,咕咕哝哝地说:"这么搅乱,叫我没法困觉。"这时,张大又装上了第三枪,尽管心里很害怕,还是硬着头皮又放了一枪。这一枪正打在老狼精的鼻子上,它鼻子抽搭了抽搭,闻到了火药味,立刻跳了起来,绿光光的眼睛瞪得跟两盏灯笼样。东望望,西瞅瞅,很快便撒摸到了张大,发声道:"正好填饱我的肚子!"跟着,两个前爪在地上一按,身子硬直立了起来,张开血盆大口。狼有森毛,蛇有退骨,张大觉得头皮一扎扎,浑身一哆嗦,吓得枪也丢了。就在他发愣的时候,老狼精已经扑了过来,张大慌忙向旁边一躲,闪过了老狼精。张大刚转回身来,老狼精又窝回了头,猛地往上一扑,两个前爪子抓住了张大的肩膀头,血盆大口一咧,牙一龇,那架势好像一口就能把张大活吞下去。就在这工夫,张大也扳住了老狼精的肩头,使劲往外撑着,他知道只要一打怯就完了。可是他的胳膊又能挺几时呢?

这边王小在西山上,听到东山上接连三声枪响,猜出张大遇到什么东西了,万一是个大家伙,招架不了就会性命有亏。他顾不得多想,因为心急如火,走得那个快劲儿,两脚就跟不着地样,飞奔流星赶到了东山。这时,张大已经浑身汗流八淌,胳膊眼看就吃不住劲了。看到这光景,王小连忙弯腰拔出了腿插子,一个箭步跳了过去,把攮子硬是捅进了老狼精的嘴里,还使枪托子往下一捣,直把它蹾进了老狼精的肚子里去。

老狼精痛得大叫了声,一霎的工夫便倒在地上死了。

张大看看,自己的衣裳全叫老狼精抓破啦。说道:"王小兄弟,你要是晚来一步,我就没命了。这救命的恩情,天高地厚,我是一辈子也忘记不了的!"

王小说:"不叫你打大东西你偏打,不过人都是这样,不经一跌,不长一智!天到这时候,你也饿啦,咱就在这里歇歇,点火烧肉吃吧!"

两个人都欢天喜地,一个刚刚死里逃生,一个刚刚救了朋友,那个高兴劲就不用说了。山里的柴火多,一架弄就点起了火,老狼精的肉一烧简直香极啦,不过,这先撂下不说,下面就得另分岔了。

早年间,京都的紫禁城里住着朝廷。朝廷也叫皇上,皇上的妹妹被称为皇姑。想不到,皇姑得了一场病,在京城外面的七星庙里,许下了愿心,病好后,选定了吉日良辰,要亲自去还愿。皇姑出京城,预先就张出了皇榜,某日某时要去进香。到这一天,得清街,该买的不能买,该卖的不能卖,连走亲戚也不行,皇姑行动起来,你看那个排场劲吧,轿马人夫的自然是不用说啦,除了尾随使唤的人以外,还跟着文武百官,旗、锣、伞、扇,鼓响钟鸣,一大片人马簇拥着出了城。皇姑稳稳沉沉坐在八抬大轿里,那穿戴打扮更是不同寻常:绫罗绸缎、绣衣绣裙,花色那个鲜亮好法就不用说了,头上、身上那些珠宝玉饰,"滴溜当啷"戴得无其数,头上的珠冠全是用珍珠串起来的。每颗珍珠都价值连城,明光四射的。这正是春天的季节,不冷不热,柳嫩花新,这皇姑成年地待在深宫里,难得出宫门一次,她看看这城外的景致,青山绿水,花开鸟叫,哪有个不欢喜。穿过桃花行,过了白玉桥,眼望着七星庙就在前头了。

事有凑巧,就在这工夫,浮铜山上,黑石洞里的九头老雕也趁着风和日暖的天气,出来云游玩耍,它高高起在空中,一下子就看到京城外面人山人海,很是奇怪:这多的人,在那里干什么呢?它一翅子飞了过去,正碰上皇姑下轿,她身上的珠宝首饰"滴溜当啷"响,真是贵人出外招风雨,那九头老雕看得明白,"嗖"的声扎了下去,叼着皇姑就朝东北方向飞走了。直把她送进了浮铜山的黑石洞里。九头老雕还想再去看个究竟,便又展翅飞回了七星庙那里。

这一弄,谁还顾得还愿的事,丢了皇姑了得吗,山上山下都惊慌啦!跟随的人里面有个王大人,是一品官,他一面派手下人回京,赶紧奏明朝廷,一面亲自带人马,赶着去寻皇姑。

再说九头老雕在七星庙上空,转了一圈,看到人嚷马翻的,觉得没什么看头,尾巴一掉,大翅子忽闪忽闪的,很快便飞进了关东山里。王小和张大刚烤好了肉,两个人面对面坐着,正在喝酒,肉那个香啊,在半空里都能闻到。九头老雕闻着香味,就在半空里盘旋来盘旋去,只见他俩喝一口酒,吃一口肉,喝一口酒,吃一口肉。它寻思：看把恁俩恣的！便往下直打旋，越来越低，越来越低，天都遮住了，日头也不见啦！翅子带出的风，"呜呜"响，跟打雷样。糟啦！张大吓得直颤颤，堆萎在地上。王小早把枪拿在了手里，看九头老雕离地面只几托远，便"咣"的一枪打在了九头老雕的胳肢窝上，疼得它往下一扇，几搂粗的大树，树头全被刮去啦。王小眼看着它歪歪斜斜朝东北飞走了。

看看，地上清清楚楚落下了一道黑乌乌的血踪。

自然啰，王大人带着兵马也很快找到了关东山里，他们问王小和张大："有没有看到九头老雕？""往东北飞去啦！它就宿在浮铜山上。""恁怎么知道？""关东山里的人没有不知道的，顺着血踪就找到那里啦。"

这个王大人却不肯放过他俩，非要王小和张大给他们带路不可。两人只得答应了。

这关东山不知有多少个山头，一个山头比一个山头高，一个山头比一个山头出奇，山山岭岭都披云戴雾的。这浮铜山更是高出在许多山头的上面，望去如同浮在半天云里。有王小他俩领路，不久就到了山下啦，瞅着那血踪往山上去了。

近前看看，整个浮铜山就跟顶盔披甲一样，山上的悬崖陡壁，黑压压，青溜溜的，都是又高，又峭，又滑。一层又一层，别说不长树木，就是小草也不长一根。不用说路，连个下脚的地方也没有。这山没影子这么高，越往上越细，越往上越尖，大家都说上不去，就是爬也没法爬。正在这时，京里来了人，圣旨下来啦，说谁要是救出皇姑，就把皇姑许配给他，要多少银子给他多少银子，还封他做大官。王大人心想：无论如何也得上山去，不然，怎么能救皇姑呢？

王大人官大势大，又有皇上架着，他立刻又上了一本，皇上只要动动嘴就行了。二次圣旨下来，叫快调各村的人去修一条上山的路，这一来，老百姓可就遭了殃啦，凡是能走得动，都要去浮铜山修路。真是人多能干活，移山搬石地，路跟风吹着样修到了山顶，也真怪，在尽山尖尖上有个大洞，往下看看，通黑通黑的，望不见底。血踪沥沥拉拉直到洞口便不见了。不用说皇姑就在洞里。于是王大人一声吩咐便拿来了大绳和抬筐，又问道："你们文官武官里面，谁下去救皇姑？"连问了三遍，文官武官都吓得把脸掉到一边，没有一个吭气的。王小英雄性子，见不得这种畏首畏尾的样子，不禁嘿嘿一笑，说道："这些人就是混饭吃的，幸亏是这么桩事，要是国家有难怎么办？"王大人听了，忙接过口说："小伙子，不知你有这份胆量没有？"王小说："人穷志气大，我什么也不怕，千不为，万不为，为了除掉九头老雕这个祸害，我应该下去！"王大人见王小应承，忙递给他一把宝刀说道："这刀是圣上赐的，你带上它到时候好用。"

王小接过了刀，毫不犹豫就迈到了抬筐里，站马步稳如磐石。叫声"放！"只见洞边上跟小山样的绳堆，出出溜溜地不停减少。

不用说，抬筐里吊着王小，一个劲往洞下放去。也不知过了多少时候，放下去有几千丈的绳子，王小觉得到了洞底下，便从筐里迈了出来。四外黑漆漆的啥也看不见，用手摸摸，壁子都是石头的，只有一处有个空埝，好像能通到什么地方。他试探着往里走去，果然是洞里有洞，越往里走越亮堂，越往里走越亮堂，只见跟前现出了一栋青堂瓦舍。黑漆大门却闭得紧紧的，四下里看看也没有人。这是个什么人家呢？他待在黑影里悄悄瞅着。不多一会儿，大门吱呀的声，开开了，眼见着从里面走出了个闺女，珠冠霞帔，浑身的金玉宝石闪闪发光。闺女手里拿着药锅子。她把火生着，风一刮，烟直往她这面呛。一转脸，看到了王小，刚要喊，又连忙闭上了口。王小想：这一定是皇姑无疑了。便摆摆手，让她过来，闺女悄声问道："你是谁，怎么会到这里来？"王小说："我是打猎的，那天一枪把九头老雕的胳肢窝打伤了，接着有个王大人领着兵马来找皇姑，顺着血踪找到了浮铜山上，我是舍身下洞，来救皇姑的。"闺女问："你来救皇姑，万岁说什么？"王小说："万岁有圣旨，谁要是救出皇姑，就把皇姑嫁给他，要多少银子给他多少银子，还封他做大官。"闺女把王小上下打量了打量，点点头说："我就是皇姑。你看怎么办？那九头老雕虽说受了伤，可九个头要是一齐梗梗起来，就跟一把扇子样，一扇就能把人扇出老远，根本没法靠它的边。"王小听了，低头一思谋，立刻有了主意，说道："不要紧，只要你能装出笑模样，哄它信服你，想法把它捆在床上，咱再除掉它,那就容易啦。"皇姑答应了。

不大的工夫,皇姑端着药走进了屋里。九头老雕正躺在黄金床上闭目养神,听到了脚步声,立刻睁开了眼睛,九个头上九双黑圈围着的黄眼睛,亮闪闪的比鸡蛋还大。九双眼睛都一齐朝皇姑瞪着,说道:"你成天都皱着眉头,怎么这会又这么高兴?"皇姑说:"我寻思过来啦,该着咱俩是姻缘,要不,那天你怎么能瞅上了我?想想,到洞里这多日子啦,不是你还在养伤,咱早已成亲啦!"

九头老雕大喜道:"这副药吃了准见效,你不用发愁。"

皇姑叹口气说:"就怕你不能按药单上说的做。那上面规定吃了药不许动,得蒙上被发汗。就怕你出汗那阵乱翻腾,灌进风去,说不定伤口会更厉害啦。要是治不好,咱俩成亲的事就没指望了。"

九头老雕寻思了寻思,说道:"你说的也是,可这怎么办呢?"

皇姑说:"我有个办法,先把你使绳子绑在床上,这样,不管怎么燥热你也不能动了,就像生了根样。"九头老雕说:"好哇,反正你是为我早治好伤。"

皇姑侍候它吃了药,便从外面拖来了绳子,缠一道又一道,把它连床结结实实地绑了起来,又盖上了被。出来对王小说:"我什么都弄好了。"王小说:"你问过没有,哪里是它的要害,它最怕什么?"皇姑说:"那我这就去问。"她又走了进去,伸手到被里摸着它的毛说:"你长的翎儿一般齐,金翅金脖的,比凤凰孔雀都好看，要不是叫人家打了一枪，咱俩也早就洞房花烛了。"

九头老雕听着，恣得眼睛又合上了。就在皇姑念叨的工夫，王小闪了进去，藏在了房门后面。九头老雕尾巴一翘，把被掀到了一边，发惊地吼道："怎么生人味？"皇姑忙说："我来了还不到半个月，平时你不盖被，叫被一捂，你才闻到了生人味。赶紧盖上被出汗吧，吃了这副药，伤保险就好了，明天咱就成亲。"

九头老雕哈哈一笑，说："我估量生人也进不了洞，你也出不去。要不是伤了我胳肢窝，打在别处都不要紧。"皇姑说："你这不是长生不老吗？"九头老雕被皇姑顺着毛儿一个劲儿摩挲，再加上不停地奉承，越发得意极了，说道："哈！我有九个头，还有九撮子尾巴，非得按住我的尾巴，从右往左割我的头，一连割下我九个头来，那才能治死我。"

听到了这里，皇姑便不再往下问了，连忙说道："哎呀，你身上都出汗啦！赶紧盖好被吧。"她又给它把被抻了抻，把脊梁和翅膀又都盖好，才把手按住了尾巴。王小躲在门后，把九头老雕的话听得明明白白，一个猛劲跳了出来，喊了声："动手！"宝剑一晃，接连把九个头全都割了下来。九头老雕没能扑棱一下便死去了。

王小和皇姑欢欢喜喜、脚跟脚到了洞口。王小说："皇姑，你先坐进抬筐去，我拽拽绳，洞口上铃铛响，他们就会把你拽上去。"皇姑说："恩人，你先上。"王小说："这怎么行，洞里黑咕隆咚的,还是你先上。"两人让来让去。皇姑说:"那咱俩一齐上吧!"王小说:"别,上面有文武百官,咱一块儿对着面上去,那些人会说三道四,有在这里相让的工夫,你早就上去了。"

皇姑坐进了筐里,王小把绳一拉,上面听到了铃响,立刻把筐拽了上去。王大人一看,欢喜地叫道:"这不是皇姑上来了吗?"你看吧,搀的搀,扶的扶,都急忙忙上前抢功,筐子扔到了一边,哪里还管王小?谁也不顾得洞底下还有人。轿子早就等在了旁边,皇姑上了轿,王大人连忙吩咐:"起轿!"

百官围随着,兵马前呼后拥下了浮铜山,往京里奔去。

这节骨眼,张大也混在里面,跟着去了。

下了山,走出有三十多里路去,王大人才忽然想起洞里还有个小伙子,问道:"那洞里还有个人,恁顺筐下去拔他上来了没有?"这一问,都大眼瞪小眼的,说:"没拔上来。"王大人一想,回去还得交旨,圣上会问的,这怎么办?要是回去,费事不说,又不知要耽误多少工夫。到底是官大心眼来得快,一抬头看到了张大,立刻有了主意,用手一指张大说道:"这不是那面有一个吗?"大家明知不对,可是都没有开口的,谁也不肯去掀大人的眼罩子。错处就往错处按嘛。这时,张大喜出望外,一点不提王小被撇在洞里的事,他本来就是个见利向前、见害后退的小人,得了王大人的这一句,立刻见风使舵,颠唇簸嘴说道:"谢大人恩典!"就这样,轿也没停,鱼一路,水一路,没黑搭夜地,一溜呼隆进了京。

到了紫禁城,皇姑被接进了深宫,王大人带着张大亲自去见朝廷,皇上问:"是谁下洞去救的皇姑?"王大人一指张大,说:"是他。"皇上把张大看了又看,问了又问。张大是蜜罐子嘴,秤钩子心,一口咬定是自己下的洞,把九头老雕斩啦,救出了皇姑。王大人在旁边,生怕露了馅,也千方百计帮他瞒哄。最后,皇上说道:"既然是你救了皇姑,就封你做驸马,住进宫里,歇息歇息,游玩游玩,三天以后,就把皇姑嫁给你,花烛成亲。"说完,便退朝去了。

俗语说:"得势狸猫欢如虎。"张大住在了深宫里,更是见利忘义,心跟狼一样狠,他想:骗死人,不偿命。自己一点不费力就得了这么个皇姑媳妇。这也是人走时运马走缰,该当我走运。反正王小在浮铜山黑石洞里,没有翅膀就别想飞得出来,我在这里可以安安稳稳享受荣华富贵了。这张大利令智昏,直应了人们常说的那句话:人不知自丑,马不知脸长,你想那皇宫里修盖得到处是景致,他喜颠颠、摇摆摆的,没有不去看的地场,竟逛到皇姑住的绣楼跟前。宫女们哪能不看。有的说:"这就是驸马!"有的说:"怎么鼠头鼠脑?"皇姑听到了,马上把她们叫了过去,问她们议论什么?宫女们料想瞒不过去,只得照实说了。皇姑连忙到窗口上一看,哎呀!这哪里是救自己的那个人呢!她停也不停就去找国母,哭着说:"这不是救我的人,那个人好!"皇姑哭得难受极了，眼泪就跟断线的珠子样，不停地往下落。国母心疼自己亲生自养的闺女，说道："你不用哭，我去告诉皇上，就说差了。可是你认准了不是他吗？"皇姑说："认准了！"国母就去找着了她儿，说道："你妹妹说了，这人不是救她的那个。"皇上说："本来我心里也犯嘀咕，看这人很不像。"国母说："这怎么办？"皇上说："还不是咱一句话嘛。"

三天的工夫转眼就过去了。大臣们都准备下了礼物，只等着皇姑办喜事送去。这天早朝，皇上说："西番打来了战表，要占咱的江山，边防吃紧，哪里还有心去顾别的事情。"真是肚里有病自己知，王大人一听，很是着急，本来他以为只要皇姑和张大成了亲，就是以后知道驸马是假的，也只好将错就错。可是事情大大出乎他的意料，心里一急，便忙出班奏道："万岁！三天已经过去了，皇姑的亲事……"不等他说完，皇上板下了脸，皱起眉头说道："现在我想的是怎样调兵遣将，加强边防，别的都等以后再说。"见皇上不高兴，王大人只好闭口退了回去。事情就这么往后拖了。

回头再说王小在黑石洞里，一等不见有人顺下筐来拔他，二等不见顺下筐来拔他，洞里黑天没日，也不知等了有多少时候，王小知道，这是把自己丢在洞里啦，他只得又返回九头老雕那里，看看，除了正屋以外，还有两厢。王小开开西厢，见里面都是装得鼓鼓囊囊的麻袋，全封着口，擦得顶着屋笆，拆开一包看看，里面尽是桃子扒去核,晒干压成了饼,一尝,甜酸甜酸的挺好吃。他吃了个饱,心想:这一屋的桃干饼,够我吃几年的。他又去开开东厢的门,里面溜空溜空的是个闲屋。随着便往外走。一转身却听到谁在吆喝:"大哥救命!"王小吃了一惊,里面明明空空的,怎么会有人喊叫?但他还是站住了,心想:我自己连死都不在乎,还怕什么?又扭头走了回去。四外看看屋里还是空当当的,连个人影也没有。可是,刚要往外迈步,抬脚又听到背后有人喊:"大哥救命!"他又转身返了回去。屋里还是什么人也没有。王小说道:"影子都见不着你一点,叫我怎么救你?"语声刚落,就听到搭腔道:"屋山墙上有个桃木橛,我就被九头老雕钉在了山墙里面,只要你能把桃木橛子拔出来,就是救了我的性命啦!"

  王小忙朝着说话的地方望去,果然看到那里的屋山墙上钉着个桃木橛子,便走过去使尽全身的力气把它拔了出来。眼看着从拔出橛子的窟窿里冒出了一团蓝雾,旋旋转转,旋旋转转,转眼工夫就化成了个年轻小伙子。青衣青帽,一身青。说道:"恩人在上,受我一拜。"王小说:"不用拜,咱俩是同难共命的人,我把你救了也没有用,出不了洞。"小伙子说:"不要紧,想出洞很容易。你今年多大年纪啦?"王小说:"十七了。"小伙子说:"你比我大,咱俩生死同运,就结拜个兄弟吧,往后有福同享、有罪同遭。"王小怎么能够不愿意呢,当下就插草为香,拜了几拜,结成了生死兄弟。

小伙子说:"咱们走吧。"两个人到了洞口,小伙子把他背上,眨眼的工夫便到了上面。王小高兴地说:"怎么一会儿就上来啦?"小伙子笑道:"我会飞檐走壁。咱俩结拜一场,你跟我到俺家里去住几天吧!""你住哪里?""别管住哪里,你跟我去就是了。"王小跟着小伙子走去,走得那个快当,只见大山往后跑、大树往后飞,很快便到了海边。小伙子说:"兄弟,实告诉你吧,我是龙王三太子,家就是龙宫。"王小惊奇地问:"我能去吗?"三太子说:"你跟着我就能去。"他让王小闭上眼睛,听着呼隆晃啷地响,三太子叫他睁开眼睛时,已经到了龙宫门前,一通报,老龙王连忙迎了出来。见到三太子,欢喜得了不得,问道:"你怎么回来的?"三太子说:"是这个恩人救了我。"老龙王感激地说:"快进里面来,三太子幸亏你,你就留在俺这里,享受龙宫的荣华富贵吧。"不用说,王小在龙宫里住下,吃的用的都是世上少有的好东西。这天,王小和三太子出去游逛,王小说道:"我来了已经三天了,家里还有老人,我想明天就回去。"三太子思磨了一下,说:"怕咱爹娘挂挂着你,那我也不留你啦。临走的时候,父王给你什么金银财宝,你也别要,就要他桌子上那个金须牙牙葫芦。"王小问:"要它有啥用?"三太子说:"用处大啦!你把盖揭开,要吃的也行,要金银也中,还能调天兵天将哪。"两人回到了龙宫,见了老龙王,三太子说:"父王,俺哥想家啦。"老龙王说:"怎么这么几天就想走?"王小说:"我得家去看看老人。"老龙王说:"好吧!把宝库开开,金银珠宝你要什么就拿什么。"王小说:"这些我都不要。"老龙王问:"那你要什么?"王小说:"我就要你桌上那个金须牙牙葫芦。"老龙王舍不得,说:"嗬!那个可不能给你。"王小说:"那我啥也不要啦。"说着,扭头往外就走。三太子在旁边帮腔说:"父王,快给俺哥吧。"老龙王丝丝拉拉地说:"给就给吧。"终究把金须牙牙葫芦给了王小,又对三太子说:"送送你哥吧。"

还是和来时一样,王小闭上眼睛,光听到水响,一阵的工夫,就到了海岸啦。三太子说道:"哥哥,你要是再来的话,就到这里,跺三脚,叫三声兄弟,我就来接你。"王小答应了。两人恋恋不舍地分了手。王小回到了家里,爹娘都以为王小叫狼吃了。娘说:"你把我差点挂挂煞。"爹问:"你这些日子到哪里去咧?"王小说:"我上龙宫里游逛去啦。"爹娘寻思王小是瞎说,王小道:"不信,恁看看我得了个宝器,想要什么有什么,快把小桌放到炕上,咱吃饭吧。"又说,"娘,你想吃什么?"娘半信半疑地说:"我和你爹从来还没吃过三鲜饺子,就叫上几碗尝尝吧。"王小把金须牙牙葫芦的盖揭开,说道:"金须牙牙葫芦!我要九碗三鲜饺子。"眼错不见的,从葫芦里冒出了一股青烟,青烟上面托出了一个红漆木盘,上面放着九碗三鲜饺子,还热气腾腾的哪。青烟一散,那木盘便端端正正地搁在桌上了。一家三口欢欢喜喜地吃了个饱。打这以后,他们家再也不缺吃缺穿了。可是,王小还是天天上山打猎。

一晃的工夫,几个月过去了。有一天,爹到很远的地方去卖皮子,回来愁闷地说:"西番发了兵,来占咱地盘啦!往后老百姓可得遭罪了。"娘吓得心惊胆战。王小说道:"恁都不用怕,我这个金须牙牙葫芦也能调天兵天将。"爹听了,说:"哎呀,这是国宝!可不能留这个东西啦!这样的宝物早就该献给朝廷。皇上要知道了,那可了不得!"王小说:"咱住在这深山老林里,山高皇帝远,谁也不会知道。不过,百姓不能没有国家,如果叫西番打来了,咱也得跟着遭殃,我还是进京献宝吧。"

爹娘都催王小快去快回。

王小带上了金须牙牙葫芦,在路上走了不只一天,到了京城里,听说他是来献宝的,皇上立刻召见了他。王小见了皇上,道:"我是来献宝的。"皇上说:"拿来。"这时,文武百官都站在两边,王大人接了金须牙牙葫芦,亲手交上去。皇帝一看,果然好一桩宝物,光分五彩,金丝缠绕。皇上说:"这样的稀世珍宝,朝廷都没有,你是从哪里弄来的?"王大人上前奏道:"他不会有这样的宝物,我看不是偷的,也是摸来的。"皇上立刻大喝一声:"拉出去斩了!"

王小提起嗓子大声喊道:"万岁!我有话要说!我这金须牙牙葫芦是龙王给的。"皇上听了,很是奇怪,问道:"你在哪里看到了龙王?"

王小根根本本地把自己和张大在山上烧肉吃，怎么打了九头老雕一枪。后来，又怎么下洞去宰了九头老雕，救出了皇姑，自己却被撇在了洞里，要不是遇上了龙王三太子，他这辈子就别想能够出洞来。龙王三太子早就被九头老雕钉在了山墙上，王小救出了他，三太子把他带到了龙宫，临走那天，老龙王送给了他这个金须牙牙葫芦，听说西番要打咱，就赶快来献上这宝贝。他前前后后，说了个详细。

皇上这才恍然大悟，欢喜地说："原来是这么回事。哈！真驸马到了！"

真的不能假，假的诌不出真，王大人也说了实话，把张大拖了出来，当场斩了。

那皇姑跟王小早已结下了千刀割不断的恩情。她一眼便认出了王小，说道："救我的就是这人！"

王小没有立时跟皇姑成亲，他带上了金须牙牙葫芦，叫出了天兵天将，打退了西番，把他们赶出了边界，才回来成了亲。千金难买心情愿，两人心换心、情换情，一夫一妻，一马一鞍，欢欢乐乐过了一辈子。

西瓜二

早年间,有个勤劳能干的小伙子,名叫西瓜二。

有叫张三李四的,可没听说有叫西瓜什么的。那么西瓜二这个名字是怎么起的呢?说来那是有缘由的。西瓜二是个穷家,少地无土,爹没了后,只他娘俩过日子。都说七十二行,行行出状元,这西瓜二的一双手,真是金不换,不光庄稼地里是能手,论起栽瓜的手艺,那更是百里挑一的。他家租种着财主的几亩地,专门用来种西瓜。经他手调理出来的西瓜,个大皮薄,红艳艳的瓤,沙凌凌的那么甘甜。一年又一年,西瓜栽得年数越多,他家出产的西瓜也越出名,远近遍方,四乡八疃,都知道他种的西瓜好,提起西瓜都要讲起他，天长日久，人们渐渐地忘记他的真名实姓，老老少少都喊他西瓜二。

这一年，西瓜二又租种了地主二亩地，还是全种西瓜。三月三麦子刚没老鸹，西瓜二把西瓜籽先养出了水芽，地气一暖，就班排整齐地种到了地里去。一阵春风刮，一场春雨淋，瓜芽拱出了土，张开了两片玉光水亮的芽瓣儿，日头照，露水润，长出了一片又一片嫩绿的瓜叶。春天旱，西瓜二就勤浇水，绿团团的瓜棵抻出了蔓，他又忙着打杈压蔓。四月里，叶丫里开了金黄的小花，花谢坐瓜。五月里，一排排的西瓜圆鼓鼓的从叶蔓里露了出来。六月里西瓜熟了。其中有一个西瓜，个儿特别大，绿皮透亮，晶莹莹的跟碧玉雕成的一样。西瓜二敲了敲，瓜已经透熟透熟的啦。

他把西瓜摘下来，欢欢喜喜地对娘说道："我种了这么多年的瓜，头一次长了这么个好瓜，你割开吃了吧。"

娘说道："咱种着财主的地，得缴租子，把它送给地主吧，也许能少收咱点租子。"

西瓜二说："不，娘，还是你吃了吧。"

娘却怎么也舍不得吃，说："有你口里这个话，娘比吃了还高兴，谁叫咱种着人家的地哩！好孩子，你还是听娘的话，给他送去吧。"

看娘怎么也不吃，西瓜二只好拾上了一担瓜，把这个大西瓜也放在了上面，挑着往财主家走去。

从前是有钱的王八也大三辈,这老财主是最瞧不起穷人的。西瓜二心想:这么好的瓜,怎么能叫他吃了!能卖给别人吃,也不能给他吃。再说一个西瓜在财主的眼里星星点点,打不住定盘星,财主是不会把它看在眼里的。他走到了老财主的高院墙前面,当真又改变了主意,停也不停地越过了大门,一个劲儿地大声喊了起来:"卖西瓜咧!卖西瓜咧!谁要薄皮红瓤的大西瓜喽?"西瓜二的叫卖声,金钟没有那么响亮,泉流铮铮也不及这个好听。它风吹不散地响过高墙,穿过花枝,直送进了财主家小姐的绣楼上。

这一天,老财主出外没有在家,小姐在绣楼上挑花绣朵。

她是老财主的独生女儿,长得白净净的脸面,柳叶眉、丹凤眼,再俊没有了。她听到了叫卖声,心里不禁一动,寻思:以前听到人喊烦得慌,今日里怎么越听越爱听?那声音也真在她耳朵边响过来,响过去,引得她再也按不下心去描云绣花,便叫来心腹丫头盼咐道:"七月核桃,八月梨,六月里正是下来西瓜的季节,街上有叫卖的,你去买个回来咱俩吃。"丫鬟却有点作难地说:"买西瓜跟买别的东西不一样,我不会挑瓜生瓜熟,反正今儿个老爷也没在家,咱一块儿到街上去看看吧。"

小姐和丫鬟说着话,听到传来的叫卖声更好听。平时老财主是不让小姐出门的,就是绣楼她也很少下,可是叫卖声拴住了她的心,总想见见这个卖西瓜的人,身不由己地跟着丫鬟下了绣楼。穿堂过院,到了大门外面。丫鬟生怕西瓜二走远了,迈出街门就大声地招呼："卖西瓜的！卖西瓜的！"西瓜二转回身正跟小姐打了个照面。他俩从来也没见过面，小姐是头一回看到西瓜二，见他眉眼清秀，高鼻亮相，不禁想到：这卖西瓜的，真好人物头！西瓜二也是头一回看到小姐，也是一见动情，心想：真是天外有天，人外有人，世上竟有这么俊秀的女人！听到丫鬟说要买西瓜，他连忙把那个出奇好的大西瓜搬起来，双手给小姐送过去。小姐也伸出手来接，两个人只顾你看我、我看你，西瓜二只以为小姐已经接住，手一松，西瓜掉到了地上，跌炸了！只见红艳艳的明光闪耀，西瓜像花开样裂成了八瓣，那声音却像摔碎了个金盆那么响亮。两人都吓了一跳，小姐红着脸，要走不走的，叫丫鬟催着家去了。

西瓜二也没心思再卖瓜，挑起担子回了家。可是，人进了家，心病却扔在了财主家门前，一闭眼就看到小姐在自己跟前买瓜，他送过去，小姐伸手去接，西瓜掉在了地上。他一惊睁开了眼，眼前却又什么也不见，闭上眼睛还是那么一套，小姐又站在跟前，活灵活现的。他整天整夜地思念着，想撂也撂不下。

再说，小姐回到了绣楼上，也是心里开花不由人，思想得眼前活现。一闭眼，便看到西瓜二在自己门前卖瓜，他递给她，她伸手去接，西瓜掉到了地上，一惊睁开了眼，什么又都不见。翻来覆去地也总是这一套。小姐的心思比头发丝还细，她想：花谢了能再开，月亏了能再圆，自己住在这深宅大院里，想真正再见西瓜二一面，还不知要哪年哪月哩！她眼泪汪汪地自言自语说："忘了他吧，忘了他吧。"谁知越是这样叨念，在她心里种下的那颗爱苗，扑扑闪闪地越是生枝长叶哩！小姐寻思：自己心里火烧一样，那西瓜二更不知心里有多么样的难受。尽管人隔两地心却在一处了。

　　黄连苦，人想人比黄连还苦。西瓜二尽管闭眼就看到小姐，可是如同隔着海角天涯，有情也难诉说。一天一天过去，他睡不着觉，吃不下饭，后来就是清汤淡水也咽不下去。母子的情，比那鱼水还亲，娘见儿子瘦了、病了，剜心地那么疼，说道："孩子，打从你爹死后，这多年来，咱娘儿两个都是相依相靠，穷，穷过，苦，苦过，好不容易跌腾到如今。我看你这病得的蹊跷，有什么事不对娘说，还对谁说呢？是沟是崖，娘帮你过。"

　　娘这样地问，西瓜二就把怎样在财主家门前卖西瓜，小姐怎样接西瓜，瓜摔碎了，自己回来怎样一闭眼就看到小姐，根根梢梢都对娘讲了。

　　娘说道："孩子！你想谁也不能想财主的小姐。常言道，'天上无云难下雨，地下无土难扎根'，你就是金凤凰，他家的梧桐树能让你落上吗？财主是不会把他的闺女嫁给咱穷人的。好孩子，你就趁早死了这条心吧！白折磨自己也没用，为啥要自寻苦恼呢！"

　　西瓜二长长地叹了口气，说："娘呀！你说的千对万对，可就怕开弓没有回头箭。"

　　西瓜二的病越来越厉害，娘侍前侍后的，请医没有钱，买药吃不见效，看看就要不中用了，西瓜二拉着娘的手说道："娘，我有桩事你得答应我。"娘说："说吧，孩子，只要我能做的就行。"西瓜二望着娘说："无论如何求你托个媒人给我上财主家说说，不管中不中，娘给我这么办办，就是我死了也甘心。"

儿子说出了这样的话，她当娘的如同万箭刺心，为了不让西瓜二难过，便答应了去请媒婆。

媒婆请来了，听娘一讲，就摇着头说："哎呀呀，恁不要说笑话吧，老财主是咱这遍方的首富，万贯家财，骡马成群，恁家这么穷能扳得动吗？他是不会答应把闺女给你儿做媳妇的，这不明明叫我去挨呲！"

娘再三请求，说道："救人一命，胜造七级浮屠，你一当行好二当救命，不看僧面看佛面，不念鱼情念水情，鱼情水情都不念，还可怜俺儿病成了这个样，只要你这媒人跑到了，就是老财主不答应，俺娘儿俩也感你的恩，戴你的德！还有几个卖西瓜的钱，就是不吃不喝，也不能叫你白跑腿。"

媒婆一来是见钱眼开，二来也真有点可怜小伙子，就答应说："罢，罢，罢！谁叫我心软面慈来，看在恁儿这一命上，他就是在三十三天上，我也去走一趟！受点辱就受点辱吧！"当天，媒婆就上了财主家，求见了老财主。拉了几句家常，便提到给小姐说婆家的事儿。老财主连忙问，说的是哪一家？爹娘做没做官？有多少房子地？

媒婆听了，如同掉在了冷水盆里一般，先是一愣，但立刻就甜嘴薄舌地开了口:"哈,老爷!你这是把定盘星错认啦,古语说,'会嫁的嫁对头,不会嫁的嫁门楼',人品好赛金宝,西瓜二和恁家的小姐,是天生的一对,地成的一双,今天我就是来给他说媒的。"

老财主一听,立时火冒三丈,破口叫道:"我是这方圆几百里有名的财主,门不当户不对的,一个穷小子竟敢想娶我的闺女,这还有体统没有?"他气得说不下去了。

媒婆出了一身汗,可是嘴比鸦雀的还硬,跟着她又开了口:"老爷,一句话两样说,为什么要生气?俗语说'耳朵拣话,牙齿拣肉,'你就拣着我的话听嘛。你家地千顷,粮万担,地是刮金板,可是西瓜二那双手却是金不换,种瓜瓜奇,栽花花红,百巧百能,你可别拿着黄金当熟铜!三十年河东,三十年河西,都说赤的是金,白的是银,圆的是珠,光的是宝,这些东西谁敢说西瓜二以后没有?千差,万差,我说媒的没差。"

老财主皱皱眉头,心思也转了个弯,想:我要是把媒婆赶出去,往后谁还愿意来给闺女说婆家?要怎样才能不得罪媒婆,又能把她打发走才好。寻思了一阵,说道:"你把西瓜二说得百巧百能,要我把闺女嫁给他,我要两样东西,一要会飞的金麻雀,二要龙王的避水珠,要是没有这两桩东西,你就不要再回来提这门亲啦。"媒婆说:"这两样东西哪里有?"老财主假意笑了笑说:"避水珠要到龙宫里找,那金麻雀金翅金尾,得上最高的山上去赶。"说罢,又哈哈地笑了。

媒婆出来,擦了把汗,心想:还好,没有挨打,不管怎样,回去给他递上个话吧。

娘儿两个巴眼望眼的,总算盼着媒婆回来了,一齐问:"你去啦?""恁看我这一身汗把衣裳都溻了。去是去过了,嘴也磨去了一层皮。老财主要两样东西,有这两桩东西就把闺女许给恁,没这两桩东西,那是万万也不能成的。"西瓜二和娘问明白了老财主要的两样东西,感谢了媒婆,她得了几个钱走啦。

娘说:"我知道冷灰里是爆不出火来的,财主要高山上会飞的金麻雀,还得有金翅金尾的,金的还能飞吗?他要龙宫里的避水珠,龙宫在海底下,咱还能去吗?孩子,我看别指望这门亲事啦!"

尽管是没指望的事儿,西瓜二却觉着长了一半精神,说道:"娘,不用犯愁,世上没有难倒人的事情!我先上东海去弄避水珠。"

娘没有吱声,看儿子有了精神头,心想:"就是弄不到避水珠,出去散散心也好。"少不得做些干粮给儿子拿着。

西瓜二走了不是一天两天,这天总算是到了东海边上,只见天连水,水连天,千里波涛、万里海浪的。他看了一阵子,心里的话:世上无难事,只怕有心人!江河是滴水积成的,这大海也是一桶水一桶水汇成的嘛!只要把海水挑干,就能到龙宫去弄出避水珠。

悟出了这条道理,劲头也来了。西瓜二真个在海边挖了个没边没沿的大坑,一担一担挑着海水往里倒。他常常是天不亮下手干,披星戴月的还不歇工。就这样熬落了日头熬月亮,干了今天干明天。风风雨雨,不知过了多少个日月;潮起潮落,更不知担了多少挑子海水。连巡夜的海夜叉都看着奇怪,禁不住地奔上了海滩,想问个明白。

他截住了西瓜二说:"我把守海口许多年,看到过无数挑鱼挑虾的,也见过挑盐挑米的,就没见过像你这样成年累月挑海水的,这是怎么回事?"

西瓜二说:"我要把海水挑干!"

海夜叉哈哈大笑,说:"这东洋大海,蓝光光,白茫茫,一望无边,你怎么能把它挑干呢?"

西瓜二说:"我非挑干它不可,挑不干我就一辈子不离开这里。"

海夜叉更加惊奇,问:"你到底是为什么?"

西瓜二便把怎样见到小姐、老财主非要避水珠不可,从头到尾、原原本本、实实在在地说了。

海夜叉越听越同情他,不禁受了感动,说道:"言为心声,听听你讲的这些事,就知道你是个热心肠的小伙子,都说心诚能使金石开,连我这颗夜叉心,也叫你打动了,我没有避水珠给你,就帮你几句言语吧!"

海夜叉说完，往海里一跳，海面上蹿起了一朵银亮闪光的浪花，就不见了。

海夜叉回到了龙宫，龙王爷正在水晶大殿里玩赏珠宝，各种各样的珍贵宝物，在他面前五光十色、耀眼闪亮，有几丈高的红珊瑚，有比月亮还明的菱花镜，也有五颜六色的珍珠花，光彩闪闪的碧玉树，应有尽有。看到海夜叉回来，龙王问道："今儿个怎么这么快就回来啦？"海夜叉说："今天我碰到了百年没有的、千年也碰不上的、从来没听说过的事情。"龙王急忙问道："什么事这样稀罕？"海夜叉便把在海边上看到西瓜二挑海水，以及他讲了些什么，添枝加叶地说了一遍。龙王听得眉开眼笑，连连点头说："人世上有这样的真真情，我龙王爷也不能看着好姻缘有上截没下梢，咱龙宫里有的是避水珠，你快送一个给他吧。"

得了龙王这句话，海夜叉高高兴兴拿着避水珠出了龙宫。

海水在他的面前，立刻朝两边分开，显出了一条路来。海夜叉连跑带蹿，一霎就到了海边。西瓜二只看到明光闪闪，由远而近，当他接过避水珠时，高兴得差点跳了起来。

西瓜二正要道谢道谢，海夜叉却一跃身子，便跳回海里去了。

西瓜二回到了家里，那个高兴劲儿就不用说了，娘看了避水珠也是十分欢喜。

西瓜二说："两桩宝物，已经有了一样，娘，我这就到高山上去赶那只会飞的金麻雀！"

407

娘的心里立时又跟翻饼一样折开了个儿，望着他说道："孩子，那会飞的金麻雀有没有还不知道，再说，那高山上连条小路也没有啊！"

西瓜二说："娘，你放心吧，天下没有踏不出的路，没有开不出的道，只要有那个金麻雀，我就非把它找到不可。"

娘想了想，说道："孩子，娘不阻拦你啦，但愿你能早早地把会飞的金麻雀找到，娘就千喜万喜。"

说完，娘又给西瓜二做了一些干粮，泪汪汪地把他送出家门，眼睁睁地望着他走远了。

在离西瓜二他们村不很远的地方，有一溜大山，山连山、岭叠岭的，山高的呀，云彩飘在山腰，山顶触着蓝天。西瓜二背着娘给做的干粮，拐过一弯又一弯，爬过一坡又一坡，越走山路越艰难，后来连羊肠小道也没有了。在他的面前尽是高山陡涧，西瓜二心想：那会飞的金麻雀一定是在深山老林，于是他又攀上了十八层峭壁，越过了十八道陡崖，云雾在他脚下飘，日头在他头顶亮，他的面前是满山坡冒天高的树木。穿过了树林，西瓜二的前面忽然有道金光亮了过去，定神细看，在不远的峭壁悬崖顶上，有棵伞样的大松树，上面落着个金麻雀，闪着耀眼的金光。金光里看得清清楚楚，那金麻雀金翅金尾，全身都是金光灿灿。西瓜二欢喜得几乎嚷出声来：这不就是那只会飞的金麻雀吗？这时，金麻雀果然扇了扇翅膀，看样就像要飞起来一样。他连忙赶到了石壁跟前，攀着石缝荆条上到了悬崖顶，又小心地爬到树梢，刚要伸手去捉，金麻雀却一展翅子，像箭样地飞走了。

西瓜二也连忙爬下了大松树，朝金鸟飞去的方向撵去。又不知翻过多少座山头，越过多少道深涧，一直地追到天黑，他爬上了个高崖，抬头一看，金光耀眼。嚼！那不是金麻雀落在了上面吗？挨近看看，果然不错，金麻雀停在一扑拉杜鹃花棵上，风刮枝摇，金麻雀动动，金光就晃晃，耀得杜鹃花红光照眼，碧玉色的叶子闪闪发光，西瓜二悄悄地又凑近了几步，看到金麻雀扭过头来，朝这儿张了张翅膀，他哈腰一扑，嗖的一下子，金麻雀又飞走了。西瓜二也往前紧追去。这次金麻雀飞出去的并不远，落在百步外的青茶树上。不过，还没等他上跟前，金麻雀起翅一飞，又落到了十步开外的青草棵上了。西瓜二撵过去，也扑了个空，金麻雀又飞走啦。就这样，紧紧地追了一夜。第二天早上，金麻雀还在他的头上打了个旋子，可是又飞走啦。

越逮不住，西瓜二的心里就越着急，越急就越去赶。有时，他绕着花树去抓，有时又钻进荆条里去扑。有时过沟，有时爬崖，他生怕金麻雀飞得找不到，两眼老是紧紧地盯着，白天赶，夜里赶，停也不敢停，饿了摸出点冷干粮啃啃、摘个山果吃吃，渴了喝口凉泉水。金麻雀没命地那么飞，西瓜二也没命地那么追。衣裳叫棘子树枝挂碎了，鞋也磨破啦，整整地赶了七七四十九天。

这一天，金麻雀飞到了一个荒草山洼里，山洼里有一个破庙，庙门早就没有了，门两边还有一对石狮子，金麻雀飞到了这里，再也飞不动啦，一攮头拱进了石狮子嘴里，他跟着也扑了过去，伸进手就把它逮住啦。可是这石狮子嘴只张开那么一丁点口，提着金麻雀手就拿不出来，松开手金麻雀就飞了。西瓜二哪里还肯松手，手拿不出，人也钉在了那里。钉了一天，又钉了一夜，别说带的干粮早就吃没了，连水也没法去找口喝喝。到了第三天的头上，连饿带渴，真是到了待死的火色。可巧，被一个从这里路过的人看到了。见他已经堆萎在地上，一只手还伸在石狮子嘴里，问他是怎么个事？西瓜二张口喘气地说了说。那人说道："你眼看快不行了！赶紧地松开手，我把你背回去吧。"西瓜二还是不肯松手，只是告诉他自己是什么地方、哪个村子的人，说道："告诉俺娘，叫她快到这里来一趟。你不用管我，能捎到这个信，我就感恩不尽。"

那人很同情西瓜二，飞奔带跑地送去了口信。娘听说儿子饿到了那么个步数，更是火急万分，连忙拿了点吃食，爬山越岭地赶了去，看到西瓜二瘦脸焦黄的，衣裳碎得丝丝络络跟瓜蔓子样，眼泪扑拉扑拉地往下落。西瓜二说道："金麻雀已经抓到了，我要是一松手，金麻雀就飞走啦，那这多天的心血力气也白费啦。"

娘急得没法，她先给儿子弄来水喝了，又给他吃了点干粮。眼看一夜又过去啦，西瓜二还是不肯放手。娘说道："孩子，娘知道你的心，知道你的意，可是尽这样下去，又能怎样呢？"

西瓜二说道:"娘,金麻雀要是飞了,我的命也就没啦!你找媒人去说说,两样宝物我都得到了,只是金麻雀在石狮子嘴里拿不出来,反正我是不能松手的,我现在这个样,能不能叫小姐来一趟,我能再见她一面,也算趁了我的心愿。"

娘心里的话:"这怎么行呢?就是小姐愿意,老财主也不会答应。"可她不忍心说出口来,含着眼泪应承着:"娘这就去。"

真是:人亲数娘亲,水深数海深,娘又脚步连脚步地返回了村,找着了媒婆,一来二去的,缕缕续续、细米扒糠地全都说啦。媒婆听后,万分地感动,说道:"这两样宝物都到了手,我再去说合说合。"可巧这一天,老财主又出远门去了,媒婆一听,立刻心生一计:"捉鱼要捉眼,我不如先去跟小姐商量啦!只要小姐心肯意肯,老财主就是垒上十八道高墙也阻拦不住。"这样盘算好了,脚步也早已迈进了大门,走上了绣楼,把要说的话也都想了个全。小姐到底没有忘了西瓜二,朝思暮想地煎熬着!听到媒婆说西瓜二为她遭了那么多的难、受了那么多的苦,心里简直难受极了,恨不能插翅飞到他面前。可是一想又不敢应口。哪有不透风的墙,如果风声吹到爹的耳朵里,这顿打骂是脱不了的。丫鬟知道小姐的心,也知道小姐的意,说道:"小姐呀,你成天地为他耳朵热热的,心跟线儿牵着样,怎么能不去见他一面呢?依我看,挨打也得去,挨骂也该去,再说人家为你受了那么多的磨难,就是人心换人心,你也该去见一面呀!"

其实不用三说两说,小姐的心里早已答应了。没用媒婆再加什么言辞,便等不得地跟着下了绣楼,更顾不得人家看见不看见,出了大门,穿过大街,直奔村外去了。

路上,那就不用说了,小姐心急似箭,媒婆紧走紧走,她还是嫌慢,山路弯弯曲曲,不知道累,爬山走崖也不怕险,思念起西瓜二九死一生地等在那里,她自己什么也不觉得了。

这工夫,西瓜二还是一手伸在石狮子口里,握着那个金麻雀,眼睛却瞅着娘回去的方向。紧盼紧望的,终于看到了走来几个人,还离老远,西瓜二就认出小姐。那真是喜出望外,心里又高兴又担心,高兴的是,心换心情辞情的,小姐终究来了;担心的是小姐那颗玲珑心,能不能顾了西不想东。小姐越走越近,两人也越发看得清楚,她见西瓜二瘦得黄焦气色的,可总觉得他还是从前的模样,只是他受的苦难越多,她的心头就越热。西瓜二见小姐走得气喘吁吁,更是打心底疼爱得慌,说道:"你为我不顾爹反对,为我不怕众人说,为我才走这石山路,为我才来到这荒山洼,你待我是千重的恩、万分的情。"小姐没有开口,眼泪早已丝丝行行地往下流,说道:"你为我东海去弄避水珠,为我高山去赶金麻雀,为我受尽了千辛万苦,你待我的情义山难比高,海难比深!"西瓜二一听,眼泪也滚了下来,说道:"有你口里这些话,我就是死在石狮子前面也情愿,只是最后我求求你,把手伸到我这儿来,让咱俩更亲近亲近。"

小姐想也不想地把手伸了过去,就在这工夫,石狮子忽然哈哈一声大笑,嘴张开老大!西瓜二握着金麻雀的手没费事就抽了出来啦!

　　就这样,西瓜二握着金麻雀,带着避水珠,和小姐、媒婆一块上了财主家。老财主一想,自己有言在先,再说能得这两件宝物,把闺女给他也合得来,当场就答应了。

　　不用说两个人很快地就结成了百年的姻缘,花好月圆、枣红瓜甜地过了一辈子。

九天玄女当当

　　这码子事,出在南京市郊,那里有个姓张的地主,家道富厚,江上养着船,坡里种着地,银子更是一屋一屋的。老两口只有一个儿,名叫张天爵。自小就很聪明,不光文章做得又快又好,写字作画也都高人一等,十几岁就很有名气了。爹娘爱惜得如掌上明珠。他家还开着一座很大的当铺,里面账先生、伙计用着五十多人。别家典当要的,他这当铺里却不收,专要稀世珍宝和名贵的古玩书画,因此开张三年也没有个买卖。

　　这一天晚上,打过了二更,就要交三更的时候,老东家忽然听到外面鞭炮响。他家的住处,离当铺不太远,当铺在北边,住处在南面,又是刮北风,鞭炮声听得很清楚。老东家欢喜地对老伴说:"大约咱北面的当铺里有了买卖啦!"老伴说:"快半夜了,谁还来当当?"老东家听了听,说:"不,就是来了当当的啦!开市大吉,我得去看看。"说着,不顾老伴阻拦,抬脚出门去了。

真个世事花花,无奇不有。果然叫老东家说对啦,就是他那个当铺里接了当。你想,三年没动买卖,又是晚上,前柜上的人都走了,只有一个老账先生,趴在桌子上睡了。想不到二更天的时候,来了一个闺女,十七八岁的年纪,手里提着个小竹篮,竹篮上面放着一张画。从前,当铺里的栏柜台都高,闺女望不见柜台里面有人,叫道:"掌柜的!掌柜的!"老账先生睡得蒙蒙眬眬,一听是个女人动静,寻思能有什么好东西当?说:"做什么?!"听栏柜外面问:"这里不是当铺吗?"老账先生还是身子也没动一动:"你想当当?""不当当来做什么?!"老账先生只得走到栏柜台跟前,探着头问道:"你当什么?"闺女说道:"我当这张画子。"说着,把画递到了柜台上面。

老账先生打开一看,只见三尺高的一幅画上,只画着一个年轻闺女,头戴翠花,纱衣绣裙,好像活的一样。才打开,闺女前额上的刘海就随风飘飘的。仔细一看,眼睛不只是活灵灵的,还真在转悠。老账先生端量端量画,又望望栏柜外面的闺女,奇怪,画上的女人和当当的闺女一模一样。他一琢磨,哎呀!这是宝画无疑了。便问闺女:"小姐,这幅画你要当多少银子?"闺女说:"三千两!"账先生打了个哽,说:"这画是好,画活了!不过,我不知道能值多少银子,得请个人来看看。"他让闺女坐了,自己急忙到后屋去,对掌柜的说:"一个闺女来当一张画,依我看是幅宝画。要三千两银子,我不敢做主,请你去看看。"

掌柜是个识宝的,他到前面去一看,就叫收下画,说:"要当三千两?值!这是活宝。"

他一面打发人开库,一面问闺女:"这么多的银子怎么拿?是不是套车给你送去?"

闺女说:"不用,就给我放进这个竹篮里吧。"

掌柜的很是奇怪:"那怎么能盛得了?"

闺女笑笑:"恁尽管拿来,我装得下。"

三千两银子确实不在少数,几个伙计打库里往外一趟又一趟地搬。伙计搬过来,闺女就往竹篮里装,装一层又一层,装一层又一层,三千两银子装完了,还空出一溜子。她用指头钩着篮子梁,就像是没提什么东西,风摆柳样轻飘飘地走了。把大家都看呆啦。

醒过了神儿,掌柜的连忙吩咐人快放鞭炮。鞭炮"噼噼啪啪"响过以后,正准备去告诉老东家,一看,来了。掌柜的忙迎了上去,说:"你怎么知道开张了?"老东家说:"我听到鞭炮响,知道有了买卖,接的什么当?"掌柜说:"一幅画,三千两银子!"

掌柜的把画展开,老东家一见,大喜道:"三千两银子没有白花,这是活宝!"坐了一会儿,又说:"三年没接当,今天头一次,开张就得了无价之宝,恁请客喝酒吧。这幅画我带着,家里人都想看看。"掌柜的说:"我就怕人家来赎当。"老东家说:"不要紧,明天来赎,我就明天送来。"掌柜的一面答应,一面把他送出了门。

老东家回去以后,一家人都来看,张天爵在书房里,听说接的当是张宝画,也忙忙地赶了来,一望,再也拿不下眼来,画上的闺女怎么看怎么好,怎么相怎么俊。老两口惦记着儿子念灯书饥困,想叫他吃点东西,张天爵的眼睛怎么也离不开画子,说道:"我拿到书房去看看吧。"

见爹娘答应了,张天爵哪里还顾得别的,回到书房,就把画子挂到了墙上,觉也不睡,还是恋恋不舍地对着画子看。有这样奇怪的事,画子竟然"簌簌"地动了,上面的闺女也抿抿嘴笑。张天爵不禁自言自语地说道:"你这小姐就跟活人一样,要能下来说个话儿有多好哇!"这么一说,画上的闺女立刻应道:"好呢!"衣带一飘,"噗答"一声下来了。张天爵又惊又喜,连忙请她坐下。心里头有眼里头也有,两人相爱的心思都明白,说东道西的那亲热劲就不用提了。先交朋友后姻缘,就跟生成的一对对样,天亮的工夫,已经成了两口家。听到有人来,闺女才一闪身回到了画上。

过了有半年的光景,谁也不知道。

他家有个管家,就跟个二东家样。这个人是张天爵的叔伯舅。冬天夜长,上了点岁数的人睡不了那么多觉,好起早,看到书房里亮着灯，只以为外甥在那里用功，心想："天不亮就起来念书，别熬坏了身子。"想去说说让他歇息着点。走到窗户跟前，却听到屋里有个女人又说又笑，吓得他一惊站住了，寻思：门子这么深，什么人也难进来，不是招了鬼，就是遇上了精灵。便赶紧去对老两口说："姐夫、姐姐！外甥在屋里跟谁直说话，得赶紧找人捉妖拿怪！"娘急了，爹想了想说："就是那张宝画，把它要出来就行了。"

第二天，他去对儿子说："天爵！人家要赎当了，快把那张画子给我吧。"

你寻思天爵能把画子给他吗？不给爹也没硬逼，只说："那就再挂一天吧，明日可得给我。"

到了晚上，画上的闺女又下来了，说道："咱俩的夫妻到头了，我得走啦。"

张天爵一听这话，更是伤心极了："咱俩恩爱夫妻，生生死死情相连，我就是豁上命，也不能叫人家把画子赎走。"

闺女说道："你不用难过，我走了，你该着说媳妇就说媳妇。"

张天爵心里如同万刀搅："咱是心投意合结姻缘，万万没想到你会说出这样的话。"

闺女和张天爵是有情有义在一起，怎么能撇得下？她叹了口气说："咱夫妻已经半年了，可是不走不行。实对你说吧，我是九天玄女恩姐，当当的那个闺女就是我，画上的闺女也是我，明天你对爹说，不会有人赎当，那三千两银子就在外面窗户下的石条底下。我走了，你要是想，就到正西的平顶山找我。要真心诚意才能找着，有半点假意都不行。天不早了，咱快睡吧。"

就在张天爵睡觉的工夫，恩姐走了。挂在墙上的画子只剩下了空轴。

第二天，老两口子又打发人来要画。张天爵把恩姐的话说了，果然从书房外面的石条底下，挖出了三千两银子，一两也不少呢。

人间苦恼，生离死别。自从恩姐走了以后，张天爵茶不思、饭不想，三天没吃一粒米，五天没喝一口水。可把老两口子急坏了，娘一趟又一趟，亲自到书房去看儿，说道："药到才能病除，给你煎了药来，你怎么不吃？"张天爵说："世上没有药能治人想人。我没有病，就是想恩姐想的。恁要是疼儿，就叫我去找她，要是不疼儿，那就把我拦在家里。"娘回去对老伴说："快打发天爵去找她吧，把他硬留在家里，十成有九成活不成。"

老两口商议，怎么也得找个贴己的人跟着去才好。左打算，右打算，就是他这叔伯舅舅去最合适。立刻去把当管家的舅舅叫了来，嘱咐说："你和天爵去平顶山找他媳妇，找个一年半载，要是找不着就劝他回来。"舅舅答应了。

听说让他去找恩姐，天爵立刻长了精神，于是备上了四匹马，两匹骑人，两匹驮着金条。找了有大半年的光景，两匹马的金条花了四分之一，舅舅说："咱回去吧，山都有尖，上哪去找平顶的？"天爵说："我不回去。"又找了有大半年的光景，两驮子金条花了一驮子，舅舅说："天爵，你看怎么办？两驮子金条花了一驮子，我看咱快回去吧。"天爵说："你回去我自己去找。"舅舅说："我这把老骨头不能跟着你扔在这荒郊野外！这一驮子金条咱分开吧。"天爵说："金条我也不要，马我也不要。"舅舅愣了愣，说："那你走你的吧。"便自己骑马回去了。

张天爵步行着往西走去，尽走，尽走，走了也不知多少日子，看看快够着西天边了。面前却有八百里宽的沙漠拦路，还不停刮着大风，只见到处一片白茫茫，别说树木，寸草都没有一根。那沙粗的跟米粒子一样，细的就像尘土，纷纷扬扬，如雾似烟，真个是遮天蔽日。要过得这沙漠，便是丈二的金身，也会被旋了进去。尽管沙土打脸迷眼，一只脚拔出来，那只脚又陷进去，张天爵还是向前走去。忽然，他的眼前明亮了起来，风停了，也不刮沙了。低头看看，脚下显出了一条溜平净光的道路。往四外望望，尽是些高高低低的沙山，他刚一挪步，奇怪，身子轻得就像要飞起来样，嗖嗖地，八百里沙漠，一阵工夫就平安地过去了。

张天爵心想：恩姐说往西走到平顶山找她，过了沙漠，也许离那里不远了。他高高兴兴地又往前走。走呀，走呀，老远望到前面有一座大山，那山高的呀，差一点儿就触着蓝天。还没到跟前，就听到妖魔鬼怪样一片狼嚎声。这是一座狼山。看到来了人，成群结伙地蹿下来，个个张着血盆大口。张天爵迎上去，说道："狼呀，我要到平顶山上去找恩姐，恁闪开让我过去吧！"

只见头前的一条大狼，把嘴拱在了土里，"唔——唔——"叫了三声。上千上万的狼，立刻往两边分开，闪出了一条道来。张天爵顺顺利利通过了狼山。

过了一关又一关。张天爵走呀，走呀，前面又是一座大山迎面竖起，比狼山更高。这时忽然狂风滚滚，刮得飞沙走石。原来这是一座虎山，看到来了人，许多虎都朝山下扑来。个个张牙舞爪，张天爵直往前走着说："虎呀，我要到平顶山上去找恩姐，恁闪开路，让我过去吧。"

说完，前头一只虎，"唔"地吼了声，成千上万只老虎，也都朝两边分开，闪出了一条白光光的路。张天爵又平平安安通过了虎山。

接连过了两关，张天爵觉得离恩姐一步比一步近啦，走着，走着，来到了一条大沟沿上，这沟深的呀，看不见底，他不禁发愁地想道："连个独木桥也没有，这怎么能过得去？"他只好顺着沟边往南走去，走了一阵子，见高高地立着一座石碑，旁边一条大虫直溜溜地横担在沟上面。石碑上刻的是："我是上方一神虫，下吃妖魔鬼怪，上吃带肉的神仙。"张天爵看看，这大虫连神仙都吃，还能放过我？又一想，为了找恩姐，就豁上去吧，便大声央告说：

"大虫爷！我要上平顶山去找恩姐，求求你，让我从你身上过去吧。到了沟那沿，吃也由你，放也由你。"

大虫把身子挺了挺，一动也不动了。

张天爵上到了大虫身上，一下子便滑到了沟西沿，大虫仰起了头，张着城门样的大口。

张天爵说："大虫爷，为了找恩姐，我自己豁上命也行。"大虫"吧嗒"一下把嘴闭煞了。

过去了无底沟，张天爵还是一直往西走去。又爬上了一层山，踏着山顶一看，只见西面山半肋里有三间瓦房。多日不见人家了，他紧赶紧赶地到了跟前，看到屋门敞着，里面只有一个年轻闺女坐在机上织布。这是织女巧姐，她织的是天榜，上面织着许许多多的名字。张天爵想打听一下去平顶山的路，还没等他开口，巧姐已经从机上下来，笑嘻嘻地招呼说："妹夫来了！"张天爵高兴地想："可找到了。"忙上前问道："恩姐在这里吗？"巧姐笑道："远在天边，近在眼前。你知道吗，路上你带的干粮，都是恩姐在你睡的时候往上添，要不，怎么能尽吃尽吃，老有呢。你千辛万苦地到了这里，路上饥一顿、饱一顿的，进来我做顿饭给你吃。"

做好了饭，叫张天爵吃着，瞅这个空，巧姐就去把机上的布卸了下来。布上织的花纹光彩耀眼，细一看，那花纹都是些名字，还有张天爵自己的名字。巧姐说道："这天榜不同于世上的皇榜，光有学问不行，要为人正直、真诚厚道，能上这天榜的都是千千万万人里挑出的。"

吃了饭，巧姐才告诉张天爵："你过了这座山，就是通天山，绕着山脚走,到平顶山,还得几年的工夫,你起脚从这山东往上爬,那就能近一大半。不过,尽是深涧陡崖,树木稂林。要是碰巧了,能遇上个老汉推石头,他从山下往上推,一根石条八百斤,两根石条一千六百斤,如果他能捎上你,那就快了。"

张天爵一心盼望着快些跟恩姐见面,说道:"我还是走近路吧。"

他顺着巧姐指的方向,翻过了山,果然看到通天山就在眼前。仰脸望望,这山高得挂天遮日,挂天的是层层石崖,遮日的是古树苍松。山高云低,山腰下面横着一道又一道的云彩。眼看着一朵白云从中间绽了开,一个老汉推着一辆地拱子车走了下来。转眼的工夫就到了跟前。老汉停下车子就往上装石条。那石条溜直溜直,看样一根真有八百斤,两根就是一千六。张天爵走过去,奇怪地问:"山上还没有石头吗,这么重的石条往山上推,能推得上去?"

老汉说:"山上有石头不成材,天宫里新盖了一座大殿需要两根石柱子,得从这山下推。"

车装好了,张天爵说:"老大爷,我帮你拉拉车吧,反正我也要上山去。"

老汉笑笑说:"好吧。"

老汉在后面推,张天爵在前面拉,可是拉着,拉着,张天爵不知怎的却上了后面啦。那地拱子车,越岩爬坡就跟飞一样,不是他拉车,是车子拉着他。老汉停住了车,笑道:"看来你是个实心人,怪不得恩姐去找你,都是两好辩一好。我知道你是去找她,就躺在石条上,我把你捎上山去吧。"

张天爵很是过意不去,说道:"老大爷,你推着这么重的载,我哪能再上去。"

老汉哈哈地笑道:"不要紧,多个几百斤,根本试不出来。"

张天爵躺在了石条上,只觉得风呼呼的,一会儿的工夫,就到了山顶。老汉叫张天爵下来,说道:"通天山早过了,这是平顶山,年轻人,我要走了,你自己找吧。"说完,推起车子便不见了。

平顶山,真个山顶溜平的,顶上青的是松,红的是果,水从竹林边上流,张天爵却没心看景,这里找,那里找,连半间小屋也没找到。看看天黑了,山顶有棵大枣树,上面树杈溜平溜平,躺上去,还能当枕头。他打量了一下,便爬了上去,迷迷糊糊刚要睡着,却听到有人说话,连忙睁眼一看,见树底下是个院落,月亮地里清楚地显出了三间房子,窗上还有灯光,一个孩子站在院子里吆喝:"树上有人!树上有人!"随着喊声,从屋里走出个女人来,一看,说道:"那是你爹,快叫你爹下来吧!"

孩子就招呼说:"爹!快下来!"

张天爵从树上下来,一认,女人就是恩姐,不禁放声大哭,说:"我千辛万苦走了好几年,你不知道我路上受了多少难!"

恩姐说:"你受的那些难我都知道。"说着,把裤腿一挽,看那腿都跑紫了。

张天爵恍然大悟,为什么沙漠里会出现平道,为什么狼和虎都朝两边分开,又为什么大虫让自己从身上过去,原来都是恩姐赶去从暗中安排好的。他路上走了这多的日子,孩子都六岁啦!恩姐说道:"你看到巧姐织天榜,每卸一机子布就是一代人,世上的日月比穿梭还快。咱俩夫妻之情就到这里咧,你千万不要想我,天下除了男欢女爱以外,还有许多更重要的事情呢!何况你还是天榜上留名的人。这次,你把儿也带走吧。"

张天爵听了,心里的话:不管你天说地说,这趟我好不容易到了这里,怎么的我也不能回去。

又说了一阵话,才都睡了。

第二天早晨一睁眼,可真是怪事,他和儿子都在自己家的书房里啦。旁边还放着一部厚厚的兵书。这是九天玄女把兵书传给他了!

据说,后来张天爵是文也能,武也能,还精通兵法哪。

奇里的故事

俺这里流传着这样一句谚语：

"南山顶上轱辘车，有后娘，就有后爹，能舍个做官的爹，不舍个讨饭的娘。"这句谚语车轱辘样，说过来，说过去，千家万户的，不知讲说了多少辈子，细寻思起来，也是实实在在的话，半点儿也不差。

从前，有一家子，夫妻俩过日子，要地有地，要钱有钱，高房大屋，骡马成群，日月过得很是富庶。足上加足，美上加美，成亲刚满三年，就生了个白白胖胖的小儿子。浓眉大眼，欢喜煞人。两口子爱得就跟摘下了天上的星星样，给他起名叫奇里。可是谁家门前也不能挂无事牌,这小奇里七岁的时候,娘得了个不治之症,下世去了。夫妻恩爱,生离死别,爹难过得有跟去的心肠,看着小奇里哭哭啼啼找娘,更是止不住眼泪往下流。早年的世道,门前拴上高头大马,不该看见的也看见了,那些来提亲的,这个进,那个出,成天篱风不歇。开头,觉得奇里娘刚没了,怎么也不忍再娶一个进门。他本来是个买卖人,日子长了,心下犯愁,还能成天住在家里窝伴孩子?寻思这样下去终究不是常法,怎么也得补贴上个人儿才好。一放口话寻亲,那还不快吗?没过多久,就说中了一个姓张的闺女,长得十二分人才,又年轻。娶过门以后,两口子辫合得很好。拿着奇里又知冷、又知热、又知饥、又知饱的,就跟亲生自养的一样。

可是好景不长,整整过了两年,后娘又生了个男孩,起名叫奇外。人吃良心树吃根,虽说人还是那个人,心却变得不一样了,看亲生的孩子是珍宝,看前窝的孩子眼中钉。她想到:要是没有这个贼子子,这家财好歹是我生的孩子来承受,如今留下这么个贼种,日后家产就得分一半去。怎么样能剩下我自己的孩子才好。她虽说很想把奇里这个眼中钉拔掉,但有这个心却没这个胆,再说还有他爹。凡是一心想做什么事,做不到,心里就难受。要说又说不出口,窝憋来,窝憋去,忽忽悠悠,吃也不想吃,喝也不想喝,看着哪里也不足,立脚不住,抱起孩子上了娘家。到了娘家,她还是提不起精神,两个眉头蹙做一堆,咕嘟了嘴,连口也懒得开。她娘家

427

有个哥哥,是个狼心狗肺的家伙,问她说:"妹妹,每次来,都见你喜得满面添花,今天怎么恹恹苶拉的不高兴,是不是有什么犯愁的事?"后娘喘了口粗气说:"吃不愁,穿不愁,能有什么事?"哥哥打量着她,说:"你一定有什么心事!我会看。咱亲兄热妹,有啥事也不要瞒我。"后娘道:"我说出来也没用。"哥哥说:"只要你肯讲出来,咱就想办法,有葫芦不愁画不出瓢来。"后娘道:"咱是兄妹,没有走了的话,我就对你实说吧,自从生了你这个外甥,我总觉得前窝的孩子是多余的,怎么弄死他才好,可是我没有这个胆。"

哥哥听了,点点头。他是个抬头想歪门、低头走邪路的人,低头抬头地寻思了一阵,说道:"哈!都说风来刮大坡,事来找大哥。这一次,找你大哥算是找对了。我想啦,你要除掉奇里,还得借妹夫的手!"后娘说:"这怎么能够呢?儿子是他亲生的,定准不肯。"哥哥不以为然:"哎,骗死人不偿命嘛!我知道恁俩瓣合得好,恩爱夫妻一枝花,这事儿就捏在了你手心里哪!我传给你一个方法……"后娘赶紧接住嘴说:"什么方法?"哥哥说:"我上药铺里给你抓副药,不是吃的药,是往脸上身上抹的药。你趁妹夫出去做买卖,半月后才回来,在他回来以前,你就把药抹上装病。"他还把怎么装病,先说什么,后怎么办,都把主意教给了她,又说:"你看他应口不应口,要是他不应口,我再琢磨第二计。"

抓来了药，后娘拿着回了家。真个是：狼心肠，当后娘。在男人回来的头天晚上，后娘把药加水和了和，先抹在了脸上，本来是红花桃色的脸面，立刻变得蜡黄蜡黄。她又把身上也抹了个遍。第二天早晨也没起来，哼哼呀呀躺在床上装病。听到男人回来了，更是满炕上滚，好像疼得受不了一样。这个当爹的，哪里还顾得去看孩子，立时走到炕前，只见女人脸跟黄表纸样，昏昏惨惨、披头散发的，大吃一惊，叫道："你这是怎么啦？"后娘强支着身子抬起头来，有气无力地说道："自从你走后，就得了这病，浑身就跟绳子绑着样，捆得没有一点埝子不疼的地方。"说完，又大声哎哼了起来。男人急了，饭也顾不得吃，水也顾不得喝，脚步没停窝回头又去请医生。陪着医生看了病，又去抓来了药，亲自熬好了，端到炕前。后娘把药偷偷给倒了，还假装病越来越厉害。男人更急啦，请来了一个医生又一个医生，抓来了一副药又一副药，成天愁得在屋里团团转，连门也不出了。后娘装病不吃饭，耗了一天又一天，到第三天，再也耗不住了，心想：这样耗着不吃饭，生饿也饿煞啦，怎么也得往外支他。说道："近处的医生治不了，你到亲戚家去打听一下，有没有好点的医生。"他哪知是计，忙忙地走了。

后娘吃饱了饭，等男人回来，喘吁吁叫一声："孩子爹！什么医生你也别去请了，我这个病不用治，留着钱好再说个媳妇，反正媳妇是南墙的泥，去了旧的换新的。"说罢，泪流满面。爹也眼泪汪汪："咱老婆汉子贴心热肝，怎么能说出这样话，有病还能不

429

治?"后娘说:"我也盼着咱有恩有义地在一搭,可是就怕不能够了。你走了以后,来了一个老道士,衣裳圆领大袖的,手里还拿着个拂尘,说:'行善的给我点水喝吧?'我说:'我病得十分沉重,凉水烧成热水也不能够。你坐下等等,孩子爹一会回来,让他烧水你喝。'他看了看我,说:'你是得了不治之症呢。'我就哀求他,说:'先生,你会看病,再仔细给我看看,难道没有一线生路了吗?无论如何,请你救我一命。'他说:'我倒有个药方能治,只是那味药不容易得,要一个十二岁的叫奇里的孩子心,他的心是七窍玲珑心,用他的心,放上七片姜,得烧七个开,药到病除,百发百灵。'"

听到这里,爹直了眼。后娘见男人没有吭声,在炕上一滚,"哎呀"了声,一阵老牛大憋气,脸都憋紫了。爹急了,一把抱住她,叫道:"奇里娘!奇里娘!我给你治,奇里的心能治,我也扒出给你治,只要治好你的病就行。"又说又叫,后娘装得好像缓过了气,眼睛似睁不睁地说:"他爹,我这还活着吗?""活着,不管怎样,我也给你治。"后娘假惺惺地说:"那怎么行,咱奇里是个好孩子!常言道:'有钱难买亲生子,无钱可讨有钱妻。'"爹说:"为给你治好病,只得舍了他啦。再说,他长大了还不知出息个梁,还是出息个柱。"两口子就这么商量定了。

一狠百狠。第二天,吃着早饭,爹说道:"奇里,今天不用上学啦,恁姥姥想你,咱去看看她。"奇里答应了。吃过早饭,爷儿俩就出了门。本来该往北走,爹却领着他往西走。奇里说:"爹,你走的不对,往俺姥姥家是上北一溜净平的大道,怎么能往西走?"爹说:"唉,打山上走能近五里路。"爹在前面走,奇里跟在了后面。他家还养着个小巴狗,也跟着来了。到了山上,爹说:"咱坐下歇歇。"父子俩面对面坐在了石头上,小巴狗也趴在了旁边。

停了停,爹说道:"奇里,今天我不是领你上姥姥家,你知道恁娘病了,昨天来了个仙家,说只有十二岁叫奇里的孩子的心能治。除了你还有谁呢?奇里!你亲生娘死了,如今这个是后娘,她得了病,要是治不好,奇外也没有亲娘啦。舍不得孩子治不好病,只得舍了你啦。"

懂事的奇里眼泪往肚里咽,说道:"俺后娘吃我的心能治好病,在家跟我说就是了,怎么还用领我到这山上来?"他面不改色,把衣裳前襟往脸上一蒙,说:"爹!你挖心吧!"

爹一心用在后娘身上,把前妻的恩情,全抛在了东洋大海,对小奇里也不可怜,恶狠狠把刀举了起来,眼见着奇里的小命就要完了,趴在旁边的小巴狗,把他俩的话听得明明白白,它想:我不救他,谁救他呢?不等爹的刀砍下去,小巴狗猛往上一蹿,正扎在了脖子上,没叫一声就死去了。爹愣了愣,心想:为什么巴狗子会跳起来,拱在刀口上呢?说不定这是神仙的意思,也许这狗心也能治。于是他把狗心挖出来,拿着回家去了。

431

爹亲自把心切成了七片，放上了七片姜，烧了七个开，端着送给了女人。后娘把他支使到外面去，悄悄把煮了的心倒进炕洞里去了。男人回来，她说："这药真灵，我吃上就觉得浑身松快啦，肚子也不难受了，想吃点饭。"得着这一声，爹的脚步再没有那么快当的，急忙又去做来了饭。后娘吃了，起来洗了洗脸，跟好人一样啦。

这边，奇里躺在石硼上，衣裳蒙着脸。等了一歇，不见动静。又等了一歇，还是不见动静。掀开衣裳大襟一看，爹不见了，只有小巴狗死在旁边。奇里很难过，他是个聪明孩子，寻思，定准是这个巴狗替了我。去搬来一些石头砌了砌，把狗埋在了里面。看看天已不早，往哪里去呢？想想：家是不能回啦，别处也没有地方可去，只有上姥姥家了。起身刚刚要走，从山上走来了一个老汉，白胡子垂胸，长眉遮脸，叫道："奇里！奇里！"奇里寻思：这不是叫我吗？自己跟他不认识，他怎么会知道我的名呢？想着，脚下就站住了。老汉又叫道："奇里！奇里！"二次地叫，奇里只得答应了。问道："老大爷，你叫我有什么事？"老汉问："奇里，你上哪儿去？"奇里说："我要上俺姥姥家。"老汉说："不能去。你上恁姥姥家，日子多了，没有个不透风的墙，恁后娘还能不知道吗？"奇里犯愁地说："那我上什么地方去呢？"

老汉说道："我给你指条路。你别往东，也别往南，从这里，往正西走。有句话说：谁走的路最长，就能到西天佛地。路上，你得经过白云山,白云山上有个安乐寺,到那里不知有多么远,我给你七粒黄豆,你吃着到了那里,再请求老和尚给你七天的干粮,走七天,便到了王家庄啦。过了河就是西天佛地,你找西天佛爷问问,你多咱能得到好处。去吧,好孩子,有上不去的天,没有过不去的关!有人就有路。"说完,老汉给了他七粒黄豆,又伸出手朝前一指,奇里顺着他指的方向望去,看前面有条白光的小路。转脸的工夫,老汉不见了。

奇里按照老汉的指点,上了路朝西走去。他从早上吃了饭,再没有半个米粒子落肚子,觉得实在饿了,便拿出豆粒吃了一粒,心想:吃这么个豆粒子能顶什么?总共只有七粒,要再吃又不舍得。说也真怪,奇里觉得如同吃了顿丰富的宴席样,饱饱的,一点也不饿啦。走到半夜那阵,乏了,就躺在路旁睡一觉,起来再走。这个豆粒子,整整地饱了一天一夜。第二天傍晚,他又吃下了一粒,累了还是在路旁躺下便睡。七粒豆子吃完啦,连黑搭夜地走了七天,真个到了白云山啦!山高显云低,只见山腰里白云花儿飘飘的,老远就望到崖前树影里显出了许多楼台殿阁。奇里一见,心里那高兴劲儿实在没法说啦,急忙流星样赶到那里,果然是座寺院,只见绿的槐,青的松,特别是山门外面,一边一棵白果树,根下都有七八搂粗,绿叶阴森,树干直上有千尺多高。奇里正要进门,看到从门里走出来一个小和尚,便连忙向前,请求道:"师父,有没有残汤冷饭,给我点充充饥!"小和尚把他上下打量了打量,什么也没说，急忙转身走了回去，告诉老和尚说："咱山门外面来了个讨饭的，看样也不过十一二岁的年纪。"老和尚听了，好一歇没有吱声，心想："我现年九十岁了，打二十岁就在这安乐寺里做和尚，从来这寺院没见过讨饭的。"

老和尚说："好吧，你去把那孩子领进来看看，上不够村，下不够店，这里四外几百里路内没有人家，哪有带着干粮到这里要饭的。"

小和尚出来把奇里领了进去。

老和尚问道："你是哪里人？"奇里说道："我是奇家疃人，叫奇里。"老和尚说："年轻的时候，我曾到那里化过缘，离这安乐寺有七百多里路，你怎么上这里讨饭？"奇里说："我是打这里路过。""你上哪里去？""我到西天佛地那里，去找西天佛爷问问，我什么时候才能得到好处？"老和尚听了，一阵哈哈大笑，说道："你这是妄想。有西天佛地这个地方，离这里只有七天的路程，可中间隔着条无底河，谁也过不去。"奇里说："不管怎样，我也得过去，老师父，你有残渣冷饭，给我点吃吃，再求你给我七天的干粮。"老和尚说："好吧。"又对小和尚说："你去给奇里拾掇点饭来吃。"

这个寺院很大，有七十多个和尚，老和尚亲自去吩咐给奇里弄七天的干粮。奇里吃了饭，七天的干粮也准备好啦，他说："老师父我要走啦，到王家庄还得七天七宿。"老和尚心里纳闷：到王家庄七天七宿他也知道，一定是经过了明人指点。见奇里背起干粮往外走，他在后面也跟了出去。过了大殿，到了山门外面，老和尚指着门两边的白果树说道："这两棵树，有一千多年了，年年光开花不结果，你要是能见着西天佛爷，请你帮俺问问，为什么光开花不结果？"奇里说："师父，我记着了。没有别的事，那我就走了。回来再见。"

整整走了七天七夜，还是那样，什么时候饿了什么时候吃，瞌睡了就在道边上困，不管怎样，总算太太平平地到了王家庄。一进村，看到路旁有座坐北朝南的大门楼，高高的瓦房，屋顶上哈巴狗子钢叉手。一个四十来岁的汉子坐在门外的上马石上。奇里走过去，说道："大爷，我是行路人，天黑了，你留我个宿吧！"这财主姓王，都叫他王员外。看奇里是个挺好的孩子，说道："行呃，谁出门也不能背着房子走。"他把奇里领回家去，又拿饭给他吃，奇里很过意不去。吃完饭，两个人就你一言我一语拉开了呱："你这个年小的要到哪里去？"

"我要到西天佛地，去找西天佛爷，问问他我什么时候才能得到好处？"

王员外哈哈大笑，说道："西天佛地离这里很近，出了庄就能看到，可中间隔着那条无底河，谁也过不去。"

奇里说："千难万难我也要过河去。"

王员外见奇里人小志气大，心里虽有点信不过，但也不由得点了点头。

第二天早晨，奇里要走，王员外送出了门外说道："有桩事，想托你跟佛爷问问，你就说，王家庄有个王员外，有万贯的家财，一辈子无儿，只有一个十一岁的闺女，不会说话，求西天佛爷告诉下，她什么时候才会说话？"

奇里高高兴兴地答应了，喜喜欢欢地辞别了王员外。果不然，出了村只走了三里路就来到了无底河边。望望河对岸，碧云紫雾里，露出了一座金煌煌、光灿灿的宫殿。这河是南北流，黑浪滔天，往南看也看不到头，往北看也看不到边。奇里心里犯愁，嘴里不觉说道："我要去问问西天佛爷，我什么时候能得到好处，可是河上连条独木桥也没有，这怎么能过得去呢？"在他自言自语的工夫，从河里"呼哈"一下冒出了一条金色大鲤鱼。奇里忙说："鱼大哥！鱼大哥！你能不能把我驮过河去？"鲤鱼点了点头。奇里又说："要是你能驮我过去，就靠岸让我上去吧。"鲤鱼一下子靠了边，奇里忙爬上去，大鲤鱼尾巴一摆煞，嗖嗖地蹿到了河西，奇里上了岸，回头说道："鱼大哥，幸亏你！不然我怎么能来找西天佛爷。"大鲤鱼把嘴一张，说道："不用谢，我也有桩事托托你，那西天佛爷坐观天下，立见八方，没有不知道的事情，我在这无底河里修炼了两千多年，虽然会说话，可跳不过龙门去。你帮我问问西天佛爷，怎么样才能跳过龙门去？"奇里连忙答应了。

奇里又往前走，走着走着，迎面来了个老汉，拄着龙头拐杖，看看，好像挺面熟。哎呀！那不就是给自己指路来的老汉吗？奇里就像见到亲人样，急步迎了上去。近前一看，又不完全像。老汉也是白胡子当胸，蓬松松的眉毛，笑嘻嘻的模样。奇里恭恭敬敬地问道："老爷爷，你知道西天佛爷住在什么地方吗？"老汉说道："不用找啦，有啥事就问我吧。"

奇里说："白云山上有个安乐寺，安乐寺的山门外面，有两棵一千年的白果树，老师父让我替他问问，为什么这两棵白果树光开花不结果？"

老汉高兴地说："你回去告诉他，门东的那棵大白果树，根底下埋着金条；门西那棵大白果树，根底下埋着银条；把金条银条挖出来明年就开花结果了。你还有什么事，快点趁紧问，晚了就来不及啦！"

奇里急忙忙又问："王家庄有个王员外，他托我问问，他有个哑巴闺女，到多咱才会说话？"

老汉哈哈笑道："见了本夫就会说话了。快点吧，再一再二，顶多问三次！"

奇里跟着说："无底河里有个鲤鱼精，叫我问问，它修炼了两千年啦，怎么还跳不过龙门去？"

老汉说："它脖子底下有个瘤，用手掐去，来年三月三，就能跳过龙门啦。"

给别人都问完了，奇里刚要问自己的事，老汉却一摆手说：

"行啦，行啦，记住我的话吧，千金难买心眼好！"说完，躺到地上打起了滚。滚着滚着，变成泥块了。

奇里惊讶地瞪大了眼睛。不仅是老汉变成了泥块，抬头看看，前面哪里有什么宫殿，只有云彩飘飘的，一会儿黄色，一会儿红色，一会儿又变成紫色，四外连个人家也没有。他是灵性的孩子，低头一想，立刻明白了："哎呀，自己见着的就是佛爷呀！"

他想，别人托付给自己的事都问到了，便高高兴兴地往回走啦。到了无底河岸上，大鲤鱼早已把头拱在河边上等着，见了奇里，叫道："可盼到回来了，我托付你的事，给问了没有？"奇里说："问了，问了，西天佛爷说，你脖子底下有个瘤，把它用手抠去，来年三月三就能跳过龙门去。"大鲤鱼欢喜地说："你快帮我抠去吧。"奇里一抠就抠了下来，正要往河里扔去，大鲤鱼忙止住他说："这是颗夜明珠！我修炼了两千年的工夫都在这上头，它黑夜能照见四面八方，你千万把它带上。"奇里才知道这是个宝物。便把它别在了裤腰上，大鲤鱼又把他驮过了河。

奇里快步流星地赶到了王家庄。王员外闺女正在门口站着，见到奇里，回头往家就跑，一面吆喝："看，那个人又来了！"

哑巴闺女会说话了！王员外十分欢喜，两口子一齐迎了出来。奇里说："我给恁问啦，西天佛爷说，她见到本夫就会说话咧。"老妈妈看中了奇里，想把闺女许给他，王员外却起了二心，他想：自己的闺女会说话了，找个门当户对的人家成亲才好，哪能给个穷要饭的！吃完了饭，安排睡觉，依着老妈妈的意思，叫奇里在北屋炕上睡暖和。王员外却瞪起眼说："你糊涂啦！"硬叫奇里到厢房屋去睡。老妈妈打开柜，拿出了一套又一套的铺盖。王员外瞅着说："拿那么多铺盖做什么？"老妈妈说："厢房屋里冷。"王员外说："年小的有火力，一套铺盖就行了。"

奇里睡在厢房屋里。王员外一家三口在北屋上房里困，暖屋热炕。老妈妈心想：又没给孩子烧烧炕，铺盖也不多，冰凉的，能不冻着吗？老妈妈睡不着，起来坐在炕上。越坐屋里越明，越坐屋里越明，咦！怪啦，又没出月亮，怎么会这样明呢？欠身趴在窗上往外一看，只见厢房屋窗上明光四射，扎眼那么亮。她大吃一惊，连忙叫醒王员外："哎呀，你快起来吧，都是你叫他上厢房屋里去睡，定是嫌冷，摆弄火，着起火了！"王员外睡得冒冒愣愣，一骨碌爬起来，连忙打窗上看，说道："火不是这样的色，你看是显蓝的光。"老妈妈仔细一看，真的不像火光。那是什么东西发亮呢？为了弄个明白，王员外亲自上了厢屋，看看屋里更是亮得跟大白天样。奇里躺在凉炕上，衣裳放在旁边，里面包着什么，万道霞光隔着衣裳透了出来，照得四外晶亮。王员外知道这是宝物，见奇里还没睡，说道："晚上也没给你烧烧炕，是不是凉？"奇里说："不凉。"王员外又亲自去抱草烧炕。奇里见王员外来了，就起来穿衣裳。王员外看到了夜明珠，问他："你这珠子是在哪里得的？"奇里照实讲了，又说："你看我把衣裳都包上，亮光还照了出来。你

439

喜欢，就送给你吧。"王员外把夜明珠接到手里，看看，滚圆滚圆，明晃晃，亮晶晶，比十五的月亮还光彩，称赞道："这是无价之宝啊！"

给了他这颗夜明珠，王员外转了心，说道："奇里！你就留在这里吧。别说你没有家，就是有家也不用回去。我给你请一个文先生，请一个武先生，教你朝习文，夜习武。"奇里喜出望外，答应道："好！只是我得上白云山上安乐寺去一趟，来回得半个月。"

王员外替奇里准备了一大布袋饼，吃着去白云山。老和尚把他接到了大殿上，摆下一桌上好的素席。酒过三巡，菜过五味，奇里说道："我去西天佛地，给恁问了那桩事，西天佛爷说：'门东的那棵白果树，根底下埋着金条，门西那棵白果树，根底下埋着银条，把金条银条挖出来，明年就能开花结果了。'"

老和尚口里答应着，心里想道：有没有，那还得挖挖看。安乐寺七十个和尚，挖起来那还不快当。没刨下去多深，门东那棵白果树底下挖出了金条，门西那棵白果树底下挖出了银条。谁也猜不着挖出了有多少，你看吧，金条闪金光，银条闪银光，堆在那里就跟两座金山银山样。老和尚欢天喜地地说："这安乐寺早就该修，有这么多的金银，今年就把它大修一下。"奇里也高兴地说："恁寺里好了，我也有了着落，王员外留下了我在他家里念书。"老和尚说："多亏你去问了西天佛爷，才挖出了这么多的金条银条，怎么也得分一半给你。"奇里说："我一点也不要。"老和尚说："你得要，拿去好置房子置地。"奇里说："不用，恁只要给我七天的干粮，我吃着回王家庄就行了。"老和尚说："那好办。"又非留奇里在寺院玩几天不可。一面打发一个叫飞毛腿的大徒弟到王家庄去，急里巴火地叫王员外，有多少车来多少车，还从王家庄又雇了七八辆，一起带回了安乐寺。没等奇里回去，十几大车金银，就送到王员外家了。把东西两厢都垛满了。

奇里回到了王员外家，朝习文，夜习武，过了七八年，长成了一个能文能武的好后生。有一天，两个先生去对王员外说："你这门婿，文也不用习了，武也不用习了。"王员外说："怎么？"教习文习武的两个先生都说："今年京里开考，保他能中状元。"果然，奇里进京去，文考武考，都点了头名状元。早年中了状元，是要修状元府，状元府就修在王家庄。祭祖还得回奇家庄。奇里把自己的遭遇奏了一本给朝廷。从前，父害子没害死，按律条是该发配的。状元还没出京，圣旨就下去了，把奇里娘发配到沧州，把奇里爹发配到山西。

奇里回到家乡，想起小巴狗的恩情，便在埋狗的山上修了一座塔。然后才又上了王家庄和王员外的闺女在状元府里成了亲。

奇里这样，那么后娘生的孩子奇外呢？那就不知道了。真是像俗话说的那样：只知其里不知其外呢。

枫山下的故事

人不是一样的人,木不是一样的木,人一辈子路长,也许走了弯路,入了邪门,只要能知错改错,还不失为聪明人;如果明知己过,却又不肯改正,那才是个没出息的人哩。提起这话头,不能不说到从前在枫山下发生的一桩蹊跷古怪的事情,论究起来,须儿蔓儿跟上面的话都有关联哪。真个世事深如海,还得细思量!

那时候,枫山下的庄里,有个人姓王,名叫王成,是个半拉子人。怎么说他是半拉子人呢?就是身有残疾,成天病病恹恹的,不能顶个人干活。王成夫妻俩,还有儿子王二、王三,总共四口家过日子。他家老辈里留下五亩半地,村在山沟旮旯儿,地是山岗薄地;

孩子小，大人病，使不上个力量，又做作不好，你不给地吃，地也不给你吃，种一葫芦收一瓢，一年一年地，日月越过越苦寒。这一年冬天，已经傍年靠节了，家里别说吃的缺，连烧的也不多了。王成虽然是拖着个病身子，还是断不了到枫山上去拾草打柴。吃糠咽菜也得加上把火嘛！这一天，王成又上山去，别人都到山顶上树多草厚的地塇去了，王成没力气往顶上爬，只好在半山腰里刨个草墩子，割个棘针棵什么的，好在吃不尽的水、穷不了的山，尽管拾得慢，到半头午的工夫，也拾了那么一小堆啦。拾着，拾着，看到从对面山坡上跑来了三个东西，直扑着自己来了。到跟前才看清是三个狓子。一个大的领着两个小的。三个狓子都凑到了王成的身边，那个大的还朝着王成仰起头，用口含含他的衣裳角，甩达甩达尾巴，两个小的也跟着甩达甩达尾巴，看样像遭到了什么难一样。王成很可怜它们，说道："恁是想让我救救恁吗？"大狓子点点头。王成犯难了，怎么搭救呢？他四下里看看，见身旁有个石硼，寻思了寻思，说道："快，恁三到石硼根下藏着，我使草把恁盖上吧。"狓子听了，点了点头，立刻到那里躺下，王成忙使草把它们盖煞啦。草不多，刚好盖住。

不大一阵，过来了一个打猎的，问王成说道："我撵过三个狓子来，你没有看见吗？"王成说："看见咧，过了沟，往那面山坡上跑去了。"

打猎的一听，立刻朝他指的方向忙忙赶了去。

王成瞅着他转过了山坡,走得看不见啦,才去把草扒拉开,对三个狼子说:"打枪的走了,快逃命去吧!"

三个狼子却没立时离开,围着王成的腿,这么转转,那么转转,那个亲热劲,就像是在感恩样。可把王成急坏了,说:"快走吧,要是打枪的回来,您就没命啦!"狼子望着他,点了点头,跑走啦。

这一年过年,王成和孩子老婆好歹熬了一顿小米粥喝了,算是过了正月初一。年好过,节好过,日子难过。从前穷人有了病,只得硬挨硬拖,越拖越重,没过多久,王成就撒下老婆孩子下世去了。

这可苦了他老婆和王二、王三啦,寡妇孤儿的日月更加艰难了。王成老婆没白没黑地纺线织布,挣几个钱添补着过日子,饥一顿饱一顿的,好歹把两个儿子拉拔得离了地。王二九岁就雇给财主家放牛,一年小两年大,有人看着王二能过日子,就给他说了个媳妇,娘巴不得儿子快成人,早早便娶过了门。

娘欢喜地想:不盼别的,就盼望他兄弟俩能成家立业,要是王三再有了家口那更好啦。日月过得从容,媒婆也看见了,没过几年,娘又给王三也扒揽上了媳妇。就这样,一家五口过日子。这一年,王二媳妇又添了个孩子。按说有媳妇有孩子,是很好的一户人家啦,做娘的也该省心了,可是一言不能说到底,谁家门前也不能挂无事牌。原来这王三一点也不跟他哥哥一样,都说娇子如杀子,这话真不假，娘觉着他是个小的，又是个没爹的孩子，处处疼他，有营生不让他做，有好饭先让他吃，天长日久，习惯成自然，竟养成了个好吃懒做的毛病。不干正事，邪事就来了。王三十二岁就学会了赌钱。王二一个小钱也恨不能掰成两半花，王三十吊钱不当一个子儿那么撂。他更不像哥哥那样，又撅粪筐，又背草篓，天长日久，娘和哥哥还都好说，嫂子可不肯将就他，尽在中间谗言。好心眼子不使，尽生歪点子，对王二说："你成天价一把汗一把土的，没白带黑地干活儿，那王三啥也不干，回来看看饭不好，就摔盘子摔碗的。这么一堆过，尽挣给人家吃，你跟娘说说，咱分家吧。"王二说："可不能这样，娘好不容易把俺兄弟俩拉拔成人，再说爹没了，不看死的看活的，提出分家，不知会怎样伤娘的心咧，这话你可不能出口。"哪知一波未平一波又起，就在这当口，王二家的孩子得病死了，相差只几天的工夫，王三媳妇却坐了月子，添了一个胖胖的大小子。王二媳妇看着又眼气，又难受，背后又对王二嘀咕："天底下就你是傻瓜，心眼就不会转悠转悠，咱两口家，王三三口家！宁添一斗不进一口，咱俩又没孩子，光出力养活他们。"东南风，西北风，不抵老婆枕边风，一遍不听两遍听，架不住成天咕噜，后来王二的心也变了，去对娘说："娘，你不好管管王三吗！他这个样子，谁能跟他过得上一块？我说，你还是给俺兄弟俩分开吧。"

做老人的是不愿意儿女分家的，娘听大儿说要分家，眼泪哗哗地流了下来，哭着说："咱穷家燎生的，好不容易过到了这步田地，恁俩都有了媳妇，恁兄弟还新添了那么个孩子，不管怎样，还是辩合上堆凑合着过吧。"

娘说到了这里，王二心里虽然不高兴，也不好再说别的，低着头走开了。

这天，王三又钻了赌钱场，半夜三更还没回来，娘等了又等。听着门一响，王三回来了，忙点上了灯，叫道："三，你过来，我有话跟你说。"王三只得走到娘的屋里。娘怕他冷，叫他上炕坐下，说道："三，你知道娘的心里多难受呀！我成天难受恁爹死得早，娘没能把你教导好，弯弯木头让你随性长。你成天在赌钱屋里混，能混成个什么人啦？人往高处走，鸟往亮处飞，你就不能改改吗？"说着，娘又哭了起来。

娘哭了说，说了哭，直到鸡都叫头遍，才让王三走了。

常言道：劝了耳朵劝不了心。当场，看到娘为他那么焦心，王三也动了情，回到自己屋里，媳妇又劝他，心里更加觉得不安，便答应了以后不再去赌钱场啦。这天王三果然没去。第二天，王三还是憋着劲儿没去。到了第三天，有个赌友刚一叫，王三的腿就跟有个线线牵着样，一溜烟又去了。

人管人，实淘神，她这做娘的也不能不左思右想：看来话没有错说的，江山易改，本性难移，既然王三还不肯回头，就不要带累他哥哥嫂子了。宁可成一房，不可败一户，于是娘对老二媳妇说道:"我看老三那个行径,不是成家立业的人,反正不成货了,恁愿意分就分吧。"娘说着说着又哭成了泪人。

王二媳妇生怕娘变卦,忙问道:"怎么个分法?"

娘说:"今天不早了,明天你叫老二去把恁舅找来,让他看着给恁分吧。"

第二天,老二媳妇巴明不明地,没等吃早饭就一急二急催着男人上路走啦。

他舅那个村离着十几里路,王二小跑溜嗖地,一阵工夫便到了。不到天晌,就把舅舅请来啦。

娘说道:"再伙着过不行了,你来啦,就给恁两个外甥分开吧。"

舅舅问:"你看怎么分好?"

娘说:"我从进他王家门,就是老辈里留下的这五亩半薄山地,给他们每人二亩,我留着亩半养老。还有这三间正屋,两间厢,他们弟兄两个……"

说到了这里,娘住了嘴,看看王二两口子,又看看王三两口子,叹了口气,低下头去擦眼抹泪。舅舅看老姐姐要开口又难开口的样子,知道她心里有更难念的经,便对外甥和外甥媳妇说:"恁都先出去,俺老姐弟俩拉拉呱。"

看到儿和媳妇都出去了,娘才说:"兄弟,我思量了一宿,就是拿不定主意,跟老二呢,还是跟老三好。老二勤快,可老二媳妇心眼不正；老三不成货，媳妇却厚道，心眼又好，还有那么个孩子，我也恋恋着小孙子。跟老三不用生气，就怕日后挨饿，跟老二肚子不遭罪，可得看儿媳妇的脸子。我千思万想，儿媳妇的气难吃，还是跟小的好。兄弟，你看呢？"

舅舅盘算了一下，说："你愿意跟小的就跟小的吧。"

不用说，家是分开了。五亩半地，兄弟俩每人二亩，娘跟着小儿，这亩半地就伙在了王三份上，总共是三亩半地。三间正屋，娘住东间，王三和媳妇住西间。两间厢屋，王二家两口子住着。家分好了，老舅舅就走啦。

浪子当家，饿死全家。分开以后，娘数叨儿子说："三！勤俭是生路，懒惰是败子，如今跟你哥哥已经分门另户过日子了，可得拾粪拾草做营生哪！你要是再老赌钱狂荡，别说吃穿没着落，连这点家当也不够折腾的。"常言道：偷食的猫性难改。那王三从小就没干过活，又怕苦，又怕累，还是成天钻赌钱场。一天晚上推牌九，开头赢了两吊钱，后来却越推越输，越输越气，一夜的工夫竟把三亩半地全输了。回到家里，娘和媳妇埋怨说："你把地都输得精光，往后咱怎么过呢？"王三妄想能捞回来，准备把房子去押上。娘和媳妇也拦挡不住，拔腿又往宝场去了。王二赶去把他叫了回来，责备了他一顿，王三才躺下睡了。

王二上了厢屋里，对自己媳妇说："要是再把房子输了，叫咱娘往哪里去存身？"

王二媳妇说:"我看咱干脆搬出去住吧!不然,守在眼前,又是老的,又是小的,有碗饭到底给谁?今给了,还有明日,天长日久地,那不是填不满的窟窿眼子吗?"

王二着实听媳妇的话,东说东向,西说西向,真个出去找了几间房子,两口子悄悄搬走了。

这事情又是发生在傍年靠节的工夫,第二天就是腊月初八,家家都吃腊八饭。娘心想:打一千,骂一万,瞎不了腊月初八这顿干饭!就是吃不上干饭,哪怕喝顿稀粥呢。

娘手里还攒下了三尺花线布子,生了待死的心肠,天还不亮,她就把王三叫醒了。说道:"三,你起来,我还有这点东西,你拿到集上去卖了,多少淘换点米回来。唉!你哥也搬出去了,娘千不怨,万不怨,只怨我自己,从前没好好管教你,如今你长大啦,娘后悔也晚啦。反正就这点东西,也是娘最后一点心,你要是把它撂啦,那就连口稀饭也喝不上。"

俗语说:娘疼儿,路样长,儿疼娘,线样长。王三见娘那样伤心,也难过:看看,自己不学好,叫老娘跟着受这样的折磨。过去都是吃了早晨饭去赶集,这只好饿着肚子上路。临走的时候,娘嘱咐道:"卖了布子,你就在集上多少吃点东西垫垫饥吧。"王三答应着出了门,顺着小路,经过了枫山脚下,小路,大路,走了一阵子,便到了集上。虽说天还早,可是集上包子、烧饼,卖各种各样吃食的小摊小贩早已在招呼买卖。押宝棚里,更是吆三喝四地在里面咋呼得山响。王三从棚子前走了过去，头不抬，眼不睬，到了布市上，把花线布子卖了，自己也没舍得买口吃的，就上了粮食市，因为卖米的还没来，便溜溜达达到处串。又听到宝棚那里"幺二三、四五六"连声喊，心想：反正自己不赌，进去看看怕什么？这样寻思着，那脚步已经迈了进去。真个人到杀场，钱到赌场，一会工夫，王三把卖花线布子的钱又输了。

都说血汗钱，王三输掉的岂止是血汗钱吗？这是全家的命根子！走的时候，娘已经把话说绝了，回去也没什么指望。他垂头丧气地出了宝棚，那心就跟在锅里煮着，不知往哪儿走才好。昏头晕脑的只得往家里走去，到了枫山脚下，快要看到自己的家门啦，不禁又停了下来，心里自己恨自己："满道是人，哪有我这样的，老婆孩子都在家里张口等着我拿米回去，我却钻头不顾尾地又去输掉了。自己怎么有脸面家去见娘呢？"人到急处，船到失处，到了这步田地，那心里滋味也很不好受，躺在路边哭了起来。哭着，哭着，就睡着了。

到了过午，散集的工夫，赶集的人一帮一帮地往后走，有人说："恁看那里躺着个人，像是王三，八成又在赌钱场里喝醉了。"走过去了若干帮子人，就没有一个去招呼他的。睡到了半夜的工夫，来了个老汉，一直走到了他的身边，说道："王三！你起来，睡在这里，不怕狼虫虎豹把你吃了？"王三说："我这样的人，狼虫虎豹也不稀罕吃，人没脸，树没皮，活在世上没有益。"

老汉说:"我知道你把恁妈花线布子卖的钱又输了,没脸家去。人不伤心泪不流,只要你愿意回头,有志气改正,学好为人,那就有方子治。你听我的,快起来跟我走吧。"

王三很是惊疑,这老汉是谁呢?他叫我听他的,不知他是个什么人,半夜三更叫我跟他去做什么?不听他的,自己又没脸家去。尽管天色很黑,树木如墨,可老汉的面目却能够看得一清二楚,善模样,笑嘻嘻,身上穿戴也齐齐整整的。寻思,反正自己现在不如个秋后等死的蚂蚱,还怕什么?

老汉叫王三扯着他背后的衣裳襟,觉得两脚跟飞起来一样,两旁只见树梢摆,嗖嗖地不多一阵就到了一个院落前面。只见高高的门楼,黑漆光亮的大门。老汉领他进去,屋里摆设得更是整齐,八仙桌子,太师椅,都油漆得晶明瓦亮。老汉叫他在桌子旁边坐下。王三心里直颠撅:"哎呀!这是到了个什么地方?"桌上摆的有茶壶茶碗,老汉倒了一茶碗水,让王三喝着,说道:"王三,你还记得恁爹吗?人靠好心,树靠好根,恁爹可是个好人,一辈子救了不少的人!可惜寿命短,早早就下世去了,我还欠他的恩,没有报答呢。今天我要是不把你拉了来,恁妈就没命了!不为活的,还为死的,我跟恁爹早就认识,我给你当个老干爹吧。"

王三连忙跪在地上,就要磕头。老汉赶紧躬下身子,把他扶了起来,说:"你一定饿了,赶紧拿饭来吃吧。"一声招呼,从外面进来了两个闺女,老汉说道:"这是恁王三哥。"又对王三说:

"这是你两个妹妹。"两个闺女进进出出的,不多工夫,就把饭菜摆了一桌,还拿来了一壶酒。老汉又对王三说:"酒你就喝这些,饭要吃饱。"想想,饿了一天的肚子,见了这么些好东西,那眼里就跟伸出小手样,答应着,话也顾不得说,只顾快吃快喝。看看吃了八成饱,老汉怕他饿了一天,吃多会撑病了,便说道:"你吃饱了吗?"王三见问他,便不好意思再吃啦。老汉说:"我领你去看看恁干妈吧。"到了后屋,推门进去,只见一个老妈妈坐在炕上,亲亲热热地把他叫到跟前,问这说那的。老汉说:"行了,让他闭闭眼,明早好回去。"

也真是,没有多大的工夫,天就亮了。一家人起来就忙活开啦。老妈妈给王三挖上了一布袋米,两个闺女每人提来了一大捆柴火,都做一担儿挑着。老汉又拿出四个雪白光亮的元宝,给了王三,说道:"我也不留你了,恁娘还在家里挂挂着你,这一次,可万万不能再去赌钱了。"

王三挑起了担子,觉得沉甸甸的。出门一看,都是立陡的山坡,羊肠小路曲里拐弯的很不好走。老汉说道:"恁姊妹俩送送恁王三哥。"姊妹两个答应了。紧走慢走,到了一个山坡上,姊妹两个说道:"就送你到这里吧,翻过前面的山口就到家了!记着,爹叫你过了年,正月初三再来呀。"

果然,翻过了山口,又走了不多时候就到了家啦。娘和媳妇正在炕上掉泪,见他挑了这么一大担东西,娘问:"怎么那一点布,换回了这么一袋米?"

王三说:"都别哭了,今年咱过个富庶年吧。"

媳妇拿了个瓢上袋子里去挖米,王三说:"恁那饿了,快多挖些,吃顿干饭吧。"媳妇说:"那得一大瓢米。"娘说:"还是细水长流好。"王三从身上摸出了四个元宝,说道:"有这些银子,吃什么也行。"

娘问道:"昨天你到哪里去啦,怎么才回来?"

王三说:"昨天黑夜我宿在一个老大爷家里。"接着,他便把自己怎样输了卖花线布子的钱,怎么躺在了枫山脚下,半夜里,老汉如何把自己领到家里,说了些什么,又怎样给他东西,都一来二去地说了。

娘说:"那老汉顶着救了咱一家人!不然,娘和你媳妇子也过不去年。这恩情你可要记住呀!"

到了正月初三,王三说:"干爹叫我初三日去,我去吗?"

娘说:"怎么能不去,得人滴水之恩,要当涌泉来报。咱没别的,你去买上两斤点心,就算是表表咱的心意吧。"

王三过了山口,到了和闺女分手的山坡上,看到两个闺女早已等在了那里,迎上来说道:"俺爹和娘都在家里等你哪!"

二次去,老汉和老妈妈待王三更加亲热。黑夜,老汉和他睡在一铺炕上,不停地跟他说话拉呱。老汉说道:"恁村里有个财主,叫王金槐,这就快落败了,他在恁庄北面有块十亩大的地,四旮旯还有九十亩,我看恁就把它这一百亩地买下吧。"

王三说:"我拿什么买?"

老汉说:"叫你买,你就买,明天我再给你些银子,回去先把满家子的旧衣裳换换。等财主家卖地,你就快来搬钱。"第二天,王三家去了。

到了过午,就听说财主家要卖地。王三去问,王金槐瞪了他一眼:"你问这个干啥?你不知道买地得用钱吗?"王三说:"我来问,就能买得起。"王金槐说:"你买一指还是买一寸?"王三说:"你卖十亩,我要十亩,你卖一百亩我要一百亩。"王金槐还是不相信,说道:"我卖地要现钱,今天你真能拿了银子来,我一百亩地当五十亩地收你的钱。现在你先拿出十五两银子,把地契押着。"没想到王三当场找了六个中人,又跑回家把押约的银子拿了来,便赶紧到老干爹那里,搬回几百两银子,当着王金槐的面一摊,王金槐傻了眼。可是有中人作保,只好半价把一百亩地全卖给王三啦。

后响,王三拿着约去给干爹看,老汉嘱咐他:不要到那十亩地去,不管出了什么稀奇事,都不要去,过七天,晚上你再来。王三答应了。

到第三天早上,有人跑来告诉他:"王三,快去看看吧!瞳北面你新买的地里,看不出有多少人在那里修盖,把中间那十亩地全给你摆治了。"

娘和媳妇都催他:"你快去看看吧。"

王三说:"干爹告诉我,不管出了什么事也不要去看。咱就把那块地不当是咱的,这样,不看也就不急了。"

到了第七天的晚上,王三按照干爹说的,又去了。老汉欢喜地说:"今黑夜就搬家,叫恁娘和媳妇都在家等着,你回去只告诉她俩,别人谁也不要说。"

王三回到家里,对娘和媳妇说了,一家人觉也不睡,坐着等。半夜的工夫,听着有人叫门,开开门一看,外面灯笼火把的,两辆车,一乘轿,都停在门口。还有四个抬轿的,八个随车的。把娘请在轿里坐下,让王三、媳妇、孩子坐在车里。刚要起轿走,娘舍不得屋里那口锅,说道:"把锅摘下来,带上吧。"没等王三动手,随车的早已答应着去办了。

轿和车都上了庄北那十亩地里停下啦。王三一看:眼前的十亩地里,好大的一片宅子。进去看看,厅房、厢屋,尽是些青砖到顶的房子。王三心想:"这不是凭空里得福了!"

往后就不用说啦,王三的日月过得腾腾火火,是再好没有了。还雇了长工、管家。有一天,王三正在客厅里喝茶,王二来找王三,管家进来通报说:"大东家来了。"王三心想:"哥哥还不错,只是嫂子心头有把锯锯镰,那些坏主意都是嫂子出的,怎么也得见见哥哥。"

看到了王二,王三问道:"哥,你来有什么事吗?"王二说:

"你先前住的那个房闲着,我还是那二亩地,在外村赁了人家一间屋住着。现在你过好了,也该帮帮我啦。"王三说:"哥,你要是不嫌就回老房子住吧。"王二说:"亲情截不得!我搬了回来,离得近啦,你可得常去呢!"

哥哥走了后,王三回到了后屋里,媳妇说:"能人不怕多,坏人怕一个,你可防备着点,嫂子可没有好心肝!"

说归说,总是亲兄奶弟,王二断不了到兄弟家来,王三也常去看望哥哥,一来二去的,走动得又亲热了起来。看着过了有一年的光景,嫂子见王三家富贵,又眼气,又眼热。人有人言,兽有兽语,一天,嫂子对王二说道:"你看咱兄弟家是什么身份,咱过得是什么日子?人家不住的屋咱住。"哥哥说道:"当初都是你出的主意要分家。"嫂子说:"当初是当初,如今是如今,当初分家那阵,他还不如咱哩。哎!你也没问问,他发财的根在哪里?"哥哥说:"问那个干什么?"嫂子道:"不问问行吗?他发的是外财不长远,日后,一场火烧着就光了!你去对他这么说说。"

哥哥说:"你再别出这号歪主意啦。"

嫂子哼了声:"我这是为他好。外财没有过三年的,问明白那个根,把它消灭了,财产才能真正成了自己的,就跟在石匣里锁着样,要不,钥匙还在别人手里,说拿走就拿走了。"

哥哥面条耳朵,又信服了嫂子的话,忙忙地赶到了王三那里。王三正在屋里跟娘和媳妇拉呱,听说哥哥来了,就走了出去,两人还是在大厅里坐下。王三见王二急急慌慌的样子，一开口就问："有什么事？"王二说："我今天来没有别的事，咱是一奶兄弟，有话不能不对你讲，人家说发外财有日期，不过三年……"

真是墙里说话，墙外有人听，王三媳妇听说王二来了，生怕嫂子又生歪点子，在厅房外面听，闯进去说道："恁兄弟俩不讲这个吧，哥哥和嫂子要是家里缺什么，就尽管提出来，不要论究外财不外财那种话。"

王二冷笑了声说："好吧，恁就安安稳稳地享清福吧！"说着，起身往外就走。

王三跟着送出了门外，赶上王二说道："哥，看在我的面上，不要生她的气。刚才话没说完，咱同胞兄弟，有什么隔口的，天大的事，你尽管对我说吧。"

王二说："既然你开出了这样的花，咱兄弟无二心，你的事就跟我的事一样。常言说'人无横财不富，马无夜草不肥'，你把你发家的根底跟我说说，我给你计谋计谋。"真是无针不引线，他如此这般的，把什么都对哥哥说了。王二"哎呀"了一声，说："兄弟，你发的是外财呀，已经快过去两年，第三年他就收回去了！你还不快想想办法？"王三一听急了，说："这怎么办？"王二道："你知道他地脚在哪里吗？"王三说："知道。"王二又问："那地埝有柴没有？"王二说："有，有，我记得还有不少树。"王二又悄声地问："咱去把他四外倒上油一烧，斩草除根不就完了。"王三梗梗迟迟地说："怎么能下那样狠心？"王二道："该下狠心，就得下狠心！兄弟，我跟你是亲兄一奶，同气连枝，你听我的，今晚上我在枫山下等着，你找人挑一担油去，咱一齐动手烧山。"清酒红人面，钱财黑人心，王三思量了一阵，终归还是答应说："好吧！就这么办！"

王三回到了屋里，媳妇不放心，问道："你出去这么些时候，跟哥哥嘀咕啥？"王三道："没说什么。"

人心隔肚皮，虎心隔毛皮。这话真是不假，王三瞒哄着媳妇，伸脖瞪眼地等到了天黑，吃过了晚饭，便悄悄找人装了两桶油，一直到枫山脚下去找哥哥。王二果然等在那里。尽管是月黑影子天，因为王三去过好几次，还是领着哥哥找到那个地埝。黑漆大门和房子都不见了，只山坡岩石中间有几个洞，那好几棵一搂粗的松树还在，也还听得到山涧里流水叮当哗啦的。王三惊得目瞪口呆，王二却不管三七二十一，把柴草什么的硬是往洞里捅去，又浇上了油，打火点着，立刻烘烘火起。山风一刮，更是风催火旺，呼呼真响，火苗子一蹿几丈高，连旁边一搂多粗的松树也都烧着了。一阵的工夫，只见红焰焰，黑沉沉，遍山满天尽是烟火。看到这种情景，王三也觉得凄惨，感到于心不忍。王二却在一旁催他回去，说："走吧，这下子把他家斩草除根了。"

王三跟在哥哥后面，低头耷拉脑的，越走越没有劲，心里就像烙饼一样直折个儿：自己做的太丧良心，回去怎么有脸对娘和好心的媳妇说呢?到了村头上,王三不禁捂着脸蹲了下去。王二叫他也不吭气,便自己提着两个空桶回了家。一进门,就顺手把桶放在了门楼里面的墙边上。还没等他直起腰,忽然,红火、青烟一齐冒了出来,骨嘟嘟燎着了门楼。火苗子一扑,屋也一下子呼呼地着了。王二和媳妇没来得及逃出门一步,就被火扑倒在地。歪心歪自己,两口子全烧死了。

再说王三蹲在村头上,看到哥哥家火起,吓得心绪撩乱,不知怎样才好。他再也在那里蹲不住,便顺着路往前走去。到了枫山脚下,迎面过来一个老汉,看看正是干爹。要躲也来不及了。王三一下子跪在了地上,说:"干爹,我有罪!实在对不住你。"老汉说:"那光烧了我个门楼,但生心太恶。恁嫂子和恁哥那种人,是自作自受,该当那样。你后悔的心,不看僧面看佛面,不念鱼情念水情,看在恁爹娘和你媳妇的面上,就饶你这一次。先前的咱不说了,只看你今后吧。你在家闲着会生事,就跟我去学着做生意吧。"

老汉还是和头一次那样,叫他扯着衣裳角,不过这一次去得更远,一会儿听着风刮树响,一会儿又听到脚下水响,走了有一个多时辰,才到了一个住处,推门进去,只见屋里吃的用的什么也有。王三黑夜住在这里,白天就跟老汉去做买卖。过了有十天的光景,老汉说:"恁娘和你媳妇都在家挂挂着你,今晚上你回去看看她们,明天一早回来。"王三为难地说:"这地方离俺那里不知有多少远，我怎么能那么快说去就去，说来就来。"

老汉说道："我有个背心，你穿上，就能半空里来，半空里去，那还不快吗？"

说完，便把背心给他穿上。王三果然是飞箭流星地回到了家里，见了娘和媳妇，第二天早晨又回到了那个住处。

这一天，他还是和老汉去做买卖。

黑天回来，王三说道："干爹，俺娘说叫我问问你，能不能晚上再叫我回去趟。"老汉说："那就把背心放在你这里，晚上回去，早晨回来。"

就这样，王三飞着来，飞着去，每晚上都家去，天蒙蒙亮再回来。整整过了一年，事情又发生了。

在他飞身经过的地方，半路上有座绣楼。有一天晚上，王三从那里经过，看到小姐开开楼窗赏月。本来王三的坏毛病就很多，见小姐长得俊，不禁又生出了歪主意，心想：这样俊的闺女上哪里找去！就飞进了绣楼，不管小姐愿意不愿意，硬是在那里宿啦。

一次这样，两次这样，来来去去的过了有一个多月，叫小姐的娘知道了，问闺女，闺女照实地说道："他穿上那个背心，就能打窗户里进来出去。"娘想了想，就教给她一个办法。到晚上，王三又去了。进了绣楼就把背心脱了下来。真是无心难把有心防，小姐瞅他不见，立刻把背心藏了。这阵，娘叫人把绣楼围得严严实实，听到里面有人说话，便推开楼门打了进去。王三急忙去找背心,却哪里也不见,当场就被拿住。先把他打了一顿,又五花大绑地把他拴在了街门外面,准备送官。你说有多巧,正在这个时候,县官坐着八抬大轿来了。那个威风劲,又是鸣锣,又是喝道,衙役跟班一大群。见街门外这么多人乱嚷嚷,县官立刻吩咐停下轿子,看到绑着王三,喝问道:"谁在这里随便捉人?"老妈妈连忙跪下说:"是他黑夜闯进俺闺女的绣楼上。"县官大声喝道:"胡说!恁家不留门子他能进去?"老妈妈分辩说:"他有个背心,穿上就能飞,门窗都挡不住。这就是个证据。"县官说:"既有证据,那就赶快拿来!"老妈妈连忙吩咐人拿了背心来。县官接到手里,说道:"私自捉人是犯律条的,按说该当治罪,幸亏恁有证据。这样吧,我把背心和犯人都带走,赦恁无罪。要不,都一起跟我到衙门去。"老妈妈害怕,只求能脱了牵连,急忙叩头说:"谢大老爷开恩!"

县官便叫人带上王三,耀武扬威地走了。赶到漫坡野地里,轿前的灯笼忽然灭啦!转眼的工夫,轿和衙役跟班的也都不见了。只有老汉在忙着给王三松绑。不用说,县官就是老汉装扮的。

松完了绑,老汉说道:"王三,我对你的情谊就到这里了。告诉你吧,从前恁爹在枫山上救了俺一家子,为了报答他的恩情,我一次又一次,再三拉扯你,老巴望你能改邪归正,想不到你已经是块弯弯木头,直不过来了。恁娘和你媳妇,听说你邪心不改,又去混账作孽,都气死啦!孩子也叫人抱走了,你那房屋家财,今黑夜我也把它收回,不能叫你再胡作非为了。"说完,一闪便不见啦。

野坡黑地里,只剩下了王三自己,孤零零地站在那里。直到天大亮也没离开,世上千条路,他却觉得无路可走。

图书在版编目（CIP）数据

聊斋汉子：全两册/董均伦，江源整理．－－北京：
北京联合出版公司，2020.8（2020.11重印）
ISBN 978-7-5596-4262-2

Ⅰ．①聊… Ⅱ．①董…②江… Ⅲ．①民间故事－作品集－中国 Ⅳ．①I277.3

中国版本图书馆CIP数据核字（2020）第084566号

聊斋汉子（下）

作　　者：董均伦　江　源
插　　图：刘培培
出 品 人：赵红仕
策　　划：乐府文化
责任编辑：徐　鹏
特约编辑：刘美慧
装帧设计：王齐云

北京联合出版公司出版
（北京市西城区德外大街83号楼9层　100088）
北京联合天畅文化传播公司发行
北京美图印务有限公司印刷　新华书店经销
字数220千　787mm×1092mm　1/32　14.75印张
2020年8月第1版　2020年11月第2次印刷
ISBN 978-7-5596-4262-2
定价：128.00元（全两册）

版权所有，侵权必究
未经许可，不得以任何方式复制或抄袭本书部分或全部内容
本书若有质量问题，请与本公司图书销售中心联系调换。电话：（010）64258472-800